百年經典叢書

中華散文百年精華

百年經典叢書

中華散文百年精華

叢培香、劉會軍、陶良華 選編

三聯書店（香港）有限公司

責任編輯　蔡嘉蘋
裝幀設計　朱桂芳

書　　名　中華散文百年精華
編　　者　叢培香、劉會軍、陶良華
出　　版　三聯書店（香港）有限公司
　　　　　香港鰂魚涌英皇道一〇六五號一三〇四室
　　　　　Joint Publishing (H.K.) Co., Ltd.
　　　　　Rm.1304, 1065 King's Road, Quarry Bay, Hong Kong
發　　行　香港聯合書刊物流有限公司
　　　　　香港新界大埔汀麗路三十六號三字樓
　　　　　SUP Publishing Logistics (HK) Ltd.
　　　　　3/F., 36 Ting Lai Road, Tai Po, N.T., Hong Kong
印　　刷　深圳市恒特美印刷有限公司
　　　　　深圳市寶安區龍華民治橫嶺村恒特美印刷工業園
版　　次　二〇〇五年一月香港第一版第一次印刷
　　　　　二〇一一年八月香港第一版第三次印刷
規　　格　特十六開（152×228mm）六五六面
國際書號　ISBN 978-962-04-2433-5

出版說明

這是一部力求全面反映近百年中華民族散文創作面貌的精粹選本。中華散文，淵源流長，先秦諸子的汪洋雄辯，唐宋大家的沉渾奇絕，明清小品的空靈透逸，無不給後人留下難忘印象。近百年社會生活激蕩嬗變，各種思潮風起雲湧，更使散文這支「輕騎兵」有了用武之地，名篇佳作迭出，奇葩異彩紛呈，為人們提供了美不勝收的精神食糧。刪繁就簡，提綱挈領，對一個世紀的散文創作進行爬梳遴選，讓讀者於短時間內，一書在手，總覽百年散文精華，啟智勵操，怡情養性，是一件十分有意義的事情。

本書所選作品，以抒情、敘事散文為主，也包括雜文、隨筆等類型的散文，大多為有定評的名家的名作，也有不太為人們所熟知的作者的佳作。這些作品展示時代風貌，抒發一家之言，情真意切，樸素雋永，冷峻深邃，飽含人生底蘊。

以有限的篇幅，欲將近百年中華散文集編至當，窮究堂奧，理屬難以周全，定有遺珠之憾，懇請讀者批評指教。

增訂說明

本書一九九八年編選，入選作品截止時間到一九九七年，所謂「百年」（1900—2000），實際還差三年。自一九九九年三月至二〇〇二年底，該書已再版了十一次，累計印數十萬冊，說明讀者對這個選本的喜愛。同時，我們也收到一些讀者和作者對選本提出的寶貴的建議，由此而促成了這次的修訂。

考慮到原選本已被廣大讀者所認知，故這次的修訂沒有必要做大的刪除和增補，只是做了少量的增加和調整。經反覆斟酌，確定增加九篇作品：《向着暴風雨前進》（樓適夷），《走廊和鏡子》（屠岸），《淡之美》（李國文），《離別》（林非），《虹》（邵燕祥），《袁崇煥無韻歌》（石英），《藏羚羊跪拜》（王宗仁），《還鄉》（雷達），《一個人的村莊》（劉亮程）。另外，撤下余秋雨先生的長文《一個王朝的背影》，換上兩篇短文《道士塔》和《人生的最後智慧》。以上作品的大部分是一九九七年後發表的，這正好圓了「百年」之謂。

二〇〇三年六月

目錄

蔡元培

蔡元培（1868—1940），浙江紹興人。著名教育家。有《蔡元培選集》印行。

洪水與猛獸

二千二百年前，中國有個哲學家孟軻，他說國家的歷史常是「一亂一治」的。他說第一次大亂是四千二百年前的洪水，第二次大亂是三千年前的猛獸，後來說到他那時候的大亂，是楊朱、墨翟的學說。他又把自己的距楊、墨比較禹的抑洪水，周公的驅猛獸。所以崇奉他的人，就說楊、墨之害，甚於洪水猛獸。後來一個學者，要是攻擊別種學說，總是襲用「甚於洪水猛獸」這句話。譬如唐、宋儒家，攻擊佛、老，用他；清朝程朱派，攻擊陸王派，也用他；現在舊派攻擊新派，也用他。

我以為用洪水來比新思潮，很有幾分相像。他的來勢很勇猛，把舊日的習慣衝破了，總有一部分的人感受苦痛；彷佛水源太旺，舊有的河槽，不能容受他，就泛濫岸上，把田廬都掃蕩了。對付洪水，要是如鯀的用湮法，便愈湮愈決，不可收拾。所以禹改用導法，這些水歸了江河，不但無害，反有灌溉之利了。對付新思潮，也要捨湮法用導法，讓他自由發展，定是有利無害的。孟氏稱「禹之治水，行其所無事」，這正是舊派對付新派的好方法。

至於猛獸，恰好作軍閥的寫照。孟氏引公明儀的話：「庖有肥肉，廄有肥馬，民有飢色，野有餓莩，此率獸而食人也。」現在軍閥的要人，都有幾百萬幾千萬的家產，奢侈的了不得，別種好好作工的人，窮的餓死；這不是率獸食人的樣子麼？現在天津、北京的軍人，受了要人的指使，亂打愛國的青年，豈不明明是猛獸的派頭麼？

所以中國現在的狀況，可算是洪水與猛獸競爭。要是有人能把猛獸馴伏了，來幫同疏導洪水，那中國就立刻太平了。

梁啟超

梁啟超（1873—1929），廣東新會人。近代思想家。著有《殉難六烈士傳》等，另有《飲冰室文集全編》印行。

少年中國說

日本人之稱我中國也，一則曰老大帝國，再則曰老大帝國。是語也，蓋襲譯歐西人之言也。嗚呼！我中國其果老大矣乎？梁啟超曰：惡！是何言！是何言！吾心目中有一少年中國在。

欲言國之老少，請先言人之老少。老年人常思既往，少年人常思將來。惟思既往也，故生留戀心；惟思將來也，故生希望心。惟留戀也故保守，惟希望也故進取。惟保守也故永舊，惟進取也故日新。惟思既往也，事事皆其所已經者，故惟知照例；惟思將來也，事事皆其所未經者，故常敢破格。老年人常多憂慮，少年人常好行樂。惟多憂也，故灰心；惟行樂也，故盛氣。惟灰心也，故怯懦；惟盛氣也，故豪壯。惟怯懦也，故苟且；惟豪壯也，故冒險。惟苟且也，故能滅世界；惟冒險也，故能造世界。老年人常厭事，少年人常喜事。惟厭事也，故常覺一切事無可為者；惟好事也，故常覺一切事無不可為者。老年人如夕照，少年人如朝陽。老年人如瘠牛，少年人如乳虎。老年人如僧，少年人如俠。老年人如字典，少年人如戲文。老年人如鴉片煙，少年人如潑蘭地酒。老年人如別行星之隕石，少年人如大洋海之珊瑚島。老年人如埃及沙漠之金字塔，少年人如西比利亞之鐵路。老年人如秋後之柳，少年人如春前之草。老年人如死海之瀦為澤，少年人如長江之初發源。此老年與少年性格不同之大略也。梁啟超曰：人固有之，國亦宜然。

梁啟超曰：傷哉，老大也！潯陽江頭琵琶婦，當明月繞船，楓葉瑟瑟，衾寒於鐵，似夢非夢之時，追想洛陽塵中春花秋月之佳趣。西宮南內，白髮宮娥，一燈如穗，三五對坐，談開元天寶間遺事，譜霓裳羽衣曲。青門種瓜人，左對孺人，顧弄孺子，憶侯門似海，珠履雜遝之盛事。拿破侖之流於厄蔑，阿剌飛之幽於錫蘭，與三兩監守吏，或過訪之好事者，道當年短刀匹馬馳騁中原，席捲歐洲，血戰海樓，一聲叱咤，萬國震恐之豐功偉烈，初而拍案，繼而撫髀，終而攬鏡。嗚呼，面皴齒盡，白髮盈把，頹然老矣！若是者，捨幽鬱之外無心事，捨悲慘之外無天地，捨頹唐之外無日月，捨嘆息之外無音聲，捨待死之外無事業。美人豪傑且然，而況於尋常碌碌者耶？生平親友，皆在墟墓；起居飲食，待命於人。今日且過，遑知他日？今年且過，遑恤明年？普天下灰心短氣之事，未有甚於老大者。於此人也，而慾望以拏雲之手段，回天之事功，挾山超海之意氣，能乎不能？

嗚呼！我中國其果老大矣乎？立乎今日以指疇昔，唐虞三代，若何之郅治；秦皇漢武，若何之雄傑，漢唐來之文學，若何之隆盛；康乾間之武功，若何之烜赫。歷史家所鋪敘，詞章家所謳歌，何一非我國民少年時代良辰美景賞心樂事之陳跡哉！而今頹然老矣！昨日割五城，明日割十城，處處雀鼠盡，夜夜雞犬驚。十八省之土地財產，已為人懷中之肉，四百兆之父兄子弟，已為人注籍之奴，豈所謂「老大嫁作商人婦」者耶？嗚呼！「憑君莫話當年事，憔悴韶光不忍看！」楚囚相對，岌岌顧影，人命危淺，朝不慮夕。國為待死之國，一國之民為待死之民，萬事付之奈何，一切憑人作弄，亦何足怪。

梁啟超曰：我中國其果老大矣乎？是今日全地球之一大問題也。如其老大也，則是中國為過去之國，即地球上昔本有此國，而今漸澌滅，他日之命運殆將盡也；如其非老大也，則是中國為未來之國，即地球上昔未現此國，而今漸發達，他日之前程且方長也。欲斷今日之中國為老大耶，為少年耶？則不可不先明國字之意義。夫國也者，何物也？有土地，有人民，以居於其土地之人民，而治其所居土地之事，自製法律而自守之；有主權，有服從，人人皆主權者，人人皆服從者，夫如是，斯謂之完全成立之國。地球上之有完全成立之國也，自百年以來也。完全成立者，壯年之事也。未能完全成立而漸進於完全成立者，少年之事也。故吾得一言以斷之曰：歐洲列邦在今日為壯年國，而我中國在今日為少年國。

夫古昔之中國者，雖有國之名，而未成國之形也。或為家族之國，或為酋長之國，或為諸侯封建之國，或為一王專制之國，雖種類不一，要之，其於國家之體質也，有其一部而缺其一部。正如嬰兒自胚胎以迄成童，其身體之一二官支，先行長成，此外則全體雖粗具，然未能得用也。故其唐虞以前為胚胎時代，殷商之際為乳哺時代，由孔子而來至於今為童子時代。逐漸發達，而今乃始將入成童以上少年之界焉。其長成所以若是之遲者，則歷代之民賊有窒其生機者也。譬猶童年多病，轉類老態，或且疑其死期之將至焉，而不知皆由未完全未成立也；非過去之謂，而未來之謂也。

且我國疇昔，豈嘗有國家哉！不過有朝廷耳。我黃帝子孫，聚族而居，立於此地球之上者既數千年，而問其國之為何名，則無有也。夫所謂唐虞、夏、商、周、秦、漢、魏、晉、宋、齊、梁、陳、隋、唐、宋、元、明、清者，則皆朝名耳。朝也者，一家之私產也。國也者，人民之公產也。朝有朝之老少，國有國之老少。朝與國既異物，則不能以朝之老少而指為國之老少明矣。文、武、成、康周朝之少年時也。幽、厲、桓、赧，則其老年時代也。高、文、景、武漢朝之少年時代也。元、平、桓、靈，則其老年時代也。自餘歷朝，莫不有之。凡此者謂為一朝廷之老也則可，謂為一國之老也則不可。一朝廷之老且死，猶一人之老且死也，於吾所謂中國者何與焉。然則，吾中國者，前此尚未出現於世界，而今乃始萌芽云爾。天地大矣，前途遼矣，美哉我少年中國乎！

瑪志尼者，意大利三傑之魁也。以國事被罪，逃竄異邦。乃創立一會，名曰少年意大利。舉國志士，雲湧霧集以應之。卒乃光復舊物，使意大利為歐洲之一雄邦。夫意大利者，歐洲之第一老大國也。自羅馬亡後，土地隸於教皇，政權歸於奧國，殆所謂老而瀕於死者矣。而得一瑪志尼，且能舉全國而少年之，況我中國之實為少年時代者耶？堂堂四百餘州之國土，凜凜四百餘兆之國民，豈遂無一瑪志尼其人者！

龔自珍氏之集有詩一章，題曰：《能令公少年行》，吾嘗愛讀之，而有味乎其用意之所存。我國民而自謂其國之老大也，斯果老大矣；我國民而自知其國之少年也，斯乃少年矣。西諺有之曰：「有三歲之翁，有百歲之童。」然則國之老少，又無定形，而實隨國民之心力以為消長者也。吾見乎瑪志尼之能令國少年也，吾又見乎我國之官吏士民能令國老大也。吾為此懼！夫以如此壯麗濃郁翩翩絕世之少年中國，而使歐西日本人謂我老大者，何也？則以握國權者，皆老朽之人也。非哦幾十年八股，非寫幾十年白摺，非當幾十年差，非挨幾十年俸，非遞幾十年手本，非唱幾十年諾，非磕幾十年頭，非請幾十年安，則必不能得一官，進一職。其內任卿貳以上，外任監司以上者，百人之中，其五官不備者，殆九十六七人也。非眼盲，則耳聾；非手顫，則足跛，否則半身不遂也。彼其一身，飲食步履視聽言語，尚且不能自了，須三四人在左右扶之捉之，乃能度日，於此而乃欲責之以國事，是何異立無數木偶而使之治天下也！且彼輩者，自其少壯之時，既已不知亞細亞歐羅為何處地方，漢祖唐宗是那朝皇帝，猶嫌其頑鈍腐敗之未臻其極，又必搓磨之，陶冶之，待其腦髓已涸，血管已塞，氣息奄奄，與魂為鄰之時，然後將我二萬里山河，四萬萬人命，一舉而畀於其手。嗚呼！老大帝國，誠哉其老大也！而彼輩者，積其數十年之八股、白摺、當差、挨俸、手本、唱諾、磕頭、請安，千辛萬苦，千苦萬辛，乃始得此紅頂花翎之服色，中堂大人之名號，乃出其全副精神，竭其畢生力量，以保持之。如彼乞兒拾金一錠，雖轟雷盤旋其頂上，而兩手猶緊抱其荷包，他事非所顧也，非所知也，非所聞也。於此而告之以亡國也，瓜分也，彼烏從而聽之，烏從而信之！即使果亡矣，果分矣，而吾今年既七十矣，八十矣，但求其一兩年內，洋人不來，強盜不起，我已快活過了一世矣！若不得已，則割三頭兩省之土地，奉申賀敬，以換我幾個銜門；賣三幾百萬之人民作僕為奴，以贖我一條老命，有何不可？有何難辦？嗚呼！今以所謂老后、老臣、老將、老吏者，其修身齊家治國平天下之手段，皆具於是矣。「西風一夜催人老，凋盡朱顏盡白頭。」使走無常當醫生，攜催命符以祝壽，嗟乎痛哉！以此為國，是安得不老且死，且吾恐其未及歲而殤也。

梁啟超曰：造成今日之老大中國者，則中國老朽之冤業也。制出將來之少年中國者，則中國少年之責任也。彼老朽者何足道？彼與此世界作別之日不遠矣！而我少年乃新來而與世界為緣。如僦屋者然，彼明日將遷居他方，而我今日始入此室處。將遷居者，不愛護其窗櫳，不潔治其庭廡，俗人恒情，亦何足怪。若我少年者，前程浩浩，後顧茫茫。中國而為牛為馬為奴為隸，則烹臠鞭棰之慘酷，惟我少年當之；中國如稱霸宇內，主盟地球，則指揮顧盼之尊榮，惟我少年享之；於彼氣息奄奄，與鬼為鄰者何與焉。彼而漠然置之，猶可言也；我而漠然置之，不可言也。使舉國之少年而果為少年也，則吾中國為未來之國，其進步未可量也。使舉國之少年而亦為老大也，則吾中國為過去之國，其澌亡可蹺足而待也。故今日之責任，不在他人，而全在我少年。少年智則國智，少年富則國富，少年強則國強，少年獨立則國獨立，少年自由則國自由，少年進步則國進步，少年勝於歐洲，則國勝於歐洲，少年雄於地球，則國雄於地球。紅日初升，其道大光。河出伏流，一瀉汪洋。潛龍騰淵，鱗爪飛揚。乳虎嘯谷，百獸震惶。鷹隼試翼，風塵吸張。奇花初胎，矞矞皇皇。幹將發硎，有作其芒。天戴其蒼，地履其黃。縱有千古，橫有八荒。前途似海，來日方長。美哉我少年中國，與天不老！壯哉我中國少年，與國無疆！

「三十功名塵與土，八千里路雲和月。莫等閒白了少年頭，空悲切。」此岳武穆《滿江紅》詞句也，作者自六歲時即口受記憶，至今喜誦之不衰。自今以往，棄哀時客之名，更自名曰少年中國之少年。作者附識。

魯迅

魯迅（1881—1936），浙江紹興人。現代思想家，文學家。著有短篇小說集《吶喊》、《彷徨》，散文詩集《野草》等，另有《魯迅全集》印行。

秋夜

在我的後園，可以看見牆外有兩株樹，一株是棗樹，還有一株也是棗樹。

這上面的夜的天空，奇怪而高，我生平沒有見過這樣的奇怪而高的天空。他彷彿要離開人間而去，使人們仰面不再看見。然而現在卻非常之藍，閃閃地䀹着幾十個星星的眼，冷眼。他的口角上現出微笑，似乎自以為大有深意，而將繁霜灑在我的園裡的野花草上。

我不知道那些花草真叫甚麼名字，人們叫他們甚麼名字。我記得有一種開過極細小的粉紅花，現在還開着，但是更極細小了，她在冷的夜氣中，瑟縮地做夢，夢見春的到來，夢見秋的到來，夢見瘦的詩人將眼淚擦在她最末的花瓣上，告訴她秋雖然來，冬雖然來，而此後接着還是春，蝴蝶亂飛，蜜蜂都唱起春詞來了。她於是一笑，雖然顏色凍得紅慘慘的，仍然瑟縮着。

棗樹，他們簡直落盡了葉子。先前，還有一兩個孩子來打他們別人打剩的棗子，現在是一個也不剩了，連葉子也落盡了。他知道小粉紅花的夢，秋後要有春；他也知道落葉的夢，春後還是秋。他簡直落盡葉子，單剩幹子，然而脫了當初滿樹是果實和葉子時候的弧形，欠伸得很舒服。但是，有幾枝還低亞着，護定他從打棗的竿梢所得的皮傷，而最直最長的幾枝，卻已默默地鐵似的直刺着奇怪而高的天空，使天空閃閃地鬼䀹眼；直刺着天空中圓滿的月亮，使月亮窘得發白。

鬼䀹眼的天空越加非常之藍，不安了，彷彿想離去人間，避開棗樹，只將月亮剩下。然而月亮也暗暗地躲到東邊去了，而一無所有的幹子，卻仍然默默地鐵似的直刺着奇怪而高的天空，一意要制他的死命，不管他各式各樣地䀹着許多蠱惑的眼睛。

哇的一聲，夜遊的惡鳥飛過了。

我忽而聽到夜半的笑聲，吃吃地，似乎不願意驚動睡着的人，然而四圍的空氣都應和着笑。夜半，沒有別的人，我即刻聽出這聲音就在我嘴裡，我也即刻被這笑聲所驅逐，回進自己的房。燈火的帶子也即刻被我旋高了。

後窗的玻璃上丁丁地響，還有許多小飛蟲亂撞。不多久，幾個進來了，許是從窗紙的破孔進來的。他們一進來，又在玻璃的燈罩上撞得丁丁地響。一個從上面撞進去了，他於是遇到火，而且我以為這火是真的。兩三個卻休息在燈的紙罩上喘氣。那罩是昨晚新換的罩，雪白的紙，摺出波浪紋的疊痕，一角還畫出一枝猩紅色的梔子。

猩紅的梔子開花時，棗樹又要做小粉紅花的夢，青葱地彎成弧形了。……我又聽到夜半的笑聲，我趕緊砍斷我的心緒，看那老在白紙罩上的小青蟲，頭大尾小，向日葵子似的，只有半粒小麥那麼大，遍身的顏色蒼翠得可愛，可憐。

我打一個呵欠，點起一支紙煙，噴出煙來，對着燈默默地敬奠這些蒼翠精緻的英雄們。

一九二四年九月十五日

雪

暖國的雨，向來沒有變過冰冷的堅硬的燦爛的雪花。博識的人們覺得他單調，他自己也以為不幸否耶？江南的雪，可是滋潤美艷之至了；那是還在隱約着的青春的消息，是極壯健的處子的皮膚。雪野中有血紅的寶珠山茶，白中隱青的單瓣梅花，深黃的磬口的蠟梅花，雪下面還有冷綠的雜草。蝴蝶確乎沒有；蜜蜂是否來採山茶花和梅花的蜜，我可記不真切了。但我的眼前彷彿看見冬花開在雪野中，有許多蜜蜂們忙碌地飛着，也聽得他們嗡嗡地鬧着。

孩子們呵着凍得通紅，像紫芽薑一般的小手，七八個一齊來塑雪羅漢。因為不成功，誰的父親也來幫忙了。羅漢就塑得比孩子們高得多，雖然不過是上小下大的一堆，終於分不清是壺盧還是羅漢，然而很潔白，很明艷，以自身的滋潤相粘結，整個地閃閃地生光。孩子們用龍眼核給他做眼珠，又從誰的母親的脂粉奩中偷得胭脂來塗在嘴唇上。這回確是一個大阿羅漢了。他也就目光灼灼地嘴唇通紅地坐在雪地裡。

第二天還有幾個孩子來訪問他；對了他拍手，點頭，嘻笑。但他終於獨自坐着了。晴天又來消釋他的皮膚，寒夜又使他結一層冰，化作不透明的水晶模樣，連續的晴天又使他成為不知道算甚麼，而嘴上的胭脂也褪盡了。

但是，朔方的雪花在紛飛之後，卻永遠如粉，如沙，他們決不粘連，撒在屋上，地上，枯草上，就是這樣。屋上的雪是早已就有消化了的，因為屋裡居人的火的溫熱。別的，在晴天之下，旋風忽來，便蓬勃地奮飛，在日光中燦爛地生光，如包藏火焰的大霧，旋轉而且升騰，瀰漫太空，使太空旋轉而且升騰地閃爍。

在無邊的曠野上，在凜冽的天宇下，閃閃地旋轉升騰着的是雨的精魂……

是的，那是孤獨的雪，是死掉的雨，是雨的精魂。

一九二五年一月十八日

風箏

北京的冬季，地上還有積雪，灰黑色的禿樹枝丫叉於晴朗的天空中，而遠處有一二風箏浮動，在我是一種驚異和悲哀。

故鄉的風箏時節，是春二月，倘聽到沙沙的風輪聲，仰頭便能看見一個淡墨色的蟹風箏或嫩藍色的蜈蚣風箏。還有寂寞的瓦片風箏，沒有風輪，又放得很低，伶仃地顯出憔悴可憐模樣。但此時地上的楊柳已經發芽，早的山桃也多吐蕾，和孩子們的天上的點綴相照應，打成一片春日的溫和。我現在在那裡呢？四面都還是嚴冬的肅殺，而久經訣別的故鄉的久經逝去的春天，卻就在這天空中蕩漾了。

但我是向來不愛放風箏的，不但不愛，並且嫌惡他，因為我以為這是沒出息孩子所做的玩藝。和我相反的是我的小兄弟，他那時大概十歲內外罷，多病，瘦得不堪，然而最喜歡風箏，自己買不起，我又不許放，他只得張着小嘴，呆看着空中出神，有時至於小半日。遠處的蟹風箏突然落下來了，他驚呼；兩個瓦片風箏的纏繞解開了，他高興地跳躍。他的這些，在我看來都是笑柄，可鄙的。

有一天，我忽然想起，似乎多日不很看見他了，但記得曾見他在後園拾枯竹。我恍然大悟似的，便跑向少有人去的一間堆積雜物的小屋去，推開門，果然就在塵封的什物堆中發見了他。他向着大方凳，坐在小凳上；便很驚惶地站了起來，失了色瑟縮着。大方凳旁靠着一個蝴蝶風箏的竹骨，還沒有糊上紙，凳上是一對做眼睛用的小風輪，正用紅紙條裝飾着，將要完工了。我在破獲秘密的滿足中，又很憤怒他的瞞了我的眼睛，這樣苦心孤詣地來偷做沒出息孩子的玩藝。我即刻伸手折斷了蝴蝶的一支翅骨，又將風輪擲在地下，踏扁了。論長幼，論力氣，他是都敵不過我的，我當然得到完全的勝利，於是傲然走出，留他絕望地站在小屋裡。後來他怎樣，我不知道，也沒有留心。

然而我的懲罰終於輪到了，在我們離別得很久之後，我已經是中年，我不幸偶而看了一本外國的講論兒童的書，才知道遊戲是兒童最正當的行為，玩具是兒童的天使。於是二十年來毫不憶及的幼小時候對於精神的虐殺的這一幕忽地在眼前展開，而我的心也彷彿同時變了鉛塊，很重很重的墮下去了。

但心又不竟墮下去而至於斷絕，他只是很重很重地墮着，墮着。

我也知道補過的方法的：送他風箏，贊成他放，勸他放，我和他一同放。我們嚷着，跑着，笑着。——然而他其時已經和我一樣，早已有了鬍子了。

我也知道還有一個補過的方法的：去討他的寬恕，等他說，「我可是毫不怪你呵。」那麼，我的心一定就輕鬆了，這確是一個可行的方法。有一回，我們會面的時候，是臉上都已添刻了許多「生」的辛苦的條紋，而我的心很沉重。我們漸漸談起兒時的舊事來，我便敘述到這一節，自說少年時代的胡塗。「我可是毫不怪你呵。」我想，他要說了，我即刻便受了寬恕，我的心從此也寬鬆了罷。

「有過這樣的事麼？」他驚異地笑着說，就像旁聽着別人的故事一樣。他甚麼也不記得了。

全然忘卻，毫不怨恨，又有甚麼寬恕之可言呢？無怨的恕，說謊罷了。

我還能希求甚麼呢？我的心只得沉重着。

現在，故鄉的春天又在這異地的空中了，既給我久經逝去的兒時的回憶，而一並也帶着無可把握的悲哀，我倒不如躲到肅殺的嚴冬中去罷，——但是，四面又明明是嚴冬，正給我非常的寒威和冷氣。

一九二五年一月二十四日

周作人

周作人（1885—1967），浙江紹興人。現代作家。著有散文集《自己的園地》、《雨天的書》、《苦茶隨筆》等。

故鄉的野菜

我的故鄉不止一個，凡我住過的地方都是故鄉。故鄉對於我並沒有甚麼特別的情分，只因釣於斯遊於斯的關係，朝夕會面，遂成相識，正如鄉村裡的鄰舍一樣，雖然不是親屬，別後有時也要想念到他。我在浙東住過十幾年，南京東京都住過六年，這都是我的故鄉；現在住在北京，於是北京就成了我的家鄉了。

日前我的妻往西單市場買菜回來，說起有薺菜在那裡賣着，我便想起浙東的事來。薺菜是浙東人春天常吃的野菜，鄉間不必說，就是城裡只要有後園的人家都可以隨時採食，婦女小兒各拿一把剪刀一隻「苗籃」，蹲在地上搜尋，是一種有趣味的遊戲的工作。那時小孩們唱道：「薺菜馬蘭頭，姊姊嫁在後門頭。」後來馬蘭頭有鄉人拿來進城售賣了，但薺菜還是一種野菜，須得自家去採。關於薺菜向來頗有風雅的傳說，不過這似乎以吳地為主。《西湖遊覽志》云：「三月三日男女皆戴薺菜花。諺云：三春戴薺花，桃李羞繁華。」顧祿的《清嘉錄》上亦說：「薺菜花俗呼野菜花，因諺有三月三螞蟻上竈山之語，三日人家皆以野菜花置竈陘上。以厭蟲蟻。侵晨村童叫賣不絕。或婦女簪髻上以祈清目，俗號眼亮花。」但浙東人卻不很理會這些事情，只是挑來做菜或炒年糕吃罷了。

黃花麥果通稱鼠曲草，係菊科植物，葉小，微圓互生，表面有白色，花黃色，簇生梢頭。春天採嫩葉，搗爛去汁，和粉作糕，稱黃花麥果糕。小孩們有歌讚美之云：

黃花麥果韌結結，
關得大門自要吃：
半塊拿弗出，一塊自要吃。

清明前後掃墓時，有些人家——大約是保存古風的人家——用黃花麥果作供，但不作餅狀，做成小顆如指頂大，或細條如小指，以五六個作一攢，名曰繭果，不知是甚麼意思，或因蠶上山時設祭，也用這種食品，故有是稱，亦未可知。自從十二三歲時外出不參與外祖家掃墓以後，不復見過繭果，近來住在北京，也不再見黃花麥果的影子了。日本稱作「御形」，與薺菜同為春天的七草之一，也採來做點心用，狀如艾餃，名曰「草餅」，春分前後多食之，在北京也有，但是吃去總是日本風味，不復是兒時的黃花麥果糕了。

掃墓時候所常吃的還有一種野菜，俗名草紫，通稱紫雲英。農人在收穫後，播種田內，用作肥料，是一種很被賤視的植物，但採取嫩莖瀹食，味頗鮮美，似豌豆苗。花紫紅色，數十畝接連不斷，一片錦繡，如鋪着華美的地毯，非常好看，而且花朵狀若蝴蝶，又如雞雛，尤為小孩所喜。間有白色的花，相傳可以治痢，很是珍重，但不易得。日本《俳句大辭典》云：「此草與蒲公英同是習見的東西，從幼年時代便已熟識。在女人裡邊，不曾採過紫雲英的人，恐未必有吧。」中國古來沒有花環，但紫雲英的花球卻是小孩常玩的東西，這一層我還替那些小人們欣幸的。浙東掃墓用鼓吹，所以少年常隨了樂音去看「上墳船裡的姣姣」；沒有錢的人家雖沒有鼓吹，但是船頭上篷窗下總露出些紫雲英和杜鵑的花束，這也就是上墳船的確實的證據了。

十三年二月

苦雨

伏園兄：

北京近日多雨，你在長安道上不知也遇到否，想必能增你旅行的許多佳趣。雨中旅行不一定是很愉快的，我以前在杭滬車上時常遇雨，每感困難，所以我於火車的雨不能感到甚麼興味，但臥在烏篷船裡，靜聽打篷的雨聲，加上欸乃的櫓聲，以及「靠塘來，靠下去」的呼聲，卻是一種夢似的詩境。倘若更大膽一點，仰臥在腳劃小船內，冒雨夜行，更顯出水鄉住民的風趣，雖然較為危險，一不小心，拙劣地轉一個身，便要使船底朝天。二十多年前往東浦吊先父的保姆之喪，歸途遇暴風雨，一葉扁舟在白鵝似的波浪中間滾過大樹港，危險極也愉快極了。我大約還有好些「為魚」時候——至少也是斷髮文身時候的脾氣，對於水頗感到親近，不過北京的泥塘似的許多「海」實在不很滿意，這樣的水沒有也並不怎麼可惜。你往「陝半天」去似乎要走好兩天的準沙漠路，在那時候倘若遇見風雨，大約是很舒服的，遙想你胡坐騾車中，在大漠之上，大雨之下，喝着四打之內的汽水，悠然進行，可以算是「不亦快哉」之一。但這只是我的空想，如詩人的理想一樣地靠不住，或者你在騾車中遇雨，很感困難，正在叫苦連天也未可知，這須等你回京後問你再說了。

我住在北京，遇見這幾天的雨，卻叫我十分難過。北京向來少雨，所以不但雨具不很完全，便是家屋構造，於防雨亦欠周密。除了真正富翁以外，很少用實垛磚牆，大抵只用泥牆抹灰敷衍了事。近來天氣轉變，南方酷寒而北方淫雨，因此兩方面的建築上都露出缺陷。一星期前的雨把後園的西牆淋坍，第二天就有「樑上君子」來摸索北房的鐵絲窗，從次日起趕緊邀了七八位匠人，費兩天工夫，從頭改築，已經成功十分八九，總算可以高枕而臥，前夜的雨卻又將門口的南牆衝倒二三丈之譜。這回受驚的可不是我了，乃是川島君「佢們」倆，因為「樑上君子」如再見光顧，一定是去躲在「佢們」的窗下竊聽的了。為消除「佢們」的不安起見，一等天氣晴正，急須大舉地修築，希望日子不至於很久，這幾天只好暫時拜托川島君的老弟費神代為警護罷了。

前天十足下了一夜的雨，使我夜裡不知醒了幾遍。北京除了偶然有人高興放幾個爆仗以外，夜裡總還安靜，那樣嘩喇嘩喇的雨聲在我的耳朵裡已經不很聽慣，所以時常被它驚醒，就是睡着也彷彿覺得耳邊粘着麵條似的東西，睡的很不痛快。還有一層，前天晚間據小孩們報告，前面院子裡的積水已經離台階不及一寸，夜裡聽着雨聲，心裡胡裡胡塗地總是想水已上了台階，浸入西邊的書房裡了。好容易到了早上五點鐘，赤腳撐傘，跑到西屋一看，果然不出所料，水浸滿了全屋，約有一寸深淺，這才嘆了一口氣，覺得放心了；倘若這樣興高采烈地跑去，一看卻沒有水，恐怕那時反覺得失望，沒有現在那樣的滿足也說不定。幸而書籍都沒有濕，雖然是沒有甚麼價值的東西，但是濕成一餅一餅的紙糕，也很是不愉快。現今水雖已退，還留下一種漲過大水後的普通的臭味，固然不能留客坐談，就是自己也不能在那裡寫字，所以這封信是在裡邊炕桌上寫的。

這回大雨，只有兩種人最喜歡。第一是小孩們。他們喜歡水，卻極不容易得到，現在看見院子裡成了河，便成群結隊的去「趟河」去。赤了足伸到水裡去，實在很有點冷，但是他們不怕，下到水裡還不肯上來。大人見小孩們玩的很有趣，也一個兩個地加入，但是成績卻不甚佳，那一天裡滑倒了三個人，其中兩個都是大人——其一為我的兄弟，其一是川島君。第二種喜歡下雨的則為蝦蟆。從前同小孩們往高亮橋去釣魚釣不着，只捉了好些蝦蟆，有綠的，有花條的，拿回來都放在院子裡，平常偶叫幾聲，在這幾天裡便整日叫喚，或者是荒年之兆吧，卻極有田村的風味，有許多耳朵皮嫩的人，很惡喧囂，如麻雀蝦蟆或蟬的叫聲，凡足以妨礙他們的甜睡者，無一不深惡而痛絕之，大有滅此而午睡之意，我覺得大可以不必如此，隨便聽聽都是很有趣味的，不但是這些久成詩料的東西，一切鳴聲其實都可以聽。蝦蟆在水田裡群叫，深夜靜聽，往往變成一種金屬音，很是特別，又有時彷彿是狗叫，古人常稱蛙蛤為吠，大約是從實驗而來。我們院子裡的蝦蟆現在只見花條的一種，它的叫聲更不漂亮，只是格格格這個叫法，可以說是革音，平常自一聲至三聲，不會更多，唯在下雨的早晨，聽它一口氣叫上十二三聲，可見它是實在喜歡極了。

這一場大雨恐怕在鄉下的窮朋友是很大的一個不幸，但是我不曾親見，單靠想像是不中用的，所以我不去虛偽地代為悲嘆了。倘若有人說這所記的只是個人的事情，於人生無益，我也承認，我本來只想說個人私事，此外別無意思。今天太陽已經出來，傍晚可以出外去遊嬉，這封信也就不再寫下去了。

我本等着看你的秦遊記，現在卻由我先寫給你看，這也可以算是「意表之外」的事吧。

十三年七月十七日在京城書

命相家

夏丏尊

夏丏尊（1886—1946），浙江上虞人。現代作家。著有《平屋隨筆》、《人間愛晚晴》等，另有《夏丏尊文集》印行。

我因事至南京，住在××飯店。二樓樓梯旁某號房間裡，寓着一位命相家。房門是照例關着的，這位命相家叫甚麼名字，房門上掛着的那塊玻璃框子的招牌上寫着甚麼，我雖在出去回來的時候，必須經過那門前，卻毫未曾加以注意。

有一天傍晚，我從外邊回來，剛走完樓梯，見有一個着洋服的青年方從命相家房中走出，房門半開，命相家立在門內點頭相送叫「再會」！

那聲音很耳熟，急把腳立住了看那命相家，不料就是十年前的同事劉子岐。

「呀！子岐！」我不禁叫了出來。

「呀！久違了。你也住在這裡嗎？」他吃了一驚，把門開大了讓我進去。我重新去看門口的招牌，見上面寫着「青田劉知機星命談相」等等的文字。

「哦！劉子岐一變而為劉知機。十年不見，不料得了道了，究竟是甚麼一會事？」我急問。

「說來話長。要吃飯，沒有法子。你仍在寫東西嗎？教師是也好久不做了吧。真難得，會在這裡碰到。不瞞你說，我吃這碗飯已有七八年了，自從那年和你一同離開××中學以後，就飄泊了好幾處地方，這裡一學期，那裡一學期，不得安定，也曾掛了斜皮帶革過命，可是終於生活不過去。你知道，我原是一隻三腳貓，以後就以賣卜混飯了。最初在上海掛牌，住了四五年，前年才到南京來。」

「在上海住過四五年？為甚麼我一向不曾碰到你，上海的朋友之中，也沒有人談及呢？」我問。

「我改了名字，大家當然無從知道了。朋友們又是一向都不信命相的，我吃了這口江湖飯，也無顏去找他們，如果今天你不碰巧看到我，你會知道劉知機就是我嗎？」

我有許多事情想問，不知從何說起。忽然門開了，進來的是二位顧客。一個是戴呢帽穿長袍的，一個是着中山裝的，年紀都未滿三十歲。劉子岐——劉知機丟開了我，滿面春風地立起身來迎上前去，儼然是十足的江湖派。我不便再坐，就把房間號數告訴了他，約他暢談。回到了自己的房間裡。

十年前的中學教師，居然會賣卜？顧客居然不少，而且大都是青年知識階級中人？感慨與疑問亂雲似地在我胸中紛紛迭起。等了許久，劉知機老是不來，叫茶房去問，回說房中尚有好幾個顧客，空了就來。

「對不起！一直到此刻才空。」劉知機來已是黃昏時候了。「難得碰面，大家出去敘敘。」

在秦淮河畔某酒家中覓了一個僻靜的座位。大家把酒暢談。

「生意似很不錯呢。」我打動他說。

「呃，這幾天是特別的。第一種原因，聽說有幾個部長要更動了，部長更動，人員也當然有變動。你看，××飯店不是客人很擠嗎？第二種原因，暑假快到了，各大學的畢業生都要謀出路，所以我們的生意特別好。」

「命相學當真可憑嗎？」

「當然不能說一定可憑。不過在現今樣的社會上，命相之說，尚不能說全不足信。你想，一個機關中，當科長的，能力是否一定勝過科員？當次長的，能力是否一定不如部長？舉一例說，我們從前的朋友之中，李××已成了主席了。王××學力人品，平心而論，遠過於他，革命的功績，也不比他差，可是至今還不過一個××部的秘書。

還有，一班畢業生數十人之中，有的成績並不出色，倒有出路，有的成績很好，卻無人過問。這種情形除了命相以外，該用甚麼方法去說明呢？有人說，現今吃飯全靠八行書。這在我們命相學上就叫『遇貴人』。又有人挖苦現在貴人們的親親相阿，說是生殖器的聯繫。這簡直是窮通由於先天，證明『命』的的確確是有的了。」劉知機玩世不恭地說。

「這樣說來，你們的職業實實在在有着社會的基礎的。哈哈。」

「到了總理的考試制度真正實行了以後，命相也許不能再成為職業，至於現在是，有需要，有供給，仍是堂堂皇皇的吃飯職業。命相家的身分決不比教師低下，我預備把這碗江湖飯吃下去哩。」

「你的營業項目有幾種？」

「命，相，風水，合婚擇日，甚麼都幹。風水與合婚擇日，近來已不行了。風水的目的是想使福澤及於子孫。現今一般人的心理，顧自身，顧目前，都來不及，那有餘閒顧到幾十年幾百年後的事呢？至於合婚擇日，生意也清。摩登青年男女間盛行戀愛同居，婚也不必『合』，日也無須『擇』了。只有命相兩項，現在仍有生意。因為大家都在急迫地要求出路，尋機會，出路與機會的條件，不一定是資格與能力，實際全靠碰運氣。任憑大家口口聲聲喊『打破迷信』，到了無聊之極的時候，也會瞞了人花幾塊錢來請教我們。在上海，顧客大半是商人，他們所問的是財氣。在南京，顧客大半是『同志』與學校畢業生，他們所問的是官運。老實說，都無非為了要吃飯。唯其大家要想吃飯，我們也就有飯可吃了。哈哈……」劉知機滔滔地說，酒已半醺了，自負之外又帶感慨。

「你對於這些可憐的顧客，怎樣對付他們？有甚麼有益的指導呢？」

「還不是靠些江湖上的老調來敷衍！我只是依照古書，書上怎麼說，就怎麼說。準不準連我自己也不知道。好在顧客也並不打緊，他們到我這裡來，等於出錢去買香檳票，着了原高興，不着也不至於跳河上吊的。我對他說『就快交運』，『向西北方走』，『將來官至部長』，是給他一種希望。人沒有希望，活着很是苦痛，現社會到處使人絕望，要找希望，恐怕只有到我們這裡來，花一二塊錢來買一個希望，雖然不一定準確可靠，究竟比沒有希望好。在這一點上，我們命相家敢自任為救苦救難的希望之神。至少在像現在的中國社會可以這樣說。」話愈說愈痛切，神情也愈激昂了。

他的話既詼諧又刺激，我聽了只是和他相對苦笑，對了這別有懷抱的傷心人，不知再提出甚麼話題好？彼此都已有八九分醉意了。

胡適

胡適（1891—1962），安徽績溪人。現代作家，學者。著有散文集《廬山遊記》、《南遊雜憶》等，另有《胡適文集》印行。

我的母親

我小時身體弱，不能跟着野蠻的孩子們一塊兒玩。我母親也不准我和他們亂跑亂跳。小時不曾養成活潑遊戲的習慣，無論在甚麼地方，我總是文謅謅地。所以家鄉老輩都說我「像個先生樣子」，遂叫我做「麇先生」。這個綽號叫出去之後，人都知道三先生的小兒子叫做麇先生了。既有「先生」之名，我不能不裝出點「先生」樣子，更不能跟着頑童們「野」了。有一天，我在我家八字門口和一班孩子「擲銅錢」，一位老輩走過，見了我，笑道：「麇先生也擲銅錢嗎？」我聽了羞愧的面紅耳熱，覺得太失了「先生」的身分！

大人們鼓勵我裝先生樣子，我也沒有嬉戲的能力和習慣，又因為我確是喜歡看書，故我一生可算是不曾享過兒童遊戲的生活。每年秋天，我的庶祖母同我到田裡去「監割」，（頂好的田，水旱無憂，收成最好，佃戶每約田主來監割，打下穀子，兩家平分。）我總是坐在小樹下看小說。十一二歲時，我稍活潑一點，居然和一群同學組織了一個戲劇班，做了一些木刀竹槍，借得了幾副假鬍鬚，就在村口田裡做戲。我做的往往是諸葛亮，劉備一類的文角兒；只有一次我做史文恭，被花榮一箭從椅子上射倒下去，這算是我最活潑的玩藝兒了。

我在這九年（一八九五—一九〇四）之中，只學得了讀書寫字兩件事。在文字和思想（看下章）的方面，不能不算是打了一點底子。但別的方面都沒有發展的機會。有一次我們村裡「當朋」（八都凡五村，稱為「五朋」，每年一村輪着做太子會，名為「當朋」）籌備太子會，有人提議要派我加入前村的昆腔隊裡學習吹笙或吹笛。族裡長輩反對，說我年紀太小，不能跟着太子會走遍五朋。於是我便失掉了這學習音樂的唯一機會。三十年來，我不曾拿過樂器，也全不懂音樂；究竟我有沒有一點學音樂的天資，我至今還不知道。至於學圖畫，更是不可能的事。我常常用竹紙蒙在小說書的石印繪像上，摹畫書上的英雄美人。有一天，被先生看見了，挨了一頓大罵，抽屜裡的圖畫都被搜出撕毀了。於是我又失掉了學做畫家的機會。

但這九年的生活，除了讀書看書之外，究竟給了我一點做人的訓練。在這一點上，我的恩師便是我的慈母。

每天天剛亮時，我母親便把我喊醒，叫我披衣坐起。我從不知道她醒來坐了多久了。她看我清醒了，便對我說昨天我做錯了甚麼事，說錯了甚麼話，要我認錯，要我用功讀書。有時候她對我說父親的種種好處，她說：「你總要踏上你老子的腳步。我一生只曉得這一個完全的人，你要學他，不要跌他的股。」（跌股便是丟臉，出醜。）她說到傷心處，往往掉下淚來。到天大明時，她才把我的衣服穿好，催我去上早學。學堂門上的鎖匙放在先生家裡；我先到學堂門口一望，便跑到先生家裡去敲門。先生家裡有人把鎖匙從門縫裡遞出來，我拿了跑回去，開了門，坐下唸生書。十天之中，總有八九天我是第一個去開學堂門的。等到先生來了，我背了生書，才回家吃早飯。

我母親管束我最嚴，她是慈母兼任嚴父。但她從來不在別人面前罵我一句，打我一下。我做錯了事，她只對我一望，我看見了她的嚴厲眼光，便嚇住了。犯的事小，她等到第二天早晨我眠醒時才教訓我。犯的事大，她等到晚上人靜時，關了房門，先責備我，然後行罰，或罰跪，或擰我的肉。無論怎樣重罰，總不許我哭出聲音來。她教訓兒子不是借此出氣叫別人聽的。

有一個初秋的傍晚，我吃了晚飯，在門口玩，身上只穿着一件單背心。這時候我母親的妹子玉英姨母在我家住，她怕我冷了，拿了一件小衫出來叫我穿上。我不肯穿，她說：「穿上吧，涼了。」我隨口回答：「娘（涼）甚麼！老子都不老子呀。」我剛說了這一句，一抬頭，看見母親從家裡走出，我趕快把小衫穿上。但她已聽見這句輕薄的話了。晚上人靜後，她罰我跪下，重重的責罰了一頓。她說：「你沒了老子，是多麼得意的事！好用來說嘴！」她氣的坐着發抖，也不許我上床去睡。我跪着哭，用手擦眼淚，不知擦進了甚麼微菌，後來足足害了一年多的眼翳病。醫來醫去，總醫不好。我母親心裡又悔又急，聽說眼翳可以用舌頭舔去，有一夜她把我叫醒，她真用舌頭舔我的病眼。這是我的嚴師，我的慈母。

我母親二十三歲做了寡婦，又是當家的後母。這種生活的痛苦，我的笨筆寫不出一萬分之一二。家中財政本不寬裕，全靠二哥在上海經營調度。大哥從小便是敗子，吸鴉片煙，賭博，錢到手就光，光了便回家打主意，見了香爐便拿出去賣，撈着錫茶壺便拿出去押。我母親幾次邀了本家長輩來，給他定下每月用費的數目。但他總不夠用，到處都欠下煙債賭債。每年除夕我家中總有一大群討債的，每人一盞燈籠，坐在大廳上不肯去。大哥早已避出去了。大廳的兩排椅子上滿滿的都是燈籠和債主。我母親走進走出，料理年夜飯，謝竈神，壓歲錢等事，只當做不曾看見這一群人。到了近半夜，快要「封門」了，我母親才走後門出去，央一位鄰舍本家到我家來，每一家債戶開發一點錢。做好做歹的，這一群討債的才一個一個提着燈籠走出去。一會兒，大哥敲門回來了。我母親從不罵他一句。並且因為是新年，她臉上從不露出一點怒色。這樣的過年，我過了六七次。

大嫂是個最無能而又最不懂事的人，二嫂是個很能幹而氣量很窄小的人。她們常常鬧意見，只因為我母親的和氣榜樣，她們還不曾有公然相罵相打的事。她們鬧氣時，只是不說話，不答話，把臉放下來，叫人難看；二嫂生氣時，臉色變青，更是怕人。她們對我母親鬧氣時，也是如此。我起初全不懂得這一套，後來也漸漸懂得看人的臉色了。我漸漸明白，世間最可厭惡的事莫如一張生氣的臉；世間最下流的事莫如把生氣的臉擺給旁人看。這比打罵還難受。

我母親的氣量大，性子好，又因為做了後母後婆，她更事事留心，事事格外容忍。大哥的女兒比我只小一歲，她的飲食衣服總是和我的一樣。我和她有小爭執，總是我吃虧，母親總是責備我，要我事事讓她。後來大嫂二嫂都生了兒子了，她們生氣時便打罵孩子來出氣，一面打，一面用尖刻有刺的話罵給別人聽。我母親只裝做不聽見。有時候，她實在忍不住了，便悄悄走出門去，或到左鄰立大嫂家去坐一會，或走後門到後鄰度嫂家去閒談。她從不和兩個嫂子吵一句嘴。

每個嫂子一生氣，往往十天半個月不歇，天天走進走出，板着臉，咬着嘴，打罵小孩子出氣。我母親只忍耐着，忍到實在不可再忍的一天，她也有她的法子。這一天的天明時，她便不起床，輕輕的哭一場。她不罵一個人，只哭她的丈夫，哭她自己苦命，留不住她丈夫來照管她。她先哭時，聲音很低，漸漸哭出聲來。我醒了起來勸她，她不肯住。這時候，我總聽得見前堂（二嫂住前堂東房）或後堂（大嫂住後堂西房）有一扇房門開了，一個嫂子走出房向廚房走去。不多一會，那位嫂子來敲我們的房門了。我開了房門，她走進來，捧着一碗熱茶，送到我母親床前，勸她止哭，請她喝口熱茶。我母親慢慢停住哭聲，伸手接了茶碗。那位嫂子站着勸一會，才退出去。沒有一句話提到甚麼人，也沒有一個字提到這十天半個月來的氣臉，然而各人心裡明白，泡茶進來的嫂子總是那十天半個月來鬧氣的人。奇怪的很，這一哭之後，至少有一兩個月的太平清靜日子。

我母親待人最仁慈，最溫和，從來沒有一句傷人感情的話。但她有時候也很有剛氣，不受一點人格上的侮辱。我家五叔是個無正業的浪人，有一天在煙館裡發牢騷，說我母親家中有事總請某人幫忙，大概總有甚麼好處給他。這句話傳到了我母親耳朵裡，她氣的大哭，請了幾位本家來，把五叔喊來，她當面質問他，她給了某人甚麼好處。直到五叔當眾認錯賠罪，她才罷休。

我在我母親的教訓之下住了九年，受了她的極大極深的影響。我十四歲（其實只有十二歲零兩三個月）便離開她了，在這廣漠的人海裡獨自混了二十多年，沒有一個人管束過我。如果我學得了一絲一毫的好脾氣，如果我學得了一點點待人接物的和氣，如果我能寬恕人，體諒人，——我都得感謝我的慈母。

十九年十一月廿一夜

芭蕉花

郭沫若

郭沫若（1892—1978），四川樂山人。現代文學家，歷史學家。著有詩歌集《女神》，散文集《三葉集》、《波》等，另有《郭沫若全集》印行。

這是我五六歲時的事情了。我現在想起了我的母親，突然記起了這段故事。

我的母親六十六年前是生在貴州省黃平州的。我的外祖父杜琢章公是當時黃平州的州官。到任不久，便遇到苗民起事，致使城池失守，外祖父手刃了四歲的四姨，在公堂上自盡了。外祖母和七歲的三姨跳進州署的池子裡殉了節，所用的男工女婢也大都殉難了。我們的母親那時才滿一歲，劉奶媽把我們的母親揹着已經跳進了池子，但又逃了出來。在途中遇着過兩次匪難，第一次被劫去了金銀首飾，第二次被劫去了身上的衣服。忠義的劉奶媽在農人家裡討了些稻草來遮身，仍然揹着母親逃難。逃到後來遇着赴援的官軍才得了解救。最初流到貴州省城，其次又流到雲南省城，倚人廬下，受了種種的虐待，但是忠義的劉奶媽始終是保護着我們的母親。直到母親滿了四歲，大舅赴黃平收屍，便道往雲南，才把母親和劉奶媽帶回了四川。

母親在幼年時分是遭受過這樣不幸的人。

母親在十五歲的時候到了我們家裡來，我們現存的兄弟姊妹共有八人，聽說還死了一兄三姐。那時候我們的家道寒微，一切炊洗灑掃要和妯娌分擔，母親又多子息，更受了不少的累贅。

白日裡家務奔忙，到晚來揹着弟弟在菜油燈下洗尿布的光景，我在小時還親眼見過，我至今也還記得。

母親因為這樣過於勞苦的原故，身子是異常衰弱的，每年交秋的時候總要暈倒一回，在舊時稱為「暈病」，但在現在想來，這怕是在產褥中，因為攝養不良的關係所生出的子宮病罷。

暈病發了的時候，母親倒睡在床上，終日只是呻吟嘔吐，飯不消說是不能吃的，有時候連茶也幾乎不能進口。像這樣要經過兩個禮拜的光景，又才漸漸回復起來，完全是害了一場大病一樣。

芭蕉花的故事是和這暈病關連着的。

在我們四川的鄉下，相傳這芭蕉花是治暈病的良藥。母親發了病時，我們便要四處托人去購買芭蕉花。但這芭蕉花是不容易購買的。因為芭蕉在我們四川很不容易開花，開了花時鄉裡人都視為祥瑞，不肯輕易摘賣。好容易買得了一朵芭蕉花了，在我們小的時候，要管兩隻肥雞的價錢呢。

芭蕉花買來了，但是花瓣是沒有用的，可用的只是瓣裡的蕉子。蕉子在已經形成了果實的時候也是沒有用的，中用的只是蕉子幾乎還是雌蕊的階段。一朵花上實在是採不出許多的這樣的蕉子來。

這樣的蕉子是一點也不好吃的，我們吃過香蕉的人，如以為吃那蕉子怕會和吃香蕉一樣，那是大錯而特錯了。有一回母親吃蕉子的時候，在床邊上挾過一箸給我，簡直是澀得不能入口。

芭蕉花的故事便是和我母親的暈病關連着的。

我們四川人大約是外省人居多，在張獻忠剿了四川以後——四川人有句話說：「張獻忠剿四川，殺得雞犬不留」——在清初時期好像有過一個很大的移民運動。外省籍的四川人各有各的會館，便是極小的鄉鎮也都是有的。

我們的祖宗原是福建的人，在汀州府的寧化縣，聽說還有我們的同族住在那裡。我們的祖宗正是在清初時分入了四川的，卜居在峨眉山下一個小小的村裡。我們福建人的會館是天后宮，供的是一位女神叫做「天后聖母」。這天后宮在我們村裡也有一座。

那是我五六歲時候的事了。我們的母親又發了暈病。我同我的二哥，他比我要大四歲，同到天后宮去。那天后宮離我們家裡不過半里路光景，裡面有一座散館，是福建人子弟讀書的地方。我們去的時候散館已經放了假，大概是中秋前後了。我們隔着窗看見散館園內的一簇芭蕉，其中有一株剛好開着一朵大黃花，就像尖瓣的蓮花一樣。我們是歡喜極了。那時候我們家裡正在找芭蕉花，但在四處都找不出。我們商量着便翻過窗去摘取那朵芭蕉花。窗子也不過三四尺高的光景，但我那時還不能翻過，是我二哥擎我過去的。我們兩人好容易把花苞摘了下來，二哥怕人看見，把來藏在衣袂下同路回去。回到家裡了，二哥叫我把花苞拿去獻給母親。我捧着跑到母親的床前，母親問我是從甚麼地方拿來的，我便直說是在天后宮掏來的。我母親聽了便大大地生氣，她立地叫我們跪在床前，只是連連嘆氣地說：「啊，娘生下了你們這樣不爭氣的孩子，為娘的倒不如病死的好了！」我們都哭了，但我也不知為甚麼事情要哭。不一會父親曉得了，他又把我們拉去跪在大堂上的祖宗面前打了我們一陣。我挨掌心是這一回才開始的，我至今也還記得。

我們一面挨打，一面傷心。但我不知道為甚麼該討我父親、母親的氣。母親病了要吃芭蕉花，在別處園子裡掏了一朵回來，為甚麼就犯了這樣大的過錯呢？

芭蕉花沒有用，抱去奉還了天后聖母，大約是在聖母的神座前乾掉了罷？

這樣的一段故事，我現在一想到母親，無端地便湧上了心來。我現在離家已十二三年，值此新秋，又是風雨飄搖的深夜，天涯羈客不勝落寞的情懷，思念着母親，我一陣陣鼻酸眼脹。

啊，母親，我慈愛的母親喲！你兒子已經到了中年，在海外已自娶妻生子了。幼年時摘取芭蕉花的故事，為甚麼使我父親、母親那樣的傷心，我現在是早已知道了。但是，我正因為知道了，竟失掉了我摘取芭蕉花的自信和勇氣。這難道是進步嗎？

一九二四年八月二十日夜，寫於福岡

銀杏

銀杏，我思念你，我不知道你為甚麼又叫公孫樹。但一般人叫你是白果，那是容易了解的。

我知道，你的特徵並不專在乎你有這和杏相彷彿的果實，核皮是純白如銀，核仁是富於營養——這不用說已經就足以為你的特徵了。

但一般人並不知道你是有花植物中最古的先進，你的花粉和胚珠具有着動物般的性態，你是完全由人力保存了下來的奇珍。

自然界中已經是不能有你的存在了，但你依然挺立着，在太空中高唱着人間勝利的凱歌。

你這東方的聖者，你這中國人文的有生命的紀念塔，你是只有中國才有呀，一般人似乎也並不知道。

我到過日本，日本也有你，但你分明是日本的華僑，你僑居在日本大約已有中國的文化僑居在日本的那樣久遠了吧。

你是真應該稱為中國的國樹的呀，我是喜歡你，我特別的喜歡你。

但也並不是因為你是中國的特產，我才特別的喜歡，是因為你美，你真，你善。

你的株幹是多麼的端直，你的枝條是多麼的蓬勃，你那摺扇形的葉片是多麼的青翠，多麼的瑩潔，多麼的精巧呀！

在暑天你為多少的廟宇戴上了巍峨的雲冠，你也為多少的勞苦人撐出了清涼的華蓋。

梧桐雖有你的端直而沒有你的堅牢；

白楊雖有你的葱蘢而沒有你的莊重。

熏風會媚嫵你，群鳥時來為你歡歌；上帝百神——假如是有上帝百神，我相信每當皓月流空，他們會在你腳下來聚會。

秋天到來，蝴蝶已經死了的時候，你的碧葉要翻成金黃，而且又會飛出滿園的蝴蝶。

你不是一位巧妙的魔術師嗎？但你絲毫也沒有令人掩鼻的那種的江湖氣息。

當你那解脫了一切，你那槎丫的枝幹挺撐在太空中的時候，你對於寒風霜雪毫不避易。

那是多麼的嶙峋而又灑脫呀，恐怕自有佛法以來再也不曾產生過像你這樣的高僧。

你沒有絲毫依阿取容的姿態，但你也並不荒傖；你的美德像音樂一樣洋溢八荒，但你也並不驕傲；你的名諱似乎就是「超然」，你超在乎一切的草木之上，你超在乎一切之上，但你並不隱遁。

你的果實不是可以滋養人，你的本質不是堅實的器材，就是你的落葉不也是絕好的引火的燃料嗎？

可是我真有點奇怪了：奇怪的是中國人似乎大家都忘記了你，而且忘記得很久遠，似乎是從古以來。

我在中國的經典中找不出你的名字，我很少看到中國的詩人詠讚你的詩，也很少看到中國的畫家描寫你的畫。

這究竟是怎麼一回事呀，你是隨中國文化以俱來的亙古的證人，你不也是以為奇怪嗎？

銀杏，中國人是忘記了你呀，大家雖然都在吃你的白果，都喜歡吃你的白果，但的確是忘記了你呀。

世間上也盡有不辨菽麥的人，但把你忘記得這樣普遍，這樣久遠的例子，從來也不曾有過。

真的啦，陪都不是首善之區嗎？但我就很少看見你的影子；為甚麼遍街都是洋槐，滿園都是幽加里樹呢？

我是怎樣的思念你呀，銀杏！我可希望你不要把中國忘記吧。

這事情是有點危險的，我怕你一不高興，會從中國的地面上隱遁下去。

在中國的領空中會永遠聽不着你讚美生命的歡歌。

銀杏，我真希望呀，希望中國人單為能更多吃你的白果，總有能更加愛慕你的一天。

一九四二年五月二十三日

許地山

許地山（1893—1941），台灣台南人。現代作家。著有散文集《空山靈雨》等，另有《許地山選集》印行。

荼蘼

我常得着男子送給我底東西，總沒有當它們做寶貝看。我底朋友師松卻不如此，因為她從不曾受過男子底贈與。

自鳴鐘敲過四下以後，山上禮拜寺底聚會就完了。男男女女像出圈底羊，爭要下到山坡覓食一般。那邊有一個男學生跟着我們走，他底正名字我忘記了，我只記得人家都叫他做「宗之」。他手裡拿着一枝荼蘼，且行且嗅。荼蘼本不是香花，他嗅着，不過是一種無聊舉動便了。

「松姑娘，這枝荼蘼送給你。」他在我們後面嚷着。松姑娘回頭看見他滿臉堆着笑容遞着那花，就速速伸手去接。她接着說：「很多謝，很多謝。」宗之只笑着點點頭，隨即從西邊底山徑轉回家去。

「他給我這個，是甚麼意思？」

「你想他有甚麼意思，他就有甚麼意思。」我這樣回答她。走不多遠，我們也分途各自家去了。

她自下午到晚上不歇把弄那枝荼蘼。那花像有極大的魔力，不讓她撒手一樣。她要放下時，每覺得花兒對她說：「為甚麼離奪我？我不是從宗之手裡遞給你，交你照管底嗎？」

呀，宗之底眼、鼻、口、齒、手、足、動作，沒有一件不在花心跳躍着，沒有一件不在她眼前底花枝顯現出來！她心裡說：「你這美男子，為甚緣故送給我這花兒？」她又想起那天經壇上底講章，就自己回答說：「因為他顧念他使女底卑微，從今而後，萬代要稱我為有福。」

這是她愛荼蘼花，還是宗之愛她呢？我也說不清，只記得有一天我和宗之正坐在榕樹根談話底時候，他家底人跑來對他說：「松姑娘吃了一朵甚麼花，說是你給她底，現在病了。她家底人要找你去問話咧。」

他嚇了一跳，也摸不着頭腦，只說：「我那時節給她東西吃？這真是……！」

我說：「你細想一想。」他怎麼也想不起來。我才提醒他說：「你前個月在斜道上不是給了她一朵荼蘼嗎？」

「對呀，可不是給了她一朵荼蘼！可是我那裡教她吃了呢？」

「為甚麼你單給她，不給別人？」我這樣問他。

他很直截地說：「我並沒有甚麼意思，不過隨手摘下，隨手送給別人就是了。我平素送了許多東西給人，也沒有甚麼事；怎麼一朵小小的荼蘼就可使她着了魔？」

他還坐在那裡沉吟，我便促他說：「你還能在這裡坐着麼？不管她是誤會，你是有意，你既然給了她，現在就得去看她一看才是。」

「我那有甚麼意思？」

我說：「你且去看看罷。蚌蛤何嘗立志要生珠子呢？也不過是外間底沙粒偶然滲入它底殼裡，它就不得不用盡工夫分泌些黏液把那小沙裹起來罷了。你雖無心，可是你底花一到她手裡，管保她不因花而愛起你來嗎？你敢保她不把那花當做你所賜給愛底標識，就納入她底懷中，用心裡無限底情思把它圍繞得非常嚴密嗎？也許她本無心，但因你那美意底沙無意中掉在她愛底貝殼裡，使她不得不如此。不用躊躇了，且去看看罷。」

宗之這才站起來，皺一皺他那副冷靜底臉龐，跟着來人從林菁底深處走出去了。

落花生

我們屋後有半畝隙地。母親說：「讓它荒蕪着怪可惜，既然你們那麼愛吃花生，就闢來做花生園罷。」我們幾姊弟和幾個小丫頭都很喜歡——買種底買種，動土底動土，灌園底灌園；過不了幾個月，居然收穫了！

媽媽說：「今晚我們可以做一個收穫節，也請你們爹爹來嚐嚐我們底新花生，如何？」我們都答應了。母親把花生做成好幾樣底食品，還吩咐這節期要在園裡底茅亭舉行。

那晚上底天色不大好，可是爹爹也到來，實在很難得！爹爹說：「你們愛吃花生麼？」

我們都爭着答應：「愛！」

「誰能把花生底好處說出來？」

姊姊說：「花生底氣味很美。」

哥哥說：「花生可以製油。」

我說：「無論何等人都可以用賤價買它來吃；都喜歡吃它。這就是它底好處。」

爹爹說：「花生底用處固然很多；但有一樣是很可貴的。這小小的豆不像那好看的蘋果、桃子、石榴，把它們底果實懸在枝上，鮮紅嫩綠的顏色，令人一望而發生羨慕底心。它只把果子埋在地底，等到成熟，才容人把它挖出來。你們偶然看見一棵花生瑟縮地長在地上，不能立刻辨出它有沒有果實，非得等到你接觸它才能知道。」

我們都說：「是的。」母親也點點頭。爹爹接下去說：「所以你們要像花生，因為它是有用的，不是偉大、好看的東西。」我說：「那麼，人要做有用的人，不要做偉大、體面的人了。」爹爹說：「這是我對於你們底希望。」

我們談到夜闌才散，所有花生食品雖然沒有了，然而父親底話現在還印在我心版上。

葉聖陶

葉聖陶（1894—1988），江蘇蘇州人。現代作家，教育家。著有散文集《三種船》、《西川集》等，另有《葉聖陶文集》印行。

五月卅一日急雨中

從車上跨下，急雨如惡魔的亂箭，立刻打濕了我的長衫。滿腔的憤怒，頭顱似乎戴着緊緊的鐵箍。我走，我奮疾地走。

路人少極了，店鋪裡彷彿也很少見人影。哪裡去了！哪裡去了！怕聽昨天那樣的排槍聲，怕吃昨天那樣的急射彈，所以如小鼠如蝸牛般蜷伏在家裡，躲藏在櫃台底下麼？這有甚麼用！你蜷伏，你躲藏，槍聲會來找你的耳朵，子彈會來找你的肉體：你看有甚麼用？

猛獸似的張着巨眼的汽車衝馳而過，泥水濺污我的衣服，也濺及我的項頸。我滿腔的憤怒。

一口氣趕到「老閘捕房」門前，我想參拜我們的夥伴的血迹，我想用舌頭舔盡所有的血迹，咽入肚裡。但是，沒有了，一點兒沒有了！已經給仇人的水龍頭沖得光光，已經給爛了心腸的人們踩得光光，更給惡魔的亂箭似的急雨洗得光光！

不要緊，我想。血曾經淌在這塊地方，總有滲入這塊土裡的吧。那就行了。這塊土是血的土，血是我們的夥伴的血，還不夠是一課嚴重的功課麼？血灌溉着，血滋潤着，將會看到血的花開在這裡，血的果結在這裡。

我注視這塊土，全神地注視着，其餘甚麼都不見了，彷彿自己整個兒軀體已經融化在裡頭。

抬起眼睛，那邊站着兩個巡捕：手槍在他們的腰間；泛紅的臉上的肉，深深的頰紋刻在嘴的周圍，黃色的睫毛下閃着綠光，似乎在那裡獰笑。

手槍，是你麼？似乎在那裡獰笑的，是你麼？

「是的，是的，就是我，你便怎樣！」——我彷彿看見無量數的手槍在點頭，彷彿聽見無量數的張開的大口在那裡獰笑。

我舔着嘴唇咽下去，把看見的聽見的一齊咽下去，如同咽一塊粗糙的石頭，一塊燒紅的鐵。我滿腔的憤怒。

雨越來越急，風把我的身體捲住，全身濕透了，傘全然不中用。我回轉身走剛才來的路，路上有人了。三四個，六七個，顯然可見是青布大褂的隊伍，中間也有穿洋服的，也有穿各色衫子的短髮的女子。他們有的張着傘，大部分卻直任狂雨亂潑。

他們的臉使我感到驚異。我從來沒有見到過這麼嚴肅的臉，有如昆侖之聳峙；我從來沒有見到過這麼鬱怒的臉，有如雷電之將作。青年的清秀的顏色退隱了，換上了北地壯士的蒼勁。他們的眼睛將要冒出焚燒一切的火燄，抿緊的嘴唇裡藏着咬得死敵人的牙齒……

佩絃的詩道，「笑將不復在我們唇上！」用來歌詠這許多張臉正適合。他們不復笑，永遠不復笑！他們有的是嚴肅與鬱怒，永遠是嚴肅的鬱怒的臉。

青布大褂的隊伍紛紛投入各家店鋪，我也跟着一隊跨進一家，記得是布匹莊。我聽見他們開口了，差不多掏整個的心，湧起滿腔的血，真摯地熱烈地講着。他們講到民族的命運，他們講到群眾的力量，他們講到反抗的必要；他們不憚鄭重叮嚀的是「咱們一夥兒」！我感動，我心酸，酸得痛快。

店夥的臉比較地嚴肅了；他們沒有話說，暗暗點頭。

我跨出布匹莊。「中國人不會齊心呀！如果齊心，嚇，怕甚麼！」聽到這句帶有尖刺的話，我回頭去看。

是一個三十左右的男子，粗布的短衫露着胸，蒼黯的膚色標記他是在露天出賣勞力的。他的眼睛裡放射出英雄的光。

不錯呀，我想。露胸的朋友，你喊出這樣簡要精練的話來，你偉大！你剛強！你是具有解放的優先權者！——我虔敬地向他點頭。

但是，恍惚有藍袍玄褂小髭鬚的影子在我眼前晃過，玩世的微笑，又彷彿鼻子裡輕輕的一聲「嗤」。接着又晃過一個袖手的，漂亮的嘴臉，漂亮的衣着，在那裡低吟，依稀是「可憐無補費精神」！袖手的幻化了，抖抖地，顯出一個瘠瘦的中年人，如鼠的觳觫的眼睛，如兔的顫動的嘴唇，含在喉際，欲吐又不敢吐的是一聲「怕……」

我如受奇恥大辱，看見這種種的魔影，我憤怒地張大眼睛，甚麼魔影都沒有了，只見滿街惡魔的亂箭似的急雨。

微笑的魔影，漂亮的魔影，惶恐的魔影，我咒詛你們！你們滅絕！你們消亡！永遠不存一絲兒痕迹於這塊土地上！

有淌在路上的血，有嚴肅的鬱怒的臉，有露胸朋友那樣的意思，「咱們一夥兒」，有救，一定有救，——豈但有救而已。

我滿腔的憤怒。再有露胸朋友那樣的話在路上吧？我向前走去。

依然是滿街惡魔的亂箭似的急雨。

一九二五年五月三十一日作

記金華的兩個岩洞

今年四月十四日，我在浙江金華，遊北山的兩個岩洞，雙龍洞和冰壺洞。洞有三個，最高的一個叫朝真洞，洞中泉流跟冰壺、雙龍上下相貫通，我因為足力不濟，沒有到。

出金華城大約五公里到羅甸。那裡的農業社兼種花，種的是茉莉、白蘭、珠蘭之類，跟我們蘇州虎丘一帶相類，但是種花的規模不及虎丘大。又種佛手，那是虎丘所沒有的。據說佛手要那裡的土培植，要雙龍泉水灌溉，才長得好，如果移到別處，結成的佛手就像拳頭那麼一個，沒有長長的指頭，不成其為「手」了。

過了羅甸就漸漸入山。公路盤曲而上，工人正在填石培土，為鞏固路面加工。山上幾乎開滿映山紅，比較盆栽的杜鵑，無論花朵和葉子，都顯得特別有精神。油桐也正開花，這兒一叢，那兒一簇，很不少。我起初以為是梨花，後來認葉子，才知道不是。叢山之中有幾脈，山上砂土作粉紅色，在他處似乎沒有見過。粉紅色的山，各色的映山紅，再加上或深或淡的新綠，眼前一片明艷。

一路迎着溪流。隨着山勢，溪流時而寬，時而窄，時而緩，時而急，溪聲也時時變換調子。入山大約五公里就到雙龍洞口，那溪流就是從洞裡出來的。

在洞口抬頭望，山相當高，突兀森鬱，很有氣勢。洞口像橋洞似地作穹形，很寬。走進去，彷彿到了個大會堂，周圍是石壁，頭上是高高的石頂，如果聚集一千或是八百人在那裡開個會，一定不覺得擁擠。泉水靠着洞口的右邊往外流。這是外洞，因為那邊還有個洞口，洞中光線明亮。

在外洞找泉水的來路，原來從靠左邊的石壁下方的孔隙流出。雖說是孔隙，可也容得下一隻小船進出。怎樣小的小船呢？兩個人並排仰臥，剛合適，再沒法容第三個人，是這樣小的小船。船兩頭都繫着繩子，管理處的工友先進內洞，在裡邊拉繩子，船就進去，在外洞的工友拉另一頭的繩子，船就出來。我懷着好奇的心情獨個兒仰臥在小船裡，遵照人家的囑咐，自以為從後腦到肩背，到臀部，到腳跟，沒一處不貼着船底了，才說一聲「行了」，船就慢慢移動。眼前昏暗了，可是還能感覺左右和上方的山石似乎都在朝我擠壓過來。我又感覺要是把頭稍微抬起一點兒，準會撞破了額角，擦傷了鼻子。大約行了二三丈的水程吧（實在也說不準確），就登陸了，這就到了內洞。要不是工友提着汽油燈，內洞真是一團漆黑，甚麼都看不見。即使有了汽油燈，還只能照見小小的一搭地方，餘外全是昏暗，不知道有多麼寬廣。工友以導遊者的身份，提高了汽油燈，逐一指點內洞的景物。首先當然是蜿蜒在洞頂的雙龍，一條黃龍，一條青龍。我順着他的指點看，有點兒像。其次是些石鍾乳和石筍，這是甚麼，那是甚麼，大都據形狀想像成仙家、動物以及宮室、器用，名目有四十多。這是各處岩洞的通例，凡是岩洞都有相類的名目。我不感興趣，雖然聽了，一個也沒有記住。

有岩洞的山大多是石灰岩。石灰岩經地下水長時期的侵蝕，形成岩洞。地下水含有碳酸，石灰岩是碳酸鈣，碳酸鈣遇着水裡的碳酸，就成酸性碳酸鈣。酸性碳酸鈣是溶解於水的，這是岩洞形成和逐漸擴大的緣故。水漸漸乾的時候，其中碳酸分解成水和二氧化碳氣跑走，剩下的又是固體的碳酸鈣。從洞頂下垂，凝成固體的，就是石鍾乳，點滴積累，凝結在洞底的，就是石筍，道理是一樣的。惟其如此，凝成的形狀變化多端，再加上顏色各異，即使不比做甚麼甚麼，也就值得觀賞。

在洞裡走了一轉，覺得內洞比外洞大得多，大概有十來進房子那麼大。泉水靠着右邊緩緩地流，聲音輕輕的。上源在深黑的石洞裡。

查《徐霞客遊記》，霞客在崇禎九年（一六三六）十月初十日遊三洞。郁達夫也到過，查他的遊記，是一九三三年十一月十二日。達夫遊記說內洞石壁上「唐宋人的題名石刻很多，我所見到的，以慶曆四年的刻石為最古。……清人題壁，則自乾隆以後絕對沒有了，蓋因這裡洞，自那時候起，為泥沙淤塞了的緣故」。達夫去的時候，北山才經整理，舊洞新闢。到現在又是二十多年了，最近北山再經整理，公路修起來了，休憩茶飯的所在佈置起來了，外洞內洞收拾得乾乾淨淨。我去的那一天是星期日，遊人很不少，工人、農民、幹部、學生都有，外洞內洞鬧哄哄的，要上小船得排隊等候好一會兒。這種景象，莫說徐霞客，假如達夫還在人世，也一定會說二十年前決想不到。

我排隊等候，又仰臥在小船裡，出了洞。在外洞前休息了一會兒，就往冰壺洞。根據剛才的經驗，知道洞裡潮濕，穿布鞋非但容易濕透，而且把不穩腳。我就買一雙草鞋，套在布鞋上。

從雙龍洞到冰壺洞有石級。平時沒有鍛煉，爬了三五十級就氣呼呼的，兩條腿一步重一步了，兩旁的樹木山石也無心看了。爬爬歇歇直到冰壺洞口，也沒有數一共多少級，大概有三四百級吧。洞口不過小縣城的城門那麼大，進了洞就得往下走。沿着石壁鑿成石級，一邊架設木欄杆以防跌下去，跌下去可真不是玩兒的。工友提着汽油燈在前邊引導，我留心腳下，踩穩一腳再挪動一腳，覺得往下走也不比向上爬輕鬆。

忽然聽見水聲了，再往下沒有多少步，聲音就非常之大，好像整個洞裡充滿了這轟轟的聲音，真有逼人的氣勢。就看見一掛瀑布從石隙吐出來，吐出來的地方石勢突出，所以瀑布全部懸空，上狹下寬，高大約十丈。身在一個不知道多麼大的岩洞裡，憑汽油燈的光平視這飛珠濺玉的形象，耳朵裡只聽見它的轟轟，臉上手上一陣陣地沾着飛來的細水滴，這是平生從未經歷的境界，當時的感受實在難以描述。

再往下走幾十級，瀑布就在我們上頭，要抬頭看了。這時候看見一幅奇景，好像天蒙蒙亮的辰光正下急雨，千萬枝銀箭直射而下，天邊還留着幾點殘星。這個比擬是工友說給我聽的，聽了他說的，抬頭看瀑布，越看越有意味。這個比擬比較把石鍾乳比做獅子和象之類，意境高得多了。

在那個位置上仰望，瀑布正承着洞口射進來的光，所以不須照燈，通體雪亮。所謂殘星，其實是白色石鍾乳的反光。

這個瀑布不像一般瀑布，底下沒有潭，落到洞底就成伏流，是雙龍洞泉水的上源。

現在把徐霞客記冰壺洞的文句抄在這裡，以供參證。「洞門仰如張吻。先投杖垂炬而下，滾滾不見其底。乃攀隙倚空入。忽聞水聲轟轟，秉炬從之，則洞之中央，一瀑從空下墜，冰花玉屑，從黑暗處耀成潔彩。水穴石中，莫稔所去。乃依炬四窮，其深陷逾朝真，而屈曲少遜。」

秋天的況味

林語堂

林語堂（1895—1976），福建龍溪人。現代作家。著有雜文集《翦拂集》、《大荒集》等，另有《語堂文集》印行。

秋天的黃昏，一人獨坐在沙發上抽煙，看煙頭白灰之下露出紅光，微微透露出暖氣，心頭的情緒便跟着那藍煙繚繞而上，一樣的輕鬆，一樣的自由。不轉眼繚煙變成縷縷的細絲，慢慢不見了，而那霎時，心上的情緒也跟着消沉於大千世界，所以也不講那時的情緒，而只講那時的情緒的況味。待要再劃一根洋火，再點起那已點過三四次的雪茄，卻因白灰已積得太多，點不着，乃輕輕的一彈，煙灰靜悄悄的落在銅爐上，其靜寂如同我此時用毛筆寫在中紙上一樣，一點的聲息也沒有。於是再點起來，一口一口的吞雲吐霧，香氣撲鼻，宛如偎紅倚翠溫香在抱情調。於是想到煙，想到這煙一股溫煦的熱氣，想到室中繚繞暗淡的煙霞，想到秋天的意味。這時才想起，向來詩文上秋的含義，並不是這樣的，使人聯想的是蕭殺，是凄涼，是秋扇，是紅葉，是荒林，是萋草。然而秋確有另一意味，沒有春天的陽氣勃勃，也沒有夏天的炎烈迫人，也不像冬天之全入於枯槁凋零。我所愛的是秋林古氣磅礴氣象。有人以老氣橫秋罵人，可見是不懂得秋林古色之滋味。在四時中，我於秋是有偏愛的，所以不妨說說。秋是代表成熟，對於春天之明媚嬌艷，夏日之茂密濃深，都是過來人，不足為奇了，所以其色淡，葉多黃，有古色蒼龍之概，不單以葱翠爭榮了。這是我所謂秋的意味。大概我所愛的不是晚秋，是初秋，那時暄氣初消，月正圓，蟹正肥，桂花皎潔，也未陷入懍烈蕭瑟氣態，這是最值得賞樂的。那時的溫和，如我煙上的紅灰，只是一股熏熟的溫香罷了。或如文人已排脫下筆驚人的格調，而漸趨純熟練達，宏毅堅實，其文讀來有深長意味。這就是莊子所謂「正得秋而萬寶成」結實的意義。在人生上最享樂的就是這一類的事。比如酒以醇以老為佳。煙也有和烈之辨。雪茄之佳者，遠勝於香煙，因其味較和。倘是燒得得法，慢慢的吸完一支，看那紅光炙發，有無窮的意味。鴉片吾不知，然看見人在煙燈上燒，聽那微微嗶剝的聲音，也覺得有一種詩意。大概凡是古老，純熟，熏黃，熟練的事物，都使我得到同樣的愉快。如一隻熏黑的陶鍋在烘爐上用慢火炖豬肉時所發出的鍋中徐吟的聲調，是使我感到同觀人燒大煙一樣的興趣。或如一本用過二十年而尚未破爛的字典，或是一張用了半世的書桌，或如看見街上一塊熏黑了老氣橫秋的招牌，或是看見書法大家蒼勁雄深的筆迹，都令人有相同的快樂，人生世上如歲月之有四時，必須要經過這純熟時期，如女人發育健全遭遇安順的，亦必有一時徐娘半老的風韻，為二八佳人所絕不可及者。使我最佩服的是鄧肯的佳句：「世人只會吟詠春天與戀愛，真無道理。須知秋天的景色，更華麗，更恢奇，而秋天的快樂有萬倍的雄壯，驚奇，都麗。我真可憐那些婦女識見褊狹，使她們錯過愛之秋天的宏大的贈賜。」若鄧肯者，可謂識趣之人。

人生的樂趣

我們只有知道一個國家人民生活的樂趣，才會真正了解這個國家，正如我們只有知道一個人怎樣利用閒暇時光，才會真正了解這個人一樣。只有當一個人歇下他手頭不得不幹的事情，開始做他所喜歡做的事情時，他的個性才會顯露出來。只有當社會與公務的壓力消失，金錢、名譽和野心的刺激離去，精神可以隨心所欲地遊蕩之時，我們才會看到一個內在的人，看到他真正的自我。生活是艱苦的，政治是骯髒的，商業是卑鄙的，因而，通過一個人的社會生活狀況去判斷一個人，通常是不公平的。我發現我們有不少政治上的惡棍在其他方面卻是十分可愛的人，許許多多無能而又誇誇其談的大學校長在家裡卻是絕頂的好人。同理，我認為玩耍時的中國人要比幹正經事情時的中國人可愛得多。中國人在政治上是荒謬的，在社會上是幼稚的，但他們在閒暇時卻是最聰明最理智的。他們有着如此之多的閒暇和悠閒的樂趣，這有關他們生活的一章，就是為願意接近他們並與之共同生活的讀者而作的。這裡，中國人才是真正的自己，並且發揮得最好，因為只有在生活上他們才會顯示出自己最佳的性格——親切、友好與溫和。

既然有了足夠的閒暇，中國人有甚麼不能做呢？他們食蟹、品茗、嚐泉、唱戲、放風箏、踢毽子、比草的長勢、糊紙盒、猜謎、搓麻將、賭博、典當衣物、煨人參、看鬥雞、逗小孩、澆花、種菜、嫁接果樹、下棋、沐浴、閒聊、養鳥、午睡、大吃二喝、猜拳、看手相、談狐狸精、看戲、敲鑼打鼓、吹笛、練書法、嚼鴨肫、腌蘿蔔、捏胡桃、放鷹、餵鴿子、與裁縫吵架、去朝聖、拜訪寺廟、登山、看賽舟、鬥牛、服春藥、抽鴉片、閒蕩街頭、看飛機、罵日本人、圍觀白人、感到納悶兒、批評政治家、唸佛、練深呼吸、舉行佛教聚會、請教算命先生、捉蟋蟀、嗑瓜子、賭月餅、辦燈會、焚淨香、吃麵條、射文虎、養瓶花、送禮祝壽、互相磕頭、生孩子、睡大覺。

這是因為中國人總是那麼親切、和藹、活潑、愉快，那麼富有情趣，又是那麼會玩兒。儘管現代中國受過教育的人們總是脾氣很壞，悲觀厭世，失去了一切價值觀念，但大多數人還是保持着親切、和藹、活潑、愉快的性格，少數人還保持着自己的情趣和玩耍的技巧。這也是自然的，因為情趣來自傳統。人們被教會欣賞美的事物，不是通過書本，而是通過社會實例，通過在富有高尚情趣的社會裡的生活，工業時代人們的精神無論如何是醜陋的，而某些中國人的精神——他們把自己的社會傳統中一切美好的東西都拋棄掉，而瘋狂地去追求西方的東西，可自己又不具備西方的傳統，他們的精神更為醜陋。在全上海所有富豪人家的園林住宅中，只有一家是真正的中國式園林，卻為一個猶太人所擁有。所有的中國人都醉心於甚麼網球場、幾何狀的花床、整齊的柵欄，修剪成圓形或圓錐形的樹木，以及按英語字母模樣栽培的花草。上海不是中國，但上海卻是現代中國往何處去的不祥之兆。它在我們嘴裡留下了一股又苦又澀的味道，就像中國人用豬油做的西式奶油糕點那樣。它刺激了我們的神經，就像中國的樂隊在送葬行列中大奏其「前進，基督的士兵們」一樣。傳統和趣味需要時間來互相適應。

古代的中國人是有他們自己的情趣的。我們可以從漂亮的古書裝幀、精美的信箋、古老的瓷器、偉大的繪畫和一切未受現代影響的古玩中看到這些情趣的痕迹。人們在撫玩着漂亮的舊書、欣賞着文人的信箋時，不可能看不到古代的中國人對優雅、和諧和悦目色彩的鑒賞力。僅在二三十年之前，男人尚穿着鴨蛋青的長袍，女人穿紫紅色的衣裳，那時的雙縐也是真正的雙縐，上好的紅色印泥尚有市場。而現在整個絲綢工業都在最近宣告倒閉，因為人造絲是如此便宜，如此便於洗滌，三十二元錢一盎司的紅色印泥也沒有了市場，因為它已被橡皮圖章的紫色印油所取代。

古代的親切和藹在中國人的小品文中得到了極好的反映。小品文是中國人精神的產品，閒暇生活的樂趣是其永恆的主題。小品文的題材包括品茗的藝術，圖章的刻製及其工藝和石質的欣賞，盆花的栽培，還有如何照料蘭花，泛舟湖上，攀登名山，拜謁古代美人的墳墓，月下賦詩，以及在高山上欣賞暴風雨——其風格總是那麼悠閒、親切而文雅，其誠摯謙遜猶如與密友在爐邊交談，其形散神聚猶如隱士的衣着，其筆鋒犀利而筆調柔和，猶如陳年老酒。文章通篇都洋溢着這樣一個人的精神：他對宇宙萬物和自己都十分滿意；他財產不多，情感卻不少；他有自己的情趣，富有生活的經驗和世俗的智慧，卻又非常幼稚；他有滿腔激情，而表面上又對外部世界無動於衷；他有一種憤世嫉俗般的滿足，一種明智的無為；他熱愛簡樸而舒適的物質生活。這種溫和的精神在《水滸傳》的序言裡表述得最為明顯，這篇序文偽托給該書作者，實乃十七世紀一位批評家金聖嘆所作。這篇序文在風格和內容上都是中國小品文的最佳典範，讀起來像是一篇專論「悠閒安逸」的文章。使人感到驚訝的是，這篇文章竟被用作小說的序言。

在中國，人們對一切藝術的藝術，即生活的藝術，懂得很多。一個較為年輕的文明國家可能會致力於進步；然而一個古老的文明國度，自然在人生的歷程上見多識廣，她所感興趣的只是如何過好生活。就中國而言，由於有了中國的人文主義精神，把人當作一切事物的中心，把人類幸福當作一切知識的終結，於是，強調生活的藝術就是更為自然的事情了。但即使沒有人文主義，一個古老的文明也一定會有一個不同的價值尺度，只有它才知道甚麼是「持久的生活樂趣」，這就是那些感官上的東西，比如飲食、房屋、花園、女人和友誼。這就是生活的本質，這就是為甚麼像巴黎和維也納這樣古老的城市有良好的廚師、上等的酒、漂亮的女人和美妙的音樂。人類的智慧發展到某個階段之後便感到無路可走了，於是便不願意再去研究甚麼問題，而是像奧瑪開陽那樣沉湎於世俗生活的樂趣之中了。於是，任何一個民族，如果它不知道怎樣像中國人那樣吃，如何像他們那樣享受生活，那末，在我們眼裡，這個民族一定是粗野的，不文明的。

在李笠翁（十七世紀）的著作中，有一個重要部分專門研究生活的樂趣，是中國人生活藝術的袖珍指南，從住宅與庭園、屋內裝飾、界壁分隔到婦女的梳妝、美容、施粉黛、烹調的藝術和美食的導引，富人窮人尋求樂趣的方法，一年四季消愁解悶的途徑，性生活的節制，疾病的防治，最後是從感覺上把藥物分成三類：「本性酷好之藥」、「其人急需之藥」和「一生鍾愛之藥」。這一章包含了比醫科大學的藥學課程更多的用藥知識。這個享樂主義的戲劇家和偉大的喜劇詩人，寫出了自己心中之言。我們在這裡舉幾個例子來說明他對生活藝術的透徹見解，這也是中國精神的本質。

李笠翁在對花草樹木及其欣賞藝術作了認真細緻而充滿人情味的研究之後，對柳樹作了如下論述：

柳貴乎垂，不垂則可無柳。柳條貴長，不長則無裊娜之致，徒垂無益也。此樹為納蟬之所，諸鳥亦集。長夏不寂寞，得時聞鼓吹者，是樹皆有功，而高柳為最。總之種樹非止娛目，兼為悅耳。目有時而不娛，以在臥榻之上也；耳則無時不悅。鳥聲之最可愛者，不在人之坐時，而偏在睡時。鳥音宜曉聽，人皆知之；而其獨直於曉之故，人則未之察也。鳥之防弋，無時不然。卯辰以後，是人皆起，人起而鳥不自安矣。慮患之念一生，雖欲鳴而不得，欲亦必無好音，此其不宜於晝也。曉則是人未起，即有起者，數亦寥寥，鳥無防患之心，自能畢其能事。且捫舌一夜，技癢於心，至此皆思調弄，所謂「不鳴則已，一鳴驚人」者是也，此其獨宜於曉也。莊子非魚，能知魚之樂；笠翁非鳥，能識鳥之情。凡屬鳴禽，皆當以予為知己。種樹之樂多端，而其不便於雅人者亦有一節：枝葉繁冗，不漏月光。隔嬋娟而不使見者，此其無心之過，不足責也。然匪樹木無心，人無心耳。使於種植之初，預防及此，留一線之餘天，以待月輪出沒，則晝夜均受其利矣。

在婦女的服飾問題上，他也有自己明智的見解：

婦人之衣，不貴精而貴潔，不貴麗而貴雅，不貴與家相稱，而貴與貌相宜。……今試取鮮衣一襲，令少婦數人先後服之，定有一二中看，一二不中看者，以其面色與衣色有相稱、不相稱之別，非衣有公私向背於其間也。使貴人之婦之面色不宜文采，而宜縞素，必欲去縞素而就文采，不幾與面色為仇乎？……大約面色之最白最嫩，與體態之最輕盈者，斯無往而不宜：色之淺者顯其淡，色之深者愈顯其淡；衣之精者形其嬌，衣之粗者愈形其嬌。……然當世有幾人哉？稍近中材者，即當相體裁衣，不得混施色相矣。

記予兒時所見，女子之少者，尚銀紅桃紅，稍長者尚月白，未幾而銀紅桃紅皆變大紅，月白變藍，再變則大紅變紫，藍變石青。迨鼎革以後，則石青與紫皆罕見，無論少長男婦，皆衣青矣。

李笠翁接下去討論了黑色的偉大價值。這是他最喜歡的顏色，它是多麼適合於各種年齡、各種膚色，在窮人可以久穿而不顯其髒，在富人則可在裡面穿着美麗的色彩，一旦有風一吹，裡面的色彩便可顯露出來，留給人們很大的想像餘地。

此外，在「睡」這一節裡，有一段漂亮的文字論述午睡的藝術：

然而午睡之樂，倍於黃昏，三時皆所不宜，而獨宜於長夏。非私之也，長夏之一日，可抵殘冬二日，長夏之一夜，不敵殘冬之半夜，使止息於夜，而不息於晝，是以一分之逸，敵四分之勞，精力幾何，其能堪此？況暑氣鑠金，當之未有不倦者。倦極而眠，猶飢之得食，渴之得飲，養生之計，未有善於此者。午餐之後，略逾寸晷，俟所食既消，而後徘徊近榻。又勿有心覓睡，覓睡得睡，其為睡也不甜。必先處於有事，事未畢而忽倦，睡鄉之民自來招我。桃源、天台諸妙境，原非有意造之，皆莫知其然而然者，予最愛舊詩中，有「手倦拋書午夢長」一句。手書而眠，意不在睡；拋書而寢，則又意不在書，所謂莫知其然而然也。睡中三昧，惟此得之。

只有當人類了解並實行了李笠翁所描寫的那種睡眠的藝術，人類才可以說自己是真正開化的、文明的人類。

茅盾

茅盾（1896—1981），浙江桐鄉人。現代作家，文學翻譯家。著有長篇小說《蝕》、《子夜》等，另有《茅盾全集》印行。

霧

霧遮沒了正對着後窗的一帶山峰。

我還不知道這些山峰叫甚麼名兒。我來此的第一夜就看見那最高的一座山的頂巔像鑽石裝成的寶冕似的燈火。那時我的房裡還沒有電燈，每晚上在暗中默坐，凝望這半空的一片光明，使我記起了兒時所讀的童話。實在的呢，這排列得很整齊的依稀分為三層的火球，襯着黑魆魆的山峰的背景，無論如何，是會引起非人間的縹渺的思想的。

但在白天看來，卻就平凡得很。並排的五六個山峰，差不多高低，就只最西的一峰戴着一簇房子，其餘的僅只有樹；中間最大的一峰竟還有濯濯地一大塊，像是癩子頭上的瘡疤。

現在那照例的晨霧把甚麼都遮沒了；就是稍遠的電線桿也躲得毫無影蹤。

漸漸地太陽光從濃霧中鑽出來了。那也是可憐的太陽呢！光是那樣的淡弱。隨後它也躲開，讓白茫茫的濃霧吞噬了一切，包圍了大地。

我詛咒這抹煞一切的霧！

我自然也討厭寒風和冰雪。但和霧比較起來，我是寧願後者呵！寒風和冰雪的天氣能夠殺人，但也刺激人們活動起來奮鬥。霧，霧呀，只使你苦悶；使你頹唐闌珊，像陷在爛泥淖中，滿心想掙扎，可是無從着力呢！

傍午的時候，霧變成了牛毛雨，像簾子似的老是掛在窗前。兩三丈以外，便只見一片煙雲——依然遮抹一切，只不是霧樣的罷了。沒有風。門前池中的殘荷梗時時忽然急劇地動搖起來，接着便有紅鯉魚的活潑潑地跳躍劃破了死一樣平靜的水面。

我不知道紅鯉魚的軌外行動是不是為了不堪沉悶的壓迫？在我呢，既然沒有杲杲的太陽，便寧願有疾風大雨，很不耐這愁霧的後身的牛毛雨老是像簾子一樣掛在窗前。

一九二八年十二月十四日

白楊禮讚

白楊樹實在不是平凡的，我讚美白楊樹！

當汽車在望不到邊際的高原上奔馳，撲入你的視野的，是黃綠錯綜的一條大毯子；黃的，那是土，未開墾的處女土，幾百萬年前由偉大的自然力所堆積成功的黃土高原的外殼；綠的呢，是人類勞力戰勝自然的成果，是麥田，和風吹送，翻起了一輪一輪的綠波——這時你會真心佩服昔人所造的兩個字「麥浪」，若不是妙手偶得，便確是經過錘煉的語言的精華。黃與綠主宰着，無邊無垠，坦蕩如砥，這時如果不是宛若並肩的遠山的連峰提醒了你（這些山峰憑你的肉眼來判斷，就知道是在你腳底下的），你會忘記了汽車是在高原上行駛，這時你湧起來的感想也許是「雄壯」，也許是「偉大」，諸如此類的形容詞，然而同時你的眼睛也許覺得有點倦怠，你對當前的「雄壯」或「偉大」閉了眼，而另一種味兒在你心頭潛滋暗長了——「單調」！可不是，單調，有一點兒罷？

然而剎那間，要是你猛抬眼看見了前面遠遠地有一排——不，或者甚至只是三五株，一二株，傲然地聳立，像哨兵似的樹木的話，那你的懨懨欲睡的情緒又將如何？我那時是驚奇地叫了一聲的！

那就是白楊樹，西北極普通的一種樹，然而實在不是平凡的一種樹！

那是力爭上游的一種樹，筆直的幹，筆直的枝。它的幹呢，通常是丈把高，像是加以人工似的，一丈以內，絕無旁枝；它所有的椏枝呢，一律向上，而且緊緊靠攏，也像是加以人工似的，成為一束，絕無橫斜逸出；它的寬大的葉子也是片片向上，幾乎沒有斜生的，更不用說倒垂了；它的皮，光滑而有銀色的暈圈，微微泛出淡青色。這是雖在北方的風雪的壓迫下卻保持着倔強挺立的一種樹！哪怕只有碗來粗細罷，它卻努力向上發展，高到丈許，二丈，參天聳立，不折不撓，對抗着西北風。

這就是白楊樹，西北極普通的一種樹，然而決不是平凡的樹！

它沒有婆娑的姿態，沒有屈曲盤旋的虬枝，也許你要說它不美麗，——如果美是專指「婆娑」或「橫斜逸出」之類而言，那麼白楊樹算不得樹中的好女子；但是它卻是偉岸，正直，樸質，嚴肅，也不缺乏溫和，更不用提它的堅強不屈與挺拔，它是樹中的偉丈夫！當你在積雪初融的高原上走過，看見平坦的大地上傲然挺立這麼一株或一排白楊樹，難道你覺得樹只是樹，難道你就不想到它的樸質，嚴肅，堅強不屈，至少也象徵了北方的農民；難道你竟一點也不聯想到，在敵後的廣大土地上，到處有堅強不屈，就像這白楊樹一樣傲然挺立的守衛他們家鄉的哨兵！難道你又不更遠一點想到這樣枝枝葉葉靠緊團結，力求上進的白楊樹，宛然象徵了今天在華北平原縱橫決蕩用血寫出新中國歷史的那種精神和意志。

白楊不是平凡的樹。它在西北極普遍，不被人重視，就跟北方農民相似；它有極強的生命力，磨折不了，壓迫不倒，也跟北方的農民相似。我讚美白楊樹，就因為它不但象徵了北方的農民，尤其象徵了今天我們民族解放鬥爭中所不可缺的樸質，堅強，以及力求上進的精神。

讓那些看不起民眾，賤視民眾，頑固的倒退的人們去讚美那貴族化的楠木（那也是直幹秀頎的），去鄙視這極常見，極易生長的白楊罷，但是我要高聲讚美白楊樹！

郁達夫

郁達夫（1896—1945），浙江富陽人。現代作家。著有散文集《閒書》、《我的懺悔》等，另有《郁達夫文集》印行。

釣台的春晝

因為近在咫尺，以為甚麼時候要去就可以去，我們對於本鄉本土的名區勝景，反而往往沒有機會去玩，或不容易下一個決心去玩的。正唯其是如此，我對於富春江上的嚴陵，二十年來，心裡雖每在記着，但腳卻沒有向這一方面走過。一九三一，歲在辛未，暮春三月，春服未成，而中央黨帝，似乎又想玩一個秦始皇所玩過的把戲了，我接到了警告，就倉皇離去了寓居。先在江浙附近的窮鄉裡，遊息了幾天，偶而看見了一家掃墓的行舟，鄉愁一動，就定下了歸計。繞了一個大彎，趕到故鄉，卻正好還在清明寒食的節前。和家人等去上了幾處墳，與許久不曾見過面的親戚朋友，來往熱鬧了幾天，一種鄉居的倦怠，忽而襲上心來了，於是乎我就決心上釣台訪一訪嚴子陵的幽居。

釣台去桐廬縣城二十餘里，桐廬去富陽縣治九十里不足，自富陽溯江而上，坐小火輪三小時可達桐廬，再上則須坐帆船了。

我去的那一天，記得是陰晴欲雨的養花天，並且係坐晚班輪去的，船到桐廬，已經是燈火微明的黃昏時候了，不得已就只得在碼頭近邊的一家旅館的樓上借了一宵宿。

桐廬縣城，大約有三里路長，三千多煙竈，一二萬居民，地在富春江西北岸，從前是皖浙交通的要道，現在杭江鐵路一開，似乎沒有一二十年前的繁華熱鬧了。尤其要使旅客感到蕭條的，卻是桐君山腳下的那一隊花船的失去了蹤影。説起桐君山，卻是桐廬縣的一個接近城市的靈山勝地，山雖不高，但因有仙，自然是靈了。以形勢來論，這桐君山，也的確是可以產生出許多口音生硬，別具風韻的桐嚴嫂來的生龍活脈。地處在桐溪東岸，正當桐溪和富春江合流之所，依依一水，西岸便瞰視着桐廬縣市的人家煙樹。南面對江，便是十里長洲；唐詩人方幹的故居，就在這十里桐洲九里花的花田深處。向西越過桐廬縣城，更遙遙對着一排高低不定的青巒，這就是富春山的山子山孫了。東北面山下，是一片桑麻沃地，有一條長蛇似的官道，隱而復現，出沒盤曲在桃花楊柳洋槐榆樹的中間，繞過一支小嶺，便是富陽縣的境界，大約去程明道的墓地程墳，總也不過一二十里地的間隔。我的去拜謁桐君，瞻仰道觀，就在那一天到桐廬的晚上，是淡雲微月，正在作雨的時候。

魚梁渡頭，因為夜渡無人，渡船停在東岸的桐君山下。我從旅館踱了出來，先在離輪埠不遠的渡口停立了幾分鐘。後來向一位來渡口洗夜飯米的年輕少婦，弓身請問了一回，才得到了渡江的秘訣。她說：「你只須高喊兩三聲，船自會來的。」先謝了她教我的好意，然後以兩手圍成了播音的喇叭，「喂，喂，渡船請搖過來！」地縱聲一喊，果然在半江的黑影當中，船身搖動了。漸搖漸近，五分鐘後，我在渡口，卻終於聽出了咿呀柔櫓的聲音。時間似乎已經入了酉時的下刻，小市裡的群動，這時候都已經靜息，自從渡口的那位少婦，在微茫的夜色裡，藏去了她那張白團團的面影之後，我獨立在江邊，不知不覺心裡頭卻兀自感到了一種他鄉日暮的悲哀。渡船到岸，船頭上起了幾聲微微的水浪清音，又銅東的一響，我早已跳上了船，渡船也已經掉過頭來了。坐在黑影沉沉的艙裡，我起先只在靜聽着柔櫓划水的聲音，然後卻在黑影裡看出了一星船家在吸着的長煙管頭上的煙火，最後因為被沉默壓迫不過，我只好開口說話了：「船家！你這樣的渡我過去，該給你幾個船錢？」我問。「隨你先生把幾個就是。」船家的說話冗慢幽長，似乎已經帶着些睡意了，我就向袋裡摸出了兩角錢來。「這兩角錢，就算是我的渡船錢，請你候我一會，上山去燒一次夜香，我是依舊要渡過江來的。」船家的回答，只是恩恩烏烏，幽幽同牛叫似的一種鼻音，然而從繼這鼻音而起的兩三聲輕快的咳聲聽來，他卻似已經在感到滿足了，因為我也知道，鄉間的義渡，船錢最多也不過是兩三枚銅子而已。

到了桐君山下，在山影和樹影交掩着的崎嶇道上，我上岸走不上幾步，就被一塊亂石絆倒，滑跌了一次。船家似乎也動了惻隱之心了，一句話也不發，跑將上來，他卻突然交給了我一盒火柴。我於感謝了一番他的盛意之後，重整步武，再摸上山去，先是必須點一枝火柴走三五步路的，但到得半山，路既就了規律，而微雲堆裡的半規月色，也朦朧地現出一痕銀線來了，所以手裡還存着的半盒火柴，就被我藏入了袋裡。路是從山的西北，盤曲而上，漸走漸高，半山一到，天也開朗了一點，桐廬縣市上的燈火，也星星可數了。更縱目向江心望去，富春江兩岸的船上和桐溪合流口停泊着的船尾船頭，也看得出一點一點的火來。走過半山，桐君觀裡的晚禱鐘鼓，似乎還沒有息盡，耳朵裡彷彿聽見了幾絲木魚鉦鈸的殘聲。走上山頂，先在半途遇着了一道道觀外圍的女牆，這女牆的柵門，卻已經掩上了。在柵門外徘徊了一刻，覺得已經到了此門而不進去，終於是不能滿足我這一次暗夜冒險的好奇怪僻的。所以細想了幾次，還是決心進去，非進去不可，輕輕用手往裡面一推，柵門卻呀的一聲，早已退向了後方開了，這門原來是虛掩在那裡的。進了柵門，踏着為淡月所映照的石砌平路，向東向南的前走了五六十步，居然走到了道觀的大門之外，這兩扇朱紅漆的大門，不消說是緊閉在那裡的。到了此地，我卻不想再破門進去了，因為這大門是朝南向着大江開的，門外頭是一條一丈來寬的石砌步道，步道的一旁是道觀的牆，一旁便是山坡，靠山坡的一面，並且還有一道二尺來高的石牆築在那裡，大約是代替欄杆，防人傾跌下山去的用意，石牆之上，鋪的是二三尺寬的青石，在這似石欄又似石凳的牆上，盡可以坐臥遊息，飽看桐江和對岸的風景，就是在這裡坐它一晚，也很可以，我又何必去打開門來，驚起那些老道的噩夢呢！

空曠的天空裡，流漲着的只是些灰白的雲，雲層缺處，原也看得出半角的天，和一點兩點的星，但看起來最饒風趣的，卻仍是欲藏還露，將見仍無的那半規月影。這時候江面上似乎起了風，雲腳的遷移，更來得迅速了，而低頭向江心一看，幾多散亂着的船裡的燈光，也忽明忽滅地變換了一變換位置。

這道觀大門外的景色，真神奇極了。我當十幾年前，在放浪的遊程裡，曾向瓜州京口一帶，消磨過不少的時日。那時覺得果然名不虛傳的，確是甘露寺外的江山，而現在到了桐廬，昏夜上這桐君山來一看，又覺得這江山之秀而且靜，風景的整而不散，卻非那天下第一江山的北固山所可與比擬的了。真也難怪得嚴子陵，難怪得戴徵士，倘使我若能在這樣的地方結屋讀書，以養天年，那還要甚麼的高官厚祿，還要甚麼的浮名虛譽哩？一個人在這桐君觀前的石凳上，看看山，看看水，看看城中的燈火和天上的星雲，更做做浩無邊際的無聊的幻夢，我竟忘記了時刻，忘記了自身，直等到隔江的擊柝聲傳來，向西一看，忽而覺得城中的燈影微茫地減了，才跑也似地走下了山來，渡江奔回了客舍。

第二日侵晨，覺得昨天在桐君觀前做過的殘夢正還沒有續完的時候，窗外面忽而傳來了一陣吹角的聲音。好夢雖被打破，但因這同吹篳篥似的商音哀咽，卻很含着些荒涼的古意，並且曉風殘月，楊柳岸邊，也正好候船待發，上嚴陵去；所以心裡雖懷着了些兒怨恨，但臉上卻只現出了一痕微笑，起來梳洗更衣，叫茶房去僱船去。僱好了一隻雙槳的漁舟，買就了些酒菜魚米，就在旅館前面的碼頭上上了船，輕輕向江心搖出去的時候，東方的雲幕中間，已現出了幾絲紅暈，有八點多鐘了。舟師急得厲害，只在埋怨旅館的茶房，為甚麼昨晚上不預先告訴，好早一點出發。因為此去就是七里灘頭，無風七里，有風七十里，上釣台去玩一趟回來，路程雖則有限，但這幾日風雨無常，說不定要走夜路，才回來得了的。

過了桐廬，江心狹窄，淺灘果然多起來了。路上遇着的來往的行舟，數目也是很少，因為早晨吹的角，就是往建德去的快班船的信號，快班船一開，來往於兩岸之間的船就不十分多了。兩岸全是青青的山，中間是一條清淺的水，有時候過一個沙洲，洲上的桃花菜花，還有許多不曉得名字的白色的花，正在喧鬧着春暮，吸引着蜂蝶。我在船頭上一口一口地喝着嚴東關的藥酒，指東話西地問着船家，這是甚麼山，那是甚麼港，驚嘆了半天，稱頌了半天，人也覺得倦了，不曉得甚麼時候，身子卻走上了一家水邊的酒樓，在和數年不見的幾位已經做了黨官的朋友高談闊論。談論之餘，還背誦了一首兩三年前曾在同一的情形之下做成的歪詩。

不是尊前愛惜身，
佯狂難免假成真，
曾因酒醉鞭名馬，
生怕情多累美人。
劫數東南天作孽，
雞鳴風雨海揚塵，
悲歌痛哭終何補，
義士紛紛說帝秦。

直到盛筵將散，我酒也不想再喝了，和幾位朋友鬧得心裡各自難堪，連對旁邊坐着的兩位陪酒的名花都不願意開口。正在這上下不得的苦悶關頭，船家卻大聲的叫了起來說：

「先生，羅芷過了，釣台就在前面，你醒醒罷，好上山去燒飯吃去。」

擦擦眼睛，整了一整衣服，抬起頭來一看，四面的水光山色又忽而變了樣子了。清清的一條淺水，比前又窄了幾分，四圍的山包得格外的緊了，彷彿是前無去路的樣子。並且山容峻削，看去覺得格外的瘦格外的高。向天上地下四圍看看，只寂寂的看不見一個人類。雙槳的搖響，到此似乎也不敢放肆了，鉤的一聲過後，要好半天才來一個幽幽的迴響，靜，靜，靜，身邊水上，山下岩頭，只沉浸着太古的靜，死滅的靜，山峽裡連飛鳥的影子也看不見半隻。前面的所謂釣台山上，只看得見兩大個石壘，一間歪斜的亭子，許多縱橫蕪雜的草木。山腰裡的那座祠堂，也只露着些廢垣殘瓦，屋上面連炊煙都沒有一絲半縷，像是好久好久沒有人住了的樣子。並且天氣又來得陰森，早晨曾經露一露臉過的太陽，這時候早已深藏在雲堆裡了，餘下來的只是時有時無從側面吹來的陰颼颼的半箭兒山風。船靠了山腳，跟着前面揹着酒菜魚米的船夫走上嚴先生祠堂的時候，我心裡真有點害怕，怕在這荒山裡要遇見一個乾枯蒼老得同絲瓜筋似的嚴先生的鬼魂。

在祠堂西院的客廳裡坐定，和嚴先生的不知第幾代的裔孫談了幾句關於年歲水旱的話後，我的心跳也漸漸兒的鎮靜下去了，囑託了他以煮飯燒菜的雜務，我和船家就從斷碑亂石中間爬上了釣台。

東西兩石壘，高各有二三百尺，離江面約兩里來遠，東西台相去只有一二百步，但其間卻夾着一條深谷。立在東台，可以看得出羅芷的人家，回頭展望來路，風景似乎散漫一點，而一上謝氏的西台，向西望去，則幽谷裡的清景，卻絕對的不像是在人間了。我雖則沒有到過瑞士，但到了西台，朝西一看，立時就想起了曾在照片上看見過的威廉退兒的祠堂。這四山的幽靜，這江水的青藍，簡直同在畫片上的珂羅版色彩，一色也沒有兩樣，所不同的就是在這兒的變化更多一點，周圍的環境更蕪雜不整齊一點而已，但這卻是好處，這正是足以代表東方民族性的頹廢荒涼的美。

從釣台下來，回到嚴先生的祠堂——記得這是洪楊以後嚴州知府戴槃重建的祠堂——西院裡飽啖了一頓酒肉，我覺得有點酩酊微醉了。手拿着以火柴柄製成的牙籤，走到東面供着嚴先生神像的龕前，向四面的破壁上一看，翠墨淋漓，題在那裡的，竟多是些俗而不雅的過路高官的手筆。最後到了南面的一塊白牆頭上，在離屋檐不遠的一角高處，卻看到了我們的一位新近去世的同鄉夏靈峰先生的四句似邵堯夫而又略帶感慨的詩句。夏靈峰先生雖則只知崇古，不善處今，但是五十年來，像他那樣的頑固自尊的亡清遺老，也的確是沒有第二個人。比較起現在的那些官迷的南滿尚書和東洋宦婢來，他的經術言行，姑且不必去論它，就是以骨頭來稱稱，我想也要比甚麼羅三郎鄭太郎輩，重到好幾百倍。慕賢的心一動，熏人臭技自然是難熬了，堆起了幾張桌椅，借得了一枝破筆，我也向高牆上在夏靈峰先生的腳後放上了一個陳屁，就是在船艙的夢裡，也曾微吟過的那一首歪詩。

從牆頭上跳將下來，又向龕前天井去走了一圈，覺得酒後的乾喉，有點渴癢了，所以就又走回到了西院，靜坐着喝了兩碗清茶。在這四大無聲，只聽見我自己的啾啾喝水的舌音衝擊到那座破院的敗壁上去的寂靜中間，同驚雷似地一響，院後的竹園裡卻忽而飛出了一聲閒長而又有節奏似的雞啼的聲來。同時在門外面歇着的船家，也走進了院門，高聲的對我說：

「先生，我們回去罷，已經是吃點心的時候了，你不聽見那隻雞在後山啼麼？我們回去罷！」

一九三二年八月在上海寫

故都的秋

秋天，無論在甚麼地方的秋天，總是好的；可是啊，北國的秋，卻特別地來得清，來得靜，來得悲涼。我的不遠千里，要從杭州趕上青島，更要從青島趕上北平來的理由，也不過想飽嚐一嚐這「秋」，這故都的秋味。

江南，秋當然也是有的；但草木凋得慢，空氣來得潤，天的顏色顯得淡，並且又時常多雨而少風；一個人夾在蘇州上海杭州，或廈門香港廣州的市民中間，渾渾沌沌地過去，只能感到一點點清涼，秋的味，秋的色，秋的意境與姿態，總看不飽，嚐不透，賞玩不到十足。秋並不是名花，也並不是美酒，那一種半開，半醉的狀態，在領略秋的過程上，是不合適的。

不逢北國之秋，已將近十餘年了。在南方每年到了秋天，總要想起陶然亭的蘆花，釣魚台的柳影，西山的蟲唱，玉泉的夜月，潭柘寺的鐘聲。在北平即使不出門去罷，就是在皇城人海之中，租人家一椽破屋來住着，早晨起來，泡一碗濃茶，向院子一坐，你也能看得到很高很高的碧綠的天色，聽得到青天下馴鴿的飛聲。從槐樹葉底，朝東細數着一絲一絲漏下來的日光，或在破壁腰中，靜對着像喇叭似的牽牛花（朝榮）的藍朵，自然而然地也能夠感覺到十分的秋意。說到了牽牛花，我以為以藍色或白色者為佳，紫黑色次之，淡紅色最下。最好，還要在牽牛花底，教長着幾根疏疏落落的尖細且長的秋草，使作陪襯。

北國的槐樹，也是一種能使人聯想起秋來的點綴。像花而又不是花的那一種落蕊，早晨起來，會鋪得滿地。腳踏上去，聲音也沒有，氣味也沒有，只能感出一點點極微細極柔軟的觸覺。掃街的在樹影下一陣掃後，灰土上留下來的一條條掃帚的絲紋，看起來既覺得細膩，又覺得清閒，潛意識下並且還覺得有點兒落寞，古人所說的梧桐一葉而天下知秋的遙想，大約也就在這些深沉的地方。

秋蟬的衰弱的殘聲，更是北國的特產；因為北平處處全長着樹，屋子又低，所以無論在甚麼地方，都聽得見它們的啼唱。在南方是非要上郊外或山上去才聽得到的。這秋蟬的嘶叫，在北平可和蟋蟀耗子一樣，簡直像是家家戶戶都養在家裡的家蟲。

還有秋雨哩，北方的秋雨，也似乎比南方的下得奇，下得有味，下得更像樣。

在灰沉沉的天底下，忽而來一陣涼風，便息列索落地下起雨來了。一層雨過，雲漸漸地捲向了西去，天又青了，太陽又露出臉來了；著着很厚的青布單衣或夾襖的都市閒人，咬着煙管，在雨後的斜橋影裡，上橋頭樹底下去一立，遇見熟人，便會用了緩慢悠閒的聲調，微嘆着互答着地說：

「唉，天可真涼了——」（這了字唸得很高，拖得很長。）

「可不是麼？一層秋雨一層涼了！」

北方人唸陣字，總老像是層字，平平仄仄起來，這念錯的歧韻，倒來得正好。

北方的果樹，到秋來，也是一種奇景。第一是棗子樹；屋角，牆頭，茅房邊上，灶房門口，它都會一株株地長大起來。像橄欖又像鴿蛋似的這棗子顆兒，在小橢圓形的細葉中間，顯出淡綠微黃的顏色的時候，正是秋的全盛時期；等棗樹葉落，棗子紅完，西北風就要起來了，北方便是塵沙灰土的世界，只有這棗子、柿子、葡萄，成熟到八九分的七八月之交，是北國的清秋的佳日，是一年之中最好也沒有的Golden Days。

有些批評家說，中國的文人學士，尤其是詩人，都帶着很濃厚的頹廢色彩，所以中國的詩文裡，頌讚秋的文字特別的多。但外國的詩人，又何嘗不然？我雖則外國詩文唸得不多，也不想開出賬來，做一篇秋的詩歌散文鈔，但你若去一翻英德法意等詩人的集子，或各國的詩文的Anthology來，總能夠看到許多關於秋的歌頌與悲啼。各著名的大詩人的長篇田園詩或四季詩裡，也總以關於秋的部分，寫得最出色而最有味。足見有感覺的動物，有情趣的人類，對於秋，總是一樣地能特別引起深沉，幽遠，嚴厲，蕭索的感觸來的。不單是詩人，就是被關閉在牢獄裡的囚犯，到了秋天，我想也一定會感到一種不能自已的深情；秋之於人，何嘗有國別，更何嘗有人種階級的區別呢？不過在中國，文字裡有一個「秋士」的成語，讀本裡又有着很普遍的歐陽子的秋聲與蘇東坡的《赤壁賦》等，就覺得中國的文人，與秋的關係特別深了。可是這秋的深味，尤其是中國的秋的深味，非要在北方，才感受得到底。

南國之秋，當然是也有它的特異的地方的，比如廿四橋的明月，錢塘江的秋潮，普陀山的涼霧，荔枝灣的殘荷等等，可是色彩不濃，回味不永。比起北國的秋來，正像是黃酒之與白乾，稀飯之與饃饃，鱸魚之與大蟹，黃犬之與駱駝。

秋天，這北國的秋天，若留得住的話，我願把壽命的三分之二折去，換得一個三分之一的零頭。

一九三四年八月，在北平

王統照

王統照（1897—1957），山東諸城人。現代作家。著有散文集《片雲集》、《歐遊散記》等，另有《王統照文集》印行。

青島素描

從北平來，從上海來，從中國任何的一個都市中到青島來，你會覺得有另一種的滋味。北平的塵土，舊風俗的圍繞，古老中國的社會，使你沉靜，使你覺到匆忙中的閒適，小趣味的享受。在上海，是處處模仿着美國式的摩天樓，耀目的紅綠光燈，街市中不可耐的噪音；各種人民的競獵，凌亂，繁雜忙碌，狡詐，是表現着帝國主義殖民地的威風派頭。然而青島，卻在中國的南方與北方的都會中獨自表現着另一副面目。

「青山，碧海，紅瓦，綠樹。」康有為的批評青島色彩的八個字，久已懸懸於一般旅行者的記憶之中。講青島的表現色，這幾個形容字自然不可移易。初到那邊的人一定會親切地感到。

我早有幾次的經驗，不是初來此地的生客。然而這一個春季，我特別在這個美麗的地方借住於友人的家中，過了幾個月。有許多很好的機會，使我看到以前所未留心的事物。

這地方的道路，花木，房屋的建築，曾經有不少的人寫過遊記，似乎不必詳談。然而從另一種的觀察上看去，這裡一切的情形是混合着德國人的沉重，日本人的小巧，中國固有的樸厚。經過重要街道，你如果是個留心的觀察者，可以從街頭所有的表現上看得出。

譬如就建築上來說，這是最能顯示一國的民風與其文化的。青島在荒涼的漁村時代，甚麼也沒有。自從世界上震驚於德國兵艦強佔膠州灣以後，一年一年的過去，這裡完全變象了。為了德人強修膠濟鐵路，沿鐵路線的強悍的山東農民作了暴徵的犧牲者，人數並不很少；可是在另一方面，為了金錢，為了新生路的企圖，靠近膠州灣幾縣的農民，工人，用他們的汗血與聰明，在德國人的指揮之下，把青島完全改觀。深入大海中的石壁碼頭，平山，開道，由一磚，一木，造成美好堅固德國風的高大樓房。他們有的因此得了奇怪的機會，由一個苦工後來變為有錢有勢的人物，有的掙得一份小家俬，不在鄉間過活，也有的一無所得，或者傷了生命。但青島的建設事業如其說是憑了德國人的頭腦，還不如說是膠東窮民的血汗。自然，一般人都頌揚德國人的魄力。然而我看到這幾十年前的海濱漁場，現在居然變為四十多萬人口的中等都市，這期間的辛苦經營，除掉西方的機器文化以外，我們能忍心把中國一般苦工的力量全個拋去？

歐戰之後，乖巧的日本人承襲了德國人強佔的軍港，於是太陽旗子，木屐的響聲，到處都是；於是又一番的闢路，蓋屋；又一番的指揮，壓迫。無量的日本貨物隨着他們的足跡踏遍山東的全境。而一般在這個地方輾轉求生的中國人，只好把以前學會的德語拋卻，從新學得日本言語，文字，再來做一次的奴隸。

這是有甚麼法子！「在人矮檐下，怎敢不低頭！」於是中國人的心目中覺得這回非前時可比了。德國人像一隻掠空的鷙鷹，他單揀地面上隨時可以取得的肥雞，跑兔；至於小小蟲豸則不足飽他的口腹。他是情願把小小的恩惠賞給奴隸們的。可是××人卻不然了。挾與俱來的：街頭的小販，毒品的製造者，浪人，紅裙隊，甚麼都來了。一批一批的男女由大阪，神戶向這個新殖民地分送。於是以前覺得尚有微利可求的中國居民也漸漸感到恐慌。因為對××人的詛恨，更感到德國人的優容。直到現在，與久居青市的人民談起話來，說到這兩位臨時主人，總說：「德國人好得多，××最下三爛！」這是兩句到處可以聽到的話。

主人是換過了，雖然待遇不比從前好，怎麼樣呢？因為各種事業的開展仍然最需要苦工。而山東各縣的景況恰與這新開闢的都市成了反比例。連年內戰，土地跌價，一般農民都想從碼頭上找生路。於是藍布短衣，腰掖竹煙管，戴圍笠的鄉民也如一般××的找機會的平民一樣，一批一批地由鐵路，由小帆船運到這可以憧憬着甚麼的地方中來。

從那時起，軍港的青島一變而為純粹的商港。聰明的××人知道這裡還不是久居之地。也不作軍港的企圖。把德人的修船塢拖回他們的國內，德人費過經營的沿海要塞的砲台，內部完全破壞，只要有利可圖，能夠繼續佔有德人在沿鐵道的企業，如煤礦，林業，房舍，種種，他們一心一意來做買賣。直待至太平洋會議時，擺了許多架子，在種種苛刻的條件下，算是把這片土地付還中國。

歷史，自有不少的聰明歷史家可以告訴後人的，現在我要單從建築上談一談青島的混合性。

看一個國家或是一個地方的文化，善於觀察者從一方面即可推知其全體。即就建築上說，很明顯的如愛司基摩人的雪屋，熱帶地方人住的樹皮草葉的小屋，近而如日本人好建木板房子，而中國北方就有火炕。由於氣候，習慣，建築遂千差萬別。從這上面最易分別出一國家一地方的民性。至於更高尚的，如東方西方古代的建築，何以意大利有許多輝煌奇異的教堂，而埃及則有金字塔？正如中國有著名的長城一樣。所以有此的緣故，並不簡單，要與其一國的地理，歷史，風尚，人民的性質俱有關係。這不是幾句話可以說明的。

德國的建築移植到中國來，當然青島是一個重要地方。在初時一般人只知道德國人在大清府（這是一個不見於歷史的名詞，乃是山東膠東一帶人民在二十年前叫青島的一個自造專名詞，到底是大青還是大清，卻無從知道。）蓋洋樓，自然是在幾層上面，有尖角，有石柱，有雕刻，有突出嵌入的種種涼台，窗子，統名之曰洋式而已。實在直到現在，凡是留心的人還能由這些先建的洋樓上，看出德國人的沉鷙剛勇的氣概。例如青島著名的建築物，現在的市政府與迎賓館，以及當年德國人的軍營，現在的山東大學與市立中學校。那些建築物，除掉具備堅固，方正，勻稱，高大的種種相之外，你在它們旁邊經過，就覺得德國人凡事要立根很深的國民性有點可怕！同時也還有其可愛之點。當初他們對這個港口實在是花過本錢的。究竟不知是多少萬馬克匯來東方，經營着山路，海堤森林，鐵路，一切事他們早打定了永久的計劃，所以都從根本上着想。建築也是如此。現在凡過青市生活略久一點的人，走到街上，單憑看慣的眼光，便能指出這所房子是德國人蓋的，那是××的玩意，是中國式房子，十有八九錯不了。自然的分別，就譬如眼見各人的面目不同一樣。

有形勢與作風，自古代，建築是與音樂，繪畫，並列入文藝之內的。因為它表現着時代精神與人民生活性的全體，而愈長久的建築物卻愈能代表那一個國家一個地方的最高文化。端莊中具有穩靜的姿態，嚴重形勢上包含着條理與整齊。不以小巧見長，同時也不很平板。恰好與日本人的建築物相反。日本在維新以後，初時處處惟德國是倣，然而連形式也不對。由日本佔青市後建造的神社及其他住房上看，很清楚，他們只在玲瓏，清秀上作打扮。是一個清瘦精細的女孩，而沒有「碩人頎頎」的神態。至於完全出自中國人的意匠所蓋的房屋，除卻照例的二三層商店房式之外，其他的住房多半是整齊，方正，很能在新形式中仍存有固有的風姿。近年也有幾處從上海移植來的所謂立體建築物。

青島的建築是這樣混雜着。可以由此推知以前的青島是如何受了外國的影響。

「不錯，這名稱不是空負的。據我所到的地方，就連德國說在內，像這麼美麗適於居住的城市也不多。」

正是一個春末的黃昏，我的親戚C君——他是一個留德的醫學博士——在涼台告訴我，因為我們又談到這東方花園的問題。

「我愛這邊的幽靜，而又不缺乏甚麼，可是有人說這邊沒有中國文化，但怎麼講呢？文化兩個字解釋起來怕也費勁！自然許多人在熱心擁護古老的文化精神，是甚麼呢？你說……」我呷着一口清茶望着電燈微明下的波光慢慢地說：「哼！文化！中國的古老文化不是上茶館，抽水煙，到處有的雜貨攤？甚麼東西只要古香古色的那就是！……至於說真正的中國固有文化的精神，你以為在那裡？難道在北平，在濟南，在各個大都會裡？我們到那些地方也只看到古老文化的渣滓，真正可愛的古文化的精神在那裡？……」

「所以啦，我以為在這裡反倒清靜些……」他感慨地嘆着，又加上一句斷語。

「本來我對這一句話也認為有點難講。這地方沒有中國古老的文化，也許容易造成一個嶄新的地方。因為以前沒的可保守，所以一切事都容易從新作起。雖然是否能造成另一種更好的文化還不可知，然而至少要把那些文化的沒用的渣滓去掉，也並不難，——我知道這邊的人民誠實，樸厚，做起事來又認真，雖然不十分靈活，可是凡到本處來的人卻很能了解。又配上這麼幽靜而又有待發展的地方，在國內，青島的將來是不缺少好希望的。」

C君因為我的樂觀，便在小桌上用手指敲一下道：

「你可不要忘記了××人！」

這是每個在青島住的久稍有點知識的人時時容易想到這一個嚴重問題。××人，雖然似乎大量地把這個地方奉還原主，然而鐵路的價值，保留的房產，沿鐵道線的種種利權，依然都在他們的掌握之中。兵艦是朝發夕至，對於這個好地方的未來，誰也怕××人再來伸手！

「你想這邊××的餘勢還有多少？重要商業與航運的便利，幾乎全被他們所操縱。現在青島的平和能維持到那一年，天知道！——可是這也不必多慮了。想不了那一些！另外我可告訴你，為甚麼近十年來這海邊小都會人口漸漸加多？不是做生意的人說不好麼？不景氣麼？然而各縣各鄉村中的不安定較這裡更利害，就使吃飯便好，那些用手腳來謀生的人往外跑，一年比一年多，各處一例。所以在這裡也看出人口增多，而事業並不見大發展的原故。」

他怕我不明白這種情形，所以盡力的解釋，但是我正在靠山面海的涼台上向四方看去。稀稀疏疏的電燈光映着那些一堆一撮高下錯落的樓房，海邊就在我們坐的樓下。銀色的波濤有節奏似的撞着石堆作響。靜靜的海面只有幾隻不知那國的軍艦，靜靜地停泊着。黑暗中海面的胸衣慢慢起落。在安閒平靜中卻包藏着甚麼中國，日本，農村，商業的重大問題。這時我另有所思，答覆C君道：

「唉！這人間的苦惱，永久的爭鬥，從古時到現在，沒有演奏完了的時候，今夕何夕？你看，這麼好聽的濤聲，這樣好的境界之中！……」

「你是『想今夕只可談風月！』哈哈……」

「……」

「是的，本來人是在環境中容易被征服的動物。刺激愈重，動力愈大，從前在德日帝國主義者的鐵騎下的中國居民，雖然是被保護者，可是他們究竟還感到壓迫的不安。現在大家除卻作個人的生活競爭之外，在這幽靜的新都市中住慣了的人，差不多隨了環境也都染上一種悠閒的性質。就以生活較苦的人力車夫來作比，你看他們與上海，天津，漢口，北平各處他們的同行可一樣？」

「不同，不同。青島市的車夫穿得整齊，他們爭坐也不像別的地方那麼利害，甚至吵罵，揮拳頭。差得多這是誰都看得出來的。」

「原因？……原因就在這裡的錢較容易賺，雖然生活程度並不低於別的都會。外國人多一點，貧苦生活的競爭是有的，然而比別的都會也還差些。」

我聽了C君的結論，不敢十分相信，然而也無可以駁他的理由。我忽然注目到涼台下面的幾棵櫻花樹，電光下搖動她的花瓣落在青草地上。

「啊！是了。這幾天我只從街道旁邊看過櫻花，沒曾專往公園的櫻花路上去觀觀光。……」

「這還是日本風的遺留。自從日本人佔了此地之後，栽植上不少的櫻花樹，每年還有一個櫻花節在四月中舉行幾天，與在日本一樣。現在這節日自然是取消了，可是每年花開的時候，車馬遊人依然是十分熱鬧。春季與盛夏是青島最佳的時候，——所以無論如何，青島的居民是談不到秋冬令的感受與刺激的！」

C君很俏皮地這麼說，我也明白他也有點別感，話並不直率。可是我一心要拉着他外出遊觀，便與他訂明於第二天一早出發往公園與青島市外。

沿着海岸的太平路，萊陽路，隨了汽車隊的穿行，這真給我以重遊的滿足。一面是碧玻璃明淨的大海，一面是山上參差的樓台。匯泉一帶的新建築與團團的一大片草場那麼柔又那麼綠。未到公園以前便看見比鄉鎮賽會熱鬧得多的遊眾。公園的玩藝很多：水果攤，咖啡店，照相處，小飯店，都在花光樹影下叫賣着。不是看花，簡直是「人市」。

實在這廣大的中山公園的美點並不止在這幾百株的櫻花身上，有許多植物從德人管理時移植過來，名目繁多，大可供學植物者的參考：據説因為德人要試驗這半島上究竟宜種何種植物，便盡量的撒佈下各種植物的種子。……再則是最嬌美的海棠在這邊也成了一條路，路兩側全是麗紅粉白的花朵，其實比滿樹爛漫的櫻花好看。

剪平的圓草地，有小花圍繞的噴水池，難於一一説出名字的各種松柏類的植物，熏人欲醉的暖風，每個人都很欣樂地在這自然的美景中遊逛，説笑。我因此記起了C君夜來的談話，不禁使自己也有點惘然之感！

因為太喧鬧了，我們便離開這裡往清靜的海浴場去。

還不到海浴的時候，一大片沙灘上只有那些各種顏色的木板屋，空虛地呆立着。沒有特製大布傘，沒有兒童的叫嚷，沒有女人的大腿與紅帽。靜靜地看，由這處，那處，一層層泛蕩過來的層波，輕柔地在沙邊吞嚙着。恰巧這不是上潮的一天，淺水，明沙，分外顯得有趣。我們脱了鞋襪用海水洗過腳，在沙灘上來回的走着。看這片深碧色浮映着一種可愛的明光的圓鏡，斜對面的青島山，小小的山峰孤立在那裡，披上春天的薄衣。小的浪花疲倦地，遲遲地，似一個春睏的少女的呼吸，由不知何處來的那股衝動的力量使她覺到不安，可又不能作有力的掙扎。沙是太柔軟了，腳踏下去比在波斯織的毛毯上還舒適。是那麼微蕩地又熨貼地使腳心的皮膚感到又麻又癢的一種快感。

風從海面斜掠過來，夾着微有鹹濕的氣味，並不壞，因為一點也不乾燥。

空中呢，在這海邊的天空是最可愛的，尤其是春秋的時候，晴天的日子那麼多，高高的空中，明麗的蔚藍色，像一片彩色的藍寶石將這個海邊的都市全罩住，雲是常有的，然而是輕鬆的，片段的，流動的彩雲在空中時時作翩翩的擺舞，似乎是微笑，又似乎是微醉的神態。絕少有板起青鉛色的面孔要向任何人示威的樣兒。而且色彩的變化朝晚不同。如有點稍稍閒暇的工夫，在海邊看雲，能夠平添一個人的許多思感，與難於捉摸的幻想。映着初出海面的太陽淡褐色的微絳色的雲片輕輕點綴於太空中。午間，有雲，晴天時便如一團團白絮隨意流蕩。午後到黃昏，如果你是一個風景畫家，便可以隨時捉到新鮮，奇麗的印象。從雲彩，從落日的渲染，從海對面的山色上，使你的畫筆可以有無窮的變化。

這上午我同C君在沙灘上被甚麼引誘似地坐了許久的時候，時時聽到岸上，車馬來回的響聲。

C君為要另給我一種印象，叫了一部馬車把我們載到東西鎮去。

那像青島市中心的首，尾。東鎮在以前是與市區隔着一條荒涼的馬路，兩旁還是野田。這些年那條路卻成了日本居留民的中心地帶。由日本神社的下面往東走，好長的一條遼寧路，兩旁的生意至少有一半是掛着日文的招牌。這是公共汽車與各處長途汽車向市外走的要道。東鎮原是一個小小的村莊，現在成了工人小販的居住區。自然，馬路，電話，汽車，那樣都有，可是舊式的黑板門，紅門對，小店鋪的陳設，冷攤的叫賣者，彷彿到了中國較大的鄉村一樣。這裡很少摩登的式樣。有不少的短衣破鞋的男子，與亂攏着髻子仍然穿着舊式衣褲的女人。小孩子光着屁股在街上打架。拾蚌螺的貧女提着柳條筐子從海邊回來。這便是青島的貧民窟麼？不對，究竟得算高一級的。不過當我們的馬車經過幾條冷落的小街道時，看見矮矮的瓦檐下，門口便是土竈，有的還有些豆梗，高粱，似是預備作燃料用的。窄窄的紅對聯不免有「一元復始，萬象更新」的吉利話。三個兩個穿紅褲子藍布褂的女人，明明是鄉間的農婦，可是滿臉厚塗着鉛粉，胭脂，向街上時用搜索的眼光找人。經過C君的告訴，我才知道這是最低等的賣淫者，大約是幾角錢的代價吧。這邊有的是普通工人，幹粗活的，拉大車的，有一種需要的消費，便有供給的商品。

「你沒看見那些門上有一盞玻璃罩的煤油燈？那便是標識，經過上捐的手續，她們便可在晚上點燈，正式營業——其實這些事誰還管是夜裡，白天！」

C君即速催着馬車走過，我疑心他這位醫學家是怕有甚麼病菌在空中傳佈吧。

由東鎮再轉出去，便是著名工廠地帶的四方。觸目所見全是整齊的紅磚房子。銀月，大康等日本人的紗廠都在這裡。男女工人在上工放工時，沿四方到東鎮的馬路上，全是他們的足跡。山東全省人民日常穿的粗衣原料，這裡便是整批的供給處。不錯，幾萬的工人在這到處不景氣氛圍中，似乎容易發生失業的問題。在青島卻差得多，生意與一切便宜的關係，橫豎各個鄉村誰不需要一件洋布衣服穿，價廉而又廣泛的推銷販賣，這個地方的各個大機器很少有停止運行的時候。

四方這地方就因為若干大工廠的關係，變為工人居住的區域。又加上膠濟鐵路的機廠也在這裡，所以我們在這一帶所見到的便是短衣密扣的壯年男子，梳辮剪髮的花布衣裳的姑娘，煤灰，馬路上的塵土，並且可以聽到各種機件的響聲。

西鎮是緊接着青市的中心市區，除了經過火車道上面的一條大橋之外，並無甚麼界限。雖然也似乎雜亂，卻較東鎮整齊得多。小商店，與一般職員的住房很多。

日落時馬車轉到青市的最西偏處。那是着名的馬虎窩。海岸上的木板屋與草棚，中間有不少的家庭在這荒涼的地方度日。

「這才是青島的貧民窟。你瞧：與南海岸的高大樓房相比，以為如何？……」C君問我。

「那個都市不是這樣！到處都是一律。但我總想不到在這美麗的都市也還有這麼苦的地方。」

「傻人！愈是都市愈得需要苦力。沒有他們怎麼能造成各種享受的事物。一手，一足的力量是一切最需要的。而上級的人士他們寶貴他們的頭腦，更寶貴他們的手足。機械還不能支配一切，於是苦力便需要了。所以你以為東鎮的小屋是最低等，瞧這兒？……」

我在車中不停地注視。矮矮的木屋，有的蓋上幾十片薄瓦，有的簡直是用草坯。雞柵便在屋旁，疲臥的小狗瞪不起警視的眼睛，與西洋女人身後的狼犬不可比量！全是女人，孩子，她們的男子這時正在賺饅頭吃的地方工作，還沒有回來。

澎湃的濤聲在這片荒涼的海岸下響着單調的音樂，向東望，幾處高高矗立的煙突，如同一些高大的警察在空中俯瞰着一切。

「平民的房屋現在正在建築着，然而怎麼能夠用。這不是一個問題？」C君說。

我沒回答他。馬車穿過這裡，一些黃瘦污髒垂着鼻涕的孩子前前後後的呆着。

漸走漸近，不到半點鐘而市中心的紅綠光商標已經放射出刺激視覺的光彩，而流行的爵士音樂，與「我愛你」的小調機片聲音，也可以聽得到了。

夜間，我獨自在南海岸的雜花道上逛了一會，想着往海濱公園，太遠了，便斜坐在棧橋北頭小公園的鐵橋上面前看。新建成的棧橋，深入海中的亭子，像一座燈塔。水聲在橋下面響得格外有力。有幾個遊人都很安閒地走着，聽不到甚麼言語，彎曲的海岸遠遠地點綴着燈光，與橋北面的高大樓台的相映是一種夜色的對稱。

一天重遊的所見，很雜亂地在我的腦中映現。我想：不錯，這麼靜美而又清潔，一切並不比大都市缺乏甚麼好的地方，無怪許多人到此來的很難離開。可是從另一方面說，還不是一樣，也有中國都市的缺陷。或者少點？雖然靜美，卻使人感到並不十分強健。理想的境界本來難找，可是除卻沉醉於靜美的環境中，想一想中國都市的病象，竟差不多！譬如這裡，已比別處好得多，然而有甚麼更好的方法可以使這個靜美的地方更充實與健康呢？

我又想了，這個問題是普遍於各大都市之中的。……

一九三四年三月十九日

許欽文

許欽文（1897—1984），浙江山陰人。現代作家。著有長篇小說《西湖雲月》，散文集《無妻之累》等。

花園底一角

荷花池和草地之間有着一株水楊，這樹並不很高，也不很大，可是很清秀，一條條的枝葉，有的仰向天空，隨風擺宕，笑嘻嘻的似乎很是喜歡陽光底照臨；有的俯向水面，隨風飄拂，和藹可親的似乎時刻想和池水親吻；橫在空中的也很溫柔可愛，順着風勢搖動，好像是在招呼人去鑒賞，也像是在招呼一切可愛的生物。

在同一池沿，距離這水楊兩步多遠的地方，有着一株夾竹桃；這灌木比那水楊要矮，也要小，輪生着的箭鏃形的葉子，雖然沒有像那水楊底的清秀，可是很厚實，舉動雖也沒有像那水楊底的活潑，可是莊嚴而不呆板。比較起來，自然，可以說是水楊是富於柔美的，夾竹桃是富於壯美的。荷花池並不廣，靠池一邊的草地也不長，有了這兩株植物，看去已經佈滿了池和地底界線，這在現在，自然也可以說是水楊和夾竹桃，築成了荷花池和草地底界線了。

在草地上，看去最醒目的，除了高高地搖搖擺着的一丈紅，要算緊貼在牆上的綠瑩瑩的葉叢中底紅薔薇了。如果視線移近點地面，就可在牆腳旁看到鳳尾草，還有五爪金龍，在一丈紅底近旁又有蒲公英和鋪地金，還有木香；還有牽牛花，昂着頭，攀附着一丈紅，似乎想和這直豎着的草莖爭個高下。至於緊貼在地面的，雖然看去只是細簇碧油油，好像是柔軟的茵褥，可是如想仔細地弄清楚，不但普通中學校底博物教師要「噯——」「噯——」地說不出所以然，就是大學校生物系裡底教授，也難免皺一皺眉頭呢。

在池中，一眼看去，似乎水面上只有荷葉和荷花，可是仔細再看，就可以知道還有蓮房，還有開着小黃花的萍蓬草。其實，只是荷葉和荷花，也就夠多變化夠熱鬧了。荷葉有平展着圓盤浮在水面上的，有黃傘般在空中搖擺着的，有一半已經展開一半還捲着勇氣勃勃地斜橫着的，有剛露出水面還都緊緊地捲着富於稚氣的；也有兜着水珠把陽光反映得燦爛炫目的，也有已經長得很高，卻未展開葉面，勇敢無比地挺着，顯得非常有希望的。荷花，已經開大的好像盛裝着的美女正在微笑得出神。還只開得一點的彷彿處女因為怕羞只在暗中偷偷地笑的樣子。

在水面，沒有荷葉或者萍蓬草浮着的地方，時時可以看到突然露出一個青蛙底頭來，或者一條細小的蛇昂着頭彎彎曲曲緩緩地游過。水中有水蝨，又有水蚤，還有許多形態很不雅觀，卻很強有力而自以為是的生物，如螞蟥泥鰍之類。

可是，在這池面上，最富生氣的總要算是徘徊其間的蜻蜓了，他有着圓大的眼睛，看得很仔細，而且看得很快，只須一瞥，他就了然了，雖然他底翅子很單薄，尾巴也很瘦小，但是身子並不笨重，而且原動力還強，所以毫無駕御不住的情形，很自在地游行飛舞其間，有時停在荷花底瓣上，使得荷花點一點頭，有時停在萍蓬草上，使得花梗彎一彎腰。不消説，因為他，池面上增了不少生趣。他也覺得這環境委實好，池中固然豐富，池旁底草地上還有着這樣多的花木。因為有着水楊和夾竹桃，雖在太陽照得很兇猛的時候，也有陰蔭可以避暑，卻仍可以望見蔚藍的天空，因為樹底枝葉並不遮住全池面，傍晚也可以望見晚霞，夜中還可以見到星星和月亮。但使他徘徊着的主因，卻是因為池旁草地上有着一隻華美的蝴蝶。説是華美，還得解釋清楚點，這固然不是像一般盲從時髦的小姐們底一味地花花綠綠，也並非像專尚漂亮的底只是奇形怪狀，照實具體地説，就是她底色彩形態，並沒有甚麼奇特的成分，只是因為配合得適度，所以很是悦目了。就是她底舉動，也並沒有甚麼是異乎尋常的，但是因為處處都很適當，就覺得是溫和大方，使得蜻蜓看了，不由地心弦剝剝地猛跳，凝思神往，如癡欲狂了。

比方地說，這蝴蝶具有的美，宛如水楊所有的柔美，蜻蜓所有的恰是夾竹桃底的壯美。

幾乎忘卻，還有些事物不得不在這裡補叙一下了，就是在這美妙的景物間，還有着一隻癩蝦蟆常在其中不管三七二十一地製醜感，不知道它是因為妒忌，還是因為它本是除了飢飽的感覺就甚麼也不明白了的，總之它有時忽在草地上出現，就對着飛舞得正在出神的蝴蝶說，「吃掉你，讓我來吃掉你這蝴蝶罷！」

有時它忽在荷花池中出現了，也就對着飛舞得興致正濃的蜻蜓說，「吃掉你，讓我來吃掉你這蜻蜓罷！」

但是這並不十分使得蜻蜓為難，因為癩蝦蟆討厭雖然很討厭，卻並沒有翼翅膀，只要不飛近它去，它是奈何渠們不得的。使得他為難的，卻是張在水楊和夾竹桃之間的蜘蛛網。因為，已經説過，蜻蜓徘徊池中的主因，就是為着草地上底蝴蝶，就是，徘徊的目的是想和蝴蝶去接近，有着這蜘蛛網，他不能直向草地飛去了。他一見着那可愛的蝴蝶，總也就見着這可怕的網了。這網底一端附着在水楊底横着的枝子，另一端附着在夾竹桃底葉上面，還有一端附着在生在池旁的蒲公英底花托，被風吹着的時候，只是凸一凸肚子，使得所附着的枝葉顫抖一下，很是牢不可破的樣子。因此，蜻蜓覺得蝴蝶雖然萬分可愛，她卻好像是在盛大的荊棘叢中，也像是在兇猛的虎口中的了。

或者以為荷花池和草地之間並非一張蜘蛛網所能阻住，必還另有路可通行，否則癩蝦蟆怎能忽在池中出現，忽又在草地上出現了呢？可是蜻蜓和癩蝦蟆，形態固然不同，性情也很不一樣。癩蝦蟆底形體雖然比蜻蜓底大，可是它只要有着它底尖尖的頭過得去的縫子，就能做扁身子鑽過去了。蜻蜓不行，他飛行必得展開着四翅，而且他不願偷偷地爬甚麼縫子，更其是為着愛者，他以為示愛的行為必須光明正大，勇敢熱烈，決不能是鬼鬼祟祟的。

他也明白，他底翅子是受不起蜘蛛網底打擊的，但他覺得他底愛火為着他底愛者蝴蝶姑娘猛烈地燃燒，有着強大的熱力，以為無須顧忌甚麼障礙，盡可勇往直前。他又以為如果衝不破這道蜘蛛網，也就是沒有資格去愛那可愛的蝴蝶姑娘的了。

這時太陽已只留下餘光，池水反映着五彩的晚霞，顯得很是沉靜，緊貼在牆上的綠瑩瑩的薔薇底枝葉，已有點暗沉沉辨不明葉子底輪廓了。蝴蝶姑娘繞着攀附在一丈紅的牽牛花緩緩地飛舞，很是安閒很從容地在那裡欣賞晚景，蜻蜓知道她不久就要歸她底窠去，天一黑就將看不見她，以為如不趁着這時向她有所表示，難免交臂失之了。於是他就下了決心，趕緊向着草地底反對方向飛去，一直飛到邊上，他才旋轉身來，用着全力鼓動翅子，直向蝴蝶姑娘底一邊飛去。可是到了水楊和夾竹桃築成的界線上，嗤的一聲，他底頭和兩隻前翅已被蜘蛛網黏住。他並不驚慌，也毫沒有退卻的心思，只是一心想用他底最後的力來衝破這網，終於達到親近蝴蝶姑娘的目的；於是盡力掙扎，可是結果只是腳和兩隻後翅也被蜘蛛網緊緊地黏住了。雖然這網已有一大部分被他衝破了，但他依然不能脱身，他底身上已經纏滿了網絲，而且已經疲倦得乏了力，而且癩蝦蟆也已一搖一擺地爬到了他底身下，掀着長舌頭高興地説：「吃掉你，讓我來吃掉這蜻蜓罷！」

他想呼救，但他覺得呼救也是無益的，只是表示了弱態罷了。他仍然鎮定着靜默。

忽然空中吹過一陣微風，所有的一丈紅和攀附着的牽牛花都跟着點了點頭；荷花，荷葉和蓮房也都搖擺了一下，水楊和夾竹桃底枝葉也都跟着飄動，只是水楊擺宕得厲害點，夾竹桃擺宕得輕微點，蒲公英等小草也都彎了彎腰，似乎都在代替蜻蜓嘆惜。蜻蜓自己也因為受了蜘蛛網被風激動的影響，不禁打了個寒顫，也就感到一陣淒涼。然而，他並不認為這是苦痛的，他卻以為這是甜蜜的，因為他覺得蝴蝶姑娘就將為他表同情，就將向他飛來，用着她底溫柔的手解除纏着他的網絲了。他又以為就是終於擺不脱這網絲，終於只得在這纏繞的網絲中死去，臨終有着她底溫柔的手撫摩，這已夠幸福，足以安慰，也是足以自傲的了。

一九二八年六月

睡

胡山源

胡山源（1897—1988），江蘇江陰人。現代作家。著有長篇小說《散花寺》，雜文《幽默筆記》等。

十二月二十五日，星期一，是我此次來杭的第二天。早晨起來，吃過了點心，高義同我商量今天的消遣法。他要請我下湖，我不贊成。我說：「我們不如出錢塘門，自由走去，信足所之，隨寓而安。」他本亦沒有一定主張；兩人就從湖濱路開步走，出了錢塘門，過了石塔兒頭，取了孤山路；等到進公園，已在白堤橋上坐了幾次，白堤水邊削了不知幾盞水碗了。

那天日光很是晴美。到了公園的山上，卻有些西北風，從棲霞嶺上吹來，使人不敢多在石上坐久。下到涼棚盡頭的茅亭中，風卻吹不着了，好暖呀！

當我坐下時，用手指向立在別一亭子裡，遠遠注視我們的茶房，鉤了一下，他便殷勤的來了，為我們泡了兩壺茶。

確是本山茶，何等的清香！而在我們倦行的人得之，更如同玉液瓊漿；一舉幾碗，兩袖生清風了！

且慢着！請看前面的湖，平得真如鏡面，沒有一些皺紋；划子一隻也沒有，更不留一些斑點。天空是蔚藍，是湖水的反映罷？不！湖水的深碧，是天空的倒影罷？好了！由他們去，不必管，我們且看嵌在兩色——其實一色——中間的日球；看他如何發揮光輝罷！

遊人一個也沒有，只有多情的茶房，按序來沖開水。耳中沒有響的聲音，目中沒有動的顏色；兩個人呆了，兩個枯燥的靈魂醉了，酣暢極了。好一條長椅，不用思想，倒下去罷！同志的高義，何嘗用一些思想，只將腳擱着另一櫈子，頭枕着另一長椅，睡在三段式的大床，和我同夢了。

太陽之神呀，多謝你賜我們沒有一些重量的暖被！

我們現在在何處呢？是的，在慈母的懷裡，安心睡罷！一切都沒有了，只有安心的睡罷，在母親的懷裡！啊，母親，我們愛你！

雜沓的腳聲，驚破了我們的好夢。

「甚麼時候了？」我問。

「沒有帶着表。」高義答。

「我肚子有些叫了。」

「不錯；太陽偏西了。」

付去茶資，過西泠橋，進杏花村，兩個人隨便叫了幾盆菜，——醋溜魚卻是必要的——盡量大吃。太飽了，走出來時，只好安步當車的緩行。日光又正是年富力強的當兒。熱而倦，真走不動。脫衣服罷？攜在手中，等是討厭。只好坐坐歇歇，支持過去，尋一適當地方，再睡一會就好了。

好容易進靈隱寺的院子了。樹頂上一隻松鼠，在柔條細枝上，飛也似的竄來竄去，宛如喜鵲。

大殿的佛，可以參拜的；右邊配殿，不可進去。那裡是五百尊的羅漢堂，今年清明節，我們在裡面偷了許多蠟燭和檀香，此刻豈可自投羅網？大殿後面，地勢高些了，又有風，不快意，退下來罷。

好！真好！大殿的東廊下，又有兩條長椅，裝滿了無風的陽光；我和高義，就分佔了一條坐下。

我的身體漸漸沿着椅背往左倒了。忽然靠着一根柱子，心中很是快樂，諒必我佛慈悲，要保全我這金剛不壞身哩！

高義如何，我不知道，勉強抬開眼皮望望他，只見他頭垂在胸前。在我眼皮合攏之前，忽見坐在長廊彼端的中年和尚，對我微笑一下，我就此不知道甚麼了。

形容人的睡，總喜用香夢二字。很對，我們睡得多麼香呀！但是那並非甚麼花香玉香，卻是旃檀香；而且並沒有夢。我們又睡在何處了？不須問；我們只管睡；這是人生的不二法門！

「永昌……豆腐乾——頤香齋……條頭糕——椒鹽落花生麻酥糖。」一聲聲自大門口唱進來了；我們被他唱醒了；樹枝的影兒，一條條畫在我們身上了；欠伸幾個，立起來時，我說：「是時候了，走罷。」

於是別去「妙莊嚴域」的靈隱寺；穿過穢氣沖天的茅家埠；跨過了東坡走過的大麥嶺；傍着村舍錯落的赤山埠；過了沒有看見的四眼井，和來不及進去的虎跑寺大門；繞着黑影中的六和塔；上了必須努力最後五分鐘的二龍頭西齋二層樓；衝進了達到目的的三百零七號寢室，倒頭躺下！

這樣可紀念的睡，人生那得幾回！好，我又記起來了。

五年前的夏天，到廬山去玩了兩星期。有一天，我一個人請了一個嚮導，引我出去遊山。他先帶我到千佛岩，御碑亭，然後下了一個很深的谷，名兒已忘了。走下去的石級，似乎總要以千以萬計。他自然走得很快，因為他平日抬着轎子常來的，我可也不致跟不上。谷的底就是一條大溪，其中的水，非常湍急；而大石如磨，如台，小石如拳，如筍，更是不可計數。我們就踏着跳着從石上逆溪而上。有時石與石之間，隔得太遠了，只好取溪旁的仄徑。走了久久，衫褲外面都淋出汗來。到黃龍池了，好涼爽的地方！水從上面分散而下，掛了許多珠簾。

離黃龍池，稍上一些，過了轟破霄漢的娑羅樹，就是黃龍寺。寺中有響石，作龍形，看過了，試過了，就走到和尚的禪房去，暗朦朦的。一個和尚閉目在蒲團上打坐，聽見我們進來，承他的情，將眼開了一下。香火人見我在靠東壁的櫈上坐下了，就烹起茶來。在我斜對面，另一枱子邊，坐了一個人，這人約有二十多歲，面目是一個農夫，衣服還是俗家；面前不知放着一本甚麼經，頭低了，差不過離枱子只有三寸，將手指細細的，緩緩的，一字一字，由上往下，一行一行，由右向左，移動着；口中更是曼聲低吟，隨着誦每一字大概要三秒鐘；有時誦不下去，就回身請教和尚。

那時我心中又是一番新境界了！茶已喝足，汗已不出，身已不倦，可以去了；但是不能去，那個頭陀為我唱睡歌了！面前的破枱子，不是遊仙枕麼？

又有一次，請了一個人，領我去遊三疊泉，上午動身，想不到從牯牛嶺去，有這麼遠，有這麼有趣的難走。看見前面腳底下，有一個山頂，心想過了那山頂，一定是三疊泉了。等到一走上那個山頂，腳底下面前，又是一個山頂等着了。再走過，再是如此，宛如一張大梯子，導我一步一步走下去。照這樣走了許久，三疊泉還未到。——到時，疊泉必已離地很近很低了。

最後在一個山頂上，見前面有一底處，沖起非霧非煙，一陣陣的微水點。「三疊泉到了！」嚮導的說。立在泉的對面，或側面，看去，只見水從平面，作直角垂下，直如疋布。隔幾丈，石壁突出一些，這疋布摺疊了。但不久又垂下。又摺疊；又垂下。又摺疊；然後又垂下，到底。將身體俯前些，好怕呀！那匹布掛在兩峭壁的隙縫中，緊緊的，連綿不斷的，往下落去，深不見底，看了頭眩的！哎！離地很近很低，想錯了，小覷了，請原諒我！

那疋不是布，是雲錦，不然，由伊摺疊中，何以會騰起燦爛的綺霞，明麗的長虹呢？哦，知道了，原來是水花折日光！

嚮導人阻止我不要下去，我不聽，已坐在泉頂溪中石面上濯足了。這水入鄱陽，泛揚子，注於黃海，匯於太平洋，還稱不得萬里流麼？呀！何等的豪雄！

奇怪！石旁回水裡，卻有小魚，沒有從布上滾下去！

泉的對面，有一茅篷，我起來，進去，坐了，作午餐。帶的是麵包，乾了吃不下。篷中主人是一位老婆婆，正在煮飯，就央伊為我煮些開水。一會兒我吃飽了。老婆婆的沒菜飯，也被各轎夫廉價吃完了。

好懶呀！門前轟轟的雷聲，將我腦筋震麻了。對不起，老婆婆，讓我在你惟一的枱上，曲肱睡一下。鄱陽湖的水色，罷了！揚子江的風帆，罷了！壯麗的瀑布，偉大的山光，一概都罷了！我只愛此茅篷，愛此茅篷中折足枱上的天地！我的家在何處呢？何必回去呢？

終於嚮導的來了，他說：「天已傍晚，怕趕不上牯牛嶺，就要黑哩！」我只得摩挲兩眼，一步懶一步，上那來時的大梯子去。有時風來，將遠遠山谷中忽然結成的雲塊，吹向我來；我預備跨上去，可是到足旁時，又被山石撞破了，只像柳花，一朵一朵，四散飛去。我用手捉了一朵，是的，明明的捉牢一朵了！沒留心，不知如何，又從我手心裡滑出，抹我前胸，穿我兩腋，向杳杳冥冥，無所底止的青空去了。啊！雲呀！肯不肯再回來呢？我在茅篷的睡呀！你也如此一去不復返了麼？

唔，記不盡了；愈記愈多了；不必記罷！

人生呀！你是必須睡的；你究竟喜歡那一種睡呢？你還是喜歡作着睡的茶房，和尚，頭陀，嚮導，老婆婆呢？你睡罷！你可以睡你惟一的睡了！

徐志摩

徐志摩（1897—1931），浙江海寧人。現代詩人。著有詩集《猛虎集》，散文集《愛眉小札》、《落葉》等。

翡冷翠山居閒話

在這裡出門散步去，上山或是下山，在一個晴好的五月的向晚，正像是去赴一個美的宴會，比如去一果子園，那邊每株樹上都是滿掛着詩情最秀逸的果實，假如你單是站着看還不滿意時，只要你一伸手就可以採取，可以恣嚐鮮味，足夠你性靈的迷醉。陽光正好暖和，決不過暖；風息是溫馴的，而且往往因為他是從繁花的山林裡吹度過來，他帶來一股幽遠的澹香，連着一息滋潤的水氣，摩挲着你的顏面，輕繞着你的肩腰，就這單純的呼吸已是無窮的愉快；空氣總是明淨的，近谷內不生煙，遠山上不起靄，那美秀風景的全部正像畫片似的展露在你的眼前，供你閒暇的鑒賞。

作客山中的妙處，尤在你永不須躊躇你的服色與體態；你不妨搖曳着一頭的蓬草，不妨縱容你滿腮的苔蘚；你愛穿甚麼就穿甚麼；扮一個牧童，扮一個漁翁，裝一個農夫，裝一個走江湖的桀卜閃，裝一個獵戶；你再不必提心整理你的領結，你盡可以不用領結，給你的頸根與胸膛一半日的自由，你可以拿一條這邊艷色的長巾包在你的頭上，學一個太平軍的頭目，或是拜倫那埃及裝的姿態；但最要緊的是穿上你最舊的舊鞋，別管他模樣不佳，他們是頂可愛的好友，他們承着你的體重卻不叫你記起你還有一雙腳在你的底下。

這樣的玩頂好是不要約伴，我竟想嚴格的取締，只許你獨身；因為有了伴多少總得叫你分心，尤其是年輕的女伴，那是最危險最專制不過的旅伴，你應得躲避她像你躲避青草裡一條美麗的花蛇！平常我們從自己家裡走到朋友的家裡，或是我們執事的地方，那無非是在同一個大牢裡從一間獄室移到另一間獄室去，拘束永遠跟着我們，自由永遠尋不到我們；但在這春夏間美秀的山中或鄉間你要是有機會獨身閒逛時，那才是你福星高照的時候，那才是你實際領受，親口嚐味，自由與自在的時候，那才是你肉體與靈魂行動一致的時候；朋友們，我們多長一歲年紀往往只是加重我們頭上的枷，加緊我們腳脛上的鏈，我們見小孩子在草裡在沙堆裡在淺水裡打滾作樂，或是看見小貓追他自己的尾巴，何嘗沒有羨慕的時候，但我們的枷，我們的鏈永遠是制定我們行動的上司！所以只有你單身奔赴大自然的懷抱時，像一個裸體的小孩撲入他母親的懷抱時，你才知道靈魂的愉快是怎樣的，單是活着的快樂是怎樣的，單就呼吸單就走道單就張眼看聳耳聽的幸福是怎樣的。因此你得嚴格的為己，極端的自私，只許你，體魄與性靈，與自然同在一個脈搏裡跳動，同在一個音波裡起伏，同在一個神奇的宇宙裡自得。我們渾樸的天真是像含羞草似的嬌柔，一經同伴的抵觸，他就捲了起來，但在澄靜的日光下，和風中，他的姿態是自然的，他的生活是無阻礙的。

你一個人漫遊的時候，你就會在青草裡坐地仰臥，甚至有時打滾，因為草的和暖的顏色自然的喚起你童稚的活潑；在靜僻的道上你就會不自主的狂舞，看着你自己的身影幻出種種詭異的變相，因為道旁樹木的陰影在他們紆徐的婆娑裡暗示你舞蹈的快樂；你也會得信口的歌唱，偶爾記起斷片的音調，與你自己隨口的小曲，因為樹林中的鶯燕告訴你春光是應得讚美的；更不必說你的胸襟自然會跟着漫長的山徑開拓，你的心地會看着澄藍的天空靜定，你的思想和着山壑間的水聲，山罅裡的泉響，有時一澄到底的清澈，有時激起成章的波動，流，流，流入涼爽的橄欖林中，流入嫵媚的阿諾河去……

並且你不但不須約伴，每逢這樣的遊行，你也不必帶書。書是理想的伴侶，但你應得帶書，是在火車上，在你住處的客室裡，不是在你獨身漫步的時候。甚麼偉大的深沉的鼓舞的清明的優美的思想的根源不是可以在風籟中，雲彩裡，山勢與地形的起伏裡，花草的顏色與香息裡尋得？自然是最偉大的一部書，葛德説，在他每一頁的字句裡我們讀得最深奧的消息。並且這書上的文字是人人懂得的；阿爾帕斯與五老峰，雪西里與普陀山，萊茵河與揚子江，梨夢湖與西子湖，劍蘭與瓊花，杭州西溪的蘆雪與威尼市夕照的紅潮，百靈與夜鶯，更不提一般黃的黃麥，一般紫的紫藤，一般青的青草同在大地上生長，同在和風中波動——他們應用的符號是永遠一致的，他們的意義是永遠明顯的，只要你自己性靈上不長瘡瘢，眼不盲，耳不塞，這無形迹的最高等教育便永遠是你的名分，這不取費的最珍貴的補劑便永遠供你的受用：只要你認識了這一部書，你在這世界上寂寞時便不寂寞，窮困時不窮困，苦惱時有安慰，挫折時有鼓勵，軟弱時有督責，迷失時有南鍼。

一九二五年六月

花

曹靖華

曹靖華（1897—1987），河南盧氏人。作家、翻譯家。著有散文集《花》、《飛花集》等。

古今來，有多少詩人用自己的名句，對花縱情詠嘆呢！

蘇東坡甚至——

只恐夜深花睡去，

故燒銀燭照紅妝。

惜花如此，豈獨東坡為然哉？

可是當年啊，誠如魯迅先生所說：「花開花落兩由之。」花開也罷，花謝也罷，全無所知，我對花只有麻木之感。

一九四九年，春進了北京城。

從此，年年歲歲，勞作之餘，我在庭院裡，居然也有心栽花，花盛開了。

從此，每當勞作歸來，跨進門坎，頓覺春色滿院，花香襲人，神清氣爽，睏頓盡消。

花，它那芬芳艷麗的色香與充沛的活力，令鬚髮霜白的人，聞雞起舞，不知老之將至；令青少年倍感朝氣蓬勃，生力無窮。

花，它給人帶來喜悅，令人在勞作之後，得到更好的休息。這喜悅和休息，是新的戰鬥前的必要的休整。花，它使人在勞作之後，更好地消除疲睏，養精蓄鋭，準備用這磅礴的新鮮活力，迎接下一場的勞作和戰鬥……

花，是可貴可愛的。

然而，最可貴可愛的，是人類的寶花——新生代。

可是，當年啊，在國民黨反動統治的黑暗歲月裡，那最可貴可愛的寶花，卻幾乎全被大群虎狼踐踏了。魯迅先生有鑒於此，大聲疾呼：「救救孩子！」

魯迅先生「橫眉冷對千夫指，俯首甘為孺子牛」，這樣分明、強烈的階級愛憎，是多麼感人啊，當年正是黑浪滾滾，洶湧而來。有毒的書刊，正像魯迅先生所說，如同「黃河決口似的向孩子們滾過去」，眼看一批批最可貴可愛的花朵，盡被黑浪捲去。魯迅先生縱身上前，「掮住了黑暗的閘門，放他們到寬闊光明的地方去」。

魯迅先生，這是在黨和毛主席的偉大精神鼓舞下的大無畏的「護花人」。

魯迅先生當年在國民黨反動派的「圍剿」中，在舉世未有的殘酷的險境中，總在關切着花的成長；總在鬆土除草，引水施肥，細心護照，即便在石縫中吧，也要使新的生機能夠滋長、繁榮；總在忘我地用自己的心血來灌溉、培育這人間最壯麗的花朵——新生代，他曾熱情地呼籲：「我們應當造出大群的新的戰士。」

啊，勇敢、機智、凌厲無前的新生代喲，滿懷熱情和美好理想，在偉大毛澤東思想指引下，向共產主義目標高飛遠翔吧！

啊，劉胡蘭、董存瑞、黃繼光……黨和毛主席親手撫育的，共產主義甘霖灌溉出來的新生代，這些寶花，天地間還有甚麼花朵能同他們爭妍呢！?

啊，這人類最珍貴，最壯麗的寶花喲，即便把它移植到冰雪嚴封了億萬年的南北極，移植到南北極的冰山的頂峰，他們也將凜然聳立，迎風怒放，絢爛莊嚴，併世無兩啊！這樣的寶花，將放出萬道金光，與日月爭明，令半年常夜的南北極，成為永晝不夜的光明世界！

我們的偉大領袖毛主席，對新生代寄託了多麼熱切的期望啊！他說：「世界是你們的，也是我們的，但是歸根結底是你們的。你們青年人朝氣蓬勃，正在興旺時期，好像早晨八、九點鐘的太陽。希望寄託在你們身上。」

啊！勇敢、機智、淩厲無前的新生代喲！從大興安嶺茫茫的林海，到西雙版納蔥翠的蔗田，從六月飛雪的祁連山巔，到四季繁花的南海之濱，到處都是新生代的足迹。他們都正按照毛主席所繪製的藍圖，滿懷豪情地在改天換地呢！

啊！偉大領袖毛主席所親手撫育的，共產主義甘霖所灌溉的新生代喲！這是人類的未來，是人類的希望，是人間最珍貴、最壯麗的寶花。天地間還有甚麼花朵能和他們爭妍呢！

啊！這人間最珍貴、最壯麗的寶花啊，在偉大領袖毛主席的陽光普照下，在黨的春風化雨中，迎風怒放，為祖國增添無限春色吧！

一九六一年三月二十日

漸

豐子愷

豐子愷（1898—1975），浙江崇德人。現代作家，翻譯家。著有散文隨筆《緣緣堂隨筆》、《緣緣堂再筆》等。

使人生圓滑進行的微妙的要素，莫如「漸」；造物主騙人的手段，也莫如「漸」。在不知不覺之中，天真爛漫的孩子「漸漸」變成野心勃勃的青年；慷慨豪俠的青年「漸漸」變成冷酷的成人；血氣旺盛的成人「漸漸」變成頑固的老頭子。因為其變更是漸進的，一年一年地、一月一月地、一日一日地、一時一時地、一分一分地、一秒一秒地漸進，猶如從斜度極緩的長遠的山坡上走下來，使人不察其遞降的痕迹，不見其各階段的境界，而似乎覺得常在同樣的地位，恆久不變，又無時不有生的意趣與價值，於是人生就被確實肯定，而圓滑進行了。假使人生的進行不像山坡而像風琴的鍵板，由do忽然移到re，即如昨夜的孩子今朝忽然變成青年；或者像旋律的「接離進行」地由do忽然跳到mi，即如朝為青年而夕暮忽成老人，人一定要驚訝、感慨、悲傷，或痛感人生的無常，而不樂為人了。故可知人生是由「漸」維持的。這在女人恐怕尤為必要：歌劇中，舞台上的如花的少女，就是將來火爐旁邊的老婆子，這句話，驟聽使人不能相信，少女也不肯承認，實則現在的老婆子都是由如花的少女「漸漸」變成的。

人之能堪受境遇的變衰，也全靠這「漸」的助力。巨富的紈袴子弟因屢次破產而「漸漸」蕩盡其家產，變為貧者；貧者只得做傭工，傭工往往變為奴隸，奴隸容易變為無賴，無賴與乞丐相去甚近，乞丐不妨做偷兒……這樣的例，在小說中，在實際上，均多得很。因為其變衰是延長為十年二十年而一步一步地「漸漸」地達到的，在本人不感到甚麼強烈的刺激。故雖到了飢寒病苦刑笞交迫的地步，仍是熙熙然貪戀着目前的生的歡喜。假如一位千金之子忽然變了乞丐或偷兒，這人一定憤不欲生了。

這真是大自然的神秘的原則，造物主的微妙的工夫！陰陽潛移，春秋代序，以及物類的衰榮生殺，無不暗合於這法則。由萌芽的春「漸漸」變成綠陰的夏；由凋零的秋「漸漸」變成枯寂的冬。我們雖已經歷數十寒暑，但在圍爐擁衾的冬夜仍是難於想像飲冰揮扇的夏日的心情；反之亦然。然而由冬一天一天地、一時一時地、一分一分地、一秒一秒地移向夏，由夏一天一天地、一時一時地、一分一分地、一秒一秒地移向冬，其間實在沒有顯着的痕迹可尋。晝夜也是如此；傍晚坐在窗下看書，書頁上「漸漸」地黑起來，倘不斷地看下去（目力能因了光的漸弱而漸漸加強），幾乎永遠可以認識書頁上的字迹，即不覺晝之已變為夜。黎明憑窗，不瞬目地注視東天，也不辨自夜向晝的推移的痕迹。兒女漸漸長大起來，在朝夕相見的父母全不覺得，難得見面的遠親就相見不相識了。往年除夕，我們曾在紅蠟燭底下守候水仙花的開放，真是癡態！倘水仙花果真當面開放給我們看，便是大自然的原則的破壞，宇宙的根本的搖動，世界人類的末日臨到了！

「漸」的作用，就是用每步相差極微極緩的方法來隱蔽時間的過去與事物的變遷的痕迹，使人誤認其為恆久不變。這真是造物主騙人的一大詭計！這有一件比喻的故事：某農夫每天朝晨抱了犢而跳過一溝，到田裡去工作，夕暮又抱了它跳過溝回家。每日如此，未嘗間斷。過了一年，犢已漸大，漸重，差不多變成大牛，但農夫全不覺得，仍是抱了它跳溝。有一天他因事停止工作，次日再就不能抱了這牛而跳溝了。造物的騙人，使人留連於其每日每時的生的歡喜而不覺其變遷與辛苦，就是用這個方法的。人們每日在抱了日重一日的牛而跳溝，不准停止。自己誤以為是不變的，其實每日在增加其苦勞！

我覺得時辰鐘是人生的最好的象徵了。時辰鐘的針，平常一看總覺得是「不動」的；其實人造物中最常動的無過於時辰鐘的針了。日常生活中的人生也如此，刻刻覺得我是我，似乎這「我」永遠不變，實則與時辰鐘的針一樣的無常！一息尚存，總覺得我仍是我，我沒有變，還是留連着我的生，可憐受盡「漸」的欺騙！

「漸」的本質是「時間」。時間我覺得比空間更為不可思議，猶之時間藝術的音樂比空間藝術的繪畫更為神秘。因為空間姑且不追究它如何廣大或無限，我們總可以把握其一端，認定其一點。時間則全然無從把握，不可挽留，只有過去與未來在渺茫之中不絕地相追逐而已。性質上既已渺茫不可思議，分量上在人生也似乎太多。因為一般人對於時間的悟性，似乎只夠支配搭船乘車的短時間；對於百年的長期間的壽命，他們不能勝任，往往迷於局部而不能顧及全體。試看乘火車的旅客中，常有明達的人，有的寧犧牲暫時的安樂而讓其座位於老弱者，以求心的太平（或博暫時的美譽）；有的見眾人爭先下車，而退在後面，或高呼「勿要軋，總有得下去的！」「大家都要下去的！」然而在乘「社會」或「世界」的大火車的「人生」的長期的旅客中，就少有這樣的明達之人。所以我覺得百年的壽命，定得太長。像現在的世界上的人，倘定他們搭船乘車的期間的壽命，也許在人類社會上可減少許多兇險殘慘的爭鬥，而與火車中一樣的謙讓、和平，也未可知。

然人類中也有幾個能勝任百年的或千古的壽命的人。那是「大人格」，「大人生」。他們能不為「漸」所迷，不為造物所欺，而收縮無限的時間並空間於方寸的心中。故佛家能納須彌於芥子。中國古詩人（白居易）說：「蝸牛角上爭何事？石火光中寄此身。」英國詩人（Blake）也說：「一粒沙裡見世界，一朵花裡見天國；手掌裡盛住無限，一剎那便是永劫。」

廬山面目

——廬山遊記之一

「咫尺愁風雨，匡廬不可登。只疑雲霧裡，猶有六朝僧。」（錢起）這位唐朝詩人教我們「不可登」，我們沒有聽他的話，竟在兩小時內乘汽車登上了匡廬。這兩小時內氣候由盛夏迅速進入了深秋。上汽車的時候九十五度，在汽車中先藏扇子，後添衣服，下汽車的時候不過七十幾度了。趕第三招待所的汽車駛過正街鬧市的時候，廬山給我的最初印象竟是桃源仙境：土地平曠，屋舍儼然；有茶館酒樓，百貨之屬；黃髮垂髫，並怡然自樂。不過他們看見了我們沒有「乃大驚」，因為上山避暑休養的人很多，招待所滿坑滿谷，好容易留兩個房間給我們住。廬山避暑勝地，果然名不虛傳。這一天天氣晴明。憑窗遠眺，但見近處古木參天，綠蔭蔽日；遠處崗巒起伏，白雲出沒。有時一帶樹林忽然不見，變成了一片雲海；有時一片白雲忽然消散，變成了許多樓台。正在凝望之間，一朵白雲冉冉而來，鑽進了我們的房間裡。倘是幽人雅士，一定大開窗戶，歡迎它進來共住；但我猶未免為俗人，連忙關窗謝客。我想，廬山真面目的不容易窺見，就為了這些白雲在那裡作怪。

廬山的名勝古迹很多，據說共有兩百多處。但我們十天內遊蹤所到的地方，主要的就是小天池、花徑、天橋、仙人洞、含鄱口、黃龍潭、烏龍潭等處而已。夏禹治水的時候曾經登大漢陽峰，周朝的匡俗曾經在這裡隱居，晉朝的慧遠法師曾經在東林寺門口種松樹，王羲之曾經在歸宗寺洗墨，陶淵明曾經在溫泉附近的栗里村住家，李白曾經在五老峰下讀書，白居易曾經在花徑詠桃花，朱熹曾經在白鹿洞講學，王陽明曾經在捨身岩散步，朱元璋和陳友諒曾經在天橋作戰……古迹不可勝計。然而憑弔也頗傷腦筋，況且我又不是詩人，這些古迹不能激發我的靈感，跑去訪尋也是枉然，所以除了乘便之外，大都沒有專誠拜訪。有時我的太太跟着孩子們去尋幽探險了，我獨自高臥在海拔一千五百公尺的山樓上看看廬山風景照片和導遊之類的書，山光照檻，雲樹滿窗，塵囂絕迹，涼生枕簟，倒是真正的避暑。我看到天橋的照片，遊興發動起來，有一天就跟着孩子們去尋訪。爬上斷崖去的時候，一位掛着南京大學徽章的教授告訴我：「上面路很難走，老先生不必去吧。天橋的那條石頭大概已經跌落，就只是這麼一個斷崖。」我抬頭一看，果然和照片中所見不同：照片上是兩個斷崖相對，右面的斷崖上伸出一根大石條來，伸向左面的斷崖，但是沒有達到，相距數尺，彷彿一腳可以跨過似的。然而實景中並沒有石條，只是相距若干丈的兩個斷崖，我們所登的便是左面的斷崖。我想：這地方叫做天橋，大概那根石條就是橋，如今橋已經跌落了。我們在斷崖上坐看雲起，臥聽鳥鳴，又拍了幾張照片，逍遙地步行回寓。晚餐的時候，我向管理局的同志探問這條橋何時跌落，他回答我說，本來沒有橋，那照相是從某角度望去所見的光景。啊，我恍然大悟了：那位南京大學教授和我談話的地方，即離開左面的斷崖數十丈的地方，我的確看到有一根不很大的石條伸出在空中，照相鏡頭放在石條附近適當的地方，透視法就把石條和斷崖之間的距離取消，拍下來的就是我所欣賞的照片。我略感不快，彷彿上了資本主義社會的商業廣告的當。然而就照相術而論，我不能說它虛偽，只是「太」巧妙了些。天橋這個名字也古怪，沒有橋為甚麼叫天橋？

含鄱口左望揚子江，右瞰鄱陽湖，天下壯觀，不可不看。有一天我們果然爬上了最高峰的亭子裡。然而白雲作怪，密密層層地遮蓋了江和湖，不肯給我們看。我們在亭子裡吃茶，等候了好久，白雲始終不散，望下去白茫茫的，一無所見。這時候有一個人手裡拿一把芭蕉扇，走進亭子來。他聽見我們五個人講土白，就和我招呼，說是同鄉。原來他是湖州人，我們石門灣靠近湖州邊界，語音相似。我們就用土白同他談起天來。土白實在痛快，個個字入木三分，極細緻的思想感情也充分表達得出。這位湖州客也實在不俗，句句話都動聽。他說他住在上海，到漢口去望兒子，歸途在九江上岸，乘便一遊廬山。我問他為甚麼帶芭蕉扇，他回答說，這東西妙用無窮：熱的時候扇風，太陽大的時候遮陰，下雨的時候代傘，休息的時候當坐墊，這好比濟公活佛的芭蕉扇。因此後來我們談起他的時候就稱他為「濟公活佛」。互相敘述遊覽經過的時候，他說他昨天上午才上山，知道正街上的館子規定時間賣飯票，他就在十一點鐘先買了飯票，然後買一瓶酒，跑到小天池，在革命烈士墓前奠了酒，遊覽了一番，然後拿了酒瓶回到館子裡來吃午飯，這頓午飯吃得真開心。這番話我也聽得真開心。白雲只管把揚子江和鄱陽湖封鎖，死不肯給我們看。時候不早，汽車在山下等候，我們只得別了濟公活佛回招待所去。此後濟公活佛就變成了我們的談話資料。姓名地址都沒有問，再見的希望絕少，我們已經把他當作小說裡的人物看待了。誰知天地之間事有湊巧：幾天之後我們下山，在九江的潯廬餐廳吃飯的時候，濟公活佛忽然又拿着芭蕉扇出現了。原來他也在九江候船返滬。我們又互相敘述別後遊覽經過。此公單槍匹馬，深入不毛，所到的地方比我們多得多。我只記得他說有一次獨自走到一個古塔的頂上，那裡面跳出一隻黃鼠狼來，他打湖州白說：「渠被吾嚇了一嚇，吾也被渠嚇了一嚇！」我覺得這簡直是詩，不過沒有叶韻。宋楊萬里詩云：「意行偶到無人處，驚起山禽我亦驚。」豈不就是這種體驗嗎？現在有些白話詩不講叶韻，就把白話寫成每句一行，一個「但」字佔一行，一個「不」也佔一行，內容不知道說些甚麼，我真不懂。這時候我想：倘能說得像我們的濟公活佛那樣富有詩趣，不叶韻倒也沒有甚麼。

在九江的潯廬餐廳吃飯，似乎同在上海差不多。山上的吃飯情況就不同：我們住的第三招待所離開正街有三四里路，四周毫無供給，吃飯勢必包在招待所裡。價錢很便宜，飯菜也很豐富。只是聽憑配給，不能點菜，而且吃飯時間限定。原來這不是菜館，是一個膳堂，彷彿學校的飯廳。我有四十年不過飯廳生活了，頗有返老還童之感。跑三四里路，正街上有一所菜館。然而這菜館也限定時間，而且供應量有限，若非趁早買票，難免枵腹遊山。我們在輪船裡的時候，吃飯分五六班，每班限定二十分鐘，必須預先買票。膳廳裡寫明請勿喝酒。有一個乘客說：「吃飯是一件任務。」我想：輪船裡地方小，人多，倒也難怪；山上遊覽之區，飲食一定便當。豈知山上的菜館不見得比輪船裡好些。我很希望下年這種辦法加以改善。為甚麼呢，這到底是遊覽之區！並不是學校或學習班！人們長年勞動，難得遊山玩水，遊興好的時候難免把吃飯延遲些，跑得肚飢的時候難免想吃些點心。名勝之區的飲食供應倘能滿足遊客的願望，使大家能夠暢遊，豈不是美上加美呢？然而廬山給我的總是好感，在飲食方面也有好感：青島啤酒開瓶的時候，白沫四散噴射，飛濺到幾尺之外。我想，我在上海一向喝光明啤酒，原來青島啤酒氣足得多。回家趕快去買青島啤酒，豈知開出來同光明啤酒一樣，並無白沫飛濺。啊，原來是海拔一千五百公尺的氣壓的關係！廬山上的啤酒真好！

一九五六年九月作於上海

朱自清

朱自清（1898—1948），浙江紹興人。現代作家。著有散文集《背影》、《歐遊雜記》等，另有《朱自清全集》印行。

槳聲燈影裡的秦淮河

一九二三年八月的一晚，我和平伯同遊秦淮河；平伯是初泛，我是重來了。我們僱了一隻「七板子」，在夕陽已去，皎月方來的時候，便下了船。於是槳聲汩——汩，我們開始領略那晃蕩着薔薇色的歷史的秦淮河的滋味了。

秦淮河裡的船，比北京萬生園，頤和園的船好，比西湖的船好，比揚州瘦西湖的船也好。這幾處的船不是覺着笨，就是覺着簡陋，局促；都不能引起乘客們的情韻，如秦淮河的船一樣。秦淮河的船約略可分為兩種：一是大船；一是小船，就是所謂「七板子」。大船艙口闊大，可容二三十人。裡面陳設着字畫和光潔的紅木家具，桌上一律嵌着冰涼的大理石面。窗格雕鏤頗細，使人起柔膩之感。窗格裡映着紅色藍色的玻璃；玻璃上有精緻的花紋，也頗悅人目。「七板子」規模雖不及大船，但那淡藍色的欄杆，空敞的艙，也足繫人情思。而最出色處卻在它的艙前。艙前是甲板上的一部，上面有弧形的頂，兩邊用疏疏的欄杆支着。裡面通常放着兩張藤的躺椅。躺下，可以談天，可以望遠，可以顧盼兩岸的河房。大船上也有這個，但在小船上更覺清雋罷了。艙前的頂下，一律懸着燈彩；燈的多少，明暗，彩蘇的精粗，艷晦，是不一的，但好歹總還你一個燈彩。這燈彩實在是最能勾人的東西。夜幕垂垂地下來時，大小船上都點起燈火。從兩重玻璃裡映出那輻射着的黃黃的散光，反暈出一片朦朧的煙靄；透過這煙靄，在黯黯的水波裡，又逗起縷縷的明漪。在這薄靄和微漪裡，聽着那悠然的間歇的槳聲，誰能不被引入他的美夢去呢？只愁夢太多了，這些大小船兒如何載得起呀？我們這時模模糊糊的談着明末的秦淮河的艷迹，如《桃花扇》及《板橋雜記》裡所載的。我們真神往了。我們彷彿親見那時華燈映水，畫舫凌波的光景了。於是我們的船便成了歷史的重載了。我們終於恍然秦淮河的船所以雅麗過於他處，而又有奇異的吸引力的，實在是許多歷史的影像使然了。

秦淮河的水是碧陰陰的；看起來厚而不膩，或者是六朝金粉所凝麼？我們初上船的時候，天色還未斷黑，那漾漾的柔波是這樣恬靜，委婉，使我們一面有水闊天空之想，一面又憧憬着紙醉金迷之境了。等到燈火明時，陰陰的變為沉沉了：黯淡的水光，像夢一般；那偶然閃爍着的光芒，就是夢的眼睛了。我們坐在艙前，因了那隆起的頂棚，彷彿總是昂着首向前走着似的；於是飄飄然如禦風而行的我們，看着那些自在的灣泊着的船，船裡走馬燈般的人物，便像是下界一般，迢迢的遠了，又像在霧裡看花，盡朦朦朧朧的。這時我們已過了利涉橋，望見東關頭了。沿路聽見斷續的歌聲：有從沿河的妓樓飄來的，有從河上船裡度來的。我們明知那些歌聲，只是些因襲的言詞，從生澀的歌喉裡機械的發出來的；但它們經了夏夜的微風的吹漾和水波的搖拂，裊娜着到我們耳邊的時候，已經不單是她們的歌聲，而混着微風和河水的密語了。於是我們不得不被牽惹着，震撼着，相與浮沉於這歌聲裡了。從東關頭轉彎，不久就到大中橋。大中橋共有三個橋拱，都很闊大，儼然是三座門兒；使我們覺得我們的船和船裡的我們，在橋下過去時，真是太無顏色了。橋磚是深褐色，表明它的歷史的長久；但都完好無缺，令人太息於古昔工程的堅美。橋上兩旁都是木壁的房子，中間應該有街路？這些房子都破舊了，多年煙燻的迹，遮沒了當年的美麗。我想像秦淮河的極盛時，在這樣宏闊的橋上，特地蓋了房子，必然是髹漆得富富麗麗的；晚間必然是燈火通明的。現在卻只剩下一片黑沉沉！但是橋上造着房子，畢竟使我們多少可以想見往日的繁華；這也慰情聊勝無了。過了大中橋，便到了燈月交輝，笙歌徹夜的秦淮河，這才是秦淮河的真面目哩。

大中橋外，頓然空闊，和橋內兩岸排着密密的人家的景象大異了。一眼望去，疏疏的林，淡淡的月，襯着蔚藍的天，頗像荒江野渡光景；那邊呢，鬱蔥蔥的，陰森森的，又似乎藏着無邊的黑暗：令人幾乎不信那是繁華的秦淮河了。但是河中眩暈着的燈光，縱橫着的畫舫，悠揚着的笛韻，夾着那吱吱的胡琴聲，終於使我們認識綠如茵陳酒的秦淮水了。此地天裸露着的多些，故覺夜來的獨遲些；從清清的水影裡，我們感到的只是薄薄的夜——這正是秦淮河的夜。大中橋外，本來還有一座复成橋，是船夫口中的我們的遊蹤盡處，或也是秦淮河繁華的盡處了。我的腳曾踏過復成橋的脊，在十三四歲的時候。但是兩次遊秦淮河，卻都不曾見着復成橋的面；明知總在前途的，卻常覺得有些虛無縹緲似的。我想，不見倒也好。這時正是盛夏。我們下船後，藉着新生的晚涼和河上的微風，暑氣已漸漸消散；到了此地，豁然開朗，身子頓然輕了——習習的清風荏苒在面上，手上，衣上，這便又感到了一縷新涼了。南京的日光，大概沒有杭州猛烈；西湖的夏夜老是熱蓬蓬的，水像沸着一般，秦淮河的水卻盡是這樣冷冷的綠着。任你人影的憧憧，歌聲的擾擾，總像隔着一層薄薄的綠紗面冪似的；它盡是這樣靜靜的，冷冷的綠着。我們出了大中橋，走不上半里路，船夫便將船划到一旁，停了槳由它宕着。他以為那裡正是繁華的極點，再過去就是荒涼了；所以讓我們多多賞鑒一會兒。他自己卻靜靜的蹲着。他是看慣這光景的了，大約只是一個無可無不可。這無可無不可，無論是升的沉的，總之，都比我們高了。

那時河裡鬧熱極了；船大半泊着，小半在水上穿梭似的來往。停泊着的都在近市的那一邊，我們的船自然也夾在其中。因為這邊略略的擠，便覺得那邊十分的疏了。在每一隻船從那邊過去時，我們能畫出它的輕輕的影和曲曲的波，在我們的心上；這顯着是空，且顯着是靜了。那時處處都是歌聲和淒厲的胡琴聲，圓潤的喉嚨，確乎是很少的。但那生澀的，尖脆的調子能使人有少年的，粗率不拘的感覺，也正可快我們的意。況且多少隔開些兒聽着，因為想像與渴慕的做美，總覺更有滋味；而競發的喧囂，抑揚的不齊，遠近的雜沓和樂器的嘈嘈切切，合成另一意味的諧音，也使我們無所適從，如隨着大風而走。這實在因為我們的心枯澀久了，變為脆弱；故偶然潤澤一下，便瘋狂似的不能自主了。但秦淮河確也膩人。即如船裡的人面，無論是和我們一堆兒泊着的，無論是從我們眼前過去的，總是模模糊糊的，甚至渺渺茫茫的；任你張圓了眼睛，揩淨了眥垢，也是枉然。這真夠人想呢。在我們停泊的地方，燈光原是紛然的；不過這些燈光都是黃而有暈的。黃已經不能明了，再加上了暈，便更不成了。燈愈多，暈就愈甚；在繁星般的黃的交錯裡，秦淮河彷彿籠上了一團光霧。光芒與霧氣騰騰的暈着，甚麼都只剩了輪廓了；所以人面的詳細的曲線，便消失於我們的眼底了。但燈光究竟奪不了那邊的月色；燈光是渾的，月色是清的。在渾沌的燈光裡，滲入一派清輝，卻真是奇迹！那晚月兒已瘦削了兩三分。她晚妝才罷，盈盈的上了柳梢頭。天是藍得可愛，彷彿一汪水似的；月兒便更出落得精神了。岸上原有三株兩株的垂楊樹，淡淡的影子，在水裡搖曳着。它們那柔細的枝條浴着月光，就像一支支美人的臂膊，交互的纏着，挽着；又像是月兒披着的髮。而月兒偶爾也從它們的交叉處偷偷窺看我們，大有小姑娘怕羞的樣子。岸上另有幾株不知名的老樹，光光的立着；在月光裡照起來，卻又儼然是精神矍鑠的老人。遠處——快到天際線了，才有一兩片白雲，亮得現出異彩，像是美麗的貝殼一般。白雲下便是黑黑的一帶輪廓；是一條隨意畫的不規則的曲線。這一段光景，和河中的風味大異了。但燈與月竟能並存着，交融着，使月成了纏綿的月，燈射着渺渺的靈輝，這正是天之所以厚秦淮河，也正是天之所以厚我們了。

這時卻遇着了難解的糾紛。秦淮河上原有一種歌妓，是以歌為業的。從前都在茶舫上，唱些大曲之類。每日午後一時起；甚麼時候止，卻忘記了。晚上照樣也有一回，也在黃暈的燈光裡。我從前過南京時，曾隨着朋友去聽過兩次。因為茶舫裡的人臉太多了，覺得不大適意，終於聽不出所以然。前年聽說歌妓被取締了，不知怎的，頗涉想了幾次——卻想不出甚麼。這次到南京，先到茶舫上去看看，覺得頗是寂寥，令我無端的悵悵了。不料她們卻仍在秦淮河裡掙扎着，不料她們竟會糾纏到我們，我於是很張皇了。她們也乘着「七板子」，她們總是坐在艙前的。艙前點着石油汽燈，光亮炫人眼目：坐在下面的，自然是纖毫畢見了——引誘客人們的力量，也便在此了。艙裡躲着樂工等人，映着汽燈的餘輝蠕動着；他們是永遠不被注意的。每船的歌妓大約都是二人；天色一黑，她們的船就在大中橋外往來不息的兜生意。無論行着的船，泊着的船，都要來兜攬的。這都是我後來推想出來的。那晚不知怎樣，忽然輪着我們的船了。我們的船好好的停着，一隻歌舫划向我們來了；漸漸和我們的船併着了。爍爍的燈光逼得我們皺起了眉頭；我們的風塵色全給它託出來了，這使我踧踖不安了。那時一個夥計跨過船來，拿着攤開的歌折，就近塞向我的手裡，說：「點幾齣吧！」他跨過來的時候，我們船上似乎有許多眼光跟着。同時相近的別的船上也似乎有許多眼睛炯炯的向我們船上看着。我真窘了！我也裝出大方的樣子，向歌妓們瞥了一眼，但究竟是不成的！我勉強將那歌折翻了一翻，卻不曾看清了幾個字；便趕緊遞還那夥計，一面不好意思地說：「不要。我們……不要。」他便塞給平伯，平伯掉轉頭去，搖手說：「不要！」那人還膩着不走。平伯又回過臉來，搖着頭道，「不要！」於是那人重到我處，我窘着再拒絕了他。他這才有所不屑似的走了。我的心立刻放下，如釋了重負一般。我們就開始自白了。

我說我受了道德律的壓迫，拒絕了她們；心裡似乎很抱歉的。這所謂抱歉，一面對於她們，一面對於我自己。她們於我們雖然沒有很奢的希望；但總有些希望的。我們拒絕了她們，無論理由如何充足，卻使她們的希望受了傷；這總有幾分不做美了。這是我覺得很悵悵的。至於我自己，更有一種不足之感。我這時被四面的歌聲誘惑了，降伏了；但是遠遠的，遠遠的歌聲總彷彿隔着重衣搔癢似的，越搔越搔不着癢處。我於是憧憬着貼耳的妙音了。在歌舫划來時，我的憧憬，變為盼望；我固執的盼望着，有如飢渴。雖然從淺薄的經驗裡，也能夠推知，那貼耳的歌聲，將剝去了一切的美妙；但一個平常的人像我的，誰願憑了理性之力去醜化未來呢？我寧願自己騙着了。不過我的社會感性是很敏銳的；我的思力能拆穿道德律的西洋鏡，而我的感情卻終於被它壓服着。我於是有所顧忌了，尤其是在眾目昭彰的時候。道德律的力，本來是民眾賦予的；在民眾的面前，自然更顯出它的威嚴了。我這時一面盼望，一面卻感到了兩重的禁制：一，在通俗的意義上，接近妓者總算一種不正當的行為；二，妓是一種不健全的職業，我們對於她們，應有哀矜勿喜之心，不應賞玩的去聽她們的歌。在眾目睽睽之下，這兩種思想在我心裡最為旺盛。她們暫時壓倒了我的聽歌的盼望，這便成就了我的灰色的拒絕。那時的心實在異常狀態中，覺得頗是昏亂。歌舫去了，暫時寧靜之後，我的思緒又如潮湧了。兩個相反的意思在我心頭往復：賣歌和賣淫不同，聽歌和狎妓不同，又幹道德甚事？——但是，但是，她們既被逼的以歌為業，她們的歌必無藝術味的；況她們的身世，我們究竟該同情的。所以拒絕倒也是正辦。但這些意思終於不曾撇開我的聽歌的盼望。它力量異常堅強；它總想將別的思緒踏在腳下。從這重重的爭鬥裡，我感到了濃厚的不足之感。這不足之感使我的心盤旋不安，起坐都不安寧了。唉！我承認我是一個自私的人！平伯呢，卻與我不同。他引周啟明先生的詩，「因為我有妻子，所以我愛一切的女人；因為我有子女，所以我愛一切的孩子。」[①]他的意思可以見了。他因為推及的同情，愛着那些歌妓，並且尊重着她們，所以拒絕了她們。在這種情形下，他自然以為聽是對於她們的一種侮辱。但他也是想聽歌的，雖然不和我一樣。所以在他的心中，當然也有一番小小的爭鬥；爭鬥的結果，是同情勝了。至於道德律，在他是沒有甚麼的；因為他很有蔑視一切的傾向，民眾的力量在他是不大覺着的。這時他的心意的活動比較簡單，又比較鬆弱，故事後還怡然自若；我卻不能了。這裡平伯又比我高了。

在我們談話中間，又來了兩隻歌舫。夥計照前一樣的請我們點戲，我們照前一樣的拒絕了。我受了三次窘，心裡的不安更甚了。清艷的夜景也為之減色。船夫大約因為要趕第二趟生意，催着我們回去；我們無可無不可的答應了。我們漸漸和那些暈黃的燈光遠了，只有些月色冷清清的隨着我們的歸舟。我們的船竟沒個伴兒，秦淮河的夜正長哩！到大中橋近處，才遇着一隻來船。這是一隻載妓的板船，黑漆漆的沒有一點光。船頭上坐着一個妓女；暗里看出，白地小花的衫子，黑的下衣。她手裡拉着胡琴，口裡唱着青衫的調子。她唱得響亮而圓轉；當她的船箭一般駛過去時，餘音還裊裊的在我們耳際，使我們傾聽而向往。想不到在弩末的遊蹤裡，還能領略到這樣的清歌！這時船過大中橋了，森森的水影，如黑暗張着巨口，要將我們的船吞了下去。我們回顧那渺渺的黃光，不勝依戀之情；

① 原詩是「我為了自己的兒女才愛小孩子，為了自己的妻才愛女人」。——作者注

我們感到了寂寞了！這一段地方夜色甚濃，又有兩頭的燈火招邀着；橋外的燈火不用說了，過了橋另有東關頭疏疏的燈火。我們忽然仰頭看見依人的素月，不覺深悔歸來之早了！走過東關頭，有一兩隻大船灣泊着，又有幾隻船向我們來着。囂囂的一陣歌聲人語，彷佛笑我們無伴的孤舟哩。東關頭轉彎，河上的夜色更濃了；臨水的妓樓上，時時從簾縫裡射出一線一線的燈光；彷佛黑暗從酣睡裡眨了一眨眼。我們默然的對着，靜聽那汩——汩的槳聲，幾乎要入睡了；朦朧裡卻温尋着適才的繁華的餘味。我那不安的心在靜裡愈顯活躍了！這時我們都有了不足之感，而我的更其濃厚。我們卻又不願回去，於是只能由懊悔而悵惘了。船裡便滿載着悵惘了。直到利涉橋下，微微嘈雜的人聲，才使我豁然一驚；那光景卻又不同。右岸的河房裡，都大開了窗戶，裡面亮着晃晃的電燈，電燈的光射到水上，蜿蜒曲折，閃閃不息，正如跳舞着的仙女的臂膊。我們的船已在她的臂膊裡了；如睡在搖籃裡一樣，倦了的我們便又入夢了。那電燈下的人物，只覺得像螞蟻一般，更不去縈念。這是最後的夢；可惜的是最短的夢！黑暗重複落在我們面前，我們看見傍岸的空船上一星兩星的，枯燥無力又搖搖不定的燈光。我們的夢醒了，我們知道就要上岸了；我們心裡充滿了幻滅的情思。

一九二三年十月十一日作完，於溫州

背影

我與父親不相見已二年餘了，我最不能忘記的是他的背影。那年冬天，祖母死了，父親的差使也交卸下，正是禍不單行的日子，我從北京到徐州，打算跟着父親奔喪回家。到徐州見着父親，看見滿院狼藉的東西，又想起祖母，不禁簌簌地流下眼淚。父親說，「事已如此，不必難過，好在天無絕人之路！」

回家變賣典質，父親還了虧空；又借錢辦了喪事。這些日子，家中光景很是慘淡，一半為了喪事，一半為了父親賦閒。喪事完畢，父親要到南京謀事，我也要回到北京唸書，我們便同行。

到南京時，有朋友約去遊逛，勾留了一日；第二日上午便須渡江到浦口，下午上車北去。父親因為事忙，本已說定不送我，叫旅館裡一個熟識的茶房陪我同去。他再三囑咐茶房，甚是仔細。但他終於不放心，怕茶房不妥帖；頗躊躇了一會。其實我那年已二十歲，北京已來往過兩三次，是沒有甚麼要緊的了。他躊躇了一會，終於決定還是自己送我去。我兩三回勸他不必去；他只說，「不要緊，他們去不好！」

我們過了江，進了車站。我買票，他忙着照看行李。行李太多了，得向腳夫行些小費，才可過去。他便又忙着和他們講價錢。我那時真是聰明過分，總覺他說話不大漂亮，非自己插嘴不可。但他終於講定了價錢；就送我上車。他給我揀定了靠車門的一張椅子；我將他給我做的紫毛大衣鋪好座位。他囑我路上小心，夜裡要警醒些，不要受涼。又囑託茶房好好照應我。我心裡暗笑他的迂；他們只認得錢，託他們真是白託！而且我這樣大年紀的人，難道還不能料理自己麼？唉，我現在想想，那時真是太聰明了！

我說道，「爸爸，你走吧。」他望車外看了看，說，「我買幾個橘子去。你就在此地，不要走動。」我看那邊月台的柵欄外有幾個賣東西的等着顧客。走到那邊月台，須穿過鐵道，須跳下去又爬上去。父親是一個胖子，走過去自然要費事些。我本來要去的，他不肯，只好讓他去。我看見他戴着黑布小帽，穿着黑布大馬褂，深青布棉袍，蹣跚地走到鐵道邊，慢慢探身下去，尚不大難。可是他穿過鐵道，要爬上那邊月台，就不容易了。他用兩手攀着上面，兩腳再向上縮；他肥胖的身子向左微傾，顯出努力的樣子。這時我看見他的背影，我的淚很快地流下來了。我趕緊拭乾了淚，怕他看見，也怕別人看見。我再向外看時，他已抱了朱紅的橘子望回走了。過鐵道時，他先將橘子散放在地上，自己慢慢爬下，再抱起橘子走。到這邊時，我趕緊去攙他。他和我走到車上，將橘子一股腦兒放在我的皮大衣上。於是撲撲衣上的泥土，心裡很輕鬆似的，過一會說，「我走了；到那邊來信！」我望着他走出去。他走了幾步，回過頭看見我，說，「進去吧，裡邊沒人。」等他的背影混入來來往往的人裡，再找不着了，我便進來坐下，我的眼淚又來了。

近幾年來，父親和我都是東奔西走，家中光景是一日不如一日。他少年出外謀生，獨立支持，做了許多大事。那知老境卻如此頹唐！他觸目傷懷，自然情不能自已。情鬱於中，自然要發之於外；家庭瑣屑便往往觸他之怒。他待我漸漸不同往日。但最近兩年的不見，他終於忘卻我的不好，只是惦記着我，惦記着我的兒子。我北來後，他寫了一信給我，信中說道，「我身體平安，惟膀子疼痛利害，舉箸提筆，諸多不便，大約大去之期不遠矣。」我讀到此處，在晶瑩的淚光中，又看見那肥胖的，青布棉袍，黑布馬褂的背影。唉！我不知何時再能與他相見！

十月在北京

荷塘月色

這幾天心裡頗不寧靜。今晚在院子裡坐着乘涼，忽然想起日日走過的荷塘，在這滿月的光裡，總該另有一番樣子吧。月亮漸漸地升高了，牆外馬路上孩子們的歡笑，已經聽不見了；妻在屋裡拍着閏兒，迷迷糊糊地哼着眠歌。我悄悄地披了大衫，帶上門出去。

沿着荷塘，是一條曲折的小煤屑路。這是一條幽僻的路；白天也少人走，夜晚更加寂寞。荷塘四面，長着許多樹，蓊蓊鬱鬱的。路的一旁，是些楊柳，和一些不知道名字的樹。沒有月光的晚上，這路上陰森森的，有些怕人。今晚卻很好，雖然月光也還是淡淡的。

路上只我一個人，背着手踱着。這一片天地好像是我的；我也像超出了平常的自己，到了另一個世界裡。我愛熱鬧，也愛冷靜；愛群居，也愛獨處。像今晚上，一個人在這蒼茫的月下，甚麼都可以想，甚麼都可以不想，便覺是個自由的人。白天裡一定要做的事，一定要說的話，現在都可不理。這是獨處的妙處；我且受用這無邊的荷香月色好了。

曲曲折折的荷塘上面，彌望的是田田的葉子。葉子出水很高，像亭亭的舞女的裙。層層的葉子中間，零星地點綴着些白花，有裊娜地開着的，有羞澀地打着朵兒的；正如一粒粒的明珠，又如碧天裡的星星，又如剛出浴的美人。微風過處，送來縷縷清香，彷彿遠處高樓上渺茫的歌聲似的。這時候葉子與花也有一絲的顫動，像閃電般，霎時傳過荷塘的那邊去了。葉子本是肩並肩密密地挨着，這便宛然有了一道凝碧的波痕。葉子底下是脈脈的流水，遮住了，不能見一些顏色；而葉子卻更見風致了。

月光如流水一般，靜靜地瀉在這一片葉子和花上。薄薄的青霧浮起在荷塘裡。葉子和花彷彿在牛乳中洗過一樣；又像籠着輕紗的夢。雖然是滿月，天上卻有一層淡淡的雲，所以不能朗照；但我以為這恰是到了好處——酣眠固不可少，小睡也別有風味的。月光是隔了樹照過來的，高處叢生的灌木，落下參差的斑駁的黑影，峭楞楞如鬼一般；彎彎的楊柳的稀疏的倩影，卻又像是畫在荷葉上。塘中的月色並不均勻；但光與影有着和諧的旋律，如梵婀玲上奏着的名曲。

荷塘的四面，遠遠近近，高高低低都是樹，而楊柳最多。這些樹將一片荷塘重重圍住；只在小路一旁，漏着幾段空隙，像是特為月光留下的。樹色一例是陰陰的，乍看像一團煙霧；但楊柳的丰姿，便在煙霧裡也辨得出。樹梢上隱隱約約的是一帶遠山，只有些大意罷了。樹縫裡也漏着一兩點路燈光，沒精打采的，是渴睡人的眼。這時候最熱鬧的，要數樹上的蟬聲與水裡的蛙聲；但熱鬧是它們的，我甚麼也沒有。

忽然想起採蓮的事情來了。採蓮是江南的舊俗，似乎很早就有，而六朝時為盛；從詩歌裡可以約略知道。採蓮的是少年的女子，她們是蕩着小船，唱着艷歌去的。採蓮人不用說很多，還有看採蓮的人。那是一個熱鬧的季節，也是一個風流的季節。梁元帝《採蓮賦》裡說得好：

於是妖童媛女，蕩舟心許；鷁首徐回，兼傳羽杯；櫂將移而藻掛，船欲動而萍開。爾其纖腰束素，遷延顧步；夏始春餘，葉嫩花初，恐沾裳而淺笑，畏傾船而斂裾。

可見當時嬉遊的光景了。這真是有趣的事，可惜我們現在早已無福消受了。

於是又記起《西洲曲》裡的句子：

採蓮南塘秋，蓮花過人頭；低頭弄蓮子，蓮子清如水。

今晚若有採蓮人，這兒的蓮花也算得「過人頭」了；只不見一些流水的影子，是不行的。這令我到底惦着江南了。——這樣想着，猛一抬頭，不覺已是自己的門前；輕輕地推門進去，甚麼聲息也沒有，妻已睡熟好久了。

一九二七年七月，北京清華園

盧隱

盧隱（1898—1934），福建閩侯人。現代女作家。著有散文小說集《靈海潮汐》等，另有《盧隱選集》印行。

雷峰塔下

——寄到碧落

涵！記得吧！我們徘徊在雷峰塔下，地上芊芊碧草，間雜着幾朵黃花，我們並肩坐在那軟綿的草上，那時正是四月間的天氣，我穿了一件淺紫蔴紗的夾衣，你採了一朵黃花插在我的衣襟上，你彷彿怕我拒絕，你羞澀而微怯的望着我，那時我真不敢對你逼視，也許我的臉色變了，我只覺心臟急速的跳動，額際彷彿有些汗濕。

黃昏的落照，正射在塔尖，紅霞漾射於湖心，輕舟蘭槳，又是一雙雙情侶，在我們面前泛過，涵！你放大膽子，悄悄的握住我的手，——這是我們頭一次的接觸，可是我心裡彷彿被利劍所穿，不知不覺落下淚來，你也似乎有些抖顫，涵！那時節我似乎已料到我們命運的多磨多難！

山腳上忽湧起一朵黑雲，遠遠的送過雷聲，——湖上的天氣，晴雨最是無憑，但我們淒戀着，忘記風雨無情的吹淋，頃刻間豆子般大的雨點，淋到我們的頭上身上，我們來時原帶着傘，但是後來看見天色晴朗，就放在船上了。

雨點夾着風沙，一直吹淋，我們拚命的跑到船上，彼此的衣裳都濕透了，我頓感到冷意，伏作一堆，還不禁抖顫。你將那墊的毯子，替我蓋上，又緊緊的靠着我，涵！那時你還不敢對我表示甚麼。晚上依然是好天氣，我們在湖邊的椅子上坐着，看月。你悄悄對我說：「雷峰塔下，是我們生命史上一個大痕迹！」我低頭不能說甚麼，涵！真的！我永遠覺得我們沒有幸福的可能！

唉！涵！就在那夜，你對我表明白你的心曲，我本是怯弱的人，我雖然恐懼着可怕的命運，但我無力拒絕你的愛意！

從雷峰塔下歸來，一直四年間，我們是度着悲慘的戀念的生活。四年後，我們勝利了！一切的障礙，都在我們手裡粉碎了。我們又在四月間來到這裡，而且我們還是住在那所旅館，還是在黃昏的時候，到雷峰塔下，涵！我們那時是毫無所拘束了，我們任情的擁抱，任意的握手，我們多麼驕傲！……

但是涵！又過了一年，雷峰塔倒了，我們不是很凄然的惋惜嗎？不過我絕不曾想到，就在這一年十月裡你拋下一切走了，永遠的走了！再不想回來了！呵！涵！我從前惋惜雷峰塔的倒塌，現在，呵！現在，我感謝雷峰塔的倒塌，因為它的倒塌，可以撲滅我們的殘痕！

涵！今年十月就到了，你離開人間已經三年了！人間漸漸使你淡忘了嗎？哎！父親年紀老了！每次來信都提起你，你們到底是甚麼因果？而我和你確是前生的冤孽呢！

涵！去年你的二周年紀念時，我本想為你設祭，但是我住在學校裡，甚麼都不完全，我記得我只作了一篇祭文，向空焚化了，你到底有靈感沒有？我總癡望你，給我託一個清清楚楚的夢，但是哪有？！只有一次，我是夢見你來了，但是你為甚麼那麼冷淡？果然是緣盡了嗎？涵！你拋得下走了，大約也再不戀着甚麼！不過你總忘不了雷峰塔下的痕迹吧！

涵！人間是更悲慘了！你走後一切都變更了。家裡呢：也是樹倒猢猻散，父親的生意失敗了！兩個兄弟都在外洋飄蕩，家裡只剩母親和小弟弟，也都搬到鄉下去住。父親忍着傷悲，仍在洋口奔忙，籌還拖欠的債。涵！這都是你臨死而不放心的事情，但是現在我都告訴了你，你也有點眷戀嗎？

我——大約你是放心的，一直掙扎着呢。涵！雷峰塔已經倒塌了，我們的離合也都應驗了——今年是你死後的三周年——我就把這斷藕的殘絲，敬獻你在天之靈吧！

鄭振鐸

鄭振鐸（1898—1958），福建長樂人。現代作家。著有散文集《山中雜記》、《西行書簡》等，另有《鄭振鐸文集》印行。

海燕

烏黑的一身羽毛，光滑漂亮，積伶積俐，加上一雙剪刀似的尾巴，一對勁俊輕快的翅膀，湊成了那樣可愛的活潑的一隻小燕子。當春間二三月，輕颸微微的吹拂着，如毛的細雨無因的由天上灑落着，千條萬條的柔柳，齊舒了它們的黃綠的眼，紅的白的黃的花，綠的草，綠的樹葉，皆如趕赴市集者似的奔聚而來，形成了爛熳無比的春天時，那些小燕子，那末伶俐可愛的小燕子，便也由南方飛來，加入了這個雋妙無比的春景的圖畫中，為春光平添了許多的生趣。小燕子帶了它的雙剪似的尾，在微風細雨中，或在陽光滿地時，斜飛於曠亮無比的天空之上，唧的一聲，已由這裡稻田上，飛到了那邊的高柳之下了。再幾隻卻雋逸的在粼粼如縠紋的湖面橫掠着，小燕子的剪尾或翼尖，偶沾了水面一下，那小圓暈便一圈一圈的蕩漾了開去。那邊還有飛倦了的幾對，閒散的憩息於纖細的電線上，——嫩藍的春天，幾支木桿，幾痕細線連於桿與桿間，線上是停着幾個粗而有致的小黑點，那便是燕子，是多麼有趣的一幅圖畫呀！還有一家家的快樂家庭，他們還特為我們的小燕子備了一個兩個小巢，放在廳梁的最高處，假如這家有了一個匾額，那匾後便是小燕子最好的安巢之所。第一年，小燕子來住了，第二年，我們的小燕子，就是去年的一對，它們還要來住。

「燕子歸來尋舊壘。」

還是去年的主，還是去年的賓，他們賓主間是如何的融融泄泄呀！偶然的有幾家，小燕子卻不來光顧，那便很使主人憂戚，他們邀召不到那麼雋逸的嘉賓，每以為自己運命的蹇劣呢。

這便是我們故鄉的小燕子，可愛的活潑的小燕子，曾使幾多的孩子們歡呼着，注意着，沉醉着，曾使幾多的農人們市民們憂戚着，或舒懷的指點着，且曾平添了幾多的春色，幾多的生趣於我們的春天的小燕子！

如今，離家是幾千里！離國是幾千里！託身於浮宅之上，奔馳於萬頃海濤之間，不料卻見着我們的小燕子。

這小燕子，便是我們故鄉的那一對，兩對麼？便是我們今春在故鄉所見的那一對，兩對麼？

見了它們，遊子們能不引起了，至於是輕煙似的，一縷兩縷的鄉愁麼？

海水是皎潔無比的蔚藍色，海波是平穩得如春晨的西湖一樣，偶有微風，只吹起了絕細絕細的千萬個粼粼的小皺紋，這更使照曬於初夏之太陽光之下的、金光燦爛的水面顯得溫秀可喜。我沒有見過那末美的海！天上也是皎潔無比的蔚藍色，只有幾片薄紗似的輕雲，平貼於空中，就如一個女郎，穿了絕美的藍色夏衣，而頸間卻圍繞了一段絕細絕輕的白紗巾。我沒有見過那麼美的天空！我們倚在青色的船欄上，默默的望着這絕美的海天；我們一點雜念也沒有，我們是被沉醉了，我們是被帶入晶天中了。

就在這時，我們的小燕子，二隻，三隻，四隻，在海上出現了。它們仍是雋逸的從容的在海面上斜掠着，如在小湖面上一樣；海水被它的似剪的尾與翼尖一打，也仍是連漾了好幾圈圓暈。小小的燕子，浩莽的大海，飛着飛着，不會覺得倦麼？不會遇着暴風疾雨麼？我們真替它們擔心呢！

小燕子卻從容的憩着了。它們展開了雙翼，身子一落，落在海面上了，雙翼如浮圈似的支持着體重，活是一隻烏黑的小水禽，在隨波上下的浮着，又安閒，又舒適。海是它們那麼安好的家，我們真是想不到。

在故鄉，我們還會想像得到我們的小燕子是這樣的一個海上英雄麼？

海水仍是平貼無波，許多絕小絕小的海魚，為我們的船所驚動，群向遠處竄去；隨了它們飛竄着，水面起了一條條的長痕，正如我們當孩子時之用瓦片打水漂在水面所划起的長痕。這小魚是我們小燕子的糧食麼？

小燕子在海面上斜掠着，浮憩着。它們果是我們故鄉的小燕子麼？

啊，鄉愁呀，如輕煙似的鄉愁呀！

翦伯贊

翦伯贊（1898—1968），湖南桃源人。史學家。著有《歷史哲學教程》、《中國史綱》等。

內蒙訪古

今年夏天，我和歷史學家范文瀾、呂振羽同志等應烏蘭夫同志的邀請，訪問了內蒙古自治區。訪問歷時兩個月（從七月二十三日到九月十四日），行程達一萬五千餘里。要想把這次訪問的收穫都寫出來那是寫不完的，不過也可以用最簡單的話概括這次訪問的收穫，那就是「見所未見，聞所未聞」。現在我想寫一點內蒙訪古的見聞。

哪裡能找到這樣的詩篇

內蒙，對於歷史學家來說，是一個富有誘惑力的地方，因為這裡在悠久的歷史時期中，一直是游牧民族生活和活動的歷史舞台，而這些游牧民族的歷史活動又是中國史的一個重要組成部分；有些活動，在世界史上也不能沒有它們的篇章。然而這個歷史學寶庫，直到現在，還沒有完全打開，至少沒有引起史學家足夠的注意。

不知從甚麼時候起，匈奴人就進入了內蒙；到秦漢時期或者更早，它就以一個強勁的民族出現於歷史。以後，鮮卑人、突厥人、回紇人，更後，契丹人、女真人，最後，蒙古人，這些游牧民族一個跟着一個進入這個地區，走上歷史舞台，又一個跟着一個從這個地區消逝，退出歷史舞台。這些相繼或同時出現於內蒙地區的游牧民族，他們像鷹一樣從歷史上掠過，最大多數飛得無影無蹤，留下來的只是一些歷史遺跡或遺物，零落於荒煙蔓草之間，訴說他們過去的繁榮，有些連歷史的遺跡也沒有發現，僅僅在歷史文獻上保留一些簡單的記錄。但是這些游牧民族在過去都曾經在內蒙地區或者在更廣大的世界演出過有聲有色的歷史劇；有些游牧民族，如十三世紀的蒙古人，並曾從這裡發出了震動世界的號令。

兩千多年的時間過去了，現在，內蒙地區已經進入了歷史上的新世紀。居住在這裡的各族人民，蒙古族、達斡爾族、鄂倫春族、鄂溫克族等等，正在經歷一個前所未有的偉大的歷史變革，他們都在從不同的歷史階段和不同的生活方式，經由不同的道路走進社會主義社會。例如蒙古族是從以游牧為主要生活方式的封建社會走進社會主義社會的，鄂倫春族和一部分鄂溫克族則是從以狩獵為主要生活方式的原始共產主義社會末期走進社會主義社會的。很多過去的牧人、獵人，現在都變成了鋼鐵戰士。條條道路通向社會主義社會，在這裡得到了最具體、最生動的說明。

恩格斯說：「世界史是最偉大的詩人。」我們在內蒙地區看到了這個最偉大的詩人的傑作。出現在這個傑作中的不是鶯鶯燕燕，而是群鷹搏擊，萬馬奔騰。在世界文學的文庫中，哪裡能找到這樣波瀾壯闊、氣勢豪放的詩篇呢？

一段最古的長城

火車走出居庸關，經過了一段崎嶇的山路以後，自然便在我們面前敞開了一個廣闊的原野，一個用望遠鏡都看不到邊際的原野，這就是古之所謂塞外。

從居庸關到呼和浩特大約有一千多里的路程，火車都在這個廣闊的高原上奔馳。我們都想從鐵道兩旁看到一些塞外風光，黃沙白草之類，然而這一帶既無黃沙，亦無白草，只有肥沃的田野，栽種着各種各樣的莊稼：小麥、蕎麥、穀子、高粱、山藥、甜菜等等。如果不是有些地方為了畜牧的需要而留下了一些草原，簡直要懷疑火車把我們帶到了河北平原。

過了集寧，就隱隱望見了一條從東北向西南伸展的山脈，這就是古代的陰山，現在的大青山。大青山是一條並不很高但很寬闊的山脈，這條山脈像一道牆壁把集寧以西的內蒙分成兩邊。值得注意的是山的南北，自然條件迥乎不同。山的北邊是暴露在寒冷的北風之中的起伏不大的波狀高原。這一帶在古代就是一個「少草木，多大沙」（《漢書．匈奴傳》）的地方。山的南邊，則是在陰山屏障之下的一個狹長的平原。

現在的大青山，樹木不多，但在漢代，這裡卻是一個「草木茂盛，多禽獸」（《漢書．匈奴傳》）的地方，古代的匈奴人曾經把這個地方當作自己的苑囿。一直到蒙古人來到陰山的時候，這裡的自然條件，還沒有甚麼改變。關於這一點，從呼和浩特和包頭這兩個蒙古語的地名可以得到說明。呼和浩特，蒙古語意思是青色的城。包頭也是蒙古語的音譯，意思是有鹿的地方。這兩個蒙古語的地名，很清楚地告訴了我們，直到十三世紀或者更晚的時候，這裡還是一個有森林、有草原、有鹿群出沒的地方。

呼和浩特和包頭這兩個城市，正是建築在大青山南麓的沃野之中。秋天的陰山，像一座青銅的屏風安放在它們的北邊，從陰山高處拖下來的深綠色的山坡，安閒地躺在黃河岸上，沐着陽光。這是多麼平靜的一個原野。但這個平靜的原野在民族關係緊張的歷史時期，卻經常是一個風浪最大的地方。

愈是古遠的時代，人類的活動愈受自然條件的限制。特別是那些還沒有定住下來的騎馬的游牧民族，更要依賴自然的恩賜，他們要自然供給他們豐富的水草。陰山南麓的沃野，正是內蒙西部水草最肥美的地方。正因如此，任何游牧民族只要進入內蒙西部，就必須佔據這個沃野。

陰山以南的沃野不僅是游牧民族的苑囿，也是他們進入中原地區的跳板。只要佔領了這個沃野，他們就可以強渡黃河，進入汾河或黃河河谷。如果他們失去了這個沃野，就失去了生存的依據，史載「匈奴失陰山之後，過之未嘗不哭也」，就是這個原因，在另一方面，漢族如果要排除從西北方面襲來的游牧民族的威脅，也必須守住陰山的峪口，否則這些騎馬的民族就會越過鄂爾多斯沙漠，進入漢族居住區的心臟地帶。

早在戰國時，大青山南麓，沿黃河北岸的一片原野，就是趙國和胡人爭奪的焦點。在爭奪戰中，趙武靈王擊敗了胡人，佔領了這個平原，並且在他北邊的國境線上築起了一條長城，堵住了胡人進入這個平原的道路。據《史記·匈奴傳》所載，趙國的長城東起於代（今河北宣化境內），中間經過山西北部，西北折入陰山，至高闕（今烏拉山與狼山之間的缺口）為止。現在有一段古長城遺址，斷續綿亙於大青山、烏拉山、狼山靠南邊的山頂上，東西長達二百六十餘里，按其部位來說，這段古長城正是趙長城遺址。

我們這次訪問包頭，曾經登臨包頭市西北的大青山，遊覽這裡的一段趙長城。這段長城高處達五米左右，土築，夯築的層次還很清楚。東西縱觀，都看不到終極，在東邊的城址上，隱然可以看到有一個古代廢壘，指示出那裡在當時是一個險要地方。

我在遊覽趙長城時，作了一首詩，稱頌趙武靈王，並且送了他一個英雄的稱號。趙武靈王是無愧於英雄的稱號的。大家都知道秦始皇以全國的人力物力僅僅連接原有的秦燕趙的長城並加以增補，就引起了民怨沸騰。不知從甚麼時候起，在秦始皇面前就站着一個孟姜女，控訴這條舉世聞名的萬里長城。甚至在解放以後，還有人把萬里長城作為「砲彈」攻擊秦始皇。而趙武靈王以小小的趙國，在當時的物質和技術條件下，竟能完成這樣一個巨大的國防工程而沒有挨罵，不能不令人驚嘆。

當然，我說趙武靈王是一個英雄，不僅僅是因為他築了一條長城，更重要的是因為他敢於發佈「胡服騎射」的命令。要知道，他在當時發佈這個命令，實質上就是與最頑固的傳統習慣和保守思想宣戰。

只要讀一讀《戰國策·趙策》就知道當趙武靈王發佈了胡服騎射的命令以後，他立即遭遇到來自趙國貴族官僚方面的普遍反抗。趙武靈王擊敗了那些頑固分子的反抗，終於使他們脱下了那套用以標誌他們身份的祖傳的寬大的衣服，並且把過了時的笨重的戰車扔到歷史的垃圾堆裡去。敢於這樣做的人，難道不是一個英雄嗎？可以肯定説是一個英雄，一個大大的英雄。

在大青山下

現在讓我們離開趙長城談一談陰山一帶的漢代城堡。

根據考古報告，在陰山南北麓發現了很多古城遺址，至少有二十幾個古城遺址。這些古城大部分是西漢時期的，也有北魏時期或更晚的。古城遺址最大多數分佈在陰山南麓通向山北的峪口，也有分佈在陰山北麓的，還有分佈在黃河渡口和鄂爾多斯東北地區的。從古城分佈的地位看來，幾乎通向陰山以北的每一個重要峪口，都築有城堡。特別是今日呼和浩特市北的蜈蚣壩，尤其是包頭市北大青山與烏拉山之間的缺口，城堡的遺址更多。大概這兩個峪口是古代游牧民族，而在漢代則是匈奴人侵襲的主要通路。看起來，漢王朝在陰山一帶的戰略部署，至少有三道防線，第一道防線是陰山北麓的峪口和更遠的地方，第二道防線是陰山南麓的峪口，第三道防線是黃河渡口和鄂爾多斯東北一帶。

在陰山以北築城障的事，《史記．匈奴傳》有如此的記載：太初四年「漢使光祿徐自為出五原塞數百里，遠者千餘里，築城障列亭，至盧朐。」《正義》引《括地志》云：「五原郡相陽縣（《漢書．地理志》作稒陽縣），北出石門障，得光祿城，又西北得支就縣（《漢書．地理志》注作支就城），又西北得頭曼城，又西北得牢城河（《漢書．地理志》注作虖河城），又西北得宿虜城（《漢書．地理志》注作宿虜城）。」由此看來，當漢武帝時漢王朝在陰山以北築了很多城堡，幾乎是步步為營，把它的勢力遠遠地推到陰山以北的地方。一直到元帝時由於匈奴呼韓邪單于款塞入朝，才從陰山以北的城堡撤退駐軍，但仍然保留着通烽火的哨兵。《漢書．匈奴傳》記侯應諫元帝的話，其中有云：「前以罷外城，省亭隧，今裁足以候望，通烽火而已。」這裡所謂「外城」，就是陰山以外的城堡。

在大青山與烏拉山之間的峪口中有一條昆都侖河，由北而南流入黃河。昆都侖河就是古代的石門水，石門水大概是古代游牧民族進入陰山以南的沃野最方便的一條道路。在這個通道的外面，已經發現了一些漢代的古城，有一個古城可能就是漢代的光祿城。

我們這次訪問內蒙西部，曾經遊覽了呼和浩特市附近塔布土拉罕的漢城遺址和包頭市附近麻池鄉的漢城遺址。

塔布土拉罕在呼和浩特市東北三十五里，大青山的南麓。古城作長方形，分內外兩城，外城周圍約三公里。在內城的地面上到處可以看到漢代的繩紋陶片。在城的附近有五個大土堆，塔布土拉罕就是五個大土堆的意思。這五個大土堆，可能是五個大封土墓，如果把這五個大封土墓打開很有可能發現這個古城的歷史檔案。

麻池鄉在包頭市西三十里。這裡的古漢城也是分內外兩城，內城也散佈着很多漢代磚瓦，外城很少。古城周圍有很多古墓，大多數沒有封土。在這裡的墓葬中，發現了很多古物，其中有漢代的錢幣和漢式的銅器、陶器、漆器等等，也有金質和銀質的鏤空飾片，飾片上的花紋作虎豹駱駝等動物形象。還發現了「單于天降」、「四夷□服」(字跡不清)以及「單于和親」、「千秋萬歲」、「長樂未央」等文字的瓦當殘片。

我不想詳細介紹這兩個古城的發現，只想指出一個事實，即陰山南北和黃河渡口一帶的漢代古城，不是由於經濟的原因，而是由於軍事的原因建築起來的。嚴格地說，這些古城不能稱為真正的城市，只是一種駐紮軍隊和囤積軍用糧食武器的營壘。居住在這些城堡中的主要的是軍隊，也有小商人和手工業者；但這些小商人和手工業者是依靠軍隊生活的，只要軍隊撤退，這些城堡也就廢棄了。

我還想指出，陰山一帶在民族關係緊張的時期是一個戰場，而在民族關係緩和時期則是一個重要的文化交流的驛站；甚至在戰爭的時期，也不能完全阻止文化的交流。關於這一點，我們可以從這一帶發現的文物得到說明。例如在當時漢與匈奴的邊境線上到處都發現了漢代的錢幣和工藝品，這些工藝品與在內地發現的同一時期的工藝品是一樣的，這件事說明漢與匈奴之間的和平往來，並沒有完全被萬里長城和軍事堡壘所遮斷。

在大青山腳下，只有一個古跡是永遠不會廢棄的，那就是被稱為青冢的昭君墓。因為在內蒙人民的心中，王昭君已經不是一個人物，而是一個象徵，一個民族友好的象徵；昭君墓也不是一個墳墓，而是一座民族友好的歷史紀念塔。

青冢在呼和浩特市南二十里左右。據説清初墓前尚有石虎兩列、石獅一個，還有綠琉璃瓦殘片，好像在墓前原來有一個享殿。現在這些東西都沒有了，只有一個石虎伏在階台下面陪伴這位遠嫁的姑娘。

據內蒙的同志説，除青冢外，在大青山南麓還有十幾個昭君墓。我們就看到了兩個昭君墓，另一個在包頭市的黃河南岸。其實這不是一個墳墓，而是一個古代的堡壘。在這個堡壘附近，還有一個古城遺址。

王昭君究竟埋葬在哪裡，這件事並不重要，重要的是為甚麼會出現這樣多的昭君墓。顯然，這些昭君墓的出現，反映了內蒙人民對王昭君這個人物有好感，他們都希望王昭君埋葬在自己的家鄉。

然而現在還有人反對昭君出塞，認為昭君出塞是民族國家的屈辱。我不同意這樣的看法。因為在封建時代要建立民族之間的友好關係，不能像我們今天一樣，通過各族人民之間的共同的階級利益、經濟基礎和意識形態，主要的是依靠統治階級之間的和解，而統治階級之間的和解又主要的是決定於雙方力量的對比，以及由此產生的封建關係的改善。和親就是改善封建關係的一種方式。當然，和親也是在不同的歷史條件下出現的，有些和親是被迫的，但有些也不是被迫的，昭君出塞就沒有任何被迫的情況存在。如果不分青紅皂白，只要是和親就一律加以反對，那麼在封建時代還有甚麼更好的方法可以取得民族之間的和解呢？在我看來，和親政策比戰爭政策總要好得多。

游牧民族的搖籃

我們在內蒙西部沒有看到的塞外風光，在內蒙東部看到了。當我們的火車越過大興安嶺進入呼倫貝爾草原時，自然環境就散發出蒙古的氣氛。一幅天蒼蒼野茫茫的畫面出現在我們的面前了。

正像大青山把內蒙的西部分成南北兩塊，大興安嶺這一條從東北伸向西南的廣闊的山脈也把呼倫貝爾草原分割為東西兩部。山脈的兩麓被無數起伏不大的山谷割開，從山谷中流出來的溪水，分別灌注着大興安嶺東西的草原，並在東部匯成了嫩江，在西部匯成了海拉爾河。海拉爾，蒙古語，它的意思就是流下來的水。

海拉爾市雖然是一個草原中的城市，但住在這個城市裡，並不能使我們感到草原的風味，只有當我們從海拉爾乘汽車經過南屯前往錫尼河的這條路上，才看到真正的草原風光。在這條路上，我第一次看到這樣平坦、廣闊、空曠的草原，從古以來沒有人耕種過的、甚至從來也沒有屬於任何個人私有過的草原。沒有山，沒有樹木，沒有村落，只有碧綠的草和覆蓋這個草原的藍色的天，一直到錫尼河我們才看到一些用氈子圍起來的灰白色的帳幕，這是布列亞特蒙古族牧人的家。我們訪問了這些牧人的家，在草原上度過了最快樂的一天。

當然不是所有的草原都像錫尼河一樣的平坦。當我們從海拉爾前往滿洲里的路上，我們就看到一些起伏不大的沙丘；而當我們從滿洲里到達賚湖，從達賚湖到扎賚諾爾的路上，也看到了一些坡度不大的丘陵在地平線上畫出了各種各樣的柔和的曲線。

呼倫貝爾不僅在現在是內蒙的一個最好的牧區，自古以來就是一個最好的草原。這個草原一直是游牧民族的歷史搖籃。出現在中國歷史上的大多數游牧民族：鮮卑人、契丹人、女真人、蒙古人都是在這個搖籃裡長大的，又都在這裡度過了他們歷史上的青春時代。

根據《後漢書．鮮卑傳》所載，鮮卑人最早的游牧之地是鮮卑山。他們每年「以季春月大會於饒樂水上」。鮮卑山、饒樂水究竟在哪裡，歷來的史學家都沒有搞清楚。現在我們在扎賚諾爾附近木圖拉雅河的東岸發現了一個古墓群。據考古學家判斷，可能是鮮卑人的墓群。如果是鮮卑人的墓群，那就可以證實早在兩漢時期鮮卑人就游牧於呼倫貝爾西部達賚湖附近一帶的草原。

對於早期鮮卑人的生活，歷史文獻上給我們的知識很少，僅説鮮卑人的習俗與烏桓同。而當時的烏桓是一個以「弋獵禽獸為事，隨水草放牧」，但已「能作弓矢鞍勒，鍛金鐵為兵器」的游牧民族。我們這次在呼和浩特和海拉爾兩處的博物館，看到扎賚諾爾古墓中發現的鮮卑人的文物，其中有雙耳青銅罐和雕有馬鹿等動物形象的銅飾片。又有樺木製的弓、樺樹皮製的弓囊和骨鏃等等，只是沒有發現角端弓。又《鮮卑傳》謂鮮卑於建武二十五年始與東漢王朝通驛（當作譯）使，這件事也從墓葬中發現的織有「如意」字樣的絲織物和漢代的規矩鏡得到了證實。

史載契丹人最初居在鮮卑人的故地，地名梟羅固沒里，沒里者，河也（《五代史》卷七十二，四夷附錄）。這條河究竟在哪裡，不得而知。最近在扎賚諾爾古墓群附近發現了契丹人的古城遺址，證明契丹人也在呼倫貝爾草原東部游牧過。

女真人在呼倫貝爾草原也留下了他們的遺址。其中最有名的是兩條邊牆。一條邊牆在草原的西北部，沿着額爾古納河而西，中間經過滿洲里直到達賚湖的西邊，長約數百里。這條邊牆顯然是為了防禦蒙古人侵入呼倫貝爾草原而建築的。但據史籍所載，在蒙古人佔領這個草原以前，游牧於這個草原的是塔塔兒人，蒙古人不是從女真人手中，而是從塔塔兒人手中接收這個草原的。根據這樣的情況，這條邊牆，似乎不是女真人修築的。只有在這樣的情況之下，即為了抵抗蒙古人的侵入，當時的塔塔兒人和女真人是站在一邊的，女真人才有可能修築這條邊牆。另一條邊牆在呼倫貝爾的東南，這條邊牆是沿着大興安嶺南麓自東北而西南，東起於莫力達瓦達斡爾族自治旗的尼爾基鎮，西至科爾沁右翼前旗的索倫，長亦數百里。王國維曾在其所著《金界壕考》一文中對這條牆作了詳細的考證。有人認為這是成吉思汗的邊牆，並且把札蘭屯南邊的一個小鎮取名為成吉思汗，以紀念這條邊牆，這是錯誤的。毫無疑問，這條邊牆是女真人建築的，其目的是為了保衛呼倫貝爾南部的草原，免於蒙古人的侵入。但是成吉思汗終於突破了這兩道邊牆，進入了呼倫貝爾草原。

呼倫貝爾草原不僅是古代游牧民族的歷史搖籃，而且是他們的武庫、糧倉和練兵場。他們利用這裡的優越的自然條件，繁殖自己的民族，武裝自己的軍隊，然後以此為出發點由東而西，征服內蒙中部和西部諸部落或最廣大的世界，展開他們的歷史性的活動。鮮卑人如此，契丹人、女真人、蒙古人也是如此。

鮮卑人佔領了這個草原就代替匈奴人成為蒙古地區的支配民族，以後進入黃河流域建立了北魏王朝。鮮卑人在前進的路上留下了很多遺址，現在在內蒙和林格爾縣境內發現的土城子古城，可能就是北魏盛樂城的遺址。大同雲岡石窟和洛陽龍門石窟也是鮮卑人留下來的藝術寶庫。我們在訪問大同時曾經遊覽雲岡石窟，把這裡的藝術創造和扎賚諾爾的文化遺物比較一下，那就明顯地表示出奠居在大同一帶的鮮卑人比起游牧於扎賚諾爾的鮮卑人來，已經是一個具有高得多的文化的民族。如果把龍門石窟和雲岡石窟的藝術，作一比較研究，我想一定能看出鮮卑人在文化藝術方面更大一步的前進。

在呼倫貝爾草原游牧過的契丹人，後來也向內蒙的中部和西部發展，最後定居在黃河流域建立了遼王朝。契丹人也在前進的路上留下了他們歷史的里程碑。他們在錦州市內留下了一個大廣濟寺古塔，在呼和浩特東四十里的地方留下了一個萬卷華嚴經塔，還在大同城內留下了上下華嚴寺。我們這次遊覽了錦州的古塔，欣賞了大同上下華嚴寺的佛像雕塑藝術。從這些建築藝術和雕塑藝術看來，奠居在錦州和大同一帶的契丹人也是一個具有相當高度文化藝術的民族。

為了保衛呼倫貝爾草原建築過兩條邊牆的女真人，後來也進入黃河流域建立了金王朝。和鮮卑人、契丹人略有不同，女真人在進入中原以前已經具有比較高度的文化，現在黑龍江省阿城縣南的白城就是金上京。在這次訪問中，有些同志曾經去遊覽過金上京遺址，從遺址看來已經是一個規模相當大的城市。這個城市表明了當時女真人已經進入了定居的農業生活，並且有了繁盛的商業活動。

成吉思汗在進入呼倫貝爾草原以前，始終局促於斡難河與額爾古納河之間的狹小地區。但當他一旦征服了塔塔兒人佔領了這個草原，不到幾年他就統一了蒙古諸部落，正如他在寫給長春真人丘處機的詔書中所說的：「七載之中成大業，六合之內為一統。」

蒙古人當然知道這個草原的重要性，元順帝在失掉了大都以後，帶着他的殘餘軍隊逃亡，不是逃往別處而是逃到呼倫貝爾草原。

朱元璋似乎也知道這個草原的重要性，他派藍玉追擊元順帝，一直追到捕魚兒海（即今貝爾湖）東北八十里的地方，在這個草原中徹底地殲滅了元順帝的軍隊以後，蒙古王朝的統治才從中國歷史上結束。

歷史的後院

假如呼倫貝爾草原在中國歷史上是一個鬧市，那麼大興安嶺則是中國歷史上的一個幽靜的後院。重重疊疊的山嶺和覆蔽着這些山嶺的萬古常青的叢密的原始森林，構成了天然的障壁，把這裡和呼倫貝爾草原分開，使居住在這裡的人民與世隔絕，在悠久的歷史時期中，保持他們傳統的古老的生活方式。一直到解放以前，居住在這個森林裡的鄂倫春人和鄂溫克人還停留在原始社會末期的歷史階段。但是解放以後，這裡的情況已經大大的改變了。現在，一條鐵路已經沿着大興安嶺的溪谷遠遠地伸入了這個原始森林的深處，過去遮斷文明的障壁在鐵道面前被粉碎了。社會主義的光輝，已經照亮了整個大興安嶺。

我們這次就是沿着這條鐵道進入大興安嶺的。火車首先把我們帶到牙克石。牙克石是喜桂圖旗的首府，也是進入大興安嶺森林地帶的大門。喜桂圖，蒙古語，意思是有森林的地方。這個蒙古語的地名，記錄了這裡的歷史情況，其實在牙克石附近現在已經沒有森林了。

在牙克石前往甘河的路上，我們的目光便從廣闊的草原轉向淹沒在原始森林中的無數山峰。在鐵道兩旁，幾乎看不到一個沒有森林覆蔽的山坡，到處都叢生着各種各樣的樹木，其中最多的是落葉松和白樺，也有樟松、青楊和其他不知名的樹木。

我們在甘河換了小火車，繼續向森林地帶前進。經過了幾小時的行程，火車把我們帶到了一個叫作第二十四的地方。應該說明一下，在這個森林中，有很多地方過去沒有名字。解放以後，森林工作者替這些地方也取了一些名字，如第一站、第二站之類。但有些地方原來是有鄂倫春語的名字的，而這些鄂倫春語的地名，又往往能透露一些歷史的消息。例如錫尼奇是一個鄂倫春語的地名，意思是有柳樹的地方；又如乍格達奇，也是一個鄂倫春語的地名，意思是有樟松的地方。這樣的地名比起數目字的地名來，當然要好得多，因此我以為最好能找到這些地方的鄂倫春語的名字。

我們在第二十四地點下了火車，走進原始森林。依照我們的想法，在原始森林裡，一定可以看到萬年不死的古樹；實際上並沒有這樣長壽的樹木，落葉松的壽命最多也不過一百多年。所謂原始森林，是說這個森林從太古以來，世世代代，自我更新，一直到現在，依然保持它們原始的狀態。當然在我們腳下踐踏的，整整有一尺多厚的像海綿一樣的泥土，其中必然有一萬年甚至幾萬年前的腐朽的樹木和樹葉。

我們在這裡第一次看到了太陽都射不進去的叢密的森林，也第一次看到了遍山遍嶺的杜鵑花和一種馴鹿愛吃的特殊的苔蘚。秋天的太陽無私地普照着連綿不斷的山崗，暢茂的森林在陽光中顯出像翡翠一樣的深綠。在山下，河流蜿蜒地流過狹窄的河谷，河谷兩岸是一片翠綠的草地和叢生的柳樹。世界上哪裡能找到這樣美麗的花園呢？

我們的旅程，並沒有停止在甘河。就在當天夜晚，火車把我們帶到了這條森林鐵路的終點阿里河。阿里河是鄂倫春自治旗的首府。鄂倫春，滿洲語，意思是驅使馴鹿的部落。但是現在的鄂倫春族人民已經不是一個驅使馴鹿的部落，他們在阿里河邊建築了新式的住房，在這裡定居下來，逐漸從狩獵生活轉向馴養鹿群和農業的生活。現在在大興安嶺內驅使馴鹿的唯一的民族，也是以狩獵為生的唯一民族是鄂溫克族。

從狩獵轉向畜牧生活並不是一種輕而易舉的事，這要求一個民族從森林地帶走到草原，因為游牧的民族必須依靠草原。森林是一個比草原更為古老的人類的搖籃。恩格斯曾經說過，一直到野蠻低級階段上的人們還是生活在森林裡；但是當人們習慣於游牧生活以後，人們就再也不會想到從河谷的草原自願的回到他們祖先所住過的森林區域裡面去了（《家庭、私有制和國家的起源》）。恩格斯的話說明了人類在走出森林以後再回到森林是不容易的；在我看來，人類從森林走到草原也同樣是不容易的。因為這需要改變全部的生活方式。要改變一種陳舊的生活方式，那就要觸犯許多傳統的風俗習慣，而這種傳統的風俗習慣對於一個古老的民族來說是神聖不可侵犯的。不僅改變全部生活方式會要遇到困難，據一位鄂倫春的老獵人說，甚至把狩獵用的弓矢換為獵槍這樣簡單的事情，也曾經引起反對。反對的理由是火器有響聲，打倒一隻野獸，驚走了一群，而弓箭就沒有這種副作用。但是新的總是要戰勝舊的，現在不僅鄂倫春族的獵人，甚至鄂溫克族的獵人也用新式的獵槍裝備自己。

札蘭屯是我們最後訪問的一個內蒙城市。

到了札蘭屯，原始森林的氣氛就消失了。出現在我們面前的是一座美麗的山城。這座山城建築在大興安嶺的南麓，在它的北邊是一些綠色的丘陵。有一條小河從這個城市中流過，河水清淺，可以清楚地看見生長在河裡的水草。郊外風景幽美，在前往秀水亭的路上，可以看到一些長滿了柞樹的山丘，也可以看到從峽谷中流出來的一條溪河，叢生的柳樹散佈在河谷的底部。到處都是果樹、菜園和種植莊稼的田野，這一切告訴了我們這裡已經是呼倫貝爾的農業區了。我們就在這裡結束了內蒙的訪問。

揭穿了一個歷史的秘密

這次訪問對於我來說，是上了一課很好的蒙古史，也可以說揭穿了一個歷史的秘密，即為甚麼大多數的游牧民族都是由東而西走上歷史舞台。現在問題很明白了，那就是因為內蒙東部有一個呼倫貝爾草原。假如整個內蒙是游牧民族的歷史舞台，那麼這個草原就是這個歷史舞台的後台。很多的游牧民族都是在呼倫貝爾草原打扮好了，或者說在這個草原裡裝備好了，然後才走出馬門。當他們走出馬門的時候，他們已經不僅是一群牧人，而是有組織的全副武裝了的騎手、戰士。這些牧人、騎手或戰士總想把萬里長城打破一個缺口，走進黃河流域。他們或者以遼河流域的平原為據點，或者以錫林郭勒草原為據點，但最主要的是以烏蘭察布平原為據點，來敲打長城的大門，因而陰山一帶往往出現民族矛盾的高潮。兩漢與匈奴，北魏與柔然，隋唐與突厥，明與韃靼，都在這一帶展開了劇烈的鬥爭。一直到清初，這裡還是和准噶爾進行戰爭的一個重要的軍事據點。如果這些游牧民族，在陰山也站不住腳，他們就只有繼續往西走，試圖從居延打開一條通路進入洮河流域或青海草原；如果這種企圖又失敗了，他們就只有跑到准噶爾高原，從天山東麓打進新疆南部；如果在這裡也遇到抵抗，那就只有遠走中亞，把希望寄托在嬀水流域了。所有這些民族矛盾鬥爭在今天看來，都是一系列的民族不幸事件，因為不論誰勝誰負，對於雙方的人民來說都是一種災難，一種悲劇。

馬克思說：「世界歷史形式的最後一個階段，就是它的喜劇。」現在悲劇的時代已一去不復返了，出現在內蒙地區的是歷史喜劇。但是悲劇時代總是一個歷史時代，一個不可避免的歷史時代，一個緊緊和喜劇時代銜接的時代。為了讓我們更愉快地和過去的悲劇時代訣別以及更好地創造我們的幸福的未來，回顧一下這個過去了的時代，不是沒有益處的。

老　舍

老舍（1899—1966），北京人。現代作家。主要作品有長篇小説《駱駝祥子》、《四世同堂》，散文《福星集》等，另有《老舍全集》印行。

濟南的冬天

對於一個在北平住慣的人，像我，冬天要是不颳大風，便是奇跡；濟南的冬天是沒有風聲的。對於一個剛由倫敦回來的人①，像我，冬天要能看得見日光，便是怪事；濟南的冬天是響晴的。自然，在熱帶的地方，日光是永遠那麼毒，響亮的天氣反有點叫人害怕。可是，在北中國的冬天，而能有溫晴的天氣，濟南真得算個寶地。

設若單單是有陽光，那也算不了出奇。請閉上眼睛想：一個老城，有山有水，全在藍天底下，很暖和安適的睡着，只等春風來把它們喚醒，這是不是個理想的境界？

小山整把濟南圍了個圈兒，只有北邊缺着點口兒。這一圈小山在冬天特別可愛，好像是把濟南放在一個小搖籃裡，它們全安靜不動的低聲的說：「你們放心吧，這兒準保暖和。」真的，濟南的人們在冬天是面上含笑的。他們一看那些小山，心中便覺得有了着落，有了依靠。他們由天上看到山上便不覺的想起：「明天也許就是春天了罷？這樣的溫暖，今天夜裡山草也許就綠起來了罷？」就是這點幻想不能一時實現，他們也並不着急，因為有這樣慈善

① 作者曾在倫敦東方學校任教五年，始回國任齊魯大學教授。

的冬天，幹啥[1]還希望別的呢！

最妙的是下點小雪呀！看罷，山上的矮松越發的青黑，樹尖上頂着一髻兒白花，好像小日本看護婦。山尖全白了，給藍天鑲上一道銀邊。山坡上，有的地方雪厚點，有的地方草色還露着；這樣，一道兒白，一道兒暗黃，給山們穿上一件帶水紋的花衣；看着看着，這件花衣好像被風兒吹動，叫你希望看見一點更美的山的肌膚。等到快日落的時候，微黃的陽光斜射在山腰上，那點薄雪好像忽然害了羞，微微露出點粉色。就是下小雪罷，濟南是受不住大雪的，那些小山太秀氣！

古老的濟南，城內那麼狹窄，城外又那麼寬敞，山坡上臥着些小村莊，小村莊的房頂上臥着點雪，對，這是張小水墨畫[2]，或者是唐代的名手畫的罷。

那水呢，不但不結冰，倒反在綠藻上冒着點熱氣。水藻真綠，把終年貯蓄的綠色全拿出來了。天兒越晴，水藻越綠，就憑這些綠的精神，水也不忍得凍上；況且那長枝的垂柳還要在水裡照個影兒呢！看罷，由澄清的河水慢慢往上看罷，空中、半空中、天上，自上而下全是那麼清亮，那麼藍汪汪的，整個是塊空靈的藍水晶。這塊水晶裡，包着紅屋頂、黃草山，像地毯上的小團花的小灰色樹影；這就是冬天的濟南。

一九三〇年冬作

① 為甚麼。

② 當以筆墨渲染而成，不用彩色勾勒。

蘇雪林*

蘇雪林（1899—1999），安徽太平人。現代女作家，著有散文集《眼淚的海》、《人生三部曲》等，另有《蘇雪林文集》印行。

禿的梧桐

——這株梧桐，怕再也難得活了！

人們走過禿梧桐下，總這樣惋惜地說。

這株梧桐，所生的地點，真有點奇怪，我們所住的屋子，本來分做兩下給兩家住的，這株梧桐，恰恰長在屋前的正中，不偏不倚，可以說是兩家的分界牌。

屋前的石階，雖僅有其一，由屋前到園外去的路卻有兩條，——一家走一條，梧桐生在兩路的中間，清陰分蓋了兩家的草場，夜裡下雨，瀟瀟淅淅打在桐葉上的雨聲，詩意也兩家分享。

不幸園裡螞蟻過多，梧桐的枝幹，為蟻所蝕，漸漸的不堅牢了，一夜雷雨，便將它的上半截劈折，只剩下一根二丈多高的樹身，立在那裡，亭亭有如青玉。

春天到來，樹身上居然透出許多綠葉，團團附着樹端，看去好像一棵棕櫚樹。

誰說這株梧桐，不會再活呢？它現在長了新葉，或者更會長出新枝，不久定可以恢復從前的美陰了。

* 最初發表時名用「綠漪」。

一陣風過，葉兒又被劈下來，拾起一看，葉蒂已嚙斷了三分之二——又是螞蟻幹的好事，哦！可惡！

但勇敢的梧桐，並不因此挫了它的志氣。

螞蟻又來了，風又起了，好容易長得掌大的葉兒又飄去了，但它不管，仍然萌新的芽，吐新的葉，整整的忙了一個春天，又整整的忙了一個夏天。

秋來，老柏和香橙還沉鬱的綠着，別的樹卻都憔悴了。年近古稀的老榆，護定它青青的葉，似老年人想保存半生辛苦貯蓄的傢俬，但那禁得西風如敗子，日夕在耳畔絮聒？——現在它的葉兒已去得差不多，園中減了蔥蘢的綠意，卻也添了蔚藍的天光。爬在榆幹上的薜荔，也大為喜悅，上面沒有遮蔽，可以酣飲風霜了，它臉兒醉得楓葉般紅，陶然自足，不管垂老破家的榆樹，在它頭上瑟瑟的悲嘆。

大理菊東倒西傾，還掙扎着在荒草裡開出紅艷的花，牽牛的蔓，早枯萎了，但還開花呢，可是比從前纖小，冷風涼露中，泛滿淺紫嫩紅的小花，更覺嬌美可憐。還有從前種麝香連理花和鳳仙花的地裡，有時也見幾朵殘花，秋風裡，時時有玉錢蝴蝶，翩翩飛來，停在花上，好半天不動，幽情凄戀，它要僵了，它願意僵在花兒的冷香裡！

這時候，園裡另外一株桐樹，葉兒已飛去大半，禿的梧桐，自然更是一無所有，只有亭亭如青玉的幹，兀立在慘淡斜陽中。

——這株梧桐，怕再也不得活了！

人們走過禿梧桐下，總是這樣惋惜似的說。

但是，我知道明年還有春天要來。

明年春天仍有螞蟻和風呢？

聞一多

聞一多（1899—1946），湖北浠水人。現代詩人，學者，著有詩集《紅燭》、《死水》等，另有《聞一多全集》印行。

最後一次的講演

（在雲大至公堂李公樸夫人報告李先生死難經過大會上的講演）

這幾天，大家曉得，在昆明出現了歷史上最卑污，最無恥的事情！李先生究竟犯了甚麼罪？竟遇此毒手，他只不過用筆，用嘴，寫出了說出了千萬人民心中壓着的話，大家有筆有嘴有理由講啊，為甚麼要打，要殺，而且偷偷摸摸的殺！（鼓掌。）

今天，這裡有沒有特務？你站出來，你出來講，憑甚麼要殺死李先生？（厲聲，熱烈的鼓掌。）暗殺了人，還要誣蔑人，說甚麼「桃色案件」，說甚麼共產黨殺共產黨，無恥啊！無恥啊！（熱烈的鼓掌。）這是某集團的無恥，是李先生的光榮；李先生在昆明被暗殺，是李先生的光榮，也是昆明人的光榮！

去年「一二·一」昆明的青年學生，為了反對內戰遭受屠殺，現在李先生為了爭取民主和平，也遭遇了反動派的暗殺，這是昆明無限的光榮！（熱烈的鼓掌。）

反動派暗殺李先生的消息傳出後，大家聽了都搖頭，這些無恥的東西，不知他們是怎麼想法，他們的心是怎樣長的，其實也很簡單，他們這樣瘋狂害怕，正是他們自己在慌呵！在恐怖呵！特務們，你們想想，你們還有幾天，真理是一定勝利的。反動派的無恥，就是李先生的光榮。反動派的末日，就是我們的光明！

現在，有人要打內戰，只是利用美蘇的矛盾，但是美蘇不一定打呀！現在四外長會議，已經圓滿閉幕了。美蘇間不是沒有矛盾，但是可以妥協，事情是曲折的，不是直線的，我們的新聞被封鎖着，不知道英美的開明輿論如何抬頭，但是事實的反映，我們可以看出：

第一，現在司徒雷登出任美駐華大使，司徒雷登是中國人民的朋友，也是教育家，他生長在中國，受的美國教育。他住在中國的時間比住在美國的時間長，他就如一個中國的留美生一樣，從前在北平時也常見面，他是真正知道中國人民的要求的，不是說司徒雷登有三頭六臂，而是說，美國人民的輿論抬頭，美國才有這改變。

其次，反動派幹得太不像樣了，在四外長會議上不要中國做二十一國和平會議的召集人，這說明人民的忍耐有限度，國際的忍耐也是有限度。

李先生賠上了一條性命，我們要換來一個代價，「一二·一」四烈士倒下了，年青的戰士們的血，換來了政治協商會議的開會，李先生倒下了，也要換來一個政協會議的召開，（熱烈的鼓掌。）我們有這信心！（鼓掌。）

「一二·一」昆明的光榮，是雲南人民的光榮，雲南光榮的歷史，遠的如護國，近的如「一二·一」，這些都是屬於雲南人民的，我們要發揚！

反動派挑撥離間，卑鄙無恥，他們以為聯大走了，學生放暑假了，我們便就沒有人了嗎？特務們，你們看，今天到會的一千多青年又握起手來了，我們昆明青年決不讓你們這樣橫幹下去！

歷史賦予昆明的任務，民主和平，我們昆明的青年必須完成這任務！

我們要準備像李先生一樣，前足跨出大門，後腳就不準備再跨進大門。（長時間熱烈的鼓掌。）

瞿秋白*

瞿秋白（1899—1935），江蘇常州人。中國共產黨早期領導人之一。著有散文集《新俄國遊記》、《赤都心史》等，另有《瞿秋白文集》印行。

一種雲

天總是皺着眉頭。太陽光如果還射得到地面上，那也總是稀微的淡薄的。至於月亮，那更不必說，他只是偶然露出半面，用他那慘淡的眼光看一看這罪孽的人間，這是寡婦孤兒的眼光，眼睛裡含着總算還沒有流乾的眼淚。受過不只一次封禪大典的山嶽，至少有大半截是上了天，只留一點山腳給人看。黃河，長江……據說是中國文明的母親，也不知道怎麼變了心，對於他們的親骨肉，都擺出一副冷酷的面孔。從春天到夏天，從秋天到冬天，這樣一年年的過去，淫虐的雨，凄厲的風和肅殺的霜雪更番的來去，一點兒光明也沒有。這樣的漫漫長夜，已經二十年了。這都是一種雲在作祟。那雲是從甚麼地方來的？這是太平洋上的大風暴吹過來的，這是大西洋上的狂飆吹過來的。還有那模糊的血肉——榨床底下淌着的模糊的血肉蒸發出來的。那些會畫符的人——會寫借據，會寫當票的人，就用這些符籙在呼召。那些吃泥土的土蜘蛛，——雖然死了也不過只要六尺土地藏他的貴體，可是活着總要吃這麼一二百畝三四百畝的土地，——這些土蜘蛛就用屁股在吐着。那些肚裡裝着鐵心肝鋼肚腸的怪物，又豎起了一根根的煙囱在那裡噴着。狂飆風暴吹來的，血肉蒸發的，呼召來的，吐出來的，噴出來的，都是這種雲。這是戰雲。

* 最初發表時名用「笑峰」。

難怪總是漫漫的長夜了！

甚麼時候才黎明呢？

看那剛剛發現的虹。祈禱是沒有用的了。只有自己去做雷公公電娘娘。那虹發現的地方，已經有了小小的雷電，打開了層層的烏雲，讓太陽重新照到紫銅色的臉。如果是驚天動地的霹靂——這可只有你自己做了雷公公電娘娘才辦得到，如果那小小的雷電變成了驚天動地的霹靂，那才撥得開這些愁雲慘霧。

一九三一年九月三日

可愛的中國

方志敏

方志敏（1900—1935），江西弋陽人。革命烈士。著有《可愛的中國》等。

我很小的時候，在鄉村私塾中讀書，無知無識，不知道甚麼是帝國主義，也不知道帝國主義如何侵略中國，自然，不知道愛國為何事。以後進了高等小學讀書，知識漸開，漸漸懂得愛護中國的道理。一九一八年愛國運動波及到我們高小時，我們學生也開起大會來了。

在會場中，我們幾百個小學生，都懷着一肚子的憤恨，一方面痛恨日本帝國主義無饜的侵略，另一方面更痛恨曹、章等賣國賊的狗肺狼心！就是那些年輕的教師們（年老的教師們，對於愛國運動，表示不甚關心的樣子），也和學生一樣，十分激憤。宣佈開會之後，一個青年教師跑上講堂，將日本帝國主義提出的滅亡中國的廿一條，一條一條地邊唸邊講。他的聲音由低而高，漸漸地吼叫起來，臉色漲紅，漸而發青，頸子漲大得像要爆炸的樣子，滿頭的汗珠子，滿嘴唇的白沫，拳頭在講桌上捶得碰碰響。聽講的我們，在這位教師如此激昂慷慨的鼓動之下，那一個不是鼓起嘴巴，睜大着眼睛——每對透亮的小眼睛，都是紅紅的像要冒出火來；有幾個學生竟流淚哭起來了。朋友，確實的，在這個時候，如果真有一個日本強盜或是曹、章等賣國賊的那一個站在我們的面前，那怕不會被我們一下打成肉餅！會中，通過抵制日貨，先要將各人身邊的日貨銷毀去，再進行檢查商店的日貨，並出發對民眾講演，喚起他們來愛國。會散之後，各寢室內扯抽屜聲開箱籠聲，響得很熱鬧，大家都在急忙忙地清查日貨呢。

「這是日貨，打了去！」一個玻璃瓶的日本牙粉扔出來了，扔在階石上，立即打碎了，淡紅色的牙粉，飛灑滿地。

「這也是日貨，踩了去！」一隻日貨的洋磁臉盆，被一個學生倒僕在地上，猛的幾腳踩凹下去，磁片一片片地剝落下來，一腳踢出，磁盆就像含冤無訴地滾到牆角裡去了。

「你們大家看看，這床席子大概不是日本貨吧？」一個學生雙手捧着一床東洋席子，表現很不能捨去的樣子。大家走上去一看，看見席頭上印了「日本製造」四個字，立刻同聲叫起來：

「你的眼睛瞎了，不認得字？你捨不得這床席子，想做亡國奴？！」不由分說，大家伸出手來一撕，那床東洋席，就被撕成碎條了。

我本是一個苦學生，從鄉間跑到城市里來讀書，所帶的鋪蓋用品都是土裡土氣的，好不容易弄到幾個錢來，買了日本牙刷，金剛石牙粉，東洋臉盆，並也有一床東洋席子。我明知銷毀這些東西，以後就難得錢再買，但我為愛國心所激動，也就毫無顧惜地銷毀了。我並向同學們宣言，以後生病，就是會病死了，也決不買日本的仁丹和清快丸。

從此以後，在我幼稚的腦筋中，作了不少的可笑的幻夢；我想在高小畢業後，即去投考陸軍學校，以後一級一級地升上去，帶幾千兵或幾萬兵，打到日本去，踏平三島！我又想，在高小畢業後，就去從事實業，苦做苦積，那怕不會積到幾百萬幾千萬的傢伙，一齊拿出來，練海陸軍，去打東洋。讀西洋史，一心想做拿破侖；讀中國史，一心又想做岳武穆。這些混雜不清的思想，現在講出來，是會惹人笑痛肚皮！但在當時我卻認為這些思想是了不起的真理，愈想愈覺得津津有味，有時竟想到幾夜失眠。

一個青年學生的愛國，真有如一個青年姑娘初戀時那樣的真純入迷。

朋友，你們知道嗎？我在高小畢業後，既未去投考陸軍學校，也未從事甚麼實業，我卻到N城[1]來讀書了。N城到底是省城，比縣城大不相同。在N城，我看到了許多洋人，遇到了許多難堪的事情，我講一兩件給你們聽，可以嗎？

只要你到街上去走一轉，你就可以碰着幾個洋人。當然我們並不是排外主義者，洋人之中，有不少有學問有道德的人，他們同情於中國民族的解放運動，反對帝國主義對中國的壓迫和侵略，他們是我們的朋友。只是那些到中國來賺錢，來享福，來散播精神的鴉片——傳教的洋人，卻是有十分的可惡的。他們自認為文明人，認我們為野蠻人，他們是優種，我們卻是劣種；他們昂頭闊步，帶着一種藐視中國人、不屑與中國人為伍的神氣，總引起我心裡的憤憤不平。我常想：「中國人真是一個劣等民族嗎？真該受他們的藐視嗎？我不服的，決不服的。」

有一天，我在街上低頭走着，忽聽得「站開！站開！」的喝道聲。我抬頭一望，就看到四個綠衣郵差，提着四個長方扁燈籠，燈籠上寫道：「郵政管理局長」幾個紅扁字，四人成雙行走，向前喝道；接着是四個徒手的綠衣郵差；接着是一頂綠衣大轎，四個綠衣轎夫抬着；轎的兩旁，各有兩個綠衣郵差扶住轎槓護着走；轎後又是四個綠衣郵差跟着。我再低頭向轎內一望，轎內危坐着一個碧眼黃髮高鼻子的洋人，口裡銜着一枝大雪茄，臉上露出十足的傲慢自得的表情。「啊！好威風呀！」我不禁脫口說出這一句。郵政並不是甚麼深奧巧妙的事情，難道一定要洋人才辦得好嗎？中國的郵政，為甚麼要給外人管理去呢？

隨後，我到K埠[2]讀書，情形更不同了。在K埠的所謂租界上，我們簡直不能亂動一下，否則就要遭打或捉。在中國的地方，建起外人的租界，服從外人的統治，這種現象不會有點使我難受嗎？

① N城，指南昌。
② K埠，指九江。

有時，我站在江邊望望，就看見很多外國兵艦和輪船在長江內行駛和停泊，中國的內河，也容許外國兵艦和輪船自由行駛嗎？中國有兵艦和輪船在外國內河行駛嗎？如果沒有的話，外國人不是明明白白欺負中國嗎？中國人難道就能夠低下頭來活受他們的欺負不成？！

就在我讀書的教會學校裡，他們口口聲聲傳那「平等博愛」的基督教；同是教員，又同是基督信徒，照理總應該平等待遇；但西人教員，都是二三百元一月的薪水，中國教員只有幾十元一月的薪水；教國文的更可憐，簡直不如去討飯，他們只有廿元一月的薪水。朋友，基督國裡，就是如此平等法嗎？難道西人就真是上帝寵愛的驕子，中國人就真是上帝拋棄的下流的癟三？！

朋友，想想看，只要你不是一個斷了氣的死人，或是一個甘心亡國的懦夫，天天碰着這些惱人的問題，誰能按下你不挺身而起，為積弱的中國奮鬥呢？何況我正是一個血性自負的青年！

朋友，我因無錢讀書，就漂流到吸盡中國血液的唧筒——上海來了。最使我難堪的，是我在上海遊法國公園的那一次。我去上海原是夢想着找個半工半讀的事情做做，那知上海是人浮於事，找事難於登天，跑了幾處，都毫無頭緒，正在納悶着，有幾個窮朋友，邀我去遊法國公園散散悶。一走到公園門口就看到一塊刺目的牌子，牌子上寫着「華人與狗不准進園」幾個字。這幾個字射入我的眼中時，全身突然一陣燒熱，臉上都燒紅了。這是我感覺着從來沒有受過的恥辱！在中國的上海地方讓他們造公園來，反而禁止華人入園，反而將華人與狗並列。這樣無理的侮辱華人，豈是所謂「文明國」的人們所應做出來的嗎？華人在這世界上還有立足的餘地嗎？還能生存下去嗎？我想至此也無心遊園了，拔起腳就轉回自己的寓所了。

朋友，我後來聽說因為許多愛國文學家著文的攻擊，那塊侮辱華人的牌子已經取去了。真的取去了沒有？還沒有取去？朋友，我們要知道，無論這塊牌子取去或沒有取去，那些以主子自居的混蛋的洋人，以畜生看待華人的觀念，是至今沒有改變的。

朋友，在上海最好是埋頭躲在鴿子籠裡不出去，倒還可以靜一靜心！如果你喜歡向外跑，喜歡在「國中之國」的租界上去轉轉，那你不僅可以遇着「華人與狗」一類難堪的事情，你到處還可以看到高傲的洋大人的手杖，在黃包車夫和苦力的身上飛舞；到處可以看到飲得爛醉的水兵，沿街尋人毆打；到處可以看到巡捕手上的哭喪棒，不時在那些不幸的人們身上亂揍；假若你再走到所謂「西牢」旁邊聽一聽，你定可以聽到從裡面傳出來在包探捕頭拳打腳踢毒刑畢用之下的同胞們一聲聲呼痛的哀音，這是他們利用治外法權來懲治反抗他們的志士！半殖民地民眾悲慘的命運呵！中國民族悲慘的命運呵！

朋友，我在上海混不出甚麼名堂，仍轉回K省[①]來了。

我搭上一隻J國[②]輪船。在上船之前，送行的朋友告訴我在J國輪船上，確要小心謹慎，否則船上人不講理的。我將他們的忠告，謹記在心。我在狹小擁擠、汗臭屁臭、蒸熱悶人的統艙裡，買了一個舖位。朋友，你們是知道的，那時，我已患着很厲害的肺病，這統艙裡的空氣，是極不適宜於我的；但是，一個貧苦學生，能夠買起一張艙票，能夠在統艙裡佔上一個舖位，已經就算是很幸事了。我躺在舖位上，頭在發昏暈！等查票人過去了，正要昏迷迷的睡去，忽聽到從貨艙裡發出可怕的打人聲及喊救聲。我立起身來問茶房甚麼事，茶房説，不要去理它，還不是又打那些不買票的窮蛋。我不聽茶房的話，拖着鞋向那貨艙走去，想一看究竟。我走到貨艙門口，就看見有三個衣服襤褸的人，在那堆疊着的白糖包上蹲伏着。一個是兵士，二十多歲，身體健壯，穿着一件舊軍服。一個像工人模樣，四十餘歲，很瘦，似有暗病。另一個是個二十餘歲的婦人，面色粗黑，頭上紮一塊青布包頭，似是從鄉下逃荒出來的樣子。三人都用手抱住頭，生怕頭挨到鞭子，好像手上挨幾下並不要緊的樣子。三人的身體，都在戰慄

① K省，指江西。
② J國，指日本。

着。他們都在極力將身體緊縮着，好像想縮小成一小團子或一小點子，那鞭子就打不着那一處了。三人擠在一個艙角裡，看他們的眼睛，偷偷地東張西望的神氣，似乎他們在希望着就在屁股底下能夠找出一個洞來，以便躲進去避一避這無情的鞭打，如果真有一個洞，就是洞內滿是屎尿，我想他們也是會鑽進去的。在他們對面，站着七個人，靠後一點，站着一個較矮的穿西裝的人，身體肥胖得很，肚皮膨大，滿臉油光，鼻孔下蓄了一小綹短鬚。兩手叉在褲袋裡，臉上浮露一種惡毒的微笑，一望就知道他是這場鞭打的指揮者。其餘六個人，都是水手茶房的模樣，手裡拿着藤條或竹片，聽取指揮者的話，在鞭打那三個未買票偷乘船的人們。

「還要打！誰叫你不買票！」那肥人說。

他話尚未說斷，那六個人手裡的藤條和竹片，就一齊打下。「還要打！」肥人又說。藤條竹片又是一齊打下。每次打下去，接着藤條竹片的着肉聲，就是一陣「痛喲！」令人酸鼻的哀叫！這種哀叫，並不能感動那肥人和幾個打手的慈心，他們反而哈哈的笑起來了。

「叫得好聽，有趣，多打幾下！」那肥人在笑後命令地說。

那藤條和竹片，就不分下數地打下，「痛喲！痛喲！饒命喲！」的哀叫聲，就更加尖銳刺耳了！

「停住！去拿繩子來！」那肥人說。

那幾個打手，好像耍熟了把戲的猴子一樣，只聽到這句話，就曉得要做甚麼。馬上就有一個跑去拿了一捆中粗繩子來。

「將他綁起來，拋到江裡去餵魚！」肥人指着那個兵士說。

那些打手一齊上前，七手八腳地將那兵士從糖包上拖下來，按倒在艙面上，綁手的綁手，綁腳的綁腳，一刻兒就把那兵士綁起來了。繩子很長，除縛結外，還各有一長段拖着。

那兵士似乎入於昏迷狀態了。

那工人和那婦人還是用雙手抱住頭，蹲在糖包上發抖戰，那婦人的嘴唇都嚇得變成紫黑了。

船上的乘客，來看發生甚麼事體的，漸來漸多，貨艙門口都站滿了，大家臉上似乎都有一點不平服的表情。

那兵士漸漸地清醒過來，用不大的聲音抗議似地說：「我只是無錢買船票，我沒有死罪！」

拍的一聲，兵士的面上挨了一巨掌！這是打手中一個很高大的人打的。他吼道：「你還講甚麼？像你這樣的狗東西，別說死一個，死十個百個又算甚麼！」

於是他們將他搬到艙沿邊，先將他手上和腳上兩條拖着的繩子，縛在船沿的鐵欄杆上，然後將他抬過欄杆向江內吊下去。人並沒有浸入水內，離水面還有一尺多高，只是仰吊在那裡。被輪船激起的江水濺沫，急雨般打到他面上來。

那兵士手腳被吊得徹心徹骨地痛，大聲哀叫。

那幾個魔鬼似的人們，聽到了哀叫，只是「好玩！好玩」的叫着跳着作樂。

約莫吊了五六分鐘，才把他拉上船來，向艙板上一摔，解開繩子，同時你一句我一句的說着：「味道嚐夠了嗎？」「坐白船沒有那麼便宜的！」「下次你還買不買票？」「下次你還要不要來嚐這辣味兒？」「你想錯了，不買票來偷搭外國船！」那兵士直硬硬地躺在那裡，閉上眼睛，一句話也不答，只是左右手交換地去摸撫那被繩子嵌成一條深槽的傷痕，兩隻腳也在那吊傷處交互揩擦。

「把他也綁起來吊一下！」肥人又指着那工人說。

那工人趕從糖包上爬下來，跪在艙板上，哀懇地說：「求求你們不要綁我，不要吊我，我自己爬到江裡去投水好了。像我這樣連一張船票都買不起的苦命，還要他做甚麼！」他說完就望船沿爬去。

「不行不行，照樣的吊！」肥人說。

那些打手，立即將那工人拖住，照樣把他綁起，照樣將繩子縛在鐵欄杆上，照樣把他抬過鐵欄杆吊下去，照樣被吊在那裡受着江水激沫的濺灑，照樣他在難忍的痛苦下哀叫，也是吊了五六分鐘，又照樣把他吊上來，摔在艙板上替他解縛。但那工人並不去摸撫他手上和腳上的傷痕，只是眼淚如泉湧地流出來，盡在抽咽地哭，那半老人看來是很傷心的了！

「那婦人怎樣耍她一下呢？」打手中一個矮瘦的流氓樣子的人向肥人問。

「……」肥人微笑着不作聲。

「不吊她，摸一摸她底下的毛，也是有趣的呀！」

肥人點一點頭。

那人就趕上前去，扯那婦人的褲腰。那婦人雙腳打文字式的絞起，一隻手用力遮住那小肚子下的地方，臉上紅得發青了。用尖聲喊叫，「嬲不得呀！嬲不得呀！」

那人用死力將手伸進她的腿胯裡，摸了幾摸，然後把手拿出來，笑着說：「沒有毛的，光板子！光板子！」

「哈，哈，哈哈……」大家哄然大笑起來了。

「打！」我氣憤不過，喊了一聲。

「誰喊打？」肥人圓睜着那兇眼望着我們威嚇地喝。

「打！」幾十個人的聲音，從站着觀看的乘客中吼了出來。

那肥人有點驚慌了，趕快移動腳步，挺起大肚子走開，一面急忙地說：「饒了他們三個人的船錢，到前面碼頭趕下船去！」

那幾個打手齊聲答應「是」，也即跟着肥人走去了。

「真是滅絕天理良心的人，那樣地虐待窮人！」「狗養的好兇惡！」「那個肥大頭可殺！」「那幾個當狗的打手更壞！」「咳，沒有捶那狗養的一頓！」在觀看的乘客中，發生過一陣嘈雜的憤激的議論之後，都漸次散去，各回自己的艙位去了。

我也走回統艙裡，向我的鋪位上倒下去，我的頭像發熱病似的脹痛，我幾乎要放聲痛哭出來。

朋友，這是我永不能忘記的一幕悲劇！那肥人指揮着的鞭打，不僅是鞭打那三個同胞，而是鞭打我中國民族，痛在他們身上，恥在我們臉上！啊！啊！朋友，中國人難道真比一個畜生都不如了嗎？你們聽到這個故事，不也很難過嗎？

朋友，以後我還遇着不少的像這一類或者比這一類更難堪的事情，要說，幾天也說不完，我也不忍多說了。總之，半殖民地的中國，處處都是吃虧受苦，有口無處訴。但是，朋友，我卻因每一次受到的刺激，就更加堅定為中國民族解放奮鬥的決心。我是常常這樣想着，假使能使中國民族得到解放，那我又何惜於我這一條蟻命！

朋友！中國是生育我們的母親。你們覺得這位母親可愛嗎？我想你們是和我一樣的見解，都覺得這位母親是蠻可愛蠻可愛的。以言氣候，中國處於溫帶，不十分熱，也不十分冷，好像我們母親的體溫，不高不低，最適宜於孩兒們的偎依。以言國土，中國土地廣大，縱橫萬數千里，好像我們的母親是一個身體魁大、胸寬背闊的婦人，不像日本姑娘那樣苗條瘦小。中國許多有名的崇山大嶺，長江巨河，以及大小湖泊，豈不象徵着我們母親豐滿堅實的肥膚上之健美的肉紋和肉窩？中國土地的生產力是無限的；地底蘊藏着未開發的寶藏也是無限的；廢置而未曾利用起來的天然力，更是無限的；這又豈不象徵着我們的母親，保有着無窮的乳汁，無窮的力量，以養育她四萬萬七千萬的孩兒？我想世界上再沒有比她養得更多的孩子的母親吧。至於說到中國天然風景的美麗，我可以說，不但是雄巍的峨眉，嫵媚的西湖，幽雅的雁蕩，與夫「秀麗甲天下」的桂林山水，可以傲睨一世，令人稱羨；其實中國是無地不美，到處皆景，自城市以至鄉村，一山一水，一丘一壑，只要稍加修飾和培植，都可以成流連難捨的勝景；這好像我們的母親，她是一個天資玉質的美人，她的身體的每一部分，都有令人愛慕之美。中國海岸線之長而且彎曲，照現代藝術家說來，這象徵我們母親富有曲線之美吧。咳！母親！美麗的母親，可愛的母親，只因你受着人家的壓榨和剝削，弄成貧窮已極；不但不能買一件新的好看的衣服，把你自己裝飾起來；甚至不能買塊香皂將你全身洗擦洗擦，以致現出怪難看的一種憔悴襤褸和污穢不潔的形容來！啊！我們的母親太可憐了，一個天生的麗人，現在卻變成叫化的婆子！站在歐洲、美洲各位華貴的太太面前，固然是深愧不如，就是站在那日本小姑娘面前，也自慚形穢得很呢！

聽着！朋友！母親躲到一邊去哭泣了，哭得傷心得很呀！她似乎在罵着：「難道我四萬萬七千萬的孩子，都是白生了嗎？難道他們真像着了魔的獅子，一天到晚的睡着不醒嗎？難道他們不知道自己偉大的團結力量，去與殘害母親、剝削母親的敵人鬥爭嗎？難道他們不想將母親從敵人手裡救出來，把母親也裝飾起來，成為世界上一個最出色、最美麗、最令人尊敬的母親嗎？」朋友，聽到沒有母親哀痛的哭罵？是的，是的，母親罵得對，十分對！我們不能怪母親好哭，只怪得我們之中出了敗類，自己壓制自己，眼睜睜的望着我們這位挺慈祥美麗的母親，受着許多無謂的屈辱，和殘暴的蹂躪！這真是我們做孩子們的不是了，簡直連一位母親都愛護不住了！

朋友，看呀！看呀！那名叫「帝國主義」的惡魔的面貌是多麼難看呀！在中國許多神怪小說上，也尋不出一個妖精鬼怪的面貌，會有這些惡魔那樣地獰惡可怕！滿臉滿身都是毛，好像他們並不是人，而是人類中會吃人的猩猩！他們的血口，張開起來，好似無底的深洞，幾千幾萬幾千萬的人類，都會被他們吞下去！他們的牙齒，尤其是那伸出口外的獠牙，十分銳利，發出可怕的白光！他們的手，不，不是手呀，而是僵硬硬的鐵爪，那麼難看的惡魔，那麼猙獰可怕的惡魔！一，二，三，四，五，朋友，五個可怕的惡魔，正在包圍着我們的母親呀！朋友，看呀，看到了沒有？呸！那些惡魔將母親摟住呢！用他們的血口，去親她的嘴，她的臉，用他們的鐵爪，去抓破她的乳頭，她的可愛的肥膚！呀！看呀！那個戴着粉白的假面具的惡魔，在做甚麼？他彎身伏在母親的胸前，用一枝銳利的金管子，刺進，呀！刺進母親的心口，他的血口，套到這金管子上，拚命地吸母親的血液！母親多麼痛呵，痛得嘴唇都成白色了，噫，其他的惡魔也照樣做嗎？看！他們都拿出各種金的、鐵的或橡皮的管子，套住在母親身上被他們鐵爪抓破流血的地方，都拚命吸起血液來了！母親，你有多少血液，不要一下子就被他們吸乾了嗎？

嗄！那矮矮的惡魔，拿出一把屠刀來了！做甚麼？呸！惡魔！你敢割我們母親的肉？你想殺死她？咳喲！不好了！一刀！拍的一刀！好大膽的惡魔，居然向我們的母親的左肩上砍下去！母親的左臂，連着耳朵到頸，直到胸膛，都被砍下來了！砍下了身體的那麼一大塊——五分之一的那麼一大塊！母親的血在涌流出來，她不能哭出聲來，她的嘴唇只是在那裡一張一張的動，她的眼淚和血在競着涌流！朋友們！兄弟們！救救母親呀！母親快要死去了！

啊！那矮的惡魔怎麼那樣兇惡，竟將母親那麼一大塊身體，就一口生吞下去，還在那裡眈眈地望着，像一隻惡虎向着馴羊一樣地望着！惡魔！你還想砍，還想割，還想把我們的母親整個吞下去？！兄弟們！無論如何不能與它甘休！它砍下而且生吞下去母親那麼一大塊身體！母親現在還像一個人嗎，缺了五分之一的身體？美麗的母親，變成一個血迹模糊肢體殘缺的人了。兄弟們，無論如何，不能與它甘休，大家沖上去，捉住那隻惡魔，用鐵拳痛痛地捶它，捶得它張開口來，吐出那塊被生吞下去的母親身體，才算，決不能讓它在惡魔的肚子裡消化了去，成了它的滋養料！我們一定要回來一個完整的母親，絕對不能讓她的肢體殘缺呀！

呸！那是甚麼人？他們也是中國人，也是母親的孩子？那麼為甚麼去幫助惡魔來殺害自己的母親呢？你們看！他們在惡魔持刀向母親身上砍的時候，很快地就把砍下來的那塊身體，雙手捧到惡魔血口中去！他們用手拍拍惡魔的喉嚨，使它快吞下去；現在又用手去摸摸惡魔的肚皮，增進它的胃之消化力，好讓快點消化下去。他們都是所謂高貴的華人，怎樣會那麼恭順的秉承惡魔的意旨行事？委曲求全，醜態百出！可恥，可恥！傀儡，賣國賊！狗彘不食的東西！狗彘不食的東西！你們幫助惡魔來殺害自己的母親，來殺害自己的兄弟，到底會得到甚麼好處？！我想你們這些無恥的人們呵！你們當傀儡、當漢奸、當走狗的代價，至多只能伏在惡魔的肛門邊或小便上，去吸取它把母親的肉，母親的血消化完了排泄出來的一點糞渣和尿滴！那是多麼可鄙棄的人生呵！

朋友，看！其餘的惡魔，也都拔出刀來，饞涎欲滴地望着母親的身體，難道也像矮的惡魔一樣來分割母親嗎？啊！不得了，他們如果都來操刀而割，母親還能活命嗎？她還不會立即死去嗎？那時，我們不要變成了無母親的孩子嗎？咳！亡了母親的孩子，不是到處更受人欺負和侮辱嗎？朋友們，兄弟們，趕快起來，救救母親呀！無論如何，不能讓母親死亡的呵！

朋友，你們以為我在說夢囈嗎？不是的，不是的，我在呼喊着大家去救母親呵！再遲些時，她就要死去了。朋友，從崩潰毀滅中，救出中國來，從帝國主義惡魔生吞活剝下，救出我們垂死的母親來，這是刻不容緩的了。但是，到底怎樣去救呢？是不是由我們同胞中，選出幾個最會做文章的人，寫上一篇十分娓娓動聽的文告或書信，去勸告那些惡魔停止侵略呢？還是挑選幾個最會演說、最長於外交辭令的人，去向他們游說，說動他們的良心，自動的放下屠刀不再宰割中國呢？抑或挑選一些頂善哭泣的人，組成哭泣團，到他們面前去，長跪不起，哭個七日七夜，哭動他們的慈心，從中國撒手回去呢？再或者……我想不講了，這些都不會絲毫有效的。哀求帝國主義不侵略和滅亡中國，那豈不等於哀求老虎不吃肉？那是再可笑也沒有了。我想，欲求中國民族的獨立解放，決不是哀告、跪求哭泣所能濟事，而是喚起全國民眾起來鬥爭，都手執武器，去與帝國主義進行神聖的民族革命戰爭，將他們打出中國去，這才是中國唯一的出路，也是我們救母親的唯一方法，朋友，你們說對不對呢？

因為中國對外戰爭的幾次失利，真像倒霉的人一樣，弄得自己不相信自己起來了。有些人簡直沒有一點民族自信心，認為中國是沉淪於萬丈之深淵，永不能自拔，在帝國主義面前，中國渺小到像一個初出世的嬰孩！我在三個月前，就會到一位先生，他的身體瘦弱，皮膚白皙，頭上的髮梳得很光亮，態度文雅。他大概是在軍隊中任個秘書之職，似乎是一個傷心國事的人。他特地來與我作了下列的談話：

他：「咳！中國真是危急極了！」

我：「是的，危急已極，再如此下去，難免要亡國了。」

「唔，亡國，是的，中國遲早是要亡掉的。中國不會有辦法，我想是無辦法的。」他搖頭的說，表示十分喪氣的樣子。

「先生為甚麼說出這樣的話來？那裡就會無辦法。」我詰問他。

「中國無力量呀！你想帝國主義多麼厲害呵！幾百幾千架飛機，炸彈和人一樣高；還有毒瓦斯，一放起來，無論多少人，都要死光。你想中國拿甚麼東西去抵抗它？」他說時，現出恐懼的樣子。

「帝國主義固然厲害，但全中國民眾團結起來鬥爭的力量也是不可侮的啦！並且，還有……」我尚未說完，他就搶着說：

「不行不行，民眾的力量，抵不住帝國主義的飛機大炮，中國不行，無辦法，無辦法的啦。」

「那照先生所說，我們只有坐在這裡等着做亡國奴了！你不覺得那是可恥的懦夫思想嗎？」我實在忍不住，有點氣憤了。他睜大眼睛，呆望着我，很難為情的，不作答聲。

這位先生，很可憐的代表一部分鄙怯人們的思想，他們只看到帝國主義的飛機大炮，忘卻自己民族偉大的鬥爭力量。照他的思想，中國似乎是命中注定的要走印度、朝鮮的道路了，那還了得？！

中國真是無力自救嗎？我絕不是那樣想的，我認為中國是有自救的力量的。最近十幾年來，中國民族，不是表示過它的鬥爭力量之不可侮嗎？瀰漫全國的「五卅運動」，是着實的教訓了帝國主義，中國人也是人，不是豬和狗，不是可以隨便屠殺的。省港罷工，在當時革命政權扶助之下，使香港變成了臭港，就是最老牌的帝國主義，也要屈服下來。以後北伐軍到了湖北和江西，漢口和九江租界，不是由我們自動收回了嗎？在那時帝國主義在中國的威權，不是一落千丈嗎？朋友，我現在又要來講個故事了。就在北伐軍到江西的時候，我在江西做工作，因有事去漢口，在九江又搭上一隻J國輪船，而且十分湊巧，這隻輪船，就是我那次由上海回來所搭乘的輪船。使我十分奇怪的，就是輪船上下管事人對乘客們的態度，顯然是兩樣的了——從前是橫蠻無理，現在是和氣多了。我走到貨艙去看一下，貨艙依然是裝滿了糖包，但糖包上沒有蹲着甚麼人。再走到統艙去看看，只見兩邊走欄的甲板上，躺着好幾十個人。有些像是做工的，多數是像從鄉間來的，有一位茶房正在開飯給他們吃呢。我為了好奇心，走到那茶房面前向他打了一個招呼，與他談話：

我：「請問，這些人都是買了票嗎？」

茶房：「他們哪裡買票，都是些窮人。」

我：「不買票也可以坐船嗎？」

茶房：「馬馬虎虎的過去，不買票的人多呢！你看統艙裡那些士兵，那個買了票的？」他用手向統艙裡一指，我隨着他指的方向望去，果就看見有十幾個革命軍兵士，圍在一個茶房的木箱四旁，箱蓋上擺着花生米，皮蛋，醬豆乾等下酒菜，幾個洋磁碗盛着酒，大家正在高興地喝酒談話呢。

我：「他們真都沒有買票嗎？」

茶房：「那裡還會假的，北伐軍一到漢口，他們就坐船不買票了。」

「從前的時候，不買票也行坐船嗎？」我故意地問。

茶房：「那還了得，從前不買票，不但打得要命，還要拋到江裡去！」

「拋到江裡去？那豈不是要浸死人吃人命？」我又故意地問。

茶房笑說：「不是真拋到江裡去浸死，而是將他吊一吊，嚇一嚇。不過這一吊也是一碗辣椒湯，不好嚐的。」

我：「那麼現在你們的船老闆，為甚麼不那樣做呢？」

茶房：「現在不敢那樣做了，革命勢力大了。」

我：「我不懂那是怎樣說的，請說清楚！」

茶房：「那還不清楚嗎？打了或吊了中國人，激動了公憤，工人罷下工來，他的輪船就會停住走不動了。那損失不比幾個人不買票的損失更大嗎？」

我：「依你所說，那外國人也有點怕中國人了？」

茶房：「不能說怕，也不能說不怕，唔，照近來情形看，似乎有點怕中國人了。哈哈！」茶房笑起來了。

我與他再點點頭道別，我暗自歡喜地走進來。我心裡想，今天可惜不遇着那肥大頭，如遇着，至少也要奚落他幾句。

我走到官艙的飯廳上去看看，四壁上除掛了一些字畫外，卻掛了一塊木板佈告。佈告上的字很大，遠處都可以看清楚。

國民革命軍總司令佈告　第　號

為佈告事。照得近來有軍人及民眾搭乘外國輪船不買票，實屬非是！特出佈告，仰該軍民人等，以後搭乘輪船，均須照章買票，不得有違！切切此佈。

啊啊，外國輪船，也有掛中國佈告之一天，在中國民眾與兵、工奮鬥之下，藤條、竹片和繩子，也都失去從前的威力了。

朋友，不幸得很，從此以後，中國又走上了厄運，環境又一天天地惡劣起來了。經過「五三」的濟南慘案，直到「九一八」，日本帝國主義公然出兵佔領了中國東北四省，就是我在上面所說那矮的惡魔，一刀砍下並生吞下我們母親五分之一的身體。這是由於中國民族革命運動，受了挫折，對於日本進攻中國採取了「不抵抗主義」，沒有積極喚起國人自救所致！但是，朋友，接着這一不幸的事件而起的，卻來了全國洶涌的抗日救國運動，東北四省前仆後繼的義勇軍的抗戰，以及「一二八」有名的上海戰爭。這些是給了驕橫一世的日本軍閥一個嚴重的教訓，並在全世界人類面前宣告，中國的人民和兵士，是有愛國心的，是能夠戰鬥的，能夠為保衛中國而犧牲的。誰要想將有四千年歷史與四萬萬七千萬人口的中國民族吞噬下去，我們是會與他們拚命戰鬥到最後的一人！

朋友，雖然在我們之中，有漢奸，有傀儡，有賣國賊，他們認仇作父，為虎作倀；但他們那班可恥的人，終究是少數，他們已經受到國人的抨擊和唾棄，而漸趨於可鄙的結局。大多數的中國人，有良心有民族熱情的中國人，仍然是熱心愛自己的國家的。現在不是有成千成萬的人在那裡決死戰鬥嗎？他們決不讓中國被帝國主義所滅亡，決不讓自己和子孫們做亡國奴。朋友，我相信中國民族必能從戰鬥中獲救，這豈是我們的自欺自譽嗎？

不錯，目前的中國，固然是江山破碎，國弊民窮，但誰能斷言，中國沒有一個光明的前途呢？不，決不會的，我們相信，中國一定有個可讚美的光明前途。中國民族在很早以前，就造起了一座萬里長城和開鑿了幾千里的運河，這就證明中國民族偉大無比的創造力！中國在戰鬥之中一旦斬去了帝國主義的鎖鏈，肅清自己陣線內的漢奸賣國賊，得到了自由與解放，這種創造力，將會無限的發揮出來。到那時，中國的面貌將會被我們改造一新。所有貧窮和災荒，混亂和仇殺，飢餓和寒冷，疾病和瘟疫，迷信和愚昧，以及那慢性的殺滅中國民族的鴉片毒物，這些等等都是帝國主義帶給我們的可憎的贈品，將來也要隨着帝國主義的趕走而離去中國了。朋友，我相信，到那時，到處都是活躍躍的創造，到處都是日新月異的進步，歡歌將代替了悲嘆，笑臉將代替了哭臉，富裕將代替了貧窮，康健將代替了疾苦，智慧將代替了愚昧，友愛將代替了仇殺，生之快樂將代替了死之悲哀，明媚的花園，將代替了淒涼的荒地！這時，我們民族就可以無愧色地立在人類的面前，而生育我們的母親，也會最美麗地裝飾起來，與世界上各位母親平等地攜手了。

這麼光榮的一天，決不在遼遠的將來，而在很近的將來，我們可以這樣相信的，朋友！

清貧

我從事革命鬥爭，已經十餘年了。在這長期的奮鬥中，我一向是過着樸素的生活，從沒有奢侈過。經手的款項，總在數百萬元；但為革命而籌集的金錢，是一點一滴地用之於革命事業。這在國民黨的偉人們看來，頗似奇迹，或認為誇張；而矜持不苟，捨己為公，卻是每個共產黨員具備的美德。所以，如果有人問我身邊有沒有一些積蓄，那我可以告訴你一樁趣事：

就在我被俘的那一天——一個最不幸的日子，有兩個國民黨軍的兵士，在樹林中發現了我，而且猜到我是甚麼人的時候，他們滿肚子熱望在我身上搜出一千或八百大洋，或者搜出一些金鐲金戒指一類的東西，發個意外之財。那知道從我上身摸到下身，從襖領捏到襪底，除了一隻時錶和一枝自來水筆之外，一個銅板都沒有搜出。他們於是激怒起來了，猜疑我是把錢藏在那裡，不肯拿出來。他們之中有一個左手拿着一個木柄榴彈，右手拉出榴彈中的引線，雙腳拉開一步，作出要拋擲的姿勢，用兇惡的眼光釘住我，威嚇地吼道：

「趕快將錢拿出來，不然就是一炸彈，把你炸死去！」

「哼！你不要作出那難看的樣子來吧！我確實一個銅板都沒有存；想從我這裡發洋財，是想錯了。」我微笑着淡淡地說。

「你騙誰！像你當大官的人會沒有錢！」拿榴彈的兵士堅不相信。

「決不會沒有錢的，一定是藏在那裡，我是老出門的，騙不得我。」另一個兵士一面說，一面弓着背重來一次將我的衣角褲襠過細的捏，總企望着有新的發現。

「你們要相信我的話，不要瞎忙吧！我不比你們國民黨當官的，個個都有錢，我今天確實是一個銅板也沒有，我們革命不是為着發財啦！」我再向他們解釋。

等他們確知在我身上搜不出甚麼的時候，也就停手不搜了；又在我藏躲地方的周圍，低頭注目搜尋了一番，也毫無所得，他們是多麼地失望呵！那個持彈欲放的兵士，也將拉着的引線，仍舊塞進榴彈的木柄裡，轉過來搶奪我的錶和水筆。後彼此說定錶和筆賣出錢來平分，才算無話。他們用懷疑而又驚異的目光，對我自上而下地望了幾遍，就同聲命令地說：「走吧！」

是不是還要問問我家裡有沒有一些財產？請等一下，讓我想一想，啊，記起來了，有的有的，但不算多。去年暑天我穿的幾套舊的汗褂褲，與幾雙縫上底的線襪，已交給我的妻放在深山塢裡保藏着——怕國民黨軍進攻時，被人搶了去，準備今年暑天拿出來再穿；那些就算是我唯一的財產了。但我說出那幾件「傳世寶」來，豈不要叫那些富翁們齒冷三天？！

清貧，潔白樸素的生活，正是我們革命者能夠戰勝許多困難的地方！

一九三五年五月二十六日寫於囚室

槳聲燈影裡的秦淮河

俞平伯

俞平伯（1900—1990），浙江德清人。作家，學者。著有散文集《古槐夢遇》、《燕郊集》等。

我們消受得秦淮河上的燈影，當圓月猶皎的仲夏之夜。

在茶店裡喫了一盤豆腐乾絲，兩個燒餅之後，以歪歪的腳步踅上夫子廟前停泊着的畫舫，就懶洋洋躺到藤椅上去了。好鬱蒸的江南，傍晚也還是熱的。「快開船罷！」槳聲響了。

小的燈舫初次在河中蕩漾，於我，情景是頗朦朧，滋味是怪羞澀的。我要錯認它作七里的山塘；可是，河房裡明窗洞啟，映着玲瓏入畫的曲欄杆，頓然省得身在何處了。佩弦呢，他已是重來，很應當消釋一些迷惘的。但看他太頻繁地搖着我的黑紙扇。胖子是這個樣怯熱的嗎？

又早是夕陽西下，河上妝成一抹胭脂的薄媚。是被青溪的姐妹們所熏染的嗎？還是勻得她們臉上的殘脂呢？寂寂的河水，隨雙槳打它，終是沒言語。密匝匝的綺恨逐老去的年華，已都如蜜餳似的融在流波的心窩裡，連嗚咽也將嫌它多事，更那裡論到哀嘶。心頭，宛轉的淒懷；口內，徘徊的低唱；留在夜夜的秦淮河上。

在利涉橋邊買了一匣煙，蕩過東關頭，漸蕩出大中橋了。船兒悄悄地穿出連環着的三個壯闊的涵洞，青溪夏夜的韶華已如巨幅的畫豁然而抖落。哦！淒厲而繁的弦索，顫岔而澀的歌喉，雜着嚇哈的笑語聲，劈拍的竹牌響，更能把諸樓船上的華燈彩繪，顯出火樣的鮮明，火樣的溫煦了。小船兒載着我們，在大船縫裡擠着，挨着，抹着走。它忘了自己也是今宵河上的一星燈火。

既踏進所謂「六朝金粉氣」的銷金窟，誰不笑笑呢！今天的一晚，且默了滔滔的言說，且舒了惻惻的情懷，暫且學着，姑且學着我們平時認為在醉裡夢裡的他們的憨癡笑語。看！初上的燈兒們的一點點掠剪柔膩的波心，梭織地往來，把河水都皴得微明了。紙薄的心旌，我的，盡無休息地跟着它們飄蕩，以至於怦怦而內熱。這還好說甚麼的！如此說，誘惑是誠然有的，且於我已留下不易磨滅的印記。至於對榻的那一位先生，自認曾經一度擺脫了糾纏的他，其辯解又在何處？這實在非我所知。

我們，醉不以涩味的酒，以微漾着，輕暈着的夜的風華。不是甚麼欣悅，不是甚麼慰藉，只感到一種怪陌生，怪異樣的朦朧。朦朧之中似乎胎孕着一個如花的笑——這麼淡，那麼淡的倩笑。淡到已不可說，已不可擬，且已不可想；但我們終久是眩暈在它離合的神光之下的。我們沒法使人信它是有，我們不信它是沒有。勉強哲學地說，這或近於佛家的所謂「空」，既不當魯莽說它是「無」，也不能逕直說它是「有」。或者說「有」是有的，只因無可比擬形容那「有」的光景；故從表面看，與「沒有」似不生分別。若定要我再說得具體些：譬如東風初勁時，直上高翔的紙鳶，牽線的那人兒自然遠得很了，知她是那一家呢？但憑那鳶尾一縷飄綿的彩線，便容易揣知下面的人寰中，必有微紅的一雙素手，捲起輕綃的廣袖，牢擔荷小紙鳶兒的命根的。飄翔豈不是東風的力，又豈不是紙鳶的含德；但其根株將另有所寄。請問，這和紙鳶的省悟與否有何關係？故我們不能認笑是非有，也不能認朦朧即是笑。我們定應當如此說，朦朧裡胎孕着一個如花的幻笑，和朦朧又互相混融着的；因它本來是淡極了，淡極了這麼一個。

漫題那些紛煩的話，船兒已將泊在燈火的叢中去了。對岸有盞跳動的汽油燈，佩弦便硬說它遠不如微黃的燈火。我簡直沒法和他分證那是非。

時有小小的艇子急忙忙打槳，向燈影的密流裡橫衝直撞。冷靜孤獨的油燈映見黯淡久的畫船（？）頭上，秦淮河姑娘們的靚妝。茉莉的香，白蘭花的香，脂粉的香，紗衣裳的香……微波泛濫出甜的暗香，隨着她們那些船兒蕩，隨着我們這船兒蕩，隨着大大小小一切的船兒蕩。有的互相笑語，有的默然不響，有的襯着胡琴亮着嗓子唱。一個，三兩個，五六七個，比肩坐在船頭的兩旁，也無非多添些淡薄的影兒葬在我們的心上——太過火了，不至於罷，早消失在我們的眼皮上。誰都是這樣急忙忙的打着槳，誰都是這樣向燈影的密流裡衝着撞；又何況久沉淪的她們，又何況飄泊慣的我們倆。當時淺淺的醉，今朝空空的惆悵；老實說，咱們萍泛的綺思不過如此而已，至多也不過如此而已。你且別講，你且別想！這無非是夢中的電光，這無非是無明的幻相，這無非是以零星的火種微炎在大欲的根苗上。扮戲的咱們，散了場一個樣，然而，上場鑼，下場鑼，天天忙，人人忙。看！嚇！載送女郎的艇子才過去，貨郎擔的小船不是又來了？一盞小煤油燈，一艙的什物，他也忙得來像手裡的搖鈴，這樣丁冬而郎當。

楊枝綠影下有條華燈璀璨的彩舫在那邊停泊。我們那船不禁也依傍短柳的腰肢，欹側地歇了。遊客們的大船，歌女們的艇子，靠着。唱的拉着嗓子；聽的歪着頭，斜着眼，有的甚至於跳過她們的船頭。如那時有嚴重些的聲音，必然說：「這哪裡是甚麼旖旎風光！」咱們真是不知道，只模糊地覺着在秦淮河船上板起方正的臉是怪不好意思的。咱們本是在旅館裡，為甚麼不早早入睡，掂着牙兒，領略那「臥後清宵細細長」；而偏這樣急急忙忙跑到河上來無聊浪蕩？

還說那時的話，從楊柳枝的亂鬢裡所得的境界，照規矩，外帶三分風華的。況且今宵此地，動蕩着有燈火的明姿，況且今宵此地，又是圓月欲缺未缺，欲上未上的黃昏時候。叮噹的小鑼，伊軋的胡琴，沉填的大鼓……弦吹聲騰沸遍了三里的秦淮河。喳喳嚷嚷的一片，分不出誰是誰，分不出那兒是那兒，只有整個的繁喧來把我們包填。彷彿都搶着說笑，這兒夜夜盡是如此的，不過初上城的鄉下老是第一次呢。真是鄉下人，真是第一次。

穿花蝴蝶樣的小艇子多倒不和我們相干。貨郎擔式的船，曾以一瓶汽水之故而攏近來，這是真的。至於她們呢，即使偶然燈影相偎而切掠過去，也無非瞧見我們微紅的臉罷了，不見得有甚麼別的。可是，誇口早哩！——來了，竟向我們來了！不但是近，且攏着了。船頭傍着，船尾也傍着；這不但是攏着；且並着了。廝並着倒還不很要緊，且有人扑冬地跨上我們的船頭了。這豈不大喫一驚！幸而來的不是姑娘們，還好。（她們正冷冰冰地在那船頭上。）來人年紀並不大，神氣倒怪狡猾，把一扣破爛的手摺，攤在我們眼前，讓細瞧那些戲目，好好兒點個唱。他說：「先生，這是小意思。」諸君，讀者，怎麼辦？

好，自命為超然派的來看榜樣！兩船挨着，燈光愈皎，見佩弦的臉又紅起來了。那時的我是否也這樣？這當轉問他。（我希望我的鏡子不要過於給我下不去。）老是紅着臉終久不能打發人家走路的，所以想個法子在當時是很必要。說來也好笑，我的老調是一味的默，或乾脆說個「不」，或者搖搖頭，擺擺手表示「決不」。如今都已使盡了。佩弦便進了一步，他嫌我的方術太冷漠了，又未必中用，擺脱糾纏的正當道路惟有辯解。好嗎！聽他說：「你不知道？這事我們是不能做的。」這是諸辯解中最簡潔，最漂亮的一個。可惜他所說的「不知道」來人倒真有些「不知道！」辜負了這二十分聰明的反語。他想得有理由，你們為甚麼不能做這事呢？因這「為甚麼！」佩弦又有進一層的曲解。那知道更壞事，竟只博得那些船上人的一哂而去。他們平常雖不以聰明名家，但今晚卻又怪聰明，如洞徹我們的肺肝一樣的。這故事即我情願講給諸君聽，怕有人未必願意哩。「算了罷，就是這樣算了罷！」恕我不再寫下了，以外的讓他自己說。

敘述只是如此，其實那時連翩而來的，我記得至少也有三五次。我們把它們一個一個的打發走路。但走的是走了，來的還正來。我們可以使它們走，我們不能禁止它們來。我們雖不輕被搖撼，但已有一點杌隉了。況且小艇上總載去一半的失望和一半的輕蔑，在槳聲裡彷彿狠狠地說，「都是呆子，都是吝嗇鬼！」還有我們的船家（姑娘們賣個唱，他可以賺幾個子的佣金。）眼看她們一個一個的去遠了，呆呆的蹲踞着，怪無聊賴似的。碰着了這種外緣，無怒亦無哀，惟有一種情意的緊張，使我們從頹弛中體會出掙扎來。這味道倒許很真切的，只恐怕不易為倦鴉似的人們所喜。

曾遊過秦淮河的到底乖些。佩弦告船家：「我們多給你酒錢，把船搖開，別讓他們來囉嗦。」自此以後，槳聲復響，還我以平靜了，我們倆又漸漸無拘無束舒服起來，又滔滔不斷地來談談方才的經過。今兒是算怎麼一回事？我們齊聲說，欲的胎動無可疑的。正如水見波痕輕婉已極，與未波時究不相類。微醉的我們，洪醉的他們，深淺雖不同，卻同為一醉。接着來了第二問，既自認有欲的微炎，為甚麼艇子來時又羞澀地躲了呢？在這兒，答語參差着。佩弦說他的是一種暗昧的道德意味，我說是一種似較深沉的眷愛。我只背誦豈明君的幾句詩給佩弦聽，望他曲喻我的心胸。可恨他今天似乎有些發鈍，反而追着問我。

前面已是復成橋。青溪之東，暗碧的樹梢上面微耀着一桁的清光。我們的船就縛在枯柳樁邊待月。其時河心裡晃蕩着的，河岸頭歇泊着的各式燈船，望去，少說點也有十廿來隻。惟不覺繁喧，只添我們以幽甜。雖同是燈船，雖同是秦淮，雖同是我們；卻是燈影淡了，河水靜了，我們倦了，——況且月兒將上了。燈影裡的昏黃，和月下燈影裡的昏黃原是不相似的，又何況入倦的眼中所見的昏黃呢。燈光所以映她的秾姿，月華所以洗她的秀骨，以蓬騰的心焰跳舞她的盛年，以餳澀的眼波供養她的遲暮。必如此，才會有圓足的醉，圓足的戀，圓足的頹弛，成熟了我們的心田。

猶未下弦，一丸鵝蛋似的月，被纖柔的雲絲們簇擁上了一碧的遙天。冉冉地行來，冷冷地照着秦淮。我們已打槳而徐歸了。歸途的感念，這一個黃昏裡，心和境的交縈互染，其繁密殊超我們的言說。主心主物的哲思，依我外行人看，實在把事情說得太嫌簡單，太嫌容易，太嫌分明了。實有的只是渾然之感。就論這一次秦淮夜泛罷，從來處來，從去處去，分析其間的成因自然亦是可能；不過求得圓滿足盡的解析，使片段的因子們合攏來代替剎那間所體驗的實有，這個我覺得有點不可能，至少於現在的我們是如此的。凡上所敘，請讀者們只看作我歸來後，回憶中所偶然留下的千百分之一二，微薄的殘影。若所謂「當時之感」，我決不敢望諸君能在此中窺得。即我自己雖正在這兒執筆構思，實在也無從重新體驗出那時的情景。說老實話，我所有的只是憶。我告諸君的只是憶中的秦淮夜泛。至於說到那「當時之感」，這應當去請教當時的我，而他久飛升了，無所存在。

……

涼月涼風之下，我們背着秦淮河走去，悄默是當然的事了。如回頭，河中的繁燈想定是依然。我們卻早已走得遠，「燈火未闌人散」；佩弦，諸君，我記得這就是在南京四日的酣嬉，將分手時的前夜。

一九二三，八，二二，北京

跋：這篇文字在行篋中休息了半年，遲至此日方和諸君相見；因我本和佩弦君有約，故候他文脫稿，方才付印。兩篇中所記事迹，似乎稍有些錯綜，但既非記事的史乘，想讀者們不致介意罷。至於把他文放在前面，而不依作文之先後為序，也是我的意見：因為他文比較的精細切實，應當使它先見見讀者諸君。

一九二四年一月

西湖的六月十八夜

我寫我的「中夏夜夢」罷。有些蹤迹是事後追尋，恍如夢寐，這是習見不鮮的；有些，簡直當前就是不多不少的一個夢，那更不用提甚麼憶了。這兒所寫的正是佳例之一。

在杭州住着的，都該記得陰曆六月十八這一個節日罷。它比甚麼寒食，上巳，重九……都強，在西湖上可以看見。

杭州人士向來是那麼寒乞相的；（不要見氣，我不算例外。）惟有當六月十八的晚上，他們的發狂倒很像有點徹底的。（這是魯迅君讚美蚊子的說法。）這真是佛力庇護——雖然那時班禪還沒有去。

說杭州是佛地，如其是有佛的話，我不否認它配有這稱號。即此地所說的六月十八，其實也是個佛節日。觀世音菩薩的生日聽說在六月十九，這句話從來遠矣，是千真萬確的了，而十八正是它的前夜。

三天竺和靈隱本來是江南的聖地，何況又恭逢這位「大慈大悲救苦救難觀世音菩薩」的芳誕，——又用靚麗的字樣了，死罪，死罪！——自然在進香者的心中，香燒得早，便越恭敬，得福越多，這所謂「燒頭香」。他們默認以下的方式：得福的多少以燒香的早晚為正比例，得福不嫌多，故燒香不怕早。一來二去，越提越早，反而晚了。（您說這多們費解。）於是便宜了六月十八的一夜。

不知是誰的詩我忘懷了，只記得一句，可以想像從前西子湖的光景，這是「三面雲山一面城」。現在打槳於湖上的，卻永無緣拜識了。雲山是依然，但瀕湖女牆的影子那裡去了？我們凝視東方，在白日只是成列的市廛，在黃昏只是星星的燈火，雖亦不見得醜劣；但沒出息的我總會時常去默想曾有這麼一帶森嚴曲折頹敗的雉堞，倒印於湖水的紋奩裡。

從前既有城，即不能沒有城門。濱湖之門自南而北凡三：曰清波，曰涌金，曰錢塘，到了夜深，都要下鎖的。燒香客人們既要趕得早，且要越早越好，則不得不設法飛跨這三座門。（這多們下作而且險！）只是隔夜趕出城。那時城外荒荒涼涼的，沒有湖濱聚英，更別提西湖飯店新新旅館之流了，於是只好作不夜之游，強顏與湖山結伴了。好在天氣既大熱，又是好月亮，不會得受罪的。至於放放荷燈這種把戲，都因為慣住城中的不甘清寂，才想出來的花頭，未必真有甚麼雅趣。杭州人有了西湖，乃老躲在城裡，必要被官府（關城門）佛菩薩（做生日）兩重逼迫着方始出來晃蕩這一夜；這真是寒乞相之至了。拆了城依舊如此，我看還是惰性難除罷，不見得是徹底發泄狂氣呢。

我在杭州一住五年，卻只過了一個六月十八夜；暑中往往他去，不是在美國就是在北京。記得有一年上，正當六月十八的早晨我動身北去的，瑩環他們卻在那晚上討了一隻疲憊的划子，在湖中飄泛了半晌。據說那晚的船很破爛，遊得也不暢快；但她既告我以遊蹤，畢竟使我愕然。

去年住在俞樓，真是躬逢其盛。是時和H君一家還同住着。H君平日興致是極好的，他的兒女們更渴望着這佳節。年年住居城中，與湖山究不免隔膜，現在卻移家湖上了。上一天先忙着到岳墳去定船。在平時泛月一度，約費杖頭資四五角，現在非三元不辦了。到十八下午，我們商量着去到城市買些零食，備嬉遊時的咬嚼。我倆和Y、L兩小姐，背着夕陽，打槳悠悠然去。

歸途車上白沙堤，則流水般的車兒馬兒或先或後和我們同走。其時已黃昏了。呀，湖樓附近竟成一小小的市集。樓外樓高懸着炫目的石油燈，酒人已如蟻聚。小樓上下及樓前路畔，填溢着喧嘩和繁熱。夾道樹下的小攤兒們，啾啾唧唧在那邊做買賣。如是直接於公園，行人來往，曾無間歇。偏西一望，從岳墳的燈火，瞥見人氣的浮涌，與此地一般無二。這和平素蕭蕭的綠楊，寂寂的明湖大相徑庭了。我不自覺的動了孩子的興奮。

飯很不得味的匆匆吃了，馬上就想坐船。——但是不巧，來了一群女客，須得盡先讓她們耍子兒；我們惟有落後了。H君是好靜的，主張在西泠橋畔露坐憩息着，到月上了再去蕩槳。我們只得答應着；而且我們也沒有船，大家感着輕微的失意。

西泠橋畔依然冷冷清清的。我們坐了一會兒，聽遠處的簫鼓聲，人的語笑都迷蒙疏闊得很，頓遭逢一種淒寂，迥異我們先前所期待的了。偶然有兩三盞浮漾在湖面的荷燈飄近我們，弟弟妹妹們便説燈來了。我瞅着那伶俜搖擺的神氣，也實在可憐得很呢。後來有日本仁丹的廣告船，一隊一隊，帶着成列的紅燈籠，沉填的空大鼓，火龍般的在裡湖外湖間穿走着，似乎抖散了一堆寂寞。但不久映入水心的紅意越宕越遠越淡，我們以沒有船趕它們不上，更添許多無聊。——淡黃月已在東方湧起，天和水都微明了。我們的船尚在渺茫中。

月兒漸高了，大家終於坐不住，一個一個的陸續溜回俞樓去。H君因此不高興，也走回家。那邊倒還是熱鬧的。看見許多燈，許多人影子，竟有歸來之感，我一身盡是俗骨罷？嚼着方才親自買來的火腿，鹹得很，乏味乏味！幸而客人們不久散盡了，船兒重繫於柳下，時候雖不早，我們還得下湖去。我鼓舞起孩子的興致來：「我們快去罷！」

紅明的蓮花飄流於銀碧的夜波上，我們的划子追隨着它們去。其實那時的荷燈已零零落落，無復方才的盛。放的燈真不少，無奈搶燈的更多。他們把燈都從波心裡攫起來，擺在船上明晃晃的，方始躊躇滿志而去。到燭燼燈昏時，依然是條怪蹩腳的划子，而湖面上卻非常寥落；這真是殺風景。「搖罷，上三潭印月。」

西湖的畫舫不如秦淮河的美麗；只今宵一律裝點以溫明的燈飾，嘹亮的聲歌。在群山互擁，孤月中天，上下瑩澈，四顧空靈的湖上，這樣的穿梭走動，也覺別具豐致，決不弱於她的姊妹們。用老舊的比況，西湖的夏是「林下之風」，秦淮河的是「閨房之秀」。何況秦淮是夜夜如斯的；在西湖只是一年一度的美景良辰，風雨來時還不免虛度了。

公園碼頭上大船小船挨擠着。岸上石油燈的蒼白芒角，把其他的燈姿和月色都逼得很黯淡了，我們不如別處去。我們甫下船時，遠遠聽得那邊船上正緩歌《南呂懶畫眉》，等到我們船攏近來，早已歌闌人靜了，這也很覺悵然。我們不如別處去。船漸漸的向三潭印月划動了。

中宵月華的皎潔，是難於言說的。湖心悄且冷；四岸浮動着的歌聲人語，燈火的微芒，合攏來卻暈成一個繁熱的光圈兒圍裏着它。我們的心因此也不落於全寂，如平時夜泛的光景；只是伴着少一半的興奮，多一半的悵惘，軟軟的跳動着。燈影的歷亂，波痕的皴皺，雲氣的奔馳，船身的動蕩……一切都和心象相溶合。柔滑是入夢的唯一象徵，故在當時已是不多不少的一個夢。

及至到了三潭印月，燈歌又爛缦起來，人反而倦了。停泊了一歇，繞這小洲而游，漸入荒寒境界；上面欹側的樹根，旁邊披離的宿草，三個圓尖石潭，一支禿筆樣的雷峰塔，尚同立於月明中。湖南沒有甚麼燈，愈顯出波寒月白；我們的眼漸漸餳澀得抬不起來了，終於搖了回去。另一划船上奏着最流行的《三六》，柔曼的和音依依的送我們的歸船。記得從前H君有一斷句是「遙燈出樹明如柿」，我對了一句「倦槳投波密過錫」；雖不是今宵的眼前事，移用卻也正好。我們轉船，望燈火的叢中歸去。

夢中行走般的上了岸，H君夫婦回湖樓去，我們還戀戀於白沙堤上盡徘徊着。樓外樓仍然上下通明，酒人尚未散盡。路上行人三三五五，駱驛不絕。我們回頭再往公園方面走，泊着的燈船少了一些，但也還有五六條。其中有一船掛着招簾，燈亦特別亮，是賣涼飲及吃食的，我們上去喝了些汽水。中艙端坐着一個華妝的女郎，雖然不見得美，我們乍見，誤認她也是客人，後來不知從那兒領悟出是船上的活招牌，才恍然失笑，走了。

不論如何的疲憊無聊，總得拼到東方發白才返高樓尋夢去；我們誰都是這般期待的。奈事不從人願，H君夫婦不放心兒女們在湖上深更浪蕩，畢竟來叫他們回去，頂小的一位L君臨去時只咕嚕着：「今兒玩得真不暢快！」但仍舊垂着頭踱回去了。只剩下我們，踽踽涼涼如何是了？環又是不耐夜涼的。「我們一淘走罷！」

他們都上重樓高臥去了。我倆同憑着疏朗的水泥欄，一桁樓廊滿載着月色，見方才賣涼飲的燈船復向湖心動了。活招牌式的女人必定還支撐着倦眼端坐着呢，我倆同時作此想。叮叮當，叮叮冬，那船在西傾的圓月下響着。遠了，漸漸聽不真，一陣夜風過來，又是叮……當，叮……冬。

一切都和我疏闊，連自己在明月中的影子看起來也朦朧得甚於煙霧。才想轉身去睡；不知怎的腳上躊躇了一步，於是箭逝的殘夢俄然一頓，雖然馬上又脱鏃般飛駛了。這場怪短的「中夏夜夢」，我事後至今不省得如何對它。它究竟回過頭瞟了我一眼才走的，我那能怪它。喜歡它嗎？不，一點不！

十四年四月作於北京

冰　心

冰心（1900—1999），福建閩侯人。現代女作家，翻譯家。著有散文集《寄小讀者》、《南歸》、《小橘燈》等，另有《冰心文集》印行。

一隻木屐

淡金色的夕陽，像這條輪船一樣，懶洋洋地停在這一塊長方形的海水上。兩邊碼頭上倉庫的灰色大門，已經緊緊地關起了。一下午的嘈雜的人聲，已經寂靜了下來，只有乍起的晚風，在吹捲着碼頭上零亂的草繩和塵土。

我默默地倚伏在船欄上，周圍是一片的空虛——沉重，時間一分一分地過去，蒼茫的夜色，籠蓋了下來。猛抬頭，我看見在離船不遠的水面上，飄着一隻木屐，它已被海水泡成黑褐色的了。它在搖動的波浪上，搖着、搖着，慢慢地往外移，彷彿要努力地搖到外面大海上去似的！

啊！我苦難中的朋友！你怎麼知道我要悄悄地離開？你又怎麼知道我心裡丟不下那些把你穿在腳下的朋友？你從岸上跳進海中，萬里迢迢地在船邊護送着我？

過去幾年的、在東京的苦悶不眠的夜晚——相伴我的只有瓦檐上的雨聲，紙窗外的月色，更多的是空虛——沉重的、黑魆魆的長夜；而每一個不眠的夜晚，我都聽到戛達戛達的木屐聲音，一陣一陣的從我樓前走過。這聲音，踏在石子路上，清空而又堅實；它不像我從前聽過的、引人憎恨的、北京東單操場上日本軍官的軍靴聲，也不像北京飯店的大廳上日本官員、紳士的皮鞋聲。這是日本勞動人民的、風裡雨裡寸步不離的、清空而又堅實的木屐的聲音……

我把雙手交叉起，枕在腦後，隨着一陣一陣的屐聲，在想象中從穿着木屐的雙腳，慢慢地向上看，我看到悲哀憔悴的穿着外褂、套着白罩衣的老人、老婦的臉；我看到痛苦憤怒的穿着工褲、披着蓑衣的工人、農民的臉；我看到憂鬱徬徨的戴着四角帽、穿着短裙的青年、少女的臉……這些臉，都是我白天在街頭巷尾不斷看到的，這時都匯合了起來，從我樓前戛達戛達地走過。

「苦難中的朋友！在這黑魆魆的長夜，希望在哪裡？你們這樣戛達戛達地往哪裡走呢？」在失眠的輾轉反側之中，我總是這樣痛苦地想。

但是魯迅的幾句話，也常常閃光似地刺進我黑暗的心頭，「我想：希望本無所謂有，也無所謂無的。這正如地上的路；其實地上本沒有路，走的人多了，也便成了路。」

就這樣，這清空而又堅實的木屐聲音，一夜又一夜地從我的亂石嶙峋的思路上踏過；一聲一聲、一步一步地替我踏出了一條堅實平坦的大道，把我從黑夜送到黎明！

事情過去十多年了，但是我還常常想起那日那時日本橫濱碼頭旁邊水上的那只木屐。對於我，它象徵着日本勞動人民，也使我回憶起那幾年居留日本的一段生活，引起我許多複雜的情感。

從那日那時離開日本後，我又去過兩次。這時候，日本人民不但是我的苦難中的朋友，也是我的鬥爭中的朋友了，我心中的苦樂和十幾年前已大不相同。但是，當同去的人們，珍重地帶回了些與富士山或櫻花有關的紀念品的時候，我卻收集一些小小的、引人眷戀的玩具木屐……

一九六二年六月八日，北京

病榻囈語

忽然一覺醒來，窗外還是沉黑的，只有一盞高懸的路燈，在遠處爆發着無數刺眼的光線！

我的飛揚的心靈，又落進了痛楚的軀殼。

我忽然想起老子的幾句話：

吾有大患，及吾有身；及吾無身，吾有何患。

這時我感覺到了軀殼給人類的痛苦。而且人類也有精神上的痛苦：大之如國憂家難，生離死別……小之如傷春悲秋……

宇宙內的萬物，都是無情的：日月經天，江河行地，春往秋來，花開花落，都是遵循着大自然的規律。只在世界上有了人——萬物之靈的人，才會拿自己的感情，賦予在無情的萬物身上！甚麼「感時花濺淚，恨別鳥驚心」這種句子，古今中外，不知有千千萬萬。總之，只因有了有思想、有情感的人，便有了悲歡離合，便有了「戰爭與和平」，便有了「愛和死是永恆的主題」。

我羡慕那些沒有人類的星球！

我清醒了。

我從高燒中醒了過來，睜開眼看到了床邊守護着我的親人的寬慰歡喜的笑臉。側過頭來看見了床邊桌上擺着許多瓶花：玫瑰、菊花、仙客來、馬蹄蓮……旁邊還堆着許多慰問的信……我又落進了愛和花的世界——這世界上還是有人類才好！

一九八八年三月十五日晨

夏　衍

夏衍（1900—1995），浙江杭州人。現代劇作家。著有劇作《賽金花》、《上海屋檐下》，雜文集《劫餘隨筆》、《蝸樓隨筆》等。

甲子談鼠

我是庚子年出生的，肖鼠。今年又逢甲子，忽然想起寫點應景文章，談談老鼠。

遠古以來，我們中國人不論在文化上、在科學上，都對人類進步，作出過很多很大的貢獻，但遺憾的是作為四害之首的老鼠，現在已經科學家證明，它的原生地是中國中部；而它的危害則已經遍及世界。

在我唸大學的時候，老鼠的原產地是甚麼地方，在科學界已經是一個有爭論的問題。那時大部分動物學家都認為老鼠原產於墨西哥，但也有人認為原產地是中國，有些專家還認為歐洲之有老鼠，是成吉思汗西征時帶到東北歐的。直到近年，由於我國考古發掘的進展，在安徽潛山發掘出了距今五千五百萬年前的曉鼠和它的牙齒化石，接着，又在湖南衡東發現了距今五千萬年的鐘健鼠化石。經過我國科學院古脊椎動物學和哺乳類動物學專家的研究，證明了曉鼠是最接近鼠類祖先的動物，它的起源可能上溯到八千萬年的白堊紀中期。這一判斷現在已經得到了世界上許多哺乳類動物學專家的承認，因此，老鼠這種害物原產於中國中部這種說法，似乎已經是難於推卸的了。

老鼠這東西有百害而無一利，這是無可辯駁的事實，要舉它的罪狀，可能不止十條，其中最重大的，一是糟蹋莊稼，二是傳染疾病。現今世界上鼠口遠遠超過人口，有些地方鼠口是人口的三倍乃至四倍。據一九八三年秋在安徽合肥召開的老鼠問題研究會的材料，據說地球上現有各種老鼠一百億隻，而每年被老鼠消耗的糧食為二千億斤；

至於傳染疾病，一般人只想到鼠疫，而其實，鼠類會傳染多種疾病，單講斑疹傷寒，第一次世界大戰後在蘇聯和東歐，這種疾病就奪去了幾百萬人的生命。

人類是聰明的，隨着科學的發展，我們終於消滅了天花、霍亂，可是直到現在，儘管不斷地發動滅鼠運動，而鼠口還在繼續增加，這是甚麼原因？也許可以說，這和野火燒不盡的野草有相似之處。老鼠之所以難以消滅，它的厲害之點有二：一是生命力強，二是繁殖力強。前者是它能適應各種最惡劣的環境（甚至有人說，原子彈廢墟上最早出現的動物是老鼠），和人類共處的，就是我們常見的家鼠，在田野的就是田鼠，它的牙齒特別鋒利，不僅木竹建築的房屋，連水泥牆壁它也能夠打通。它聰明狡猾，古來有黠鼠之稱，它不僅能挖洞，而且會積糧，我還看到過兩隻老鼠合作，偷走一個雞蛋。老鼠生命力強的另一個特點，是它甚麼東西都吃，從五穀、蔬菜、植物根塊（土豆、白薯、甜菜……），到肉類、皮骨，甚至人類穿用的皮鞋、紐扣。生殖力強，那更是近於奇迹；一隻母鼠出生後三個月就能受孕，每年可以懷胎十次，每胎可以生仔六七隻以至二十隻！

根據以上的特點，細菌學界泰斗真薩博士（Zinsser）在他的名著《老鼠．蝨子和歷史》中指出：在所有脊椎類動物的哺乳類動物中，只有老鼠和人類有特別相似的特點。一是食物方面，一般動物草食類和肉食類是分得很清楚的。牛羊、斑馬、長頸鹿等等都是草食類，虎、豹、獅子都是肉食類（貓狗之類長期被人馴養的家畜除外），而老鼠則和人類一樣，甚麼東西都吃，因此近年來非洲酷旱，象和其它草食動物大量餓死，而鼠類卻照樣繁衍，不受影響；二是生殖方面，一般動物，多數是每年發情一次，最多也不過兩次，而老鼠則和人一樣，每月都可以發情，都可受孕，因此，保加利亞一位婦女一胎生了六嬰，新聞媒介，就要大肆宣傳，而老鼠一胎生下十六七隻，誰也不會認為這是奇聞。

號稱萬物之靈的人類，千百年來未能消滅乃至控制鼠類的繁衍，這使我想起了世界上的生態平衡和某種稀有動植物的保護問題。從《詩經》裡的「碩鼠碩鼠，毋食我黍」算起，中國人吃這小動物的苦頭，最少也有幾千年了，人口十億，聽了誰也害怕，鼠口百億，倒反而無可奈何。這說明要保持生態平衡，必先從食物和生育這兩方面着手。去年四川箭竹開花，熊貓遭災，我們當然要全力搶救保護。但從熊貓本身來說，它們逐漸減少乃至瀕於絕滅，一要怪它自己的偏食，二要怪它自己生殖力太差。我有一種癡想，萬物之靈在科學昌明的時代，能不能針對它們這兩個弱點下點功夫，讓這種雅俗共賞、老少鹹歡的動物不僅不絕滅，反而更繁衍呢？我看是可以的，熊貓並不笨，福州和上海動物園裡的熊貓都學會了雜技，我也看見過它們吃竹葉以外的食物。熊貓生殖力弱，這倒的確是個難題，生物學家是不是可以把它作為課題，認真地攻一攻這個關呢？

根據客觀環境的變化，一些生物要絕滅，這也是一條不以人類意志為轉移的規律，恐龍這種大傢伙，不是早在幾千萬年之前就絕滅了麼？但是對於哪些東西可以讓它絕滅，哪些東西必須予以搶救，我想我們人類似乎應該有個主動的抉擇，應該有個方案的。蚊子、蒼蠅、老鼠是完全應該絕滅的，打麻雀則是一樁冤案，儘管平反了，但繁殖不快，還當加以保護。麻雀也是雜食鳥，主要吃的是害蟲，因此它是益鳥，為了消滅害蟲，為了生態平衡，我希望農村收購站不要再收禾花雀，飲食店的菜單上也應該刪除這一珍餚了。

寫到這裡，在美國報上看到一條消息，說加州大禿鷹真的快要絕滅了，報上說，這種兩翅伸開時長達三米的大鳥，現在除了飼養在動物園的之外，自然界只有十七八隻了。美國是自稱大力保護生態平衡的國家，加州大禿鷹為甚麼會遭到如此不幸呢？其原因完全和熊貓相似，一是這種禿鷹是肉食鳥，但沒有捕殺地面獸類的本領，而主要以地上的獸屍為食，工業發達，城市面積擴大，狐兔之類的腐屍少了，它的食物也相應減少，同樣，它的生殖力更弱，據說它兩年才生一個蛋，而這一個蛋的成活率只有百分之五十。

甲子談鼠，卻說了些對鼠不利的事，這真是沒有辦法。

一九八四年一月二十八日

穆木天

穆木天（1900—1971），吉林伊通人。作家，翻譯家。著有散文集《秋日風景畫》、《平凡集》等。

秋日風景畫

一

狂風暴雨從海上吹來。大的都市如死了一樣。除了時時送來的幾口汽車聲，火車拉笛聲，若有若無的電車響動，再聽不見甚麼都市的聲音了。叫賣的聲音，扯着鬧着的兒童們的喧囂聲，是再也聽不見了。如狂波怒濤般的大都市，如鼎沸一般的大都市，現在好像是停止了動作。生命躍動的都市好像變成為一座死城。

只是狂風暴雨在咆哮着，在這九一八的夜間。可是，在日間，在太陽旗之下，日本在歡聲雷動地慶祝着九一八紀念。而殖民地的民眾卻是屏聲息氣地連反對的聲音都不敢公然地吐出來。而不到夜間，又襲來了暴風雨。刮得無家可歸，暴屍於荒郊野外的，真不知有幾何人。狂風暴雨好像更加清楚了壓迫者之面貌的猛惡。在這九一八的夜間，只是狂風暴雨在咆哮着。

在這個不安的夜裡，對着沉沉欲墜的黑暗的巨幕，聽着吼吼的風雨聲，傍着依稀的燈光，我回想到一幅一幅的秋日的風景畫。

二

那時，我是一個天真的孩子。是八歲，也許是九歲。

風景，是我的故鄉的野外。是秋日蕭瑟的景象。

時間，是日俄戰後，由於南滿鐵道之開發，鄉間的一部分人相當的富裕起來的時代。

那個時候，我的家庭是相當地安適。我一個人讀書。

一天，我跑到野外去了。

高粱，「曬了紅米」了。小河的邊上的草，枯黃了。滿山秋色。牧童在放着牲畜。出了學房，到了野外，使我感到無限的舒暢。

那時，是天下太平，沒有土匪，也沒棒子手（劫道的）。夏天，我們可以到山裡打杏、採芍藥、百合、狼尾蒿。在那樹木關門的時節，都是一無所懼的。何況，現在是秋天呢。沿着小路，我不覺地走到牧童們相聚的所在。

牧童們都像是天真的。都是街頭街尾左右近鄰的孩子們，他們認識我，他們向我打招呼。

——哎，大家燒毛豆好麼，我，笑眯眯地，向他們要求。

——好罷！大家像是贊成我的意見似的。

大家到鄰近的豆地中折了些毛豆。拾了些乾柴枯草，弄了一把火。不一會兒，毛豆啪啪地燃起來了。燒熟了毛豆，大家分着吃了一頓。都是非常地高興的。一邊吃着，一邊説着。

吃燒包米（玉黍）的風味，和吃燒毛豆的風味，是我永不能忘記的。

可是，自由地，在山野中吃燒毛豆的那一次，是最愉快的。

但是那種世界，現在那裡去了？

三

又是一幅秋天的風景畫。是在北方，可不是我的故鄉。是在天津衛。天津衛，是偉大的名字「一京，二衛，三通州」。那給了我無限的憧憬，在我的少年時代。天津又稱作「北洋」。那是更引起我的幻想。在故鄉中學的教室裡，時常這樣設想。「北洋」是一片汪洋，是在海的旁邊的一座蜃樓般的都市。索性是一片汪洋中還湧着幾隻綿羊。

到了天津衛，覺得倒也不錯。但是，不是海濱上的幻影的城池，而是沙漠中的一片塵煙撲地的街市。

聽說有一個紫竹林自己總以為是一座竹林，是一片紫色。好像是觀音菩薩住在那個處所。但是沒有去過。

秋日裡，在野外散步，是一種樂趣。兩三位朋友在一起，繞着野外小徑，談着靈修問題，或談着自然科學的學習，是非常地適意。

一天的情景又到在我的目前了。那是乘船到黃家墳去。是學校青年會舉行的秋季旅行。

在黃沙飛騰的天津生活，苦的是缺少水。雖然那一道海河，是一帶濁流，但是離開了滿目黃沙的南開，到了河的中流，溯流而上，大家，你唱我和地，唱着歌，也是一種說不出的快樂。

看着熙熙攘攘的街市，望着西沽的教室，想像着要去的那個所在，心中是別有天地的。

黃家墳自然是初秋的景象啦。雖然秋日非常地和煦，但已令人感到白楊蕭蕭了。從船上望去，無數的白楊，拱抱着一塊墳地。四邊是滿目的田疇。

大家席地而坐地吃野餐，談話。隨着，四散地，玩去了。

一望無邊的莽原，使我更感到茫茫禹域之廣大。我感謝上帝。我想像着在這塊平原上，將林立起工廠的煙囪。煙囪裡的煙直衝雲霄，機器的響動轟震四野。我想像着我是一個工程師。我想來想去，看着地形，想起幾何的公式來了。可是我的工程師的夢未能實現，我所想的那些工廠的煙囱與機械也未有產生出來。那一個世界是在怎樣的條件下才能實現呢？

四

又是一幅秋天的風景畫。是在日本京都的吉田山上。

是一座神社，在吉田山的東麓上。神社是蓋覆在吉田山的綠樹濃蔭之下。神社前邊，是一條長的石頭的階段，直通到山下邊的馬路。馬路那邊就是古剎真如堂。

在薄暮的時節，我同T並坐神社中的石凳上。T君是我的高一級的同學，同時，是文學上的朋友。真如堂在綠樹蒼郁之中露出來他的尖巔。遠遠地，在東山這邊的山谷中的人家的屋頂上，還餘着斷續的炊煙。夜幕越發地墜下來了。空中，時時地，度過着一隻飛鳥。

T君又想作拜倫，又想作維特。夏天，他去過宮津，在廟裡結識了一位少女TY。

T君總向我談他的理想：哥德一生有過十四個愛人。但是他在宮津遇見過一個。我則是望洋興嘆。

我們的話題總是「美化人生，情化自然」。從藝術講到戀愛，從戀愛講到藝術。講來講去，他總是煽動，我總是無從問津。

那時，維特，拜倫，的確地，是我們的理想人物。

空抱着理想，怎能實現呢？這又是問題了。

於是憂鬱了。但不是幻滅。不能實現的熱望，不住的憧憬，我那時覺得是美的。

夜色朦朧，心地朦朧，一片詩意。隨着，古寺中振響出來灰白色的鐘聲，在空氣中蕩漾着。

鐘聲止了。我們又到在薄冥的道上了。

——上哪兒去呢？我們互相地問着。

一邊説着，不知不覺地，順着小徑走下去了。

夜色是朦朧的，心地更是朦朧的。

心裡永遠是充滿着愛的憧憬。

理想是能實現，倒是有點詩意。秋的薄冥像是微笑地在安慰我。

這種的朦朧的心情，當時是深深地藏在我的心底。我總是在這種憂鬱氣氛中生存着。

這種心情現在是成為了雲煙消散了。

五

又是一幅秋景。是在伊豆半島的伊東町。

受了一點精神上的苦痛。S君勸我暑中同他到了海岸上。

到的時候是炎夏，但是深深地給我印象的是初秋。

伊東的初秋，是一個深可懷戀的追憶喲。

肥胖而有肉感的少女靜江！她是給了如何地深刻的印象啊！

日本的少女，點綴在初秋的田園風景中，是如何地優美呀！

伊東川上，我遊玩遍了罷！我在他的源頭讀過維尼的詩篇。

伊東橋畔，我欣賞夠了罷！我在他的蒼翠的樹叢之中，賞玩了皎潔如練的河中的漣漪。

伊東的山頭，田間，海岸，都有了我的足迹。我的鞋底到處都給踏上了烙印了。

而特別地是它的夜間的灰黃的道上，是最令我懷念的。我真不知有幾千百次地追逐着伊人的歌聲，伊人大概是同S在散步。

一天夜裡，真是百分的不安了。夜裡，在樓下溫泉裡洗了一個澡，隨着就出了門奔海濱去了。

那是九月初的天氣，微有涼意。

夜是靜靜的。濤聲和山中的微風聲相應和着。一灣碧海。遙遙地，海面上，散布着一些漁火，在閃爍着。

在各處散在的人家，都關門閉戶地在酣睡着。小的過路的茶店也都關了板兒，外邊只剩了幾張空床。

我一邊望着漁火，聽着風聲，一邊默默地往前走着。在那一條平滑的灰白的仄道上，往前奔着，心裡像有無限的憧憬。

到了伊東和綱代之間的山陵的頂峰上，東方已滚出來朝陽。茶店已開始營業了。

飲了一杯茶，吃了兩個蛋，登了高峰，我長時間地把初秋的海觀賞了一下。

到了綱代，在船碼頭流連了一陣。看見了下船的下了來，上船的上了去，汽笛嗚嗚地一聲，船向着大海駛去，我又就了向熱海的路。

走了不遠的平坦的海濱的沙路，又是山路了。山路是更崎嶇得多了。雖然有些疲乏，但仍是向熱海走去。

到了熱海，日已西斜。倒是有點失望。再往前走，像是無處可去了。再不想去瞻仰那「錦浦歸航」等等的名勝了。

到了旅途的終點，旅人感到了像是沒有出路。看看帖包中只有回伊東的船費和一點零錢，於是吃了一餐便飯，想了一陣，玩了一陣，就乘着汽船又折回了伊東。

這一次回到伊東，好如常勝將軍之凱旋。傲然地立在船頭。俯瞰着海水，而特別是將近伊東碼頭之際，自己感到真像是作了驚天動地的大事業。

——我們以為你自殺了呢，房東老太太，靜江，S，都向我說，在我回到家中之時。

我笑了一笑，點了點頭兒。

——山裡，河邊，海岸，都找遍了呢，接着他們又說。

——到熱海去了，我微笑着走上樓去。

那一天，是我最可懷念的。那種戀愛的幻滅，是可寶貴的，那種放浪的旅途是可寶貴的。

現在，回憶起來，是另一個世界了。

六

又是一幅秋天的風景畫。是在牆子河畔。

回到中國，由廣州飄泊到燕京。由燕京又飄泊到天津。

但是這一次安身的場所，卻是牆子河畔。

牆子河畔，是我以先所未曾去過的所在。說起他的風景，是異常有風致的。

那不是北海那樣的綠戶朱欄。又不是故宮那樣的頹城腐水。那是另一種風景。

是一條河，河裡有無數的貨艇。岸上是些破落戶的商店。是賣燒餅的，賣切糕的。往來的，除了少數之外，人都是短衫露膊，作苦工的，撐船的鄉下漢。

但是河邊的馬路，是南達南開大學，北通日本租界。南開大學遠遠在望。北行半里，即到了五步一樓十步一閣的租界了。

在不夜的都市之近旁，有這樣牆子河一帶的所在。那構成了一個很有趣的對照。

我去的時候是初秋，牆子河已現出的淒涼的秋色了。北京城中所沒有的蕭條。那種慘澹的秋的田野，展開在河的兩岸，十足地，表現出農村沒落的現象。

學校是日本人辦的——為着生活，朋友介紹到那裡避避難。但是在那裡，我看見在北京的「宮廷社會」中所見不到的現實。

學校的日本教員過着優遊的生活，時時在學校宿舍前的小林中聚着野餐，清潔整齊地整理了他所住的區域；但中國的教員的住所之前，則是灰塵狼藉，只是他們對於日本教員則是低首下心，唯恭唯敬的。

雖然學校四圍皆水，岸邊匝以樹牆，如住在別莊裡似的，但是，那則越令我在那裡住不下去了。滿目瘡痍，到處矛盾，使我的憂鬱的悲哀消散了。

我脫開了那個環境。我知道我以往是住在空想的世界，虛構的世界。而今後現實的世界等待着我去踏進呢。

七

又是一幅秋天的風景畫。是在船廠。

船廠是我的故鄉的都會。我們叫做吉林，可是鄉下人卻只知道船廠。

是一九三〇年的秋天。是「九一八」的前一年。

在東北，秋天是來得很快的。夏天過去，馬上就一雨成秋了。

那時，我住在北山附近的吉大寄宿舍中。每天，是要同Z君到北山散步的。

初秋，樹葉已是枯黃而欲墜了。登了北山，遙望松花江上，來往坐船的人已經稀少了。江南岸，已將滿地是衰草了。

這天，同赴北山散步的，不是Z君，而是C君和H君。

步上了山道，登在廟宇前的欄杆上，瞰視着長而如帶的松花江。

城裡是煙霧沉沉的。

這一年，是多事之秋。就是賞玩風景，大家都是時常談到國事。而且這一年教育界也是多事之秋。

「吉敦鐵路與吉海鐵路之接軌，日本是在阻止着的。」

「南滿鐵路，是一天一天地，損失受得多，『赤字』是有加無已的。」

「日本明年是一定要武力修吉會路，總是要幹一下子的。」

「農村一天一天破產，賣地都沒人要，種了一年地還得叫藉貸。」

這一類的話語，是我們所談論的題目。我們總直覺到有甚麼事變將要臨頭了。

説着，穿過廟宇，到了廟後的盤道上。順着盤道，向着西邊山頭上的亭子走下去了。

四外是夕暮朦朧。各個山頭上，籠罩着煙靄。在山道上，望遠處眺望着，好像感到農村是要越發迅速地沒落了。

轉到西邊的山頭上，在亭子四周走着，遠望着。

滿鐵公所的建築物，聳立在松花江的北岸上，如吃人的巨獸似的。

山窩中，幾家茅舍，一條崎嶇的道路。在那個山村中，一切像是害着黃瘦病。

——只有民眾起來，……好像誰在叨咕着。

轉回身來一看，亭子的石牆上，新新的油墨寫着：「第二次世界戰爭……」

日本的壓迫日烈，可是新的勢力日益增長。這是「九一八」的前夜。

那是一幅秋的風景畫。可是那一個多事之秋，回憶起來，印象是非常深刻的！

八

「九一八」事變不出人預料地爆發了。一年！兩年！現在是兩周年紀念了。

日本天天在向中國民眾示威。在狂風暴雨中，我們想象一下他的殘暴和兇狠罷。

可是，在一方面，東北卻成了新局勢，民眾武裝起來，要作決死戰了。

大都市是如同死城一般。可是民眾在「死之國」中，卻要拚着最後的老命呢。

這是新的開始，這是新的開始。

許傑

許傑（1901—1993），浙江天台人。作家，學者。著有短篇小說集《慘霧》，散文集《南洋漫記》等。

榴槤

——南洋漫記之一

一

因為是熱帶的關係，所以南洋的果子，有許多種，的確是我們在溫帶上生長的人，所沒有看見過的。南洋的果子的特色，第一是大，第二是一年到頭都有；至於第三呢，卻是醜。真的，南洋的果子的確是醜的，——或者說，大部分都是醜的。若桃子，若蘋果，若石榴，若葡萄，若柿子，……那樣的嬌艷，鮮明，圓潤的果子，固然沒有，但若雪梨，文旦，那樣的淡默的果子，也不可多見。南洋的果子，最漂亮的，恐怕要算洋桃，因為顏色嫩綠而透明，比翡翠還要淡一點，覺得倒很可愛；但是，所謂洋桃也者，根本卻不作桃形，圓形，而是長約二三寸，周圍棱起四五條棱的，如三棱鏡一般的東西。除此以外，是香蕉；香蕉固為我們所習見的，但並不美；再次之，是芭蘿蜜，華僑們名之為黃蘭的，雖然它的裡面黃嫩如蜜，而它的外表，卻如一個討厭的蜂窠。至於芒果，紅毛荔枝，木瓜，紅毛單，馬六果，山竹，酸子等，雖然各有各的特有的滋味，但用審美的眼光觀察起來，都是不見得怎樣美麗的東西。

至於說到大，那真是使我們吃驚；因為如椰子，如榴槤，簡直有大到徑長一尺甚至二尺的。椰子是一種重要的農產品，我們平時在咖啡店中所飲的可可，便是由它製成的，它除了製可可以外，還可以製造許多種類的東西。至於榴槤，那更是一種奇怪的果子，它的大小，與椰子差不多，——但最大的，也有大到每一個有三斤幾斤重的，在沒有幾日以前，聽說這裡的市上竟然有發現一個重三十七斤的榴槤；據馬來土人的迷信，說最大的榴槤是有神力，吃之當特別滋補而有力，於是這販榴槤者，即以此居於奇貨，後聞以重價，被一個馬來人買去。——但周身有刺隆起，如中國古代的一種兵器，於銅錘外面，再裝上毒刺。但這還並不奇怪，最奇怪的，卻是它臭氣。

所以，榴槤是除了醜與臭以外，另外的一個特色，便是一個大。但是，這又臭又醜的果子，卻有果中之王之稱，在南洋的果子界中，佔有很大的地位；即以其價格論，大概每個榴槤，亦在三四角至八九角以內，普通的果子，沒有超出它的上面的。

而且，據老於南洋的人說：

「不會吃榴槤的人，南洋是留不久的；要久留南洋，非學會吃榴槤不可。」可知榴槤對於華僑的權威了。或者有人要說，同是一種果子，吃與不吃，又有甚麼關係，又賣甚麼秘訣？但是，事實上的確如此，有許多人，對於榴槤，嗜之如命，大有每天非吃榴槤不可之概，——聽說有些人情願把衣服當了來買榴槤吃，——但在我們，不會吃的人，就是掩鼻而過之，還覺得惡臭繞鼻，嘔肚翻心，難以排遣；更莫說要去親近，更莫說要把它送入口裡。所以，在會吃榴槤的人看來，吃榴槤是一件無上的享樂，但在不會吃的人看來，卻是要比強迫他吃糞還要難堪了。在這種地方，孟子所說的：「口之於味也，有同嗜焉」的話，恐怕不適用了吧！

二

關於榴槤的傳說，聽說是這樣的。

榴槤，便是留連的意思，是從「留連忘返」一句成語截下來的。所以說，能夠吃得榴槤的人，便能夠久留南洋。

並且，關於榴槤的命名及其來源，還有這樣一段傳說的故事。

所謂三保太監下西洋的事，在中國的歷史上，是記載着的，大概是一件真實的故事。那時，所謂西洋也者的地方，到現在看來，已經證明是南洋群島等地方，也是無疑的了。

卻說從前，三保太監帶了許多大唐人士，到了南洋，便想在南洋居住；不料不同之人，家裡皆有父母妻子，所以時常有「他鄉雖好，總不是久留之地」的心思，高呼「不如歸去」，或「回唐山去」的口號；於是三保太監無法可想，正在躊躇着，忽見昔日登岸時自己大便的處所，已長上一株很高大的樹木，而樹木上面，亦已果實纍纍。三保太監當即令人採了一個下來，一聞之下，覺得還有大便的氣味；但掩鼻食之，則十分可口。於是叫所有跟來的人，都來嘗一嘗這奇異的果實，各人皆大讚美。過了幾時，同來的人，都喜歡吃這種果子，而且已經成了「癖」了；於是大家都因為這異國的果子的鮮美，而忘記了故國的野菜的滋味，大家都安心下來，大有樂不思蜀之概。

對於這種果子，我們的開闢南洋的第一人的三保太監，便把它命名為榴槤。於是乎所有從中國南來的人，只要一吃榴槤，就要「留連忘返」起來，作終老異鄉的想頭了。

三

我到南洋不久，就是榴槤成熟的時候，那時的市上，完全充滿了一種類於貓矢的難聞的氣味，而小販們的連呼

「榴槤」「榴槤」的呼聲，也是充斥得滿街滿巷。在那個時候，我就從我的一個朋友的談話中，得到了關於榴槤的一切。據他說，老南洋的人，或是生長在南洋的「土生」，一定會吃榴槤的；又說，新從中國南來的人，一定是不會吃的；因為對於它的氣味還不慣；但是，你若是蹲久了，你便會漸漸的不覺得這種難聞的氣味，慢慢的自然會吃起來，會嗜好起來的。

從我聽到了關於榴槤的一切之後，我便直覺的覺得：

榴槤，是整個南洋的社會的象徵。

那時，我便如發現了一件甚麼寶貝一樣，當即提起筆來，寫一篇題為《南洋與榴槤》的小品文字，預備在報上發表。我那篇文章的大意，是說南洋的社會，從新從國內南來的人的鼻官中覺來，是充滿了資本家的銅臭，帝國主義的羊腥臭，洋奴走狗們的馬屁臭，以及那些目不識丁，卻到處自充名士的馬屙臭等等的，但是，等到蹲得久了，這些夾七離八的臭味，也漸漸的不覺得，而且，非但不覺得，反是覺得這些臭味竟是香味，而且，反是覺得，這許多混合的臭味，是可以膜拜的神聖了。於是乎，你在南洋，就能站足得住，於是乎，你就適應了這一個環境，於是乎，你可以樂不思蜀。

這樣的情形，不是正與榴槤相像嗎，而這有奇臭且有美味的異果，不就是整個的南洋的象徵嗎？

所以，反過來說，你新從國內南來的人，如果想久留南洋，如果想嘗一嘗這有奇味的異果的滋味，非把自己的嗅覺，換言之，即是非把自己的性情見解改造一下，務使合於這個奇臭的社會以後，是不可以的。所以，總結一句，要做老南洋的人，是非學會吃榴槤不可，換言之，即是非把自己的人格出賣，固有的節操出賣，見解立場出賣，主義人生觀出賣不可的。所以，居處南洋的至上的法寶，或至上的，處世哲學，是捏鼻頭吃榴槤；明白點說，便是忍臭的在帝國主義者的羊腥臭，資本家的銅青臭，馬屁鬼的馬屁臭中討生活，而且，應該崇拜臭的神聖。

大概就是這樣，於是我在我那篇文章的結尾處，是喊兩句「吃榴槤萬歲！」及「榴槤似的南洋的社會萬歲！」

的口號，算為讀文的完結。但是，便是這樣的一篇文章，也碰了一次壁，因為據我們報館的經理看了之後，說是不便登載，暫時留版，容待磋商等等，讓他擱起了。此中原因，大概是因為我們的經理是一位老南洋，是一位會吃榴槤的人的緣故吧，但我也沒有問；總之，這篇文章是給他抽起了。

四

過了一年，我因為要吃飯，我因為要生活，也真的把自己的脾氣改變了許多。我在深夜自思，想起我的軀殼，因為每天吃飯而暫時保存，而我的靈魂，卻也因為每天要吃飯，而給它出賣了埋沒了的時候，心裡便怦怦然發跳。我是真的在各種混合的臭味中討生活，把自己忘記了吧！我真的是精神上早已吃了榴槤，晃臭不臭，把自己出賣了吧！

但是，正在我自己這樣擔心的時候，而第二年的榴槤又上市了。真的不知為甚麼緣故，今年的榴槤的氣味，的確沒有去年的那麼難聞。一面，也因為我在南洋，已經蹲了一年，而老南洋，會吃榴槤的朋友，也多夾交幾個。於是，我被他們的言語的引誘，我幾乎想捏着鼻頭試一試。再想起《浮生六記》中的女主人勸男主人捏着鼻子吃臭豆腐乳的故事，及世間有逐臭之夫等等的說話，我的嘗試的心，是格外的切了。但是，我是一直沒有嘗試，不敢嘗試，到了幾乎要「回唐山去」的現在。

有一次，我們的鄰居的家人父子，在那邊原始式的吃榴槤；他們以為和我客氣，把一邊已剖開了的榴槤，送了過來，但我還是沒有接受。可是，這一次，我卻對於榴槤的內部，作一個評審的觀察。

剖開後的榴槤，裡面又分開一夾一夾，那可以吃的一部分，便三顆或四五顆一組的，躺在每一夾當中。每一顆榴槤，都有一顆核，核長約一寸左右，核的外面，粘着如泥一般的作淡黃色的可以吃的東西，那便是榴槤。榴槤的滋味，便在這裡，但榴槤的臭味，卻也從這裡發出。

我是聞到了這種氣味，再看到這種形狀，再看到我的鄰居用一隻手去挖那顆榴槤，而那如泥的，淡黃色的東西，粘在手上，再粘到嘴的四周，再用舌頭去舐，去吮的情形，我不禁又想起三保太監的大便，想起人類的大便，以及南洋的社會的象徵等，心裡便要作嘔，我忍着鼻孔的呼吸，把眼光避開了。

我自己想，我的不會吃榴槤，恐怕便是我一生偃蹇的總因吧！我不能逐臭，我不能投人所好，更莫說要吃榴槤。我是決定離開南洋了，固然這榴槤般的南洋的社會我是可以離開了，但，這整個的資本主義的世界，整個的資本主義的社會，我將怎樣離開呢？我的不吃榴槤，豈是根本的辦法嗎？

廢名

廢名（1901—1967），湖北黃梅人。作家。著有長篇小說《莫須有先生傳》，詩集《水邊》等。

芭茅

先生還沒有回來，小林提議到「家家墳」摘芭茅做喇叭。

家家墳在南城腳下，由祠堂去，走城上，上東城下南城出去，不過一里。據說是明朝末年，流寇犯城，殺盡了全城的居民，事後聚葬在一塊，辨不出誰屬誰家，但家家都有，故名曰家家墳。墳頭立一大石碑，便題着那三個大字。兩旁許許多多的小字，是建墳者留名。

墳地是一個圓形，周圍環植芭茅，芭茅與城牆之間，可以通過一乘車子的一條小徑，石頭鋪的。——這一直接到縣境內唯一的驛道，我記得我從外方回鄉的時候，坐在車上，遠遠望見城牆，雖然總是日暮，太陽就要落下了，心頭的歡喜，甚麼清早也比不上。等到進了芭茅巷，車輪滾着石地，有如敲鼓，城牆聳立，我舉頭而看，伸手而摸，芭茅擦着我的衣袖，又好像說我忘記了它，招引我，——是的，我那裡會忘記它呢，自從有芭茅以來，遠溯上去，凡曾經在這兒做過孩子的，誰不拿它來捲喇叭？

這一群孩子走進芭茅巷，雖然人多，心頭倒有點冷然，不過沒有說出口，只各人笑鬧突然停住了，眼光也彼此一瞥，因為他們的說話，笑，以及跑跳的聲音，彷彿有誰替他們限定着，留在巷子裡盡有餘音，正同頭上的一道青天一樣，深深的牽引人的心靈，說狹窄嗎，可是到今天才覺得天是青的似的。同時芭茅也真綠，城牆上長的苔，叢叢的不知名的紫紅花，也都在那裡啞着不動，——我寫了這麼多的字，他們是一瞬間的事，立刻在那石碑底下蹲着找名字了。

他們每逢到了家家墳，首先是找名字。比如小林，找姓程的，不但眼巴巴的記認這名字，這名字儼然就是一個活人，非常親稔，要説是自己的祖父才好。姓程的碰巧有好幾個，所以小林格外得意——家家墳裡他家有好幾個了。

他們以為那些名字是代表死人的，埋在家家墳裡的死人的。

小嘍囉們連字也未見得都認識，甚者還沒有人解釋他聽，「家家墳」是甚麼一個意義，也同「前街」「後街」一樣，這麼慣聽了的也就這麼説。至於這麼蹲在它面前，是見了他們的兩位領袖那麼蹲，好玩。小林雖然被稱為會做翻案文章，會翻案未必會通，何況接着名字的最末一行，某年某月某日敬立，字迹已很是模糊，那年號又不是如銅錢上所習見的，超過他們的智識範圍之外。老四也不能，而且也不及訂正，他同小林恰得其反，非常的頹唐，——找遍了也找不出與他同姓的！那麼家家墳缺少他一家了，比先生誇獎小林還失體面。以前也頹唐過幾回，然而説是到家家墳總是歡喜的，也總還是要找。

「啊，看那個的喇叭做得響！」

許許多多的腦殼當中，老四突然抽出他的來，擠得一兩個竟跌坐下去了。

大家都在墳坦裡，除了王毛兒，——他還跪在碑前，並不是看碑，他起先就沒有加到一夥的。

暫時間又好像沒有孩子在這裡，各人都不言不語的低頭捲自己的喇叭了。

小林坐在墳頭，——他最喜歡上到墳頭，比揹着母親登城還覺得好玩。一面捲，一面用嘴來蘸，不時又偷着眼睛看地下的草，草是那麼吞着陽光綠，疑心它在那裡慢慢的閃跳，或者數也數不清的唧咕。仔細一看，這地方是多麼圓，而且相信它是深的哩。越看越深，同平素看姐姐眼睛裡的瞳人一樣，他簡直以為這是一口塘了，——草本是那麼平平的，密密的，可以做成深淵的水面。兩邊一轉，芭茅森森的立住，好像許多寶劍，青青的天，就在尖頭。

仰起頭來，又有更高的遮不住的城垛——

「小林哥，墳頭上坐不得的，我燒我媽媽香，跑到我媽媽墳頭上玩，爸爸喝我下來。」

毛兒的話，出乎小林的意外，他是跪在那裡望小林，貓一般的縮成了一團，小林望他，他笑，笑得更叫人可憐他，太陽照着墨污了的臉發汗。小林十分抱歉，他把手兒畫得這個樣子！

「我媽媽在那裡呢！」

「在好遠。」

「你記得你媽媽嗎？」

毛兒沒有答出來，一驚，接着哈哈大笑——

老四的喇叭首先響了。

沈從文

沈從文（1902—1988），湖南鳳凰人。作家。主要著有長篇小說《舊夢》，散文集《湘行散記》等，另有《沈從文文集》印行。

街

有個小小的城鎮，有一條寂寞的長街。

那裡住下許多人家，卻沒有一個成年的男子。因為那裡出了一個土匪，所有男子便都被人帶到一個很遠很遠的地方去，永遠不再回來了。他們是五個十個用繩子編成一連，背後一個人用白木梃子敲打他們的腿，趕到別處去作軍隊上搬運軍火的夫子的。他們為了「國家」，應當忘了「妻子」。

大清早，各個人家從夢裡醒轉來了。各個人家開了門，各個人家的門裡，皆飛出一群雞，跑出一些小豬，隨後男女小孩子出來站到門限上撒尿，或蹲到門前撒尿，隨後便是一個婦人，提了小小的木桶，到街市盡頭去提水。有狗的人家，狗皆跟到主人身前身後搖着尾巴，也時時刻刻照規矩在人家牆基上蹺起一隻腿撒尿，又趕忙追到主人前面去。這長街早上並不寂寞。

當白日照到這長街時，這一條街靜靜的像在午睡，甚麼地方柳樹桐樹上有新蟬單純而又倦人的聲音，許多小小的屋子裡，濕而發霉的土地上，頭髮乾枯臉兒瘦弱的孩子們，皆蹲到土地上或伏在母親身邊睡着了。作母親的全按照一個地方的風氣，當街坐下，織男子們束腰用的板帶過日子。用小小的木製手機，固定在屋角一柱上，伸出憔悴的手來，便捷的把手中獸骨線板壓着手機的一端，退着粗粗的棉線，一面用一個棕葉刷子為孩子們拂着蚊蚋。帶子成了，便用剪子修理那些邊沿，等候每五天來一次的行販，照行販所定的價錢，把已成的帶子收去。

許多人家門對着門，白日裡，日頭的影子正正的照到街心不動時，街上半天還無一個人過身。每一個低低的屋檐下人家裡的婦人，各低下頭來趕着自己的工作，做倦了，抬起頭來，用疲倦憂愁的眼睛，張望到對街的一個鋪子，或見到一條懸掛到檐下的帶樣，換了新的一條，便彷彿奇異的神氣，輕輕的嘆着氣，用獸骨板擊打自己的下頷，因為她一定想起一些事情，記憶到由另一個大城裡來的收貨人的買賣了。她一定還想到另外一些事情。

有時這些婦人各把工作停頓下來，遙遙的談着一切，最小的孩子已餓哭了，就拉開前幅的衣襟，抓出枯癟的乳頭，塞到那些小小的口裡去。她們談着手邊的工作，談着帶子價錢同棉紗價錢，談到麥子和鹽，談到雞的發瘟，豬的發瘟。

街上也常常有穿了朱紅綢子大褲過身的女人，臉上抹胭脂擦粉，小小的髻子，光光的頭髮，都說明這是一個新娘子。到這時，小孩子便大聲喊着看新娘子，大家完全把工作放下，站到門前望着，望到不見這新娘子的背影時才重重的換了一次呼喚，回到自己的工作凳子上去。

街上有時有一隻狗追一隻雞，便可見到一個婦人持了一長長的竹子打狗的事情，使所有小孩子們皆覺得好笑。

長街在日裡也仍然不寂寞。

街上有時甚麼人來信了，許多婦人皆爭着跑出去，看看是甚麼人從甚麼地方寄來的。她們將聽那認字的人，念及信內說到的一切。小孩子同狗，也常常湊熱鬧，追隨到那個人的家裡去，那個人家便不同了。但信中有時卻說到一個人死了的這類事，於是主人便哭了。於是一切不相干的人，圍聚在門前，過一會，又即刻走散了。這婦人，伏在堂屋裡哭泣，另外一些婦人便代為照料孩子，買豆腐，買酒，買紙錢，於是不久大家都知道那家男子已死掉了。

街上到黃昏時節，常常有婦人手中拿了小小的簸籮，放了一些米，一個蛋，低低的喊出一個人的名字，慢慢的從街的一端走到另一端去。這是為不讓小孩子夜哭發熱，使他在家中安靜的一種方法，這方法，同時也就娛樂到一切坐到門邊的小孩子。長街上這時節也不寂寞的。

黃昏裡，街上各處飛着小小的蝙蝠，望到天上的雲，同歸巢還家的老鴰，揹了小孩子到門前站定的女人們，一面搖動背上的孩子，一面總輕輕的唱着憂鬱凄涼的歌，娛悅到心上的寂寞。

「爸爸晚上回來了，回來了，因為老鴰一到晚上也回來了！」

遠處山上全紫了，土城擂鼓起更了，低低的屋裡，有小小油燈的光，為畫出屋中的一切輪廓，聽到筷子的聲音，聽到碗盞相磕的聲音……但忽然間小孩子又哇的哭了。

爸爸沒有回來，有些爸爸早已不在這世界上了，但並沒有信來。有些在臨死時還忘不了家中的一切，便托便人帶了信回來，得到這個信息哭了一整天的婦人，到晚上，便把紙錢放在門前焚燒，紅紅的火光照到街上下人家的屋檐，照到各個人家的大門。見到這火光的孩子們，也照例十分歡喜。長街這時節也並不寂寞的。

陰雨天的夜裡，天上漆黑，街頭無一個街燈，狼在土城外山嘴上嚎着，用鼻子貼近地面，如一個人的哭泣。地面彷彿浮動在這奇怪的聲音裡。甚麼人家的孩子，在夢裡醒來，嚇哭了，母親便說：「莫哭，狼來了，誰哭誰就被狼吃掉。」

臥在土城上高處木棚裡一個老而殘廢的人，打着梆子。這裡的人不須明白一個夜裡有多少更次，且不必明白半夜裡醒來是甚麼時候。那梆子聲音，只是告給長街上人家狼已爬進土城到了長街，要他們小心一點門戶。

一到陰雨的夜裡，這長街更不寂寞，因為狼的爭鬥，使全街熱鬧了許多。冬天若半夜裡落了雪，則早早的起身的人，開了門，便可看到狼的腳迹，同糍粑一樣印在雪裡。

五月十日

一個偉大的印象

柔石

柔石（1902—1931），浙江寧海人。現代小說家。著有小說集《奴隸》、《三姊妹》等。

這是最後的鬥爭，
團結起來到明天，
International，
就一定要實現！

幽揚的雄壯的《國際歌》，在四壁的紅色的包圍中，當着馬克思與列寧的像前，由我們唱過了。我們，四十八人，密密地靜肅地站着，我們底姿勢是同樣地鎮定而莊嚴，直垂着兩手，微偏着頭；我們底感情是同樣地遙闊，愉快而興奮；恰似歌聲是一朵五彩的美麗的雲，用了「共產主義」的大紅色的帆篷，裝載着我們到了自由、平等的無貧富、無階級的樂園。

我們，四十八人，同聚在一間客廳似的房內，圍繞着排列成一個頗大的「工」字形的桌邊，桌上是鋪着紅布，布上是放着新鮮的艷麗的紅花。我們底會議就在這樣的一間濃厚的重疊的如火如血的空氣中開始了。

「同志們！蘇維埃的旗幟已經在全國到處飄揚起來了！」我們底主席向我們和平地溫聲地作這樣的鄭重的開

會詞。

我們底關係都似兄弟，我們底組織有如家庭；我們依照被規定的「秘密的生活條例」而發言，講話，走路，以及一切的起居的行動。一位姊妹似的女同志，它有美麗的姿勢和甜蜜的感情，管理着我們所需要的用品底購買和接洽，並在每晚睡覺之前，向我們作「晚安」。

「誰要仁丹麼？」在會議底長時間之後，她常常向我們這樣的微笑地問。

為了減少椅凳底搬動的聲音，我們是和兵士一樣站着吃飯的。有一次，一個同志因等着飯來，這樣說笑了：「吃飯也和革命一樣的；筷子是槍，米是子彈，用這個，我們吃了那些魚肉；快些罷，革命，吃飯，可以使我們底飢腸不致再轆轆地延長！」

晚飯以後，沒有會議的時候，或不在會議的一部分人，就是自由談天，——互相找着同志，報告他自己底革命的經過的情形，或要求着別人報告他所屬的團體底目前的革命形勢，用着一種勝利的溫和的聲音，互相敘述着，討論着。

「這位同志是代表那裡的？」

這句話是時常普遍的被聽到。

從各蘇維埃區域及紅軍裡來的同志，他們是非常急切地要知道「關於上海的目前的革命的形勢」。

「上海的工人，市民，小商人，對於革命怎麼樣？不切迫麼？不了解麼？」

「除了工人，一般市民小商人，大約因為階級的關係，對於各種革命的組織與行動，只是同情，還不很直接地起來參加。」我回答。

「上海的工作是緊要的呀！」他們感嘆地。「農村的革命日益擴大，日益緊張的時候，上海的工人，市民，非猛烈地起來不可！」

上海的報紙是不容易輸送到他們底手裡的。有一次，現在的第四軍，因為在山上二十幾天得不到報紙，心裡是非常地焦急，以後探聽得某一城的某處，有幾份報紙，於是就在當夜，開了一團兵，走了六十幾里的長路，攻進城，取得了這幾份報紙回來。——這是一個事實。

在會議室裡的一角，放着一張黃色的書桌，裡面的抽斗內，貯滿了各種左傾的雜誌並共產主義的書報。有一位同志管理着借閱與收還的事，可是一到早晨（晚上是收回的）所有的書籍總從這個忙碌者底手裡傳遞給人們，他們，除出三五個完全不識字的農民代表外，就都在個個人底手裡捧着一本書，或一份報了。他們專心地似又艱難地閱讀着，有時，互相地疑問着，簡直似考試前的小學校裡的小學生那樣。

可是不識字的農民同志，也有時走向閱讀者底身邊，問問書裡所說的是甚麼。

「這是甚麼書呢？」

「《萌芽》月刊。」我向走近我身邊的農民同志回答。

「我們底書麼？」

「是的，關於無產階級底文化方面的。編輯和譯著的人，都是思想清楚的戰士與作家。」我並將這一期的目錄告訴他。

「是我們底雜誌呵！」他向我微笑地親昵地又說了一句。

在各人底手裡，都有一本由我們底女同志交給他的記事的拍紙簿和一支鉛筆。這樣，就有一部分人，老是在那裡習練了，塗寫了。在開會的時候，他們記錄着，不在開會的時候，他們繪畫着。「我們底主席」，「我們底東江同志」，「女同志，你真是美麗的呀」！我竟從一個紅軍代表的手裡看見這樣標題着的三張非常精細的人像，類似舊曆過年時在街坊上賣的「花紙」上所畫的。我想，這是所謂「民眾的藝術」罷？但畫家所要研究的，也可以根據這一個，——我們實在需要民眾的畫家。

他們也常是捻着簿子向我問字：「衝鋒的衝字是怎樣寫的」？寫好一個「彳」，叫我填上去；「犧牲的犧字可以這樣寫麼」？又有一次，一個同志將「犧」這樣的一個字問我，可是我很羞慚，不能立刻給他一個爽快的答覆，因為我從來沒有看見過這樣寫的一個「犧」字。

我也從他們所問我的字行旁，看見他們底紙上，滿記錄着標語似的口號似底警句：「向城市衝鋒」，「猛烈地擴大紅軍與少年先鋒隊的組織」等等。

有一位遼東的同志，身體高大，臉孔非常慈祥和藹的人，他在和我作第一次的談話時，——我們是同睡在一間寢室的地板上的——他就告訴我他對於革命底最初的認識和行動：他說他之所以革命，並不是為了「無產階級」四字，他是大地主的孩子，錢是很多的，而他卻想推翻「做官階級」——這四字是他用的；他說他自己是「平民階級」——底專制，就從家裡拿了一支槍，空身逃出到土匪隊裡去，因為土匪是「做官階級」的惟一的敵人。可是第一次受傷了，子彈從上臂底後部進，由背上出，——同時他脱了衣服，露出他底第一次的兩處傷痕給我看。他是受過幾次的傷的(以後我知道他底精神也受過頗深的傷痕)，第二次是在面底後部，耳朵底下面，銀圓那麼大的雲的一塊。——同時，他覺到土匪是沒有出息的，非進一步作推翻封建社會的行動不可，於是加入了無產階級的革命團體。

「五六年來，我是沒有家，」他説着，兩眼是慈和而有光的。「到處飄流；也在石板船內，指揮着作過戰。」

他底話，在這晚，是被糾察員底命令：「十一點鐘了，熄燈，不准再講話！」而停止了。

過後一天，他忽然給我一個紙條，上寫着：

「愛是有的麼？」

我很奇怪。可是在那時，我是不能和他談愛的問題的。我也就只好用紙條，給他一個回字，問他為甚麼發這個疑問。

於是我就陸續地收到他底好幾次的紙條了。我在這裡總括他底意思：他有一個愛人，愛人也深深地愛他的，而現在，為環境的條件所限制，結婚是萬不可能。我最後給他這樣寫着的紙條：

「愛也是階級的，愛的方式也是階級的……是呀……」

可是他搖搖頭，給我這樣的回答：

「不，我現在要問你是怎麼可以消滅我底腦裡底愛底印痕。加重地努力於革命底工作，是最好的方法麼？」

這樣，我知道，這位同志是一個感受着衝突底苦惱的布爾塞維克。

關於戀愛，——蘇維埃區域裡的農民底態度，和紅軍軍隊裡的兵士底意識，也都值得注意的。據從蘇維埃區域裡來的同志底報告：在當初農民是大半都反對自由戀愛，和離婚自由的。有一件例足以記述：一個年輕的黨員和一個農民底妻發生戀愛，而這個農民底妻就向這個農民提出離婚；這個農民就向大眾憤憤地怨訴道：

「革命革命，革他一個卵！我們底老婆，都要革掉了！」

於是群眾也大憤，竟商議要殺死這個年輕黨員。事情被黨的指導者知道，只得調開這個年輕黨員到別處去工作了。這當然不是根本的辦法。

可是在婦女的一面，卻正相反；她們都要求自由，要求解放，熱烈地向丈夫提出離婚，蘇維埃政府的民事案，竟以離婚的裁判為第一忙了。假如政府不准，她還會在群眾大會的時候，登台向群眾演說，作根本的她底自身底解放自由的鬥爭。

現在蘇維埃政府是努力地作向農民解釋底宣傳，允許離婚的絕對自由的。有許多地方，婦女解放是漸漸做得通了。

在軍隊裡，有同樣有趣的事實。就是兵士們也多反對在軍隊裡有戀愛的現象的發現。這一半還因為女性的兵士太少，一半因為女同志多喜歡和官長接近的緣故。雖然，在紅軍裡，「經濟的平等」是被規定的一條原則（另一條原則是「紀律的平等」），但責任的地位有高低，而婦女的虛榮心也是還存在的。所以某一軍的軍長，曾有過以軍事上的觀點，不准女同志加入軍隊的禁令。

在這次的代表會議裡，有我們底十六歲的年輕勇敢的少年列席。他有敦厚而稍近野蠻的強的臉，皮色紅黑，兩眼圓而有精神，當發言的時候，常向旁或向上投視，一邊表示他在思想着所發的言，一邊正像他要用着他底兩眼底銳利的火箭，射中革命底敵人的要塞似的。他底發言，是簡樸的，稍帶訥訥的，有時將口子撐的很圓，——他是湖南人——正似他底舌是變做了一支有火燄的球在滾着一樣。他底身體非常結實而強壯，闊的肩，足以背負中國的革命底重任，兩條粗而有力的腿，是支持得住由革命所酬報他底的勞苦和光榮的。他是少年先鋒隊的隊長，那想吞噬他的狼似的敵人，是有十數個死在他底瞄準裡的。他受過兩年的小學教育，可是會做情詩了。

妹妹呀，你快來罷！
我從春天望到夏，

又從夏天望到秋，
望到眼睛都花了！

他有一次將這四句詩唸給我聽，當時我對他說：

「你還是革命罷，不要做情詩。」

可是他笑着向我答：

「我是不會做情詩的，情詩是你們底隊伍的人做的。這四句詩也好像從一本甚麼詩集裡讀來的。你不知道麼，在你們裡面有做詩的革命的人？」

我稍稍微笑着搖頭，同時我牽了他底兩手，緊緊地握着，而且，假如當時的環境能夠允許，我一定向他擁抱而高喊起來：

「親愛的弟弟，我們期待着你做一個中國的列寧！」

關於這個勇敢的小同志，我們底主席向我們說着這樣的話：

「假如他能夠在上海受訓練二年，一定能做一個非常好的C.Y.[①]。不過我們不能留住他在上海，那邊也需要像他這樣的同志的。像他這樣的少年，是到處都被需要的。」

有一次，他從我們底一位漂亮的同志底西裝的外衣袋裡，掏出一塊紫綢的色光燦爛的小手帕來，他看的驚

① 英文 Communist Youth 的簡寫，即「共產主義青年團團員」。

駭了。

「這做甚麼用的？」他問。

「沒有甚麼用，裝飾裝飾。」我們底漂亮的同志答。

「可以給小妹妹罩在頭上的呀！」他很快樂地説，同時將這稀薄的手帕網在臉上，窺望着各處。

「送給你罷，你帶回去送愛人去罷。」我們底漂亮的同志笑嘻嘻地說。

「呀？」他底大的鼻子竟橫開的非常闊了。這樣，他就仔仔細細地將它折好塞在他底小衫的衣袋裡。

「打倒軍閥！」

「打倒帝國主義！」

「猛烈地擴大紅軍！」

「組織地方暴動！」

「中國革命成功萬歲！」

「世界革命成功萬歲！」

威武的，揚躍的，有力的口號，在會議底勝利的閉幕式裡，由一人的呼喊，各人的舉手而終結了。我們慢慢地搖動着，心是緊張的，情感是興奮的，態度是堅毅而微笑的。在我們底每一個人底背後，恍惚地有着幾千百萬的群眾底影子，他們都在高聲地慶祝着，喚呼着，手舞足蹈地歡樂着。我們底背後有着幾千百萬的群眾底影子，他們在雲霞之中歡樂着，飄動地同着我們走，擁護着我們底十大政綱，我們這次會議的五大決議案與二十二件小決議案，努力地實行着這些決議案的使命，努力地促進革命底迅速的成功。我們背後有着幾千百萬的群眾底影子。我們分散了，負着這些工農革命重大使命而分散了，向全國底各處深入，向全國底工農深入；我們底鐵的拳頭，都執着猛烈的火把。中國，紅起來罷！中國，紅起來罷！全世界底火焰，也將由我們底點着而要焚燒起來了！世界革命成功萬歲！我們都以火，以血，以死等待着。我們分散了，在我們底耳邊，彷彿響徹着勝利的喇叭聲，凱旋的銅鼓底冬冬聲。彷彿，在大風中招展的紅旗，是豎在我們底喜馬拉雅山的頂上。

一九三〇年六月十六日

魯彥

魯彥（1902—1944），浙江鎮海人。現代作家，著有長篇小說《憤怒的鄉村》，散文集《隨蹤瑣記》等。

父親的玳瑁

在牆腳根刷然溜過的那黑貓的影，又觸動了我對於父親的玳瑁的懷念。

淨潔的白毛的中間，夾雜些淡黃的雲霞似的柔毛，恰如透明的婦人的玳瑁首飾的那種貓兒，是被稱為「玳瑁貓」的。我們家裡的貓兒正是那一類，父親就給了它「玳瑁」這個名字。

在近來的這一匹玳瑁之前，我們還曾有過另外的一匹。它有着同樣的顏色，得到了同樣的名字，同是從我姊姊家裡帶來，一樣地為我們所愛。

但那是我不幸的妹妹的玳瑁，它曾經和她盤桓了十二年的歲月。

而現在的這一匹，是屬於父親的。

它甚麼時候來到我們家裡，我不很清楚，據說大約已有三年光景了。父親給我的信，從來不曾提過它。在他的理智中，彷彿以為玳瑁畢竟是一匹小小的獸，比不上任何的家事，足以通知我似的。

但當我去年回到家裡的時候，我看到了父親和玳瑁的感情了。

每當廚房的碗筷一搬動，父親在後房餐桌邊坐下的時候，玳瑁便在門外「咪咪」地叫了起來。這叫聲是只有兩三聲，從不多叫的。它彷彿在問父親，可不可以進來似的。

於是父親就說了，完全像對甚麼人説話一樣：

「玳瑁，這裡來！」

我初到的幾天，家裡突然增多了四個人，在玳瑁似乎感覺到熱鬧與生疏的恐懼，常不肯即刻進來。

「來吧，玳瑁！」父親望着門外，不見它進來，又說了。

但是玳瑁只回答了兩聲「咪咪」，仍在門外徘徊着。

「小孩一樣，看見生疏的人，就怕進來了。」父親笑着對我們說。

但是過了一會，玳瑁在大家的不注意中，已經躍上了父親的膝上。

「哪，在這裡了。」父親說。

我們彎過頭去看，它伏在父親的膝上，睜着略帶懼怯的眼望着我們，彷彿預備逃遁似的。

父親立刻理會它的感覺，用手撫摩着它的頸背，說：「困吧，玳瑁。」一面他又轉過來對我們說：「不要多看它，它像姑娘一樣的呢。」

我們吃着飯，玳瑁從不跳到桌上來，只是靜靜地伏在父親的膝上。有時魚腥的氣息引誘了它，它便偶爾伸出半個頭來望了一望，又立刻縮了回去。它的腳不肯觸着桌。這是它的規矩，父親告訴我們說，向來是這樣的。

父親吃完飯，站起來的時候，玳瑁便先走出門外去。它知道父親要到廚房裡去給它預備飯了。那是真的。父親從來不曾忘記過，他自己一吃完飯，便去添飯給玳瑁的。玳瑁的飯每次都有魚或魚湯拌着。父親自己這幾年來對於魚的滋味據說有點厭，但即使自己不吃，他總是每次上街去，給玳瑁帶了一些魚來，而且給它儲存着的。

白天，玳瑁常在儲藏東西的樓上，不常到樓下的房子裡來。但每當父親有甚麼事情將要出去的時候，玳瑁像是在樓上看着的樣子，便溜到父親的身邊，繞着父親的腳轉了幾下，一直跟父親到門邊。父親回來的時候，它又像是在甚麼地方遠遠望着，靜靜地傾聽着的樣子，待父親一跨進門限，它又在父親的腳邊了。它並不時時刻刻跟着父親，但父親的一舉一動，父親的進出，它似乎時刻在那裡留心着。

晚上，玳瑁睡在父親的腳後的被上，陪伴着父親。

我們回家後，父親換了一個寢室。他現在睡到弄堂門外一間從來沒有人去的房子裡了。玳瑁有兩夜沒有找到父親，只在原地方走着，叫着。它第一夜跳到父親的床上，發現睡着的是我們，便立刻跳了出去。

正是很冷的天氣。父親記念着玳瑁夜裡受冷，說它恐怕不會想到他會搬到那樣冷落的地方去的。而且晚上弄堂門又關得很早。

但是第三天的夜裡，父親一覺醒來，玳瑁已在床上睡着了，靜靜地，「咕咕」唸着貓經。

半個月後，玳瑁對我也漸漸熟了。它不復躲避我。當它在父親身邊的時候，我伸出手去，輕輕撫摩着它的頸背，它伏着不動。然而它從不自己走近我。我叫它，它仍不來。就是母親，她是永久和父親在一起的，它也不肯走近她。父親呢，只要叫一聲「玳瑁」，甚至咳嗽一聲，它便不曉得從甚麼地方溜出來了，而且繞着父親的腳。

有兩次玳瑁到鄰居去遊走，忘記了吃飯。我們大家叫着「玳瑁玳瑁」，東西尋找着，不見它回來。父親卻猜到它那裡去了。他拿着玳瑁的飯碗走出門外，用筷子敲着，只喊了兩聲「玳瑁」，玳瑁便從很遠的鄰屋上走來了。

「你的聲音像格外不同似的，」母親對父親說，「只消叫兩聲，又不大，它便老遠地聽見了。」

「是哪，它只聽我管的哩。」

對於寂寞地度着殘年的老人，玳瑁所給與的是兒子和孫子的安慰，我覺得。

六月四日的早晨，我帶着戰栗的心重到家裡，父親只躺在床上遠遠地望了我一下，便疲倦地合上了眼皮。我悲苦地牽着他的手在我的面上撫摩。他的手已經有點生硬，不復像往日柔和地撫摩玳瑁的頸背那麼自然。據說在頭一天的下午，玳瑁曾經跳上他的身邊，悲鳴着，父親還很自然地撫摩着它，親密地叫着「玳瑁」。而我呢，已經遲了。

從這一天起，玳瑁便不再走進父親的以及和父親相連的我們的房子。我們有好幾天沒有看見玳瑁的影子。我代替了父親的工作，給玳瑁在廚房裡備好魚拌的飯，敲着碗，叫着「玳瑁」。玳瑁沒有回答，也不出來。母親說，這幾天家裡人多，鬧得很，它該是躲在樓上怕出來的。於是我把飯碗一直送到樓上。然而玳瑁仍沒有影子。過了一天，碗裡的飯照樣地擺在樓上，只飯粒乾癟了一些。

玳瑁正懷着孕，需要好的滋養。一想到這，大家更其焦慮了。

第五天早晨，母親才發現給玳瑁在廚房預備着的另一隻飯碗裡的飯略略少了一些。大約它在沒有人的夜裡走進了廚房。它應該是非常飢餓了。然而仍像吃不下的樣子。

一星期後，家裡的戚友漸漸少了。玳瑁仍不大肯露面。無論誰叫它，都不答應，偶然在樓梯上溜過的後影，顯得憔悴而且瘦削，連那懷着孕的肚子也好像小了一些似的。

一天一天家裡愈加冷靜了。滿屋裡主宰着靜默的悲哀。一到晚上，人還沒有睡，老鼠便吱吱叫着活動起來，甚至我們房間的樓上也在叫着跑着。玳瑁是最會捕鼠的。當去年我們回家的時候，即使它跟着父親睡在遠一點的地方，我們的房間裡從沒有聽見過老鼠的聲音，但現在玳瑁就睡在隔壁的樓上，也不過問了。我們毫不埋怨它。我們知道它所以這樣的原因。

可憐的玳瑁。它不能再聽到那熟識的親密的聲音，不能再得到那慈愛的撫摩，它是在怎樣的悲傷呵！

三星期後，我們全家要離開故鄉。大家預先就在商量，怎樣把玳瑁帶出來。但是離開預定的日子前一星期，玳瑁生了小孩子。我們看見它的肚子鬆癟着。

怎樣可以把它帶出來呢？

然而為了玳瑁，我們還是不能不帶它出來。我們家裡的門將要全鎖上。鄰居們不會像我們似地愛它，而且大家全吃着素菜，不會捨得買魚飼它。單看玳瑁的脾氣，連對於母親也是冷淡淡的，決不會喜歡別的鄰居。

我們還是決定帶它一道來上海。

它生了幾個小孩，甚麼樣子，放在那裡，我們雖然極想知道，卻不敢去驚動玳瑁。我們預定在飼玳瑁的時候，先捉到它，然後再尋覓它的小孩。因為這幾天來，玳瑁在吃飯的時候，已經不大避人，捉到它應該是容易的。

但是兩天後，我們十幾歲的外甥遏抑不住他的熱情了。不知怎樣，玳瑁的孩子們所在的地方先被他很容易地發見了。它們原來就在樓梯門口，一隻半掩着的糠箱裡。玳瑁和它的小孩們就住在這裡，是誰也想不到的。外甥很喜歡，叫大家去看。玳瑁已經溜得遠遠地在懼怯地望着。

我們想，既然玳瑁已經知道我們發覺了它的小孩的住所，不如便先把它的小孩看守起來，因為這樣，也可以引誘玳瑁的來到，否則它會把小孩啣到更沒有人曉得的地方去的。

於是我們便做了一個更安適的窠，給它的小孩們，擕進了以前父親的寢室，而且就在父親的床邊。

那裡是四個小孩，白的，黑的，黃的，玳瑁的，都還沒有睜開眼睛。貼着壓着，鑽做一團，肥圓的。捉到它們的時候，偶然發出微弱的老鼠似的吱吱的鳴聲。

「生了幾隻呀？」母親問着。

「四隻。」

「嗨，四隻！怪不得！扛了你父親的棺材，不要再扛我的呢！」母親嘆息着，不快活地說。

大家聽着這話，愣住了。

「把它們丟出去！」外甥叫着說，但他同時卻又喜悅地撫摩着玳瑁的小孩們，捨不得走開。

玳瑁現在在樓上尋覓了，它大聲地叫着。

「玳瑁，這裡來，在這裡，」我們學着父親彷彿對人說話似地叫着玳瑁說。

但是玳瑁像只懂得父親的話，不能了解我們說甚麼。它在樓上尋覓着，在弄堂裡尋覓着，在廚房裡尋覓着，可不走進以前父親天天夜裡帶着它睡覺的房子。我們有時故意作弄它的小孩們，使它們發出微弱的嗚聲。玳瑁仍像沒有聽見似的。

過了一會，玳瑁給我們女工捉住了。它似乎餓了，走到廚房去吃飯，卻不防給她一手捉住了頸背的皮。

「快來！快來！捉住了！」她大聲叫着。

我扯了早已預備好的繩圈，跑出去。

玳瑁大聲地叫着，用力地掙扎着。待至我伸出手去，還沒抱住玳瑁，女工的手一鬆，玳瑁溜走了。

它再不到廚房裡去，只在樓上叫着，尋覓着。

幾點鐘後，我們只得把玳瑁的小孩們送回樓上。它們顯然也和玳瑁似地在忍受着飢餓和痛苦。

玳瑁又靜默了，不到十分鐘，我們已看不見它的小孩們的影子。現在可不必再費氣力，誰也不會知道它們的所在。

有一天一夜，玳瑁沒有動過廚房裡的飯。以後幾天，它也只在夜裡，待大家睡了以後到廚房裡去。

我們還想設法帶玳瑁出來，但是母親說：

「隨它去吧，這樣有靈性的貓，那裡會不曉得我們要離開這裡。要出去自然不會躲開的。你們看它，父親過世以後，再也不忍走進那兩間房裡，並且幾天沒有吃飯，明明在非常的傷心。現在怕是還想在這裡陪伴你們父親的靈魂呢。它原是你父親的。」

我們只好隨玳瑁自己了。它顯然比我們還捨不得父親，捨不得父親所住過的房子，走過的路以及手所撫摩的一切。父親的聲音，父親的形象，父親的氣息，應該都還很深刻地縈繞在它的腦中。

可憐的玳瑁，它比我們還愛父親！

然而玳瑁也太淒慘了。以後還有誰再像父親似地按時給它好的食物，而且慈愛地撫摩着它，像對人說話似地一聲聲地叫它呢？

離家的那天早晨，母親曾給它留下了許多給孩子吃的稀飯在廚房裡。門雖然鎖着，玳瑁應該仍然曉得走進去。鄰居們也曾答應代我們給它飼料。然而又怎能和父親在的時候相比呢？

現在距我們離家的時候又已一月多了。玳瑁應該很健康着，它的小孩們也該是很活潑可愛了吧？

我希望能再見到和父親的靈魂永久同在着的玳瑁。

馮雪峰

馮雪峰（1903—1976），浙江義烏人。作家。著有散文集《鄉風與市風》、《有進無退》、《跨的日子》等，另有《雪峰文集》印行。

發瘋

人們都同情瘋子。

然而這同情立即受試驗了，只要瘋子向人們走去，人們就立即厭惡地走開。

此外，還或者訕笑他，或者讓他吃泥土或大小便，或者毒打他，或者將他幽禁起來，也都是同情的表現。

這來試驗人們的同情的，就是瘋子自己，一切都是他親自來領受了。

就是瘋子自己，再親自來領受一回社會的同情了。

就是他自己再一度的向社會肉搏了。

他大抵不相信社會是堅硬的，或者知道它堅硬而以為自己比它更堅硬。

他大抵也不知道自己是違反社會的，或者知道而偏偏反抗着它。

瘋子唯一使人歡喜的，就是他使人莫可如何；就是他的想頭，他的行為，他的失常了的神經，都和人們不合，使他們大大不安，卻已經沒有辦法説服他，除了打他，將他關起來，或者活活地治死他。

瘋子唯一使人憎惡的，也就在此。

他從此走到發瘋。在他發瘋的時候顯示瘋子的正態，也顯出了社會的正態，顯出了一切好心人的正態，於是他再肉搏着社會，再走近人們，他想再擁抱這真實的社會。他就不會以為他在發瘋。

他就不會以為在發瘋，因為他在肉搏着真實的社會。這真實使他大大地歡喜，使他拿出了一切的真誠，他用盡一切的真誠去迎接一切的真實。他愛這樣幹，這早已使他失常，使他發了瘋了，而他也真的擁抱着社會的真實了。

他的確有點不近人情，因為他太愛追求社會的真實，太愛和社會的真實碰擊，而且太愛拿出自己的真誠，用了自己的生命去碰擊。於是就看見了完全的真實；然而又始終以為還不夠真實。

瘋子發瘋的唯一理由，是以他自己的真實，恰恰碰觸着社會的真實。

瘋子發瘋而不立即死亡，是因為他碰觸着真實的一瞬間，他看見真實了，於是他發瘋了，然而又以為還不夠真實，於是又繼續追求，繼續肉搏，似乎想透過那真實再尋求出另外的真實來；於是又繼續發瘋。

瘋子發瘋而不立即清醒過來，原因也就在此。

瘋子從這裡顯出了他的堅強，然而也從這裡顯出他的軟弱。

他愛和真實碰觸，用自己的真實去肉搏。不畏避一切的冷酷，不屈服於一切的堅硬，也不為一切的溫順所軟化，偏偏要走通自己的路，從這裡瘋子看見自己是一個強者。

然而他又不相信一切擲來的逆襲，他不甘於這逆襲，他不相信這就是社會的正態，他還以為在真實背後還有真實，在虛偽之中必有真誠，他甚至碰見堅硬時又想找到溫軟，遇到冰冷時又想送過來暖熱，——在這裡瘋子顯出了自己的軟弱。

然而他又不甘服於自己的軟弱，也不相信自己的堅強，他還以為自己還要更堅強。

他從此走到發瘋，於是也從此走到滅亡。

他從此走到滅亡，因為他是強者，然而又是弱者。

社會就在找着強者碰擊。社會在找着堅強的東西來強折，以證明它自己的堅硬。

社會在找着弱者作潰口。它壓榨着一切的軟弱的東西，向着軟弱的地方壓倒過去——一切軟弱的就都是一切看得見的和看不見的魔群所撲擊的目標，也就都是種種的積膿的潰決的出口。

社會適合於不強不弱者生存。一切中庸主義者是不會發瘋的，也不會滅亡的。

一切市儈和市儈主義者，也不會發瘋，也不會滅亡。

一切聰明的人都不會發瘋，都不會滅亡。

然而一切最強者也不會發瘋，因為他碰得過社會。

而一切最弱者也不會發瘋，因為早被壓死了。

因此，只有瘋子從此走到發瘋，也從此走到滅亡。因為他是強者，而又是弱者；他是弱者，然而又自以為強者。

瘋子是這社會的這時代的恰好的犧牲者。

這時代，這社會，在要求着這樣的犧牲，這犧牲是實在的，因此，還贏得了人們的同情和厭惡。

這犧牲是實在的，因此，據說現在發瘋最多的就是青年了。

青年是以為應該反抗社會，能夠反抗社會，然而又以為社會原是應該容易支使的，應該溫暖，一切都不應該碰壁的。他是強者，然而又是弱者。自然，青年是要供這時代的犧牲了。

這犧牲自然是實在的，因此，又據說現在發瘋最多的就是婦女了。

婦女是以為應該覺醒，已經覺醒，應該反抗傳統，反抗一切壓迫的，然而又以為社會是應該公平，也應該溫暖，她的覺醒與反抗應該受讚許，受歡迎的。她是覺醒者，然而又還沒有完全的覺醒。自然，婦女又應該供這時代的犧牲了。

這犧牲自然都是實在的，因此，都贏得了譏笑和厭惡和虐待。

因此，據說發瘋最多的，任何時代，都是那有反抗傳統和社會的狂氣的人。

任何時代，一切有狂氣的人，一切天才，半天才，和自以為天才的人，都要試着去反抗傳統，反抗社會，然而又都是小孩一般地天真，青年一般地「不聰明」。

任何時代，一切有狂氣的人，都是強者。然而又都是弱者。強者然而又是弱者，因此，任何時代，一切瘋子從此走到發瘋，也從此走到滅亡。

因此，瘋子是這時代的這社會的恰好的犧牲者。

這時代，這社會，在要求着這樣的犧牲；然而因此，就在要求着瘋子以上的大瘋狂者，要求着強者以上的強者。

要求着大瘋狂者的肉搏。

要求着最強者的反抗。

鍾敬文

鍾敬文（1903—2002），廣東海豐人。作家，學者。著有散文集《荔枝小品》、《西湖漫話》、《湖上散記》等。

黃葉小談

小雨霏霏，輕寒淒惻，雖說遠趕不上北國的彤雲密布，凍雪紛飛，但住慣或生長在嶺表的人，總會感覺得這是一種「歲雲暮矣」的情調了。記得從前有一首五言律詩云：

梅動芳春近，雲低遠樹微。
雨兼殘葉下，風帶暗沙飛。
坐看三冬盡，回思百事非。
濁醪連日醉，未足破愁圍。

前四句，說的便是這個時節的景象呢。

一月來，我的心情的淒惶、紛亂，是有生以來所不曾經驗過的。劫後餘生，欲去不能，欲住不得。這種難挨的情味，惟有過來人能夠領悟。否則雖儘管說的很逼真，可是終不能希冀其味識於十一，又何況我的筆端正笨拙得像永不轉調的泉聲呢？帶住！這樣輕輕提過就算了。在此當兒，不能做用心的事自然在意料中。堆積着的文債何時才讓我竣工畢事呢？思之黯然！

真是一個意外了的事！昨天無意中在朋友處翻看了《貢獻》第二期伏園先生題名《紅葉》的一篇文章，卻引起了我一時的興味。教我在這酒餘慵困的今天，伸紙來抒寫這篇小文。自己驚怪之餘，不能不謝謝孫先生文章鼓舞我的魔力了。

「黃葉」與「紅葉」，雖然是兩種很相似的東西，但在我們的觀感上，頗各饒着不同的情調。如容我做點譬喻，那嗎，黃葉像清高的隱士，紅葉她卻是艷妝的美人了。古人句云：「停車坐愛楓林晚，楓葉紅於二月花。」這便是紅葉的氣味有些近於女性的春花的證明。對於黃葉，則只有令人感到孤冷清寒，或零落衰颯，不會再有甚麼綺思芳情了。

我自己不知甚麼緣故，對於漁洋老人的詩會有如此嗜好的怪癖。如果在中國過去詩人中，我願去自找甚麼老師，那麼，他老當是首先屈指的一個。他瀏覽景物的詩，幾乎沒有一首不是我所愛讀的。他詩裡常常喜歡用紅樹、紅葉、黃葉等名詞，如：「好是日斜風定後，半江紅樹賣鱸魚」，「清溪曲逐楓林轉，紅葉無風落滿船」，「路入江州愛晚晴，青山紅樹眼中明」，（先生《蜀道驛程記》云：第七日抵晡江津縣，距縣二里許，小山多桐子樹，葉如渥丹，與夕霞相映。）「晚趁寒潮渡江去，滿林黃葉雁聲多」，「青山初日上，黃葉半江飛」，「數聽清磬不知處，山鳥晚啼黃葉中」。諸如此類，都是很佳麗的語句，和東坡的「扁舟一棹歸何處，家在江南黃葉村」，同為詩中的畫。先生嘗呼崔不雕為崔黃葉，他所最激賞的關於他的佳句，便是：「丹楓江冷人初去，黃葉聲多酒不辭。」可見他老對於黃葉的愛好了。

我憶起舊事來了，當我初進中學校讀書時，頗喜歡胡謅些歪詩。我們的校長周六平先生見了，竟大大地加以讚賞。一回，他把一幅山水畫囑我題句，我勉強給他寫上了下面二十八個字：

霜重溪橋落晚楓，寒煙消盡露晴空。
幽人領得秋風味，家在青山黃葉中。

他和詩以崔不雕相擬，至謂「比似桐花論衣鉢，座中惟有阿龍超」，則更以漁洋的賞識江東阿龍樂府者自況，令我真感愧無地了！「風流我愧秦淮海，竟於蘇門奪席來」，這是我當日報呈他老夫子的詩之末韻。一別將十年，他那黃葉飄零也似的生命，不知還遺留在這秋風冷落的人間麼？我呢，一事沒有成就，只剩着這樣一副殘病的身軀和淒惶的心情，在這世上東飄西泊地過活。辜負了他老人家深深的期望了。唉！這何消說，更何忍說呢！「前此空揮憂國淚，期行差慰樹人情」，這兩句當我離開故鄉來廣州時留別他的詩，一度追吟着，便一度感到哀傷了！

上面一大段的話，似乎有些過於跑野馬了，緊回到我的黃葉談吧。

紅葉不是到處皆有的，——自然是指的大規模的楓柏柿葉等，不是零片的任何林木的葉子；黃葉則普通極了，只要到了相當的時候。嶺表氣溫和暖，冬季的景象只相當於北方的秋天。在這分兒，自然可以看到枝間及地上，滿綴着黃金的葉子了。日來偶縱步東郊、北園一帶，看到它們那樣稀疏地清寂地掙扎於蕭索的氣運中，不免一股哀戚之情為之掀然鼓動起來。

回想數年前，我因為亂事，合家人由市鎮遷入山村中的故居。那時的生活真是清雋可味。一個人竹笠赤足，漫步於水湄林際。金黃的葉子，或飛舞於身邊，或繚繞於足下，冷風吹過，沙沙地作響。我的思想，也和頭頂青空一般的寧謐而清曠。偶爾拾起一片，投在迴曲的山溪中，它急遽地或紆徐地逐清碧的流水往下飄，我的神思也好像隨之而俱去。在這樣的環境中，真不知人間何世了。現在，不但這浮浪的身，未易插翼飛回故鄉，就是去得，在那毒煙流彈之下，幽秀的山光，美麗的黃葉都摧毀焚燒以盡了！哦！時間的黑潮啊！你將永恆不會帶回我那已逝的清福了麼？

我竟會這樣的動起感情來了。成了區區的黃葉，黃葉的回憶！算了，我願意過去了的永成為過去！無力的我，只合對當前和未來的一切，去低吟那賞味之歌，雖然這也怕只一句近於「祝福」的空話。

十七年，正月，二日，於廣州新遷寓次。

今天偶翻《漁洋感舊小傳》，見崔華（即崔不雕）條後面「按語」云：「歷城王進士蘋字秋史，自稱七十二泉主人。能詩，嘗有句云，『亂泉聲裡才通屐，黃葉林間自著書』，又『黃葉下時牛背晚，青山缺處酒人行』。漁洋目之為王黃葉，此亦關於黃葉之一段佳話也。」《漁洋詩話》中，似有和這相近的一條，屬文時頗思引用，因記憶不清遺之。現在竟在無意中碰見它，特為補記於此。

聶紺弩

聶紺弩（1903—1986），湖北京山人。作家。著有雜文集《灣外奇談》，散文集《沉吟》、《巨像》等。

我若為王

在電影刊物上看見一個影片的名字：《我若為王》。從這影片的名字，我想到和影片毫無關係的另外的事。我想，自己如果作了王，這世界會成為一種怎樣的光景呢？這自然是一種完全可笑的幻想，我根本不想作王，也根本看不起王，王是甚麼東西呢？難道我腦中還有如此封建的殘物麼？而且真想作王的人，他將用他的手去打天下，決不會放在口裡說的。但是假定又假定，我若為王，這世界會成為一種怎樣的光景？

我若為王，自然我的妻就是王后了。我的妻的德性，我不懷疑，為王后只會有餘的。但縱然沒有任何德性，縱然不過是個娼妓，那時候，她也仍舊是王后。一個王后是如何地尊貴呀，會如何地被人們像捧着天上的星星一樣捧來捧去呀，假如我能夠想像，那一定是一件有趣的事情。

我若為王，我的兒子，假如我有兒子，就是太子或王子了。我並不以為我的兒子會是一無所知，一無所能的白癡；但縱然是一無所知一無所能的白癡，也仍舊是太子或王子。一個太子或王子是如何地尊貴呀，會如何地被人們像捧天上的星星一樣地捧來捧去呀。假如我能夠想像，倒是件不是沒有趣味的事。

我若為王，我的女兒就是公主，我的親眷都是皇親國戚。無論他們怎樣醜陋，怎樣頑劣，怎樣……也會被人們像捧天上的星星一樣地捧來捧去，因為他們是貴人。

我若為王，我的姓名就會改作：「萬歲」，我的每一句話都成為：「聖旨」。我的意慾，我的貪念，乃至每一個幻想，都可竭盡全體臣民的力量去實現，即使是無法實現的。我將沒有任何過失，因為沒有人敢說它是過失；我將沒有任何罪行，因為沒有人敢說它是罪行。沒有人敢呵斥我，指摘我，除非把我從王位上趕下來。但是趕下來，就是我不為王了。我將看見所有的人們在我面前低頭，鞠躬，匍匐，連同我的尊長，我的師友，和從前曾在我面前昂頭闊步耀武揚威的人們。我將看不見一個人的臉，所看見的只是他們的頭頂和帽盔。或者所能夠看見的臉都是諂媚的，乞求的，快樂的時候不敢笑，不快樂的時候不敢不笑，悲戚的時候不敢哭，不悲戚的時候不敢不哭的臉。我將聽不見人們的真正的聲音，所能聽見的都是低微的，柔婉的，畏葸和嬌癡的，唱小旦的聲音：「萬歲，萬歲，萬萬歲！」這是他們的全部語言：「有道明君！偉大的主上啊！」這就是那語言的全部內容。沒有在我之上的人了，沒有和我同等的人了，我甚至會感到單調，寂寞和孤獨。

為甚麼人們要這樣呢？為甚麼要捧我的妻，捧我的兒女和親眷呢？因為我是王，是他們的主子，我將恍然大悟：我生活在這些奴才們中間，連我所敬畏的尊長和師友也無一不是奴才，而我自己也不過是一個奴才的首領。

我是民國國民，民國國民的思想和生活習慣使我深深地憎惡一切奴才或奴才相，連同敬畏的尊長和師友們。請科學家們不要見笑，我以為世界之所以還大有待於改進者，全因為有這些奴才的緣故。生活在奴才們中間，作奴才們的首領，我將引為生平的最大的恥辱，最大的悲哀。我將變成一個暴君，或者反而正是明君：我將把我的臣民一齊殺死，連同尊長和師友，不准一個奴種留在人間。我將沒有一個臣民，我將不再是奴才們的君主。

我若為王，將終於不能為王，卻也真地為古今中外最大的王了。「萬歲，萬歲，萬萬歲！」我將和全世界的真的人們一同三呼。

梁實秋

梁實秋（1903—1987），浙江杭縣人。作家。著有散文集《雅舍小品》、《文學因緣》、《秋室雜憶》等。

雅舍

到四川來，覺得此地人建造房屋最是經濟。火燒過的磚，常常用來做柱子，孤零零的砌起四根磚柱，上面蓋上一個木頭架子，看上去瘦骨嶙嶙，單薄得可憐；但是頂上鋪了瓦，四面編了竹篦牆，牆上敷了泥灰，遠遠的看過去，沒有人能說不像是座房子。我現在住的「雅舍」正是這樣一座典型的房子。不消說，這房子有磚柱，有竹篦牆，一切特點都應有盡有。講到住房，我的經驗不算少，甚麼「上支下摘」，「前廊後廈」，「一樓一底」，「三上三下」，「亭子間」，「茆草棚」，「瓊樓玉宇」和「摩天大廈」，各式各樣，我都嘗試過。我不論住在那裡，只要住得稍久，對那房子便發生感情，非不得已我還捨不得搬。這「雅舍」，我初來時僅求其能蔽風雨，並不敢存奢望，現在住了兩個多月，我的好感油然而生。雖然我已漸漸感覺它是並不能蔽風雨，因為有窗而無玻璃，風來則洞若涼亭，有瓦而空隙不少，雨來則滲如滴漏。縱然不能蔽風雨，「雅舍」還是自有它的個性。有個性就可愛。

「雅舍」的位置在半山腰，下距馬路約有七八十層的土階。前面是阡陌螺旋的稻田。再遠望過去是幾抹蔥翠的遠山，旁邊有高粱地，有竹林，有水池，有糞坑，後面是荒僻的榛莽未除的土山坡。若說地點荒涼，則月明之夕，或風雨之日，亦常有客到，大抵好友不嫌路遠，路遠乃見情誼。客來則先爬幾十級的土階，進得屋來仍須上坡，因為屋內地板乃依山勢而鋪，一面高，一面低，坡度甚大，客來無不驚嘆，我則久而安之，每日由書房走到飯廳是上坡，飯後鼓腹而出是下坡，亦不覺有大不便處。

「雅舍」共是六間，我居其二。篦牆不固，門窗不嚴，故我與鄰人彼此均可互通聲息。鄰人轟飲作樂，咿唔詩章，喁喁細語，以及鼾聲，噴嚏聲，吮湯聲，撕紙聲，脫皮鞋聲，均隨時由門窗戶壁的隙處蕩漾而來，破我岑寂。入夜則鼠子瞰燈，才一合眼，鼠子便自由行動，或搬核桃在地板上順坡而下，或吸燈油而推翻燭台，或攀援而上帳頂，或在門框桌腳上磨牙，使得人不得安枕。但是對於鼠子，我很慚愧的承認，我「沒有法子」。「沒有法子」一語是被外國人常常引用着的，以為這話最足代表中國人的懶惰隱忍的態度。其實我的對付鼠子並不懶惰。窗上糊紙，紙一戳就破；門戶關緊，而相鼠有牙，一陣咬便是一個洞洞。試問還有甚麼法子？洋鬼子住到「雅舍」裡，不也是「沒有法子」？比鼠子更騷擾的是蚊子。「雅舍」的蚊風之盛，是我前所未見的。「聚蚊成雷」真有其事！每當黃昏時候，滿屋裡磕頭碰腦的全是蚊子，又黑又大，骨骼都像是硬的。在別處蚊子早已肅清的時候，在「雅舍」則格外猖獗，來客偶不留心，則兩腿傷處纍纍隆起如玉蜀黍，但是我仍安之。冬天一到，蚊子自然絕迹，明年夏天——誰知道我還是住在「雅舍」！

「雅舍」最宜月夜——地勢較高，得月較先。看山頭吐月，紅盤乍湧，一霎間，清光四射，天空皎潔，四野無聲，微聞犬吠，坐客無不悄然！舍前有兩株梨樹，等到月升中天，清光從樹間篩灑而下，地上陰影斑斕，此時尤為幽絕。直到興闌人散，歸房就寢，月光仍然逼進窗來，助我凄涼。細雨濛濛之際，「雅舍」亦復有趣。推窗展望，儼然米氏章法，若雲若霧，一片瀰漫。但若大雨滂沱，我就惶悚不安了，屋頂濕印到處都有，起初如碗大，俄而擴大如盆，繼則滴水乃不絕，終乃屋頂灰泥突然崩裂，如奇葩初綻，砉然一聲而泥水下注，此刻滿室狼藉，搶救無及。此種經驗，已數見不鮮。

「雅舍」之陳設，只當得簡樸二字，但灑掃拂拭，不使有纖塵。我非顯要，故名公巨卿之照片不得入我室；我非牙醫，故無博士文憑張掛壁間；我不業理髮，故絲織西湖十景以及電影明星之照片亦均不能張我四壁。我有一几一椅一榻，酣睡寫讀，均已有着，我亦不復他求。但是陳設雖簡，我卻喜歡翻新佈置。西人常常譏笑婦人喜歡變更桌椅位置，以為這是婦人天性喜變之一徵。誣否且不論，我是喜歡改變的。中國舊式家庭，陳設千篇一律，正廳上是一條案，前面一張八仙桌，一邊一把靠椅，兩旁是兩把靠椅夾一隻茶几。我以為陳設宜求疏落參差之致，最忌排偶。「雅舍」所有，毫無新奇，但一物一事之安排佈置俱不從俗。人入我室，即知此是我室。笠翁《閒情偶寄》之所論，正合我意。

「雅舍」非我所有，我僅是房客之一。但思「天地者萬物之逆旅」，人生本來如寄，我住「雅舍」一日，「雅舍」即一日為我所有。即使此一日亦不能算是我有，至少此一日「雅舍」所能給予之苦辣酸甜，我實躬受親嚐。劉克莊詞：「客裡似家家似寄。」我此時此刻卜居「雅舍」，「雅舍」即似我家。其實似家似寄，我亦分辨不清。

長日無俚，寫作自遣，隨想隨寫，不拘篇章，冠以「雅舍小品」四字，以示寫作所在，且志因緣。

記梁任公先生的一次演講

梁任公先生晚年不談政治，專心學術。大約在一九二一年左右，清華學校請他作第一次的演講，題目是《中國韻文裡表現的情感》。我很幸運地有機會聽到這一篇動人的演講。那時候的青年學子，對梁任公先生懷着無限的景仰，倒不是因為他是戊戌政變的主角，也不是因為他是雲南起義的策劃者，實在是因為他的學術文章對於青年確有啟迪領導的作用。過去也有不少顯宦，以及叱咤風雲的人物，蒞校講話。但是他們沒有能留下深刻的印象。

任公先生的這一篇講演稿，後來收在飲冰室文集裡。他的講演是預先寫好的，整整齊齊地寫在寬大的宣紙製的稿紙上面，他的書法很是秀麗，用濃墨寫在宣紙上，十分美觀。但是讀他這篇文章和聽他這篇講演，那趣味相差很多，猶之乎讀劇本與看戲之迴乎不同。

我記得清清楚楚，在一個風和日麗的下午，高等科樓上大教堂裡坐滿了聽眾，隨後走進了一位短小精悍禿頭頂寬下巴的人物，穿着肥大的長袍，步履穩健，風神瀟灑，左右顧盼，光芒四射，這就是梁任公先生。

他走上講台，打開他的講稿，眼光向下面一掃，然後是他的極簡短的開場白，一共只有兩句，頭一句是：「啟超沒有甚麼學問——，」眼睛向上一翻，輕輕點一下頭：「可是也有一點嘍！」這樣謙遜同時又這樣自負的話是很難得聽到的。他的廣東官話是很夠標準的，距離國語甚遠，但是他的聲音沉着而有力，有時又是宏亮而激亢，所以我們還是能聽懂他的每一字，我們甚至想如果他説標準國語其效果可能反要差一些。

我記得他開頭講一首古詩：箜篌引：

公無渡河。
公竟渡河！
渡河而死，
其奈公何！

這四句十六字，經他一朗誦，再經他一解釋，活畫出一齣悲劇，其中有起承轉合，有情節，有背景，有人物，有情感。我在聽先生這篇講演後約二十餘年，偶然獲得機緣在茅津渡候船渡河。但見黃沙瀰漫，黃流滾滾，景象蒼茫，不禁哀從衷來，頓時憶起先生講的這首古詩。

先生博聞強記，在筆寫的講稿之外，隨時引證許多作品，大部分他都能背誦得出。有時候，他背誦到酣暢處，忽然記不起下文，他便用手指敲打他的禿頭，敲幾下之後，記憶力便又暢通，成本大套地背誦下去了。他敲頭的時候，我們屏息以待，他記起來的時候，我們也跟着他歡喜。

先生的講演，到緊張處，便成為表演。他真是手之舞足之蹈，有時掩面，有時頓足，有時狂笑，有時嘆息。聽他講到他最喜愛的《桃花扇》，講到「高皇帝，在九天，不管……」那一段，他悲從衷來，竟痛哭流涕而不能自已。他掏出手巾拭淚，聽講的人不知有幾多也淚下沾巾了！又聽他講杜氏講到「劍外忽傳收薊北，初聞涕淚滿衣裳……」，先生又真是於涕泗交流之中張口大笑了。

這一篇講演分三次講完，每次講過，先生大汗淋漓，狀極愉快。聽過這講演的人，除了當時所受的感動之外，不少人從此對於中國文學發生了強烈的愛好。先生嘗自謂「筆鋒常帶情感」，其實先生在言談講演之中所帶的情感不知要更強烈多少倍！

有學問，有文采，有熱心腸的學者，求之當世能有幾人？於是我想起了從前的一段經歷，筆而記之。

海上的日出

巴　金

巴金（1904—　），四川成都人。作家。著有長篇小說《家》、《春》、《秋》，散文集《夢與醉》、《爝火集》、《隨想錄》等，另有《巴金全集》印行。

為了看日出，我常常早起。那時天還沒有大亮，周圍非常清靜，船上只有機器的響聲。

天空還是一片淺藍，顏色很淺。轉眼間天邊出現了一道紅霞，慢慢地在擴大它的範圍，加強它的亮光。我知道太陽要從天邊升起來了，便不轉眼地望着那裡。

果然過了一會兒，在那個地方出現了太陽的小半邊臉，紅是真紅，卻沒有亮光。太陽好像負着重荷似地一步一步、慢慢地努力上升，到了最後，終於衝破了雲霞，完全跳出了海面，顏色紅得非常可愛。一剎那間，這個深紅的圓東西，忽然發出了奪目的亮光，射得人眼睛發痛，它旁邊的雲片也突然有了光彩。

有時太陽走進了雲堆中，它的光線卻從雲層裡射下來，直射到水面上。這時候要分辨出哪裡是水，哪裡是天，倒也不容易，因為我就只看見一片燦爛的亮光。

有時天邊有黑雲，而且雲片很厚，太陽出來，人眼還看不見。然而太陽在黑雲裡放射的光芒，透過黑雲的重圍，替黑雲鑲了一道發光的金邊。後來太陽才慢慢地衝出重圍，出現在天空，甚至把黑雲也染成了紫色或者紅色。這時候發亮的不僅是太陽、雲和海水，連我自己也成了光亮的了。

這不是很偉大的奇觀麼？

一九二七年初

鳥的天堂

我們在陳的小學校裡吃了晚飯。熱氣已經退了。太陽落下了山坡，只留下一段燦爛的紅霞在天邊，在山頭，在樹梢。

「我們划船去！」陳提議說。我們正站在學校門前池子旁邊看山景。

「好，」別的朋友高興地接口說。

我們走過一段石子路，很快地就到了河邊。那裡有一個茅草搭的水閣。穿過水閣，在河邊兩棵大樹下我們找到了幾隻小船。

我們陸續跳在一隻船上。一個朋友解開繩子，拿起竹竿一撥，船緩緩地動了，向河中間流去。

三個朋友划着船，我和葉坐在船中望四周的景致。

遠遠地一座塔聳立在山坡上，許多綠樹擁抱着它。在這附近很少有那樣的塔，那裡就是朋友葉的家鄉。

河面很寬，白茫茫的水上沒有波浪。船平靜地在水面流動。三隻槳有規律地在水裡撥動。

在一個地方河面窄了。一簇簇的綠葉伸到水面來。樹葉綠得可愛。這是許多棵茂盛的榕樹，但是我看不出樹幹在甚麼地方。

我說許多棵榕樹的時候，我的錯誤馬上就給朋友們糾正了，一個朋友說那裡只有一棵榕樹，另一個朋友說那裡的榕樹是兩棵。我見過不少的大榕樹，但是像這樣大的榕樹我卻是第一次看見。

我們的船漸漸地逼近榕樹了。我有了機會看見它的真面目：是一棵大樹，有着數不清的椏枝，枝上又生根，有許多根一直垂到地上，進了泥土裡。一部分的樹枝垂到水面，從遠處看，就像一棵大樹斜躺在水上一樣。

現在正是枝葉繁茂的時節（樹上已經結了小小的果子，而且有許多落下來了）。這棵榕樹好像在把它的全部生命力展覽給我們看。那麼多的綠葉，一簇堆在另一簇上面，不留一點縫隙。翠綠的顏色明亮地在我們的眼前閃耀，似乎每一片樹葉上都有一個新的生命在顫動，這美麗的南國的樹！

船在樹下泊了片刻，岸上很濕，我們沒有上去。朋友説這裡是「鳥的天堂」，有許多隻鳥在這棵樹上做窩，農民不許人捉它們。我彷彿聽見幾隻鳥撲翅的聲音，但是等到我的眼睛注意地看那裡時，我卻看不見一隻鳥的影子。只有無數的樹根立在地上，像許多根木柱。地是濕的，大概漲潮時河水常常沖上岸去。「鳥的天堂」裡沒有一隻鳥，我這樣想道。船開了。一個朋友撥着船，緩緩地流到河中間去。

在河邊田畔的小徑裡有幾棵荔枝樹。綠葉叢中垂着纍纍的紅色果子。我們的船就往那裡流去。一個朋友拿起槳把船撥進一條小溝。在小徑旁邊，船停了，我們都跳上了岸。

兩個朋友很快地爬到樹上去，從樹上拋下幾枝帶葉的荔枝，我同陳和葉三個人站在樹下接。等到他們下地以後，我們大家一面吃荔枝，一面走回船上去。

第二天我們划着船到葉的家鄉去，就是那個有山有塔的地方。從陳的小學校出發，我們又經過那個「鳥的天堂」。

這一次是在早晨，陽光照在水面上，也照在樹梢。一切都顯得非常明亮。我們的船也在樹下泊了片刻。

起初四周非常清靜。後來忽然起了一聲鳥叫。朋友陳把手一拍，我們便看見一隻大鳥飛起來，接着又看見第二隻，第三隻。我們繼續拍掌。很快地這個樹林變得很熱鬧了。到處都是鳥聲，到處都是鳥影。大的、小的、花的、黑的，有的站在樹上叫，有的飛起來，有的在撲翅膀。

我注意地看。我的眼睛真是應接不暇，看清楚這隻，又看漏了那隻，看見了那隻，第三隻又飛走了。一隻畫眉飛了出來，給我們的拍掌聲一驚，又飛進樹林，站在一根小枝上興奮地唱着，它的歌聲真好聽。

「走罷，」葉催我道。

小船向着高塔下面的鄉村流去的時候，我還回過頭去看留在後面的茂盛的榕樹。我有一點留戀。昨天我的眼睛騙了我。「鳥的天堂」的確是小鳥的天堂啊！

一九三三年六月在廣州

人生哲學的一課

艾蕪

艾蕪（1904—1992），四川新繁人。作家。著有短篇小説集《南行記》，長篇小説《百煉成鋼》，散文集《漂泊雜記》、《初春時節》等。

一　賣草鞋碰了壁

昆明這都市，罩着淡黃的斜陽，伏在峰巒圍繞的平原裡，彷彿發着寂寞的微笑。

從遠山峰裡下來的我，右手挾個小小的包袱，在淡黃光靄的向西街道上，茫然地躑躅。

這時正是一九二五年的秋天，——殘酷的異鄉的秋天。

雖然昨夜在山裡人家用完了最後的一文錢，但這一夜的下宿處，總得設法去找的，而那住下去的結果將會怎樣，目前是暫時不用想像。

鋪面賣茶的一家雞毛店[①]裡，我從容不迫地走了進去。

把包袱寄在櫃上，由閃有小聰明眼光的幺廝[②]使着欺負鄉下人的臉色，引我到陰暗暗的一間小房裡。這裡面只放一張床，床上一卷骯髒的鋪蓋，包着一個白晝睡覺的人，長髮兩寸的頭，露在外面。

①雞毛店：一種很小的客店。

②幺廝：對茶房夥計的稱呼。

幺斷呼喝一聲：「喂！」

那一卷由白變黄以至於污黑的鋪蓋，蠕動了幾下，伸出一張尖下巴的黄臉，且抬了起來，把兩角略現紅絲含着眼屎的眼睛張着，不高興地望望幺斷的臉，又移射着我。

「你們倆一床睡！」幺斷手一舉，發出這道照例的命令，去了。

睡的人「唔」的一聲，依然倒下，尖下巴的黄臉，沒入鋪蓋捲了。

我無可奈何地在床邊坐下。

這同陌生人一床睡的事，於我並不覺得詫異。我在雲南東部山裡漂泊時，好些晚上都得有聞不識者足臭的機會。如今是見慣不驚了。

屋裡，比初進去時，明亮些了。

給煙熏黄的粉壁上，客人用木炭寫的歪歪斜斜的字，也看得十分清楚。

「出門人未帶家眷……」這一類的詩句，就並不少。但我一天來沒有吃飯，實在提不起閒情逸致來嘆賞這些吃飽飯的人所作的好東西。

我得去找點塞肚皮的，但怎樣找，卻還全不知道，只是本能地要出去找罷了。

我到街上亂走，拖着微微酸痛的腿，如同戰線上退下來的兵。

飯館子小菜下鍋的聲響，油煙播到街頭的濃味，誘出我的舌尖，溜向上下唇舐了兩舐，雖然我眼睛早就準備着，不朝那掛有牛肉豬肉的鋪面瞧。

這時我的慾望並不大，吃三個燒餅，或者一堆乾胡豆，盡夠了。

我緩緩地順着街邊走，向着那些夥計匆匆忙忙正做面餅的鋪面，以及老太婆帶着睡眼坐守的小吃攤子，溜着老鷹似的眼睛。喉頭不時冒出饞水，又一口一口地吞下去。

叫化子三口吃完一個燒餅的故事，閃電般地掠上我的心頭。是這樣：他，一個襤褸的叫化子，餓急了，跳到燒餅攤前，搶着兩三個冷硬的燒餅，轉身就跑，連忙大口地咬，拚命哽下。等老闆捏着擀麵棒氣呼呼地打來時，他已三口吃完了一個。

這故事在我的心裡誘起了兩種不同的聲音：

一種嘲弄地道：「你有三口咽完一個冷燒餅的本事麼？」

另一種悲涼地答道：「沒有！」

嘲弄的更加嘲弄道：「沒有？那就活該挨餓！」

吃了飯沒錢會賬的漢子，給店主人弄來頭頂板凳當街示眾的事，也回憶起了，地點似乎在成都。不知昆明的老闆，對待一個白吃的客人，是採怎樣的手段，想來總不是輕易放走的吧。

肚子裡時而發着咆哮聲，簡直是在威逼我。腦裡也打算亂來這麼一下：做個很氣派的風度，拐着八字足走進飯館，揀一方最尊的座位坐着。帶點鼻音叫旁邊侍候的夥計，來肥肉湯一大碗，乾牛肉一大盤，辣椒醬一小碟。……舒舒服服地飽吃一頓。

然而，料到那飯後不輕的處罰，可就難受。

只有找點東西賣了。賣東西，就很生問題，包袱還放在櫃上，要當老闆面前取出東西賣，似覺不妥，這非晚上再為設法不行。而且，可賣的東西，除了身上的毛藍布衫子外，包袱裡的衣褲，都是髒的，有的甚至已脫了一兩個鈕扣。給老太婆填鞋底，作小孩的墊尿布，倒滿有資格，要別人買來穿，那就全不可能。至於書，雖有兩三本，可是邊角通捲起了，很壞。當然那些殘書攤的老頭兒，看見了，便會擺手不要的。總之，就我的全部所有變賣不出一文錢來。

一面走，一面思索，腦子簡直弄昏了。

直到檐頭河也似的天空漸漸轉成深藍，都市的大街全換上了輝煌的新裝時，我才轉回店裡。店老闆的一家人，正在吃着飯。我連忙背着燈光，又吞了幾口饞水。

托詞取得了包袱之後，拿到小房間裡打開看。這一晚要同我一床睡的黃臉尖下巴人，早已溜出去了。包袱裡找得一雙精緻的草鞋，細絨繩作的絆結，滿新的。

我由成都到昆明，這一個多月的山路，全憑兩隻赤裸裸的足板走。因為着布鞋，鞋容易爛，經濟上划算不來。着草鞋，倒是便宜，但會磨爛足皮，走路更痛得難忍。因此，在昭通買好的一雙草鞋，就躲在我包袱裡，跟我走了一兩千里的路。這在當時是可以帶也可以丟棄的東西，料不到如今會成了我的一份不小的財產。拿到十字街頭去拍賣吧，馬上心裡快活起來了。

草鞋塞在褲襠裡，滿神氣地、又像作賊一般逡出店外。在街燈照不到的地方，看看兩頭沒有警察的影子，便忙從褲襠裡取了出來。擺出做生意人的正經嘴臉，把貨拿到燈光燦爛的街上，去找主顧。

立刻想着：這該怎樣措詞，才使人家看不出我是僅僅拍賣一雙，價錢上不致折本呢？

這簡直是一般的原則：貨在商人店裡，貴得如同寶貝，真是言不二價的；等落到你我手中，而要拍賣的時候，雖然你並不曾用過，可那價錢就照例減少一半。這雙草鞋，由我的手托到街頭標賣，準於虧本了，還說甚麼呢？然而，我不能聽其得着自然結下的局面，我得弄點小聰明，就是裝假也不要緊。真的，為了必須生存下去，連賊也要作的，如果是逼到非餓死不可的時候。圍繞我們的社會，根本就容不下一個處處露出本來面目的好人，也可以生活的話，那須要另一個新的天地了。假如我一進店時就向店老闆申明，來的我正飢餓着，店賬毫沒把握，那我真要睡在街邊吃警察的棒了。

依據這生存的哲理，我就向小販攤邊休息着的黃包車夫叫，一面伸出拿草鞋的手。

「喂，你們要草鞋麼？新從昭通帶來一挑，這是一雙樣子，看！要不要？」

黃包車夫一個個把草鞋接遞着，在小販攤邊的臭油燈下，摩挲着瞧。我背着手，像個有經驗的老闆樣，觀察着顧主們的神色。

一個喜愛地說：「這太貴了！」

一個擺擺短髭的下巴道：「不經穿哪！」

一個悠然自足地說：「還是穿我們的麻打草鞋好！」

這行市，實在太壞，我有點着急了。忽然那賣花生胡豆的小販，問我的價：「一雙多少錢？」

「你要買幾雙？」作得真像賣過幾百雙草鞋似的樣子問，「多，價錢就讓一點。只買一雙，就要四百文！」我就是照這個價錢買的，並不心狠，本想喊高一點，又怕失去這位好主顧。

「嘿，再添一點錢，就夠買一雙布鞋了！哪有這樣貴？」小販就裝着不看貨了，另把眼光射在攤子上，似乎在默數花生胡豆的堆數。

我抓着草鞋給他看，說：「看，這是昭通草鞋哪！」其實昭通草鞋之所以特別於昆明的，我一點也不知道，只是裝成像行家也似地在說話。

「不管你甚麼昭通來的，草鞋總是草鞋，不像蛋會變雞嘞！」小販微微地歪着嘴譏諷我起來了。

我的臉，不知怎的，登時紅了，氣忿忿地拿着草鞋就走。

「兩百文！賣嗎？」他突然還我一個價錢。

「三百五！」我掉頭答，足放鬆一點。

「一個添，一個讓，二百五。」一個黃包車夫打總成。

「就是他說的好了！」小販高聲叫着我，我站住了。

「三百！一個也不少！」堅持我的價錢。

「去你的！不要了。」

我去走了一大轉，找了一大批主顧：黃包車夫、腳夫、小販、小夥計。像留聲機器把話重說了許多次：一挑草鞋……樣子一雙……買得多就減價。然而，結果糟糕得很，不是還價一百六，就是一百八，彷彿他們都看穿了我是正等着賣了草鞋才吃飯的。

我沒有好辦法了，就只得仍走回去找這賣花生胡豆的小販，由二百五的價錢賣出。但他卻拿出不擺不吃的嘴臉，鼻子裡哼哼地應我。大概我剛才掛的假面孔，已給窘迫的神氣撕掉了。因此，落得他目前裝模做樣。最後，他才「唔」的一聲說：「不要！這草鞋不經穿哪！」

這真是碰了一個很響的壁囉，我掉身就跑。

「好！兩百，兩百！」他又這樣抓住了我。

這一聲是實際地比一百八多了二十文，而這二十文之於此時此地的我，價值是大到無可比擬。於是我就賣給他了。

醬黃色的銅板（一枚值二十文）由他的手一枚一枚地數放在我的掌上，一共十個。我小心得很，又把銅板一個一個地擲在階石上，聽聽有沒有啞板子，——這舉動，全不像一個販賣一挑貨物的商人了，但我已顧不到這些。同時側邊的黃包車夫說：「呵，兩百文一雙，那我們也要了。再去拿幾雙來！」

「不賣了，不賣了！」我有點氣。但這氣不久就消失了。

如同在袋裡放了十個銀元，歡愉在我的唇邊顫動。

我走進一家燒餅店，把十個銅板握在左手裡，右手伸出去選那大一點的燒餅；一面問着價錢。纏着洋麵口袋改成圍腰的夥計回答：

「一個銅板一個！」

我想着用當二十的銅板，當然可買兩個了。便噹的一聲丟了一個在攤上，兩個黃黃的熱燒餅便握在我的手裡了，正動身要走，夥計叫起來了：

「喂，還要一個銅板！」

「嗯，你說的一個銅板一個餅，是當十的銅板，還是當二十的？」我詫異地問。

「全城都沒有當十的銅板了！」夥計的聲音已放低，似乎業已悟出我是遠鄉的人。

再丟下一個銅板之後，對於現存的財產，就沒有剛才那麼樂觀了。

我走到燈光暗淡的階石上坐着，匆忙地大嚼我的燒餅。

昆明初秋的涼意，隨着夜的翅子，掠着我的眉梢了。

頭一個餅，連我也不明白是怎樣哽完了的。第二個，我得慢些嚼。咬了一口，從餅心裡溢出來的熱香，也已嗅着。越吃越好吃，完了，還渴想要，覺得有點不對。像慳吝老頭子警告放浪兒子那樣的心情，竟也有了。終於忍不住，後來又去另一家店裡買一個。全部的財產就消耗去十分之三，然而，到底還沒有飽。不過，人是恢復元氣了。

有了元氣的我，就走進夜的都市的腹心，領略異地的新鮮的情調，一面還伸出舌頭去舐舐嘴角上的燒餅屑。

滇越鐵路這條大動脈，不斷地注射着法國血、英國血……把這原是村姑娘面孔的山國都市，出落成一個標緻的摩登小姐了。在她的懷中，正孕育着不同的胎兒：從洋貨店裡出來的肉圓子，踏着人力車上的鈴子，噹啷噹啷地馳在花崗石砌成的街上，朝每夜覓得歡樂的地方去。那些對着輝煌的酒店、熱鬧的飯館，投着飢餓眼光的人，街頭巷尾隨處都可以遇着。賣麵包的黑衣安南人，叫着「洋巴巴」的雲南聲調，寂寞地走在人叢中，不時晃在眼前，又立即消失。

擁有七個銅板的財產，在各街閒游，彷彿我還不算得怎樣地不幸福了。

夜深回去。這要同我一床睡的人，悄然地坐在床邊吸煙。他對我投一個溫和的眼光；同時一支煙，很有禮貌地送在我的手頭。我望見他遞給煙支的手頸，密散着黑頂的紅點，登時使我怕起來了。「呵呀，今晚要同一個生疳瘡[①]的人睡，怎了得！」這由心裡彈出的聲音，幸好忍在唇邊了，我才仍然有禮貌地把煙支退還。當他偶然抓抓身上的時候，我周身的皮子，也忽地發着癢了。我不得不去找老闆另換房間，他卻白着眼睛給我一個乾脆的拒絕。

同我睡的夥伴，是終夜醒着，不住地抓他的腿，抓他的背，抓他的肚皮，抓他的足板……

我憎惡着，恐懼着，昏昏迷迷地度了一個不舒服的初秋之夜。

二　拉黃包車也不成

走到黃包車行的門前，就把腰幹伸直，拿出一點尚武精神來：總之，要在車行老闆的面前，給他一個並非病弱的印象。同時，覺得自己也有九分把握，兩隻足桿，只要拉起褲腳給他看，包會認為滿意的。在學校的期間，我愛踢足球，近來又幾乎走了兩個月的山路，足腿實在發育得很健全的。

見着戴瓜皮帽的經理，向他用婉婉的語氣說明來意之後，便又急促地問了一句：

「我這樣的身體，也可以拉黃包車麼？」

「怎麼不可以？你來拉最合適了！」他發出鼻子壅塞的澀音，咳嗆了一下，吐了一口痰，「十四五歲的孩子，五十多歲的老頭兒，都還拉車在街上跑哩！」

① **疳瘡：即疥瘡。**

我起初擔憂着我的病色的臉，會生出別的問題。如果他斜着白眼說「你不行」，我的手就預備着拉起褲腳，亮出足腿，作最後爭辯的保證的。料不到結果如此之佳，自然，心裡就很快樂。

「你認識街道麼？這倒很——」漲紅了臉，又咳嗆了幾下，「很要緊的！」

這確實是一個不小的難題，使我有點費神解答了，「我……街道……」突然增加了勇氣，「認識的。」

「真的麼？」見我回答得似很勉強，自然懷疑了。

「不認識街道，我敢拉車麼？」飢餓的威脅，逼我一直勇敢下去。

「對！那就很好！」他取出屬於賬簿那類的龐大的書。提起筆，把我報告給他的姓名、年齡、籍貫，全錄了上去。隨即眼裡射出一線狡猾的光芒，十分鄭重地說：

「車租一天一元哪！」擤了一下清鼻涕；粘在兩根指頭上的滑膩東西，就從容地揩在他坐的椅子下面，「這也不打緊，多跑幾條街，甚麼錢都賺回來了。還有，客人給你車錢，不管他夠不夠，你都伸着手說，『先生，添一點！』我告訴你，這就是找錢的法寶！」

「車租可以少點麼？」這一天一元的租錢，確實嚇着了我。

「這是一定的規矩，你不拉，算了！」

「好，我拉！我拉！」要把走到絕路的生命延續下去，目前的敲榨和苛待，就暫時全不管了。

「呵，誰保你？是哪一家舖子？」他在勝利之後，得意地問。

「呵，我沒有舖保哪！」我有點驚惶了。

「哼，舖保也沒有找着，就來拉車麼？小伙子，你怎麼不先打聽打聽哪？」

「實在找不着舖保，沒法哪！」窘迫地回答他。

「甚麼？甚麼？找不着舖保！」眼睛立刻睜得大大的，很詫異，一定在腦裡把我推測成一個歹人吧？他漲紅了臉，咳嗆了幾下，「去你的！去你的！」急擺手，頭轉向另一邊。

我微慍地退了出去。門外初秋早上的陽光，抹在我頹然的臉上。市聲在一碧無雲的天空下面，轟轟地散播着，但一種莫名其妙的寂寞，卻捲睡在我的心裡。我伸手進衣袋裡，昨天剩下的七個銅板的財產，依然存在，剛才由那壅塞鼻音給我的悲觀，就減少些了。只要有炭來添，我這個火車頭，是不怕一天到晚都跑的。找百回事，總要碰着一件吧，我是抱這樣不頹喪的心情了。

雖像無目的地在每一條街上亂走，但我的眼睛，總願意在不知不覺的時候，看見有可以覓得工作的地方。這時，我是無所選擇的了，只要有安身之處，有飯吃，不管是甚麼工作，不管有沒有工資，都得幹了。

本來我在成都想讀書而沒法繼續進學堂的時候，就計劃在中國的大都市漂泊，最好能找着每天還有剩餘時間來讀書的工作的；如今不但全成了泡影，而且連變牛變馬的工作也找不着，但這並不使我喪失了毅力；不過處世須要奮鬥的意義，如今卻深切地烙在我每一條記憶的神經線上了。

走到城隍廟街，依往昔在成都的脾氣，我是要到那些新書店裡，翻翻架上的新書，消磨半個鐘頭的。但在這時的我，卻自覺有點羞慚，因為憑着買書的資格，而在書店裡隨意翻書的好時光，於我已全成過去的了。如今，我只要一走進店裡，我的手，我的足，準是被許多人的眼睛監視着、憎惡着哩。

在這條街漫步徘徊，忽然發現了通俗閱報社的招牌，掛在商業場的樓上，打算進去休息，同時還想給腦筋一點糧食，就完全不顧及由污舊衣衫表現出的身份了。

一間臨街的小樓屋做的閱報室，沒個人在裡面，看守的又似乎出街去了。只是桌上放些雜誌，放些書，放些報紙。窗上射進一兩線陽光。滿室都浮着通明的微笑。這安適的小天地，正合我的意，正能寄托我徬徨的心。如果我是這閱報室的看守人，多麼好呵！每天一定的工作，大致是掃地板，拭桌椅，整理雜誌，夾好新舊的報吧？這，我一定會做得有條有理，而且得着閱者的稱讚的。其餘的時間，得讓我像一個閱者似地自由看書。工錢沒有也可以，如有兩塊錢作零用，那就更好。

拿着新雜誌，看看封面，看看題名，全無心管它的內容，當指頭在翻動的時候，心裡只是幻想些暫時安定的甜蜜的夢。

後來，又翻看報，華安機器廠招收學徒的大字廣告，跳到我的眼裡來了，地點說是南門外商埠裡，——那兒是滇越鐵路的終點。目前待遇學徒以及將來成了匠人的好處，誘惑地講了好些；詳細的章程，須到廠裡辦事處去取，在那上面似乎就把好處形容得更其盡致。這是一線生機，我記好街名廠名，就去了。

由商業場到南門外的商埠，只不過兩三里路，卻因街道不熟，東問一個老頭子，西問一個小孩兒，走了好些冤枉路。到了機器廠的屋檐下時，我在秋陽下的影子已縮成一堆，蹲在我的足下了。廠裡剛放了工，黑煙囱下的鉛板屋頂，還有放哨後的白色水蒸氣，淡淡地遺留着。在機器廠門前貼了一張招收學徒的章程，我就站着看，用不着再進去取一份了。上面說：學徒進廠後，食宿均由廠方供給，自然這使我非常滿意。但說到三年才得滿師，就令我有點作難了。然而，一轉念：不要緊，住三四個月或者一年半載就跳槽吧。另一條，滿了師後，須替該廠服務。這倒用不着掛慮，未學完，我已跑得天遠地遠了，你要用條件來限制我，由你剝削麼？那是在作夢。一面看，一面就斜眼看見廠門內那兩桌的人——大概是些技師吧，正在飲酒吃飯，歡快得很。聲音和容貌，全是些安南人，那飲酒的慣例，就同中國人大有分別，一大碗酒放在許多菜碗的中間，在座的人就用調羹掬來飲，倒別有風致。同時，我的食欲，不消說也被騷動的了。我想，等我進去作學徒時，一定要吃個飽飽的。然而目前只能盡量地咽下一大口饞水了。繼續再注意向壁上看下去，又一條說，須有殷實的舖保——有鬼有鬼，我低聲連叫幾下。這還不算可惡，跟着來的，且要三十兩銀子的保證金呢。真夠氣煞人！為甚麼不在廣告上講個明白，叫我冤枉跑了大半天，流了一身汗，才觸這霉頭呢？你這狗廠主，捉弄老子。兩個拳頭一捏，想幹他一頓，然而，除了面前髒污的硬牆壁而外，全沒有可打的東西。那該痛打一頓始足以消我的氣的廠主，現在大概正從溫軟的被窩裡爬了出來，躺在另一張華麗的床上，愜意地燒着鴉片煙吧？

裝着一肚皮的氣，又開始無目的地向沒有希望的地方走去。人是有點疲倦，感覺得十分餓了。花去兩個銅板，買點東西馬馬虎虎地吃了之後，覺得這兩次小小的挫折，也算不得甚麼一回事。我的肌肉，還沒有倒在塵埃裡給野狗拖扯、螞蟻嘬食的時候，我總得掙扎下去，奮鬥下去的。不過七個銅板的財產，只剩下了五個，倒是一件擔心的事情。無論你怎樣的樂觀，五個銅板總是五個銅板，不會添多，只會減少的。

下午的照着秋陽的街上，我拖着影子不歇地走着。無意識中忽又碰着救急的地方，這地方的門口掛着職業介紹所的招牌，我就不管三七二十一地碰了進去。這時，我的心裡早已製造出應付環境的詭計了。

一個半老年紀的職員，貓兒似地正在打盹，給我的足聲驚動了，揉着眼睛，懶洋洋地聽我的問詢。最後我說：「寫字掛賬[1]，這我會的。給人家跑街、挑水、掃地，也都願意。老實說，先生，我不論甚麼事都可以做。」

他打了個滿意稱心的哈欠之後，皺皺眉，望望我，便取一本厚冊來，二指伸在唇邊抹了一點唾沫，就開始一頁一頁地翻着，忽然，某一頁上觸了靈機似的，就把眼睛移射着我，問：

「你會作廚子麼？」

「會的，會的。」我滿口承允了。在雲南東部的山裡，那一帶的客店很異樣，都是賣米不賣飯，須由你走疲倦了的客人，自己煮飯炒菜的；因此，廚子的本領，我是粗具一點點，不過不精熟，而且手藝也不齊全。這時，我大膽而冒昧地承允，全是逼於切膚的飢餓。他就不說甚麼了，便照例問我姓名年紀，自然又問到舖保，這我已計劃好了，很自如地說出：「南門外廣馬街，德盛隆號保。」

---

① **掛賬：即記賬。**

「老闆姓甚麼？」他毫不遲疑地問。

「姓張名鴻發，」我答覆非常地快，然而心裡忍不住想發笑。字寫完了，他順手拿出一張印有字的條子，交給我，說：「叫保人在這裡蓋個章，就對了。」

我接在手裡，就問哪一天上工呢？

「到底會不會？」他伸出兩個手指，在稀疏的頭髮裡，近乎搔癢那樣地抓，也許是幫他考慮的，「小伙子，不要去了才丟人。連介紹人也難為情的。」

「怎麼不會，不會還敢答允嗎？」我的態度表示得十分堅決，但心裡卻不免起着恐慌。

「這是羅家公館請的哪！」他的眼光逼射着我說，「工錢是很多的，就是要你會燒烤雞鴨。還有他家的大老爺大太太，愛吃燕窩魚翅，這也要你會做。我看，你們手藝人倒滿不在乎，滿高興做這些的。我怕你年輕點，燒烤煎炒這類經驗不多，做出來難免味道不合的。」又戟起手指在頭髮裡戳了一會，慢慢地又說：「還有點為難，就是好多廚子，去做了幾天都不幹了。羅家的老爺、太太、大少爺、大少奶奶，他們晚上都要燒鴉片煙，燒到半夜後兩三點多鐘，就要叫你起來做點心宵夜。小伙子，你勤快一點，就好了，工錢是不會少你的！」

「半夜三更，我倒不能起來服侍老爺太太的！對不起！」我很氣忿，同時又感到滑稽，就順口吹吹牛，出出胸中的惡氣，「從前我住過好多大館子，燒烤過無數的雞鴨，說到做魚翅燕窩，簡直是我的拿手好戲。至於半夜起來服侍太太老爺，那倒從來沒有過！」

「唉，這樣不對哪！」起初是他冷酷地盤問我，現在倒反給我頑梗的態度窘着了。「有錢人，你得好好地服侍，自然會有好處的。難怪你有這樣一副好手藝，弄到找不着事做，全是你的脾氣不好哪！年輕人，聽我勸吧！」

「硬沒有辦法囉！我天生就不能好好地侍候有錢人的。老先生，另找一件事情吧！」

「你不去作廚子，那是沒有另外的工作了。你不知道，年輕人，現在的鄉下人，都擠到城裡來，好像城裡的街上，隨地都可以撿着寶貝似的。每天都有些人來，上午便忙得不得了。許多人都只是報個名等工作哪。」他說到這裡，便感慨繫之似地嘆一聲：「城裡哪有許多的工作等人做呢！唉！」

「對不起，打擾你了！」我懊喪地走了出去。門外向暮的秋風，揚起街上的灰塵，撲人眉宇，人是感着更不舒服了。

一天的奔波，失望和飢餓，到這時，不能不感到忿怒了，重重地罵了幾句粗話之後，便把手裡拿着叫王八蛋來蓋章的單子，扯得粉碎，片片紙花就隨着街上的秋風，飄飄飛去。

在秋風裡，一面緩緩地走，就一面深深地、痛切地覺着：這樣的世界，無論如何，須要弄來翻個身子。

三　鞋子又給人偷去了

在這離開故鄉兩三千里的陌生都市裡，我像被人類拋棄的垃圾一樣了。成天就只同飢餓作了朋友，在各街各巷寂寞地巡遊。我心裡沒有悲哀，眼中也沒有淚。只是每一條骨髓中，每一根血管裡，每一顆細胞內，都燃燒着一個原始的單純的念頭：我要活下去！就是有時飢餓把人弄到頭昏腦脹渾身發出虛汗的那一刻兒，昏黑的眼前，恍惚間看見了自己的生命，彷彿檐頭一根軟弱的蛛絲，快要給向晚的秋風吹斷了的光景，我也這樣強烈地想着：至少我得堅持到明天，看見鮮明的太陽，晴美的秋空。

工作找不到手，食物找不到口，就只得讓飢餓侵蝕自己的肌肉，讓飢餓吮吸自己的血液了，不過這究竟還能夠把生命支持到某些時候的。然而，當前最痛切而要立刻解決的問題，卻是夜來躲避秋風和白露的地方了。早上走出店子和晚上進去，一看見店主人那樣不高興的臉色，夥計們那樣帶嘲帶諷的惡聲，雖然可以勉強地厚着臉皮，但心裡總有着說不出的萬千委屈。夜裡給那生着疳瘡的同伴弄得不能入睡的時候，腦裡就爬着許多的飄渺的幻想，連千年前被店主人逼迫的秦叔寶拉着黃驃馬在街道上拍賣的悲慘事情，也熱烈地艷羡起來：想着有一匹馬來賣，那多好呀！比如隔壁房間內有人拉胡琴唱歡樂的小曲，我就會不知不覺神往地小聲唱起來：「店主東，你不要吵來不要罵，待咱牽出黃驃馬……」但是越唱越感到自己的空虛，心便會暗暗地給深沉的悲切侵襲着、圍困着了。

在店裡住到第五天的晚上，我被幺廝引到另一間更黑暗更骯髒的屋子裡，介紹給另一個陌生人同睡的時候，我就忍不住問及和我往天晚上一塊兒睡覺的那個同伴了。因為我雖是討厭他一身癩蝦蟆似的疳瘡，但我卻忘不了他那待人和善而有禮貌的樣子。

「沒店錢，趕出店外去了！」幺廝這樣粗聲粗氣地回答，語勢裡藏着威脅和獰笑。

我打了個寒噤，說不出甚麼話來，只是這樣地想：可憐他還是可憐我呢？我知道，我不久也會給人趕到街頭去的。掉轉身，望着小窗外的黑夜，——一個廣漠的冷酷的昆明的黑夜。

這位新同伴呢，睡在床上，臉朝着壁頭，在半明半暗的燈光下面，看不出他是一個怎樣的人來，而我的心裡早就製造出這樣的公式：「同是天涯淪落人，相睡何必曾相識。」也就無須乎詳細的觀察和詢問。我只是默默地倚窗站着，望着無邊黑暗閃着小星點的秋空，追想那給店主人趕在街頭的舊同伴，這一夜不知蹲在哪兒，含着眼淚，痛苦地搔着他身上發癢的瘡疤呢！他的身世，我可不知道，只在夜裡聽見他一面搔癢一面這樣憤激地說過：「家鄉活不下了，才來到省城的，哪知道省城還是活不下去呢。」就只是知道這一點子，然而這一點也盡夠一個淪落人的注解了，所以我也就不曾追問，而且我也沒有追問別人身世的好心緒的。但這時我整個的心卻為被趕的他悲哀了。彷彿我已看見他荒涼不堪的家鄉，在斜陽中躺着無數燒毀的破屋，沒有一縷黃昏的炊煙，只有一隊亂鴉，在空中飛鳴一會，散到遠處去了。……

「老兄，吹燈睡了吧！」床上睡的那人，看着我盡是那樣默默地站着，便忍不住這樣說了。這一聲，驟然打散了我心中的幻象，同時還覺得他的語氣很是柔和、親切，就無心地問他道：

「你老兄可也是來省城找事做的麼？」

「不，我明天要到外縣去！」好像聽着我這樣的問詢，有着憎惡似地便用這樣硬的話來搪塞。等我吹了燈上床睡的時候，他才深深地嘆了一聲：「這年頭兒有甚麼事可做呢？」

安慰的話，對他是沒用處的，而我也說不出安慰的話來。於是兩人靜靜地躺着，不作一聲。秋夜的黑暗，把我們深深地掩埋着了。

一股汗足臭的氣味，不時鑽進我的鼻子，在平時是會使人發着嘔吐的。但在這一夜卻並不感到討厭和憎惡，我只深切地體味到這足臭的主人，有着辛苦的奔波、慘痛的勞碌和傷心的失望哩。

第二天早上醒來，約莫九點鐘的光景，發現昨夜同睡的伴侶和我的一雙舊鞋子都不見了。沒有鞋子穿，我十分地懊惱，但對於偷去鞋子的人，我並沒有起着怎樣的痛恨和詛咒。因為連一雙快要破爛的鞋子也要偷去，則那人的可憐處境，是不能不勾起我的加倍的同情的。然而，我看着一雙赤裸裸的足板，終於生氣了，冒火了。我氣沖沖地走到賬房去，用着頑強的態度和咆哮的聲音，同老闆吵鬧起來，把四五天來他給我的氣悶，通通還給他了。我不管他辯護的話，只覺得在他的屋裡掉了東西，作主人的他，是應該首先負這責任的。於是吵鬧，吵鬧，不息地吵鬧。

老闆到底屈伏了，就賠我一雙半新的鞋子，鞋面是黑色嗶嘰做的，自然比我的舊布鞋子漂亮得多。我便馬上感覺到偷我鞋子的朋友，倒替我做了一件不無利益的生意。但在老闆交鞋子給我的時候，卻嚴厲而忿怒地告戒，也許可以說是等於責罵吧，因為他的眼睛睜得很大，彷彿快要爆出火花的光景。他說：「限你今夜清算店賬，不……」氣得說不出了。

「好的，」雖然我是回答得很不軟弱，但心裡卻有點失悔我的吵鬧，太過於兇悍了。然而想到遲早都要給他趕到店外的，捉到一個可以難他的機會的時候，客氣的和平那是用不着的了。

賠償的漂亮鞋子，誠然是出乎意外的收穫，但等我朝足上一比的時候，才知道這鞋子比我的足短了一寸。以為我是勝利了的，看來還是失敗了。沒有別的方法可想，只有把這雙短小的鞋子，無可如何地套在足上。於是，在這山國的都市上又憑空添上了一個拖着倒跟鞋子的流浪青年，而我在街頭走路的樣子，也就更加狼狽更加滑稽了。但這些，我全顧不到。我只是一面拐出店外，一面就盤算：在這一夜應該在哪兒尋得一塊遮蔽秋風秋雨的地方。

同時我想：就是這個社會不容我立足的時候，我也要鋼鐵一般頑強地生存下去！

一九三一年冬，上海

朱湘

朱湘（1904—1933），原籍安徽，生於湖南沅陵。現代詩人，著有詩集《夏天》，散文集《中書集》等。

咬菜根

「咬得菜根，百事可作」，這句成語，便是我們祖先留傳下來，教我們不要怕吃苦的意思。

還記得少年的時候，立志要作一個轟轟烈烈的英雄，當時不知在那本書內發見了這句格言，於是拿起案頭的筆，將它恭楷抄出，粘在書桌右方的牆上，並且在胸中下了十二分的決心，在中飯時候，一定要犧牲別樣的菜不吃，而專咬菜根。上桌之後，果然戰退了肉絲焦炒香乾的誘惑，致全力於青菜湯的碗裡搜求菜根。找到之後，一面着力的咬，一面又在心中決定，將來作了英雄的時候，一定要叫老唐媽特別為我一人炒一大盤肉絲香乾擺上得勝之筵。

蘿蔔當然也是一種菜根。有一個新鮮的早晨，在賣菜的吆喝聲中，起身披衣出房，看見桌上放着一碗雪白的熱氣騰騰的粥，粥碗前是一盤醃菜，有長條的青黃色的豇豆，有燈籠形的通紅的辣椒，還有蘿蔔，米白色而圓滑，有如一些煮熟了的雞蛋。這與范文正的淡黃齏差得多遠！我相信那個説咬得菜根百事可作的老祖宗，要是看見了這樣的一頓早飯，決定會搖他那白髮之頭的。

還有一種菜根，白薯。但是白薯並不難咬，我看我們的那班能吃苦的祖先，如果由奈河橋或是望鄉台在過年過節的時候回家，我們決不可供些甚麼煮得木頭般硬的雞或是渾身有刺的魚。因為他們老人家的牙齒都掉完了，一定領略不了我們這班後人的孝心；我們不如供上一盤最容易咬的食品：煮白薯。

如果咬菜根能算得艱苦卓絕，那我簡直可以算得艱苦卓絕中最艱苦卓絕的人了。因為我不單能咬白薯，並且能咬這白薯的皮。給我一個剛出竈的烤白薯，我是百事可做的；甚至教我將那金子一般黃的肉通同讓給你，我都做得到。惟獨有一件事，我卻不肯做，那就是把烤白薯的皮也讓給你；它是全個烤白薯的精華，又香又脆，正如那張紅皮，是全個紅燒肘子的精華一樣。

山藥、慈菇，也是菜根。但是你如果拿它們來給我咬，我並不拒絕。

我並非一個主張素食的人，但是卻不反對咬菜根。據西方的植物學者的調查，中國人吃的菜蔬有六百種，比他們多六倍。我寧可這六百種的菜根，種種都咬到，都不肯咬一咬那名揚四海的豬尾或是那搖來乞憐的狗尾，或是那長了瘡膿血也不多的耗子尾巴。

葉靈鳳

葉靈鳳（1905—1975），江蘇南京人。作家。著有散文集《白葉雜記》、《香港舊事》、《晚晴雜記》、《新雨集》等。

北遊漫筆

北國的相思，幾年以來不時在我心中掀動。立在海上這銀燈萬盞的層樓下，摩托聲中，我每會想起那前門的雜沓，北海的清幽，和在虎虎的秋風中聽紙窗外那棗樹上簌簌落葉的滋味。有人說，北國的嚴冬，荒涼乾肅的可味，較之江南的穠春還甚，這句話或許過癖，然而至少是有一部分的理由。尤其是在這軟塵十丈的上海住久了的人，誰不渴望去一見那沉睡中的故都？

柔媚的南國，好像燈紅酒綠間不時可以縱身到你懷中來的迷人的少婦，北地的冰霜，卻是一位使你一見傾心而又無詞可通的拘謹的姑娘。你沉醉時你當然迷戀那妖嬈的少婦，然而在幻影消滅後酒醒的明朝，你卻又會聖潔地去寤寐你那傾心的姑娘了。

這樣，我這纏綿了多年的相思，總未得到寬慰，一直到今年的初夏，我才藉故去遨遊了一次，雖是在那酷熱的炎天中，幾十日的勾留，不足以言親到北方的真味，然而曇花一瞥，已足夠我回想時的陶醉了。

最初在天津的一月，除了船進大沽口時兩旁見了幾個紅褲的小孩和幾間土堆的茅屋以外，簡直不很感覺北國的意味。我身住在租界，街上路牌寫的也不是中文，我走在水門泥的旁道上，兩旁盡是紅磚的層樓，我簡直找不見一個嚼饃饃大蔥的漢子，我幾疑惑此身還是在上海。白晝既無閒出去，而夜晚後天津的所謂「中國地」又因戒嚴阻隔了不能通行，於是每晚我所消磨時間的地方，我現在想起了還覺得好笑。每晚，在福綠林或國民飯店的跳舞廳中，在碧眼兒和寥寥幾位洋行的寫字員之中，總有我一個江南的慘綠少年，面前放了一杯蘇打，口裡含着紙煙，抱了手倚在椅上，默視場中那肉與色的顫動，一直到夜深一二時才又獨自回去。有時我想起我以不遠千里之身，從充滿了異國意味的上海跑來這裡，不料到了這裡所嚐的還是這異國的情調，我真有點嘲笑我自己的矛盾。

離開天津乘上京奉車去吸着了北京的灰土以後，我才覺得我真是到了北方。那一下正陽門車站後，在烈日高張的前門道上，人力車夫和行人車馬的混亂，那立在灰沙中幾乎被隱住了的巡士，和四面似乎都蒙上了一層灰霧的高低的建築，甚至道旁那幾株油綠的街樹，幾乎無一處使我望去不感到它的色調是蒼黃。崢立着的澀乾的前門，襯了它背後那六月的蔚藍的天空，沒有掩映，也沒有間色。下面是灰黃混亂，上面是光禿的高空，我見了這一些，我才遽然揉醒了我惺忪的睡眼。啊啊，這不是委婉多情的南國了。

近年北方夏季天氣的炎熱，實是故老們所感喟的世道人心都劇變了的一個鐵證。在京華歇足的二十幾日中，所遭的天氣幾乎無日不在九十度以上。偶爾走出門來，鬆軟的土道上，受了烈日所蒸發出的那種乾燥的熱氣，嗅着了真疑心自己是已置身在沙漠。不幸的我，自離開天津後，兩隻腳上的濕氣已有點癢癢，抵北京後在旅館中的第一夜更發現腳底添了兩處破洞，此後日漸加劇，不能行動，一直在海甸燕京大學友人的床上休息了兩整星期後才算差痊。在那兩星期中，我每日只是僵臥，天氣的悶熱，蒼蠅的騷擾，長睡的無聊，和想出去遊覽的意念的熱切，每日在我心中循環的交戰。我竭力想用書籍來鎮壓我自己，然而得到的效果很少，我幾乎是又嚐了一度牢獄的滋味。這樣一直到我的腳能勉強走動了才止。我記得在近二十日的長睡後，我第一次披了外衣倚在宿舍走廊硃紅漆的大柱下去眺望那對山時的情形，我的心真像小鳥樣的在欣慰活躍。

長臥的無聊中，每日藥膏紗布之餘，瞑目亂想，思的能力便較平日加倍的靈敏。燕大的校舍是處在京西的海甸，闢置未久，許多建築還在荒蓁中未曾完竣。我所住的朋友這間宿舍，窗外越過一沼清水，對岸正有一座寶塔式的水亭在興工建築。我支枕倚在床上，可以看見木架參差的倒影，工人的「邪許」和錘聲自上歷亂的飛下，彷彿來自雲端。入夜後那塔頂上的一盞電燈，更給了我不少啟示。我睡在床上望了那懸在空際熒熒的一點光明，我好像巡聖者在黑夜遙瞻那遠方山上尼庵中的聖火一般，好幾次冷然鎮定了我徬徨的心情。這迷途的接引，這黑夜的明燈，我彷彿看見一隻少女的眼睛在晶晶地注視着我。

據説這一塊地基，是一個王府的舊址；所以窗外那一沼清水，雖不甚廣闊，然已足夠幾隻小艇的泛游。每到熱氣清消的傍晚，岸上和水中便逐漸的鬧熱起來，我坐在床上，從窗裡望着他們的逸興，我真覺得自己已是一隻囚在籠中的孤鳥。從水草中送上來的槳聲和歌聲，好像都在嘲笑我這兩隻腳的命運。窗外北面一帶都是宮殿式的大樓，飛檐畫角，硃紅的圓柱掩護着白堊的排窗，在這荒山野草間，真像是前朝的遺物。那倚在窗口的閒眺者，彷彿又都是白頭宮女，在日暮蒼茫中，思量她們未流露過的春情。

啊啊，這無限的埋葬了的春情！

這樣，在眼望着壁上的日曆撕去了十四五頁以後，我才能從床上起來，我才能健快的踏着北京的街道。

離去海甸搬到城內朋友的住處後，我才住着了純粹北方式的房屋。環抱了院子矮矮的三楹，紙糊的窗格，竹的門簾，花紙的內壁，和牆上自廟會時買來的幾幅贗造的古畫，都完全洗清了我南方的舊眼。天氣雖熱，然而你只要躲在屋內便也不覺怎樣。在屋內隔了竹簾看院中烈日下的幾盆夾竹挑和幾隻瓦雀往返在地上爭食的情形，實在是我那幾日中最心賞的一件樂事。入晚後在群星密佈的天幕下，大家踞在藤椅上信口閒談，聽夜風掠過院中槐樹枝的聲音，我真咒詛這上海幾年所度的市井的生活。

有一夜大雷雨，我中夜醒來，在屋瓦的急溜和風聲雨聲的交響樂中，靜看那每一道閃電來時，紙窗上映出的被風搖曳着的窗外的樹影，那時的心境，那時的情調，真是永值得回憶。

在北京下車後在旅舍中的第一晚，就由朋友的引導去了中央公園一次。去時已是夜十一時了，鼓着痛足，匆匆的在園中走了一遭，在柏樹下喝了一瓶苦甜的萬壽山汽水後，便走了出來。園中很黑，然而在參天的柏樹下，倚了欄杆，遙望對岸那模糊中的宮牆，我覺得很有趣味，以後白天雖又去過幾次，但總覺不如第一夜的好。實在，在一望去幾百張藤椅的噪雜人聲中，去夾在裡面吃瓜子，去品評來往的女人，實在太乏味了。

北海公園便比「中央」好了。而我覺得它的好處不在有九龍壁的勝迹，有高聳的白塔可以登臨；它的好處是在沿海能有那一帶雜樹蜿蜒的堤岸可以供你閒眺。去倚在柳樹的蔭下，靜看海中雙槳徐起的划艇女郎和遊廊上品茶的博士，趣味至少要較自己置身其中為甚。這還是夏天，我想像着假若到了愁人的深秋，在斜陽映着衰柳的餘暉中，去看將涸的水中的殘荷，和敗葉披離的倒影，當更有深趣。假若再有一兩隻踽步的白鷺在這淒涼的景象中點綴着，那即使自己不是詩人，也盡夠你出神遐想了。

我愛紅燈影下男女雜沓酒精香煙的瘋狂混亂的歡樂，我也愛一人黃昏中獨坐在就圮的城牆上默看萬古蒼涼的落日煙景，然而我終不愛那市場中或茶棚下噪雜的閒談和羼走。

在北方的兩月中，除了電影場外，沒有看過一次中國的舊戲。去北京而不聽京戲，有人說這是入了寶山空手歸來，實在太傻了。然而我只好由人奚笑。在幼時雖也曾歡喜過三花大臉和真刀真槍，可惜天真久喪，這個夢早已破了；現在縱使我們的梅蘭芳再名馳環球中外傾倒，我的去看京戲的興致也終不能引起。我覺得假如要聽繞樑三日的歌喉不如往上海沿路叫賣衣服的夥計口中去尋求，要看漂亮的臉兒不如回到房中拿起鏡子看看自己。

這既非寫實又非象徵的京戲，對它，我真只好嘆我自己的淺薄了。

北京茶館酒樓和公園中「莫談國事」的紅紙帖兒，實在是一件值得大書特書的怪事。不過，同一的不准談國事，在北方卻明示在牆上，在南方則任着你談以待你自討苦吃，兩相比較，北方人的忠厚在這裡顯出了。

去西山的一次是在陰天。西山雖沒有江南山氣的明秀，雖沒有北派諸山的雄壯，然而它高低掩映，峰脈環抱，雖是小小的一帶峆嶁，實在是北京一切風景中的重心和根源。我去的一次，在走到半山中便遇着了雨。所以去的時間雖不多，見到的卻很好。雨中看山，山中看雨，看雨前白雲自山腰湧出封鎖山尖的情形，看雨後山色的潤濕和蒼翠，實在抵得住了多日。

走上西山道上，回過頭來便可望見萬壽山的頤和園了，這一座龐然的前朝繁華的遺迹，裡面盡有它巧妙的佈置，偉大的建築，可是因為主管的太不注意修理了，便處處望去都是死氣沉沉。排雲殿的頹敗，後面佛閣的顛危，我終恐怕它們有一天會像西湖雷峰塔的驟然崩潰。知命者不立乎崖牆之下，我想着這些我便止不住緩緩的避開了。我更不敢到昆明湖中去。這大約是我還沒有找着我可以盡忠的聖主吧？

對於北京前朝的宮殿和園囿，我要欣賞它的各個而棄掉它的全體。一帶玉陛的整齊，不如去欣賞它雕了蟠龍的白石柱子的一個。三殿的雄偉，那裡抵得上金黃的琉璃瓦的一片可愛呢？我不願去看故宮的博物館，我只願看大元帥府前的汽車和衛兵。

這或許是我的渺小，這或許也就是它們的偉大。

北京「三一八」慘案放槍的地點我也總算去看過了。馬號中依舊養着馬，地上也長着青草。血呢？

琉璃廠中去買舊書，北京飯店去買西書，實在是我在北京中最高興的事兒，比夜間乘了雪亮的洋車去逛胡同還要可戀。可是，有一次雨天，當我從東郊民巷光澤平坦的柏油大道上走回了我們泥淖三尺的中國地時，我又不知道那一個是該咒詛的了。

泥雖是那樣的深，然而汽車卻可以閉了眼睛不顧一切的劇駛而過。在北京，黃牌的汽車，比上海租界內的S.M.C.三字還要有威風哩！我只好揩去我身上的泥，我還是回上海去賞S.M.C.的滋味罷。

在七年以前，曾經由津浦線北上，過黃河，在天津附近的一個小縣裡住了半年。這一次的北行，往返卻都是由海道。回來的一遭，在船中我每日裹了一件毛絨衫躺在甲板上看海。船舷旁飛濺的浪沫，遠處緩緩送來的波濤，黃昏時天際的蒼茫，新月上升後海上那一派的銀霧和月光下海水的晶瑩，日落時晚霞的奇幻與波光的金碧錯亂，實在使我見了許多意外的奇遇，雖是回來後我額上和手臂都被海風吹得褪了一層皮，我仍是一點也不懊悔。

因了事務的不容緩和朋友的催促，我終於回來了。在回來後一月餘的今天，我回想起在京時朋友們待我的盛情和所得的印象，都覺得還是如在目前。

耗去兩月的光陰，實際上雖未得到甚麼，然而一個顛倒了多年的北國的相思夢卻終於是實現了，雖是這個夢的實現對於我也與一切戀愛的美夢一般，所得的結果總是不滿。

一九二七年九月十六日於上海聽車樓

馮至

馮至（1905—1993），河北涿縣人。詩人，學者。著有詩集《昨日之歌》，散文集《山水》等。

在贛江上

在贛江上，從贛州到萬安，是一段艱難的水程。船一不小心，便會觸到礁石上。多麼精明的船夫，到這裡也不敢信託自己，不能不捨掉幾元錢，請一位本地以領船為業的人，把整個的船交在他的手裡。這人看這段江水好似他祖傳下來的一塊田，一所房屋，水裡塊塊的礁石無不熟識；他站在船尾，把住舵，讓船躲避着礁石，宛轉自如，像是蛇在草裡一般靈活。等到危險的區域過去了，他便在一個適當的地方下了船，向你說聲「發財」。

我們從贛江上了船，正是十月底的小陽天氣，順水又吹着南風，兩個半天的功夫，便走了不少的路程。但到下午三點多鐘，風向改變了，風勢也越來越緊，領船的人把船舵放下，說：「前面就是天柱灘，黃泉路，今天停在這裡吧。」從這話裡聽來，大半是前邊的灘過於險惡，他雖然精於這一帶的情形，也難保這隻風裡的船不觸在礁石上。尤其是顧名思義，天柱灘，黃泉路，這些名稱實在使人有些懍然。

才四點鐘，太陽還高高的，船便泊了岸，船夫拋下了錨。四下一望，沒有村莊。大家在船裡蜷伏了多半天，跳下來，同往常一樣，總是深深地呼吸幾下，全身感到輕快。不過這次既看不見村莊，水上也沒有鄰船，一片沙地接連着沒有樹木的荒山，不管同船的孩子們怎樣在沙上跳躍，可是風勢更緊了，天空也變得不那樣晴朗，心裡總有些無名的恐懼：水裡嶙峋的礁石好像都無情地挺出水面一般。

我個人呢。妻在贛州病了兩個月，現在在這小船裡，她也只是躺着，不能坐起。當她病得最重，不省人事的那幾天，我坐在病榻旁，摸着她冰涼的手，好像被她牽引着，到陰影的國度裡旅行了一番。這時她的身體雖然一天天地健康起來，可是她的言談動作，有時還使我起一種渺茫的感覺。我在沙地上繞了兩個圈子，山河是這般沉靜，便沒精打采地回到船上去了。

「這是甚麼地方？」她問。

「沒有村莊，不知道這地方叫作甚麼。」

…………

風吹着水，水激動着船，天空將圓未圓的月被浮雲遮去。同船的孩子們最先睡着了。我也在此起伏不定的幻想裡忘卻這周圍的小世界。

睡了不久，好像自己迷失在一座森林裡，焦躁地尋不到出路，遠遠卻聽見有人在講話。等到我意識明了，覺得身在船上的時候，樹林化作風聲，而講話的聲音卻依然在耳，這一個荒涼的地方那裡會有人聲呢？這時同船的K君輕輕咳嗽了一下。

「我們鄰近停着小船嗎？」我小聲問。

「不遠的地方好像看見過一隻，」K君說。「你聽，有人在講話，好像是在岸上。」

「現在已經十二點半了——」K君擦着一根火柴，看了表，說出這句話，更加增加我的疑慮。

此外全船的人們還是沉沉地睡着。

我也懷着但願無事的僥幸心理又入了半睡狀態。不知過了多少分鐘，船上的狗大聲的吠起來了；船上的人都被狗驚醒，而遠遠的講話聲音不但沒有停住，反倒越聽越近。我想，這真有些蹊蹺了。

船上的狗吠，船外的語聲，兩方面都不停息；又隔了一些時，勇敢的K君披起衣服悄悄地走出船艙。這時全船的人都驚醒着，屏息無聲，只有些悉索的動作；人人盡可能地把身邊一點重要的物件，往不為人注意的地方放：柴堆裡，爐灰裡，艙篷的隙縫裡……大家安排好了，靜候着一件非常的事。

前後都是灘，風把船拘在這裡，不能進也不能退，好像是在個魔術師手裡。我守着大病初愈的妻，不知做甚麼事才好。忽然黑暗的船艙出現了一道光，是外邊河上從艙篷縫裡射進來的；這光慢慢地移動，從艙前移到艙後，分明是那河上放光的物體從我們船後已移到船頭了。這光在船艙後消逝了不久，又有一道光射到艙前，仍然是那樣的移動。

全船在靜默裡騷動着，妻的心房跳動得很快，只是小孩子們睡得沉沉地。

K君走進來了，輕輕地說，遠遠兩隻划子，一隻在前，一隻在後，船頭都燃着一堆火，從我們的船旁划過。每隻划子上坐着兩個人，這不是窺探我們船上的虛實嗎？

我聽了K君的話，也走到艙外。暗銀色的月光照徹山川，兩團火光在急流的水上越走越遠了。這是他們去報告他們的夥伴呢，還是探明了船上的人多，沒有敢下手呢？

我望着那兩團火光，盡在發呆，狗吠停止了，划子上的語聲也聽不見了。除去這滿船的猜疑和恐懼外，面前是個非人間的、廣漠的、原始般的世界。

最後船夫走到我身邊；他大半被這滿船客人的騷動攪得不能安靜地躺在被裡了。他說，不要怕，這地方一向是平靜的。

「那麼夜裡這兩支划子是作甚麼的呢？」

「那是捉魚的。白天江上來往的船隻多，不便捉魚。夜靜了，正是捉魚的好時候。魚見了火光便都跟隨着火光聚攏起來；你看，那兩隻划子的下面不知有多少魚呢……」

我恍然大悟，頓時想到「漁火」那兩個字。

……………

第二天早晨，風住了，船剛要起錨，對岸划來一隻划子，上邊有兩個漁夫。他們好像是慰問我們昨夜的虛驚，賣給我們兩條又肥又美的鱖魚。

妻，幼年生長在海邊，慣於魚蝦，對着這歡蹦亂跳的魚，臉上浮現出病後的第一次健康的微笑。

一九三九年寫於昆明

馱馬

施蟄存

施蟄存（1905—　），浙江杭州人。作家。著有短篇小說《上元燈》、《梅雨之夕》，散文集《燈下集》、《待旦錄》等。

我第一次看見馱馬隊是在貴州，但熟悉馱馬的生活則在雲南。那據說是所謂「果下馬」的矮小的馬，成為一長行列地逶迤於山谷裡，就是西南諸省在公路出現以前唯一的交通和運輸工具了。當我乘坐汽車，從貴州公路上行過，第一次看見這些馱馬隊在一個山谷裡行進的時候，我想，公路網的完成，將使這古老的運輸隊不久就消滅了罷。但是，在抗戰三年後的今日，因為液體燃料供應不足，這古老的運輸工具還得建立它的最後功業，這是料想不到的。

西北有二萬匹駱駝，西南有十萬匹馱馬，我們試設想，我們的抗戰乃是用這樣古舊的牲口運輸法去抵抗人家的飛機汽車快艇，然而還能支持到今日的局面，這場面能說不是偉大的嗎？因此，當我們看見一隊馱馬，負着它們的重荷，在一個峻坡上翻過山嶺去的時候，不能不沉默地有所感動了。

一隊馱馬，通常是八匹十匹或十二匹，雖然有多到十六或二十匹的，但那是很少的。每一隊的第一匹馬，是一個領袖。它是比較高大的一匹。它額上有一個特別的裝飾，常常是一面反射陽光的小圓鏡子和一叢紅綠色的流蘇。它的項頸下掛着一串大馬鈴。當它昂然地在前面帶路的時候，鈴聲咚嚨咚嚨地響着，頭上的流蘇跟着它底頭部一起一落地聳動着，後邊的馬便跟着它行進。或是看着它頭頂上的標幟，或是聽着它的鈴聲，因為後面的馬隊中，常常混雜着聾的或盲的。倘若馬數多了，則走在太後面的馬就不容易望到它們的領袖，你知道，馱馬的行進，差不多永遠是排列着單行的。

每一匹馬背上安一個木架子，那就叫做馱鞍。在馱鞍的左右兩邊便用牛皮繩綁縛了要它負荷的東西。這有兩個作用：第一是不使那些形狀不同的重載直接擦在馬脊樑及肋骨上，因為那些重載常常有尖銳的角或粗糙的邊緣，容易損傷了馬的皮毛。第二是每逢行到一站，歇夜的時候，只要把那木架子連同那些負載物從馬背上卸下來就行。第二天早上出發的時候，再把它擱上馬背，可以省卻許多解除和重又束縛的麻煩。

管理馬隊的人叫做馬哥頭，他常常管理着四五個小隊的馱馬。這所謂管理，實在不很費事。他老是抽着一根煙桿，在馬隊旁邊，或前或後地行走。他們用簡單的，一兩個字——或者還不如說是一兩個聲音——的吆喝指揮着那匹領隊的馬。與其說他的責任是管理馬隊，還不如說是管理着那些領隊的馬。馬哥頭也有女的。倘若是女的，則當這一長列辛苦的馱馬行過一個美麗的高原的時候，應合着那些馬鈴聲，她的憂鬱的山歌，雖然你不會懂得他們的意義——因為那些馬哥頭常常是夷人——會使你覺得何等感動啊！

在荒野的山林裡終日前進的馱馬隊，決不是單獨趕路的。它們常常可能集合到一二百匹馬，七八個或十幾個馬哥頭，結伴同行。在交通方便的大路上，它們每天走六十里，總可以獲得一個歇站。那作為馬隊的歇站的地方，總有人經營着馬店。每到日落時分，馬店裡的夥計便到城外或寨門外的大路口去迎候趕站的馬隊，這是西南一帶山城裡的每天的最後一陣喧嘩。

馬店常常是一所兩層的大屋子，三開間的或五開間的。底下是馬廄，樓上是馬哥頭的宿處。但是那所謂樓是非常低矮的。沒有窗戶，沒有傢具，實在只是一個閣樓罷了。馬店裡的夥計們幫同那些馬哥頭抬下了馬背上的馱鞍，洗刷了馬，餵過馬料，他們的職務就完了。馬哥頭也正如一切的西南夷人一樣，雖然趕了一天路，很少有人需要洗臉洗腳甚至沐浴的。他們的晚飯也不由馬店裡供給，他們都隨身帶着一個布袋，袋裡裝着包穀粉，歇了店，侍候好了馬匹，他們便自己去拿一副碗筷，斟上一點開水，把那些包穀粉吃了。這就是他們的晚餐。至於那些高興到小飯店裡去吃一杯升酒，叫一個炒菜下飯的，便是非常殷實的闊老了。在抗戰以前，這情形是沒有的，但在這一兩年來，這樣豪闊的馬哥頭已經不是稀有的了。

行走於迤西一帶原始山林中的馬隊，常常有必須趕四五百里路才能到達一個小村子的情況。於是，他們不得不在森林裡露宿了。用他們的名詞說起來，這叫做「開夜」。要開夜的馬隊，規模比較的大，而且要隨帶着炊具。差不多在日落的時候，他們就得在森林中尋找一塊平坦的草地。在那裡卸下了馱鞍，把馬拴在樹上，打成一圍。於是馬哥頭們安鍋煮飯燒水。天色黑了，山裡常常有虎豹或象群，所以他們必須撿拾許多枯枝，燒起火來，做成一個火圈，使野獸不敢近前。然而即使如此警戒，有時還會有猛獸在半夜裡忽然襲來，咬死幾匹馬，等那些馬哥頭聽見馬的驚嘶聲而醒起開槍的時候，它早已不知去向了。所以，有的馬隊還得帶一隻猴子，在臨要睡覺的時候，把猴子拴縛在一株高樹上。猴子最為敏感，到半夜裡，倘若它看見或聞到遠處有猛獸在行近來，它便會尖銳地啼起來，同時那些馬也會得跟着驚嘶，於是睡熟的人也都醒了。

在雲南的西北，販茶葉的古宗人的馱馬隊是最為雄壯的。在寒冷的天氣，在積雪的山峰中間的平原上，高大的古宗人腰裡揹着刀和小銅佛，騎着他們的披着美麗的古宗氍毹的馬，尤其是當他們開夜的時候，張起來的那個帳幕，使人會對於這些游牧民族的生活發生許多幻想。

二萬匹運鹽運米運茶葉的馱馬，現在都在西南三省的崎嶇的山路上，辛苦地走上一個坡，翻下一個坡，又走上一個坡，在那無窮盡的山坡上，運輸着比鹽米茶更重要的國防材物，我們看着那些矮小而矯健的馬身上的熱汗，和它們口中噴出來的白沫，心裡會感到怎樣沉重啊！

一九三九年六月

笑

高士其

高士其（1905—1988），福建人，作家，詩人。著作有詩集《太陽的工作》、《你們知道我是誰》、《祖國的春天》等。

隨着現代醫學的發展，我們對於笑的認識，更加深刻了。

笑，是心情愉快的表現，對於健康是有益的。笑，是一種複雜的神經反射作用，當外界的一種笑料變成信號，通過感官傳入大腦皮層，大腦皮層接到信號，就會立刻指揮肌肉或一部分肌肉動作起來。

小則嫣然一笑，笑容可掬，這不過是一種輕微的肌肉動作，一般的微笑，就是這樣。

大則是爽朗的笑，放聲的笑，不僅臉部肌肉動作，就是發聲器官也動作起來。捧腹大笑，手舞足蹈，甚至全身肌肉、骨骼都動員起來了。

笑在胸腔，能擴張胸肌，使人呼吸正常。

笑在肚子裡，腹肌收縮了而又張開，及時產生胃液，幫助消化，增進食慾，促進人體的新陳代謝。

笑在心臟，血管的肌肉加強了運動，使血液循環加強，淋巴循環加快，使人面色紅潤，神采奕奕。

笑在全身，全身肌肉都動作起來，興奮之餘，使人睡眠充足。精神飽滿。

笑，也是一種運動，不斷地變化發展。笑的聲音有大有小；有遠有近；有高有低；有粗有細；有快有慢；有真有假；有聰明的，有笨拙的；有柔和的，有粗暴的；有爽朗的，有嬌嫩的；有現實的，有浪漫的；有冷笑，有熱情的笑，如此等等，不一而足，這是笑的辯證法。

笑有笑的哲學。

笑的本質，是精神愉快。

笑的現象，是讓笑容、笑聲伴隨着你的生活。

笑的形式，多種多樣，千姿百態，無時不有，無處不有。

笑的內容，豐富多彩，包括人的一生。

笑話、笑料的題材，比比皆是，可以彙編成專集。

笑有笑的醫學。笑能治病，神經衰弱的人，要多笑。

笑可以消除肌肉過分緊張的狀況，防止疼痛。

笑也有一個限度，適可而止，有高血壓和患有心肌梗塞毛病的病人，不宜大笑。

笑有笑的心理學。各行各業的人，對於笑都有他們自己的看法，都有他們的心理特點。售貨員對顧客一笑，這笑是有禮貌的笑，使顧客感到溫暖。

笑有笑的政治學。做政治思想工作的人，非有笑容不可，不能板着面孔。

笑有笑的教育學。孔子說：「學而時習之，不亦說乎！」這是孔子勉勵他的門生們要勤奮學習。讀書是一件快樂的事。我們在學校裡，常常聽到讀書聲，夾着笑聲。

笑有笑的藝術。演員的笑，笑得那樣愜意，那樣開心。所以，人們在看喜劇，滑稽戲和馬戲等表演時，劇場裡總是笑聲滿座。笑有笑的文學，相聲就是笑的文學。

笑有笑的詩歌。在春節期間，《人民日報》發表了有笑的詩。其內容是：「當你撕下八一年的第一張日曆，你笑了，笑了，笑得這樣甜蜜，是堅信，青春的樹越長越葱蘢？是祝願，生命的花愈開愈艷麗？呵！在祖國新年建設的宏圖中，你的笑一定是濃濃的春色一筆……」

笑，你是嘴邊一朵花，在頸上花苑裡開放。

你是臉一朵雲，在眉宇雙目間飛翔。

你是美的姐妹，藝術的嬌兒。

你是愛的伴侶，生活有了愛情，你笑得更甜。笑，你是治病的良方，健康的朋友。

你是一種動力，推動工作與生產前進。

笑是一種個人的創造，也是一種集體生活感情融洽的表現。

笑是一件大好事，笑是建設社會主義精神文明的一個方面。

我這篇科學小品，再加上外國的資料，可以在大百科全書中，在笑的項目下，佔有一席的地位。

讓全人類都有笑意，笑容和笑聲，把悲慘的世界變成歡樂的海洋。

向着暴風雨前進

樓適夷

樓適夷（1905—2002），浙江餘姚人。作家、翻譯家。著有小説集《掙扎》、《病與夢》，詩集《適夷詩存》，散文集《話雨錄》等。

我曾有着這樣的經歷，在一個鬱悶的殘夏的午後，從北京路搭上了十四路無軌電車，去訪問一個不認識的新友人，這位友人的住所，是在離曹家渡還有六七里路的周家橋；替我介紹這位友人的人，約定五點鐘在奧飛姆影戲院的門口等我。

電車經過愛文義路的時候，剛才陰森森的天空突然罩上了暮暗，雨點很快的在車窗外面飛舞。電車開得很快，可是雨點卻比電車更快，過康腦脱路到勞勃生路的時候，馬路上的積水已經跟河一樣。滿車的乘客慌慌地把車窗閉住，但是雨水還是從每一個隙縫裡漏進來，把每個乘客的衣服淋得像浸在水裡的一樣。這些乘客互相呶呶地怨恨着，有的：

「我就説今天天氣不好，明天去也不要緊！」

有的説：「等會兒總會停的，既然來了還有甚麼法想呢？」

但是不管你是怨恨或是自慰，電車還是飛一般地猛進，暴風雨還是擂鼓一般地喧騰。電車的輪子衝破着路上的積水，濺起了幾尺高的水花。終於中途要下車的人都補買了票，特地要往終點的人，也商量着要是雨還不停，便原車打回。我的心中也焦灼着，開始了動搖，我的衣服完全打濕了。手拿着的一張報紙，預備到曹家渡時把長衣脱下來包的，也被漏水淋破了。

「約會了的那人，大概不會再等在那兒的吧，這樣的天氣，怎樣能下了電車再跑六七里路呢？」被四周那些怨聲，焦灼聲，激打着車窗的雨聲包圍着，我的心中開始了劇戰：「原車回去呢？還是……」

電車到了終點，開車的打開鐵門，雨還是傾瀉一樣地下着，車站上積了一尺多高的污水。許多人向外邊望望都把腿縮住了。

「下去！」這樣地下了決心，我便把長衫脱去，跟着兩三個工人樣的乘客，跳下水裡去。

電車上的人，路旁兩邊的店舖子裡的人，都望着冒雨涉水的我們笑。我甚麼也不管，把兩腿浸在水裡走。對面便是影戲院的大門，大門的階沿上聚集了大堆的散了戲出來的觀客，正嚷嚷的和黃包車夫講價錢。

在暴風雨的蹂躪之下，一切都顯得慌亂慘淡，陰鬱了。許多人花不起高漲了的車錢，同時又捨不得把腳上的鞋襪脱去，只是在戲院的門廊下彷徨。在這彷徨的人群中，我發現了我的約會人的臉。

「我怕你不來了哩！」

他歡喜地向我伸出濕淋淋的手，他的被水浸透了的掌心中，一股冰一般的冷氣刺入我的掌心。我慚愧了剛才自己的動搖。

「好，我們走吧。」他說了，便打算拔步。我望了望他的腳，他的腳是完全赤了。

「等一等！」我俯下身子，把鞋襪脱了，和長衣一起挾在手裡，又把濕透了的褲管往上捲起了。

我們又冒着雨，涉着水前進了。

我的心中想像着那個尚未識面的友人，他是和我們住在一個不同的世界中的。

「沖破了暴風雨向新的世界去！」我驚心了我自己的勇敢。但是我的驕傲不久就消失了，當我見大群大群放了工的勞動者，從工廠的大門口湧出來的時候。

「在十幾小時的勞動之後的萎疲的姿影。」這是過去的我的想像，但是這想像完全錯誤了，他們在高聲地笑，跑着，完全是從來沒有看見過的新的潑剌的群，在這再接再厲的暴風雨之中。立刻，我發覺我沒有可驕傲的了。我只想混在他們當中去，雖然這是多麼的不適宜，我的腳赤着，我的腿是白的，在他們中間，顯着很大的差異。

這時候，我的同伴已經把我帶進了一條工房的污穢黑暗的小弄堂裡。

這個寶貴的一年前的回憶的場面，還有許多新的展開，但我只能寫到這兒為止，因為這已經足夠說明從「九·一八」以來的我個人的心的歷練：

我們在經歷着暴風雨的年頭，從瀋陽的炮聲，全東三省的火煙，上海的血的洗煉，以至最近東北原野中廝殺的悲號，已瀕垂危的熱河與平津的呻吟的聲音，在第二次大屠殺威脅下的上海，南京以及長江一帶民眾的恐怖，這一切不是日帝國主義所捲起的血的暴風雨麼？從東三省一直無抵抗到退出淞滬，從珍珠橋一直掃射到內地農村中的每一塊泥土中的每一個百姓，為着替國際帝國主義掃清瓜分的障礙，為着消滅世界勞苦大眾的堡壘，為着使更大更大的強盜戰爭的大屠殺，落在全世界飢餓失業的勞苦者的頭上，在中國的土地中，所進行着的屠殺，焚掠，這不是包圍在我們四周的血的暴風雨麼？和這些血腥腥的暴風雨一起，許多扮着各種面譜的政治家，學者，文士，使弄着各式各樣的辭藻，為着他們主人的屠殺陰謀的順利的進行，不是正向我們捲起威脅與欺騙的暴風雨麼？……這一切暴風雨，還再接再厲地加緊着，沒有高大的洋房可以蔽護，甚至連高價的黃包車錢也花不起，不管你怨着嘆着，電車是在猛進，暴風雨是在加劇，要中途下車，或乘原車打倒回的可能和甘心都沒有，那麼，除了把長衫脱去，把鞋襪丢掉，跳到露天的積水中去冒雨涉水以外，還有甚麼路可以走呢？而且，這並不是個人的英雄事業，千千萬萬的人群，都在暴風雨之中，作着英勇的行進，只有到他們的隊伍裡去，和他們一起，向着暴風雨前進，我們才能真正地衝破這個暴風雨。

一九三二年十月

山水

李廣田

李廣田（1906—1968），山東鄒平人。作家。著有散文集《畫廊集》、《銀狐集》、《雀蓑記》等。

先生，你那些記山水的文章我都讀過，我覺得那些都很好。但是我又很自然地有一個奇怪念頭：我覺得我再也不願意讀你那些文字了，我疑惑那些文字都近於誇飾，而那些誇飾是會叫生長在平原上的孩子悲哀的。你為甚麼盡把你們的山水寫得那樣美好呢？難道你從來就不曾想到過：就是那些可愛的山水也自有不可愛的理由嗎？我現在將以一個平原之子的心情來訴說你們的山水：在多山的地方行路不方便，崎嶇坎坷，總不如平原上坦坦蕩蕩；住在山圈裡的人很不容易望到天邊，更看不見太陽從天邊出現，也看不見流星向地平線下消逝，因為亂山遮住了你們的望眼；萬里好景一望收，是只有生在平原上的人才有這等眼福；你們喜歡寫帆，寫橋，寫浪花或濤聲，但在我平原人看來，卻還不如秋風禾黍或古道鞍馬為更好看，而大車工東，恐怕也不是你們山水鄉人所可聽聞。此外呢，此外似乎還應該有許多理由；然而我的筆偏不聽我使喚，我不能再寫出來了。唉唉，我夠多麼愚，我想同你開一回玩笑，不料卻同自己開起玩笑來了，我原是要訴說平原人的悲哀呀，我讀了你那些山水文章，我乃想起了我的故鄉，我在那裡消磨過十數個春秋，我不能忘記那塊平原的憂愁。

我們那塊平原上自然是無山無水，然而那塊平原的子孫們是如何地喜歡一窪水，如何地喜歡一拳石啊。那裡當然也有井泉，但必須是深及數丈之下才能用桔槔取得他們所需的清水，他們愛惜清水，就如愛惜他們的金錢。孩子們就巴不得落雨天，陰雲漫漫，幾個雨點已使他們的靈魂得到了滋潤，一旦大雨滂沱，他們當然要樂得發狂。他們在深僅沒膝的池塘裡游水，他們在小小水溝裡放草船，他們從流水的車轍想像長江大河，又從稍稍寬大的水潦想像海洋。他們在凡有積水的地方作種種遊戲，即使因而為父母所責罵，總覺得一點水對於他們的感情最溫暖。有遠遠從水鄉來賣魚蟹的，他們就愛打聽水鄉的風物；有遠遠從山裡來賣山果的，他們就愛探訪山裡有甚麼奇產。遠山人為他們帶來小小的光滑石卵，那簡直就是獲得了至寶，他們會以很高的代價，使這塊石頭從一個孩子的衣袋轉入另一個的衣袋。他們猜想那塊石頭的來源，他們說那是從甚麼山嶽裡採來的，曾在甚麼深谷中長養，為幾千萬年的山水所沖洗，於是變得這麼滑，這麼圓，又這麼好看。曾經去過遠方的人回來驚訝道：「我見過山，我見過山，完全是石頭，完全是石頭。」於是聽話的人在夢裡畫出自己的山巒。他們看見遠天的奇雲，便指點給孩子們說道：「看啊，看啊，那像山，那像山。」孩子們便望着那變幻的雲彩而出神。平原的子孫對於遠方山水真有些好想像，而他們的寂寞也正如平原之無邊。先生，你幾時到我們那塊平原上去看看呢：樹木，村落，樹木，村落，無邊平野，尚有我們的祖先永息之荒冢纍纍，唉唉，平原的風從天邊馳向天邊，管叫你望而興嘆了。

自從我們的遠祖來到這一方平原，在這裡造起第一個村莊後，他們就已經領受了這份寂寞。他們在這塊地面上種樹木，種菜蔬，種各色花草，種一切穀類，他們用種種方法裝點這塊地面。多少世代向下傳延，平原上種遍了樹木，種遍了花草，種遍了菜蔬和五穀，也造下了許多房屋和墳墓。但是他們那份寂寞卻依然如故，他們常常想到些遠方的風候，或者是遠古的事物，那是夢想，也就是夢囈，因為他們彷彿在前生曾看見些美好的去處。他們想，為甚麼這塊地方這麼平平呢，為甚麼就沒有一些高低呢。他們想以人力來改造他們的天地。

你也許以為這塊平原是非常廣遠的吧，不然，南去三百里，有一條小河，北去三百里，有一條大河，東至於海，西至於山，俱各三四百里，這便是我們這塊平原的面積。這塊地面實在並不算廣漠，然而住在這平原中心的我們的祖先，卻覺得這天地之大等於無限。我們的祖先們住在這裡，就與一個孤兒被捨棄在一個荒島上無異。我們的祖先想用他們自己的力量來改造他們的天地，於是他們就開始一件偉大的工程。農事之餘，是他們的工作時間，凡是這平原上的男兒都是工程手，他們用鍁，用鍬，用刀，用鏟，用凡可掘土的器具，南至小河，北至大河，中間繞過我們祖先所奠定的第一個村子，他們鑿成了一道大川流。我們的祖先並不曾給我們留下記載，叫我們無法計算這工程所費的歲月。但有一個不很正確的數目寫在平原之子的心思：或説三十年，或説四十年，或説共過了五十度春秋。先生，從此以後，我們祖先才可以垂釣，可以泅泳，可以行木橋，可以駕小舟，可以看河上的雲煙。你還必須知道，那時代我們的祖先都很勤苦，男耕耘，女蠶織，所以都得飽食暖衣，平安度日，他們還有餘裕想到別些事情，有餘裕使感情上知道缺乏些甚麼東西。他們既已有了河流，這當然還不如你文章中寫的那末好看，但總算有了流水，然而我們的祖先仍是覺得不夠滿好，他們還需要在平地上起一座山嶽。

一道活水既已流過這平原上第一個村莊之東，我們的祖先就又在村莊的西邊起始第二件工程。他們用大車，用小車，用擔子，用籃子，用布袋，用衣襟，用一切可以盛土的東西，運村南村北之土於村西，他們用先前開河的勤苦來工作，要掘得深，要掘得寬，要把掘出來的土都運到村莊的西面。他們又把那河水引入村南村北的新池，於是一曰南海，一曰北海，自然村西已聚起了一座十幾丈的高山。然而這座山完全是土的，於是他們遠去西方，採來西山之石，又到南國，移來南山之木，把一座土山裝點得峰巒秀拔，嘉樹成林。年長日久，山中梁木柴薪，均不可勝用，珍禽異獸，亦時來棲止，農事有暇，我們的祖先還樂得扶老提幼，攜酒登臨。南海北海，亦自魚鱉蕃殖，蘋藻繁多，夜觀漁舟火，日聽採蓮歌。先生，你看我們的祖先曾過了怎樣的好生活呢。

唉唉，說起來令人悲哀呢，我雖不曾像你的山水文章那樣故作誇飾，——因為凡屬這平原的子孫誰都得承認這些事實，而且任何人也樂意提起這些光榮，——然而我卻是對你說了一個大謊，因為這是一頁歷史，簡直是一個故事，這故事是永遠寫在平原之子的記憶裡的。

我離開那平原已經有好多歲月了，我繞着那塊平原轉了好些圈子。時間使我這遊人變老，我卻相信那塊平原還該是依然當初。那裡仍是那末坦坦蕩蕩，然而也仍是那末平平無奇，依然是村落，樹木，五穀，菜畦，古道行人，鞍馬馳驅。你也許會問我：祖先的工程就沒有一點影子，遠古的山水就沒有一點痕迹嗎？當然有的，不然這山水的故事又怎能傳到現在，又怎能使後人相信呢。這使我憶起我的孩提之時，我跟隨着老祖父到我們的村西——這村子就是這平原上第一個村子，我那老祖父像在夢裡似的，指點着深深埋在土裡而只露出了頂尖的一塊黑色岩石，說道：「這就是老祖宗的山頭。」又走到村南村北，見兩塊稍稍低下的地方，就指點給我說道：「這就是老祖宗的海子。」村莊東面自然也有一條比較低下的去處，當然那就是祖宗的河流。我在那塊平原上生長起來，在那裡過了我的幼年時代，我憑了那一塊石頭和幾處低地，夢想着遠方的高山，長水，與大海。

一九三六年十一月五日，濟南

花潮

昆明有個圓通寺。寺後就是圓通山。從前是一座荒山，現在是一個公園，就叫圓通公園。公園在山上。有亭，有台，有池，有榭，有花，有樹，有鳥，有獸。

後山沿路，有一大片海棠，平時枯枝瘦葉，並不惹人注意，一到三四月間，真是花團錦簇，變成一個花世界。

這幾天天氣特別好，花開得也正好，看花的人也就最多。「紫陌紅塵拂面來，無人不道看花回」，辦公室裡，餐廳裡，晚會上，道路上，經常聽到有人問答：「你去看海棠沒有？」「我去過了。」或者說：「我正想去。」到了星期天，道路相逢，多爭說圓通山海棠消息。一時之間，幾乎形成一種空氣，甚至是一種壓力，一種誘惑，如果誰沒有到圓通山看花，就好像是一大憾事，不得不擠點時間，去湊個熱鬧。

星期天，我們也去看花。不錯，一路同去看花的人可多着哩。進了公園門，步步登山，接踵摩肩，人就更多了。向高處看，隔着密密層層的綠蔭，只見一片紅雲，望不到邊際，真是「寺門尚遠花光來，漫天錦繡連雲開」。

這時候，甚麼蒼松啊，翠柏啊，碧梧啊，修竹啊，……都挽不住遊人。大家都一口氣地攀到最高峰，淹沒在海棠花的紅海裡。後山一條大路，兩旁，四周，都是海棠。人們坐在花下，走在路上，既望不見花外的青天，也看不見花外還有別的世界。花開得正盛，來早了，還未開好，來晚了已經開敗，「千朵萬朵壓枝低」，每棵樹都炫耀自己的鼎盛時代，每一朵花都在微風中枝頭上顫抖着說出自己的喜悅。「噴雲吹霧花無數，一條錦繡遊人路」，是的，是一條花巷，一條花街，上天下地都是花，可謂花天花地。可是，這些說法都不行，都不足以說出花的動態，「四廂花影怒於潮」，「四山花影下如潮」，還是「花潮」好。古人寫詩真有他的，善於說出要害，說出花的氣勢。你不要亂跑，你靜下來，你看那一望無際的花，「如錢塘潮夜澎湃」，有風，花在動，無風，花也潮水一般地動，在陽光照射下，每一個花瓣都有它自己的陰影，就彷彿多少波浪在大海上翻騰，你越看得出神，你就越感到這一片花潮正在向天空向四面八方伸張，好像有一種生命力在不斷擴展。而且，你可以聽到潮水的聲音，誰知道呢，也許是花下的人語聲，也許是花叢中蜜蜂嗡嗡聲，也許甚麼地方有黃鶯的歌聲，還有甚麼地方送來看花人的琴聲，歌聲，笑聲……，這一切交織在一起，再加上風聲，天籟人籟，就如同海上午夜的潮聲。大家都是來看花的，可是，這個花到底怎麼看法？有人走累了，揀個最好的地方坐下來看，不一會，又感到這裡不夠好，也許別個地方更好吧，於是站起來，既依依不捨，又滿懷向往，慢步移向別處去。多數人都在花下走來走去，這棵樹下看看，好，那棵樹下看看，也好，佇立在另一棵樹下仔細端詳一番，更好，看看，想想，再看看，再想想。有人很大方，只是駐足觀賞，有人貪心重，伸手牽過一枝花來搖搖，或者乾脆翹起鼻子一嗅，再嗅，甚至三嗅。「天公鬥巧乃如此，令人一步千徘徊」。人們面對這綺麗的風光，真是徒喚奈何了。

老頭兒們看花，一面看，一面自言自語，或者嘴裡低吟着甚麼。老媽媽看花，扶着拐杖，牽着孫孫，很珍惜地折下一朵，簪在自己的髮髻上。青年們穿得整整齊齊，乾乾淨淨，好像參加甚麼盛會，不少人已經穿上雪白的襯衫，有的甚至是綢襯衫，有的甚至已是短袖襯衫，好像夏天已經來到他們身上，東張張，西望望，既看花，又看人，洋氣得很。青年婦女們，也都打扮得利利落落，很多人都穿着花衣花裙，好像要與花爭妍，也有人擦了點胭脂，抹了點口紅，顯得很突出，可是，在這花世界裡，又叫人感到無所謂了。很自然地想起了龔自珍《西郊落花歌》中說的，「如八萬四千天女洗臉罷，齊向此地傾胭脂」，真也有點形容過分，反而沒有真實感了。小學生們，繫着漂亮的紅領巾，帶着彈弓來了，可是他們並沒有射擊，即便有鳥，也不射了，被這一片沒頭沒腦的花驚呆了。畫家們正調好了顏色對花寫生，看花的人又圍住了畫花的，出神地看畫家畫花。喜歡照相的人，抱着相機跑來跑去，不知是照花，還是照人，是怕人遮了花，還是怕花遮了人，還是要選一個最好的鏡頭，使如花的人永遠伴着最美的花。有人在花下喝茶，有人在花下彈琴，有人在花下下象棋，有人在花下打橋牌。昆明四季如春，四季有花，可是不管山茶也罷，報春也罷，梅花也罷，杜鵑也罷，都沒有海棠這樣幸運，有這麼多人，這樣熱熱鬧鬧地來訪它，來賞它，這樣興致勃勃地來趕這個開花的季節。還有桃花甚麼的，目前也還開着，在這附近，就有幾樹碧桃正開，「猩紅鸚綠天人姿，回首夭桃惝失色」，顯得冷冷落落地呆在一旁，並沒有誰去理睬。在這圓通山頭，可以看西山和滇池，可以看平林和原野，可是這時候，大家都在看花，甚麼也顧不得了。

看着看着，實在也有點疲乏，找個地方坐下來休息一下吧，哪裡沒有人？都是人。坐在一群看花人旁邊，無意中聽人家談論，猜想他們大概是哪個學校的文學教師。他們正在吟詩談詩：

一個吟道：「淚眼問花花不語，亂紅飛過秋千去。」

一個說：「這個不好，哪來的這麼些眼淚！」

另一個吟道：「一片花飛減卻春，風飄萬點正愁人。」

又一個說：「還是不好，雖然是詩聖的佳句，也不好。」

一個青年人搶過去說：「『繁枝容易紛紛落，嫩蕊商量細細開』，也是杜詩，好不好？」

一個人回答：「好的，好的，思想健康，說的是新陳代謝。」

一個人不等他說完就接上去：「好是好，還不如龔定庵的『落紅不是無情物，化作春泥更護花』，有辯證觀點，樂觀精神。」

有一個人一直不說話，人家問他，他說：「天何言哉，四時興焉，萬物生焉，天何言哉。桃李無言，下自成蹊。你們看，海棠並沒有說話，可是大家都被吸引來了。」

我也沒有說話。想起泰山高處有人在懸崖上刻了四個大字：「予欲無言」，其實也甚是多事。

回家的路上，還是聽到很多人紛紛議論。

有人說：「今年的花，比去年好，去年，比前年好，解放以前，談不到。」

有人說：「今天看花好，今夜睡夢好，明天工作好。」

有人說：「明天作文課，給學生出題目，有了辦法。」

有人說：「最好早晨來看花，迎風帶露的花，會更嬌更美。」

有人說：「雨天來看花更好，海棠著雨胭脂透，當然不是大雨滂沱，而是斜風細雨。」

有人說：「也許月下來看花更好，將是花氣氤氳。」

有人說：「下星期再來看花，再不來就完了。」

有人說：「不怕花落去，明年花更好。」

好一個「明年花更好」。我一面走着，一面聽人家說着，自己也默唸着這樣兩句話：

春光似海，
盛世如花。

一九六二年四月

李健吾

李健吾（1906—1982），山西安邑人。現代戲劇家，翻譯家。著有散文集《意大利遊簡》、《希伯先生》等。

雨中登泰山

從火車上遙望泰山，幾十年來有好些次了，每次想起「孔子登東山而小魯，登泰山而小天下」那句話來，就覺得過而不登，像是欠下悠久的文化傳統一筆債似的。杜甫的願望：「會當凌絕頂，一覽眾山小」，我也一樣有，惜乎來去匆匆，每次都當面錯過了。

而今確實要登泰山了，偏偏天公不作美，下起雨來，淅淅瀝瀝，不像落在地上，倒像落在心裡。天是灰的，心是沉的。我們約好了清晨出發，人齊了，雨卻越下越大。等天晴嗎？想着這渺茫的「等」字，先是憋悶。盼到十一點半鐘，天色轉白，我不由喊了一句：「走吧！」帶動年輕人，挎起背包，興致勃勃，朝岱宗坊出發了。

是煙是霧，我們辯識不清，只見灰濛濛一片，把老大一座高山，上上下下，裹了一個嚴實。古老的泰山越發顯得崔嵬了。我們才過岱宗坊，震天的吼聲就把我們吸引到虎山水庫的大壩前面。七股大水，從水庫的橋孔躍出，彷彿七幅閃光黃錦，直鋪下去，碰着嶙嶙的亂石，激起一片雪白水珠，脱線一般，撒在洄漩的水面。這裡叫作虬在灣：據説虬早已被呂洞賓渡上天了，可是望過去，跳擲翻騰，像又回到了故居。我們繞過虎山，站到壩橋上，一邊是平靜的湖水，迎着斜風細雨，懶洋洋只是欲步不前，一邊卻暗噁叱咤，似有千軍萬馬，躲在綺麗的黃錦底下。黃錦是方便的比喻，其實是一幅細紗，護着一幅沒有經緯的精緻圖案，透明的白紗輕輕壓着透明的米黃花紋。——也許只有織女才能織出這種瑰奇的景色。

雨大起來了，我們拐進王母廟後的七真祠。這裡供奉着七尊塑像，正面當中是呂洞賓，兩旁是他的朋友李鐵拐和何仙姑，東西兩側是他的四個弟子，所以叫作七真祠。呂洞賓和他的兩位朋友倒也罷了，站在龕裡的兩個小童和柳樹精對面的老人，實在是少見的傳神之作。一般廟宇的塑像，往往不是平板，就是怪誕，造型偶爾美的，又不像中國人，跟不上這位老人這樣逼真、親切。無名的雕塑家對年齡和面貌的差異有很深的認識，形象才會這樣栩栩如生。不是年輕人提醒我該走了，我還會欣賞下去的。

我們來到雨地，走上登山的正路，一連穿過三座石坊：一天門、孔子登臨處和天階。水聲落在我們後面，雄偉的紅門把山擋住。走出長門洞，豁然開朗，山又到了我們跟前。人朝上走，水朝下流，流進虎山水庫的中溪陪我們，一直陪到二天門。懸崖峻嶒，石縫滴滴答答，泉水和雨水混在一起，順着斜坡，流進山澗，涓涓的水聲變成訇訇的雷鳴。有時候風過雲開，在底下望見南天門，影影綽綽，聳立山頭，好像並不很遠；緊十八盤彷彿一條灰白大蟒，匍匐在山峽當中；更多的時候，烏雲四合，層巒疊嶂都成了水墨山水。蹚過中溪水淺的地方，走不太遠，就是有名的經石峪，一片大水漫過一畝大小的一個大石坪，光光的石頭刻着一部《金剛經》，字有斗來大，年月久了，大部分都讓水磨平了。回到正路，雨不知道甚麼時候已經住了，人走了一身汗，巴不得把雨衣脱下來，涼快涼快。說巧也巧，我們正好走進一座柏樹林，陰森森的，亮了的天又變黑了，好像黃昏提前到了人間，汗不但下去，還覺得身子發冷，無怪乎人把這裡叫作柏洞。我們抖擻精神，一氣走過壺天閣，登上黃峴嶺，發現沙石全是赤黃顏色，明白中溪的水為甚麼黃了。

靠住二天門的石坊，向四下裡眺望，我又是驕傲，又是擔心。驕傲我已經走了一半的山路，擔心自己走不了另一半的山路。雲薄了，霧又上來。我們歇歇走走，走走歇歇，如今已經是下午四點多了。困難似乎並不存在，眼面前是一段平坦的下坡土路，年輕人跳跳蹦蹦，走了下去，我也像年輕了一樣，有說有笑，跟在他們後頭。

我們在不知不覺中，從下坡路轉到上坡路，山勢陡峭，上升的坡度越來越大。路一直是寬整的，只有探出身子的時候，才知道自己站在深不可測的山溝邊，明明有水流，卻聽不見水聲。仰起頭來朝西望，半空掛着一條兩尺來寬的白帶子，隨風擺動，想湊近了看，隔着遼闊的山溝，走不過去。我們正在讚不絕口，發現已經來到一座石橋跟前，自己還不清楚是怎麼一回事，細雨打濕了渾身上下。原來我們遇到另一類型的飛瀑，緊貼橋後，我們不提防，幾乎和它撞個正着。水面有兩三丈寬，離地不高，發出一瀉千里的龍虎聲威，打着橋下奇形怪狀的石頭，口沫噴的老遠。從這時候起，山澗又從左側轉到右側，水聲淙淙，跟我們跟到南天門。

過了雲步橋，我們開始走上攀登泰山主峰的盤道。南天門應該近了，由於山峽回環曲折，反而望不見了。野花野草，甚麼形狀也有，甚麼顏色也有，挨挨擠擠，芊芊莽莽，要把巉岩的山石裝扮起來。連我上了一點歲數的人，也學小孩子，掐了一把，直到花朵和葉子全蔫了，才帶着抱歉的心情，丢在山澗裡，隨水漂去。但是把人的心靈帶到一種崇高的境界的，卻是那些「吸翠霞而夭矯」的松樹。它們不怕山高，把根扎在懸崖絕壁的隙縫，身子扭的像盤龍柱子，在半空展開枝葉，像是和狂風烏雲爭奪天日，又像是和清風白雲遊戲。有的松樹望穿秋水，不見你來，獨自上到高處，斜着身子張望。有的松樹像一頂墨綠大傘，支開了等你。有的松樹自得其樂，顯出一副瀟灑的模樣。不管怎麼樣，它們都讓你覺得它們是泰山的天然的主人，誰少了誰，都像不應該似的。霧在對松山的山峽飄來飄去，天色眼看黑將下來。我不知道上了多少石級，一級又一級，是樂趣也是苦趣，好像從我有生命以來就在登山似的，邁前腳，拖後腳，才不過走完慢十八盤。我靠住升仙坊，仰起頭來朝上望，緊十八盤彷彿一架長梯，搭在南天門口。我膽怯了。新砌的石級窄窄的，擱不下整腳。怪不得東漢的應劭引用馬第伯在《封禪儀記》裡的話，這樣形容：「仰視天門，窔遼如從穴中視天，直上七里，賴其羊腸逶迤，名曰環道，往往有緪索，可得而登也。兩從者扶挾，前人相牽，後人見前人履底，前人見後人頂，如畫重累人矣。所謂磨胸揑石，捫天之難也。」一位老大爺，斜着腳步，穿花一般，側着身子，趕到我們前頭。一位老大娘，挎着香袋，儘管腳小，也穩穩當當，從我們身邊過去。我像應劭說的那樣，「目視而腳不隨」，抓住鐵扶手，揪牢年輕人，走十幾步，歇一口氣，終於在下午七點鐘，上到南天門。

心還在跳，腿還在抖，人到底還是上來了。低頭望着新整然而長極了的盤道，我奇怪自己居然也能上來。我走在天街上，輕鬆愉快，像一個沒事人一樣。一排留宿的小店，沒有名號，只有標記，有的門口掛着一隻笊籬，有的窗口放着一對鸚鵡，有的是一根棒棰，有的是一條金牛，地方寬敞的擺着茶桌，地方窄小的只有竈几，後牆緊貼着峥嶸的山石，前臉正對着萬丈的深淵。別成一格的還有那些石頭。古詩人形容泰山，說「泰山岩岩」，注解人告訴你：岩岩，積石貌。的確這樣，山頂越發給你這種感覺。有的石頭像蓮花瓣，有的像大象頭，有的像老人，有的像臥虎，有的錯落成橋，有的兀立如柱，有的側身探海，有的怒目相向。有的甚麼也不像，黑忽忽的，一動不動，堵住你的去路。年月久，傳說多，登封台讓你想像帝王拜山的盛況，一個光禿禿的地方會有一塊石碣，指明是「孔子小天下處」。有的山池叫作洗頭盆，據說玉女往常在這裡洗過頭髮；有的山洞叫作白雲洞，傳說過去往外冒白雲，如今不冒白雲了，白雲在山裡依然遊來遊去。晴朗的天，你正在欣賞「齊魯青未了」，忽然一陣風來，「蕩胸生層雲」，轉瞬間，便像宋之問在《桂陽三日述懷》裡說起的那樣，「雲海四茫茫」。是雲嗎？頭上明明另有雲在。看樣子是積雪，要不也是棉絮堆，高高低低，連續不斷，一直把天邊變成海邊。於是陽光掠過，雲海的銀濤像鍍了金，又像着了火，燒成灰燼，不知去向，露出大地的面目。兩條白線，曲曲折折，是溹河，是汶河。一個黑點子在碧綠的圖案中間移動，彷彿螞蟻，又冒一縷青煙。你正在指手劃腳，說長道短，虛像和真象一時都在霧裡消失。

我們沒有看到日出的奇景。那要在秋高氣爽的時候。不過我們也有自己的獨得之樂：我們在雨中看到的瀑布，兩天以後下山，已經不那樣壯麗了。小瀑布不見，大瀑布變小了。我們沿着西溪，翻山越嶺，穿過果香撲鼻的蘋果園，在黑龍潭附近待了老半天。不是下午要趕火車的話，我們還會待下去的。山勢和水勢在這裡別是一種格調，變化而又和諧。

山沒有水，如同人沒有眼睛，似乎少了靈性。我們敢於在雨中登泰山，看到有聲有勢的飛泉流布，傾盆大雨的時候，恰好又在斗母宮躲過，一路行來，有雨趣而無淋漓之苦，自然也就格外感到意興盎然。

途中

梁遇春

梁遇春（1906—1932），福建閩侯人。作家。著有散文選集《春醪集》、《淚與笑》等。

今天是個瀟灑的秋天，飄着零雨，我坐在電車裡，看到沿途店裡的夥計們差不多都是懶洋洋地在那裡談天，看報，喝茶——喝茶的尤其多，因為今天實在有點冷起來了。還有些只是倚着櫃頭，望望天色。總之紛紛擾擾的十里洋場頓然現出閒暇悠然的氣概，高樓大廈的商店好像都化做三間兩舍的隱廬，裡面那班平常替老闆掙錢，向主顧陪笑的夥計們也居然感到了生活餘裕的樂處，正在拉閒扯散地過日，彷彿全是古之隱君子了。路上的行人也只是稀稀的幾個，連坐在電車裡面上銀行去辦事的洋鬼子們也燃着煙斗，無聊賴地看報上的廣告，平時的燥氣全消，這大概是那件雨衣的效力罷！到了北站，換上去西鄉的公共汽車，雨中的秋之田野是別有一種風味的。外面的濛濛細雨是看不見的，看得見的只是車窗上不斷地來臨的小雨點，同河面上錯雜得可喜的纖纖雨腳。此外還有粉般的小雨點從破了的玻璃窗進來，棲止在我的臉上。我雖然有些寒戰，但是受了雨水的洗禮，精神變成格外地清醒。已攖世網，醉生夢死久矣的我真不容易有這麼清醒，這麼氣爽。再看外面的景色，既沒有像春天那嬌艷得使人們感到它的不能久留，也不像冬天那樣樹枯草死，好似世界是快毀滅了，卻只是靜默默地，一層輕輕的雨霧若隱若現地蓋着，把大地美化了許多，我不禁微吟着鄉前輩姜白石的詩句，真是「人生難得秋前雨」。忽然想到今天早上她皺着眉頭說道：「這樣凄風苦雨的天氣，你也得跑那麼遠的路程，這真可厭呀！」我暗暗地微笑。她那裡曉得我正在憑窗賞玩沿途的風光呢？她或者以為我現在必定是哭喪着臉，像個到刑場的死囚，萬不會想到我正流連着這葉尚未凋，草已添黃的秋景。同情是難得的，就是錯誤的同情也是無妨，所以我就讓她老是這樣可憐着我的僕僕風塵罷；並且有時我有甚麼逆意的事情，臉上露出不豫的顏色，可以借路中的辛苦來遮掩，免得她一再追究，最後說出真話，使她憑添了無數的愁緒。

其實我是個最喜歡在十丈紅塵裡奔走道路的人。我現在每天在路上的時間差不多總在兩點鐘以上，這是已經有好幾月了，我卻一點也不生厭，天天走上電車，老是好像開始蜜月旅行一樣。電車上和道路上的人們彼此多半是不相識的，所以大家都不大拿出假面孔來，比不得講堂裡，宴會上，衙門裡的人們那樣彼此拚命地一味敷衍。公園，影戲院，遊戲場，館子裡面的來客個個都是眉花眼笑的，最少也裝出那麼樣子，墓地，法庭，醫院，藥店的主顧全是眉頭皺了幾十紋的，這兩下都未免太單調了，使我們感到人世的平庸無味，車子裡面和路上的人們卻具有萬般色相，你坐在車裡，只要你睜大眼睛不停地觀察了卅分鐘，你差不多可以在所見的人們臉上看出人世一切的苦樂感覺同人心的種種情調。你坐在位子上默默地鑒賞，同車的客人們老實地讓你從他們的形色舉止上去推測他們的生平同當下的心境，外面的行人一一現你眼前，你盡可恣意瞧着，他們並不會曉得，而且他們是這麼不斷地接連走過，你很可以拿他們來彼此比較，這種普通人的行列的確是比甚麼賽會都有趣得多，路上源源不絕的行人可說是上帝設計的賽會，當然勝過了我們佳節時紅紅綠綠的玩意兒了。並且在路途中我們的心境是最宜於靜觀的，最能吸收外界的刺激的。我們通常總是有事幹，正經事也好，歪事也好，我們的注意免不了特別集中在一點上，只有路途中，尤其走熟了的長路，在未到目的地以前，我們的方寸是悠然的，不專注於一物，卻是無所不留神的，在匆匆忙忙的一生裡，我們此時才得好好地看一看人生的真況。所以無論從那一方面說起，途中是認識人生最方便的地方。車中，船上同人行道可說是人生博覽會的三張入場券，可惜許多人把它們當做廢紙，空走了一生的路。我們有一句古話：「讀萬卷書，行萬里路。」所謂行萬里路自然是指走遍名山大川，通都大邑，但是我覺換一個解釋也是可以。一條的路你來往走了幾萬遍，湊成了萬里這個數目，只要你真用了你的眼睛，你就可以算是懂得人生的人了。俗語說道：「秀才不出門，能知天下事」，我們不幸未得入泮，只好多走些路，來見見世面罷！對於人生有了清澈的觀照，世上的榮辱禍福不足以擾亂內心的恬靜，我們的心靈因此可以獲到永久的自由，可見個個的路都是到自由的路，並不限於羅素先生所欽定的；所怕的就是面壁參禪，目不窺路的人們，他們自甘淪落，不肯上路，的確是無法可辦。讀書是間接地去了解人生，走路是直接地去了解人生，一落言詮，便非真諦，所以我覺得萬卷書可以擱開不唸，萬里路非放步走去不可。

了解自然，便是非走路不可。但是我覺得有意的旅行倒不如通常的走路那樣能與自然更見親密。旅行的人們心中只惦着他的目的地，精神是緊張的。實在不宜於裕然地接受自然的美景。並且天下的風光是活的，並不拘拘於一谷一溪，一洞一岩，旅行的人們所看的卻多半是這些名聞四海的死景，人人莫名其妙地照例讚美的勝地。旅行的人們也只得依樣葫蘆一番，做了萬古不移的傳統的奴隸。這又何苦呢？並且只有自己發現出的美景對着我們才會有貼心的親切感覺，才會感動了整個心靈，而這些好景卻大抵是得之偶然的，絕不能強求。所以有時因公外出，在火車中所瞥見的田舍風光會深印在我們的心坎裡，而花了盤川，告了病假去賞玩的名勝倒只是如煙如霧地浮動在記憶的海裡。今年的春天同秋天，我都去了一趟杭州，每天不是坐在划子裡聽着舟子的調度，就是跑山，恭敬地聆着車夫的命令，一本薄薄的指南隱隱地含有無上的威權，等到把所謂勝景一一領略過了，重上火車，我的心好似去了重擔。當我再繼續過着我通常的機械生活，天天自由地東瞧西看，再也不怕受了舟子，車夫，遊侶的責備，再也沒有甚麼應該非看不可的東西，我真快樂得幾乎發狂。西泠的景色自然是漸漸消失得無影無迹，可惜消失得太慢，起先還做了我幾個噩夢的背境。當我夢到無私的車夫，帶我走着崎嶇難行的寶石山或者光滑不能住足的往龍井的石路，不管我怎樣求免，總是要迫我去看煙霞洞的煙霞同龍井的龍角。謝謝上帝，西湖已經不再浮現在我的夢中了。而我生平所最賞心的許多美景是從到西鄉的公共汽車的玻璃窗得來的。我坐在車裡，任它一上一下，一左一右地跳蕩，看着老看不完的十八世紀長篇小說，有時閉着書隨便望一望外面天氣，忽然覺得青翠迎人，遍地散着香花，晴天現出不可描摹的藍色。我頓然感到春天已到大地，這時我真是神魂飛在九霄雲外了。再去細看一下，好景早已過去，剩下的是閘北污穢的街道，明天再走到原地，一切雖然仍舊，總覺得有所不足，與昨天是不同的，於是乎那天的景色永留在我的心裡。甜蜜的東西看得太久了也會厭煩，真真的好景都該這樣一瞬即逝，永不重來。婚姻制度的最大毛病也就是在於日夕聚首：將一切好處都因為太熟而化成壞處了。此外在熱狂的夏天，風雪載途的冬季我也常常出乎意料地獲到不可名言的妙境，滋潤着我的心田。會心不遠，真是陸放翁所謂的「何處樓台無月明」。自己培養有一個易感的心境，那麼走路的確是了解自然的捷徑。

「行」不單是可以使我們清澈地了解人生同自然，它自身又是帶有詩意的，最浪漫不過的。雨雪霏霏，楊柳依依，這些境界只有行人才有福享受的。許多奇情逸事也都是靠着幾個人的漫遊而產生的。《西遊記》，《鏡花緣》，《老殘遊記》，Cervantes 的《吉訶德先生》(Don Quixote)，Swift 的《海外軒渠錄》(Gulliver's Travels)，Bunyan 的《天路歷程》(Pilgrim's Progress)，Cowper 的《癡漢騎馬歌》(John Gilpin)，Dickens 的 Pickwick Papers，Byron 的 Childe Harold's Pilgrimage，Fielding 的 Joseph Andrews，Gogols 的 Dead Souls 等不可一世的傑作沒有一個不是以「行」為骨子的，所說的全是途中的一切，我覺得文學的浪漫題材在愛情以外，就要數到「行」了。陸放翁是個豪爽不羈的詩人，而他最出色的傑作卻是那些紀行的七言。我們隨便抄下兩首，來代我們說出「行」的浪漫性罷！

劍南道中遇微雨

衣上徵塵雜酒痕，遠遊無處不銷魂，
此身合是詩人未，細雨騎驢入劍門。

南定樓遇急雨

行遍梁州到益州，今年又作度瀘游，
江山重複爭供眼，風雨縱橫亂入樓，
人語朱離逢峒獠，棹歌欸乃下吳州，
天涯住穩歸心懶，登覽茫然卻欲愁。

因為「行」是這麼會勾起含有詩意的情緒的，所以我們從「行」可以得到極愉快的精神快樂，因此「行」是解悶銷愁的最好法子，將瀕自殺的失戀人常常能夠從漫遊得到安慰，我們有時心境染了淒迷的色調，散步一下，也可以解去不少的憂愁。Hawthorne同Edgar Allen Poe最愛描狀一個心裡感到空虛的悲哀的人不停地在城裡的各條街道上回復地走了又走，以冀對於心靈的飢餓能夠暫時忘卻，Dostoyevsky的《罪與罰》裡面的Baskolnikov犯了殺人罪之後，也是無目的到處亂走，彷彿走了一下，會減輕了他心中的重壓。甚至於有些人對於「行」具有絕大的趣味，把別的趣味一齊壓下了，Stevenson的《流浪漢之歌》就表現出這樣的一個人物，他在最後一段裡說道：「財富我不要，希望，愛情，知己的朋友，我也不要；我所要的只是上面的青天同腳下的道路。」

Wealth I ask not, hope nor love,
Nor a friend to know me;
All I ask, the heaven above
And the road below me.

Walt Whitman也是一個歌頌行路的詩人，他的《大路之歌》真是「行」的絕妙讚美詩，我就引他開頭的雄渾詩句來做這段的結束罷！

A foot and light—hearted I take to the open road,
Healthy, free, the world before me,
The long brown path before me leading wherever I choose.①

我們從搖籃到墳墓也不過是一條道路，當我們正寢以前，我們可說是老在途中。途中自然有許多的苦辛，然而四圍的風光和同路的旅人都是極有趣的，值得我們跋涉這程路來細細鑒賞。除開這條悠長的道路外，我們並沒有別的目的地，走完了這段征程，我們也走出了這個世界，重回到起點的地方了。科學家說我們就歸於毀滅了，再也不能重走上這段路途，主張靈魂不滅的人們以為來日方長，這條路我們還能夠一再重走了幾千萬遍。將來的事，誰去管它，也許這條路有一天也歸於毀滅。我們還是今天有路今天走罷，最要緊的是不要閉着眼睛，朦朦一生，始終沒有看到了世界。

十八年十一月五日

① 譯文為：「我輕鬆愉快地邁上大路，
面前的世界健康、自由，
漫長的黃土路引我到想去的地方。」

救火夫

三年前一個夏天的晚上，我正坐在院子裡乘涼，忽然聽到接連不斷的警鐘聲音，跟着響三下警炮，我們都知道城裡甚麼地方的屋子又着火了。我的父親跑到街上去打聽，我也奔出去瞧熱鬧。遠遠來了一陣嘈雜的呼喊，不久就有四五個赤膊工人個個手裡提一隻燈籠，拚命喊道，「救，」「救，」……從我們面前飛也似地過去，後面有六七個工人拖一輛很大的鐵水龍同樣快地跑着，當然也是赤膊的。他們只在腰間繫一條短褲，此外棕黑色的皮膚下面處處有藍色的浮筋跳動着，他們小腿的肉的顫動和燈籠裡閃鑠欲滅的燭光有一種極相協的和諧，他們的足掌打起無數的塵土，可是他們越跑越帶勁，好像他們每回舉步時，從腳下的「地」都得到一些新力量。水龍隆隆的聲音雜着他們盡情的吶喊，他們在滿面汗珠之下現出同情和快樂的臉色。那一架龐大的鐵水龍我從前在救火會曾經看見過，總以為最少也要十七八個人用兩根槓子才抬得走，萬想不到六七個人居然能夠牽着它飛奔。他們只顧到口裡喊「救」，那麼不在乎地拖着這笨重的傢伙望前直奔，他們的腳步和水龍的輪子那麼一致飛動，真好像鐵面無情的水龍也被他們的狂熱所傳染，自己用力跟着跑了。一霎眼他們都過去了，一會兒只剩些隱約的喊聲，我的心卻充滿了驚異，愁悶的心境頓然化為晴朗，真可說撥雲霧而見天日了。那時的情景就不滅地印在我的心中。

從那時起，我這三年來老抱一種自己知道絕不會實現的宏願，我想當一個救火夫。他們真是世上最快樂的人們，當他們心中只惦着趕快去救人這個念頭，其他萬慮皆空，一面善用他們活潑潑的軀幹，跑過十里長街，像救自己的妻子一樣去救素來不識面的人們，他們的生命是多麼有目的，多麼矯健生姿。我相信生命是一塊頑鐵，除非在同情的熔爐裡燒得通紅的，用人世間的災難做錘子來使他迸出火花來，他總是那麼冷冰冰，死沉沉地。悵惘地徘徊於人生路上的我們天天都是在極劇烈的麻木裡過去——一種甚至於不能得自己同情的苦痛，可是我們的遲疑不前成了天性，幾乎將我們活動的能力一筆勾銷，我們的理智把我們弄成殘廢的人們了。不敢上人生的舞場和同伴們狂歡地跳舞，卻躲在簾子後面嗚咽，這正是我們這班弱者的態度。在席捲一切的大火中奔走，在快陷下的屋樑上攀援，不顧死生，爭為先登的救火夫們安得不打動我們的心弦。他們具有堅定不拔的目的，他們一心一意想營救難中的人們，凡是難中人們的命運他們都視如自己地親切地感到，他們嘗到無數人心中的哀樂，那般人們的生命同他們的生命息息相關，他們忘記了自己，將一切火熱裡的人們都算做他們自己，凡是帶有人的臉孔全可以算做他們自己，這樣子他們生活的內容豐富到極點，又非常澄淨清明，他們才是真真活着的人們。

他們無條件地同一切人們聯合起來，為着人類，向殘酷的自然反抗。這雖然是個個人應當做的事，並沒有甚麼了不得，然而一看到普通人們那樣子任自然力蹂躪同類，甚至於認賊作父，利用自然力來殘殺人類，我們就不能不覺得那是一種義舉了。他們以微小之軀，為着愛的力量的緣故，膽敢和自然中最可畏的東西肉搏，站在最前面的戰線，這時候我們看見宇宙裡最悲壯雄偉的戲劇在我們面前開演了：人和自然的鬥爭，也就是希臘史詩所歌詠的人神之爭（因為在希臘神話裡，神都是自然的化身）。我每次走過上海靜安寺路救火會門口，看見門上刻有We Fight Fire三字，我總覺得凜然起敬。我愛狂風暴浪中把着舵神色不變的舟子，我對於始終住在霍亂流行極盛的城裡，履行他的職務的約翰．勃朗醫生（Dr.John Brown）懷一種虔敬的心情（雖然他那和藹可親的散文使我覺得他是個脾氣最好的人），然而專以殺微弱的人類為務的英雄卻勾不起我絲毫的欣羡，有時簡直還有些鄙視。發現細菌的巴斯德（Pasteur），發明礦中安全燈的某一位科學家（他的名字我不幸忘記了），以及許多為人類服務的人們，像林肯、威爾遜之流，他們現在天天受我們的謳歌，實際上他們和救火夫具有同樣的精神，也可說救火夫和他們是同樣地偉大，最少在動機方面是一樣的，然而我卻很少聽到人們讚美救火夫。可見救火夫並不是一眼瞧着受難的人類，一眼顧到自己身前身後的那班偉人，所以他們雖然沒有人們獻上甜蜜蜜的媚辭，卻很泰然地幹他們冒火打救的偉業，這也正是他們的勝過大人物們的地方。

有一位憤世的朋友每次聽到我讚美救火夫時，總是怒氣洶洶的説道，這個胡塗的世界早就該燒個乾乾淨淨，山窮水盡，現在偶然天公做美，放下一些火來，再用些風來助火勢，想在這片齷齪的地上鋤出一小塊潔白的土來。偏有那不知趣的，好事的救火夫焦頭爛額地來澆下冷水，這真未免於太殺風景了，而且人們的悲哀已經是達到飽和度了，燒了屋子和救了屋子對於人們實在並沒有多大關係，這是指那班有知覺的人而說。至於那班天賦與銅心鐵肝，毫不知苦痛是何滋味的人們，他們既然麻木了，多燒幾間房子又何妨呢！總之，天下本無事，庸人自擾之，足下的歌功頌德更是庸人之尤所幹的事情了。這真是「人生一世浪自苦，盛衰桃杏開落間」。我這位朋友是最富於同情心的人，但是頂喜歡說冷酷的話，這裡而恐怕要用些心理分析的功夫罷！然而，不管我們對於個個的人有多少的厭惡，人類全體合起來總是我們愛戀的對象。這是當代一位沒有忘卻現實的哲學家George Santayana講的話。這話是極有道理的，人們受了遺傳和環境的影響，染上了許多壞習氣，所以個個人都具些討厭的性質，但是當我們抽象地想到人類的，我們忘記了各人特有的弱點，只注目在人們可以為美善的地方，想用最完美的法子使人性向着健全壯麗的方面發展，於是彩虹般的好夢現在當前，我們怎能不愛人類哩！英國十九世紀末葉詩人Frederich Locekr—Son在他的自傳（My Confidences）說道：「一個思想靈活的人最善於發現他身邊的人們的潛伏的良好氣質，他是更容易感到滿足的，想像力不發達的人們是最快就覺得旁人可厭的，的確是最喜歡埋怨他們朋友的知識上同別方面的短處。」（不知道我那位嫉俗的朋友聽了這段話作何感想，但是我絕不是因為他發現了我那一方面的短處，特地引這一段來酬他的好意。恐怕他誤會了更加憤世，所以鄭重地聲明一下。）總之，當救火夫在煙霧裡衝鋒同突圍的時候，他們只曉得天下有應當受他們的援救的人類，絕沒有想到着火的屋裡住有個殺千刀、殺萬刀的該死狗才。天下最大的快樂無過於無顧忌地盡量使用己身隱藏的力量，這個意思亞里士多德在二千年前已經娓娓長談過了。救火夫一時激於捨身救人的意氣，舉重若輕地拖着水龍疾馳，履險若夷地攀登危樓，他們忘記了困難和危險，因此危險和困難就失丟了它們一大半的力量，也不能同他們搗亂了。他們慈愛的精神同活潑的肉體真得到盡量的發展，他們奔走於慘淡的大街時，他們腳下踏的是天堂的樂土，難怪他們能夠越跑越有力，能夠使旁觀的我得到一副清心劑。就說他們所救的人們是不值得救的，他們這派的氣概總是可敬佩的。天下有無數女人捧着極純淨的愛情，送給極卑鄙的男子，可是那雪白的熱情不會沾了塵污，永遠是我們所欣羨不置的。

救火夫不單是從他們這神聖的工作得到無限的快樂，他們從同拖水龍，同提燈籠的伴侶又獲到強度的喜悅。他們那時把肯犧牲自己，去營救別人的人們都認為比兄弟還要親密的同志。不管村俏老少，無論賢愚智不肖，凡是努力於撲滅烈火的人們，他們都看做生平的知己，因為是他們最得意事的夥計們。他們有時在火場上初次相見，就可以相視而笑，莫逆於心，「樂莫樂兮新相知」，他們的生活是多有趣呀！個個人雪亮的心兒在這一場野火裡互相認識，這是多麼值得幹的事情。怯懦無能的我在高樓上玩物喪志地讀着無謂的書的時候，偶然聽到警鐘，望見遠處一片漫天的火光，我是多麼神往於隨着火舌狂跳的壯士，回看自己枯瘦的影子，我是多麼心痛，痛惜我虛度了青春同壯年。

但是若使我們睜開眼睛，舉目四望，我們將看到世界上——最少中國裡面——無處無時不是有火災，我們在街上碰到的人十分之九是住在着火的屋子的人們。被軍隊拉去運東西的夫役，在工廠裡從清早勞動到晚上的童工，許多失業者，為要按下飢腸，就拿刀子去搶劫，最後在天橋上一命嗚呼的匪犯，或者所謂無筆可投而從戎，在寒風裡抖戰着，自己不知道甚麼時候會變做曠野裡的屍首的兵士，此外躑躅街頭，忍受人們的侮辱，拿着潔淨的肉體去換錢的可尊敬的女性：娼妓，碼頭上揹上負了幾百斤的東西（那裡面都是他們的同胞的日用必需奢侈品），咬定牙根，邁步向前的腳步，機器間裡，被煤氣熏得吐不出氣，天天顯明地看自己向死的路上走去，但是為着擔心失業的苦痛，又不敢改業，寧可被這一架機器磨折死的工人，瘦骨不盈一把，拖着身體強壯，不高興走路的大人的十三四歲車夫，報上天天記載的那類「兩個銅片，犧牲了一條生命」，這類閒人認為好玩事情的凄慘背景，黃浦灘頭，從容就義的無數為生計所迫而自殺的人們的絕命書……總之，他們都是無時無刻不在烈火裡活着，對於他們地球真是一個大炮烙柱子，他們個個都正暈倒在煙霧中，等着火舌來把他們燒成焦骨。可是我們卻見死不救，還望青天歌詠我們從來沒有見過的夜鶯。若使我的朋友的房子着火了，我們一定去幫忙，做個當然的救火夫，現在全地面到處都是熊熊的火焰，我們都覺得閒暇得打出數不盡的呵欠來，可見天下人都是明可察秋毫，而不能見泰山，否則世界也不至於糟糕得如是之甚了。

我們都是上帝所派定的救火夫，因為凡是生到人世來都具有救人的責任，我們現在時時刻刻聽着不斷的警鐘，有時還看見人們吶喊着望前奔，然而我們有的正忙於掙錢積錢，想做麵糰糰，心硬硬，人蠢蠢的富家翁，有的正陰謀權位，有的正摟着女人歡娛，有的正緣着河岸，自鳴清高地在那兒傷春悲秋，都是失職的救火夫。有些神經靈敏的人聽到警鐘，也都還覺得難過，可是又顧惜着自己的皮膚，只好拿些棉花塞在耳裡，閉起門來，過象牙塔裡的生活。若使我們城裡的救火夫這樣懶惰，拿公事來做兒戲，那麼我們會多麼憤激地辱罵他們，可是我們這個大規模的失職卻幾乎變成當然的事情了，天下事總是如是莫測其高深的，宇宙總是這麼顛倒地安排着，難怪有人喊起「打倒這胡塗世界」的口號。

有些人的確是去救火了，但是他們只抬一架小水龍，站在遠處，射出微弱的水線。他們總算是到場，也可以欺人自欺地說已盡職了，但是若使天下的救火夫都這麼文縐縐地，無精打采地做他們的工作，那麼恐怕世界的火災永不會撲滅，一代一代的人們永遠是湮沒在這火坑裡，人類始終沒有抬頭的日子了。真真的救火夫應當衝到火焰裡，爬上壁立的繩梯，打破窗戶進去，差不多是拿自己的命來換別人的生命，一面踏着危梁，牽着屋角，勇敢地拆散將着火的屋子，甚至就是自己被壓死也是無妨。要這樣子才能濟事。救火的場中並不是賣弄斯文的地點，在那裡所寶貴的是膽量和筋肉，微溫的同情是用不着的，好意的了解是不感謝的，果然真是熱腸的男兒，那麼就來拖着水龍，望火旺處衝進去罷。個個救火夫都該抱個我不先入地獄，誰入地獄的精神，相信有一人不得救，我即不能升天的道理，那麼深夜裡，狂風怒號，火光照人鬚眉的時候，正是他們獻身的時節。袖手拿出隔江觀火的態度是最卑污不過的弱者。

有人說，人生樂事正多，野外有恬靜清幽，含有無限奧妙的自然，值得我們欣賞，城市裡有千奇百怪，趣味無窮的世態，可以供我們玩味，我們在世之日無多，匆匆地就結束了，何不把這些須絕難再得的時光用來享樂自己呢？他們以為我們該做個世態的旁觀者，冷笑地在旁看人生這套雜劇不斷地排演着，在一旁喝些汽水，抽着紙煙閒談。不錯，世界是個大舞台，人生也的確是一齣很妙的雜劇，但是不幸得很，我們不能離開這世界，我們是始終滯在舞台上面的，這出劇的觀眾是上帝，是神們，或者魔鬼們，絕不是我們自己。站在戲台上不扮個腳色，老是這般癡癡地望着，也未免難為情吧！並且我們的一舉一動總不能脱離人生，我們雖然自命為旁觀者，我們還是時時刻刻都在這裡面打滾，人間世的喜怒哀樂還是跟我們寸步不離，那麼故意裝做超然的旁觀態度，真是個十足的虛偽者。天下最顯明地自表是個旁觀者，同最討厭的人無過於做《旁觀報》的Addison了，但是我想當他同極可敬愛的Steele吵架的時候，他恐怕也免不了脱下觀客的面孔，扮個愚蠢的人生裡一個愚蠢的滿腔憤恨的腳色了。我們除開死之外，永遠沒有法子能離開人生，站在一旁，又何苦弄出這一大串自欺欺人的話呢！並且有許多最俗不過的人們，為着要避免世上種種有損於己的責任，為着要更專心地去追求一己的名利，就拿出世態旁觀者這副招牌，擋住了一切於己無益的義務，暗地裡幹他們自己的事情，這種人是卑鄙得不配污我的筆墨，用不着談的。現在全世界處處都有火災，整座舞台都着火了，我們還有閒情去與自然同化，譏諷人生嗎？救火夫聽到警鐘不去拖水龍，卻坐在家裡釣魚，跟老婆話家常，這種人恐怕是絕頂聰明的人罷？然而這正是前面所説的及時行樂的人們。當我們提着燈籠，奔過大路的時候，路旁的美麗姑娘同臨風招展的花草是無心觀看的，雖然她們本身是極值得讚美的。至於只知道哼着顛三倒四的文句，歌頌那大家都無緣識面的夜鶯的中國新文人，我除開希望北平的颭風把他們吹到月球上面去以外，沒有第二個意思。

當我們住的屋子燒着的時候，常有窮人們來乘火打劫，這樣幸災樂禍的辦法真是可恨極了。然而我們一想許多人天天在火坑裡過活，他們不能得到他們應得的報酬，我們坐着説風涼話的先生們卻拿着他們所應得的東西來過舒服的生活；他們餓死了，那全因為我們可以多吃一次燕窩，使我們肚子脹得難受，可以多喝一杯白蘭地，使我們的頭更痛得利害，於斯而已矣。所以睜大眼睛看起來，我們天天都是靠着乘火打劫過活，這真是大盜不動干戈。我們乘火打劫來的東西有時偶然被人們乘火打劫去，我們就不勝其憤慨，說要按法嚴辦，這的確太缺乏詼諧的風趣了。應當做救火夫的我們偏要幹乘火打劫的勾當，人性已朽爛到這樣地步，我想彗星和地球接吻的時候真該到了。

蹇先艾

蹇先艾（1906—1994），貴州遵義人。作家。著有短篇小說集《朝霧》、《還鄉集》，散文集《城下集》、《離散集》、《新芽集》等。

茅店塾師

——魯遊隨筆之三

跨出了狹籠似的騾車，我和M君走進曲阜縣城的一家茅店。

雷鳴驚耳的輪聲在街頭寂滅了之後，我的被擾亂的心才漸漸平靜起來。十八里長途的車行的顛頓，在一個缺少坐這類古車經驗的人看來，雖說充滿了異樣的情趣，然而身體也㲉疲乏的了。黃沙輕輕撲面的時候，使我們想到托爾斯泰的《風雪》（The snow—storm），沙塵與雪片，騾馬與驛站馬車，暑氣逼人的永晝與黑茫茫的長夜，無不有幾分相似，幸運是我們沒有迷路，而且終於安抵旅舍了。旅舍對於一個辛勞的客人，有時他需要它一如沙漠中的綠洲。我們一望見那小小的舖面，橫寫的白字招牌，和那店主和藹可親的臉，身心便輕鬆了許多，不由得發起笑來。

夥計一面給我們搬運行李，一面也望着我們默默微笑。因為我們在進城的時候，各買了一頂尖頂六棱的農民篾笠戴在頭上，面貌又稍稍黧黑，宛然兩位曲阜土著；不過身上仍舊穿着襯衫和西服褲子，遂形成一種古怪的裝束。

我們的宿舍是一間像伛僂老人似的茅草房，裡面的大小，類似船棚。窗戶大約是為了充分地吸收空氣起見，便採用十分簡便的建築法，把幾根木柱很稀疏地嵌在牆中間。因為離廁所不遠，綠豆蠅和飯蠅自然便開起隊伍，襲進這沒有防禦工事的要塞，叮在牆上各處；興會所至，它們也不惜翺翔着擾亂室內寧靜。窗戶的木欄又是熱氣輸入的最便利的孔道，把屋子變成了火上的蒸籠。一張條桌和兩張大床已經佔據着全屋面積四分之三，人只能在床桌之間佇立或者坐下。我們匆匆把一切安置妥當，洗洗臉之後，夜色卻慢步輕移地籠罩上來了；夥計拿進來一盞煤油燈，照着我們吃幹麵包當晚餐。這時蚊子也乘機成群嗡嗡地從床下鑽出來。忘記了帶蚊香，想不出甚麼驅蚊的方法，只好硬着頭皮，聽憑它們的狂吮。汗水將我們的全身都濕透了，脱下襯衫，僅僅穿着一條短褲；這樣，反而給蚊子以更多的更好的機會。

後來，我和M君一個端着燈，一個拿了兩個凳子，逃到院中來了。一方面是蚊子的進攻太猛烈和熱得難受，一方面由於M君突然發現了滿牆的臭蟲的血迹。大家都知道即令睡，在這樣的情形之下，誰也不會得安眠的，反不如趁早遷避到另一個安全地帶去。但是在那小院中因為擺上幾盆花，所剩的空隙已經不多，這時卻早有了一個人光着臂膊鋪了一床席子，躺在那裡。

「夥計！」M君大聲喊着，不去辨別是誰，意思是在讓他挪開，騰出一點地方來。

那個人並沒有睡着，正在扇着芭蕉葉，毫不理會。

M君繼續着命令：「夥計，起去！我們要在院子坐一坐，房裡太熱。」

「俺不是夥計！」一個倔強的回答從地下躍起來。

我們把燈放在花盆邊的凳子上，才看出來對方是個頭上盤着辮子的白鬍子老頭。M君很難為情，借故走向街門去了。我卻拿了一個凳子打橫坐着，在燈下趕看一本英文的《泰山指南》；在北平和車中，我都沒有來得及看一個外國朋友送給我的這本書。

那個老頭子，顯然也是富有好奇心的人，忽然翻身坐起來，鼓着眼睛問我道：

「你唸的是甚麼書？」

我正在翻閱着那本書的插圖，沒有把他的話聽進去。

「把你唸的書唸幾句給俺聽聽，是不是聖書？我們這條街上差不多見天晚上都有人說聖書。」

我把書合上遞給他看。他很正經地從裏肚內取出一副老光眼鏡來戴上，拿過書去，只瞥了一瞥，馬上就還回來，翹着嘴，很不滿意地說：

「這是洋書俺不看，俺也看不懂。」

把眼鏡收好，接着又搖晃了一下他那道士似的腦袋，看樣子絕不像農工一類的人物。他的意思之間，是我不應當拿和他素昧生平的洋書來刁難他，另一方面則表示着鄙夷的態度。

M君躲過了剛才誤認的自擾，聽見我和這位老人說話，連忙走回來了，交着臂蹲在地下。老頭子神氣並不顯得粗野，在我們眼中越來越溫文；不過個性很倔強，這大約正是一般山東人的本色。在黯淡的燈光底下，隱約可以看出他的飽經世故的三角形臉上，佈滿着憂鬱的成分。鼻子發紅，也許是喝酒太多的緣故。他搧了幾下扇子，又問M君道：

「你們都是學堂的吧？」

「不錯，俺們是學堂的。」M君學着山東腔調回答。

「俺的兒子也是在濟南上學堂。」老頭子表示上學堂的不足為奇，而且這種人是他生平最看不起的。

「盡唸洋書，俺不叫唸咧，俺叫他回來咧，俺叫他做莊稼，也不叫唸咧。為甚麼學堂裡不唸經書呢？」

「為甚麼一定要唸經書？」我這樣反問道。

「生存孔子的地方，不唸經書！」他提出一個很冠冕堂皇的理由來答復。

M君忍不住抿着嘴笑了起來。老頭子眼睛尖，早已看見了，大聲指斥道：「笑甚麼？我問你，『四書』你背得上來嗎，你笑！我們這兒衍聖公是唸經書的，他是孔子的後代，大家都應該拿他做模範。他從前也請兩個老師，一個教經書，一個教科學；如今專門唸經書，把教科學的老師辭了。這個俺贊成，把經書讀通了，甚麼不會！還唸啥科學！」

我們對於這個問題是沒有法子再辯論下去了，因為是在聖地，而且遇見這樣一位敬聖崇經的老人，他又有着一副鯁直的心性。除了順從他的意旨之外，事實上就缺少任何勸說方法。M君少年氣盛，雖然露出激昂憤慨的神氣；我卻力持鎮靜，並且暗地裡用腳踩他，阻止他的輕率的發言。對方因為我們的沉默，便以為已經說服了我們了，嚴肅的臉色漸漸變成笑容，問我們道：

「你們兩位都是從濟南來的？」

「不是，我們從北平來。」M君應。

「唉！難得！難得！難得！」老頭子贊嘆着說。「你們是來朝拜孔林的吧？總算得尊敬先聖的了。如今像你們這樣的人有幾個！各處地方都去過沒有？」

我說：「打算明天早上才去。」

「好極了，早上去不熱。你們唸書的人不要忘記孔子，沒有他的『四書』、『五經』，不用說你們學生，中國早就亡了。到大成殿同孔林，你們都要磕頭才能表示尊敬啊！」

M君低聲竊笑。我卻假裝板着鐵一般的面孔，連忙答應。

在院中坐了一個多鐘頭，我們想起明天還要到各處遊覽，不能不先休息一下，還是進屋去了，在蚊蟲擾攘中終於睡了幾點鐘。

第二天早晨，我們起來，院中的那位崇經老人已經出門了。問起夥計，才知道他姓秦，從前是教私塾的，如今因為縣裡開辦學校，便閒下來了，他和店主是親戚，所以暫時寄住店內。後來我們遊覽了孔廟孔林回店之後，因為了然了他的身世，很想再會他一面，一直到下午我們離開曲阜縣城的時候，這位老人都沒有回來。

花床

繆崇群

繆崇群（1907—1945），江蘇人。作家，著有散文集《晞露集》、《石屏隨筆》等。

冬天，在四周圍都是山地的這裡，看見太陽的日子真是太少了。今天，難得霧是這麼稀薄，空中融融地混合着金黃的陽光，把地上的一切，好像也照上一層歡笑的顏色。

我走出了這黝暗的小閣，這個作為我們辦公的地方，（它整年關住我！）我揚着脖子，張開了我的雙臂，恨不得要把誰緊緊地擁抱了起來。

由一條小徑，我慢慢地走進了一個新村。這裡很幽靜，很精緻，像一個美麗的園子。可是那些別墅裡的窗簾和紗門都垂鎖着，我想，富人們大概過不慣冷清的郊野的冬天，都集向熱鬧的城市裡去了。

我停在一架小木橋上，眺望着對面山上的一片綠色，草已經枯萎了，惟有新生的麥，佔有着冬天的土地。

說不出的一股香氣，幽然地吹進了我的鼻孔，我一回頭，才發現了在背後的一段矮坡上，鋪滿着一片金錢似的小花，也許是一些耐寒的雛菊，彷彿交頭接耳地在私議着我這個陌生的來人：為探尋着甚麼而來的呢？

我低着頭，看見我的影子正好像在地面上蜷伏着。我也真的願意把自己的身子臥倒下來了，這麼一片孤寂寧馥的花朵，她們自然地成就了一張可愛的床鋪。雖然在冬天，土下也還是溫暖的罷？

在遠方，埋葬着我的亡失了的伴侶的那塊土地上，在冬天，是不是不只披着衰草，也還生長着不知名的花朵，為她鋪着一張花床呢？

我相信，埋葬着愛的地方，在那裡也蘊藏着溫暖。

讓悼亡的淚水，悄悄地灑在這張花床上罷，有一天，終歸有一天，我也將寂寞地長眠在它的下面，這下面一定是溫暖的。

彷彿為探尋甚麼而來，然而，我永遠不能尋見甚麼了，除非我也睡在花床的下面，土地連接着土地，在那裡面或許還有一種溫暖的，愛的交流？

一九四一年十二月十日

吳組緗

吳組緗（1908—1994），安徽涇縣人。作家，學者。著有長篇小說《山洪》，另有《吳組緗小說散文集》印行。

村居記事二則

秦嫂子

到家的那天晚上，沒有看見秦嫂子出來和我囉唣，心裡很是納罕。問起家裡人，說她已經死了；死得真離奇，說是在田塍上看黃豆，給人用石頭打死的。

秦嫂子是前年到我家幫工的。那時門牙已經落掉四五個。黝黃的瘦臉上擠滿很深的皺摺，數莖黃茅草似的頭髮，遠遠就看得見髮縫裡的皮肉。看樣子，已是個五六十歲的老婆婆了。母親從前和她熟識，但乍見面卻不認得。只因她是個「倒毛眼」，一根綿線終年扣在眉毛下，把上眼皮扣得向外翻轉來，瞪出兩隻乾枯紅澀的眼睛，樣子叫人看了覺得怪難受的。由於這個特點，母親才慢慢認出來。母親驚訝地說：「算起來你也不過四十罷，怎麼就老得變成這樣了？」

秦嫂子把倒毛眼眨了兩眨，兩片皺摺的嘴唇扁得抽扯不過來，一種非常心酸的樣子，哭巴巴地告訴母親說，菩薩沒眼睛，兩年中，一家五口，死的死，散的散，只留下她一個人。

她丈夫是個泥水匠，說起來，我也認得的。那是一個忠厚的漢子：後腦上繞着一個辮子髻，終天只見他沒由沒緣的笑着。笑得又淒涼，又滑稽。父親常常誇獎他的手藝，說他砌的牆挺直一條線，一點肚子也不露；說他墁的地磚又平正又密合。村上年輕一輩子的泥水匠能有這樣好手藝的，簡直沒第二個。這都是從前的話，近年來村上的屋子只見拆，連修葺的事也少有，動興土木自然更談不上。他的好手藝也就漸漸湮沒無聞了。記得大前年我上學校去，是他給我挑行李箱子的。多年沒見他，他還是那副老神氣：小小的辮子繞在後腦上，含着一種又淒涼又滑稽的笑。不過臉上額上加多了皺紋，眼眶四周尤其多，把一臉的笑容湊合得格外淒涼，格外滑稽了。我問他怎麼改了行，幹起挑擔的營生了。問他一年賺得多少錢。他只是擤鼻涕，只是把鼻涕擦在手心上搓弄着，只是無由無緣的笑。記得他當時只說了一句話，說聽說太史第八老爺今年秋天要回鄉安葬老太爺，到時候一定是叫他做風水。

秦嫂子說他就是這年死的。他抬轎子到外埠去，回來的時候在路上遇到隊伍，被隊伍拉去當夫子。他沒見過世面，看見隊伍就像小鬼看見閻王，嚇得只是抖。又惦記着家裡沒米了，惦記着八老爺的風水，一天夜裡想溜逃，不湊巧，被隊伍半路捉了回來。隊伍裡說，你抬轎也不過是掙錢，現在給我們挑東西，那裡就要你白費氣力？你就要溜！說這事傳出去了，會敗壞他們隊伍的名譽，非打一頓以儆效尤不可。這老實人本來就不大會說話；給那麼一罵一嚇，格外弄傻了，也不曉得求饒，也不曉得說好話。和他同逃的共有三個人，到頭果真挨了打的卻只他一個。說是用槍拐子打的，當時兩條腿就站不起來。第二天還被逼着抵死走了五十里路。那是六月天，他又痛，又急，又害怕，走在半路上發了痧……隊伍看他實在走不動了，才給了兩塊錢放他回來。當天他想住飯店。飯店見他有病有傷，不肯留；走呢，又走不動。結果是用翻倒的竹床抬回來。病損的身肢被猛毒太陽一蒸曬，病上添了病。到家後臥床不起，昏迷不醒。一回兒喊兵老太爺饒饒我，一回兒跳起來要去給八老爺做風水。屎尿都不曉得說，拉得滿床稀污爛臭的。臨死的幾天喊口裡苦，嘔吐許多綠的黃的骯髒水。有見識的人說這是嚇破了膽的緣故。

丈夫死後，第二年春上一個五歲的小兒子患「羊毛斑」，三天就死了；大兒子二十歲，在一家礱坊裡作店夥。那礱坊因為折了本，休歇了。兒子和幾個同事邀邀伴，跑到外埠去，一去迄無下落。現在只留下一個十二歲的女兒，是給一個莊稼人作童養媳。

那時候她那病弱憔悴的樣子，加上那一雙怪難看的「倒毛眼」，使得大家都不喜歡她，然而母親執意把她留下了。她在我家幫工，很是勤快耐苦。只是有兩點小毛病：一是喜歡纏着人嘮嘮叨叨地談她丈夫，談她兒子。把那些故事翻來覆去的談着，一點也不厭煩瑣。談又談不出甚麼新鮮花樣來，老是那一套。正和魯迅先生一節小說裡所描寫的那個不幸的祥林嫂的脾氣差不多。二是逢時過節就要哭。有時偷偷摸摸跑到丈夫兒子墳上去，一哭就哭得不回來，還得家裡打發人去勸她，拉她；有時躲在家裡茅廁裡，哭得一家人都是疑神疑鬼的。

這兩點小毛病，使得家裡人格外厭惡她，有時甚至連母親也有點不耐煩。但這些事都和我不相干。另有一件事，卻是叫我感到萬分頭痛的，那便是關於她的大兒子的事。這婦人不知她自己是怎麼個想法，總以為所謂外埠，只是一塊有限的極小極小的地方，在她心目中大約頂多像我們村子差不多大小吧。因此，她不時和我囉唣。好比說，每次我要離家時，她就趕着製好幾雙鞋，一定要我把她兒子訪問出來，把鞋帶給他。告訴她說：「你兒子我從來沒看見過，他又沒個正式名字，又不曉得在做甚麼事，那外埠縱然果真如你所想的那麼小，我也是沒處交代的。」說：「鞋子還是莫帶吧，我只能隨時隨地替你注點意，替你查問查問。那也是海裡撈針，絲毫沒把握的。」這淺顯的道理不知怎麼她就一點都不懂。一定要我帶鞋子。

「大先生，積積德喂，做做好事喂。」她兩手握在胸前扭動着，用一種不知所措的可憐樣子哭巴巴地說：「我只有這一個兒子喂。你可憐可憐我這個苦命的人喂。……」

接着就告訴我，她大毛子多麼高，多麼瘦，額頭拐上有一塊疤，是十歲時候爬樹捉八哥跌壞的……她只顧說她的那一套，好像簡直沒聽見我說了些甚麼。我沒法說得她明白，只好如同做一件假事哄小孩子似的把鞋子帶了去（自然又重複照原樣帶回來）。每次回到家，又夠她囉唣的。問我見她兒子沒有？鞋子可合腳？還是胖了點，瘦了點？……她就這樣自管自問下去，挺着兩道難看的倒毛眼，非常興奮，非常快樂，簡直當她兒子毫無問題地已經被我找着了的一般。這事情真叫我沒法對付。老實告訴她，你兒子我沒法找得到呢，那她一定疑心我做事沒真心，而且也一定使她大失所望，又夠她哭幾天嚷幾天的。騙她說果然已經找着了，他在那裡非常好，鞋子也合腳，百事都如意。那我這個謊該扯到幾時才能完，將來又如何交代她呢？結果我還是只好支吾她，說我已託了許多熟識的人去打聽，不久就會打聽出一個眉目來的。

「是兒不死，是財不散。你放一百個心。一定找得到。包在大先生身上。」當她在茅廁裡嗚嗚咽咽哭的時候，家裡人就這樣勸慰她。

平日和她走動的就是她的那個女兒，十二歲的那個童養媳。那小姑娘不是倒毛眼，樣子倒伶俐。也許是她為小兒子死，大兒子逃，因此傷了心，把一肚子做娘的慈愛弄得沒處擺放，就全都拿來放到這個女兒身上來。三天兩天的去看她，不時問母親要點穿的吃的拿去送給她。這一下可害苦了女兒！鄉間做童養媳的，那個把她當人看待？這幾年莊稼人家，飯也沒法吃得飽，都掙命抵死的熬日子，你只顧發洩你的母親之愛，把女兒這樣金枝玉葉的看待起來，那女兒怎麼能安心把童養媳做下去，做到頭？於是婆家不願意了。說養媳婦被娘嬌慣得不成體統了：成天在家裡不肯做事，不肯吃苦，沒碰上就要扁着嘴脣哭。有幾次那小姑娘就真偷偷摸摸逃到娘身邊來，扯着娘衣裳角，死也不肯再回婆家去。婆家來人說：「養媳婦不要了，還了你罷。你這位千金小姐我們這樣人家配不上。剛好這兩年我們一家也是九苦九難的熬日子，熬也沒法熬得過，少一張嘴吃飯，我們巴不能夠的。」秦嫂子急壞了，挺起兩隻枯澀的倒毛眼，十把鼻涕九把淚。大家幫着說說好話，才把女兒送回了婆家。婆家當着娘的面，把那小養媳婦吊到桑樹上整了家法，答應從此母女不再走動。這是去年在家我眼見的事。

去年我由家動身時，她又新製了兩雙鞋（連同以前的四雙了），親眼守着我放到我的箱子裡。叫我告訴她兒子，說娘在東家十分好，叫他放心，說娘已替他積下點錢，三五年後積多了，就可以給他娶媳婦。我自然只好滿口答允。但的確有點嫌那四雙鞋子累贅，偷偷地要把它除下來，不知怎麼她看見了，忽然要對我下跪。哭哭啼啼的求我，說這次一定能找到，說算命先生給他掏了課是個「流連」課。「流連，流連，就在眼前。」說一定找得到。……

秦嫂子的死，要是把她的一生遭遇當作故事看，那似乎結束得太突兀。說是這樣子的：秋天時候女兒的婆家因為年成不好，交不全田東家的田租，公公被押到區公所裡，大伯子得了傷寒病。田塍上有黃豆沒收割，不得不叫十二歲的女兒和九歲的小女婿去看守。秦嫂子曉得了，心疼兩個孩子會害怕，每夜偷偷地去和女兒女婿作伴。一夜，兩個孩子睡着了，田塍上悉悉索索地有響動。她只當是隻偷黃豆的小野獸，就把衣裰裡預備的石頭擲過去，「咄啊！咄啊！」地趕。不想那小野獸一點也不怕，反倒越走越近。忽然，那野獸說話了：「娘的！幹你的事！是你的豆！……」

她這才曉得不是野獸，而是一個賊，一個深悉底細的賊！她曉得不好了，忙着推醒了兩個孩子，三個人尖着嗓子叫喊起來。在平時，只要一叫喊，家裡的男子或是別家田塍上看守黃豆的人自然都一湧而至，那賊也就給捉住，或是嚇跑了。然而這時候卻叫天不應，呼地不理。那賊肆無忌憚地自管自一把把拔黃豆，而且罵着。她怕黃豆給偷了，女兒會背累，一時情急，不顧死活地撞過去，一把抓住了那個大膽的賊。兩個人扭做一團打起來。等到兩個孩子敲開鄰舍的門，喊了人來時，秦嫂子倒在田塍裡，有一口沒一口的喘着氣；那個賊已經無影無蹤了。

秦嫂子是被石頭打壞了。頭部和胸口滿是傷。而胸口受傷更甚。一口一口的吐着鮮血。家裡替她請醫生來開方子，吃了「阿膠」，又用「七厘散」「萬應錠」搽服，都無效。挨了五六天就死了。說臨死的時候還扳着指頭計算我回家的日期，說這次我回來，她兒子準有下落了。

三　駝子

現在代替秦嫂子的位置的是一個年輕的夥計。駝曲的背脊，矮小的身材，臉色雖然也很黝黑，如一般做粗事的人差不多；但眉目卻頗清秀。大約是排行第三吧，大家都喊他三駝子。

他說話的時候，慢聲吞氣的，像賣弄似的不時夾些斯文字眼在裡面。我很奇怪，心想這個新夥計一定不是做粗事的出身。我問他說：「你從前做甚麼的？」

他立刻臉紅了，把手指在桌面上捺動着，忸怩起來。半晌，才說：「我從前是做生意的。」

家裡人一半正經，一半打趣地說道：「別看三駝子！三駝子現在是落了難，他從前是個斯文先生呢！——就是現在，還常常躲到你書房裡偷書看。」又說，「他說他認識你。」

我卻想不起幾時認識他。我問：「你怎麼認識我？」

三駝子含着滿臉凄涼的笑；忸怩的說：「大先生想是忘記了：去年五月裡大先生回府，歇在敝村那個茶棚裡打尖。我在茶棚旁邊一個三畝田裡築田堰。……」

他這麼一說，我記起來了。去年放暑假回家，我在離家十里路的楓林渡茶棚裡休息。茶棚臨着一片田畝。那裡田塍上有個漢子在傴僂着背脊築田堰。我無聊地靠在杉木欄邊看着他。他一鍬一鍬地在田溝裡掘着爛泥，手法十分笨拙，樣子很是吃力。一頂闊邊舊麥稈帽遮去他的臉的全部。但是我看得見他的腳：那雙腳一隻浸在田水裡，一隻跨在岸上，大趾和二趾緊緊搭攏在一起，腿肚又瘦弱，又蒼白。這樣一雙腳腿擺在這田裡，不知怎麼就顯得十分不順眼。我無聊地隨口問他說：

「你老哥不是種田的吧？」

那漢子把臉背着我，站直身肢抹一抹額上的汗，低聲回答道：

「我是沒法，先生。」

當時我找他談了許多話。他只是很簡單的回答我，臉老是不肯朝我看。他告訴我他原是做布店的，在那布店裡做完學徒後，管了五年賬。現在失業三年了。在家裡趕了一年牲口，此刻又租了幾畝田耕種。並遠遠指着北頭山坡下的一塊繁茂的桑樹林，說那塊桑樹地是他自己的產業。在往年，或是自己養蠶，或是把桑葉賣給人家，很有一筆進款。這連着幾年，這塊桑地卻變得一文錢都不值。那些密密叢叢的肥大的桑葉只好連枝丫剪下來，曬乾了，當柴火燒。把桑樹砍掉，種別的東西呢，心裡又不忍。因之比如猴子拿了塊薑，吃也吃不得，丟又丟不得。他說他有娘有老子，兩個弟弟，四個孩子，連同妻和自己一家有十張吃飯的嘴。

這個人的印象留在我腦子裡，十分深刻。因為在我們家鄉，店夥失了業，為生活所迫，降而為農人或他種苦力的雖然非常多；但是比較上級一點的，如司賬大朝俸之類，則因平裡擺慣了體面的架子，過慣了上等的生活，離開店後，一則礙於身分，二則限於體力，事實上卻沒法改行當。差不多九十九是變賣祖上遺留的一點產業過活，寄生在娘和妻的身上過活。等到很少一點產業頃刻之間廉價賣完了，娘和妻也再擔負不起了的時候，自己就已慢慢變成地痞流氓或乞丐了。如今這個人顯然是個上等店員。可是卻跌得下身分，吃得苦，馬上租了田耕種，真叫我有點詫異。那次回家後，我把這事當做一件新奇的事似的談給我的朋友們聽。

現在這個人竟到我家作了夥計，更是我料想不到的了。當時我十分興會。我問他怎麼又不種田了？

三駝子只是淒苦地笑着，忸怩地把手指在桌面上捺動着。半晌，才一個字一個字對我慢慢說了。

「大先生，做做鵝，又做鴨，怎麼行。我也是沒奈何，弄着試試的。說起來，真倒霉！我歇生意的時候，我積了二十多塊錢。那時候前途茫茫，二十多塊錢夠得吃幾天飯？我就打算弄個營生做。幾個同事勸我販煙土。……那個事不說我外行，沒法入得門；就是入了門，官廳裡一記竹槓敲過來，我就吃不住。——我後邊又沒個靠壁山，我又沒個夤緣大交情。——這筆發財的生意我不想。我買了一隻毛口騾。心想給人家馱馱貨，也不過跟着走走路，不算是苦交易。那曉得騾子買到家，穀子吃了我好幾擔；生意呢，是和尚拜丈母的年！滿街打聽，求公公，拜婆婆，弄得一筆生意了，汗一把水一把的把貨給運好了，——不給錢！今天討，回明天！明天討，回後天！這不是說笑話！我看看不對勁，硬起心肝把騾子過了手。二十一塊錢買進來的，十四塊錢賣出去。貼了七塊現本不算數，白吃了我一家幾個月的糧，憋了我一肚子的氣。」

說着就又笑了起來。

「那你打錯算盤了！」我說：「你是做布店的呀。你為甚麼不做你的本行當？你為甚麼不弄個貨郎擔子，搖搖大鼓？你望着街上沒生意，那個店鋪肯進貨？你買騾子做甚麼？」

「大先生，你這是外行話。貨郎擔子更沒生意呢！說起這事來，我也有個笑話，我在店裡最末的那年，店裡已經沒指望了。我想我老是坐在賬桌上，怎麼行？我說我也要練練，我要出擔子。我在一個同事處學大鼓。──不要看大鼓這東西，學起來可不易。一個點子搖錯了，人家就可以搶你的鼓。越是這種世界，這門江湖飯就越發不容易吃。──我學了十來天大鼓。記得第一天，從南鄉搖到西鄉，心裡有點怕，腿也不抵用。天亮搖到黑。你說賣了點甚麼！三粒白殼紐扣，一隻針環，四兩白棉線。大先生，搖大鼓的比買東西的多好幾倍！做布店的歇了生意，就幹這個！」

家裡人聽他說是那麼狼狽，都不由得笑起來。

「這樣的小本買賣我差不多都試過的。我沒別的好處，就是肯跌架子。我不在乎。我只要能掙錢，甚麼事我都幹。一家十張嘴。我不做，吃甚麼呢？我是沒奈何。」

「你還做了些甚麼生意呢？」

「說起來，又要惹你們笑。我挑過豆腐乾子擔。我從豆腐店裡發了貨，到山裡村子去賣。賣一塊乾子，我賺兩個銅錢。一天賺二三十個錢。我幹過。我家裡做皮蛋賣。我有時挑出來賣。一塊錢六十多個生鴨蛋，買鹽，買石灰搓起來；賣出去賣得三四分錢一個。這算是筆好買賣。──就是沒生意。大家飯也沒得吃了，那個吃你的皮蛋？」

「所以你就種田了？」

「不是的。我是把田退還了東家，才做這些買賣的。我種了一年田。那自然是我窮無賴，蹩着自己開個玩笑的：

是我家隔壁一個客戶，近兩年，划算不過來，要退佃。東家不答允。我說笑話，我說我也來種一年田試試看。我從那客戶處隔手租了四畝幾分田。付牛租，付車租，……抵死要命的弄到秋天：算好的，年成倒不壞，真的凡事發『暴手』，別人都遭了旱，我種的卻是早稻，一點損傷都沒受。可是交去了租，一盤算，剩下的幾粒稻子剛剛夠了長工的工錢，和藥店裡的藥賬。我白挨了一頓忙，賺了一場病。——索性病死也拉倒了，偏偏不死；死死，又活轉來。」

「你的身體倒不壞，虧你種下了台。」

「年紀輕輕的，我就不相信我沒用處。我都要試試看。弄不好，也沒法。……」他深深嘆了一口氣，接着說，「我真是沒法想：依我想，在家鄉弄不好，就到外埠去碰碰。可是我不行。我想飛，我飛不動。——」

家裡人插嘴說：「你就飛到了外埠，也不過去當了兵：不是去殺人，就是給人殺。這你三駝子怕不見得行。」

「所以呀，做人千萬莫做中國人。好比說罷，我家那塊桑地，多年不生一文利；要是在外國，那會有的事？聽說外國人不會養蠶，就用機器把桑葉織成絲。新時行的人造絲，印度綢，不都是桑葉織出來的？……要是在外國，我自己不養蠶，桑葉賣給工廠裡，我多少也弄得幾個呀。」

「這倒沒聽說過。」

家裡人打趣道：「那你快去做洋鬼子罷。」

囚綠記

陸蠡

陸蠡（1908—1942），浙江天台人。作家。著有散文集《海星》、《竹刀》、《囚綠記》等。

這是去年夏間的事情。

我住在北平的一家公寓裡。我佔據着高廣不過一丈的小房間，磚鋪的潮濕的地面，紙糊的牆壁和天花板，兩扇木格子嵌玻璃的窗，窗上有很靈巧的紙捲簾，這在南方是少見的。

窗是朝東的。北方的夏季天亮得快，早晨五點鐘左右太陽便照進我的小屋，把可畏的光線射個滿室，直到十一點半才退出，令人感到炎熱。這公寓裡還有幾間空房子，我原有選擇的自由的，但我終於選定了這朝東房間，我懷着喜悅而滿足的心情佔有它，那是有一個小小理由。

這房間靠南的牆壁上，有一個小圓窗，直徑一尺左右。窗是圓的，卻嵌着一塊六角形的玻璃，並且左下角是打碎了，留下一個大孔隙，手可以隨意伸進伸出。圓窗外面長着常春藤。當太陽照過它繁密的枝葉，透到我房裡來的時候，便有一片綠影。我便是歡喜這片綠影才選定這房間的。當公寓裡的夥計替我提了隨身小提箱，領我到這房間來的時候，我瞥見這綠影，感覺到一種喜悅，便毫不猶疑地決定下來，這樣了截爽直使公寓裡夥計都驚奇了。

綠色是多寶貴的啊！它是生命，它是希望，它是慰安，它是快樂。我懷念着綠色把我的心等焦了。我歡喜看水白，我歡喜看草綠。我疲累於灰暗的都市的天空，和黃漠的平原，我懷念着綠色，如同涸轍的魚盼等着雨水！我急不暇擇的心情即使一枝之綠也視同至寶。當我在這小房中安頓下來，我移徙小台子到圓窗下，讓我的面朝牆壁和小窗。門雖是常開着，可沒人來打擾我，因為在這古城中我是孤獨而陌生。但我並不感到孤獨。我忘記了睏倦的旅程和已往的許多不快的記憶。我望着這小圓洞，綠葉和我對語。我了解自然無聲的語言，正如它了解我的語言一樣。

我快活地坐在我的窗前。度過了一個月，兩個月，我留戀於這片綠色。我開始了解渡越沙漠者望見綠洲的歡喜，我開始了解航海的冒險家望見海面飄來花草的莖葉的歡喜。人是在自然中生長的，綠是自然的顏色。

我天天望着窗口常春藤的生長。看它怎樣伸開柔軟的捲鬚，攀住一根緣引它的繩索，或一莖枯枝；看它怎樣舒開摺疊着的嫩葉，漸漸變青，漸漸變老，我細細觀賞它纖細的脈絡，嫩芽，我以揠苗助長的心情，巴不得它長得快，長得茂綠。下雨的時候，我愛它淅瀝的聲音，婆娑的擺舞。

忽然有一種自私的念頭觸動了我。我從破碎的窗口伸出手去，把兩枝漿液豐富的柔條牽進我的屋子裡來，教它伸長到我的書案上，讓綠色和我更接近，更親密。我拿綠色來裝飾我這簡陋的房間，裝飾我過於抑鬱的心情。我要借綠色來比喻蔥蘢的愛和幸福，我要借綠色來比喻猗鬱的年華。我囚住這綠色如同幽囚一隻小鳥，要它為我作無聲的歌唱。

綠的枝條懸垂在我的案前了，它依舊伸長，依舊攀緣，依舊舒放，並且比在外邊長得更快。我好像發現了一種「生的歡喜」，超過了任何種的喜悅。從前我有個時候，住在鄉間的一所草屋裡，地面是新鋪的泥土，未除淨的草根在我的床下茁出嫩綠的芽苗，蕈菌在地角上生長，我不忍加以剪除。後來一個友人一邊說一邊笑，替我拔去這些野草，我心裡還引為可惜，倒怪他多事似的。

可是每天在早晨，我起來觀看這被幽囚的「綠友」時，它的尖端總朝着窗外的方向。甚至於一枚細葉，一莖捲鬚，都朝原來的方向。植物是多固執啊！它不了解我對它的愛撫，我對它的善意。我為了這永遠向着陽光生長的植物不快，因為它損害了我的自尊心。可是我囚繫住它，仍舊讓柔弱的枝葉垂在我的案前。

它漸漸失去了青蒼的顏色，變成柔綠，變成嫩黃，枝條變成細瘦，變成嬌弱，好像病了的孩子。我漸漸不能原諒我自己的過失，把天空底下的植物移鎖到暗黑的室內；我漸漸為這病損的枝葉可憐，雖則我惱怒它的固執，無親熱，我仍舊不放走它。魔念在我心中生長了。

我原是打算七月尾就回南去的。我計算着我的歸期，計算這「綠囚」出牢的日子。在我離開的時候，便是它恢復自由的時候。

蘆溝橋事件發生了。擔心我的朋友電催我趕速南歸。我不得不變更我的計劃，在七月中旬，不能再留連於烽煙四逼中的舊都，火車已經斷了數天，我每日須得留心開車的消息。終於在一天早晨候到了。臨行時我珍重地開釋了這永不屈服於黑暗的囚人。我把瘦黃的枝葉放在原來的位置上，向它致誠意的祝福，願它繁茂蒼綠。

離開北平一年了。我懷念着我的圓窗和綠友。有一天，得重和它們見面的時候，會和我面生麼？

松樹的風格

陶　鑄

陶鑄（1908—1969），湖南祁陽人。曾任國務院副總理等職。

去年冬天，我從英德到連縣去，沿途看到松樹鬱鬱蒼蒼，生氣勃勃，傲然屹立。雖是坐在車子上，一棵棵松樹一晃而過，但它們那種不畏風霜的姿態卻使人油然而生敬意，久久不忘。當時很想把這種感覺寫下來，但又不能寫成。前兩天在虎門和中山大學中文系的師生們座談時，又談到這一點，希望青年同志們能和松樹一樣，成長為具有松樹的風格，也就是具有共產主義風格的人。現在把當時的感覺寫出來，與大家共勉。

我對松樹懷有敬佩之心不自今日始。自古以來，多少人就歌頌過它，讚美過它，把它作為崇高的品質的象徵。

你看它不管是在懸崖的縫隙間也好，不管是在貧瘠的土地上也好，只要有一粒種子——這粒種子也不管是你有意種植的，還是隨意丟落的，也不管是風吹來的，還是從飛鳥的嘴裡跌落的，總之，只要有一粒種子，它就不擇地勢，不畏嚴寒酷熱，隨處茁壯地生長起來了。它既不需要誰來施肥，也不需要誰來灌溉。狂風吹不倒它，洪水淹不沒它，嚴寒凍不死它，乾旱旱不壞它。它只是一味地無憂無慮地生長。松樹的生命力可謂強矣！松樹要求於人的可謂少矣！這是我每看到松樹油然而生敬意的原因之一。

我對松樹懷有敬意的更重要的原因卻是它那種自我犧牲的精神。你看，松樹的幹是用途極廣的木材，並且是很好的造紙原料；松樹的葉子可以提製揮發油；松樹的脂液可製松香、松節油，是很重要的工業原料；松樹的根和枝又是很好的燃料。更不用說在夏天，它用自己的枝葉擋住炎炎烈日，叫人們在如蓋的綠蔭下休憩；在黑夜，它可以劈成碎片做成火把，照亮人們前進的路。總之一句話，為了人類，它的確是做到了「粉身碎骨」的地步了。

要求於人的甚少，給予人的甚多，這就是松樹的風格。

魯迅先生說的「我吃的是草，擠出來的是牛奶，血」，也正是松樹的風格的寫照。

自然，松樹的風格中還包含着樂觀主義的精神。你看它無論在嚴寒霜雪中和盛夏烈日中，總是精神奕奕，從來都不知道甚麼叫做憂鬱和畏懼。

我常想：楊柳婀娜多姿，可謂嫵媚極了，桃李絢爛多彩，可謂鮮艷極了，但它們只是給人一種外表好看的印象，不能給人以力量。松樹卻不同，它可能不如楊柳與桃李那麼好看，但它卻給人以啟發，以深思和勇氣，尤其是想到它那種崇高的風格的時候，不由人不油然而生敬意。

我每次看到松樹，想到它那種崇高的風格的時候，就聯想到共產主義風格。

我想：所謂共產主義風格，應該就是要求於人的甚少，而給予人的卻甚多的風格；所謂共產主義風格，應該就是為了人民的利益和事業不畏任何犧牲的風格。

每一個具有共產主義風格的人，都應該像松樹一樣，不管在怎樣惡劣的環境下，都能茁壯地生長，頑強地工作，永不被困難嚇倒，永不屈服於惡劣環境。每一個具有共產主義風格的人，都應該具有松樹那樣的崇高品質，人民需要我們做甚麼，我們就去做甚麼，只要是為了人民的利益，粉身碎骨，赴湯蹈火，也在所不惜；而且毫無怨言，永遠渾身洋溢着革命的樂觀主義的精神。

具有這種共產主義風格的人是很多的。在革命艱苦的年代裡，在白色恐怖的日子裡，多少人不管環境的惡劣和情況的險惡，為了人民的幸福，他們忍受了多少的艱難困苦，做了多少有意義的工作呵！他們貢獻出所有的精力，甚至最寶貴的生命。就是在他們臨犧牲的一剎那間，他們想的不是自己，而是人民和祖國甚至全世界的將來。然而，他們要求於人的是甚麼呢？甚麼也沒有。這不由得使我們想起松樹的崇高的風格！

目前，在社會主義革命和社會主義建設的日子裡，多少人不顧個人的得失，不顧個人的辛勞，夜以繼日，廢寢忘食，為加速我們的革命和建設而不知疲倦地苦幹着。在他們的意念中，一切都是為了把社會主義革命進行到底，為了迅速改變我國「一窮二白」的面貌，為了使人民的生活過得更好。這又不由得使我們想起松樹的崇高的風格。具有這種風格的人是越來越多了。這樣的人越多，我們的革命和建設也就會越快。我希望每個人都能像松樹一樣具有堅強的意志和崇高的品質；我希望每個人都成為具有共產主義風格的人。

一九五九年一月中旬於虎門

野草

麗尼

麗尼（1909—1968），湖北孝感人。作家。著有散文集《黃昏之獻》、《鷹之歌》、《白夜》等。

母牛在慢慢地咀嚼着，不時，從間壁的牛房裡傳出那大顎子的開闔所發出的響聲，正和一個人在使力舐着自己的嘴唇一樣。母牛真安靜呢，而夜晚，也是同樣安靜的。慣常在後山吼着的松風，也停止了它的呼吸；狗也沒有叫吠。整個的村莊，甚至整個的平原，該是全都睡熟了吧？

然而，一切是多麼的過於靜寂啊！

女孩子感覺得這夜晚是過於寂寞，過於安靜的；而生活，也同樣安靜而且寂寞。她還剛剛十六歲，母親在一年前已經死去了，只有一個父親，而他，卻每個晚上把她留在這祖遺的房屋裡，自己則到鎮上去，一直到午夜以後才醉醺醺地歪歪倒倒跑回來，有時，撫着在田溝裡拐壞的腿子，孩子似的哭泣，有時，則瘋人一般地要求着冷水，沒命地灌下肚去。

荒唐的父親啊！——女孩子嘆息着，感覺寂寞和恐怖。父親也不過才四十歲的人呢，然而，為甚麼會那樣衰頹呢？抽鴉片，縱酒——那是祖父應當負責任的，他不該在他的好日子裡放縱了他的兒子。而現在呢？一面黑影出現在女孩的眼前，那就好像是父親已經從鎮上回來，不曾聽見敲門，不曾聽見村裡的狗叫，那消瘦的影子就出現在她的眼前來了。她抖了一抖，拿起火油燈來，走到了間壁牛房裡去，好像在這陰慘而寂寞的屋子裡，惟有那匹母牛才是一個可靠的伴侶似的。

母牛已經衰老了呢。它安靜地躺在那裡，雖然明知道有人來到它的身旁，但是，卻沒有動一動的意思。它的頭伏在地面，眼睛好像已經闔上，而骨瘦的身體，在那安靜的躺臥姿態裡，似乎更為顯得支離了。年輕的女主人把燈照到它的眼前，端詳了一下它的呆滯的眼睛，於是，撫撫它那帶着白花的頭額，忍不住地有着想要哭泣的抽搐了。

「母親……」她模糊地囁嚅着，一滴眼淚不自主地流下了她的面頰。她記起來，那母牛是母親堅持着要買來的。母親是一個能幹的婦人，不願意把自己的田地佃給別人，卻寧願自己僱了人來耕種。她自己，那時還不過十歲，她也愛這隻母牛，它是馴良，在那時，它還年輕，有些害羞，怕人摸它的臉面和鼻子，同時，卻又非常淘氣，愛故意揚起頭來，讓幼小的女主人的手不能順利地摸到它的犄角。她記起了她曾經牽着它，愉快地，走到祖母的墳邊去，去牧着草。她把它叫作「傻子」叫作「蠢貨」，而它，則把尾巴一撅，趁着她還不曾把韁繩繫到那脱了皮的柏樹上面，就如飛地跑開了。……

然而，記憶卻不能永遠這麼明朗。一層黑的陰影罩上來了。從那時以後，她就被送到城裡去，在一處有如修道院的學校裡被禁錮起來了。老處女們的眼睛是嚴厲的，言語是急促而惱怒的。人們不再教她唱着山歌，卻教她唱着敬神的歌曲。到這時候，是臨到別人來叫她「傻子」，叫她「蠢貨」了。

「傻子，敏子，你十二歲了，你可曉得？年紀不小！」可是，到明年，別人又來提醒她道：「蠢貨，敏子，你十三歲了，還不會作禱告？上帝要罰你的！」

她輕輕地咽了一口氣，從牛房裡，照樣端着火油燈，再回到堂屋裡來。她畏縮地把油燈安置在油膩的方桌上面，隨手撿起一本有着五彩圖畫的書本，那是關於一個殉道的女聖者的。她望着那被人毆傷的女聖者，躺在廣場上面，天上有着月亮的銀輝，在聖者身旁，有着無數的天使掩着美麗的翅翼，好像是在歡唱，也好像是在哀哭；她望着那殉道者的臉容，雖然有着血痕掩映，然而卻仍然是那麼莊嚴，那麼平靜，那麼美。她有一些幻想，她想着在那遙遠的天上，生活應當是快樂的；她想到她的母親，那個慈祥的婦人，只在三十五歲的時候，就死掉了的。

「母親會在那樣的地方麼？會在那美麗的地方麼？然而，在這裡，在這個世界，人們是多麼壞，生活是多麼苦啊！」

在村頭，忽然傳來幾聲斷續的狗吠。她抬起頭來，靜聽着，也許是父親回來了吧？然而，狗吠聲立刻又停止下來，整個村子，一時又重歸靜寂。

「是趕夜路的人從村頭經過呢，」她又低下頭來，繼續着她的思想。她有一些秘密，但是，她不知道向甚麼人去告訴。在鄉村裡，她感覺着她該疏遠每一個年長的人，而對於少年人們，她更感覺着一種不自主的羞怯。她孤獨着，她不會對人說話，而別人，也同樣地用着歧視的眼睛看她，要不然，就是給她嘲笑：「啊，敏姑，鄉下住不慣啊！」或者，「敏姑，到底是城裡人啦！城裡人比鄉下人好啊，多斯文！」她感覺得羞慚，感覺得嫌憎和恨惡，然而有時也感覺得一些自滿。可是，有甚麼可以自滿的呢？

她埋怨着父親，那個荒唐鬼。她看不慣他，那讀書的人，那假充比別人有着更多知識的鄉紳。當她聽到別人用着譏諷的言辭提到父親的荒唐和不必要的裝腔做勢的態度時，她恨不得立刻就要離開這個可憎惡的地方，然而，一提到要走的話，父親就怎樣說呢？如果他不是酒醉，他就說道：「敏兒，好啊，算了罷，我快老了，你饒我個好死罷。」話是說得那麼淒涼，望着他那瘦削的臉面，真是只有覺得他會快死的了。然而，如果在他醉着的時候呢，他就會格格地發出一串斷續的笑聲來，把眼睛斜視着，用那顫動的手拍着自己的胸膛，咿咿唔唔地說道：「老子……老子不才……老子跟你找一門好親事，有錢有勢；老子也搭着享點兒老福……」

荒唐，愚昧，自己不知道自己已經如何破落，如何被人瞧不起，而且，對於任何事情，就是對於女兒的親事，也不負責任——父親啊，那樣的就是父親。如果母親在世的話？……她把頭俯在案上，感覺得失去了甚麼；她覺得屋子這樣空洞，而且，空氣是這樣寒冷。她恍惚記了起來，在那城市裡，當她還在「學校」裡的時候，是怎樣地，在每個清晨，當着天還微明着，太陽還沒有出來的時候，她就和別的女孩子們被帶着到教堂去，在那裡，教堂也是空洞的，空氣也是寒冷的；在那時，她就想起鄉村裡的家來，她記憶着，渴慕着家，母親的慈祥的笑容，和村人們的誠樸而詼諧的臉面——家，在那時候，是溫暖的啊！然而，現在呢？家是破落的，空虛的；整個的鄉村，也是破落的，空虛的。

有一個小而圓的腦袋，一個泛着紅色的小臉，一束烏黑的鬈髮，一對靈活的瞳子，浮到了她的記憶裡來。那是一個小孩子，在她去到城裡的第一年，每天坐在她的身旁的那個孩子，比她自己小四歲，然而，是那麼可愛，而且，對她是那麼親密。在第二年，那可愛的小孩子就不再坐在她的身旁了，因為他是一個男孩子，已經到了應該離開一間女學校的年齡。她記憶着他，感覺得失去了他。他現在是在甚麼地方呢？是不是還在那城裡，或者已經去到了更大，更大的城市？是的，人們在長大起來以後，多半都是跑向更大的城市去的。而且，他現在是變成了甚麼樣子呢？十三四歲的少年啊，一定是更美麗，更可愛的了。

一層紅暈浮到了她的臉上，好像是無意之間對着陌生的人泄露了一個少女的秘密似的。她有着許多的秘密，她感覺得無論怎樣也要向一個人傾吐出來；她想提起筆來，在紙上寫，慢慢地寫，像在學校裡的時候偷偷地給一個親密的學友寫着一張一張的小紙條似的。然而，現在，她是沒有學友了，她應當寫給誰呢？她從那積滿灰塵的筆盂裡拿出一根細的鉛筆來，在一本抄本上輕輕地寫下了兩個字：

「媽媽——」

而在燈焰裡面，媽媽的慈愛的臉面就好像出現了來；仍然是那樣含着微笑，眼睛和嘴唇仍然是顯示着堅決和良善，頭髮上面仍然是包着那塊印着藍色條紋的頭巾。女孩子的手指顫慄了，她深深地認識那個臉面，她想要捉住它，然而，她知道那不可能，於是，低下頭來，在紙上迅速地寫了下去。

「媽媽，我看見您在我的眼前，可是，您離開着我卻夠多麼遠！我想您來，想您回來；我在這裡是這樣寂寞。這是怎樣寂寞的地方啊。沒有媽媽的家庭，是怎樣可怕！

「父親還是照樣荒唐，不，比以前更荒唐。他每天在鎮上躺煙喝酒，甚麼事情都不管。我們的家，您知道敗成了甚麼樣子？不到明年，我們都會變得沒有飯吃的。媽，您以前領着耕種的那些田地，如今，大半都不屬於我們了。

「母牛阿黃也老了呢，沒有精神，青草和黃草都不高興吃……」

她望望燈焰，母親的臉面變得多麼模糊啊，好像是有一些淚花掛在她那含笑的眼睫上面，使那慈愛的臉面變成看不清楚的影子了。她急忙又低下頭來，疾疾地寫着，好像怕那模糊的影子轉眼之間就會消逝。

「……媽，我怎麼辦呢？您怎樣來安排我呢？父親對我甚麼事也不管，他也沒有錢把我送到城裡去讀書。他忘記我了，好像他已經不記得他還有一個女兒。並且，他自己已經變得多麼卑賤啊，別人是怎樣把他不當人，藐視他，嘲笑他，一點也不尊敬他啊！他忘記了我已經是十六歲，不是小孩子了，但是，他……。媽媽，別人瞧不起他，瞧不起我們呢。在鄉下，沒有合式的人家做親，人家不要不會作田的女孩子，人們把我們當作了另外的人。媽媽，我怎麼辦呢？沒有人理我——我……我……我是一根野草啊……」

油燈快近熄滅了，只剩有一星如豆的火光，而母親的影子，也忽地消滅了下去。女孩子把頭俯在案上，手裡握着筆。「母親，您在哪裡呢？」她喃喃着，「我要到您那裡去。……」

在間壁的牛房裡，母牛輕輕地嘆息着。在村子的一端，狗吠聲傳來了，悽厲而且恐怖；然而，父親還是沒有回來呢。

一九三六年九月

柯靈

柯靈（1909—　），浙江紹興人。作家。著有散文集《晦明》、《長相思》、《文苑漫遊錄》等。

巷

——龍山雜記之一

巷，是城市建築藝術中一篇飄逸恬靜的散文，一幅古雅沖淡的圖畫。

這種巷，常在江南的小城市中，有如古代的少女，躲在僻靜的深閨，輕易不肯拋頭露面。你要在這種城市裡住久了，和她真正成了莫逆，你才有機會看見她，接觸到她優嫻貞靜的風度。她不是鄉村的陋巷，湫隘破敗，泥濘坎坷，雜草亂生，兩旁還排列着錯落的糞缸。她也不是上海的里弄，鱗次櫛比的人家，擁擠得喘不過氣；小販幢幢來往，黝黯的小門邊，不時走出一些趿着拖鞋的女子，頭髮亂似臨風飛舞的秋蓬，眼睛裡網滿紅絲，臉上殘留着隔夜的脂粉，懶洋洋地走到老虎竈上去提水。也不像北地的胡同，滿目塵土，風起處颳着彌天的黃沙。

這種小巷，隔絕了市塵的紅塵，卻又不是鄉村風味。她又深又長，一個人耐心靜靜走去，要老半天才走完。她又這麼曲折，你望着前面，好像已經堵塞了，可是走了過去，一轉彎，依然是巷陌深深，而且更加幽靜。那裡常是悄悄的，寂寂的，不論甚麼時候，你向巷中踅去，都如寧靜的黃昏，可以清晰地聽到自己的足音。不高不矮的圍牆擋在兩邊，斑斑駁駁的苔痕，牆上掛着一串串的藤蘿，像古樸的屏風。牆裡常是人家的後園，修竹森森，天籟細細；春天還常有幾枝嬌艷的桃花杏花，娉娉婷婷，從牆頭搖曳紅袖，向行人招手。走過幾家牆門，都是緊緊地關着，不見一個人影，因為那都是人家的後門。偶然躺着一隻狗，但是決不會對你狺狺地狂吠。

小巷的動人處就是它無比的悠閒，只要你到巷裡躑躅一會，心情就會如巷尾的古井，那是一種和平的靜穆，而不是陰森和肅殺。它鬧中取靜，別有天地，仍是人間。它可能是一條現代的烏衣巷，家家有自己的一本哀樂賬，一部興衰史，可是重門疊戶，諱莫如深，夕陽影裡，野草閒花，燕子低飛，尋覓舊家。只是一片澄明如水的氣氛，淨化一切，使人忘憂。

你是否覺得工作太勞累了？我勸你工餘之暇，常到小巷裡走走，那是最好的將息，會使你消除疲勞，緊張的心弦得到調整。你如果有時情緒煩躁，心境悒鬱，我勸你到小巷裡負手行吟一陣，你一定會豁然開朗，怡然自得，物我兩忘。你有愛人嗎？我建議不要帶了她去甚麼名園勝境，還是利用晨昏時節，到深巷中散散步。在那裡，你們倆可以隨意談天，心貼得更近，在街上那種貪婪的睨視，惡意的斜覷，巷裡是沒有的；偶然呀的一聲，牆門口顯現出一個人影，又往往是深居簡出的姑娘，看見你們，會嬌羞地返身迴避了。

巷，是人海洶洶中的一道避風塘，給人帶來安全感；是城市喧囂擾攘中的一帶洞天幽境，勝似皇家的閣道，便於平常百姓徘徊徜徉。

愛逐臭爭利，錙銖必較的，請到長街鬧市去；愛輕嘴薄舌，爭是論非的，請到茶館酒樓去；愛鑼鼓鉦鏜，管弦嗷嘈的，請到歌台劇院去；愛寧靜淡泊，沉思默想的，深深的小巷在歡迎你！

一九三〇年秋

蘇州拾夢記

已經將近兩年了，我心裡埋着這題目，像泥土裡埋着草根，時時茁長着鑽出地面的慾望。

因為避難，母親在戰爭爆發的前夜，回到了濱海一角的家鄉，獨自度着她的暮年。只要一想着她，我就彷彿清楚地看見了她孤獨的身影，彷徨在那遭過火災的破樓上。可是我不能去看她，給她一點溫暖。

苦難的時代普遍地將不幸散給人們，母親所得到的似乎是最厚實的一份。她今年已經七十三歲，這一連串悠悠的歲月中，卻有近五十年的生涯伴着絕望和哀痛。在地老天荒的世界裡，維繫着她一線生機的，除卻對生命的執著，也就是後來由大伯過繼給她的一個孩子——那就是我。正如小說裡面所寫的，她的命運悲慘得近乎離奇。二十幾歲時，她作為年輕待嫁的姑娘，因為跟一個陌生男子的婚約，從江南的繁華城市，獨自被送向風沙彌天的、遼遠的西北，把一生的幸福交託給我的叔父。叔父原只是個窮書生，那時候在潼關幕府裡做點甚麼事情，大約已經算是較為得意，所以遣人遠遠地迎娶新婦去了；但主要原因，卻是為着他的重病，想接了新婦來給自己沖喜。當時據說就有許多人勸她剪斷了這根不吉利的紅繩，她不願意，不幸也就這樣由自己親手造成。她趕到潼關，重病的新郎由人攙扶着跟她行了婚禮，不過一個多月，就把她孤單單地撇下了。我的冷峻的父親要求她為死者守節，因為這樣才不致因她減損門第的光輝。那幾千年來被認作女性的光榮的行為，也不許她有向命運反叛的勇氣。——這到後來她所獲得的是一方題為「玉潔冰清」的寶藍飛金匾額，幾年前卻跟着我家的舊廳堂一起火化了。——就是這樣，她依靠着大伯生活了許多年，也就在那些悲苦的日子裡，我由她撫養着成長起來。

哦，我忘卻提了，她的故鄉就在那水軟山溫的蘇州城裡。

時光使紅顏少女頭白，母親出嫁後卻從此不再有機會踏上她出生的鄉土。悠悠五十年，她在人海中浮蕩。從陝西到四川，又到南國的廣州。驢背的夕陽，渡頭的曉月，雨雨風風都不打理這未亡人的哀樂。滿清的封建王朝覆亡了，父親丟了官，全家都回到浙東故鄉，她照舊過着世代相沿的未亡人的生活。家庭逐漸墮入了困境，家裡的人逐漸死去，流散了，最後是四五年前的一把火，燒毀了殘破的老家，才把這受盡風浪的老人趕到了上海。

老天憐憫！越過千山萬水，迷路的倦鳥如今無意中飛近了舊枝，她應當去重溫一次故園風物！

可是一天的風雲已經過去，她疲倦的連一片歸帆也懶得掛起。「算了吧，家裡人都完了，親戚故舊也沒有音訊了，滿城陌生人，有甚麼意思！」她笑，那是飽孕了人生的辛酸，像驀然夢醒，回想起夢中險巇似的，慶幸平安的苦笑。接着吐出個輕輕的嘆息：「噯，蘇州城裡我只惦記着一個人，那是我的小姊妹，苦苦勸我退婚的是她，（我當時怎麼肯！）出嫁時送我上船，淚汪汪望着我的是她！聽說而今還在呢，可不知道甚麼樣兒了？有機會讓我見她一面才好！」蹉跎間這願望卻也延宕了兩年。

一直到前年春天，我才陪着她完成了這傷感的旅行。

是陰天，到蘇州車站時已經飄着沾衣欲濕的微雨。僱一輛馬車進城，得得的蹄聲在石子路上散落。當車子駛過一條旅館林立的街道，她看看夾道相迎的西式建築，恰像是鄉下孩子闖進了城市，滿眼是迷離好奇的光。我對着這地下的天堂祝告：蘇州城！你五十年前嫁出去的姑娘，今天第一次歸寧了。那是你不幸的女兒，為着鄉土的舊誼，人類的同情，你應當張開雙臂，給她個含笑的歡迎！

但時間是冷酷的傢伙，一經闊別便不再為誰留下舊時痕迹，每過一條街，我告訴母親那街道的名字，每一次，她都禁不住驚訝得忽地失笑：「哎喲，怎麼！這是甚麼街？不認得了，一點也不認得了！」

在觀前街找個旅館，剛歇下腳，心頭的願望浮起。燕子歸來照例是尋覓舊巢，她一踏上這城市，急着要見的是那少年的舊侶。可是我們向哪兒去找呢？這櫛比的住房，這稠密的人海，白茫茫無邊無岸，知是在誰家哪巷？縱使幾十年風霜沒有損傷了當年的佳人，也早該白髮蕭蕭，見了面也不再相認了，但我哪有勇氣回她個不字？

母親在娘家時開得有一家燭舖，後來轉讓的主人就是那閨友的父親，想着這些年來世事的興替，皇室的江山也還給了百姓，一家燭舖的光景大約未必便別來無恙。但母親忽然飛來的聰明記起了它。向旅館的茶房打聽得蘇州還有着這個店號，我就陪着她向大海撈針。

燭舖子畢竟比人經得起風霜，雖然陳舊，卻還在鬧喧喧的街頭兀立。母親高興地迎上去，便向那店夥問訊：「對不起，從前這兒的店主人，姓金的，你知道他家小姐嫁在哪一家，如今住在哪裡？」

我站在一旁懷着憑弔古迹似的心情，這老人天真的問話卻幾乎使我失笑。那店夥年輕呢，看年紀不過二十開外，懂得的歷史未必多，「小姐」這名詞在他心裡豈不是一個嬌媚的尤物？我只得替她補充：金小姐，那是幾十年前的稱呼，如今模樣該像母親似的一位老太太了。聽着我的解釋，那店夥禁不住笑了起來。

人生有時不缺乏意外的奇迹，這一問也居然問出了端倪。我們依着那燭舖的指點，又輾轉訪問了兩處，薄暮時到了巷尾一家古舊的黑漆門前。

剝啄地叩了一陣，一位祥和的老太太把我們迎接了進去。可是她不認得這突兀的來客。

「找誰，你們是找房子的？」

「不，是找人，請問有一位金小姐可住在這裡？」

主人呆了半天，彷彿沒有聽清意思。「哎喲！」母親這一聲卻忽然驚破了小院黃昏的靜寂，她驚喜地一把拖住了主人。

「哦，你是金妹！」

「哦，你是……三姐！」

夜已經無聲地落在庭院裡了，還是霏霏的雨。從一對老年人瑩然欲涕的眼睛裡，我看出比海還深的人世的歡喜與辛酸，體味着不能用語言表達的奧妙的意思。我的心沉重得很，也輕鬆得很。我像在一霎時間經歷了半世紀。感謝幸運降臨於我不幸的母親！

把母親安頓在她舊侶的家裡，我自己仍然在旅舍裡住着。

春快要闌珊了！天氣正愁人，我在蘇州城裡連聽了三天潺潺的春雨。冒着雨我爬過一次虎丘，到冷落的留園和獅子林徘徊了一陣。我愛這城市的蒼茫景色，靜的巷，河邊的古樹，冷街深閉的衰落的朱門。可是在這些霧似的情調裡，有多少無辜的人們，在長久的歲月中度着悲劇生涯？

但我為母親的奇遇高興。五十年舊夢從頭細數，說是愁苦也許是快樂。人類的聰明並不勝如春蠶，柔情的絲縷抽完了還願意嘔心瀝血；一生的厄運積累得透氣的空隙也沒有，有時只要在一個——僅僅一個可以訴苦的人面前贏得一聲同情的溫喟，也可以把痛苦洗滌乾淨。我不能想像母親的情懷，願這次奇遇抖落她過去的一切……

第四天晚上離開蘇州時，天卻晴了，一鉤新月掛在城頭，天上鱗鱗的雲片都鑲着金邊。——好會捉弄人的天！路畔一帶婆娑的柳影顯得幽深而寧靜，卻有蹄聲得得，穿過柳蔭，向那行色倥傯的車站上響去。別了，古舊的我的母鄉蘇州！明兒我們看得見的，是天上那終古不變的舊時明月！

別離的哀傷又在刺着衰老的心了。可是從母親的臉上，我看見了一片從來沒有的光輝。「噯，總算看見她了！做夢也想不到。她約我秋天再來，到她家裡多住一陣子。也好，大家都老了，多見一面是一面。」我知道，她在慶幸她還了多少年來的宿願。

可是就在這一年的夏天，時局起了激變。

在上海暴風雨的前夜，母親回到了殘破的家鄉，一年半來她就像被扔在一邊似地生活着；而她的早已無家的母鄉，落入魔掌也一年多了。在這風雪的冬天，破樓上搖曳着的煤油燈下，不會埋怨這年代的過於冷酷嗎？我不禁時時想起我的母親，和這場戰爭中一切母親的命運。

可是母親卻惦記着蘇州，惦記着蘇州的舊侶，絮絮地從信裡打聽消息。可憐的母親，我可以告訴您嗎？您的母鄉正遭着空前的浩劫。您的唯一的舊侶，我不敢想像她家裡的光景。有一時我常常把一件事情引為自慰，那就是那一次蘇州的旅行，我想如果把那機會放走了，怕也要永遠無法挽回。但我如今倒有些失悔了，沒有那一次墜夢的重拾，也許這不幸的消息給她的分量還要輕些？我又懷着一種隱憂：「樹高千丈，落葉歸根。」母親說過她願意長眠在祖塋所在的鄉土，她會不會再在晚年淪入奴隸的厄運？

一九三九年一月

師陀

師陀（1910—1988），河南杞縣人。作家。著有短篇小說集《穀》，長篇小說《結婚》，散文集《江湖集》、《上海三札》等。

鐵匠

叮叮當！叮叮當！

我要為你講一講鐵匠了，一種走着到不幸去的路，而自己卻不明白這種命運，漸漸衰落下去的人。

「他們是很好的人嗎？」

「是的，他們是很好，」而且為了你沒有機會認識他們，——世間沒有人比他們更高尚，更值得尊敬的，那種巡行各處鄉村的鐵匠，我常常暗自替你感到焦急；為了你沒有機會聽見那種永遠是年輕的，活潑的，響亮的笑着似的錘聲，我又替你長期的抱着遺憾。假如沒有他們，我們現在將怎樣呢？我們可不是和我們可憐的祖先一樣，咬着野生的苦果，或者嚼着烤焦了的鹿脯嗎？但是我在這裡毫沒有講文化史的意思；僅僅是那快樂的敲擊聲，僅僅是那軋軋響的獨輪車聲把我引動了。歲月不斷的從人間走過，鐵匠的車子看起來已經過於破舊，它的油漆已經完全剝落，軸和腿都換了無數次，然而它仍舊載了鐵匠的全部傢俬——一隻木箱，一隻風箱，一口飯鍋，一口炒鍋，一卷行李，一面鐵砧，一個能安在架子上的爐竈，軋軋的響着從這個村莊巡行到那個村莊。

叮叮當！叮叮當！

錘聲快樂的響起來了，和林子裡的鶺鴒、斑鳩、布穀的歌聲同時響起來了。鐵匠已經在空場上，在那永遠不生鬍子的鰥夫馬五叔的小屋前面的大椿樹下安好了爐竈。你將怎樣看那爐子呢？風箱不住的吹着，火焰一吞一吐的向四周伸出，燒成白色的軟軟的鐵塊絲絲的飛迸出美麗的火花。叮叮當！叮叮當！這永久不變的聲音在鄉村的靜寂中響着。天空是蔚藍的，白色的雲遠遠的在移動。在林子裡，鶺鴒，那種好鬥的黑色的催明鳥，它們一代一代和烏鴉戰爭着，現在正「大丟大丟」的急躁而清脆的唱着歌；布穀在提醒着懈惰的農夫；斑鳩是憂鬱的，哀傷的，死去了兒子似的在「孤苦——，孤苦——」的哭泣；在地主的雕着花的門樓頂上，鴿像懦弱的幸災樂禍者，低低的，嘲弄的，「不苦不苦」的叫着，不住的轉着圈子。這些追逐着氣候的鳥們，它們也像鐵匠一樣一代一代的在林子裡落腳，永遠在一定的地方作客，而且永不改變它們的音調。往遠處一看，隔着一條水坑，則是滔滔滾着麥浪的無際曠野。

叮叮當！叮叮當！

當春天來了時，他們打着耕耘的傢伙，隨後又軋軋的走了；當夏天要去時，他們又軋軋的來了，打着鍘、鉤、鐮刀、鐵圈。誰不喜歡他們呢？他會告訴你誰家的女兒會繡很好的花，他又會告訴你誰家的孩子喜歡使槍弄棒，並且他還知道那些鄉下的大人物的生活和歷史。無論早晚，你總可以看見有幾個村人在他們那裡，在大椿樹下面。這些鄉人中的最年輕的也許還不大清楚鐵匠的家世，他拿起他們打好並且刨得雪亮的鐮刀，用拇指極小心的摸了一下，然後這樣問。

「你做這樣的活，是從誰學來的嗎？徐大爺？」

這鐵匠正是姓徐。我不應該將他們的族姓留下來嗎，對於這樣高尚的可敬的人？

這時他也許沒有時間回答，他正準備從熊熊的爐子裡鉗出飛爆着火花的鐵塊。他的打「大錘」的大兒子已經拿起那大得嚇人的錘，請恕我用一回他們的術語，現在我們是注意到他的打「下錘」的第二個兒子了。他是一直拉着風箱的，但是他並不把自己的靈魂全部交給工作，因為拉風箱只需要一隻手，而另一隻他也不願意老讓它空閒。這說着的時候，一隻樗雞從樹頂正要飛到生氣似的喘着的風箱上來了。你們那裡叫它做甚麼呢？那種淺灰色的翅膀上生着整齊的黑斑點，看起來像小指蓋那麼大的灰鴿的，穿着綾樣的五彩內衣的美麗的昆蟲。於是他的那空閒着的手向空中一撂，這就捉入手心，同時用怎樣也想像不出的快的手法，往飛翔着的火焰上一燎，他已經送到嘴裡。自然你從來沒有看見過這辦法，你會為那美麗的小蟲的命運感到悲哀。

然而雖是用了這樣妙的手法，而一手捏了鉗，一手握了錘，全身都緊張着的準備好要動手的鐵匠，卻很容易的就看見了。他把他的錘當的往砧上一敲，用堅決的像他的錘一樣的聲音罵道：

「快些！」

風箱的喘息停止了，火花急性的，箭似的迸濺着，錘聲輕快的嘹亮的響着。

叮叮當！叮叮當！

鐵匠把打成的鐮刀——那沒有刨過的還發着藍蔚蔚的鋼色的鐮刀吱的一聲拋進旁邊的水桶裡，使它變冷，使它將來的刀口變硬。緊張已經過去，你覺得是和那散布到曠野上的敲擊聲一齊飛開去了，空氣頓時顯出意外的平靜。孤苦，孤苦，斑鳩在樹頂上叫着。鐵匠想起剛才的話，他輕輕的喘了一口氣。

「我是跟我爹學來的。」他說，一面從風箱頂上取下煙袋。

假如你再問下去，他爹的手藝是跟誰學來，他會告訴你是跟他的祖父，他的祖父又是跟他的曾祖父。

我並不是說鐵匠那裡永遠是快樂的；他們也有不幸的時候。當下了雨，當連綿不斷的雨打着平原，失去了作場的他們便不得不把爐竈同風箱搬進馬五叔的小屋，守着那貼了寫着「福」字的紅紙方的木箱出神。

叮叮當！叮叮當！

他們敲擊着。他們毫不吝惜的為鄉下的少女們打着美麗的夢，為農夫們打着幸福的夢，而同時則為自己打着飢荒。時光一年一年的過去了，終於曾在下面安爐子的椿樹也被掘去了，在原來的地方又長起一棵柳樹。只有以同樣的聲調響了二十年、五十年、一世紀、兩世紀的鍾聲仍舊年輕的，嘹亮的，嬉笑似的不變的響着。

「他們是一代一代傳下來的嗎？」

「他們不是一代一代傳下來的嗎？」

「他們可以改行。」

「他們也許想過改行，但是他們終於沒有改行。」

現在我可以回答你：假如他們僥倖有機會討了一個老婆，他們不會絕種，他們所生的兒子不是完全殘廢，他們是一代一代傳下來的。他們從小就在父親的作場旁邊玩耍，從小就喜歡用他們的小手搬弄銼刀，鍾子，鐵塊或者炭塊，怎能不學會這種手藝的呢？世間所有的父親都希望自己的兒子走從祖父、曾祖父就開闢了的，走平了的，沒有危險的路。這路一經固定，術士們從此就發明了無可抗拒的命運論。這樣一來，所有發生了的事都成為不可避免，都成為數千年已經安排定了的結果。

我們的前輩說往事如煙，這是一個恰當的比喻。我說恰當，並不是因為它像煙樣的從人間消滅，而是說往事的顏色有點像煙的顏色，使看見的我們嚮往，同時又感到茫然的空虛。當我們有一天厭倦了江湖上的漂泊，我們會忽然想到曾經消磨了我們的全部童年的鄉下，這時你的已經被生活擺佈得冷了下來的心不是充滿了善良的，溫柔的，一切美麗的情感，你的眼不是癢癢的，澀澀的，瀰漫着淚嗎？譬如一個晴和的春天，或者一個宜人的秋日，你有一次早就夢想着的旅行，就是說你去活動活動你在工作台前累乏了的脊骨，於是在一個荒涼的山坡上，你忽然發現了一座墳墓，——這和你家鄉的墳墓完全不同；那裡的同樣勞碌過一生，同樣空無所有，但是它並不孤單，它有它的子孫住在附近的村莊上，也許他們仍舊在繼續不斷的繁殖，逢着節日他們為它送上一束紙錢；而這裡的，你所看見的只是一堆冷落的長着荒草的黃土。接着你又發見一塊小小的墓碑，被爬山虎和青苔遮住了的，已經剝蝕了的，你讀着那文字：「山西郭某某之墓」，或者「雲南王某某之墓」。這有甚麼關係呢？你直起腰來望了望四周沒有人走的丘谷與溝壟，一種模糊的感情忽然侵領了你，你想到這裡已經長久沒有人來過，這墳是被它的子孫拋棄了，或者連它的子孫都死絕了。也許是為着死者的命運寂寞，也許是為着你自己，也許是甚麼都不為，你於是感到一陣說不出的悲哀。這時候，或是等到你的生活潦倒不堪，所有的人都背棄了你，甚至當你辛苦的走盡了長長的生命旅途，當臨危的一瞬間，你會覺得你和它——那曾經消磨過你一生中最可寶貴的時光的地方——你和它中間有一條永遠割不斷的線；它無論甚麼時候都大量的笑着，溫和的等待着你——一個浪子。自然的，事前我們早已料到，除了甜甜的帶着苦味的回憶而外，在那裡，在那單調的平原中間的村莊裡，絲毫都沒有值得懷戀的地方。我們已經不是那裡的人，我們在外面住的太久了，我們的房屋也許沒有了，我們所認識的人也許都不在世了；但是極其偶然的，連我們自己也不知道為了甚麼，我們仍舊回去了一趟。這也許是最後的一趟。這時甚麼是我們最不放心的呢？豈不是我們小時候曾和我們的童伴們在那裡嬉戲過的地方嗎？

數年前我經過我們鄉下，我只是偶然從那裡經過，第一個使我注意的自然是曾經在下面安過鐵匠的爐子的柳樹，它已經不在了，它已經和那先前的椿樹一樣又被掘去了。我感到一點失望。我茫然的望着四周。這是一個晴朗的上午，空氣是溫暖的，瀰漫着植物的香氣；在經過許多變動之後，馬五叔的小屋還站立着，一隻雞在傾側了的牆基下搔撥，遠遠的有誰家的驢子叫喚，此外是再也聽不出別的聲息。

我想因為那柳樹的被掘掉，鐵匠也許已經換過了地方了。我朝着水坑旁邊雜生着楊樹槐樹和梨樹的林子裡走，直到水坑岸上，我仍舊找不出炭渣，安過爐子的痕迹。

「也許今年他們來的晚了吧？」我又想。

在一棵楊樹下，這時有一個人，忽然從地上爬起來。

「唉唉，汾哥嗎？」

「原來是馬五叔！」

我們打了招呼，大家竭力露出牙齒，想做出笑容。此刻的永遠不生鬍子的馬五叔，你可以想出是已經老了。他的頭髮已經禿了，僅剩下腦勺上剃得極短的幾根。他的臉也恰如桑皮一般皺褶。經過許久的沉默，我們坐了下來，開始談着我們害怕着的，似乎是早就料到了的，同時又非談不可的幾個人的命運，接着我們又談到鐵匠。

「他永遠不會來了，」馬五叔摩着禿了的頭頂說。

「他已經死了嗎？」

「有時死了反倒是福。」

「那麼他的大兒子呢？」

「他到工廠裡做工去了。」

「還有那個小一點的呢？」

馬五叔並不馬上回答。他在這裡遲疑了一下，隨後他終於說出來了，他終於告訴我們那個喜燒紅娘子吃的小一點的做了土匪。你聽了這話也許會驚訝起來，但是莊稼人一年比一年窮困，他們吝嗇到把原來用一年的鐮刀用到四年，於是正和所有的鄉下鐵匠一樣，他不得不靠着修理破舊槍械為生。這時候他和土匪發生了關係，當後來，當他苦思了幾天之後，他決定拋棄那祖傳的錘和鉗，去入土匪的夥；這以後他被捉住，人家用劈柴烤了他，打了他，最後送給他一顆槍彈，一顆使他永遠老實起來，再也不怕飢荒的「定心丸」。唉唉，難道這不是極自然的，而同時又使我們好像要發脾氣的結果嗎？

「他的老婆是前年改嫁的，」馬五叔結束着他這場談話。「她拋下一個兒子歸老徐養活着。去年秋天我從他們那裡經過，繞了一個彎，順便去看他。人也老了，眼也不大看得見；垣牆也塌了，院子跟屋子裡都空蕩蕩的，甚麼也沒有。」

於是我們又沉默下來。在上面，斑鳩正「孤苦——孤苦——」的叫着。一條鄉下的狗，那種永遠像剛剛遺失了甚麼東西的，低了頭在不住的搜尋着的狗，在一株大樹下聞了聞，接着又沿了水坑走去。從一座倒塌了的院子裡，一個男子發出大而乾燥的叫聲：「貓他媽，貓他媽！」鐵匠的大兒子到外面做工去了，他的另一個小一點的兒子做了土匪，他兒子的老婆改嫁了。當你聽見你敬愛的，你推崇的，你滿以為他們將以他們高尚的職業度過他們平安的一生的人竟有這樣收場，你將怎麼想？你不是忽然感到空虛或者不平，連這靜寂的，綠色的，無限寬廣的平原也都顯得狹隘了嗎？

然而更使你覺得空虛的還是鐵匠和他的孫兒。這好像很湊巧的遺留下的一老一小，他們還必須活着。人們已經把他們忘記了。他們好久以來就不再為鄉下的少女打美麗的夢，為農夫打幸福的夢。要說明這衰落的過程是不難的。最初是因為他打不起精神；等到他餓得非自己動起手來不可的時候，他又沒有買鐵和炭的錢。這時也許有一個將近五十的固執鄉人，因為用不慣別家的傢伙想起了他，在一個很早的早晨，走進他的院子，他立到小屋前的棗樹下面，高聲喊道：

「有人嗎？」

屋子的板門仍舊緊緊的關着，裡面還很晦暗，沒有應聲。你可以想得出，鐵匠的頭髮已經斑白，耳朵已經聾了。他沒有聽見。

「屋子裡有人嗎？」那鄉人又喊了一遍。

這一回他的孫兒——那十歲左右的孩子卻聽見了，因為他昨天晚上沒有吃飯，他醒得很早。他搖了搖他的祖父。

「爺爺，有人在外面喊你。」

老鐵匠早已醒着，他一生中從不曉得偷懶；但現在，他起來作甚麼呢？既然沒有事情做，就樂得多睡一會。他在床上應了一聲，很快的從床上爬下來，連衣紐都沒有扣上就去開了門。這來的是誰呢，他終於看了出來，這是朱三舅或是趙七哥，他的老朋友，一個老主顧。

「呵呵，」他笑着說：「朱三舅你怎麼這樣早啊？」

「我想請你打一把鐵叉。你知道，那些行路貨我不喜歡。」

聽了這話的鐵匠喜出望外。他不由自主的望了望四周，那老臉上的笑容又斂住了。

「打是行的，只是沒有現成的材料。」

「那不要緊，我帶着錢來的。」

他怎麼能拒絕這樣的好意，縱然沒有工資，縱然單單為了還有人讚賞他的手藝，為了聽一聽好久以來都沒有聽到過的錘聲，不是已經大可以滿足了嗎？他連飯也不吃便動身了，下午他躑躅着從城裡買了鐵炭回來，就開始調理傢伙，他幾次想把它們賣掉，終因許多代以來都靠着它們養活才留下來的傢俬。鐵砧已經被鄰人搬去拴牛去了；那貼了寫着「福」字的紅紙方的風箱擺在牆角裡，上面蒙着很厚一層塵土；那同樣貼了寫着「福」字的紅紙方的木箱和爐竈放在另一個角裡，寂寞的睡過了空空溜去的歲月。現在他把這些笨重的，曾經同他、同他的父親、同他的祖父到各處鄉鎮巡行了一生的東西一件一件搬集攏來。他用泥塗了爐竈；他的孫兒吃力的拉着風箱：嘭——啪！嘭——啪！紅紅的帶着青色的火焰一吞一吐的又開始閃動，鐵塊漸漸由紅而白，他往掌心上吐了一口吐沫，那微微彈動着的，粗硬的，瘦得見骨的手捉起錘和鉗，絲絲的響着的鐵叉開始飛迸出火花。

「現在只有他一個人叮叮當了！」

「不，是只有他一個人頓頓當了！」

馬五叔訂正着我的話，我便站起來，我們還從鐵匠那裡等待甚麼呢？我們還希望甚麼呢？正如我們回去得突如其來一般，我在那裡逗留了一下，不久便悄悄的踏上了我們第一次出門時走過的那條路；從此我們便失去了談起鐵匠的機會，並且再也沒有勇氣探聽關於他們的任何消息。

這也許是我們回到家鄉去的最後一次，它已經不是先前的樣子，它已經不能使我們懷戀，那裡的家屋和田園已經荒棄，那裡的高尚的值得尊敬的人為了免得餓死已經不得不拋開他們的正當職業。只有一個印象是我們不能忘的，我們於是開始深深的感到時光的流逝和生命的寂寞。

一九三八年十一月七日

錢鍾書

錢鍾書（1910—1998），江蘇無錫人。作家，學者。著有長篇小說《圍城》，文論集《談藝錄》、《管錐編》等。

窗

又是春天，窗子可以常開了。春天從窗外進來，人在屋子裡坐不住，就從門裡出去。不過屋子外的春天太賤了！到處是陽光，不像射破屋裡陰深的那樣明亮；到處是給太陽曬得懶洋洋的風，不像攪動屋裡沉悶的那樣有生氣。就是鳥語，也似乎瑣碎而單薄，需要屋裡的寂靜來做襯托。我們因此明白，春天是該鑲嵌在窗子裡看的，好比畫配了框子。

同時，我們悟到，門和窗有不同的意義。當然，門是造了讓人出進的。但是，窗子有時也可作為進出口用，譬如小偷或小說裡私約的情人就喜歡爬窗子。所以窗子和門的根本分別，決不僅是有沒有人進來出去。若據賞春一事來看，我們不妨這樣說：有了門，我們可以出去；有了窗，我們可以不必出去。窗子打通了大自然和人的隔膜，把風和太陽逗引進來，使屋子裡也關着一部分春天，讓我們安坐了享受，無需再到外面去找。古代詩人像陶淵明對於窗子的這種精神，頗有會心。《歸去來辭》有兩句道：「倚南窗以寄傲，審容膝之易安。」不等於說，只要有窗可以憑眺，就是小屋子也住得麼？他又說：「夏月虛閒，高臥北窗之下，清風颯至，自謂羲皇上人。」意思是只要窗子透風，小屋子可成極樂世界；他雖然是柴桑人，就近有廬山，也用不着上去避暑。所以，門許我們追求，表示慾望，窗子許我們佔領，表示享受。這個分別，不但是住在屋裡的人的看法，有時也適用於屋外的來人。一個外來者，打門請進，有所要求，有所詢問，他至多是個客人，一切要等主人來決定。反過來說，一個鑽窗子進來的人，不管是偷東西還是偷情，早已決心來替你做個暫時的主人，顧不到你的歡迎和拒絕了。繆塞（Musset）在《少女做的是甚麼夢》那首詩劇裡，有句妙語，略謂父親開了門，請進了物質上的丈夫（matériel époux），但是理想的愛人（idéal），總是從窗子出進的。換句話說，從前門進來的，只是形式上的女婿，雖然經丈人看中，還待博取小姐自己的歡心；要是從後窗進來的，才是女郎們把靈魂肉體完全交託的真正情人。你進前門，先要經門房通知，再要等主人出現，還得寒暄幾句，方能說明來意，既費心思，又費時間，那像從後窗進來的直捷痛快？好像學問的捷徑，在乎書背後的引得，若從前面正文看起，反見得迂遠了。這當然只是在社會常態下的分別，到了戰爭等變態時期，屋子本身就保不住，還講甚麼門和窗！

世界上的屋子全有門，而不開窗的屋子我們還看得到。這指示出窗比門代表更高的人類進化階段。門是住屋子者的需要，窗多少是一種奢侈，屋子的本意，只像鳥窠獸窟，準備人回來過夜的，把門關上，算是保護。但是牆上開了窗子，收入光明和空氣，使我們白大不必到戶外去，關了門也可生活。屋子在人生裡因此增添了意義，不只是避風雨、過夜的地方，並且有了陳設，掛着書畫，是我們從早到晚思想、工作、娛樂、演出人生悲喜劇的場子。門是人的進出口，窗可以說是天的進出口。屋子本是人造了為躲避自然的脅害，而向四垛牆、一個屋頂裡，窗引誘了一角天進來，馴服了它，給人利用，好比我們籠絡野馬，變為家畜一樣。從此我們在屋子裡就能和自然接觸，不必去找光明，換空氣，光明和空氣會來找到我們。所以，人對於自然的勝利，窗也是一個。不過，這種勝利，有如女人對於男子的勝利，表面上看來好像是讓步——人開了窗讓風和日光進來佔領，誰知道來佔領這個地方的就給這個地方佔領去了！我們剛說門是需要，需要是不由人做得主的。譬如餓了就要吃，渴了就得喝。所以，有人敲門，你總得去開，也許是易卜生所說比你下一代的青年想沖進來，也許像德昆西論謀殺後聞打門聲所說，光天化日的世界想攻進黑暗罪惡的世界，也許是浪子回家，也許是有人借債（更許是討債），你愈不知道，怕去開，你愈想知道究竟，愈要去開。甚至每天郵差打門的聲音，也使你起了帶疑懼的希冀，因為你不知道而又願知道他帶來的是甚麼消息。門的開關是由不得你的。但是窗呢？你清早起來，只要把窗幕拉過一邊，你就知道窗外有甚麼東西在招呼着你，是雪，是霧，是雨，還是好太陽，決定要不要開窗子。上面說過窗子算得奢侈品，奢侈品原是在人看情形斟酌增減的。

我常想，窗可以算房屋的眼睛。劉熙譯名說：「窗，聰也；於內窺外，為聰明也。」正和凱羅（Gottfried Keller）《晚歌》（Abendlied）起句所謂：「雙瞳如小窗（Fensterlein），佳景收歷歷。」同樣地只說着一半。眼睛是靈魂的窗戶，我們看見外界，同時也讓人看到了我們的內心；眼睛往往跟着心在轉，所以孟子認為相人莫良於眸子，梅特林克戲劇裡的情人接吻時不閉眼，可以看見對方有多少吻要從心裡上升到嘴邊。我們跟戴黑眼鏡的人談話，總覺得捉摸不住他的用意，彷彿他以假面具相對，就是為此。據愛戈門（Eckermann）記一八三〇年四月五日歌德的談話，歌德恨一切戴眼鏡的人，說他們看得清楚他臉上的皺紋，但是他給他們的玻璃片耀得眼花繚亂，看不出他們的心境。窗子許裡面人看出去，同時也許外面人看進來，所以在熱鬧地方住的人要用窗簾子，替他們私生活做個保障。晚上訪人，只要看窗裡有無燈光，就約略可以猜到主人在不在家，不必打開了門再問，好比不等人開口，從眼睛裡看出他的心思。關窗的作用等於閉眼。天地間有許多景象是要閉了眼才看得見的，譬如夢。假使窗外的人聲物態太嘈雜了，關了窗好讓靈魂自由地去探勝，安靜地默想。有時，關窗和閉眼也有連帶關係，你覺得窗外的世界不過爾爾，並不能給與你甚麼滿足，你想回到故鄉，你要看見跟你分離的親友，你只有睡覺，閉了眼向夢裡尋去，於是你起來先關了窗。因為只是春天，還留着殘冷，窗子也不能鎮天鎮夜不關的。

楊　絳

楊絳（1911—　），江蘇無錫人。女作家、文學翻譯家。著有散文集《幹校六記》、《將飲茶》等。

隱身衣*

我們夫婦有時候說廢話玩兒。

「給你一件仙家法寶，你要甚麼？」

我們都要隱身衣；各披一件，同出遨遊。我們只求擺脫羈束，到處閱歷，並不想為非作歹。可是玩得高興，不免放肆淘氣，於是驚動了人，隱身不住，得趕緊逃跑。

「阿呀！還得有縮地法！」

「還要護身法！」

想得越周到，要求也越多，乾脆連隱身衣也不要了。

其實，如果不想幹人世間所不容許的事，無需仙家法寶，凡間也有隱身衣；只是世人非但不以為寶，還惟恐穿在身上，像濕布衫一樣脫不下。因為這種隱身衣的料子是卑微。身處卑微，人家就視而不見，見而無睹。

我記得我國筆記小說裡講一人夢魂回家，見到了思念的家人，家裡人卻看不見他。他開口說話，也沒人聽見。家人團坐吃飯，他欣然也想入座，卻沒有他的位子。身居卑微的人也彷彿這個未具人身的幽靈，會有同樣的感受。

＊ 本文是作者的散文集《將飲茶》的後記，原題為《隱身衣（廢話，代後記）》。

人家眼裡沒有你，當然視而不見；心上不理會你，就會瞠目無睹。你的「自我」覺得受了輕忽或怠慢或侮辱，人家卻未知有你；你雖然生存在人世間，卻好像還未具人形，還未曾出生。這樣活一輩子，不是雖生猶如未生嗎？誰假如說，披了這種隱身衣如何受用，如何逍遙自在，聽的人只會覺得這是發揚阿Q精神，或闡述「酸葡萄論」吧？

且看咱們的常言俗語：要做個「人上人」呀，「出類拔萃」呀，「出人頭地」呀，「脫穎而出」呀，「出鋒頭」或「拔尖」「冒尖」呀等等，可以想見一般人都不甘心受輕忽。他們或悒悒而怨，或憤憤而怒，只求有朝一日掙脫身上這件隱身衣，顯身而露面。英美人把社會比作蛇阱(snake pit)。阱裡壓壓擠擠的蛇，一條條都拚命鑽出腦袋，探出身子，把別的蛇排擠開，壓下去；一個個冒出又沒入的蛇頭，一條條拱起又壓下的蛇身，扭結成團、難分難解的蛇尾，你上我下，你死我活，不斷的掙扎鬥爭。鑽不出頭，一輩子埋沒在下；鑽出頭，就好比大海裡坐在浪尖兒上的跳珠飛沫，迎日月之光而生輝，可說是大丈夫得志了。人生短促，浪尖兒上的一剎那，也可作一生成就的標誌，足以自豪。你是「窩囊廢」嗎？你就甘心鬱鬱久居人下？

但天生萬物，有美有不美，有才有不才。萬具枯骨，才造得一員名將；小兵小卒，豈能都成為有名的英雄。世上有坐轎的，有抬轎的；有坐席的主人和賓客，有端茶上菜的侍僕。席面上，有人坐首位，有人陪末座。廚房裡，有掌勺的上竈，有燒火的竈下婢。天之生材也不齊，怎能一律均等。

人的志趣也各不相同。《儒林外史》二十六回裡的王太太，津津樂道她在孫鄉仲家「吃一、看二、眼觀三」的席上，坐在首位，一邊一個丫頭為她掠開滿臉黃豆大的珍珠拖掛，讓她露出嘴來吃蜜餞茶。而《堂吉訶德》十一章裡的桑丘，卻不愛坐酒席，寧願在自己的角落裡，不裝斯文，不講禮數，吃些麵包蔥頭。有人企求飛上高枝，有人寧願「曳尾塗中」。人各有志，不能相強。

有人是別有懷抱，旁人強不過他。譬如他寧願「曳尾塗中」，也只好由他。有人是有志不伸，自己強不過命運。譬如庸庸碌碌之輩，偏要做「人上人」，這可怎麼辦呢？常言道：「煩惱皆因強出頭。」猴子爬得愈高，尾部又禿又紅的醜相就愈加顯露；自己不知道身上只穿着「皇帝的新衣」，卻忙不迭地掙脫「隱身衣」，出乖露醜。好些略具才能的人，一輩子掙扎着求在人上，虛耗了畢生精力，一事無成，真是何苦來呢。

我國古人說：「彼人也，予亦人也。」西方人也有類似的話，這不過是勉人努力向上，勿自暴自棄。西班牙諺云：「幹甚麼事，成甚麼人。」人的尊卑，不靠地位，不由出身，只看你自己的成就。我們不妨再加上一句：「是甚麼料，充甚麼用。」假如是一個蘿蔔，就力求做個水多肉脆的好蘿蔔；假如是棵白菜，就力求做一棵糍糍實實的包心好白菜。蘿蔔白菜是家常食用的菜蔬，不求做廟堂上供設的珍果。我鄉童謠有「三月三，薺菜開花賽牡丹」的話。薺菜花怎賽得牡丹花呢！我曾見草叢裡一種細小的青花，常猜測那是否西方稱為「勿忘我」的草花，因為它太渺小，人家不容易看見。不過我想，野草野菜開一朵小花報答陽光雨露之恩，並不求人「勿忘我」，所謂「草木有本心，何求美人折」。

我愛讀東坡「萬人如海一身藏」之句，也企慕莊子所謂「陸沉」。社會可以比作「蛇阱」，但「蛇阱」之上，天空還有飛鳥；「蛇阱」之旁，池沼裡也有游魚。古往今來，自有人避開「蛇阱」而「藏身」或「陸沉」。消失於眾人之中，如水珠包孕於海水之內，如細小的野花隱藏在草叢裡，不求「勿忘我」，不求「賽牡丹」，安閒舒適，得其所哉。一個人不想攀高就不怕下跌，也不用傾軋排擠，可以保其天真，成其自然，潛心一志完成自己能做的事。

而且在隱身衣的掩蓋下，還會別有所得，不怕旁人爭奪。蘇東坡說：「山間之明月，水上之清風」是「造物者之無盡藏」，可以隨意享用。但造物所藏之外，還有世人所創的東西呢。世態人情，比明月清風更饒有滋味；可作書讀，可當戲看。書上的描摹，戲裡的扮演，即使栩栩如生，究竟只是文藝作品；人情世態，都是天真自然的流露，往往超出情理之外，新奇得令人震驚，令人駭怪，給人以更深刻的效益，更奇妙的娛樂。唯有身處卑微的人，最有機緣看到世態人情的真相，而不是面對觀眾的藝術表演。

不過這一派胡言純是廢話罷了。急要掙脱隱身衣的人，聽了未必入耳；那些不知世間也有隱身衣的人，知道了也還是不會開眼的。平心而論，隱身衣不管是仙家的或凡間的，穿上都有不便——還不止小小的不便。

英國威爾斯（H.G. Wells）的科學幻想小説《隱形人》（Invisible Man）裡，寫一個人使用科學方法，得以隱形。可是隱形之後，大吃苦頭。例如天冷了不能穿衣服，穿了衣服只好躲在家裡，出門只好光着身子，因為穿戴着衣服鞋帽手套而沒有臉的人，跑上街去，不是興妖作怪嗎？他得把必需外露的面部封閉得嚴嚴密密：上部用帽簷遮蓋，下部用圍巾包裹，中部架上黑眼鏡，鼻子和兩頰包上紗布，貼滿橡皮膏。要掩飾自己的無形，還需這樣煞費苦心！

當然，這是死心眼兒的科學製造，比不上仙家的隱身衣。仙家的隱身衣隨時可脱，而且能把凡人的衣服一並隱掉。不過，隱身衣下面的血肉之軀，終究是凡胎俗骨，耐不得嚴寒酷熱，也經不起任何損傷。別説刀槍的襲擊，或水燙火灼，就連磚頭木塊的磕碰，或笨重的踩上一腳，都受不了。如果沒有及時逃避的法術，就需煉成金剛不壞之軀，才保得無事。

穿了凡間的隱身衣有同樣不便。肉體包裹的心靈，也是經不起炎涼，受不得磕碰的。要煉成刀槍不入、水火不傷的功夫，談何容易！如果沒有這份功夫，偏偏有緣看到世態人情的真相，就難保不氣破了肺，刺傷了心，哪還有閒情逸致把它當好戲看呢。況且，不是演來娛樂觀眾的戲，不看也罷。假如法國小説家勒薩日筆下的瘸腿魔鬼請我夜遊，揭起一個個屋頂讓我觀看屋裡的情景，我一定辭謝不去。獲得人間智慧必須身經目擊嗎？身經目擊必定獲得智慧嗎？人生幾何！憑一己的經歷，沾沾自以為獨具冷眼，閱盡人間，安知不招人暗笑。因為凡間的隱身衣不比仙家法寶，到處都有，披着這種隱身衣的人多得很呢，他們都是瞎了眼的嗎！

但無論如何，隱身衣總比國王的新衣好。

季羡林

季羡林（1911— ），山東清平人。作家，學者。著有散文集《天竺心影》、《朗誦集》等，另有《季羡林文集》印行。

幽徑悲劇

出家門，向右轉，只有二三十步，就走進一條曲徑。有二三十年之久，我天天走過這一條路，到辦公室去。因為天天見面，也就成了司空見慣，對它有點漠然了。

然而，這一條幽徑卻是大大有名的。記得在五十年代，我在故宮的一個城樓上，參觀過一個有關《紅樓夢》的展覽。我看到由幾幅山水畫組成的組畫，畫的就是這一條路。足徵這一條路是同這一部偉大的作品有某一些聯繫的。至於是甚麼聯繫，我已經記憶不清。留在我記憶中的只是一點印象：這一條平平常常的路是有來頭的，不能等閒視之。

這一條路在燕園中是極為幽靜的地方。學生們稱之為「後湖」，他們很少到這裡來的。我上面說它平平常常，這話有點語病，它其實是頗為不平常的。一面傍湖，一面靠山，蜿蜒曲折，實有曲徑通幽之趣。山上蒼松翠柏，雜樹成林。無論春夏秋冬，總有翠色在目。不知名的小花，從春天開起，過一陣換一個顏色，一直開到秋末。到了夏天，山上一團濃綠，人們彷彿是在一片綠霧中穿行。林中小鳥，枝頭鳴蟬，彷彿互相應答。秋天，楓葉變紅，與蒼松翠柏，相映成趣，淒清中又飽含濃烈。幾乎讓人不辨四時了。

小徑另一面是荷塘，引人注目主要是在夏天。此時綠葉接天，紅荷映日。彷彿從地下深處爆發出一股無比強烈的生命力，向上，向上，向上，欲與天公試比高，真能使懦者立怯者強，給人以無窮的感染力。

不管是在山上，還是在湖中，一到冬天，當然都有白雪覆蓋。在湖中，昔日的瀲灩的綠波為堅冰所取代。但是在山上，雖然落葉樹都把葉子落掉，可是松柏反而更加精神抖擻，綠色更加濃烈，意思是想把其他樹木之所失，自己一手彌補過來，非要顯示出綠色的威力不行。再加上還有翠竹助威，人們置身其間，決不會感到冬天的蕭索了。

這一條神奇的幽徑，情況大抵如此。

在所有的這些神奇的東西中，給我印象最深、讓我最留戀難忘的是一株古藤蘿。藤蘿是一種受人喜愛的植物。清代筆記中有不少關於北京藤蘿的記述。在古廟中，在名園中，往往都有幾棵壽達數百年的藤蘿，許多神話故事也往往涉及藤蘿。北大現在的燕園，是清代名園，有幾棵古老的藤蘿，自是意中事。我們最初從城裡搬來的時候，還能看到幾棵據說是明代傳下來的藤蘿。每到春天，紫色的花朵開得滿棚滿架，引得游人和蜜蜂蝟集其間，成為春天一景。

但是，根據我個人的評價，在眾多的藤蘿中，最有特色的還是幽徑的這一棵。它既無棚，也無架，而是讓自己的枝條攀附在鄰近的幾棵大樹的幹和枝上，盤曲而上，大有直上青雲之概。因此，從下面看，除了一段蒼黑古勁像蒼龍般的粗幹外，根本看不出是一株藤蘿。每到春天，我走在樹下，眼前無藤蘿，心中也無藤蘿。然而一股幽香驀地闖入鼻官，嗡嗡的蜜蜂聲也襲入耳內，抬頭一看，在一團團的綠葉中——根本分不清哪是藤蘿葉，哪是其他樹的葉子——，隱約看到一朵朵紫紅色的花，頗有萬綠叢中一點紅的意味。直到此時，我才清晰地意識到這一棵古藤的存在，顧而樂之了。

經過了史無前例的十年浩劫，不但人遭劫，花木也不能幸免。藤蘿們和其他一些古丁香樹等等，被異化為「修正主義」，遭到了無情的誅伐。六院前的和紅二三樓之間的那兩棵著名的古藤，被堅決、徹底、乾淨、全部地消滅掉。是否也被踏上一千隻腳，沒有調查研究，不敢瞎說；永世不得翻身，則是鐵一般的事實了。

茫茫燕園中，只剩下了幽徑的這一棵藤蘿了。它成了燕園中藤蘿界的魯殿靈光。每到春天，我在悲憤、惆悵之餘，惟一的一點安慰就是幽徑中這一棵古藤。每次走在它下面，嗅到淡淡的幽香，聽到嗡嗡的蜂聲，頓覺這個世界還是值得留戀的，人生還不全是荊棘叢。其中情味，只有我一個人知道，不足為外人道也。

然而，我快樂得太早了，人生畢竟還是一個荊棘叢，決不是到處都盛開着玫瑰花。今年春天，我走過長着這棵古藤的地方，我的眼前一閃，嚇了一大跳：古藤那一段原來凌空的虯幹，忽然成了吊死鬼，下面被人砍斷，只留上段懸在空中，在風中搖曳。再抬頭向上看，藤蘿初綻出來的一些淡紫的成串的花朵，還在綠葉叢中微笑。它們還沒有來得及知道，自己賴以生存的根幹已經被砍斷，脫離了地面，再沒有水分供它們生存了。它們彷彿成了失掉了母親的孤兒，不久就會微笑不下去，連痛哭也沒有地方了。

我是一個沒有出息的人。我的感情太多，總是供過於求，經常為一些小動物，小花草惹起萬斛閒愁。真正的偉人們是決不會這樣的。反過來說，如果他們像我這樣的話，也決不能成為偉人。我還有點自知之明，我注定是一個渺小的人，也甘於如此，我甘於為一些小貓小狗小花小草流淚嘆氣。這一棵古藤的滅亡在我心靈中引起的痛苦，別人是無法理解的。

從此以後，我最愛的這一條幽徑，我真有點怕走了。我不敢再看那一段懸在空中的古藤枯乾，它真像吊死鬼一般，讓我毛骨悚然。非走不行的時候，我就緊閉雙眼，疾趨而過。心裡數着數：一，二，三，四，一直數到十，我估摸已經走到了小橋的橋頭上，吊死鬼不會看到了，我才睜開眼走向前去。此時，我簡直是悲哀至極，哪裡還有甚麼閒情逸致來欣賞幽徑的情趣呢？

但是，這也不行。眼睛雖閉，但耳朵是關不住的。我隱隱約約聽到古藤的哭泣聲，細如蚊蠅，卻依稀可辨。它在控訴無端被人殺害。它在這裡已經呆了二三百年，同它所依附的大樹一向和睦相處。它雖閱盡人間滄桑，卻從無害人之意。每年春天，就以自己的花朵為人間增添美麗。焉知一旦毀於愚氓之手。它感到萬分委屈，又投訴無門。

它的靈魂死守在這裡。每到月白風清之夜，它會走出來顯聖的。在大白天，只能偷偷地哭泣。山頭的群樹，池中的荷花是對它深表同情的，然而又受到自然的約束，寸步難行，只能無言相對。在茫茫人世中，人們爭名於朝，爭利於市，哪裡有閒心來關懷一棵古藤的生死呢？於是，它只有哭泣，哭泣，哭泣……

世界上像我這樣沒有出息的人，大概是不多的。古藤的哭泣聲恐怕只有我一個能聽到。在浩茫無際的大千世界上，在林林總總的植物中，燕園的這一棵古藤，實在渺小得不能再渺小了。你倘若問一個燕園中人，決不會有任何人注意到這一棵古藤的存在的，決不會有任何人關心它的死亡的，決不會有任何人為之傷心的。偏偏出了我這樣一個人，偏偏讓我住到這個地方，偏偏讓我天天走這一條幽徑，偏偏又發生了這樣一個小小的悲劇；所有這一些偶然性都集中在一起，壓到了我的身上。我自己的性格製造成的這一個十字架，只有我自己來揹了。奈何，奈何！

但是，我願意把這個十字架揹下去，永遠永遠地揹下去。

一九九二年九月十三日

何其芳

何其芳（1912—1977），四川萬縣人。作家。著有詩集《漢園集》、《預言》，散文集《畫夢錄》、《星火集》等。另有《何其芳文集》印行。

雨前

最後的鴿群帶着低弱的笛聲在微風裡劃一個圈子後，也消失了。也許是誤認這灰暗的凄冷的天空為夜色的來襲，或是也預感到風雨的將至，遂過早地飛回它們溫暖的木舍。

幾天的陽光在柳條上撒下的一抹嫩綠，被塵土埋掩得有憔悴色了，是需要一次洗滌。還有乾裂的大地和樹根也早已期待着雨。雨卻遲疑着。

我懷想着故鄉的雷聲和雨聲。那隆隆的有力的搏擊，從山谷返響到山谷，彷彿春之芽就從凍土裡震動，驚醒，而怒茁出來。細草樣柔的雨聲又以溫存之手撫摩它，使它簇生油綠的枝葉而開出紅色的花。這些懷想如鄉愁一樣縈繞得使我憂鬱了。我心裡的氣候也和這北方大陸一樣缺少雨量，一滴溫柔的淚在我枯澀的眼裡，如遲疑在這陰沉的天空裡的雨點，久不落下。

白色的鴨也似有一點煩躁了，有不潔的顏色的都市的河溝裡傳出它們焦急的叫聲。有的還未厭倦那船一樣的徐徐地劃行。有的卻倒插它們的長頸在水裡，紅色的蹼趾伸在尾後，不停地撲擊着水以支持身體的平衡。不知是在尋找溝底的細微食物，還是貪那深深的水裡的寒冷。

有幾個已上岸了。在柳樹下來回地作紳士的散步，舒息劃行的疲勞。然後參差地站着，用嘴細細地撫理它們遍體白色的羽毛，間或又搖動身子或撲展着闊翅，使那綴在羽毛間的大珠墜落。一個已修飾完畢的，彎曲它的頸到背上，長長的紅嘴藏沒在翅膀裡，靜靜合上它白色的茸毛間的小黑睛，彷彿準備睡眠。可憐的小動物，你就是這樣做你的夢嗎？

我想起故鄉放雛鴨的人了。一大群鵝黃色的雛鴨游牧在溪流間。清淺的水，兩岸青青的草，一根長長的竹竿在牧人的手裡。他的小隊伍是多麼歡欣地發出啾啁聲，又多麼馴服地隨着他的竿頭越過一個田野又一個山坡！夜來了，帳幕似的竹篷撐在地上，就是他的家。但這是怎樣遼遠的想像啊！在這多塵土的國度裡，我僅只希望聽見一點樹葉上的雨聲。一點雨聲的幽涼滴到我憔悴的夢，也許會長成一樹圓圓的綠陰來覆蔭我自己。

我仰起頭。天空低垂如灰色的霧幕，落下一些寒冷的碎屑到我臉上。一隻遠來的鷹隼彷彿帶着怒憤，對這沉重的天色的怒憤，平張的雙翅不動地從天空斜插下，幾乎觸到河溝對岸的土阜，而又鼓撲着雙翅，作出猛烈的聲響騰上了。那樣巨大的翅使我驚異。我看見了它兩肋間斑白的羽毛。

接着聽見了它有力的鳴聲，如同一個巨大的心的呼號，或是在黑暗裡尋找伴侶的叫喚。

然而雨還是沒有來。

一九三三年春，北京

遲暮的花

秋天帶着落葉的聲音來了。早晨像露珠一樣新鮮。天空發出柔和的光輝，澄清又縹緲，使人想聽見一陣高飛的雲雀的歌唱，正如望着碧海想看見一片白帆。夕陽是時間的翅膀，當它飛遁時有一刹那極其絢爛的展開。於是薄暮。於是我憂鬱地又平靜地享受着許多薄暮在臂椅裡，在街上，或者在荒廢的園子裡。是的，現在我在荒廢的園子裡的一塊石頭上坐着，沐浴着藍色的霧，漸漸地感到了老年的沉重。這是一個沒有月色的初夜。沒有遊人。衰草裡也沒有蟋蟀的長吟。我有點兒記不清我怎麼會走入這樣一個境界裡了。我的一雙枯瘠的手扶在杖上，我的頭又斜倚在手背上，彷彿傾聽着黑暗，等待着一個不可知的命運在這靜寂裡出現。右邊幾步遠有一木板橋。橋下的流水早已枯涸。跨過這喪失了聲音的小溪是一林垂柳，在這夜的顏色裡誰也描不出那一絲絲的綠了，而且我是茫然無所睹地望着他們。我的思想飄散在無邊際的水波一樣浮動的幽暗裡。一種記記的真實和幻想的糅合：飛着金色的螢火蟲的夏夜；清涼的荷香和着濃郁的草與樹葉的香氣使湖邊成了一個寒冷地方的熱帶；微風從蘆葦裡吹過；樹陰罩得像一把傘，在月光的雨點下遮蔽了驚怯和羞澀，……但突然這些都消隱了。我的思想從無邊際的幽暗裡聚集起來追問着自己。我到底在想着一些甚麼呵？記起了一個失去了的往昔的園子嗎？還是在替這荒涼的地方虛構出一些過去的繁榮，像一位神話裡的人物，用萊琊琴聲驅使冥頑的石頭自己跳躍起來建築載比城？當我正靜靜地想着而且闔上了眼睛，一種奇異的偶合發生了。在那被更深沉的夜色所湮沒的柳樹林裡，我聽見了兩個幽靈或者老年人帶着輕緩的腳步聲走到一隻游椅前坐了下去，而且，一聲柔和的嘆息後，開始了低弱的但尚可辯解的談話：

——我早已期待着你了。當我黃昏裡坐在窗前低垂着頭，或者半夜裡伸出手臂觸到了暮年的寒冷，我便預感到你要回來了。

——你預感到？

——是的。你沒有這同樣的感覺嗎？

——我有一種不斷地想奔回到你手臂裡的傾向。在這二十年裡的任何一天，只要你一個呼喚，一個命令。但你沒有。直到現在我才勇敢地背棄了你的約言，沒有你的許諾也回來了，而且發現你早已期待着我了。

——不要說太晚了。你現在微笑得更溫柔。

——我最悲傷的是我一點也不知道這長長的二十年你是如何度過的。

——帶着一種凄涼的歡欣。因為當我想到你在祝福着我的每一個日子，我便覺得它並不是不能忍耐的了。但近來我很悒鬱。古人云，鳥之將死，其鳴也哀，彷彿我對於人生抱着一個大的遺憾，在我沒有補救之前決不能得到最後的寧靜。

——於是你便預感到我要回來了？

——是的。不僅你現在的回來我早已預感到，在二十年前我們由初識到漸漸親近起來後，我就被一種自己的預言纏繞着，像一片不吉祥的陰影。

——你那時並沒有向我說。

——我不願意使你也和我一樣不安。

——我那時已注意到你的不安。

——但我嚴厲地禁止我自己的洩露。我覺得一切沉重的東西都應該由我獨自擔負。

——現在我們可以像談說故事一樣來談說了。

——是的，現在我們可以像談說故事裡的人物一樣來談說我們自己了。但一開頭便是多麼使我們感動的故事呵。在我們還不十分熟識的時候，一個三月的夜晚，我從獨自的郊遊回來，帶着寂寞的歡欣和疲倦走進我的屋子，開了燈，發現了一束開得正艷麗的黃色的連翹花在我書桌上和一片寫着你親切的語句的白紙。我帶着虔誠的感謝想到你生怯的手。我用一瓶清水把它供在窗台上。以前我把自己當作一個旁觀者，靜靜地看着一位少女為了愛情而顛倒，等待這故事的自然的開展，但這個意外的穿插卻很擾亂了我，那晚上我睡得很不好。

——並且我記得你第二天清早就出門了，一直到黃昏才回來，帶着奇異的微笑。

——一直到現在你還不知道我怎樣過度了那一天。那是一種驚惶，對於愛情的闖入無法拒絕的驚惶。我到一個朋友家裡去過了一上午。我坐在他屋子裡很雄辯地談論着許多問題，望着牆壁上的一幅名畫，藍色的波濤裡一隻三桅船快要沉沒。我覺得我就是那隻船，我徒然伸出求援的手臂和可哀憐的叫喊。快到正午時，我堅決地走出了那位朋友的家宅。在一家街頭的飯館裡獨自進了我的午餐。然後遠遠地走到郊外的一座樹林裡去。在那樹林裡我走着躺着又走着，一下午過去了，我給自己編成了一個故事。我想像在一個沒有人迹的荒山深林中有一所茅舍，住着一位因為干犯神的法律而被貶謫的仙女。當她離開天國時預言之神向她說，若干年後一位年輕的神要從她茅舍前的小徑上走過；假若她能用蠱惑的歌聲留下了他，她就可以得救。若干年過去了。一個黃昏，她憑倚在窗前，第一次聽見了使她顫悸的腳步聲，使她激動地發出了歌唱。但那驕傲的腳步聲躕躕了一會兒便向前響去，消失在黑暗裡了。

——這就是你給自己的預言嗎？為甚麼那年輕的神不被留下呢？

——假若被留下了他便要失去他永久的青春。正如那束連翹花，插在我的瓶裡便成為最易凋謝的花了，幾天後便飄落在地上像一些金色的足印。

——現在你還相信着永久的青春嗎？

——現在我知道失去了青春人們會更溫柔。

——因為青春時候人們是誇張的？

——誇張的而且殘忍的。

——但並不是應該責備的。

——是的，我們並不責備青春……

傾聽着這低弱的幽靈的私語，直到這個響亮的名字，青春，像回聲一樣迷漫在空氣中，像那癡戀着納耳斯梭的美麗的山林女神因為得不到愛的報答而憔悴，而變成了一個聲響，我才從化石似的瞑坐中張開了眼睛，抬起了頭。四周是無邊的寂靜。樹葉間沒有一絲微風吹過。新月如半圈金環，和着白色小花朵似的星星嵌在深藍色的天空裡。我感到了一點寒冷。我坐着的石頭已生了涼露。於是我站起來扶着手杖準備回到我的孤獨的寓所去。而我剛才竊聽着的那一對私語者呢，不是幽靈也不是垂暮重逢的伴侶，是我在二十年前構思了許多但終於沒有完成的四幕劇裡的兩個人物。那時我覺得他們很難捉摸描畫，在這樣一個寂寥地開展在荒廢的園子裡的夜晚卻突然出現了，因為今天下午看着牆上黃銅色的暖和的陽光，我記起了很久很久以前的一個秋天，我打開了一冊我昔日嗜愛的書讀了下去，突然我回復到十九歲時那樣溫柔而多感，當我在那裡面找到了一節寫在發黃的紙上的以這樣兩行開始的短詩：

在你眼睛裡我找到了童年的夢，
如在秋天的園子裡找到了遲暮的花……

一九三五年五月

馮亦代

馮亦代（1913——　），浙江杭州人。文學翻譯家。著有散文集《書人書事》、《龍套集》、《漫步紐約》等。

向日葵

看到外國報刊登載了久已不見的梵·高名畫《向日葵》，以三千九百萬美元的高價，在倫敦拍賣成交，特別是又一次看到原畫的照片，心中怏怏若有所失者久之；因為這是一幅我所鍾愛的畫。當然我永遠不會有可以收藏這幅畫的家財，但這也禁不住我對它的喜歡。如今歸為私人所有，總有種今後不復再能為人們欣賞的遺憾。我雖無緣親見此畫，但我覺得名畫有若美人，美人而有所屬，不免是件憾事。

記得自己也曾經有過這幅同名而佈局略異的複製品。是抗戰勝利後在上海買的。有天在陝西南路街頭散步，在一家白俄經營小書店的櫥窗裡看到陳列着一幅梵·高名畫集的複製品。梵·高是十九世紀以來對現代繪畫形成頗有影響的大師，我不懂畫，但我喜歡他的強烈色調，明亮的畫幅上帶着些淡淡的哀愁和寂寞感。《向日葵》是他的系列名畫，一共畫了七幅，四幅收藏在博物館裡，一幅毀於第二次世界大戰時的日本橫濱，這次拍賣的則是留在私人手中的最後兩幅之一；當下我花了四分之一的月薪，買下了這幅梵·高的精緻複製品。

我特別喜歡他的那幅向日葵，朵朵黃花有如明亮的珍珠，耀人眼目，但孤零零插在花瓶裡，配着黃色的背景，給人的是種凄涼的感覺，似乎是盛宴散後，燈燭未滅的那種空蕩蕩的光景，令人為之心沉。我原是愛看向日葵的，每天清晨看它們緩緩轉向陽光，灑着露珠，是那樣的楚楚可憐亦復可愛。如今得了這幅畫便把它裝上鏡框，掛在寓所餐室裡。向日葵襯在一片明亮的黃色陽光裡，掛在漆成墨綠色的牆壁上。宛如婷婷佇立在一望無際的原野中。特別怡目，但又顯得孤清。每天我就這樣坐在這幅畫的對面，看到了歡欣，也嚐到了寂寞。以後我讀了歐文·斯通的《生活的渴望》，是關於梵·高短暫一生的傳記。他只活了三十七歲；半生在探索色彩的顛狂中生活，最後自殺了。他不善謀生，但在藝術上卻走出了自己的道路，雖然到死後很久，才為人們所承認。我讀了這本書，為他執著的生涯所感動，因此更寶貴他那畫得含蓄多姿的向日葵。我似乎懂得了他的畫為甚麼一半歡欣，一半寂寞的道理。

解放了，我到北京工作，這幅畫卻沒有帶來；總覺得這幅畫面與當時四周的氣氛不相合拍似的。因為解放了，周圍已沒有落寞之感，一切都沉浸在節日的歡樂之中。但是曾幾何時，我又懷戀起這幅畫來了。似乎人就像是這束向日葵，即使在落日的餘暉裡，都拚命要抓住這逐漸遠去的夕陽。我想起了深綠色的那面牆，它一時掩沒了這一片耀眼的金黃；我曾努力驅散那隨着我身影的孤寂，在作無望的掙扎。以後星移斗轉，慢慢這一片金黃，在我的記憶裡也不自覺地淡漠起來，逐漸疏遠得幾乎被遺忘了。

十年動亂中，我被謫放到南荒的勞改農場，每天做着我力所不及的勞役，心情慘淡得自己也害怕。有天我推着糞車，走過一家農民的茅屋，從籬笆裡探出頭來的是幾朵嫩黃的向日葵，襯托在一抹碧藍的天色裡。我突然想起了上海寓所那面墨綠色牆上掛着的梵·高《向日葵》。我憶起那時家庭的歡欣，三歲的女兒在學着大人腔說話，接着她也發覺自己學得不像，便嘻嘻笑了起來，爬上桌子指着我在唸的書，說「等我大了，我也要唸這個」。而現在眼前只有幾朵向日葵招呼着我，我的心不住沉落又飄浮，沒個去處。以後每天拾糞，即使要多走不少路，也寧願到這處來兜個圈。我只是想看一眼那幾朵慢慢變成灰黃色的向日葵，重溫一些舊時的歡樂，一直到有一天農民把熟透了的果實收藏了進去。我記得那一天我走過這家農家時，籬笆裡孩子們正在爭奪豐收的果實，一片笑聲裡夾着尖叫；我也想到了我遠在北國的女兒，她現在如果就夾雜在這群孩子的喧嘩中，該多幸福！但如果她看見自己的父親，衣衫襤褸，推着沉重的糞車，她又作何感想？我噙着眼裡的淚水往回走。我又想起了梵·高那幅《向日葵》，他在畫這畫時，心頭也許遠比我嚐到人世更大的孤淒，要不他為甚麼畫出行將衰敗的花朵呢？但他也夢想歡欣，要不他又為甚麼要用這耀眼的黃色作底呢？

梵·高的《向日葵》已經賣入富人家，可那幅複製品，卻永遠陪伴着我的記憶；難免想起作畫者對生活的瘋狂渴望。人的一生儘管有多少波濤起伏，對生活的熱愛卻難能泯滅。陽光的金色不斷出現在我的眼前，這原是梵·高的《向日葵》說出了我未能一表的心思。

孫　犁

孫犁（1913—2002），河北安平人。作家。著有小說散文集《荷花淀》、《蘆花蕩》，散文集《晚華集》、《尺澤集》等，另有《孫犁文集》印行。

採蒲台的葦

我到了白洋淀，第一個印象，是水養活了葦草，人們依靠葦生活。這裡到處是葦，人和葦結合的是那麼緊。人好像寄生在葦裡的鳥兒，整天不停地在葦裡穿來穿去。

我漸漸知道，葦也因為性質的軟硬、堅固和脆弱，各有各的用途。其中，大白皮和大頭栽因為色白、高大，多用來織小花邊的炕蓆；正草因為有骨性，則多用來鋪房、填房堿；白毛子只有漂亮的外形，卻只能當柴燒；假皮織籃捉魚用。

我來的早，淀裡的凌還沒有完全融化。葦子的根還埋在冰冷的泥裡，看不見大葦形成的海。我走在淀邊上，想像假如是五月，那會是葦的世界。

在村裡是一垛垛打下來的葦，它們柔順地在婦女們的手裡翻動，遠處的炮聲還不斷傳來，人民的創傷並沒有完全平復。關於葦塘，就不只是一種風景，它充滿火藥的氣息，和無數英雄的血液的記憶。如果單純是葦，如果單純是好看，那就不成為冀中的名勝。

這裡的英雄事迹很多，不能一一記述。每一片葦塘，都有英雄的傳說。敵人的炮火，曾經摧殘它們，它們無數次被火燒光，人民的血液保持了它們的清白。

最好的葦出在採蒲台。一次，在採蒲台，十幾個幹部和全村男女被敵人包圍。那是冬天，人們被圍在冰上，面對着等待收割的大葦塘。

敵人要搜。幹部們有的帶着槍，認為是最後戰鬥流血的時候到來了。婦女們卻偷偷地把懷裡的孩子遞過去，告訴他們把槍支插在孩子的褲襠裡。搜查的時候，幹部又順手把孩子遞給女人……十二個女人不約而同地這樣做了。

仇恨是一個，愛是一個，智慧是一個。

槍掩護過去了，闖過了一關。這時，一個四十多歲的人，從葦塘打葦回來，被敵人捉住。敵人問他：「你是八路？」「不是！」「你村裡有幹部？」「沒有！」敵人砍斷他半邊脖子，又問：「你的八路？」他歪着頭，血流在胸膛上，說：「不是！」「你村的八路大大的！」「沒有！」

婦女們忍不住，她們一齊沙着嗓子喊：「沒有！沒有！」

敵人殺死他，他倒在冰上。血凍結了，血是堅定的，死是剛強！

「沒有！沒有！」

這聲音將永遠響在葦塘附近，永遠響在白洋淀人民的耳朵旁邊，甚至應該一代代傳給我們的子孫。永遠記住這兩句簡短有力的話吧！

一九四七年三月

老家

前幾年，我曾謅過兩句舊詩：「夢中每迷還鄉路，愈知晚途念桑梓。」最近幾天，又接連做這樣的夢：要回家，總是不自由；請假不准，或是路途遙遠。有時決心起程，單人獨行，又總是在日已西斜時，迷失路途，忘記要經過的村莊的名字，無法打聽。或者是遇見雨水，道路泥濘；而所穿鞋子又不利於行路，有時鞋太大，有時鞋太小，有時倒穿着，有時橫穿着，有時繫以繩索。種種困擾，非弄到急醒了不可。

也好，醒了也就不再着急，我還是躺在原來的地方，原來的床上，舒一口氣，翻一個身。

其實，「文化大革命」以後，我已經回過兩次老家，這些年就再也沒有回去過，也不想再回去了。一是，家裡已經沒有親人，回去連給我做飯的人也沒有了。二是，村中和我認識的老年人，越來越少，中年以下，都不認識，見面只能寒暄幾句，沒有甚麼意思。

前兩次回去：一次是陪伴一位正在相愛的女人，一次是在和這位女人不睦之後。第一次，我們在村莊的周圍走了走，在田頭路邊坐了坐。蘑菇也採過，柴禾也拾過。第二次，我一個人，看見親人丘隴，故園荒廢觸景生情，心緒很壞，不久就回來了。

現在，夢中思念故鄉的情緒，又如此濃烈，究竟是甚麼道理呢？實在說不清楚。

我是從十二歲，離開故鄉的。但有時出來，有時回去，老家還是我固定的窠巢，遊子的歸宿。中年以後，則在外之日多，居家之日少，且經戰亂，行居無定。及至晚年，不管怎樣說和如何想，回老家去住，是不可能的了。

是的，從我這一輩起，我這一家人，就要流落異鄉了。

人對故鄉，感情是難以割斷的，而且會越來越縈繞在意識的深處，形成不斷的夢境。

那裡的河流，確已經乾了，但風沙還是熟悉的；屋頂上的炊煙不見了，竈下做飯的人，也早已不在。老屋頂上長着很高的草破漏不堪；村人故舊，都指點着說：「這一家人，都到外面去了，不再回來了。」

我越來越思念我的故鄉，也越來越尊重我的故鄉。前不久，我寫信給一位青年作家說：「寫文章得罪人，是免不了的。但我甚不願因為寫文章，得罪鄉里。遇有此等情節，一定請你提醒我注意！」

最近有朋友到我們村裡去了一趟，給我幾間老屋，拍了一張照片，在村支書家裡，吃了一頓餃子。關於老屋，支書對他說：「前幾年，我去信問他，他回信說：也不拆，也不賣，聽其自然，倒了再說。看來，他對這幾間破房，還是有感情的。」

朋友告訴我：現在村裡，新房林立；村外，果木成林。我那幾間破房，留在那裡，實在太不調和了。

我解嘲似地說：「那總是一個標誌，證明我曾是村中的一戶。人們路過那裡，看到那破房，就會想起我，唸叨我。不然，就真的會把我忘記了。」

但是，新的正在突起，舊的終歸要消失。

一九八六年八月十二日，晨起作。悶熱，小雨

楊　朔

楊朔（1913—1968），山東蓬萊人。作家。著作有長篇小說《三千里江山》，散文集《海市》、《東風第一枝》、《茶花賦》等。

茶花賦

久在異國他鄉，有時難免要懷念祖國的。懷念極了，我也曾想：要能畫一幅畫兒，畫出祖國的面貌特色，時刻掛在眼前，有多好。我把這心思去跟一位擅長丹青的同志商量，求她畫，她說：「這可是個難題，畫甚麼呢？畫點零山碎水，一人一物，都不行。再說，顏色也難調，你就是調盡五顏六色，又怎麼畫得出祖國的面貌？」我想了想，也是，就擱下這樁心思。

今年二月，我從海外回來，一腳踏進昆明，心都醉了。我是北方人，論季節，北方也許正是攪天風雪，水瘦山寒，雲南的春天卻腳步兒勤，來得快，到處早像催生婆似的正在催動花事。

花事最盛的去處數着西山華亭寺。不到寺門，遠遠就聞見一股細細的清香，直滲進人的心肺。這是梅花，有紅梅、白梅、綠梅，還有朱砂梅，一樹一樹的，每一樹梅花都是一首詩。白玉蘭花略微有點兒殘，嬌黃的迎春卻正當時，那一片春色啊，比起滇池的水來不知還要深多少倍。

究其實這還不是最深的春色。且請看那一樹，齊着華亭寺的廊檐一般高，油光碧綠的樹葉中間托出千百朵重瓣的大花，那樣紅艷，每朵花都像一團燒得正旺的火燄。這就是有名的茶花。不見茶花，你是不容易懂得「春深似海」這句詩的妙處的。

想看茶花，正是好時候。我遊過華亭寺，又冒着星星點點細雨遊了一次黑龍潭，這都是看茶花的名勝地方。原以為茶花一定很少見，不想在遊歷當中，時時望見竹籬茅屋旁邊會閃出一枝猩紅的花來。聽朋友說：「這不算稀奇。要是在大理，差不多家家戶戶都養茶花，花期一到，各樣品種的花兒爭奇鬥艷，那才美呢。」

我不覺對着茶花沉吟起來。茶花是美啊。凡是生活中美的事物都是勞動創造的。是誰白天黑夜，積年累月，拿自己的汗水澆着花，像撫育自己兒女一樣撫育着花秧，終於培養出這樣絕色的好花？應該感謝那為我們美化生活的人。

普之仁就是這樣一個能工巧匠，我在翠湖邊上會到他。翠湖的茶花多，開得也好，紅彤彤的一大片，簡直就是那一段彩雲落到湖岸上。普之仁領我穿着茶花走，指點着告訴我這叫大瑪瑙，那叫雪獅子；這是蝶翅，那是大紫袍……名目花色多得很。後來他攀着一棵茶樹的小幹枝說：「這叫童子面，花期遲，剛打骨朵，開起來顏色深紅，倒是最好看的。」

我就問：「古語說：看花容易栽花難——栽培茶花一定也很難吧？」

普之仁答道：「不很難，也不容易。茶花這東西有點特性，水壤氣候，事事都得細心。又怕風，又怕曬，最喜歡半陰半陽，頂討厭的是蟲子。有一種鑽心蟲，鑽進一條去，花就死了。一年四季，不知得操多少心呢。」

我又問道：「一棵茶花活不長吧？」

普之仁說：「活的可長啦。華亭寺有棵松子鱗，是明朝的，五百多年了，一開花，能開一千多朵。」

我不覺噢了一聲：想不到華亭寺見的那棵茶花來歷這樣大。

普之仁誤會我的意思，趕緊說：「你不信麼？大理地面還有一棵更老的呢，聽老人講，上千年了，開起花來，滿樹數不清數，都叫萬朵茶。樹幹子那樣粗，幾個人都摟不過來。」說着他伸出兩臂，做個摟抱的姿勢。

我熱切地望着他的手，那雙手滿是繭子，沾着新鮮的泥土。我又望着他的臉，他的眼角刻着很深的皺紋，不必多問他的身世，猜得出他是個曾經憂患的中年人。如果他離開你，走進人叢裡去，立刻便消逝了，再也不容易尋到他——他就是這樣一個極其普通的勞動者。然而正是這樣的人，整月整年，勞心勞力，拿出全部精力培植着花木，美化我們的生活。美就是這樣創造出來的。

正在這時，恰巧有一群小孩也來看茶花，一個個仰着鮮紅的小臉，甜蜜蜜地笑着，唧唧喳喳叫個不休。

我說：「童子面茶花開了。」

普之仁愣了愣，立時省悟過來，笑着說：「真的呢，再沒有比這種童子面更好看的茶花了。」

一個念頭忽然跳進我的腦子，我得到一幅畫的構思。如果用最濃最艷的朱紅，畫一大朵含露乍開的童子面茶花，豈不正可以象徵着祖國的面貌？我把這個簡單的構思記下來，寄給遠在國外的那位丹青能手，也許她肯再斟酌一番，為我畫一幅畫兒吧。

荔枝蜜

花鳥草蟲，凡是上得畫的，那原物往往也叫人喜愛。蜜蜂是畫家的愛物，我卻總不大喜歡。說起來可笑。孩子時候，有一回上樹掐海棠花，不想叫蜜蜂螫了一下，痛得我差點兒跌下來。大人告訴我說：蜜蜂輕易不螫人，準是誤以為你要傷害它，才螫。一螫，它自己耗盡生命，也活不久了。我聽了，覺得那蜜蜂可憐，原諒它了。可是從此以後，每逢看見蜜蜂，感情上疙疙瘩瘩的，總不怎麼舒服。

今年四月，我到廣東從化溫泉小住了幾天。四圍是山，懷裡抱着一潭春水，那又濃又翠的景色，簡直是一幅青綠山水畫。剛去的當晚，是個陰天，偶爾倚着樓窗一望：奇怪啊，怎麼樓前憑空湧起那麼多黑黝黝的小山，一重一重的，起伏不斷。記得樓前是一片比較平坦的園林，不是山。這到底是甚麼幻景呢？趕到天明一看，忍不住笑了。

原來是滿野的荔枝樹，一棵連一棵，每棵的葉子都密得不透縫，黑夜看去，可不就像小山似的。

荔枝也許是世上最鮮最美的水果。蘇東坡寫過這樣的詩句：「日啖荔枝三百顆，不辭長作嶺南人」，可見荔枝的妙處。偏偏我來的不是時候，滿樹剛開着淺黃色的小花，並不出眾。新發的嫩葉，顏色淡紅，比花倒還中看些。從開花到果子成熟，大約得三個月，看來我是等不及在從化溫泉吃鮮荔枝了。

吃鮮荔枝蜜，倒是時候。有人也許沒聽說這稀罕物兒吧？從化的荔枝樹多得像汪洋大海，開花時節，滿野嚶嚶嗡嗡，忙得那蜜蜂忘記早晚，有時趁着月色還採花釀蜜。荔枝蜜的特點是成色純，養分大。住在溫泉的人多半喜歡吃這種蜜，滋養精神。熱心腸的同志為我也弄到兩瓶。一開瓶子塞兒，就是那麼一股甜香；調上半杯一喝，甜香裡帶着股清氣，很有點鮮荔枝味兒。喝着這樣的好蜜，你會覺得生活都是甜的呢。

我不覺動了情，想去看看自己一向不大喜歡的蜜蜂。

荔枝林深處，隱隱露出一角白屋，那是溫泉公社的養蜂場，卻起了個有趣的名兒，叫「蜜蜂大廈」。正當十分春色，花開得正鬧。一走進「大廈」，只見成群結隊的蜜蜂出出進進，飛去飛來，那沸沸揚揚的情景，會使你想：說不定蜜蜂也在趕着建設甚麼新生活呢。

養蜂員老梁領我走進「大廈」。叫他老梁，其實是個青年人，舉動很精細。大概是老梁想叫我深入一下蜜蜂的生活，小小心心揭開一個木頭蜂箱，箱裡隔着一排板，每塊板上滿是蜜蜂，蠕蠕地爬着。蜂王是黑褐色的，身量特別細長，每隻蜜蜂都願意用採來的花精供養它。

老梁嘆息似的輕輕說：「你瞧這群小東西，多聽話。」

我就問道：「像這樣一窩蜂，一年能割多少蜜？」

老梁說：「能割幾十斤。蜜蜂這物件，最愛勞動。廣東天氣好，花又多，蜜蜂一年四季都不閒着。釀的蜜多，自己吃的可有限。每回割蜜，給它們留一點點糖，夠它們吃的就行了。它們從來不爭，也不計較甚麼，還是繼續勞動、繼續釀蜜，整日整月不辭辛苦……」

我又問道：「這樣好蜜，不怕甚麼東西來糟害麼？」

老梁說：「怎麼不怕？你得提防蟲子爬進來，還得提防大黃蜂。大黃蜂這賊最惡，常常落在蜜蜂窩洞口。專幹壞事。」

我不覺笑道：「噢！自然界也有侵略者。該怎麼對付大黃蜂呢？」

老梁說：「趕！趕不走就打死它。要讓它待在那兒，會咬死蜜蜂的。」

我想起一個問題，就問：「可是呢，一隻蜜蜂能活多久？」

老梁回答說：「蜂王可以活三年，一隻工蜂最多能活六個月。」

我說：「原來壽命這樣短。你不是總得往蜂房外邊打掃死蜜蜂麼？」

老梁搖一搖頭說：「從來不用。蜜蜂是很懂事的，活到限數，自己就悄悄死在外邊，再也不回來了。」

我的心不禁一顫：多可愛的小生靈啊，對人無所求，給人的卻是極好的東西。蜜蜂是在釀蜜，又是在釀造生活；不是為自己，而是在為人類釀造最甜的生活。蜜蜂是渺小的；蜜蜂卻又多麼高尚啊！

透過荔枝樹林，我沉吟地望着遠遠的田野，那兒正有農民立在水田裡，辛辛勤勤地分秧插秧。他們正用勞力建設自己的生活，實際也是在釀蜜——為自己，為別人，也為後世子孫釀造着生活的蜜。

這黑夜，我做了個奇怪的夢，夢見自己變成一隻小蜜蜂。

一九六〇年

徐遲

徐遲（1914—1996），浙江吳興人。作家、翻譯家。著有報告文學集《我們這時代的人》、《哥德巴赫猜想》等。

枯葉蝴蝶

峨眉山下，伏虎寺旁，有一種蝴蝶，比最美麗的蝴蝶可能還要美麗些，是峨眉山最珍貴的特產之一。

當它闔起兩張翅膀的時候，像生長在樹枝上的一張乾枯了的樹葉。誰也不去注意它，誰也不會瞧它一眼。

它收斂了它的花紋、圖案，隱藏了它的粉墨、彩色，逸出了繁華的花叢，停止了它翺翔的姿態，變成了一張憔悴的，乾枯了的，甚至不是枯黃的，而是枯槁的，如同死灰顏色的枯葉。

它這樣偽裝，是為了保護自己。但是它還是逃不脫被捕捉的命運。不僅因為它的美麗，更因為它那用來隱蔽它的美麗的枯槁與憔悴。

它以為它這樣做可以保護自己，殊不知它這樣做更教人去搜捕它。有一種生物比它還聰明，這種生物的特技之一是裝假作偽，因此裝假作偽這種行徑是瞞不過這種生物——人的。

人把它捕捉，將它製成標本，作為一種商品去出售，價錢越來越高。最後幾乎把它捕捉得再也沒有了。這一生物品種快要絕種了。

到這時候，國家才下令禁止捕捉枯葉蝶。但是，已經來不及了。國家的禁止更增加了它的身價。枯葉蝶真是因此而要絕對的絕滅了。

我們既然有一對美麗的和真理的翅膀，我們永遠也不願意闔上它們。做甚麼要裝模作樣，化為一隻枯葉蝶，最後也還是被售，反而不如那翅膀兩面都光彩奪目的蝴蝶到處飛翔，被捕捉而又生生不息。

我要我的翅膀兩面都光彩奪目。

我願這自然界的一切都顯出它們的真相。

嚴文井

嚴文井（1915—　），湖北武昌人。作家。著有童話集《四季的風》、《小松鼠》、《小溪流的歌》，散文集《山寺暮》等。

一個低音變奏

——和希梅內斯的《小銀和我》

許多年以前，在西班牙某一個小鄉村裡，有一頭小毛驢，名叫小銀。

它像個小男孩，天真、好奇而又調皮。它喜歡美，甚至還會唱幾支簡短的詠嘆調。

它有自己的語言，足以充分表達它的喜悅、歡樂、沮喪或者失望。

有一天，它悄悄咽了氣。世界上從此缺少了它的聲音，好像它從來就沒有出生過一樣。

這件事說起來真有些叫人憂傷，因此西班牙詩人希梅內斯為它寫了一百多首詩。每首都在哭泣，每首又都在微笑。而我卻聽見了一個深沉的悲歌，引起了深思。

是的，是悲歌。不是史詩，更不是傳記。

小銀不需要甚麼傳記，它不是神父，不是富商，不是法官或別的甚麼顯赫人物，它不想永垂青史。

沒有這樣的傳記，也許更合適。我們不必知道：小銀生於何年何月，卒於何年何月；是否在教堂裡舉行過婚禮，有過幾次浪漫的經歷；是否出生於名門望族，得過幾次勳章；是否到過西班牙以外的地方旅遊；有過多少股票、存款和債券……

不需要。這些玩藝兒對它來説都無關緊要。

關於它的生平，只需要一首詩，就像它自己一樣，真誠而樸實。

小銀，你不會叫人害怕，也不懂得為索取讚揚而強迫人拍馬溜須。這樣才顯出你品性裡真正的輝煌之處。

你伴詩人散步，跟孩子們賽跑，這就是你的豐功偉績。

你得到了那麼多好詩。這真光榮，你的知己竟是希梅內斯。

你在他詩裡活了下來，自自在在；這比在歷史教科書某一章裡佔一小節（哪怕撰寫者答應在你那雙長耳朵上加上一個小小的光環），遠為快樂舒服。

你那雙烏黑烏黑的大眼睛，永遠在注視着你的朋友——詩人，你是那麼忠誠。

你好奇地打量着你的讀者。我覺得你也看見了我，一個中國人。

你的善良的目光引起了我的自我譴責。

那些過去不會完全成為過去。

我認識你的一些同類。真的，這一次我不會欺騙你。

我曾經在一個馬廄裡睡過一晚上覺。天還沒有亮，一頭毛驢突然在我腦袋邊大聲喊叫，簡直像一萬隻大公雞在齊聲打鳴。我嚇了一跳，可是翻了一個身就又睡着了。那一個月裡我幾乎天天都在行軍。我可以一邊走路一邊睡覺，而且還能夠走着做夢。一個馬廄就像噴了巴黎香水的帶套間的臥房。那頭毛驢的優美歌唱代替不了任何鬧鐘，那在我耳朵裡只能算做一個小夜曲。我決無抱怨之意，至今也是如此。遺憾的是我沒有來得及去結識一下你那位朋友，甚至連它的毛色也沒有看清；天一大亮，我就隨着大夥兒匆匆離去。

小銀啊，我忘不了那次，那個奇特的過早的起床號，那聲音真棒，至今仍不時在我耳邊迴蕩。

有一天，我曾經跟隨在一小隊驢群後面當壓隊人。

我們已經在佈滿礫石的山溝裡走了二十多天了。你的朋友們，每一位的背上都被那些大包小包壓得很沉。它們都很規矩，一個接一個往前走，默不做聲，用不着我吆喝和操心。

它們的脊背都被那些捆綁得不好的包裹磨爛了，露着紅肉，發出惡臭。我不斷感到噁心。那是戰爭的年月。

小銀啊，現在我感到很羞恥。你的朋友們從不止步而又默不做聲。而我，作為一個監護者，也默不做聲。我不是完全不懂得那些痛苦，而我僅僅為自己的不適而感到噁心。

小銀，你的美德並不是在於忍耐。

在一條乾涸的河灘上，一頭負擔過重的小毛驢突然臥倒下去，任憑鞭打，就是不肯起立。

小銀，你當然懂得，它需要的不過是一點點休息，片刻的休息。當時，我卻沒有為它去說說情。是真的，我沒有去說情。那是由於我自己的麻木還是怯懦，或者二者都有，現在我還說不清。

我也看見過小毛驢跟小狗和羊羔在一起共同遊戲。在陽光下，它們互相追逐，臉上都帶着笑意。

那可能是一個春天。對它們和對我，春天都同樣美好。

當然，過去我遇見過的那些小毛驢，現在都不再存在。我的記憶裡留下了它們那些影子，歡樂的影子。那個可憐的歡樂！

多少年以來，它們當中的許多個，被蒙上了眼睛，不斷走，不斷走着。幾千里，幾萬里。它們從來沒有離開那些石磨。它們太善良。

毛驢，無論它們是在中國，還是在西班牙，還是在別的甚麼地方，命運大概都不會有甚麼不同。

小銀啊，希梅內斯看透了這一切，他的詩令我感到憂鬱。

你們流逝了的歲月，我心愛的人們流逝了的歲月。還有我自己。

我想吹一次洞簫。但我的最後一隻洞簫在五十年前就已失落了，它在哪裡？

這都怪希梅內斯，他讓我看見了你。

我的窗子外邊，那個小小的院子當中，晾衣繩下一個塑料袋在不停地旋轉。來了一陣春天的風。

那片灰色的天空下有四棵黑色的樹，不知甚麼時候，已經噴射出了一些綠色的碎點。只要一轉眼，就會有一片綠色的霧出現。

幾隻燕子歡快地變換着隊形，在輕輕掠過我的屋頂。

這的確是春天，是不屬於你的又一個春天。

我聽見你的嘆息。小銀，那是一把小號，一把孤獨的小號。我回想起我多次看到的落日。

希梅內斯所描繪的落日，常常由晚霞伴隨。一片火燄，給世界抹上一片玫瑰色。我的落日躲在牆的外面。

小銀啊，你躲在希梅內斯的畫裡。那裡有野莓，葡萄，還有一大片草地。死亡再也到不了你身邊。

你的純潔和善良，在自由遊蕩，一直來到人的心裡。

人在晚霞裡懺悔。我們的境界還不很高，沒有甚麼足以自傲，沒有。我們的心正在變得柔和起來。

小銀，我正在聽着那把小號。

一個個光斑，顫動着飛向一個透明的世界。低音提琴加強了那緩慢的吟唱，一陣鼓聲，小號突然停止吹奏。那些不協調音，那些矛盾，那些由詼諧和憂鬱組成的實體，都在逐漸減弱的顫音中慢慢消失。

一片寧靜，那就是永恆。

一九八三年七月三日

劉白羽

劉白羽（1916—　），北京人。作家。著有長篇小説《第二個太陽》，散文集《紅瑪瑙集》、《芳草集》等。

長江三日

十一月十七日

…………

霧籠罩着江面，氣象森嚴。十二時，「江津」號啟碇順流而下了。在長江與嘉陵江匯合後，江面突然開闊，天穹頓覺低垂。濃濃的黃霧，漸漸把重慶隱去。一刻鐘後，船又在兩面碧森森的懸崖陡壁之間的狹窄的江面上行駛了。

你看那急速漂流的波濤一起一伏，真是「眾水會萬涪，瞿塘爭一門」。而兩三木船，卻齊整的搖動着兩排木槳，像鳥兒搧動着翅膀，正在逆流而上。我想到李白、杜甫在那遙遠的年代，以一葉扁舟，搏浪急進，該是多少雄偉的搏鬥，會激發詩人多少瑰麗的詩思啊！……不久，江面更開朗遼闊了。兩條大江，驟然相見，歡騰擁抱，激起雲霧迷蒙，波濤沸蕩，至此似乎稍為平定，水天極目之處，灰蒙蒙的遠山展開一捲清淡的水墨畫。

從長江上順流而下，這一心願真不知從何時就在心中扎下根子，年幼時讀「大江東去……」讀「兩岸猿聲……」輒心向往之。後來，聽説長江發源於一片冰川，春天的冰川上佈滿奇異艷麗的雪蓮，而長江在那兒不過是一泓清溪；可是當你看到它那奔騰叫嘯，如萬瀑懸空，砰然萬里，就不免在神秘氣氛的「童話世界」上又塗了一層英雄光彩。後來，我兩次到重慶，兩次登枇杷山看江上夜景，從萬家燈光、燦爛星海之中，辨認航船上緩緩浮動而去的燈火，多想隨那驚濤駭浪，直赴瞿塘，直下荊門呀。但親身領略一下長江風景，直到這次才實現。因此，這一回在「江津」號上，正如我在第二天寫的一封信中所說：

「這兩天，整天我都在休息室裡，透過玻璃窗，觀望着三峽。昨天整日都在朦朧的霧罩之中。今天卻陽光一片。這莊嚴秀麗氣象萬千的長江真是美極了。」

下午三時，天轉開朗。長江兩岸，層層疊疊，無窮無盡的都是雄偉的山峰，蒼松翠竹綠茸茸的遮了一層繡幕。近岸陡壁上，背縴的縴夫歷歷可見。你向前看，前面群山在江流浩蕩之中，則依然為霧籠罩，不過霧不像早晨那樣濃，那樣黃，而呈乳白色了。現在是「枯水季節」，江中突然露出一塊黑色礁石，一片黃色淺灘，船常常在很狹窄的兩面航標之間迂迴前進，順流駛下。山愈聚愈多，漸漸暮靄低垂了，漸漸進入黃昏了，紅綠標燈漸次閃光，而蒼翠的山巒模糊為一片灰色。

當我正為夜色降臨而惋惜的時候，黑夜裡的長江卻向我展開另外一種魅力。開始是，這裡一星燈火，那兒一簇燈火，好像長江在對你眨着眼睛。而一會兒又是漆黑一片，你從船身微微的蕩漾中感到波濤正在翻滾沸騰。一派特別雄偉的景象，出現在深宵。我一個人走到甲板上，這時江風獵獵，上下前後，一片黑森森的，而無數道強烈的探照燈光，從船頂上射向江面，天空江上一片雲霧迷蒙，電光閃閃，風聲水聲，不但使人深深體會到「高江急峽雷霆鬥」的赫赫聲勢，而且你覺得你自己和大自然是那樣貼近，就像整個宇宙，都羅列在你的胸前。水天，風霧，渾然融為一體，好像不是一隻船，而是你自己正在和江流搏鬥而前。「曙光就在前面，我們應當努力。」這時一種莊嚴而又美好的情感充溢我的心靈，我覺得這是我所經歷的大時代突然一下集中地體現在這奔騰的長江之上。是的，我們的全部生活不就是這樣戰鬥、航進、穿過黑夜走向黎明的嗎？現在，船上的人都已酣睡，整個世界也都在安眠，而駕駛室上露出一片寧靜的燈光。想一想，掌握住舵輪，透過閃閃電炬，從驚濤駭浪之中尋到一條破浪前進的途徑，這是多麼豪邁的生活啊！我們的哲學是革命的哲學，我們的詩歌是戰鬥的詩歌，正因為這樣——我們的生活是最美的生活。列寧有一句話說得好極了：「前進吧！——這是多麼好啊！這才是生活啊！」……「江津」號昂奮而深沉的鳴響着汽笛向前方航進。

十一月十八日

在信中，我這樣敘說：「這一天，我像在一支雄偉而瑰麗的交響樂中飛翔。我在海洋上遠航過，我在天空上飛行過，但在我們的母親河流長江上，第一次，為這樣一種大自然的威力所吸懾了。」

朦朧中聽見廣播到奉節。停泊時天已微明。起來看了一下，峰巒剛剛從黑夜中顯露出一片灰蒙蒙的輪廓。啟碇續行，我到休息室裡來，只見前邊兩面懸崖絕壁，中間一條狹狹的江面，已進入瞿塘峽了。江隨壁轉，前面天空上露出一片金色陽光，像橫着一條金帶，其餘天空各處還是雲海茫茫。瞿塘峽口上，為三峽最險處，杜甫《夔州歌》云：「白帝高為三峽鎮，瞿塘險過百牢關。」古時歌謠說：「灩澦大如馬，瞿塘不可下；灩澦大如猴，瞿塘不可游；灩澦大如龜，瞿塘不可回；灩澦大如象，瞿塘不可上。」這灩澦堆指的是一堆黑色巨礁。它對準峽口。萬水奔騰一沖進峽口，便直奔巨礁而來。你可想像得到那真是雷霆萬鈞，船如離弦之箭，稍差分厘，便撞得個粉碎。現在，這巨礁，早已炸掉。不過，瞿塘峽中，激流澎湃，濤如雷鳴，江面形成無數漩渦，船從漩渦中衝過，只聽得一片嘩啦啦的水聲。過了八公里的瞿塘峽，烏沉沉的雲霧，突然隱去，峽頂上一道藍天，浮着幾小片金色浮雲，一注陽光像閃電樣落在左邊峭壁上。右面峰頂上一片白雲像白銀片樣發亮了，但陽光還沒有降臨。這時，遠遠前方，無數層巒疊嶂之上，迷濛雲霧之中，忽然出現一團紅霧，你看，絳紫色的山峰，襯托着這一團霧，真美極了，就像那深谷之中向上反射出紅色寶石的閃光，令人彷彿進入了神話境界。這時，你朝江流上望去，也是色彩繽紛：兩面巨岩，倒影如墨；中間曲曲折折，卻像有一條閃光的道路，上面蕩着細碎的波光；近處山巒，則碧綠如翡翠。時間一分鐘一分鐘過去，前面那團紅霧更紅更亮了。船越駛越近，漸漸看清有一高峰亭亭筆立於紅霧之中，漸漸看清那紅霧原來是千萬道強烈的陽光。八點二十分，我們來到這一片晴朗的金黃色朝陽之中。

抬頭望處，已到巫山。上面陽光垂照下來，下面濃霧滾湧上去，雲蒸霞蔚，頗為壯觀。剛從遠處看到那個筆直的山峰，就站在巫峽口上，山如斧削，雋秀婀娜，人們告訴我這就是巫山十二峰的第一峰，它彷彿在招呼上游來的客人說：「你看，這就是巫山巫峽了。」「江津」號緊貼山腳，進入峽口。紅通通的陽光恰在此時射進玻璃廳中，照在我的臉上。峽中，強烈的陽光與乳白色雲霧交織一處，數步之隔，這邊是陽光，那邊是雲霧，真是神妙莫測。幾隻木船從下游上來，帆篷給陽光照的像透明的白色羽翼，山峽卻越來越狹，前面兩山對峙，看去連一扇大門那麼寬也沒有，而門外，完全是白霧。

八點五十分，滿船人，都在仰頭觀望。我也跑到甲板上來，看到萬仞高峰之巔，有一細石聳立如一人對江而望，那就是充滿神奇縹緲傳說的美女峰了。據說一個漁人在江中打魚，突遇狂風暴雨，船覆滅頂，他的妻子抱了小孩從峰頂眺望，盼他回來，一天一天，一月一月，他終未回來，而她卻依然不顧晨昏，不顧風雨，站在那兒等候着他——至今還在那兒等着他呢！……

如果說瞿塘峽像一道閘門，那麼巫峽簡直像江上一條迂迴曲折的畫廊。船隨山勢左一彎，右一轉，每一曲，每一折，都向你展開一幅絕好的風景畫。兩岸山勢奇絕，連綿不斷，巫山十二峰，各峰有各峰的姿態，人們給它們以很高的美的評價和命名，顯然使我們的江山增加了詩意，而詩意又是變化無窮的。突然是深灰色石岩從高空直垂而下浸入江心，令人想到一個巨大的驚嘆號；突然是綠茸茸草坂，像一支充滿幽情的樂曲；特別好看的是懸岩上那一堆堆給秋霜染得紅艷艷的野草，簡直像是滿山杜鵑了。峽急江陡，江面佈滿大大小小漩渦，船只能緩緩行進，像一個在叢山峻嶺之間慢步前行的旅人。但這正好使遠方來的人，有充裕時間欣賞這莽莽蒼蒼、浩浩蕩蕩長江上大自然的壯美。蒼鷹在高峽上盤旋，江濤追隨着山巒激蕩，山影雲影，日光水光，交織成一片。

十點，江面漸趨廣闊，急流穩渡，穿過了巫峽。十點十五分至巴東，已入湖北境。十點半到牛口，江浪洶湧，把船推在浪頭上，搖擺着前進。江流剛奔出巫峽，還沒來得及喘息，卻又沖入第三峽——西陵峽了。

西陵峽比較寬闊，但是江流至此變得特別兇惡，處處是急流，處處是險灘。船一下像流星隨着怒濤衝去，一下又繞着險灘迂迴浮進。最著名的三個險灘是：泄灘、青灘和崆嶺灘。初下泄灘，你看着那萬馬奔騰的江水會突然感到江水簡直是在旋轉不前，一千個、一萬個漩渦，使得「江津」號劇烈震動起來。這一節江流雖險，卻流傳着無數優美的傳說。十一點十五分到秭歸。據袁崧《宜都山川記》載：秭歸是屈原故鄉，是楚子熊繹建國之地。後來屈原被流放到汨羅江，死在那裡。民間流傳着：屈大夫死日，有人在汨羅江畔，看見他峨冠博帶，美髯白皙，騎一匹白馬飄然而去。又傳說：屈原死後，被一大魚馱回秭歸，終於從流放之地回歸楚國。這一切初聽起來過於神奇怪誕，卻正反映了人民對屈原的無限懷念之情。

秭歸正面有一大片鐵青色礁石，森然聳立江面，經過很長一段急流繞過泄灘。在最急峻的地方，「江津」號用盡全副精力，戰抖着，震顫着前進。急流剛剛滾過，看見前面有一奇峰突起，江身沿着這山峰右面駛去，山峰左面卻又出現一道河流，原來這就是王昭君誕生地香溪。它一下就令人記起杜甫的詩：「群山萬壑赴荊門，生長明妃尚有村。」我們遙望了一下香溪，船便沿着山峰進入一道無比險峻的長峽——兵書寶劍峽。這兒完全是一條窄巷，我到船頭上，仰頭上望，只見黃石碧岩，高與天齊，再駛行一段就到了青灘。江面陡然下降，波濤洶湧，浪花四濺，當你還沒來得及仔細觀看，船已像箭一樣迅速飛下，巨浪為船頭劈開，旋捲着，合在一起，一下又激蕩開去。江水像滾沸了一樣，到處是泡沫，到處是浪花。船上的同志指着岩上一片鄉鎮告我：「長江航船上很多領航人都出生在這兒……每隻木船要想渡過青灘，都得請這兒的人引領過去。」這時我正注視着一隻逆流而上的木船，看起來這青灘的聲勢十分嚇人，但人從洶湧浪濤中掌握了一條前進途徑，也就戰勝了大自然了。

中午，我們來到了崆嶺灘跟前，長江上的人都知道：「泄灘青灘不算灘，崆嶺才是鬼門關。」可見其兇險了。眼看一片灰色石礁佈滿水面，「江津」號卻拋錨停泊了。原來崆嶺灘一條狹窄航道只能過一隻船，這時有一隻江輪正在上行，我們只好等下來。誰知竟等了那麼久，可見那上行的船隻是如何小心翼翼了。當我們駛下崆嶺灘時，果然是一片亂石林立，我們簡直不像在浩蕩的長江上，而是在蒼莽的叢林中找尋小徑跋涉前進了。

十一月十九日

早晨，一片通紅的陽光，把平靜的江水照得像玻璃一樣發亮。長江三日，千姿萬態，現在已不是前天那樣大霧迷蒙，也不是昨天「巫山巫峽色蕭森」，而是：「楚地闊無邊，蒼茫萬頃連」了。長江在穿過長峽之後，現在變得如此寧靜，就像剛剛誕生過嬰兒的年輕母親一樣安詳慈愛。天光水色真是柔和極了。江水像微微拂動的絲綢，有兩隻雪白的鷗鳥緩緩地和「江津」號平行飛進，水天極目之處，凝成一種透明的薄霧，一簇一簇船帆，就像一束一束雪白的花朵在藍天下閃光。

在這樣一天，江輪上非常寧靜的一日，我把我全身心沉浸在「紅色的羅莎」——盧森堡的《獄中書簡》中。這個在一九一八年德國無產階級革命中最堅定的領袖，我從她的信中，感到一個偉大革命家思想的光芒和胸懷的溫暖，突破鐵窗鐐銬，而閃耀在人間，你看，這一頁：

> 雨點輕柔而均勻地灑落在樹葉上，紫紅的閃電一次又一次地在鉛灰色中閃耀，遙遠處，隆隆的雷聲像洶湧澎湃的海濤餘波似地不斷滾滾傳來。在這一切陰霾慘淡的情景中，突然間

一隻夜鶯在我窗前的一株楓樹上叫起來了！在雨中，閃電中，隆隆的雷聲中，夜鶯啼叫得像是一隻清脆的銀鈴，它歌唱得如醉如癡，它要壓倒雷聲，唱亮昏暗……

昨晚九點鐘左右，我還看到壯麗的一幕，我從我的沙發上發現映窗玻璃上的玫瑰色的返照，這使我非常驚異，因為天空完全是灰色的。我跑到窗前，着了迷似的站在那裡。在一色灰沉沉的天空上，東方湧現出一塊巨大的、美麗得人間少有的玫瑰色的雲彩，它與一切分隔開，孤零零地浮在那裡，看起來像是一個微笑，像是來自陌生的遠方的一個問候。我如釋重負地長吁了一口氣，不由自主地把雙手伸向這幅富有魅力的圖畫。有了這樣的顏色，這樣的形象，然後生活才美妙，才有價值，不是嗎？我用目光飽餐這幅光輝燦爛的圖畫，把這幅圖畫的每一線玫瑰色的霞光都吞咽下去，直到我突然禁不住笑起自己來。天哪，天空啊，雲彩啊，以及整個生命的美並不只存在於佛龍克，用得着我來跟它們告別？不，它們會跟着我走的，不論我到哪兒，只要我活着，天空、雲彩和生命的美會跟我同在。

「江津」號在平靜的浪花中緩緩駛行。我讀着書，一種非常珍貴的感情滲透我的全身。我必須立刻把它寫下來，我願意把它寫在這奔騰叫嘯、而又安靜溫柔的長江一起，因為它使我聯想到我前天想到的「戰鬥——航進——穿過黑夜走向黎明」的想像，過去，多少人，從他們艱巨戰鬥中想望着一個美好的明天呀！而當我承受着像今天這樣燦爛的陽光和清麗的景色時，我不能不意識到，今天我們整個大地，所吐露出來的那一種芬芳、寧馨的呼吸，這社會主義生活的呼吸，正是全世界上，不管在亞洲還是在歐洲，在美洲還是在非洲，一切先驅者的血液，凝聚起來，而發射出來的最自由最強大的光輝。我讀完了《獄中書簡》，一輪落日——那樣圓，那樣大，像鮮紅的珊瑚球一樣，把整個江面籠罩在一脈淡淡的紅光中，面前像有一種細細的絲幕柔和地、輕悄地撒落下來。

最後讓我從我自己的一封信中抄下一段，來結束這一日吧：

夜間，九時餘——從前面漆黑的夜幕中，看見很小很小幾點亮光。人們指給我那就是長江大橋，「江津」號穩穩地向武漢駛近。從這以後，我一直站在船上眺望，漸漸的漸漸的看出那整整齊齊的一排像橫串起來的珍珠，在熠熠閃亮。我看着，我覺得在這遼闊無邊的大江之上，這正是我們獻給我們母親河流的一頂珍珠冠呀！……再前進，江上無數藍的、白的、紅的、綠的燈光，拖着長長倒影在浮動，那是無數船隻在航行，而那由一顆顆珍珠畫出的大橋的輪廓，完全像升在雲端裡一樣，高聳空中，而橋那面，燈光稠密的簡直像是燦爛的金河，那是甚麼？仔細分辨，原來是武漢兩岸的億萬燈光。當我們的「江津」號，嘹亮地向武漢市發出致敬歡呼的聲音時，我心中升起一種莊嚴的情感，看一看！我們創造的新世界有多麼燦爛吧！……

一九六〇年

碧　野

碧野（1916—　），廣東大埔人。作家。著有長篇小說《丹鳳朝陽》，散文集《情滿青山》、《月亮湖》等。

天山景物記

朋友，你到過天山嗎？天山是我們祖國西北邊疆的一條大山脈，連綿幾千里，橫亙準噶爾盆地和塔里木盆地之間，把廣闊的新疆分為南北兩半。遠望天山，美麗多姿，那長年積雪高插雲霄的群峰，像集體起舞時的維吾爾族少女的珠冠，銀光閃閃；那富於色彩的連綿不斷的山巒，像孔雀開屏，艷麗迷人。

如果你願意，我陪你進天山去看一看。

雪峰·溪流·森林

七月間新疆的戈壁灘炎暑逼人，這時最理想的是騎馬上天山。新疆北部的伊犁和南部的焉耆都出產良馬，不論伊犁的哈薩克馬或者焉耆的蒙古馬，騎上它爬山就像走平川，又快又穩。

進入天山，戈壁灘上的炎暑就遠遠地被撇在後邊，迎面送來的雪山寒氣，立刻使你感到像秋天似的涼爽。藍天襯着高矗的巨大的雪峰，在太陽下，幾塊白雲在雪峰間投下雲影，就像白緞上繡上了幾朵銀灰的暗花。那融化的雪水從峭壁斷崖上飛瀉下來，像千百條閃耀的銀練。這飛瀉下來的雪水，在山腳匯成沖激的溪流，浪花往上拋，形成千萬朵盛開的白蓮。可是每到水勢緩慢的洄水渦，卻有魚兒在跳躍。當這個時候，飲馬溪邊，你坐在馬鞍上就可以俯視那陽光透射到的清澈的水底，在五彩斑斕的水石間，魚群閃閃的鱗光映着雪水清流，給寂靜的天山添上了無限生機。

再往裡走，天山越來越顯得優美。在那白皚皚的群峰的雪線以下，是蜿蜒無盡的翠綠的原始森林，密密的塔松像撐天的巨傘，重重疊疊的枝丫，只漏下斑斑點點細碎的日影。騎馬穿行林中，只聽見馬蹄濺起漫流在岩石上的水的聲音，增添了密林的幽靜。在這林海深處，連鳥雀也少飛來，只偶然能聽到遠處的幾聲鳥鳴。如果你下馬坐在一塊岩石上吸煙休息，雖然林外是陽光燦爛，而在這遮住了天日的密林中卻閃着你煙頭的紅火光。從偶然發現的一棵兩棵燒焦的枯樹看來，這裡也許來過辛勤的獵人，在午夜生火宿過營，烤過獵獲的野味。這天山上有的是成群的野羊、草鹿、野牛和野駱駝。

如果說進到天山這裡還像是秋天，那麼再往裡走就像是春天了。山色逐漸變得柔嫩，山形也逐漸變得柔和，很有一伸手就可以觸摸到凝脂似的感覺。這裡溪流緩慢，縈繞着每一個山腳，在輕輕蕩漾着的溪流兩岸，滿是高過馬頭的野花，紅、黃、藍、白、紫，五彩繽紛，像織不完的織錦那麼綿延，像天邊的彩霞那麼耀眼，像高空的長虹那麼絢爛。這密密層層成丈高的野花，朵兒賽八寸的瑪瑙盤。馬走在花海中，顯得格外矯健，人浮在花海上，也顯得格外精神。在馬上你用不着離鞍，只要稍為伸手就可以滿懷捧到你最心愛的大鮮花。

雖然天山這時並不是春天，但是有哪一個春天的花園能比得過這時天山的無邊繁花呢？

迷人的夏季牧場

就在雪的群峰的圍繞中，一片奇麗的千里牧場展現在你的眼前。墨綠的原始森林和鮮艷的野花，給這遼闊的千里牧場鑲上了雙重富麗的花邊。牧場上長着一色青翠的酥油草，清清的溪水齊着兩岸的草叢在漫流。草原是這樣無邊的平展，就像風平浪靜的海洋。在太陽下，那點點水泡似的蒙古包，閃爍着白光。

當你策馬在這千里草原上盡情馳騁的時候，處處可見千百成群的肥壯的羊群、馬群和牛群。它們吃了含有乳汁的酥油草，毛色格外發亮，好像每一根毛尖都冒着油星。特別是那些被碧綠的草原襯托得十分清楚的黃牛、花牛、白羊、紅羊，在太陽下就像繡在綠色緞面上的彩色圖案一樣美。

有時候，風從牧群中間送過來銀鈴似的丁噹聲，那是哈薩克牧女們墜滿衣角的銀飾在風中擊響。牧女們騎着駿馬，健美的身姿映襯在藍天、雪山和綠草之間。她們歡笑着跟着嬉逐的馬群馳騁，而每當停下來，就輕輕地揮動着牧鞭歌唱她們的愛情。

這雪峰、綠林、繁花圍繞着的天山千里牧場，位置在海拔兩三千米以上。每當一片烏雲飛來，雲腳總是掃着草原，灑下陣雨。牧群在雨雲中出沒，加濃了雲意，很難分辨得出哪是雲頭哪是牧群。而當陣雨過後，雨洗後的草原就變得更加清新碧綠，遠看像塊巨大的藍寶石，近看那綴滿草尖上的水珠，卻又像數不清的金剛鑽。

特別誘人的是牧場的黃昏，落日映紅周圍的雪峰，像雲霞那麼燦爛。雪峰的紅光映射到這遼闊的牧場上，形成一個金碧輝煌的世界，蒙古包、牧群的牧女們，都鍍上了一色的玫瑰紅。當落日沉沒，周圍雪峰的紅光逐漸消褪，銀灰色的暮靄籠罩着草原的時候，你就看見無數點點的紅火光，那是牧民們在燒起銅壺準備晚餐。

你用不着客氣，任何一個蒙古包都是你的溫暖的家。只要你朝火光的地方走去，不論走進哪一家蒙古包，好客的哈薩克牧民都會像對待親兄弟似的熱情地接待你。渴了你可以先喝一盆馬奶，餓了有烤羊排，有酸奶疙瘩，有酥油餅，你可以一如哈薩克牧民那樣豪情地狂飲大嚼。

當家家蒙古包的吊壺三腳架下的野牛糞只剩下一堆紅火燼的時候，夜風就會送來東不拉的弦音和哈薩克牧女們婉轉嘹亮的歌聲。這是十家八家聚居在一處的牧民們齊集到一家比較大的蒙古包裡，歡度一天最後的幸福時辰。

過後，整個草原沉浸在夜靜中。如果這時你披上一件皮衣走出蒙古包，在月光下或者繁星下，你就可以朦朧地看見牧群在夜的草原上輕輕地遊蕩。夜的草原是這麼寧靜而安詳，只有漫流的溪水聲引起你對這大自然的遐思。

野馬．蘑菇圈．旱獺．雪蓮

夜幕中，草原在繁星的閃爍下或者在月光的披照中，該發生多少動人的情景，但人們卻在安靜的睡眠中疏忽過去了；只有當黎明來到這草原上，人們才會發現自己馬群裡的馬匹在一夜間忽然變多了，而當人們懷着驚喜的心情走攏去，馬匹立刻就分為兩群，其中一群會立刻奔騰離你遠去，那長長的鬣鬃在黎明淡清的天光下，就像許多飄曳的緞幅。這個時候，你才知道那是一群野馬。它們由幾匹最膘壯的公野馬領群，機警善跑，遊走無定，夜間混入牧群。它們對許多牧馬都熟悉，相見時彼此用鼻子對聞，彼此用頭親熱地磨擦，然後就合群在一起吃草，嬉逐。黎明，當牧民們走出蒙古包，就是它們分群的一刻。公野馬總是掩護着母野馬和野馬駒遠離人們。當野馬群遠離人們站定的時候，在日出的草原上，還可以看見屹立護群的公野馬的長鬣鬃，那鬣鬃一直披垂到膝下，閃着美麗的光澤。

日出後的草原千里通明，這時最便於發現蘑菇。天山蘑菇又大又肥厚，鮮嫩無比。這個時候你只要立馬瞭望，便可以發現一些特別翠綠的圓點子，那就是蘑菇圈。你朝着它策馬前去，就很容易在這三四丈寬的一圈沁綠的酥油草叢裡，發現像夏天夜空裡的繁星似的蘑菇。眼看着這許許多多雪白的蘑菇隱藏在碧綠的草叢中，誰都會動心。一隻手忙不過來，你自然會用雙手去採；身上的口袋裝不完，你自然會添上你的帽子甚至馬靴去裝。第一次採到這麼多新鮮蘑菇，對一個遠來的客人是一樁最快樂的事。你把鮮蘑菇在溪水裡洗淨，不要油，不要鹽，光是白煮來吃就有一種特別鮮甜的滋味；如果再加上一條野羊腿，那就又鮮甜又濃香。

天山上奇珍異品很多，我們知道水獺是生活在水濱和水裡的，而天山上卻生長着旱獺。在牧場邊緣的山腳下，你隨處都可以看見一個個洞穴，這就是旱獺居住的地方。從九十月大雪封山，到第二年四五月冰消雪化，旱獺要整整在洞穴裡冬眠半年。到了夏至後，發青的酥油草把它們養得胖墩墩，圓滾滾。這時它們的毛色麻黃發亮，肚子拖着地面，短短的四條腿行走遲緩，正可以大量捕捉。

另一種奇異珍品是雪蓮。如果你從山腳往上爬，在那天山雪線以上，就可以看見在青凜凜的寒光中挺立着一朵朵玉琢似的雪蓮。它習慣於生長在奇寒環境中，根部扎入岩隙，汲取着雪水，承受着雪光，潔白晶瑩，柔靜多姿。這生長在人迹罕到的海拔幾千公尺以上的靈花異草，據說是稀世之寶——一種很難求得的婦女良藥。

天然湖與果子溝

在天山的高處，常常出現巨大的天然湖。湖面明淨如鏡，水清見底。高空的白雲和四周的雪峰清晰地倒影水上，把湖山天影融為晶瑩的一體。在這幽靜的湖中，唯一活動的東西就是天鵝。天鵝的潔白增添了湖水的明淨，天鵝的叫聲增添了湖面的幽靜。人家說山色多變，而事實上湖色也是多變，如果你站立高處瞭望湖面，眼前是一片爽心悅目的碧水茫茫，如果你再留意一看，接近你的視線的是鱗光閃閃，像千萬條銀魚在游動，而遠處平展如鏡，沒有一點纖塵或者一根游絲的侵擾。湖色越遠越深，由近到遠，是銀白、淡藍、深青、墨綠，非常分明。傳說中有這麼一個湖是古代一個不幸的哈薩克少女滴下的眼淚，湖色的多變正是象徵着那個古代少女的萬種哀愁。

就在這個湖邊，傳說中的少女的後代子孫們現在放牧着羊群。湖水滋潤着湖邊的青草，青草餵胖了羊群，羊奶哺育着少女的後代子孫。這象徵着哈薩克族不幸的湖。今天已經變為實際的幸福湖。

山巒爽朗，湖水清淨，日裡披滿陽光，夜裡綴滿星辰。牧民們的蒙古包隨着羊群環湖周遊，他們的羊群一年年繁殖，他們彈琴歌唱自己幸福的生活。

高山的雪水匯入湖中，又從像被一刀劈開的峽谷岩石間瀉落到千丈以下的山澗裡。水從懸崖上像條飛練似的瀉下，即使站在十里外的山頭上，也能看見那飛練的白光。如果你走到懸崖跟前，腳下就會受到一種驚心動魄的震撼。俯視水練沖瀉到深谷的澗石上，濺起密密的飛沫，在日中的陽光下，形成蒙蒙的瑰麗的彩色水霧。就在急湍的澗邊，綠色的深谷裡也散佈着一頂頂牧民的蒙古包，像水洗的玉石那麼潔白。

如果你順着彎彎曲曲的澗流走，沿途匯入千百條泉流，逐漸形成溪流，再匯入許多澗流和溪流，就形成河流，奔騰出天山。

就在這種深山野谷的溪流邊，往往有着果樹夾岸的野果子溝。春天繁花開遍峽谷，秋天果實壓滿山腰。每當花紅果熟，正是鳥雀野獸的樂園。這種野果子溝往往不為人們所發現。其中有這麼一條野果子溝，溝裡長滿野蘋果，連綿五百里。春天，五百里的蘋果花開無人知；秋天，五百里纍纍的蘋果無人採。老蘋果樹凋枯了，更多的新蘋果樹苗長起來。多少年來，這條長溝堆積了幾丈厚的野蘋果泥。

現在，已經有人發現了這條野蘋果溝，開始在溝裡開闢豬場，用野蘋果來養育成群的烏克蘭大白豬。而且已經有人計劃在溝裡建立釀酒廠，把野蘋果釀造成大量芬芳的美酒，讓這大自然的珍品化成人們的營養，增進人們的健康。

朋友，天山的豐美景物何止這些，天山綿延幾千里，不論高山、深谷，不論草原、森林，不論溪流、湖泊，處處有豐饒的物產，處處有奇麗的美景，你要我說可真說不完。如果哪一天你有豪情去遊天山，臨行前別忘了通知我一聲，也許我能給你當一個不很出色的嚮導。不過當嚮導在我只是一個漂亮的藉口，其實我私心裡很想找個機會去重遊天山。

駱賓基

駱賓基（1917—1994），山東平度人。作家。著有長篇小説《邊陲線上》，報告文學、散文集《初春集》。

意外的事情

一

省黨部頒佈了「二五減租」條例的消息，中午就沿着公路傳到上王村來了。像燕子遇到春末的明媚氣氛似的，這消息使佃農們成群聚夥的飛揚起眉毛齊談着，趁了歇晌的時候。

「農村救亡分會」的宣傳隊，在石灰牆上開始製作新標語。隊長黃大牙袒露着為烈陽曬紫了的廣闊胸膛，牙咬着三寸長的油黃煙管，瞄摹刷塗漿糊的部位，捏在粗手指頭上的彩色紙，正在上下移動。幾個圍繞乾松柴堆相互追打的孩子，飛跑來了，湊攏一塊兒睜着困惑的眼睛張望。他們的胸脯並沒因為嬉戲突然的截止而平息，依舊一高一伏的喘吁着。赤光膀子，下身僅穿一條短灰褲的孩子，彎腰搶了一張標語，跑了。另一些哄笑起來。

「這些野孩子！拿去作啥，又不識字……站下。」黃大牙掉轉頭吆喝道。

這時，石灰牆壁的一口潔白的紙糊窗，霍地閃開，伸出一個鼠胡鼠眼的漢子，手拿小綠穎毛筆，情景像是寫算賬目，一架「昏花」眼鏡還沒有摘下來，顯得更加陌生與嚴峻。

「你又到我牆上糟蹋甚麼，你不拿到自己家門去貼。」

「縣裡要辦二五減租，王保長，這是他們讓我來貼的，大家議決了的事情。」看看保長的臉色不對，就挾起紅綠色紙張：「好，我到宏堂叔門口試試。」

孩子們有興趣的追隨着，吵鬧不休的。

二

密星滿佈的黑夜，上王村一個角落上的祠堂，吐露出煊耀燈火，帶有誘惑性似的，吸引進擁擠的人群，一些毫無拘束的狂笑和高喊，飄蕩在周圍。

黃大牙的蚱蜢臉上，閃着光，懷抱鼻涕滿唇的孩子，在燈下擠來攘去的揮動着手掌，照顧每個到場的人。

「坐的櫈子都不夠了……」騷擾人群中，冒出一聲高呼。

「這邊有個空座位，宏堂叔。」黃大牙遠遠搖起手來。

一團喧噪聲中，身材短小的阿寶面向海似的群眾，闡說「二五減租」的意義了。

亂雜聲浪逐漸低消，黃大牙蹲在床角劃火點煙。一手托着那不住地扭動的孩子的屁股。而他那深埋在被烈陽曬焦的睫毛下兩隻眼睛，發射出一種興奮洋溢的光輝。

「對咯，我們能專心一意來耕作我們的田，省點錢施肥，地主不會吃虧……」前排有人切斷阿寶的話大叫。

「弗要吵嘎！扯起你的耳朵聽。」

「儂的嘴也得用蠟燭封上。」

人群裡爆發起笑聲，一個女人的尖銳音浪在抑止下吃吃不休。

「聽着，聊着……」阿寶提高喉嚨嚷。

「不用拿別的來講。」宏堂叔曲勾下頭頸向黃大牙小聲說：「我一家連大帶小七口人，兩個大點的兒子，就是你那倆阿哥——傭給茶棧作短工去，為的是端午節前能掙幾個銅鈿填補填補零用，還有冬天的棉衣服，……真的不『二五減租』不夠吃，非這樣荒了自己田……」

「不要響嘎，宏堂叔。聽聽阿寶……」誰從旁邊插了句。

「不錯嘎！」全副力量傾注在阿寶語調間的黃大牙開始發表意見了，「那樣保管多打幾石糧，田主決計不會吃虧；譬如我租的王保長八畝田，一畝就算打三石穀，才能剩下十石零些，這荒亂年景，油鹽都拚命的漲，還得扣除欠債利息……一家人怎麼過？」

全場的人，眼光凝集在他身上。黃大牙低頭瞅了下入睡的孩子，用衣袖揩着額角汗珠，坐下去。

「我們得動員宣傳組組員說服田主，福生伯有甚麼話講嗎？」阿寶上半身的大黑影子，在牆壁上劃着活動。

「你們都嚷減租減租，可是鄉公所沒有公事；老實講，有人肯出地賦自衛捐壯丁費……三五減也弗要緊，這不是國難期間嗎？大家都得吃些苦頭。」鼠眼鼠須的王保長站起身來，人叢中讓開一道甬路，他邊說邊離開了祠堂大門。

「不能成啊，沒有公事下來，我們光開會有屁用。」燈光下的人群又騷擾沸騰起來，宏堂叔趁空擠出去。洋溢在黃大牙眉宇間的光輝，飛逝了。乾燥的兩隻黃眼瞳巡視着走動的人們，想：「作甚麼事都心不齊……心不齊哪咯弄法呢？」

裝了一袋煙，還沒抽完，會就散了。黃大牙和阿寶打了招呼後，夾在每個口裡像爆豆似的嘟噥着散會太遲，在夜的擁推聲浪裡，走到街上。

夜色裡，凡有人影聳動的地方，竊竊私議的話音就會隨了微風傳來。

「管他娘，減就減，不減就不減，反正往年也沒餓死。」黃大牙一路思索着，回家放下了睡着的孩子，又走出來。

村外，滿耳一片草蟲的顫鳴，七雜八亂的螢火蟲，帶了發放綠焰的光囊，沿了草叢高低飛舞着，尋覓池塘。夜風送來芳草的乳香，平靜氣氛中，農作物刷刷地作響。

「哪一個？」有人厲聲問。

「老百姓。」

「半夜三更做甚麼啊！連狗都伏在窩裡貼下了兩隻耳朵。」

「車水呀！你問白天嗎！自己沒有水車，白天誰不使它，幸虧有個夜晚，才能抽空借借。」

「種稻子還是甚麼？一年有三季好耕不？」哨兵的輪廓顯明了。

三

村邊一道淺草掩覆的溝渠，銅鈴般的水流聲斷斷續續的勁響。

宏堂叔負耙走來。癟皺的下嘴巴隨了鞭牛的動作一咧一咧的。

「我想借借牛，趁着這陣雨耕耕那兩畝田……你們都動手耙了。」黃大牙不勝羡嘆地摸摸牛背，「真是好牲口。」

「人口多的家數都插好秧了，我們人手少，巴掌大小的地，還忙個死去活來……遭劫的年月！」

「宏堂叔，我來幫你作，耕完你的，我用用牛，反正一兩天的工夫，再過幾天得種晚稻了。」

宏堂叔嘴角咧開露出一排殘污牙齒，不加思索，將耙放到了黃大牙背上，自己牽了兩隻犄角放肆地向外分岔開的水牛，走在前邊。

「減租這門路，有點望頭沒有？王保長嫌你太荒唐了，明年的地想不租把你，真是……」

「管他娘。」

走上畦邊，黃大牙把煙管插進脖後衣領間，脱掉布底鞋，站在耙上了。眼前，無邊的陌野，向外展開去。茶園，桑林，墓草，零碎的伸佈在四圍，浴着雨後的清新色彩，蓬勃的抖動着。耙的急趨，使周遭景象忽左忽右地亂閃。

大塊土壤翻濺起混濁的泥水，牛腿陷入泥層，慢吞吞拔起，一步挪不了四指，又陷進去。黃大牙不停嘴咒嚇，牛鞭在它的犄角邊搖來擺去，但皮毛絲毫沒有沾染那鞭上塗滿的泥水。

宏堂叔蹲在另一塊稻畦上，拔着還想掙扎活下的野蒿草及蕨菜。偶爾仰頭望望黃大牙，「真是好體面耕手……就是命薄了……」就不由會這樣想。

為了不糟蹋時間，黃大牙的粗僵手掌，沒有離開過長韁。有時他必定抽口煙，那也是站在蛇動的耙上；而點火是趁着耙到田邊回拐過來的霎眼空閒。雖然宏堂叔幾次的喊：「歇歇吧！不忙，明朝一天總能作完。」

「不吃累，我比你不一樣，正在火力旺的年紀……嘻……嘻。」他就這樣把話音傳過去。

「吃累了……明天耕完你使牛，我一個人插秧吧！」一直到歸村的途上，宏堂叔還是過意不去的説。

「農村抗敵救亡會」召集宣傳隊談話的時候，黃大牙剛從宏堂叔家裡回來，抽晚飯後的一袋煙。

「出席不要太早了，在那樣坐着等，先躺一些時再去也不遲。」他心裡想着便倒頭睡去。

老婆默無一語的編竹筐，身後，雷鼾一陣陣作響。

煙管的火，早已熄滅，從黃大牙的口上掉落到地下；這一夜連孩子也沒受到他的撫摸和讚罵。

四

一陣急雨似的敲門聲，立即闖進四個鄉丁。凝靜的晨曦氣息，驟然緊張起來。

「不要讓他跑了。」

「老李你去守住北窗。」

「甚麼事……天呀！」

「不要吵……黃大牙在屋吧！」一個班長模樣的傢伙，手拿駁殼槍跳進院來。

「哎呀！天……」北窗上有人影的晃動，使老婆的嗓子更尖銳了。

「弗要響！準是逃兵……我去看看。」黃大牙臉色蒼白了，顫抖的腿，在床下勾鞋。

「你不要去，快逃吧！」老婆扯住他的胳膊。

「快開門……快……」一陣碰碰的門響。

「噢……來了。」黃大牙在牆角抓起一把鋤頭。

突然房門又裂倒開來，一個面熟的鄉丁立在黃大牙的眼前了，而後者手裡的鋤頭，從空中輕輕放下來。知覺頓然麻木了，黃大牙癡立着。

「甚麼事呀！劉班長。」老婆張大眼睛問。

「抽壯丁呀！王保長報的兩個壯丁裡，一個是黃大牙。」

黃秋耘

黃秋耘（1918—2001），廣東順德人。作家。著有散文集《丁香花下》、《往事並不如煙》等。

丁香花下

今年的暮春和初夏，我是在北京度過的。除了颳風天和陰雨天，我吃過晚飯後就溜達到中山公園去，在紫丁香花叢中消磨掉整個黃昏。一個人安靜地坐在公園的長椅子上，讓那濃郁的花香瀰漫在包圍着我的氣氛裡，沉思着四十多年來像雲煙一般的前塵往事。對於一個性情孤僻而心境寂寞的老年人來說，這恐怕是最難得的享受了。

一個熟悉而親切的面孔突然出現在我的面前，他的年紀和我差不多，是一家有名的出版社的老編輯：「怎麼，老王，又是在這兒碰到你，你好像對紫丁香花有點特殊的感情似的。」

「唔，也許，紫丁香花這種淡雅而又有點憂鬱的情調適合我的氣質。」

「這恐怕不見得是唯一的原因吧！」他狡黠地眨着眼睛：「在你的一生中，說不定有一件不尋常的事情和紫丁香花有點甚麼關係。比方說，在年輕時候，你是不是認識過一個像紫丁香花一般憂鬱的姑娘？」

像我這麼一大把年紀，距離「灰飛煙滅」的日子已經不很遠，似乎再也沒有甚麼事情需要「保密」了。而且，像這樣美好而純潔的回憶，多讓一個朋友知道也未嘗不是好事。我們並肩坐在長椅子上。我稍微沉默了一會兒，就開了腔，那位老先生居然全神貫注地在傾聽着。

「說起來，這是四十四年前的事了。和我同時代的人也許還會記得，一九三六年三月三十一日，北平的大、中學生在沙灘北大三院開過一個追悼在獄中受刑病死的戰友郭清的大會，會後舉行抬棺遊行。我和六七百個同志參加了這次遊行。我們的隊伍從北池子走到南池子，就跟上千名反動軍警碰上了，他們揮舞着警棍、皮鞭和大刀向遊行隊伍衝擊；而我們卻赤手空拳，只能用幾根竹竿招架着。經過一場劇烈的搏鬥，我們終於被衝散了。當場逮捕了五十多個同志之後，反動軍警還窮追着我們，幾乎是兩三個攆一個。我在前面跑，兩個警察在後面追，我後腦勺挨了一個警棍，鮮血滲出了便帽，滴在天藍色的大褂兒上，前後都有斑斑點點的血迹。幸虧我在大學裡是個運動員，終歸跑得比他們快些，一眨眼就把他們拉下了一百多米。我竄過幾條七枝八叉的胡同，跑進北池子南口的一條小巷裡，眼看着有一戶人家虛掩着門，我推開門一閃身躲了進去，反手就關上了門。當時我渾身都是污泥和血迹，臉上也是紅一塊花一塊的，不像個人樣。院子裡收拾得挺乾淨，靜悄悄的，沒有一個人影。過了半晌，門簾子一掀開，走出來一個很文靜的姑娘，小個子，大眼睛，年紀看來還比我小一兩歲，大概是個高中學生吧。她看到我這個模樣，嚇了一跳，但還是很鎮定地問我：『您怎麼啦？哪兒受的傷？』」

「『我是個學生，剛才去參加遊行，被警察打傷了。他們要抓我。借您這兒躲一躲，行不行？假如您不同意，我馬上就出去。』」

「『您不能出去。這個樣子出去，豈不是自投羅網！來！讓我先給您包紮一下。』接着，她把我領進屋裡，拿出繃帶和藥棉，上了藥，迅速地用熟練而輕快的手指給我包紮好傷口，用酒精擦乾淨我的臉孔，關切地問道：『弄痛了您沒有？不難受嗎？』

「我整理整理衣服，站起來：『不怎麼痛啦！我可以走了。』

「她攔住我：『不行，您身上有血迹，警察會認出來的，得換上衣服，戴上呢帽！』她從衣櫃裡拿出一件藍布大褂兒和一頂舊呢帽：『是我大哥的，您穿戴上大概還合適，他個子和您差不多。』

「我一再推辭，她有點生氣了：『唉，您這個人呀，真是個書呆子！生死關頭，逃命要緊嘛，還顧得上那麼多禮數？』

「我走出這戶人家，回頭望一眼門牌號碼。靠着藍布大褂和呢帽的掩護，誰也看不出我是個被打傷的『逃犯』，拐了個彎，到了騎河樓清華同學會，坐上直開清華園的校車，我就這樣安然無恙地脫險了。

「我養好傷以後，總想着要把藍布大褂和呢帽還給人家。直接送到她家裡去嗎？萬一出來應門的不是她而是別人，那我該怎麼說才好呢？我只好寫了一封短信，請她在下一個星期六的傍晚親自到中山公園來今雨軒旁邊的紫丁香花叢附近，取回我借去的大褂和呢帽。收信人的姓名只寫着「大小姐」收，落款我沒有寫，因為那天在匆忙中我們誰都沒有請教過彼此的尊姓大名。

「我們終於在紫丁香花下見面了。她很大方地走到我面前，稍微點點頭示意。

「當時我還是一個十分靦腆的小伙子，我總覺得，隨便詢問一個不認識的姑娘的姓名或者介紹自己的姓名都是不太莊重的、太唐突的。我只是激動地對她說：『非常感謝您的幫忙，那一天，要不是換了衣服，我一出門就會被捕的。胡同口有兩隻穿黑制服的狗在守着呢！』

「『別客氣！這些都是我應該做的。其實這些舊東西您大可不必還給我。』」

「『我怕您不好向您的大哥交代！』」

「『不要緊。他不是經常穿戴的。再說，他和您一樣，也是個大學生。他是愛國的，不過，沒有您那麼勇敢。』」

「她將手上的紙包遞給我：『給，這是您那天換下來的布大褂和便帽，上面的血迹我給洗掉了。多可惜，這是志士的鮮血啊！』她半開玩笑半認真地說。當時有一支流行的愛國歌曲《五月的鮮花》，開頭有一句歌詞：『五月的鮮花開遍了原野，鮮花掩蓋着志士的鮮血。』」

「『其實，您也大可不必還給我。這件血衣，留下來作紀念不是很好嗎？』」

「她稚氣地笑着說：『您叫我擱在哪兒呢？假如家裡的人問起來，我又該怎麼說才好呢？這件事，除了咱倆，現在還沒有第三個人知道！我爹是個好人，在中學裡教書，他膽子小得要命！假如讓他知道了……』」

「她默默地望了我一眼，好像要記住我的容貌似的。但很快就說：『假如沒有甚麼事，我該走了！』臨別時我們輕輕地握了握手，手指尖僅僅接觸到對方的手指尖。她走到離開我約莫十多步的地方，迅速地回過頭來望了我一眼，好像有點依依惜別的樣子。她那輕盈而苗條的身影，很快就消失在蒼茫的暮色和茂密的紫丁香花叢裡面了。我猛地想跑上前去跟她多說幾句話，至少問清楚她的姓名，但我終於痛苦地克制住自己，我不願意株連她，因為我還隨時有被捕的危險。

「這就是全部事情的經過，要說是『愛情』吧，恐怕算不上；要說是友誼吧，又和普通的、尋常的友誼不太一樣，好像多了一點甚麼東西——革命的情誼，一種患難與共、信守不渝的革命情誼，這是人世間最值得珍貴的東西。不知怎的，雖然事情已經過去四十多年了，每當我一看到紫丁香花，一聞到紫丁香花的香味，我就情不自禁地想起了這麼一件事，這麼一個人，彷彿又看到她那消逝在紫丁香花叢中的身影，彷彿又聽到她離去時輕輕的腳步聲。」

聽完了我的故事，那位老先生無限感慨地說：「在我們一生中，生活有時會像河流一樣，和另一條河流遇合了，又分開了，帶來了某一種情緒的波流，永遠縈繞着我們的心靈……淡淡的，卻難忘！唉！怪不得你那樣喜歡紫丁香花。不過，你真是個古怪的老頭兒，在斑白的頭髮底下還保持着一個二十歲小伙子般強烈的感情，這樣的人是不會幸福的。」

蕭也牧

蕭也牧（1918—1970），浙江吳興人。作家。著有短篇小說集《山林紀事》、《海河邊上》，小說速寫集《難忘的歲月》等。

黃昏

大年夜，下了場大雪。初一清早，我開開房門，只見老房東翻穿着黑羊皮襖，在牲口圈裡備牲口。我說：

「大年初一還出門？」

「昨兒黑夜，過了一宿的軍隊，你不知道？」他說着，對我揚揚拳頭。

「你這是去送差？」

他擠着一隻眼睛點點頭，手按驢背一跳，橫坐在驢背上，冒着雪走了。走不多遠，他又回過頭來，吹着口哨，對我不住地點頭。

這房東是個逗人樂的老漢，平時走着道，總好自言自語，夜半起來給驢兒添草，也是說不完的話：

「看你這副窮相！乾草都沒吃過？甭看你鼻子長的白，我不希罕你！敢許把你下了鍋！」

正月十六，時近黃昏，忽聽見院子裡劈劈拍拍一陣響。我掀起草簾，只見老房東在當院升了堆火，抓起把把墨綠色的柏樹枝枝往火裡擱。火上烤着幾個饃饃。這是山鄉的一種風習，每年到了正月十六都是如此的。他順手抓起個饃，對準我的懷裡一扔，眯着眼睛笑笑說：

「吃口柏靈饃，烤烤柏靈火，一年沒病痛！」

這時候，傳來一聲長一聲短的吆喝：

「驢——回——呵！驢回呵！」

老房東緊着拉開了柵欄門。驢兒不慌不忙地走進門來，把鼻子挨在老房東的肩膀上，搖晃着大腦袋，哼哼着噴出霧一般的白氣。

驢兒見了火堆，不敢往前走，遠遠地伸長脖子嗅嗅。

「來來來，你也烤烤！」老房東握着驢兒的蹄，往火堆邊拉。「叭！」的一聲，不知道是火光嚇着了它，還是燙着了它，猛一下把老房東推了一個筋斗，差一點兒沒跌在火堆裡。

老房東爬起來，拍拍一身的土，把氈帽殼往後腦勺一搡，雙手叉着腰，氣咻咻地罵起來：

「你這個不識好歹的東西！我老頭兒哪一點錯待了你？嗯？」

那驢兒一縱竄過了火堆，鑽進圈去，若無其事地把鼻子伸到空槽裡，挨着槽邊擦來擦去。

我問：「這驢幾歲口啦？」

他捏着三個指頭説：

「七歲口，正當年——那天給你們機關到靈山去馱炭，我和它兩個，統共馱了二百四十斤，咱揹了四十斤，它馱了二百斤。咱村去了十多條牲口，數它先回來！」

「合多少錢買的？」

「嗨！沒花錢，這是咱的勝利果實！」

一提起這條驢來，他就説不斷頭了。

這村的窮人多，在舊社會裡，人們碾下了米，留下了糠；磨下了麵，留下了麩子。好的全給了地東家，也不夠交租子。冬天，他向村裡的婦女們賒下幾對鞋，去山西換豬鬃，混個半飽，掙個零花。

事變前一年，他掙了一頭驢的錢。到臘月二十三，他牽着條驢過了龍泉關，宿在一家店裡，直住到小年夜傍黑。他想，這時候了，東家總該回去了吧。哪知道他才進家門，東家正在屋裡拍桌子，踢板櫈，祖宗三代的罵。他扭頭緊拉着牲口就往外走，沒走出村口，後領被東家一把揪住了。他老伴一邊嚎着，一邊跌跌撞撞地趕來。

「東家東家！這牲口可不是我的，是替人家捎來的……」他說。

東家劈手奪了他手裡的韁繩：

「老天爺的也一樣，反正今天清不了租，甭想要這牲口了！」

老兩口擰住韁繩死活不放。東家飛起一腿，衝着老房東的小肚子一腳，痛的他倒在地上亂滾，嚇的那牲口也是亂蹦亂跳。

大年初一，他就起不了炕了。老伴兩眼哭得鮮紅，嫌他回來得太早了。過了幾天，他才想起連牲口上的龍頭也給東家拿走了。賣牲口不賣龍頭，這是老規矩。他想，我窮是窮，可也得討個吉利呵！就支了根棍去要。這一回東家倒還開通，一邊笑着，一邊解下龍頭扔給他：

「你這一輩子還想餵牲口麼？」

他一聽這話，不知怎的，眼窩裡熱剌剌的，那年他快五十歲了，卻像孩子似的哇哇哭起來。

年上秋裡，他聽説要清算鬥爭，拿定了主意，沒等開清算大會，就先跑到東家那裡去望了望，恰好有頭驢在，他想這一下就鬧對付了。

在清算大會上，他要東家賠驢。

「早賣了！」東家説。

「賠錢也行！」大伙兒説。

「早花了！」

「不賠可不行！」

說也怪，當真東家那驢不知道上哪裡去了。後來東家的長工悄悄的對他說，那頭驢寄在葫蘆溝東家的閨女家裡了。他連忙跟上這村的幾個幹部，到了葫蘆溝，和當村的負責人一說，才把牲口拉回來了。

他這麼一說，使我想起半月以前的事情來。那天下午，他牽回一頭驢來，他老伴忙着找乾草煮料豆，跑出跑進，像來了親戚一樣。只聽得老房東說：

「看着你待它比待我還親哩！我也是走了一天了，你就不先給我做點吃的？」

接着老兩口又是說又是吵又是笑，像是一對年輕的夫妻。那時候我才搬到這裡來住，忙着拾掇屋子，沒顧上問，原來是那麼一回事兒。

「後來東家沒來鬧吧？」我問他。

「不！第二天他就來了。可是沒有鬧。我說，牲口我牽了，你有甚麼意見？提吧！嘿嘿嘿嘿他乾笑了幾聲，慢聲慢氣的說，你甭着急，我不是來要牲口的，我想，我也討個吉利，你把牲口上的龍頭還給我吧！我說，那行！解下龍頭扔給他了。我可沒有說：你這一輩子還想餵牲口麼？

「後來，我說去買一個新龍頭吧！我老伴說，甭了！她在放着陳年古董雜七雜八的擱板上，掏出了一個龍頭來。一看，那就是當年東家牽走了驢，又去要回來的那個！」

他說到這裡，忽然騰的站了起來，瞅了瞅他的驢，瞪着眼大聲說：

「你呸！你算是看扁了我啦！你這一輩子還想餵牲口！可不！如今我就餵上了！你怎麼啦？你是個甚麼東西！」

說話的聲音太大了，驚動了他的老伴，以為他在和誰吵嘴呢，趕緊從屋裡走出來，一看這情形，她又止不住笑了：

「看你寒傖不？知道你有了一頭牲口了，叨叨叨的說不清啦！」

「說你是個老頑固，一點也不假！我給你說說咱這老伴的頑固勁兒吧！」老房東向他老伴努努嘴，「我要回了這頭驢，她對我說，換頭牛吧！我說你是甚麼主意？她說，牛不用應差，省事多了。這句話可把我惹火了，我好好訓了她一頓，我說，你他媽的吃水忘了掘井人啦！我這牲口是怎麼得來的？沒有八路軍給咱撐腰，別說驢了，你連根驢毛也摸不到。」

這可把他老伴說急了，忙說：

「你連玩笑話也不讓說？就數你進步！旁人都是沒心肝的？」

老房東還想一個勁兒說下去，他老伴也正想爭辯，嘩啦啦啦一聲響，回頭一看，原來那驢把擱板上一大捆大葉子煙連擱板叼下來了！於是老兩口手忙腳亂的趕去拾掇，老房東又嚷開了：

「看你這灰鬼！如今解放了你啦，你它媽的吃了草料還不算，還想吃煙啦？你……」

這時候，院子裡的柏靈火越燒越旺，照得人臉通紅，驢身上的毛茸，閃着烏亮的光采。

一九四七年三月十八日夜，在阜平抬頭灣

方紀

方紀（1919—　），河北束鹿人。作家。著有長篇小説《老桑樹底下的故事》，散文特寫集《長江行》、《揮手之間》等。

揮手之間

一九四五年八月二十八日清早，從清涼山上望下去，見有不少的人，順山下大路朝東門外飛機場走去。我們《解放日報》的同志，早得了消息，見博古、定一同志相約下山，便也紛紛跟了下來，加入向東的人群，一同走向飛機場去。

人們的心情很不平靜。近兩個星期來形勢的發展，真如天際風雲，瞬息萬變；表現了一個歷史轉折時期特有的複雜關係。記得十日夜間，新華社的譯電員帶着剛剛收到的日本投降的消息，一路喊着從我們的窯洞門前跑過，不到天亮，這個消息便像一陣風傳遍了延安。第二天晚上，南門外新市場上便出現了群眾自發的慶祝集會。賣水果的農民，把一筐一筐的花紅果子拋向空中，喊着要人們吃「勝利果實」。有些學校的學生，把棉襖裡的棉花掏出來，紮在棍子上，蘸着煤油點起火把來，在大路上遊行。

當時群眾對抗戰勝利的熱烈心情，是誰也不會覺得過分的。但是過了兩天，令人氣憤的消息便接連傳來：蔣介石下命令不準八路軍、新四軍受降，閻錫山派兵進攻上黨解放區⋯⋯新的內戰危機，忽又迫在眉睫了！毛主席八月十三日做了報告（即《抗日戰爭勝利後的時局和我們的方針》），指出「內戰危險是十分嚴重的，因為蔣介石的方針已經定了」。

這幾天，不要說那些燒棉襖的人不免後悔，許多人心裡都憋了一肚子氣；把勝利的歡喜，化做對蔣介石的憤怒，早從精神上百倍地警惕起來。

前天延安飛機場上飛來一架美國飛機，這是美國特使赫爾利和國民黨政府的代表張治中來了。來做甚麼？「還不是緩兵之計！」人們私下這樣議論。昨天夜裡，支部忽然傳達了中央關於和國民黨政府進行和平談判的通知，思想上說甚麼也轉不過彎來；並且是，毛主席要親自去重慶！當時，心裡像壓上一塊石頭，點着一把火，又沉重，又焦急，通夜不能入睡！

也許，那天夜裡，延安的許多同志，各個解放區的許多同志，都是在一種焦急和不安當中度過的吧？誰不知道蔣介石是個最無信無義的大流氓？誰不知道是美帝國主義在支持蔣介石政府挑動中國的內戰？雖說赫爾利假惺惺的跑到延安來，難保不是一夥強盜做就的圈套！

回想起當時的情形，真是令人不安！不少同志義憤地說：談判自然可以，這無非表示了蔣介石和美帝國主義，不能不承認黨所領導的人民力量的強大；不能不承認中國人民的強烈的和平願望；不能不承認蘇聯戰勝法西斯以後，國際形勢更有利於和平民主罷了。但是，毛主席不能去！要談判，請他蔣介石自己到延安來，咱們保證和「西安事變」一樣，有來有去；談不成不要緊，要打仗，戰場上去見高低！

更有不少老同志，感情深重地說：自從上了井岡山，毛主席就沒有離開過我們一步！五次「圍剿」，萬里長征，八年抗戰，毛主席和我們在一起，沒有離開過自己的軍隊，自己的根據地；如今，卻要親自去重慶，和他蔣介石談判！

但是，中央決定了；通知也說得清楚：這是鬥爭！在當時形勢下，我黨中央提出了和平、民主、團結三大口號，是符合全國人民的要求的。要是蔣介石竟敢冒天下之大不韙，拒絕和談，發動內戰，無非是他自取滅亡，革命勝利來得更快一些，如後來的歷史所證明的那樣罷了。

這正是我們黨在決定國家命運的重要關頭，所採取的唯一正確的方針，所表現的大公無私態度。毛主席的親自去重慶，更是為國家民族，置個人安危於度外的大義大勇的行為！單是這一點，已大可以昭革命之信義於天下了。

送行的人群，陸續朝飛機場走去。出了東關大街，轉過一個山嘴，不遠就是飛機場。機場上停了一架綠色的軍用座機。記得去年修飛機場時，延安的許多同志都參加了勞動，把鑿得平平整整的大石頭，一塊塊從山上拖來，一塊塊按直線鋪平，放穩，砸結實，幾十個人拉着大石磙子碾來碾去。朱總司令和許多其他領導同志都參加了勞動，和大家一起唱着歌，喊着號子。當時人們都很興奮，勞動得特別賣力氣，心裡想着，在延安修飛機場了，這就是說，咱們也要有飛機了，抗戰形勢要發生重大變化，勝利快來了。

是的，勝利來了。人們所盼望的，所流血爭取的獨立自由和平民主的生活，又要被蔣介石和美帝國主義破壞！為了制止這種災難，保衛人民的權利，實現人民的願望，毛主席現在要從這裡，從延安的同志們親手修造的飛機場上，動身到鬥爭的最前線去！

飛機場上人越來越多，一會兒就聚集了上千人。但是，誰也不講話，沉默着：整個機場上空氣十分嚴肅，就像是在前線，戰鬥將要打響前的一刹那。

汽車的馬達聲清晰地傳來，人們一齊轉過頭，望着大路。一輛吉普車駛出山嘴，駛入機場。車上跳下周恩來同志、王若飛同志，後面跟了穿着整齊、身佩短劍的張治中將軍。按照當時的情形，張治中將軍在延安人眼睛裡只能是一位尷尬的角色；何況他那一套標準的國民黨將官制服，在飛機場上出現，就顯得十分不自然了。這種不自然，大約他自己也感覺到了，站在汽車跟前猶豫了一下。這時，博古同志迎上前去，和他握手寒暄，似乎還開了一句甚麼玩笑，引得他突然高聲地大笑起來。

接着又是一輛吉普車馳來。車上跳下一個美國人，戴黑眼鏡，叼着紙煙，衣服特別瘦，特別短，這使他顯得臉比胸膛寬，腿有上身的兩倍長，這就是美國的所謂「特使」赫爾利了。

人們轉過身去，鼓起眼睛望着他——當然不是表示歡迎的意思。這一點，赫爾利是分明地感覺到了。他猶疑地站在吉普車前，一手扶着車門，一手叉在腰間，像是在估量當前的形勢。等了一會，看到人群只是靜靜的，望着他，於是揮一揮手，紙煙也不拿下來，朝人們喊了一聲「哈羅」，便急匆匆的朝飛機走去。

誰也不再注意他；人們又聽到了汽車的馬達聲：一輛延安人都熟悉的帶篷子的中型汽車正轉過山嘴，朝飛機場駛來。立刻，人群像平靜的水面上捲過一陣風，成一個整體地朝前湧去。接着，又停下來；正當汽車站住，車門打開的時候，機場上響起了一陣雷鳴般的掌聲。

毛主席走下車來。和平日不同，穿一套半新的藍布制服，皮鞋，頭戴深灰色的盔式帽。整個裝束，完全是像出門做客一樣。這立刻引起人們一種深切的不安，和離別的情緒；眼淚不由得湧了出來。

在延安人的記憶裡，主席永遠穿一套總是洗得很乾淨的舊灰布制服，布鞋，灰布八角帽。他的偉岸的身形，明淨的額，溫和的目光，熱情的聲音，時時出現在會場上，課堂上，楊家嶺山下散步時的大道邊。主席生活在群眾中間，生活在同志們中間。主席的音容笑貌，舉手投足，人們是熟悉的，理解的，懷着無限信任和愛戴，團聚在他的周圍，一步不能離開，一步不曾離開！如今，主席穿起了做客的衣服，要離我們遠去了！

一霎時，人們心裡，像海上波濤般起伏洶湧。千百雙眼睛，熱切地投向主席身邊。主席在汽車邊站定，目光平視，望着全體送行的人，經過每一個人的臉；好像所有在場的人，他都看到了。這時，他眼睛裡露出一種親切的、堅定的微笑，向人們點了點頭。

站在前面的中央負責同志們，迎上前去。主席伸出他那寬大的手掌，和大家一一握手道別。主席的臉色是嚴肅的，從容的，眼睛裡充滿了無限的關切和鼓舞之情。然後，又停下來，望着所有送行的人，舉起右手，用力一揮，便朝停在前面的飛機一直走去。

機場上人群靜靜地立着，千百雙眼睛跟隨着主席高大的身形在人群裡移動，望着主席一步一步走近了飛機，一步一步踏上了飛機的梯子。

這一會兒時間好長啊！人們屏住了呼吸，一動不動地望着主席的一舉手，一投足，直到他在飛機艙口停住，回轉身來，又向着送行的人群。

人群又一次像疾風捲過水面，向着飛機湧了過去。主席站在飛機艙口，取下頭上的帽子，注視着送行的人們，像是安慰，像是鼓勵。人們不知道怎樣表達自己的心情，只是拚命地一齊揮手，像是機場上驀地刮來一陣狂風，千百條手臂揮舞着，從下面，從遠處，伸向主席。

主席也舉起手來，舉起他那頂深灰色的盔式帽；但是舉得很慢很慢，像是在舉起一件十分沉重的東西。一點一點的，一點一點的，舉起來，舉起來；等到舉過了頭頂，忽然用力一揮，便停止在空中，一動不動了。

主席的這個動作，給全體在場的人，以極其深刻的印象。它像是表達了一種思維的過程，作出了斷然的決定；像是集中了所有在場的人，以及不在場的所有革命的幹部、戰士和群眾的心情，而用這個動作表達出來。這是一個特定的、歷史性的動作，概括了當那個偉大的歷史轉折時期到來的時候，領袖，同志，戰友，以及廣大革命群眾之間，無間的親密，無比的決心，無上的英勇。

請感謝我們的攝影師吧，為人們留下了這剎那間的、永久的形象；這無比鮮明的、歷史的紀錄！正是在這揮手之間，表明了一種深刻的歷史過程，表現了主席的偉大性格。願所有的人，通過這張照片，能夠理解和體會，那當抗日戰爭勝利，我們的國家處在十字路口，處在兩種命運、兩個前途決定勝敗的鬥爭的嚴重時刻，我們的黨和毛主席，為國家和人民做出了怎樣的貢獻！

飛機的發動機響了，螺旋槳轉動起來。隨着這聲音，人們的心猛烈的跳動，人們的眼睛一刻也不離開這架就要起飛的飛機；任憑螺旋槳捲起了蓋地的塵砂，遮住了人們的眼睛。這架飛機該有多大的重量啊！它載負着解放區人民的心，載負着全中國人民的希望，載負着我們國家的命運！

主席的面容出現在飛機窗口，人們又一次湧上前去，拚命地揮手。主席把手撫在機窗的玻璃上，手指無聲地彎動。直到飛機轉了彎，奔上跑道，起在空中，在頭頂上盤旋，然後向南飛去，人們還是仰着頭，目光越過寶塔山上的塔頂，望着南方的天空，久久地不肯離去。

以後的事，大家都知道了。毛主席在重慶住了四十三天，最後才簽訂了「雙十協定」。從《毛澤東選集》四卷《關於重慶談判》一文的註釋裡，我們可以看到，當時為了顧全大局，為了實現全國人民要求的和平、民主的生活，我們黨是做了怎樣的有原則的讓步，進行了怎樣的針鋒相對的鬥爭。如果不是九月間的上黨戰役消滅了閻錫山的三萬五千人，恐怕連這樣的「雙十協定」也不會有的！

現在，重讀《抗日戰爭勝利後的時局和我們的方針》，《中共中央關於同國民黨進行和平談判的通知》，以及《關於重慶談判》等等偉大的歷史文獻，想起了當時在延安機場上為毛主席送行的情景，真如同是一面歷史的鏡子，照亮了過去，也照亮了今天和未來。……

以後，是在戰爭中了。蔣介石撕毀了他親手簽訂的「雙十協定」，在美帝國主義支持下，向解放區大舉進攻。解放戰爭全面打響了。一個夜晚，在承德前線，讀到一位從北平「軍調部」來的同志抄在一個小本子上的毛主席的《沁園春·雪》——這首詩第一次在重慶發表出來，震動了整個所謂「大後方」的人士，他們從這裡看到了決定歷史命運的真正力量，聽到了革命進程的腳步聲音！而我們，在前線，在砲火聲中，在閃耀的火光裡望着戰士們持槍躍進的身形，這詩裡的思想，情緒，完全變成伸手可觸的形象，身置其中的境界了。於是，詩的每一個字，如同火炬一般，燃燒起來。剎那間，整個前沿陣地，彷彿一片通明！解放戰爭的砲火，正在摧毀舊中國的一切黑暗勢力。當時的敵人，看來是強大的；但是，正如詩裡所寫，決定歷史命運的不是秦皇漢武，唐宗宋祖，而是人民自己，是當代的「風流人物」！

記得初到前方時，部隊的同志告訴我：八月二十八日清早，部隊上傳達了毛主席親自去重慶談判的通知，當天十點鐘，所有的戰士都翹首西望，在天空中尋找那架從延安起飛的飛機，諦聽着飛機的聲音；並且當真，他們像是聽到了這架飛機的沉重的隆隆聲響！那時，我們的戰士懷着怎樣的心情啊！他們握緊手裡的武器，等待事情的結局。如今，戰士手中的武器，正在發揮自己的威力了。於是，在震耳的砲火聲中，我們不禁高聲朗誦起來——

…………

俱往矣，

數風流人物，

還看今朝！

延安機場上送行的情景，又出現在眼前了：主席偉岸的身形，站在飛機艙口；堅定的目光，望着送行的人群；寬大的手掌，握住那頂深灰色的盔式帽；慢慢的舉起，舉起，然後有力地一揮，停止在空中……

在他面前，是無數的戰士，正朝着他所指引的方向，奮勇前進。

一九六〇年十月寫，一九六一年七月改定

馮牧

馮牧（1919—1995），北京人。作家，文學評論家。著有評論集《繁花與草葉》，散文集《滇雲攬勝記》等。

瀾滄江邊的蝴蝶會

我在西雙版納的美妙如畫的土地上，幸運地遇到了一次真正的蝴蝶會。

很多人都聽說過雲南大理的蝴蝶泉和蝴蝶會的故事，也讀過不少關於蝴蝶會的奇妙景象的文字記載。據我所知道的，第一個細緻而準確地描繪了蝴蝶會的奇景的，恐怕要算是明朝末年的徐霞客了。在三百多年前，這位卓越的旅行家就不但為我們真實地描寫了蝴蝶群集的奇特景象，並且還詳盡地描寫了蝴蝶泉周圍的自然環境。他這樣寫着：

……山麓有樹大合抱，倚崖而聳立，下有泉，東向漱根竅而出，清洌可鑒。稍東，其下又有一小樹，仍有一小泉，亦漱根而出，二泉匯為方丈之沼，即所溯之上流也。泉上大樹，當四月初，即發花如蛺蝶，鬚翅栩然，與生蝶無異；又有真蝶千萬，連鬚鉤足，自樹巔倒懸而下，及於泉面，繽紛絡繹，五色煥然。

這是一幅多麼令人目炫神迷的奇麗景象！無怪乎許多來到大理的旅客都要設法去觀賞一下這個人間奇觀了。但可惜的是，勝景難逢，由於某種我們至今還不清楚的自然規律，每年蝴蝶會的時間總是十分短促並且是時有變化的；而交通的阻隔，又使得有機會到大理去遊覽的人，總是難於恰巧在那個時間準確無誤的來到蝴蝶泉邊。就是徐霞客也沒有親眼看到真正的蝴蝶會的盛況；他晚去了幾天，花朵已經凋謝，使他只能折下一枝蝴蝶樹的標本，惆悵而去。他的關於蝴蝶會的描寫，大半是根據一些親歷者的轉述而記載下來的。

其實所謂蝴蝶會，並不是大理蝴蝶泉所獨有的自然風光，而是在雲南的其他地方也曾經出現過的一種自然現象。比如，在清人張泓所寫的一本筆記《滇南新語》中，就記載了昆明城裡的圓通山（就是現在的圓通公園）的蝴蝶會，書中這樣寫道：

每歲孟夏，蛺蝶千百萬會飛此山，屋樹岩壑皆滿，有大如輪、小於錢者，翩翻隨風，繽紛五彩，錦色爛然，集必三日始去，究不如其去來之何從也，余目睹其呈奇不爽者蓋兩載。

今年春天，由於一種可遇而不可求的機會，我看到了一次真正的蝴蝶會，一次完全可以和徐霞客所描述的蝴蝶泉相媲美的蝴蝶會。

西雙版納的氣候是四季長春的。在那裡你永遠看不到植物凋敝的景象。但是，即使如此，春天在那裡也仍然是最美好的季節。就在這樣的季節裡，在傣族的潑水節的前夕，我們來到了被稱為西雙版納的一顆「綠寶石」的橄欖壩。

在這以前，人們曾經對我說：誰要是沒有到過橄欖壩，誰就等於沒有看到真正的西雙版納。當我們剛剛踏上這片土地時，我馬上就深深地感覺到，這些話是絲毫也不誇張的。我們好像來到了一個天然的巨大的熱帶花園裡，到處都是濃蔭匝地，繁花似錦。到處都是一片蓬勃的生氣：鳥類在永不休止地鳴囀；在棕褐色的沃土上，各種植物好像是在擁擠着、爭搶着向上生長。行走在村寨之間的小徑上，就好像是行走在精心培植起來的公園林蔭路上一樣，只有從濃密的葉隙中間，才能偶爾看到烈日的點點金光。我們沿着瀾滄江邊的一連串村寨進行了一次遠足旅行。

我們的訪問終點，是背倚着江岸、緊密相連的兩個村寨——曼廳和曼扎。當我們剛剛走上江邊的密林小徑時，我就發現，這裡的每一塊土地，每一段路程，每一片叢林，都是那樣地充滿了濃麗的熱帶風光，都足以構成一幅色彩斑斕的絕妙風景畫面。我們經過了好幾個隱藏在密林深處的村寨，只有在注意尋找時，才能從樹叢中發現那些美麗而精巧的傣族竹樓。這裡的村寨分佈得很特別，不是許多人家聚成一片，而是稀疏地分散在一片林海中間。每一幢竹樓周圍都是一片豐饒富庶的果樹園；家家戶戶的庭前窗後，都生長着枝葉挺拔的椰子樹和檳榔樹，綠蔭蓋地的芒果樹和荔枝樹。在這裡，人們用果實纍纍的香蕉樹作籬笆，用清香馥郁的夜來香作圍牆。被果實壓彎的柚子樹用枝葉敲打着竹樓的屋檐，密生在枝丫間的菠蘿蜜散發着醉人的濃香。

我們在花園般的曼廳和曼扎度過了一個愉快的下午。我們參觀了曼扎的辦得很出色的托兒所；在那裡的整潔而漂亮的食堂裡，按照傣族的習慣，和社員們一起吃了一餐富有民族特色的午飯，分享了社員的富裕生活的歡樂。我們在曼廳旁聽了為佈置甘蔗和雙季稻生產而召開的社長聯席會，然後懷着一種滿意的心情走上了歸途。

我們走的仍然是來時的路程，仍然是那條濃蔭遮天的林中小路，數不清的奇花異卉仍然到處散發着沁人心脾的清香。在路邊的密林裡，響徹着一片鳥鳴蟬叫聲。透過樹林枝幹的空隙，時時可以看到大片的平整的田地，早稻和許多別的熱帶經濟作物的秧苗正在夕照中隨風蕩漾。在村寨的邊沿，可以看到buffer林和菩提林的巨人似的身姿，在它們的蔭蔽下，佛寺的高大的金塔和廟頂在閃着耀眼的金光。

一切都和我們來時一樣。可是，我們又似乎覺得，我們周圍的自然環境和來時有些異樣。終於，我們發現了一種來時所沒有的新景象：我們多了一群新的旅伴——成群的蝴蝶，在花叢上，在枝葉間，在我們的周圍，到處都有三五成群的彩色蝴蝶在迎風飛舞；它們有的在樹叢中盤旋逗留，有的卻隨着我們一同前進。開始，我們對於這種景象也並不以為奇。我們知道，這裡的蝴蝶的美麗和繁多是別處無與倫比的；我們在森林中經常可以遇到彩色斑斕的蝴蝶和人們一同行進，甚至連續飛行幾里路。我們早已養成了這樣的習慣：習於把成群的蝴蝶看作是西雙版納的美妙自然景色的一個不可缺少的組成部分了。

但是，我們越來越感到，我們所遇到的景象實在是超過了我們的習慣和經驗了。蝴蝶越聚越多，一群群、一堆堆從林中飛到路徑上，並且成群結隊地向着我們要去的方向前進着。它們在上下翻飛，左右盤旋；它們在花叢樹影中飛快地煽動着彩色的翅膀，閃得人眼花繚亂。有時，千百個蝴蝶擁塞了我們前進的道路，使我們不得不用樹枝把它們趕開，才能繼續前進。

就這樣，在我們和蝴蝶群的搏鬥中走了大約五里路之後，我們看到了一個奇異的景色。我們走到一片茂密的壩樹林邊。在一塊草坪上面，有一株碩大的菩提樹，它的向四面伸張的枝丫和濃茂的樹葉，好像是一把巨大的陽傘似的遮蓋着整個草坪。在草坪中央的幾方丈的地面上，聚集着數以萬計的美麗的蝴蝶，彷彿是密密地叢生着一片奇怪的植物似的，好像是一座美麗的花壇一樣。它們互相擁擠着，攀附着，重疊着，面積和體積在不斷地擴大。從四面八方飛來的新的蝶群正在不斷地加入進來。這些蝴蝶大多數是屬於一個種族的，它們的翅膀的背面是嫩綠色的，這使它們在停佇不動時就像是綠色的小草一樣，它們翅膀的正面卻又是金黃色的，上面還有着美麗的花紋，這使它們的撲動翅翼時卻又像是朵朵金色的小花。在它們的密集着的隊伍中間，彷彿是有意來作為一種點綴，有時也飛舞着少數的巨大的黑底紅花身帶飄帶的大木蝶。在一剎那間，我們好像是進入了一個童話世界；在我們的眼前，在我們四周，在一片令人心曠神怡的美妙的自然景色中間，到處都是密密匝匝、層層疊疊的蝴蝶；蝴蝶密集到這種程度，使我們隨便伸出手去便可以捉到幾隻。天空中好像是雪花似地飛散着密密的花粉，它和從森林中飄來的野花和菩提的氣味，混合成一股刺鼻的濃香。

面對着這種自然界的奇景，我們每個人幾乎都目瞪口呆了。站在千萬隻翩然飛舞的蝴蝶當中，我們覺得自己好像是有些多餘的了。而蝴蝶卻一點也不怕我們；我們向它們密集的隊伍投擲着樹枝，它們立刻轟地擁向天空，閃動着彩色繽紛的翅翼，但不到一分鐘之後，它們又飛到草地上集合了。我們簡直是無法干擾它們參與盛會的興致。

我們在這些群集成陣的蝴蝶前長久地觀賞着，讚嘆着，簡直是流連忘返了。在我的思想裡，突然閃過了一個念頭：難道這不正是過去我們從傳說中聽到的蝴蝶會麼？我完全被這片童話般的自然景象所陶醉了；在我的心裡，僅僅是充溢着一種激動而歡樂的情感，並且深深地為了能在我們祖國邊疆看到這樣奇麗的風光而感到自豪。我們所生活、所勞動、所建設着的土地，是一片多麼豐富，多麼美麗，多麼奇妙的土地啊！

張秀亞

張秀亞（1919— ），河北滄縣人。台灣女作家。著有短篇小說集《七弦琴》，詩集《秋池畔》，散文集《三色堇》等。

杏黃月

杏黃色的月亮在天邊努力地爬行着，企望着攀登樹梢，有着孩童般可愛的神情。

空氣是炙熱的，透過了紗窗，這個綠色的罩子，室中儲蓄了一天的熱氣猶未散盡，電扇徒勞地轉動着。桌上玻璃缸中的熱帶魚，活潑輕盈地穿行於纖細碧綠的水藻間，鱗片上閃着耀目的銀光，這是這屋子中唯一出色的點綴了。這還是一個孩子送來的，他的臉上閃爍着青春的光彩，將這一缸熱帶魚放在桌子上：

「送給你吧！也許這個可以為你解解悶！」

魚鱗上的銀光，在暮色中閃閃明滅。她想，那不是像人生的希望嗎？閃爍一陣子，然後黯然了，接着又是一陣閃光……但誰又能說這些細碎的光片，能在人們的眼前閃耀多久呢？

杏黃月漸漸的爬到牆上尺許之處了。淡淡的光輝照進了屋子。屋子中的暗影挪移開一些，使那冷冷的月光進來。

門外街上的人聲開始嘈雜起來，到戶外乘涼的人漸漸地多了。更有一些人湧向街口及更遠的通衢大道上去。他們的語聲像是起泡沫的沸水，而隔了窗子，那些「散點」的圖案式的人影，也像一些泡沫：大的泡沫，小的泡沫，一些映着月光的銀色泡沫，一些隱在黝暗中的黑色泡沫，時而互相地推擠着，時而又分散開了；有的忽然變大了，閃着亮光；有的忽然消滅了，無處追尋。

忽然有個尖銳而帶幾分嬌慵的聲音說：

「月亮好大啊，快照到我們的頭頂上了。」

接着是一陣伴奏的笑聲，蒼老的，悲涼的，以及稚氣的，近乎瘋狂的：

「你怕月亮嗎？」

玻璃缸中的熱帶魚都游到水草最密的方向去了。

街上的嘈雜的人語聲歡笑聲，暫時沉寂了下來。

誰家有人在練習吹簫，永遠是那低咽的聲音，重複着，重複着，再也激揚不起來了。

月亮也似仍在原來的地方徘徊着，光的翅翼在到處撲飛。

門外像有停車的聲音，像是有人走到門邊……她屏止了呼吸傾聽着。

那只是她耳朵的錯覺，沒有車子停下來，也沒有人來到門前，來的，只有那漸漸逼近的月光。

月光又更亮了一些，杏黃色的，像當年她穿的那件衫子，藏放在箱底多久了呢？她已記不清了。

沒有開燈，趁着月光她又將桌子上的那封老同學的信讀了一遍。末了，她的眼光落在畫着星芒的那一句上：

「我最近也許會在你住的地方路過，如果有空也許會去看看你。」

也許……也許……她臉上的笑容，只一現就閃過去了，像那些熱帶魚的鱗片，倏忽一閃，就被水草遮蔽住了。

水草！是的，她覺得心上在生着叢密的水草，把她心中那點閃光的鱗片，那點希望都遮住了。

她快快的將信疊起，塞在抽屜底一些舊信中間。

那低咽的簫聲又傳來了，幽幽的，如同一隻到處漫遊的光焰微弱的螢蟲飛到她的心中，她要將它捕捉住……對，她已將它捕捉住了，那聲音一直在她的心底顫動着，且螢蟲似的發着微亮。

她像是回到了往日，她着了那件杏黃的衫子輕快地在校園中散步，一切像都是閃着光，沒有水草，……是的，一切都是明快朗麗的。沒有水草在通明的水面上散佈暗影，年輕的熱帶魚們在快活地穿行着，於新鮮的清涼的水裡，耳邊、窗外、街頭沒有嘈雜的聲音傳來。那些女孩子們說話的時候，也沒有這麼多的「也許，也許」，她們只是寫意地在那園子裡走着，欣賞着白色花架上的蔦蘿，一點一點的嫣紅的小花：「像是逸樂，又像是死亡」。她記得她們中間有一個當時如是說。那是向着那盛開的蔦蘿，向着七月的盛夏說的，其實甚麼是逸樂甚麼是死亡，她那時根本不了解，也因為如此，覺着很神秘，很美。她想，她永遠不會了解前一個名詞的意義了。

她睜開眼睛，又大又圓的月亮正自窗外向她笑着，為她加上了一件杏黃的衫子，她輕輕地轉側：

「一件永不褪色的衫子啊。」

月光照着桌子上的玻璃魚缸，裡面的熱帶魚凝然不動，它們都已經睡去了，在那個多水草的小小天地裡。簫聲已經聽不見了，吹簫的人也許也已經睡了，嗚咽的簫已被拋棄在一邊，被冷落在冷冷的月光裡。

夜漸漸地涼了，涼得像井水。夜色也像井水一樣，在月光照耀不到的地方作蔚藍色，透明而微亮的藍色。

她站在窗前，呼吸着微涼的空氣。她覺着自己像是一尾熱帶魚，終日在這個缸裡浮游着，畫着一些不同的圓，一些長短大小不同的弧線。

她向着夜空伸臂劃了一個圓圈，杏黃色的月亮又忍不住向她笑了，這笑竟像是有聲音的，輕金屬片的聲音，琅琅的。

郭風

郭風（1919— ），福建莆田人。作家。著有散文詩集《葉笛集》、《山溪和海島》、《避雨的豹》、《你是普通的花》等。

松坊溪的冬天

一

冬天一天比一天走近來了。山上的松樹林，還是青翠的。山上的竹林子，還是碧綠的。天是藍的。立冬節以來，一直出好太陽。日光是金色的。

松坊溪岸邊一叢一叢的蒲公英，他們帶着白絨毛的種子，在風中飄，在風中飛揚。蒲公英在向秋天告別麼？

冬天一天比一天走近來了。松坊溪岸邊一叢一叢的雛菊，她們還在開放藍色的花。

而山上的楓樹，在前些日子裡，滿樹全是花般的紅葉，全是火焰般在燃燒的紅葉，忽地全都飄落了。

看呵，看呵，在高大的楓樹上，在楓樹的赤裸的高枝間，掛着好多帶刺的褐色果實。在楓樹和楓樹的中間，看呵，看呵，還有幾棵高大的樹，在赤裸的高枝間，掛着那麼多的橙色果實，那麼多小紅燈般的果實，這是山上的野柿成熟了。

我忽地想到，這是楓樹、野柿樹攜帶滿枝的果實，在迎接冬的到來。

二

下雪了。

雪降落在松坊村了。

雪降落在松坊溪上了。

雪降落下來了，像柳絮一般的雪，像蘆花一般的雪。像蒲公英的帶絨毛的種子在風中飛，雪降落下來了。

雪降落在松坊溪上了。像蘆花一般的雪，降落在溪中的大溪石上和小溪石上。那溪石上都覆蓋着白雪了。

好像有一群白色的小牛，在溪中飲水了，好像有幾隻白色的熊，正準備從溪中冒雪走到覆雪的溪岸上了。

好像溪中生出好多白色的大蘑菇了。

雪降落在松坊溪的石橋上了。像柳絮一般的雪，像蒲公英的飛起來的種子般的雪，紛紛落在石橋上。橋上都覆蓋着白雪了：

好像有一座白玉雕出來的橋，搭在松坊溪上了。

三

又下了一場冬雪，早晨，雪止了。村子的屋頂上，稻草垛和籬笆上，拖拉機站的木棚上，都披着白雪。

山上的松樹林和竹林子，都披着白雪。那高高的楓樹和野柿樹，他們的樹幹、樹枝上都披着白雪。

遠山披着白雪。石橋披着白雪。溪石披着白雪。從石橋上走過時，我停住了。我聽見橋下的溪水，正在淙淙地流着。我看見溪中照耀着遠山的雪影，照耀着石橋和溪石的雪影。我看見溪中有一個水中的、發亮的白雪世界。

當我要從橋上走開時，我看見橋下溪中的白雪世界間，有一群彩色的溪魚[①]，接着又有一群彩色的溪魚，穿過橋洞，正在游來游去。

忽地，我看見那成群游行的彩色溪魚，一下子都散開了，向溪石的洞隙間游去，都看不見了。忽地，彩色的溪魚又都游出來了，又集合起來，我又看見一群又一群彩色的溪魚，穿過一個照耀在溪水中間的、明亮的白雪世界，向前游過去了。

①　此類彩色的溪（澗）魚，體小，俗稱桃花魚。

秦　牧

秦牧（1919—1992），廣東澄海人。作家。著有文論集《藝海拾貝》，散文集《花城》、《潮汐和船》等，另有《秦牧全集》印行。

社稷壇抒情

北京有座美麗的中山公園，公園裡有個用五色土砌成的社稷壇。

社稷壇是北京九壇之一，它和坐落在南城的天壇遙遙相對。古代的帝王們，在天壇祭天，在社稷壇祭地。祭天為了要求風調雨順，祭地為了要求土地肥沃，祭天祭地的終極目的只有一個：就是五穀豐登，可以「聚斂貢城闕」。五穀是從地裡長出來的，因此，人們臆想的稷神（五穀）就和社神（土地）同在一個壇裡受膜拜了。

穿過古柏參天，處處都是花圃的園林，來到這個社稷壇前，突然有一種寥廓空曠的感覺。在莊嚴的宮殿建築之前，有這麼一個四方的土壇，屹立在地面，它東面是青土，南面是紅土，西面是白土，北面是黑土，中間嵌着一大塊圓形的黃土。這圖案使人沉思，使人懷古。遙想當年帝王們穿着袞服，戴着冕旒，在禮樂聲中祭地的情景，你彷彿看到他們在莊嚴中流露出來的對於「天命」畏懼的眼色，你彷彿看到許多人懾服在大自然腳下的神情。

這社稷壇現在已經沒有一點兒神秘莊嚴的色彩了，它只是一個奇特的歷史遺迹。節日裡，歡樂的人群在上面舞獅，少年們在上面嬉戲追逐。平時則有三三兩兩的遊人在那裡低徊。對，這真是一個引發人們思古幽情的好所在！作為一個中國人，可以讓這種使人微醉的感情發酵的去處可真多呢！你可以到泰山去觀日出，在八達嶺長城頂看日落。可以在西湖蕩畫舫，到南京雞鳴寺聽鐘聲。可以在華北平原跑馬，在戈壁灘上騎駱駝。可以訪尋古代宮殿遺迹聽一聽燕子的呢喃，或者到南方的海神廟旁看浪濤拍岸……這些節目你隨便可以舉出一百幾十種來，但在這裡面千萬不能遺漏掉這個社稷壇！這壇後的宮殿是華麗的，飛簷、斗拱、琉璃瓦、白石階……真是金碧輝煌！而壇呢，卻很荒涼，就只有五色的泥土。然而這種對照卻也使人想起：沒有這泥土所代表的大地，沒有在大地上胼手胝足的勞動者，根本就不會有這宮殿，不會有一切人類的文明。你在這個土壇上走着走着，彷彿走進古代去，走到一望無際的原野上，在那裡，莽莽蒼蒼，風聲如吼。一個戴着高冠，穿着芒鞋的古代詩人正在用他的悲憫深沉的眼睛眺望大地，吟詠着這樣的詩句：

朝東西眺望沒有邊際，
朝南北眺望沒有頭緒，
朝上下眺望沒有依歸，
我的驅馳不知何所底止！
……

九州究竟安放在甚麼上面？
河床何以窪陷？
地面，從東至西究竟多少寬，從南至北多少長？
南北要比東西短些，短的程度究竟是怎樣？

（屈原：《悲回風》和《天問》，引自郭沫若譯詩。）

這不僅僅是屈原的聲音，也是許許多多古代詩人瞭望原野時曾經湧起的感情。這種「大地茫茫」的心境，是和對於自然之謎的探索和對於人間疾苦的憤慨聯結在一起的。

想一想這些肥沃土地的來歷，你不由得湧起一種遙接萬代的感情。我們居住的這個星球在最古老時代原是一個寂寞的大石球，上面沒有一株草，一隻蟲，也沒有一層土壤。經過了多少億萬年，太陽風雨的力量，原始生物的屍骸，才給地球造成了一層層的土壤，每經歷千年萬年，土壤才增加薄薄的一層。想一想我們那土壤厚達五十公尺的華北黃土高原吧！那該是大自然在多長的時間裡的傑作！但這還不算，勞動者開闢這些土地，是和大自然進行過多麼劇烈的鬥爭呀！這種鬥爭一代接連一代繼續着，我們彷彿又會見了古代的唱着《詩經》裡怨憤之歌的農民，像敦煌壁畫上面描繪的辛勤勞苦的農民，駕着那種和古墓裡挖掘出來的陶製高輪牛車相似的車子，奔馳在原野上，辛苦開闢着田地。然而他們一代代穿着破絮似的衣服，吃着極端粗劣的食物。你彷彿看到他們在田野裡仰天嘆息，他們一家老小圍着幽幽的燈光在飲泣。看到他們畫紅了眉毛，或者在頭上包一塊黃布揭竿起義，看到他們大批地陳屍在那吸盡了他們的汗水然後又吸盡了他們鮮血的土地。想一想在原始社會中他們怎樣匍匐在鬼神腳下，在階級社會中他們又怎樣掙扎在重重枷鎖之中。啊，這些給荒涼的大地鋪上了錦繡花巾的人們，這些從狗尾草、蟋蟀草中給我們選出了稻麥來的人們，我們該多麼感念他們！想象的羽翼可以把我們帶到古代去，在一家家的門口清清楚楚看到他們在勞動，在飲食，在希望，在嘆息，可惜隔着一道歷史的門限，我們卻不能和他們作半句的交談！但懷古思今，想起了我們這個時代的農民是幾千年歷史中第一次真正掙脫了枷鎖，逐漸離開了鬼神天命的羈絆的農民，我們又彷彿走出了黑暗的歷史的隧洞，突然見到耀眼的陽光了。

你在這個五色土壇上面走着走着，彷彿又回到公元前幾千年去，會見了古代的思想家。他們白髮蒼蒼，正對着天上的星辰，海裡的潮汐，陶窯的火光，大地的泥土沉思。那時的思想家沒有甚麼書籍可以閱讀參考，日月經天，江河行地，四時代謝，萬物死生的現象，都使他們抱頭苦思，他們還遠不能給世界的現象寫出一個較完整的答案。

但是他們終究也看出一點道理來了，世間的萬物萬事，有因有果，有主有從，它們互相錯綜地關聯着……正是由於古代有這樣的思想家在這樣地思想過，才給後來的歷史創造了這樣一座五色的土壇。

「五行」的觀念和我們這個民族一樣地古老，東、南、西、北是人們很早就知道的，人們總以為自己所處是大地的中間，於是在四方之外又加上了一個「中心」，東、南、西、北、中湊成了五方五土的觀念，直到今天我們還看到好些人家的屋角有「五方五土龍神」的牌位。燒陶方法和冶銅技術發明了，人們在熊熊火光旁邊，看到火把泥土變成了陶器，把礦石燒成溶液，木頭燃燒發出了火光，水又能夠把火熄滅。這種現象使古代的思想家想到木、火、金、水、土（依照《左傳》的排列次序）是萬物的本源。於是木、火、金、水、土把五行的觀念充實起來了。

燒製陶器這件事使人類向文明跨前一大步，在埃及，在希臘，都由此產生了神祇用泥土造人的神話。在中國，卻大大地發揚了「五行」的觀念。根據木、火、金、水、土五種東西彼此的作用，又產生了五行相尅相生的理論。根據這幾種東西的顏色：樹木是蒼翠的，火光是紅艷艷的，金屬是亮晶晶的，深深的水潭是黝黑的，中原的泥土是黃色的。於是青、赤、白、黑、黃五種顏色就被拿來配木、火、金、水、土，成為顏色上的五行了。

這個四方、五行的觀念被古代思想家用來分析許許多多的事物，音樂上的宮、商、角、徵、羽五個音階，天上二十八宿的分隸青雀、黃龍、白虎、玄武（烏龜）四方，都是和這種觀念緊密地聯結起來的。

把世界萬物的本源看做是木、火、金、水、土五種元素相互作用產生出來的，這和古代印度哲學家把萬物說成是由地、火、水、風所構成，古代希臘哲學家說萬物的本源是水或者火……那思想的脈絡是多麼地近似啊。

儘管這種說法在幾千年後的今天看來是奇特甚至好笑的，然而那裡面不也包含着光輝的真理嗎：萬物的本源都是物質，物質彼此起着錯綜的作用……哦！我們遇見的對着泥土沉思的思想家，他們正是古代的略具雛形的唯物主義者！

沒有這些古代思想家，我們就不會有這個五色的……土壇。審視這五種顏色吧，端詳這個根據「天圓地方」的古代觀念築起來的四方壇吧！它和我們民族的古代文化發生多麼密切的關係啊！

我們漢民族的搖籃在黃河的中上游，那裡綿亙的是一望無際的黃土高原。因此，黃色被用來配「土」，用來配「中心」，成為我們民族傳統中高貴的顏色。中心是不同於四方的，能夠生長五穀的土地是不同於其他東西的，黃色是不同於其他顏色的。在這個土壇的中心，黃土被特別砌成了一個圓形，審視這個黃色的圓圈吧！它使我們想起奔騰澎湃的黃河，想起在地層下不斷被發掘出來的古代村落，也想起那古木參天的黃帝的陵墓。

我多麼想去抱一抱那些古代的思想家，沒有他們的艱苦探索，就沒有今天人類的智慧。正像沒有勇敢走下樹來的猿人，就不會有人類一樣。多少萬年的勞動經驗和生活智慧積累起來，才有了今天的人類文明。每一個人在人類智慧的長河旁邊，都不過像一隻飲河的鼴鼠。在知識的大森林裡面，都不過像一隻棲於一枝的鷦鷯。這河是多少億萬滴水匯成的啊，這森林是多少億萬株草木構成的啊！

瞧着這個社稷壇，你會想起了中國的泥土，那黃河流域的黃土，四川盆地的紅壤，肥沃的黑土，潔白的白堊土……你會想起文學裡許許多多關於泥土的故事：有人包起一包祖國的泥土藏在身旁到國外去；有人臨死遺囑必須用祖國的泥土撒到自己胸上；有人遠適異國歸來俯身去吻一吻自己國門的土地。這些動人的關於泥土的故事，使人對五色土發生了奇異的感情，彷彿它們是童話裡的角色，每一粒土壤都可以敘述一段奇特的故事或者唱一首美好的詩歌一樣。

瞧着這個緊緊拼合起來的五色土壇，一個人也會想起了國土的統一，在我們的土地上為了統一而發生的戰爭該有多少萬次呀，然而嚴格說來，歷史上的中國從來沒有高度統一過。四分五裂，豪強紛紛劃地稱王的時代不去說它了，可憐的共主像傀儡似地住在京都，整天送豬肉、龜肉慰問跋扈的諸侯的時代不去說它了，就是號稱強盛統一的時代，還不是有許多擁兵的藩鎮，許多專權的貴戚，許多地方的豪霸，在他們的領地裡當着小皇帝，使中央號令不行，使國中還有許許多多的小國。中國歷史上沒有一個時期像今天這樣高度統一過，等我們解放了台灣和一些沿海島嶼以後，這種統一的規模就更加空前了。古代思想家的預言：「不嗜殺人者能一之」。由於不剝削人的勞動階級登上了歷史舞台，竟使這一句話在兩千多年後空前地應驗了。

我在這個土壇上低徊漫步，想起了許許多多的事情。我們未必「前不見古人，後不見來者」，憑着思想和感情的羽翼，我們盡可去會一會古人，見一見來者。我彷彿曾經上溯歷史的河流，看見了古代的詩人、農民、思想家、志士，看他們的舉動，聽他們的聲音，然後又穿過歷史的隧洞，回到陽光燦爛的現實。啊，做一個歷史悠久的民族的子孫是多麼值得自豪的一回事！做今天的一個中國的人民是多麼值得快慰的一回事！回溯過去，瞻望未來，你會覺得激動，很想深深呼吸一口新鮮的空氣，想好好地學習和勞動，好好地安排在無窮的時間中一個人僅有一次，而我們又恰恰生逢其時的寶貴的生命。

我真愛北京這座發人深思的社稷壇！

一九五六年

鬣狗的風格

有一種動物，叫做鬣狗，不知道你見過沒有？注意過它的模樣、行藏和風格沒有？

魯迅第一次以「魯迅」做筆名發表的小說《狂人日記》，就提到過這種動物。那個被假托為患了迫害狂的「狂人」，感覺到處都有人要吃他，魯迅借他的口，悲忿地喊出：「我翻開歷史一查，這歷史沒有年代，歪歪斜斜的每頁上都寫着『仁義道德』幾個字。我橫豎睡不着，仔細看了半夜，才從字縫裡看出字來，滿本都寫着兩個字是『吃人』！」這篇小說中談到許許多多吃人的事。其中，就提到鬣狗：「他們是只會吃死肉的！——記得甚麼書上說，有一種東西，叫『海乙那』的，眼光和樣子都很難看；時常吃死肉，連極大的骨頭，都細細嚼爛，咽下肚子去，想起來也教人害怕。『海乙那』是狼的親眷，狼是狗的本家……」這裡面的「海乙那」，就是鬣狗，也有譯作「土狼」的。

從前，我們只是在書本裡知道有這種動物罷了。這些年動物園事業發達，因此，我們也就有機會親睹鬣狗的尊範。

我第一次見到這種「久負盛名」的動物時大吃一驚，它也是食肉獸，但樣子卻很猥瑣，走起路來一顛一蹽，皮毛沒有光澤，還隱隱有幾塊大暗斑。它那個模樣兒，就好像剛給人打了一頓，或者剛從甚麼陰暗的角落裡被揪了出來，光天化日之下，顯得有點狼狽的模樣。總之，它是豺狼一類走獸，但比起有點剽悍的豺狼來，樣子要猥瑣難看一些。

鬣狗的這副難看的模樣兒，和它的行徑，倒是互為表裡，「相得益彰」的。它是這樣一種動物：遠遠跟在最兇猛的食肉獸，例如獅子之類後頭，猛獸搏擊噬食了長頸鹿、斑馬、羚羊以後，繼續跑着，鬣狗們就一湧上前，嚼食那餘下的屍體。它並不需費甚麼勁，卻同樣吃到了肉。豈止吃肉而已呢！連骨頭也要細細嚼碎，咽下肚子裡去。而在獅豹之類搏擊未就的時候，它就遠遠窺視着，期待那一隻隻食草獸能夠儘快濺血僕地，以便它也能夠一膏饞吻。它的「土狼算盤」可打得到家啦，真是又省力，又安全，又可以大吃一頓。說它的長相和它的行徑「相得益彰」，你說對嗎？

美國作家傑克·倫敦寫過一個短篇小說，內容大致是：有一條船被狂風惡浪打壞了機器，在茫茫大洋中漫無目的地漂流。船上的人都餓壞了，船上的小生物都給捕食淨盡了，兇惡的人就建議殺一個人來充飢，善良的人堅決反對，寧可餓死也不吃同伴的肉，但是兇惡的傢伙卻拿起刀子開始追逐刺殺某些身體最衰弱的人。於是，船上就出現了四種人：被迫害者，企圖殺人者，堅決寧願餓死不喝人血不吃人肉者；第四種呢，他們並不像那個想捅第一刀的兇狠傢伙，然而卻渴望他殺戮成功，好去「分一杯羹」，也吃一點人肉和喝一點人血。故事最後的結局是：海平線上出現了另一艘輪船，這條漂流無定的船有救了，於是操刀的人，渴望分吃一點人肉人血的人，也突然收斂起那副兇相和饞相，裝成個「文明人」的樣子，「咸與維新」了。

這篇小說是頗好地反映了資本主義社會「人吃人」的狀況的。那些兇狠的殺戮者，使人想起獅虎，而其中的「第四種人」呢？就使人想起了鬣狗。這一類人，究竟是鬣狗在人類中的投影呢？或者，反過來說，鬣狗，就是這一部分人類在動物界的投影呢？在萬惡的「四人幫」橫行中國的日子裡，鬣狗式的人物，科學地說，實事求是、毫不誇張地說，是着實出現了一批的。「四人幫」荒謬地拋出「文藝黑線專政」論，就有人奮拳捋袖，執戟前驅，一定要罵臭全中國的老作家。「四人幫」要把某一個人拘禁起來，就有人唯唯諾諾，不但像個傳說中的「無常」似的，手持索鏈前往，不問青紅皂白，立刻把那人投入囹圄，而且「加二奉承」，還要拳打腳踢，毆破那人的腦袋，或者打斷那人的肋骨，借此「娛樂」一番。「四人幫」要過荒淫無恥的生活麼，也一定有人遵命唯謹，「錦上添花」地奉承一場，想出了「主子」原本還沒有想出的花樣，廣搜山珍海味，折磨服務人員……鬣狗式的亦步亦趨，講穿了也很可憐，不過是為了「分一杯羹」，舔一點人骨頭的碎骨肉屑，就踐踏一切原則，在所不惜罷了。

無產階級革命導師們，屢次喻舊社會跟希臘神話中三十年沒有掃刷過的「奧吉亞斯牛圈」一樣髒穢不堪，在它被推翻的時候，它的死屍的臭氣仍然瀰漫於新社會的不少角落。資產階級仍然存在，豈止存在而已，還有些貪婪卑鄙之徒，削尖腦袋拚命向這個沒落的階級的隊伍裡鑽呢！本着階級觀點來看，虎豹式的人物，鬣狗式的人物，依然存在，也並不奇怪。魯迅在《狂人日記》中，借「狂人」之口道：「要曉得將來容不得吃人的人，活在世上。」這是六十年前的話，到了社會主義社會，這個「將來」，就得改為「現在」了。此所以揭批「四人幫」和清查他們餘黨的鬥爭，非步步深入、搞個水落石出不可。

鬣狗式的人物，自然有相當一部分是「四人幫」的親信和死黨，但也未必個個到頭來都被算做親信和死黨。因為他們中的一些人的確沒有親自操刀殺人，未能下命令胡亂捕人，只是遠遠地蹲着，看到氣候差不多的時候就奔上前來咬點骨頭。而當「遠方的輪船冒出海平線」的時候，他們也會立刻裝成個文明人，沒事人的樣兒。正因為這樣，報紙上奉勸「震派」、「風派」、「溜派」人物改惡從善的文章就越發顯得語重心長了。我們要向這類具有鬣狗性格的人物（不管他們中的相當一部分，查起來到頭還算是人民內部矛盾也罷）大喝一聲：這一套是卑鄙的！甚麼叫做資產階級思想？你們這一套，就是不折不扣的醜惡的資產階級思想淋漓盡致的體現！

一九七八年

附記：這篇稿子發表後，看到一些關於鬣狗的新的記敘材料，據說經過生物學者的新的調查研究，鬣狗的性格和舊說並不完全一樣。因為本文並不是自然科學小品，因此還是暫從舊說，不加改動了。反正是暫從舊說，以諷喻某一類人物，也無不可。

汪曾祺

汪曾祺（1920—1997），江蘇高郵人。作家。著有小說集《邂逅集》，散文集《蒲橋集》等，另有《汪曾祺全集》印行。

葡萄月令

一月，下大雪。

雪靜靜地下着。果園一片白。聽不到一點聲音。

葡萄睡在鋪着白雪的窖裡。

二月裡颳春風。

立春後，要颳四十八天「擺條風」。風擺動樹的枝條，樹醒了，忙忙地把汁液送到全身。樹枝軟了。樹綠了。

雪化了，土地是黑的。

黑色的土地裡，長出了茵陳蒿。碧綠。

葡萄出窖。

把葡萄窖一鍬一鍬挖開。挖下的土，堆在四面。葡萄藤露出來了，烏黑的。有的梢頭已經綻開了芽苞，吐出指甲大的蒼白的小葉。它已經等不及了。

把葡萄藤拉出來，放在鬆鬆的濕土上。

不大一會，小葉就變了顏色，葉邊發紅；——又不大一會，綠了。

三月，葡萄上架。

先得備料。把立柱、橫樑、小棍，槐木的、柳木的、楊木的、樺木的，按照樹棵大小，分別堆放在旁邊。立柱有湯碗口粗的、飯碗口粗的、茶杯口粗的。一棵大葡萄得用八根，十根，乃至十二根立柱。中等的，六根、四根。

先刨坑，豎柱。然後搭橫樑，用粗鐵絲摽緊。然後搭小棍，用細鐵絲縛住。

然後，請葡萄上架。把在土裡趴了一冬的老藤扛起來，得費一點勁。大的，得四五個人一起來。「起！——起！」哎，它起來了。把它放在葡萄架上，把枝條向三面伸開，像五個指頭一樣的伸開，扇面似的伸開。然後，用麻筋在小棍上固定住。葡萄藤舒舒展展，涼涼快快地在上面呆着。

上了架，就施肥。在葡萄根的後面，距主幹一尺，挖一道半月形的溝，把大糞倒在裡面。葡萄上大糞，不用稀釋，就這樣把原汁大糞倒下去。大棵的，得三四桶。小葡萄，一桶也就夠了。

四月，澆水。

挖窨挖出的土，堆在四面，築成壠，就成一個池子。池裡放滿了水。葡萄園裡水氣泱泱，沁人心肺。

葡萄喝起水來是驚人的。它真是在喝哝！葡萄藤的組織跟別的果樹不一樣，它裡面是一根一根細小的導管。這一點，中國的古人早就發現了。《圖經》云：「根苗中空相通。圃人將貨之，欲得厚利，暮溉其根，而晨朝水浸子中矣，故俗呼其苗為木通。」「暮溉其根，而晨朝水浸子中矣」，是不對的。葡萄成熟了，就不能再澆水了。再澆，果粒就會漲破。「中空相通」卻是很準確的。澆了水，不大一會，它就從根直吸到梢，簡直是小孩嘬奶似的拚命往上嘬。澆過了水，你再回來看看吧：梢頭切斷過的破口，就嗒嗒地往下滴水了。

是一種甚麼力量使葡萄拚命地往上吸水呢？

施了肥，澆了水，葡萄就使勁抽條、長葉子。真快！原來是幾根根枯藤，幾天功夫，就變成青枝綠葉的一大片。

五月，澆水、噴藥、打梢、掐鬚。

葡萄一年不知道要喝多少水，別的果樹都不這樣。別的果樹都是刨一個「樹碗」，往裡澆幾擔水就得了，沒有像它這樣的：「漫灌」，整池子的喝。

噴波爾多液。從抽條長葉，一直到坐果成熟，不知道要噴多少次。噴了波爾多液，太陽一曬，葡萄葉子就都變成藍的了。

葡萄抽條，絲毫不知節制，它簡直是瞎長！幾天功夫，就抽出好長的一節的新條。這樣長法還行呀，還結不結果呀？因此，過幾天就得給它打一次條。葡萄打條，也用不着甚麼技巧，一個人就能幹，拿起樹剪，劈劈啪啪，把新抽出來的一截都給它鉸了就得了。一鉸，一地的長着新葉的條。

葡萄的鬈鬚，在它還是野生的時候是有用的，好攀附在別的甚麼樹木上。現在，已經有人給它好好地固定在架上了，就一點用也沒有了。鬈鬚這東西最耗養分，——凡是作物，都是優先把養分輸送到頂端，因此，長出來就給它掐了，長出來就給它掐了。

葡萄的卷鬚有一點淡淡的甜味。這東西如果腌成鹹菜，大概不難吃。

五月中下旬，果樹開花了。果園，美極了。梨樹開花了，蘋果樹開花了，葡萄也開花了。

都說梨花像雪，其實蘋果花才像雪。雪是厚重的，不是透明的。梨花像甚麼呢？——梨花的瓣子是月亮做的。

有人說葡萄不開花，哪能呢！只是葡萄花很小，顏色淡黃微綠，不鑽進葡萄架是看不出的，而且它開花期很短。很快，就結出了綠豆大的葡萄粒。

六月，澆水、噴藥、打條、掐鬚。

葡萄粒長了一點了，一顆一顆，像綠玻璃料做的紐子。硬的。

葡萄不招蟲。葡萄會生病，所以要經常噴波爾多液。但是它不像桃，桃有桃食心蟲；梨，梨有梨食心蟲。葡萄不用疏蟲果。——果園每年疏蟲果是要費很多工的。蟲果沒有用，黑黑的一個半幹的球，可是它耗養分呀！所以，要把它「疏」掉。

七月，葡萄「膨大」了。

掐鬚、打條、噴藥，大大地澆一次水。

追一次肥。追硫銨。在原來施糞肥的溝裡撒上硫銨。然後，就把溝填平了，把硫銨封在裡面。

漢朝是不會追這次肥的，漢朝沒有硫銨。

八月，葡萄「着色」。

你別以為我這裡是把畫家的術語借用來了。不是的。這是果農的語言，他們就叫「着色」。

下過大雨，你來看看葡萄園吧，那叫好看！白的像白瑪瑙，紅的像紅寶石，紫的像紫水晶，黑的像黑玉。一串一串，飽滿、磁棒、挺括，璀璨琳琅。你就把《説文解字》裡的玉字偏旁的字都搬了來吧，那也不夠用呀！

可是你得快來！明天，對不起，你全看不到了。我們要噴波爾多液了。一噴波爾多液，它們的晶瑩鮮艷全都沒有了，它們蒙上一層藍分分、白糊糊的東西，成了磨砂玻璃。我們不得不這樣幹。葡萄是吃的，不是看的。我們得保護它。

過不兩天，就下葡萄了。

一串一串剪下來，把病果、癟果去掉，妥妥地放在果筐裡。果筐滿了，蓋上蓋，要一個棒小伙子跳上去蹦兩下、用麻筋縫的筐蓋。——新下的果子，不怕壓，它很結實，壓不壞。倒怕是裝不緊，逛裡逛當的。那，來回一晃悠，全得爛！

葡萄裝上車，走了。

去吧，葡萄，讓人們吃去吧！

九月的果園像一個生過孩子的少婦，寧靜、幸福，而慵懶。

我們還給葡萄噴一次波爾多液。哦，下了果子，就不管了？人，總不能這樣無情無義吧。

十月，我們有別的農活。我們要去割稻子。葡萄，你願意怎麼長，就怎麼長着吧。

十一月。葡萄下架。

把葡萄架拆下來。檢查一下，還能再用的，擱在一邊。糟朽了的，只好燒火。立柱、橫樑、小棍，分別堆垛起來。

剪葡萄條。乾脆得很，除了老條，一概剪光。葡萄又成了一個大禿子。

剪下的葡萄條，挑有三個芽眼的，剪成二尺多長的一截，捆起來，放在屋裡，準備明春插條。

其餘的，連枝帶葉，都用竹箬帚掃成一堆，裝走了。

葡萄園光禿禿。

十一月下旬，十二月上旬，葡萄入窖。

這是個重活。把老本放倒，挖土把它埋起來。要埋得很厚實。外面要用鐵鍬拍平。這個活不能馬虎。都要經過驗收，才給記工。

葡萄窖，一個一個長方形的土墩墩。一行一行，整整齊齊的排列着。風一吹，土色發了白。

這真是一年的冬景了。熱熱鬧鬧的果園，現在甚麼顏色都沒有了。眼界空闊，一覽無餘，只剩下發白的黃土。

下雪了。我們踏着碎玻璃碴似的雪，檢查葡萄窖，扛着鐵鍬。

一到冬天，要檢查幾次。不是怕別的，怕老鼠打了洞。葡萄窖裡很暖和，老鼠愛往這裡面鑽。它倒是暖和了，咱們的葡萄可就受了冷啦！

魏巍

魏巍（1920— ），河南鄭州人。作家。著有詩集《黎明風景》，長篇小說《地球的紅飄帶》、《東方》，散文集《誰是最可愛的人》、《幸福的花為勇士而開》等。

誰是最可愛的人

在朝鮮的每一天，我都被一些東西感動着；我的思想感情的潮水，在放縱奔流着；它使我想把一切東西，都告訴給我祖國的朋友們。但我最急於告訴你們的，是我思想感情的一段重要經歷，這就是：我越來越深刻地感覺到誰是我們最可愛的人！

誰是我們最可愛的人呢？我們的戰士，我感到他們是最可愛的人。

也許還有人心裡隱隱約約地說：你說的就是那些「兵」嗎？他們看來是很平凡、很簡單的哩，既看不出他們有甚麼高明的知識，又看不出他們有豐盛細緻的感情。可是，我要說，這是由於他跟我們的戰士接觸太少，還沒有了解到我們的戰士：他們的品質是那樣地純潔和高尚，他們的意志是那樣地堅韌和剛強，他們的氣質是那樣地淳樸和謙遜，他們的胸懷是那樣地美麗和寬廣！

讓我還是來說一段故事吧。

還是在二次戰役的時候，有一支志願軍的部隊向敵後猛插，去切斷軍隅裡敵人的逃路。當他們趕到書堂站時，逃敵也恰恰趕到那裡，眼看就要從汽車路上開過去。這支部隊的先頭連——三連就匆匆佔領了汽車路邊一個很低的光光的小山岡，阻住敵人。一場壯烈的搏鬥就開始了。敵人為了逃命，用了三十二架飛機、十多輛坦克配合着發起了集團衝鋒，向這個連的陣地洶湧捲來。整個山頂的土都被打翻了。汽油彈的火焰把這個陣地燒紅了。但勇士們在這煙與火的山岡上，高喊着口號，一次又一次把敵人打死在陣地前面。敵人的死屍像穀個子似地在山前堆滿了，血也把這山岡流紅了。可是敵人還是要拚死爭奪，好使自己的主力不致覆滅。這場激戰整整持續了八個小時。最後，勇士們的子彈打光了。蜂擁上來的敵人佔領了山頭，把他們壓到山腳。飛機擲下的汽油彈，把他們的身上燒着了。這時候，勇士們是仍然不會後退的呀，他們把槍一摔，身上、帽子上呼呼地冒着火苗，向敵人撲去，把敵人抱住，讓身上的火，也要把佔領陣地的敵人燒死。……據這個營的營長告訴我，戰後，這個連的陣地上，槍支完全摔碎了，機槍零件扔得滿山都是。烈士們的遺體，保留着各種各樣的姿勢，有抱住敵人腰的，有抱住敵人頭的，有掐住敵人脖子，把敵人摁倒在地上的，同敵人倒在一起，燒在一起。還有一個戰士，他手裡還緊握着一顆手榴彈，彈體上沾滿腦漿；和他死在一起的美國鬼子，腦漿崩裂，塗了一地。另有一個戰士，嘴裡還銜着敵人的半塊耳朵。在掩埋烈士們遺體的時候，由於他們兩手扣着，把敵人抱得那樣緊，分都分不開，以致把有些人的手指都掰斷了。……這個連雖然傷亡很大，他們卻打死了三百多敵人，更重要的是，使我們部隊的主力趕上來，聚殲了敵人。

這就是朝鮮戰場上一次最壯烈的戰鬥——松骨峰戰鬥，或者叫書堂站戰鬥。假若需要立紀念碑的話，讓我把帶火撲敵和用刺刀跟敵人拚死在一起的烈士們的名字記下吧。他們的名字是：王金傳、邢玉堂、井玉琢、王文英、熊官全、王金侯、趙錫傑、隋金山、李玉安、丁振岱、張貴生、崔玉亮、李樹國。還有一個戰士已經不可能知道他的名字了。讓我們的烈士們千載萬世永垂不朽吧！

這個營的營長向我敘說了以上的情景，他的聲調是緩慢的，他的感情是沉重的。他說他在陣地上掩埋烈士的時候，他掉了眼淚。但他接着說：「你不要以為我是為他們傷心，我是為他們驕傲！我覺得我們的戰士太偉大了，太可愛了，我不能不被他們感動得掉下淚來。」

朋友們，當你聽到這段英雄事迹的時候，你的感想如何呢？你不覺得我們的戰士是可愛的嗎？你不以我們的祖國有着這樣的英雄而自豪嗎？

我們的戰士，對敵人這樣狠，而對朝鮮人民卻是那樣地愛，充滿國際主義的深厚熱情。

在漢江北岸，我遇到一個青年戰士，他今年才二十一歲，名叫馬玉祥，是黑龍江青岡縣人。他長着一副微黑透紅的臉膛，高高的個兒，站在那兒，像秋天田野裡一株紅高粱那樣淳樸可愛。不過因為他才從陣地上下來，顯得稍為疲勞些，眼裡的紅絲還沒有退淨。他原來是炮兵連的。有一天夜裡，他被一陣哭聲驚醒了，出去一看，是一個朝鮮老媽媽坐在山岡上哭。原來她的房子被炸毀了，她在山裡搭了個窩棚，窩棚又被炸毀了。……回來，他馬上到連部要求調到步兵連去，正好步兵連也需要人，就批准了他。我說：「在炮兵連不是一樣打敵人嗎？」「那，不同！」他說，「離敵人越近，越覺着打得過癮，越覺得打得解恨！」

在漢江南岸的日日夜夜裡，有一天他從陣地上下來做飯。剛一進村，有幾架敵機襲過來，打了一陣機關炮，接着就扔下了兩個大燃燒彈。有幾間房子着火了，火又盛，煙又大，使人不敢到跟前去。這時候，他聽見煙火裡有一個小孩子哇哇哭叫的聲音。他馬上穿過濃煙到近處一看，一個朝鮮的中年男人在院子裡倒着，小孩子的哭聲還在屋裡。他走到屋門口，屋門口的火苗呼呼的，已經進不去人，門窗的紙已經燒着。小孩子的哭聲隨着那滾滾的濃煙傳出來，聽得真真切切。當他敘述到這裡的時候，他說：「我能夠不進去嗎？我不能！我想，要在祖國遇見這種情形，我能夠進去，那麼，在朝鮮我就可以不進去嗎？朝鮮人民和我們祖國的人民不是一樣的嗎？我就踹開門，撲了進去。呀！滿屋子灰洞洞的煙，只能聽見小孩哭，看不見人。我的眼也睜不開，臉燙的像刀割一般。我也不知道自己的身上着了火沒有，我也不管它了，只是在地上亂摸。先摸着一個大人，拉了拉沒拉動；又向大人的身後摸，才摸着小孩的腿，我就一把抓着抱起來跳出門去。我一看小孩子，是挺好的一個小孩兒啊。他穿着小短褂兒，光着兩條小腿兒，小腿亂蹬着，哇哇地哭。我心想：『不管你哭不哭，不救活你家大人，誰養活你哩！』這時候，火更大了，屋子裡的傢具什物也燒着了。我把他往地上一放，就又從那火門裡鑽了進去。一拉那個大人，她哼了一聲，再拉又不動了。湊近一看，見她臉上流下來的血已經把她胸前的白衣染紅了，眼睛已經閉上。我知道她不行了，才趕忙跳出門外，撲滅身上的火苗，抱起這個無父無母的孩子。……」

朋友，當你聽到這段事迹的時候，你的感覺又是如何呢？你不覺得我們的戰士是最可愛的人嗎？

誰都知道，朝鮮戰場是艱苦些。但戰士們是怎樣想的呢？有一次，我見到一個戰士，在防空洞裡，喫一口炒麵，就一口雪。我問他：「你不覺得苦嗎？」他把正送往嘴裡的一勺雪收回來，笑了笑，說：「怎麼能不覺得！咱們革命軍隊又不是個怪物。不過咱們的光榮也就在這裡。」他把小勺兒乾脆放下，興奮地說：「就拿吃雪來說吧。我在這裡吃雪，正是為了我們祖國的人民不吃雪。他們可以坐在挺豁亮的屋子裡，泡上一壺茶，守住個小火爐子，想喫點甚麼，就做點甚麼。」他又指了指狹小潮濕的防空洞說：「你再比如蹲防空洞吧，多憋悶得慌哩，眼看着外面好好的太陽不能曬，光光的馬路不能走。可是我在這裡蹲防空洞，祖國的人民就可以不蹲防空洞啊。他們就可以在馬路上不慌不忙地走啊。他們想騎車子也行，想走路也行，邊蹓躂、邊說話也行。只要能使人民得到幸福，就是我們最大的幸福。所以，」他又把雪放到嘴裡，像總結似地說，「我在這裡流點血不算甚麼，喫點苦又算甚麼哩！」

我又問：「你想不想祖國呀？」他笑起來：「誰不想哩，說不想那是假話。可是我不願意回去。如果回去，祖國的老百姓問：『我們托付給你們的任務完成得怎麼樣啦？』我怎麼答對呢？我說『朝鮮半邊紅，半邊黑』，這算甚麼話呢？」我接着問：「你們經歷了這麼多危險，喫了這麼多苦，你們對祖國對朝鮮有甚麼要求嗎？」他想了一下，才回答我：「我們甚麼也不要。可是說心裡話，我這話可不定恰當呀。我們是想要這麼大的一個東西——」他笑着，用手指比個銅子兒大小，怕我不明白，又說，「一塊『朝鮮解放紀念章』，我們願意戴在胸脯上，回到咱們的祖國去。」

朋友們，用不着繁瑣的舉例，你已經可以了解到我們的戰士是怎樣一種人，這種人有甚麼一種品質，他們的靈魂是多麼地美麗和寬廣。他們是歷史上、世界上第一流的戰士，第一流的人！他們是世界上一切善良人民的優秀之花！是我們值得驕傲的祖國之花！我們以我們的祖國有這樣的英雄而驕傲，我們以生在這個英雄的國度而自豪！

親愛的朋友們，當你坐上早晨第一列電車走向工廠的時候，當你扛上犁耙走向田野的時候，當你喝完一杯豆漿、提着書包走向學校的時候，當你安安靜靜坐到辦公桌前計劃這一天工作的時候，當你向孩子嘴裡塞着蘋果的時候，當你和愛人悠閒散步的時候，朋友，你是否意識到你是在幸福之中呢？你也許很驚訝地說：「這是很平常的呀！」可是，從朝鮮歸來的人，會知道你正生活在幸福中。請你意識到這是一種幸福吧，因為只有你意識到這一點，你才能更深刻了解我們的戰士在朝鮮奮不顧身的原因。朋友！你是這麼愛我們的祖國，愛我們的領袖，你一定會深深地愛我們的戰士，他們確實是我們最可愛的人！

一九五一年四月一日夜草

黃山小記

菡　子

菡子（1921—　），江蘇溧陽人。女作家。著有散文集《和平博物館》、《素花集》、《鄉村集》等。

黃山在影片和山水畫中是靜靜的，彷彿天上仙境，好像總在甚麼遼遠而懸空的地方；可是身歷其境，你可以看到這裡其實是生氣蓬勃的，萬物在這兒生長發展，是最現實而活躍的童話誕生的地方。

從每一條小徑走進去，陽光僅在樹葉的空隙中投射過來星星點點的光彩，兩旁的小花小草卻都擠到路邊來了；每一棵嫩芽和幼苗都在生長，無處不在使你注意：生命！生命！生命！就在這些小路上，我相信許多人都觀看過香榧的萌芽，它伸展翡翠色的扇形，摸觸得到它是「活」的。新竹是幼輩中的強者，靜立一時，看着它往外鑽，撐開根上的筍衣，周身藍云云的，還罩着一層白絨，出落在人間，多麼清新！這裡的奇花都開在高高的樹上，望春花、木蓮花，都能與罕見的玉蘭媲美，只是她們的壽命要長得多；最近發現的仙女花，生長在高峰流水的地方，她涓潔、清雅，穿着白紗似的晨裝，正像噴泉的姐妹。她早晨醒來，晚上睡着，如果你一天窺視着她，她是仙輩中最嬌弱的幼年了。還有嫩黃的「蘭香燈籠」——這是我們替她起的名字，先在低處看見她眼瞳似的小花，登高卻看到她放苞了，成了一串串的燈籠，在一片霧氣中，她亮晶晶的，在山谷裡散發着一陣陣的蘭香味，彷彿真是在喜慶之中；杜鵑花和高山玫瑰個兒矮些，但她們五光十色，異香撲鼻，人們也不難發現她們的存在。紫藍色的青春花，暗紅的燈籠花，也能攀山越嶺，四處叢生，她們是行人登高熱烈的鼓舞者。在這些植物的大家庭裡，我認為還是葉子耐看而富有生氣，它們形狀各異，大小不一，有的纖巧，有的壯麗，有的是花是葉巧不能辨；葉子兼有紅黃紫綠各種不同顏色，就是通稱的綠葉，顏色也有深淺，萬綠叢中一層層地深或一層層地淺，深的葱葱鬱鬱，油綠欲滴，淺的彷彿玻璃似的透明，深淺相間，正構成林中幻麗的世界。這裡的草也是有特色的，懸岩上掛着長鬚（龍鬚草），沸水燙過三遍的幼草還能復活（還魂草），有一種草，一百斤中可以煉出三斤銅來，還有仙雅的靈芝草，既然也長在這兒，不知可肯屈居為它們的同類？黃山樹木中最有特色的要算松樹了，奇美挺秀，蔚然可觀，日沒中的萬松林，映在紙上是世上少有的奇妙的剪影。松樹大都長在石頭縫裡，只要有一層塵土就能立腳，往往在斷崖絕壁的地方伸展着它們的枝翼，塑造了堅強不屈的形象。「迎客松」、「異蘿松」、「麒麟松」、「鳳凰松」、「黑虎松」，都是松中之奇，蓮花峰前的「蒲團松」頂上，可圍坐七人對飲，這是多麼有趣的事。

鳥兒是這個山林的主人，無論我登多少高（據估計有兩萬石級），總聽見它們在頭頂的樹林中歌唱，我不覺把它們當作我的引路人了。在這三四十里的山途中，我常常想起不知誰先在這奇峰峻嶺中種的樹，有一次偶爾得到了答覆，原來就是這些小鳥的祖先，它們銜了種子飛來，又靠風兒做媒，就造成了林，這個傳說不會完全沒有道理吧。玉屏樓和散花精舍的招待員都是聽「神鴉」的報信為客人備茶的，相距頭十里，聰明的鴉兒卻能在一小時之內在這邊傳送了客來的消息，又飛到另一個地方去。夏天的黎明，我發現有一種鳥兒是能歌善舞的，它像銀燕似地自由飛翔，忽上忽下，忽左忽右，我難以捉摸它靈活的舞姿，它的歌聲清脆嘹亮委婉動聽，是一支最親切的晨歌，從古人的黃山遊記中我猜出它準是八音鳥或山樂鳥。在這裡居住的動物最聰明的還是猴子，它們在細心觀察人們的生活，據說新四軍游擊隊在這山區活動的時候，看見它們抬過擔架，它們當中也有「醫生」。一個猴子躺下，就去找一個猴醫來，由它找些藥草給病猴吃。在深壑綠林之中，也有人看見過老虎、蟒蛇、野牛、羚羊出沒，有人明明看見過美麗的鹿群，至今還能描敘它們機警的眼睛。我們還在從始信峰回溫泉的途上小溪中捉到過十三條娃娃魚，它們古裝打扮，有些像《梁山伯與祝英台》中的書僮，頭上一面一個圓髻。一定還有許多我不知道的動物，古來號稱五百里的黃山，實在還有許多我們不能到達的地方，最好有個黃山勘探隊，去找一找猴子的王國和鹿群的家鄉以及各種動物的老窠。

從黃山發出最高音的是瀑布流泉。有名的「人字瀑」、「九龍瀑」、「百丈瀑」並非常常可以看到，但是急雨過後，水自天上來，白龍驟下，風聲瀑聲，響徹天地之間，「帶得風聲入浙川」，正是它一路豪爽之氣。平時從密林裡觀流泉，如絲如帶，繚繞林間，往往和飄泊的煙雲結伴同行。路邊的溪流淙淙作響，有人隨口唸道：「人在泉上過，水在腳邊流，」悠閒自得可以想見。可是它絕非靜物，有時如一斛珍珠迸發，有時如兩丈白緞飄舞，聲貌動人，樂於與行人對歌。溫泉出自硃砂，有時可以從水中捧出它的本色，但它彙聚成潭，特別在游泳池裡，卻好像是翠玉色的，藍得發亮，像晴明的天空。

在獅子林清涼台兩次看東方日出，第一次去遲了些，我只能為一片雄渾瑰麗的景色歡呼，內心漾溢着燃燒般的感情，第二次我才虔誠地默察它的出現。先是看到烏雲鑲邊的衣裙，姍姍移動，然後太陽突然上升了，半圓形的，我不知道它有多大，它的光輝立即四射開來，隨着它的上升，它的顏色倏忽千變，朱紅、橙黃、淡紫……它是如此燦爛、透明，在它的照耀下萬物為之增色，大地的一切也都甦醒了，可是它自己卻在通體的光亮中逐漸隱着身子，和宇宙溶成一體。如果我不認識太陽，此時此景也會用這個稱號去稱讚它。雲彩在這山區也是天然的景色，住在山上，清晨，白雲常來作客，它在窗外徘徊，伸手可取，出外散步，就踏着雲朵走來走去。有時它們迷漫一片使整個山區形成茫茫的海面，只留最高的峰尖，像大海中的點點島嶼，這就是黃山著名的雲海奇景。我愛在傍晚看五彩的游雲，它們扮成俠士仕女，騎龍跨鳳，有盛裝的車輿，隨行的樂隊，當它們列隊緩緩行進時，隔山望去，有時像海面行舟一般。在我腦子裡許多美麗的童話，都是由這些游雲想起來的。黃山號稱七十二峰，各有自己的名稱，甚麼蓮花峰、始信峰、天都峰、石筍峰……或象形或寓意各有其肖似之處。峰上由怪石奇樹形成的「採蓮船」、「五女牧羊」、「猴子觀桃」、「喜鵲登梅」、「夢筆生花」等等，勝過匠人巧手的安排。對那連綿不絕的峰部，我願意遠遠地從低處看去，它們與松樹相接，映在天際，黑白分明，真有錦繡的感覺。

漫遊黃山，隨處可以歇腳，解放以後不僅「雲谷寺」、「半山寺」面目一新，同時保留了古剎的風貌，但是比起前後山嶄新的建築如「觀瀑樓」、「黃山賓館」、「黃山療養院」、「岩音小築」、「玉屏樓」、「北海賓館」管理處大樓和游泳池等，又都是小巫見大巫了，上山的路，休息的亭子，跨溪的小橋，更今非昔比，過去使人視為畏途和冷落荒蕪的地方，現在卻像你的朋友似地在前面頻頻招手。這些建築都有自己的光彩，它新穎雄偉，使黃山的每一個角落都顯得生動起來。這裡原是避暑聖地，酷暑時外面熱得難受，這裡還是春天氣候。但也不妨春秋冬去，那裡四季都是最清新而豐美的公園。

古今多少詩人畫家描寫過黃山的異峰奇景，我是不敢媲美的。旅行家徐霞客説過：「五岳歸來不看山，黃山歸來不看岳。」我閱歷不深，只略能領會他豪邁的總評。登在這裡的照片，我也只能證明它的真實而無法形容它的詩情畫意，看來我的小記僅是為了補充我所見聞而畫中看不到的東西。

一九五七年十二月為《安徽畫報》補白

何為

何為（1922—　），浙江定海人。作家。著有散文集《織錦集》、《臨窗集》等。

第二次考試

著名的聲樂專家蘇林教授發現了一件奇怪的事情：在這次參加考試的二百多名合唱訓練班學生中間，有一個二十歲的女生陳伊玲，初試時的成績十分優異：聲樂、視唱、練耳和樂理等課目都列入優等，尤其是她的音色美麗和音域寬廣令人讚嘆。而復試時卻使人大失所望。蘇林教授一生桃李滿天下，他的學生中間不少是有國際聲譽的，但這樣年輕而又有才華的學生卻還是第一個，這樣的事情也還是第一次碰到。

那次公開的考試是在那間古色古香的大廳裡舉行的。當陳伊玲鎮靜地站在考試委員會裡幾位有名的聲樂專家面前，唱完了洗星海的那支有名的《二月裡來》，門外窗外擠擠挨挨的都站滿了人，甚至連不帶任何表情的教授們也不免暗暗遞了個眼色。按照規定，應試者還要唱一支外國歌曲，她演唱了意大利歌劇《蝴蝶夫人》中的詠嘆調「有一個良辰佳日」，以她燦爛的音色和深沉的理解驚動四座，一向以要求嚴格聞名的蘇林教授也不由頷首表示讚許，在他嚴峻的眼光下，隱藏着一絲微笑。大家都默無一言地注視陳伊玲：嫩綠色的絨線上衣，一條貼身的咖啡色西褲，宛如春天早晨一株亭亭玉立的小樹。眾目睽睽下，這個本來笑容自若的姑娘也不禁微微困惑了。

復試是在一星期後舉行的。錄取與否都取決於此。這時將決定一個人終生的事業。經過初試這一關，剩下的人現在已是寥寥無幾；而復試將是各方面更其嚴格的要求下進行的。本市有名的音樂界人士都到了。這些考試委員和旁聽者在評選時幾乎都帶着苛刻的挑剔神氣。但是全體對陳伊玲都留下了這樣一個印象：如果合乎錄取條件的只有一個人，那麼這唯一的一個人無疑應該是陳伊玲。

誰知道事實卻出乎意料之外。陳伊玲是參加復試的最後一個人，唱的還是那兩支歌，可是聲音發澀，毫無光彩，聽起來前後判若兩人。是因為怯場，心慌，還是由於身體不適，影響聲音？人們甚至懷疑到她的生活作風上是否有不夠慎重的地方！在座的人面面相覷，大家帶着詢問和疑惑的眼光舉目望她，雖然她掩飾不住自己臉上的睏倦，一雙聰穎的眼睛顯得黯然無神，那頑皮的嘴角也流露出一種無可訴說的焦急，可是就整個看來，她通體是明朗的，坦率的，可以使人信任的；僅僅只因為一點意外的事故使她遭受挫折，而這正是人們感到不解之處。她抱歉地對大家笑笑，於是飄然走了。

蘇林教授顯然是大為生氣了。他從來認為，要做一個真正為人民所愛戴的藝術家，首先要做一個各方面都能成為表率的人，一個高尚的人！歌唱家又何嘗能例外！可是這樣一個自暴自棄的女孩子，永遠也不能成為一個有成就的歌唱家！他生氣地側過頭去望向窗外。這個城市剛剛受到一次今年最嚴重的颱風的襲擊，窗外斷枝殘葉狼藉滿地，整排竹籬委身在滿是積水的地上，一片慘淡的景象。

考試委員會對陳伊玲有兩種意見：一種認為從兩次考試可以看出陳伊玲的聲音極不穩固，不扎實，很難造就；另一種則認為給她機會，讓她再試一次。蘇林教授有他自己的看法，他覺得重要的是為甚麼造成她先後兩次聲音懸殊的根本原因，如果問題在於她對事業和生活的態度，儘管聲音的稟賦再好，也不能錄取她！這是一切條件中的首要條件！

可是究竟是甚麼原因呢？

蘇林教授從秘書那裡取去了陳伊玲的報名單，在填着地址的那一欄上，他用紅鉛筆劃了一條粗線。表格上的那張報名照片是一張叫人喜歡的臉，小而好看的嘴，明快單純的眼睛，笑起來鼻翼稍稍皺起的鼻子，這一切都像是在提醒那位有名的聲樂專家，不能用任何簡單的方式對待一個人——一個有生命有思想有感情的人。至少眼前這個姑娘的某些具體情況是這張簡單的表格上所看不到的。如果這一次落選了，也許這個人終其一生就和音樂分手了。她的天才可能從此就被埋沒。而作為一個以培養學生為責任的音樂教授，情況如果是這樣，那他是絕對不能原諒自己的。

第二天，蘇林教授乘早上第一班電車出發。根據報名單上的地址，好容易找到了在楊樹浦的那條僻靜的馬路，進了弄堂，驀地不由吃了一驚。

那弄堂裡有些牆垣都已傾塌，燒焦的棟樑呈現一片可怕的黑色，斷瓦殘垣中間時或露出枯黃的破布碎片，所有這些說明了這條弄堂不僅受到颱風破壞，而且顯然發生過火災。就在這災區的瓦礫場上，有些人大清早就在忙碌着張羅。

蘇林教授手持紙條，不知從何處找起，忽然聽見對屋的樓窗上，有一個孩子有事沒事地張口叫着：

「咪——咿——咿——咿——，嗎——啊——啊——啊——」彷彿歌唱家在練聲的樣子。蘇林教授不禁為之微笑，他猜對了，那孩子敢情就是陳伊玲的弟弟，正在若有其事地學着他姐姐練聲的姿勢呢。

從孩子口裡知道：他的姐姐是個轉業軍人，從文工團回來的，到上海後就被分配到工廠裡擔任行政工作。她是個青年團員——一個積極而熱心的人，不管廠裡也好，里弄也好，有事找陳伊玲準沒有錯！還是在兩三天前，這裡附近因為颱風而造成電線走火，好多人家流離失所，陳伊玲就為了安置災民，忙得整夜沒有睡，終於影響了嗓子。第二天剛好是她去復試的日子，她說聲「糟糕」，還是去參加考試了。

這就是全部經過。

「瞧，她還在那兒忙着哪！」孩子向窗外揚了揚手說，「我叫她！我去叫她！」

「不，只要告訴你姐姐：她的第二次考試已經錄取了！她完全有條件成為一個優秀的歌唱家，不是嗎？我幾乎犯了一個錯誤！」

蘇林教授從陳伊玲家裡出來，走得很快。是的，這天早晨有甚麼使人感動的東西充溢在他胸口，他想趕緊回去把他發現的這個音樂學生和她的故事告訴每一個人。

綿綿土

牛漢

牛漢（1923—　），山西定襄人。作家。著有詩集《彩色的生活》、《愛與歌》，散文集《童年的牧歌》等。

那是個不見落日和霞光的灰色的黃昏。天地灰得純淨，再沒有別的顏色。

踏上塔克拉瑪干大沙漠，我恍惚回到了失落了多年的一個夢境。幾十年來，我從來不會忘記，我是誕生在沙土上的。人們準不信，可這是千真萬確的，我的第一首詩就是獻給從沒有看見過的沙漠。

年輕時，有幾年我在深深的隴山山溝裡做着遙遠而甜蜜的沙漠夢，不要以為沙漠是蒼茫而乾澀的，年輕的夢都是甜的。由於我的家族的歷史與故鄉人們走西口的説不完的故事，我的心靈從小就像有着血緣關係似的嚮往沙漠，我覺得沙漠是世界上最悲壯最不可馴服的野地方。它空曠得沒有邊沿，而我嚮往這種陌生的境界。

此刻，我真的踏上了沙漠，無邊無沿的沙漠，彷佛天也是沙的。全身心激蕩着近乎重逢的狂喜。沒有模仿誰，我情不自禁地五體投地，伏在熱的沙漠上。我汗濕的前額和手心，沾了一層細細的閃光的沙。

半個世紀以前，地處滹沱河上游苦寒的故鄉，孩子都誕生在鋪着厚厚的綿綿土的炕上。我們那裡把極細柔的沙土叫做綿綿土。「綿綿」是我一生中覺得最溫柔的一個詞，辭典裡查不到，即使查到也不是我説的意思。孩子必須誕生在綿綿土上的習俗是怎麼形成的，祖祖輩輩的先人從沒有解釋過，甚至想都沒有想過。它是聖潔的領域，誰也不敢褻瀆。它是一個無法解釋的活的神話。我的祖先們或許在想：人，不生在土裡沙裡，還能生在哪裡？就像穀子是從土地裡長出來一樣的不可懷疑。

因此，我從母體降落到人間的那一瞬間，首先接觸到的是沙土，沙土在熱炕上焙得暖呼呼的。我的潤濕的小小的身軀因沾滿金黃的沙土而閃着晶亮的光芒，就像成熟的穀穗似的。接生我的仙園老姑姑那雙大而靈巧的手用綿綿土把我撫摸得乾乾淨淨，還湊到鼻子邊聞了又聞，「只有土能洗掉血氣」。她常常說這句話。

我們那裡的老人們都說，人間是冷的，出世的嬰兒當然要哭鬧，但一經觸到了與母體裡相似的溫暖的綿綿土，生命就像又回到了母體裡安生地睡去。我相信，老人們這些詩一樣美好的話，並沒有甚麼神秘。

我長到五六歲光景，成天在土裡沙裡廝混。有一天，祖母把我喊到身邊，小聲說：「限你兩天掃一罐子綿綿土回來！」「做甚用？」我真的不明白。

「這事不該你問。」祖母的眼神和聲音異常莊嚴，就像除夕夜裡迎神時那種虔誠的神情，「可不能掃粗的髒的」。她叮嚀我一定要掃聚在窗欞上的綿綿土，「那是從天上降下來的淨土，別處的不要」。

我當然曉得。連麻雀都知道用窗欞上的綿綿土撲棱棱地清理它們的羽毛。

兩三天之後我母親生下了我的四弟。我看到他赤裸的身軀，紅潤潤的，是綿綿土擦洗成那麼紅的。他的奶名就叫「紅漢」。

綿綿土是天上降下來的淨土。它是從遠遠的地方飄呀飛呀地落到我的故鄉的。現在我終於找到了綿綿土的發祥地。

我久久地伏在塔克拉瑪干大沙漠的又厚又軟的沙上，百感交集，悠悠然夢到了我的家鄉，夢到了與母體一樣溫暖的我誕生在上面的綿綿土。

我相信故鄉現在還有綿綿土，但孩子們多半不會再降生在綿綿土上了。我祝福他們。我寫的是半個世紀前的事，它是一個遠古的夢。但是我這個有土性的人，忘不了對故鄉綿綿土的眷戀之情。原諒我這個癡愚的遊子吧。

一九八八年十月

林斤瀾

林斤瀾（1923— ），浙江溫州人。作家。著有小說集《山裡紅》、《石火》，小說散文集《飛筐》等。

春風

北京人說：「春脖子短。」南方來的人覺着這個「脖子」有名無實，冬天剛過去，夏天就來到眼前了。

最激烈的意見是：「哪裡會有甚麼春天，只見起風、起風，成天颳土、颳土，眼睛也睜不開，桌子一天擦一百遍……」

其實，意見裡說的景象，不冬不夏，還得承認是春天。不過不像南方的春天，那也的確。褒貶起來着重於春風，也有道理。

起初，我也懷念江南的春天，「暮春三月，江南草長，雜花生樹，群鶯亂飛。」這樣的名句是些老窖名酒，是色香味俱全的。這四句裡沒有提到風，風原是看不見的，又無所不在的。江南的春風撫摸大地，像柳絲的飄拂；體貼萬物，像細雨的滋潤。這才草長，花開，鶯飛……

北京的春風真就是颳土嗎？後來我有了別樣的體會，那是下鄉的好處。

我在京西的大山裡、京東的山邊上，曾數度「春脖子」。背陰的岩下，積雪不管立春、春分，只管冷森森的，沒有鬨化的意思。是潭、是溪、是井台還是泉邊，凡帶水的地方，都堅持着冰塊、冰硯、冰溜、冰碴……一夜之間，春風來了。忽然，從塞外的蒼蒼草原、莽莽沙漠，滾滾而來。從關外撲過山頭，漫過山樑，插山溝，灌山口，嗚嗚吹號，哄哄呼嘯，飛沙走石，撲在窗戶上，撒拉撒拉，撲在人臉上，如無數的針扎。

轟的一聲，是哪裡的河冰開裂吧。嘎的一聲，是碗口大的病枝颳折了。有天夜間，我住的石頭房子的木頭架子，格拉拉、格拉拉響起來，晃起來。彷彿冬眠驚醒，伸懶腰，動彈胳臂腿，渾身關節挨個兒格拉拉、格拉拉地鬆動。

麥苗在霜凍裡返青了，山桃在積雪裡鼓苞了。清早，着大靰鞋，穿老羊皮背心，使荊條背簍，揹帶冰碴的羊糞，繞山嘴，上山樑，爬高高的梯田，春風呼哧呼哧地幫助呼哧呼哧的人們，把糞肥拋撒勻淨。好不痛快人也。

北國的山民，喜歡力大無窮的好漢。到喜歡得不行時，連捎帶來的粗暴也只覺着解氣。要不，請想想，柳絲飄拂般的撫摸，細雨滋潤般的體貼，又怎麼過草原、走沙漠、撲山樑？又怎麼踢打得開千裡冰封和遍地賴着不走的霜雪？

如果我回到江南，老是乍暖還寒，最難將息，老是牛角淡淡的陽光，牛尾蒙蒙的陰雨，整天好比穿着濕布衫，牆角落裡發霉，長蘑菇，有死耗子味兒。

能不懷念北國的春風！

一九八〇年四月

峻青

峻青（1923— ），山東海陽人。作家。著有短篇小說集《黎明的河邊》，長篇小說《海嘯》，散文集《秋色賦》、《滄海賦》等。

雄關賦

哦，好一座威武的雄關！

——山海關，這號稱「天下第一關」的山海關！

提起山海關來，這錚錚響的名字，我是很早很早就聽到了。記得剛剛記事的童年，從我的一位四爺爺那裡，就聽到了山海關的名字，刻下了這座雄關的影子。

我的四爺，是一個關東客。還在他才十幾歲的時候，就像我故鄉中許許多多為貧困所迫無路可走的農民一樣，孑然一身，肩上揹着一張當做行李的狗皮，下關東謀生去了。及至重返故里，已經是七十多歲的人了。和他幾十年前離鄉時一樣，依然是孑然一身，兩手空空。而他帶回來的唯一財物，就是他那漂泊異鄉浪迹天涯的悲慘往事和種種見聞。

這當中，就有着山海關。

到現在，我還清晰地記得：冬景天，我們爺兒倆，偎坐在草垛根下，曬着暖烘烘的三九陽光，他對我講述山海關的一些傳說、故事的情景。那雄偉的城樓，那險要的形勢，那悲壯的歷史，那屈辱的陳迹，那塞上的風雪，那關外的離愁……

善感的心靈，也曾為背井離鄉遠徙異地的行人在跨過關門時四顧蒼茫的悲悽情景而落下過傷感的眼淚，也曾為那孟姜女的忠貞和不幸而鬱鬱寡歡；然而更多的卻是為那雄關的雄偉氣勢和它那抵禦外侮捍衛疆土的英雄歷史所感動，所鼓舞。幼稚的心靈上，每每萌發起一種莊嚴肅穆慷慨激昂的情懷。

也曾做過一些童年的夢：夢中，常常是身着戎裝飛越那綿延萬里的重重關山，或是手執金戈高高地站立在雄偉高大的城門之上。……

啊，夢雖荒唐，然而那仰慕雄關熱愛國土的心卻是真摯的，深沉的。

遺憾的是：這與京都近在咫尺的雄關，我卻一直沒有到過，它留給了我的依然還是童年時代從四爺爺那裡得來的模糊的影子。

機會不是沒有的：有一次，大概是一九五六年的春天吧，我出訪東歐，乘的是橫越東北大地和西伯利亞荒原的國際列車。列車從北京開出後，就從列車播音員的廣播中，聽到了沿途將要經過的一些城市，這當中，就有着山海關。當時的心情是十分興奮的。列車過了秦皇島以後，我就眼盼盼地渴望着能儘快地看到山海關。哪知列車駛近山海關車站的時候，我才發現：原來這車站和鐵路線離山海關還有相當遠的一段距離，我從車窗裡探出頭去，用力向北張望，心想能遠遠地眺望一下那雄關的影子也好。可是非常遺憾，因為這時已是黃昏時分，蒼茫的暮色，籠罩着大地，任是瞪大了眼睛，竭力張望，也望不見山海關，只能隱隱約約地望見一抹如煙似霧的淡影，和從四野裡升騰起來的炊煙暮靄融合在一起，像三春煙雨中的景色似的，迷離難辨。

我失望地轉回頭去，腦幕中留下的依然是童年時代從四爺爺那兒得來的模糊的影子。

現在，我終於親眼看到這思慕已久的雄關了。

啊，好一座威武的雄關！

果然是名不虛傳：

——天下第一關！

那氣勢的雄偉，那地形的險要，在我所看到的重關要塞中，是沒有能與它倫比的了。

先說那城樓吧：它是那麼雄偉，那麼堅固，高高的箭樓，巍然聳立於藍天白雲之間，那「天下第一關」的巨大匾額，高懸於箭樓上，特別引人矚目，從老遠的地方，就看得清清楚楚。這五個大字，筆力雄厚蒼勁，與那高聳雲天氣勢磅礴的雄關，渾為一體，煞是雄偉、壯觀。但是，最壯觀的還是它形勢的險要。不信，你順着那城門左側的階台往上走吧，你走到城牆之上，箭樓底下，手扶着雉牆的垛口，昂首遠眺，你會情不自禁地發出一聲又驚又喜的讚嘆：

「嗬，好雄偉的關塞，好險要的去處！」

你往北看吧，北面，是重重疊疊的燕山山脈，萬里長城，像一條活蹦亂跳的長龍，順着那連綿不斷起伏不已的山勢，由西北面蜿蜒南來，向着南面伸展開去。南面，則是蒼茫無垠的渤海，這萬里長城，從燕山支脈的角山上直衝下來，一頭扎進了渤海岸邊，這個所在，就是那有名的老龍頭，也就是那萬里長城的尖端。這山海關，就聳立在這萬里長城的脖頸之上，高峰滄海的山水之間，進出錦西走廊的咽喉之地，這形勢的險要，正如古人所說：

兩京鎖鑰無雙地

萬里長城第一關

站在這雄關之上，人的精神，頓時感到異常振奮，心胸也倍加開闊。真想：順着那連綿不斷的山勢，大踏步地向着西北走去。一路上，去登臨那一座座屏藩要塞，烽台煙墩。從山海關、喜峰口、古北口、居庸關、雁門關，一直走到那長城的盡處，嘉峪關口。也想返回身來，縱轡馳馬，奔騰於廣袤無垠的塞外草原之上，逶迤翻騰的幽燕群山之間，然後，隨着那蜿蜒南去的老龍頭，縱身跳進那碧波萬頃的渤海老洋裡，去一洗那炎夏溽暑的汗水，關山萬里的風塵。……

甚至，更想：身披盔甲，手執金戈，站立在這威武的雄關之上，做一名捍衛疆土的武士。……

哦，童年的夢，又從長久塵封的記憶中復活了。

復活在這「天下第一關」的城樓之上，山海之間。

復活在這二十世紀的八十年代。

復活在這十年內亂後的一個勵精圖治的夏天。

這，能說是荒唐的嗎？

不，你瞧，那是甚麼？

正當我憑欄四眺遐思邇想的時候，猛聽得一陣喧嘩，回頭一看，啊，一個身披盔甲手執青龍大刀的武士，從那古老而高大的箭樓大門裡面走了出來，我不禁吃了一驚，心裡好生詫異，上前仔細一看，卻原來是一個到這兒來遊覽的青年小伙子，故意穿着這一身戎裝拍照留影做紀念的。這戎裝，是從那設在箭樓大門裡面的一家照相館裡租來的。這家照相館在這兒陳列了一些盔甲和兵器，專門租給遊人拍照留念。

這件新鮮事兒，使我非常高興。開始我想到的是這家照相館真是「生財有道」，會想點子賺錢；可是轉又一想：這不單純是個賺錢營利的問題，而更重要的是他們體會到那些從祖國的四面八方薈集到這兒來的遊人們在登臨上這座古老而著名的雄關時的心情。我由此也就懂得了：這身着戎裝拍照留念的青年小伙子，也決不止是為了好玩和逗趣，這當中，也蘊藏着一種可貴的感情。

瞧，這小伙子手執大刀昂首挺胸的威武嚴肅的神情，不就是很好的證明嗎！

看着這，有誰會感到滑稽可笑呢？

不，相反地，人們會情不自禁地從心裡湧起一種肅穆莊嚴的感覺，懷古愛國的激情。

也許是受到了這種情緒的感染，與我一起來的一位青年女作家，也仿效那個小伙子的榜樣，走進箭樓大門裡面，花了五角錢去租了一套盔甲、兵器，披掛起來。當她披掛停當從箭樓裡走將出來時，我簡直不認得她了。那個一身天藍色西裝衫裙的時髦姑娘，一剎那間卻變成了一位威風凜凜的古代武士。她頭戴朱纓金盔，身穿粉底銀甲戰袍，手撫綠色鯊魚鞘青鋒寶劍，昂首挺胸地站立在城樓之上，儼然是一位身扼重關力敵千軍的守關武士，叱咤風雲的巾幗英雄。

我們的這位青年女作家，過去曾當過演員，還拍過一部電影，在那部電影裡，她演的是一個從窮山溝裡出來的農村姑娘，當上了飛行員，駕駛着銀鷹，翱翔在藍色的天空，保衛着祖國的神聖疆土。現在，她又身披戎裝，手執金戈，在扼守這重關要塞了。八月的驕陽，映照着金盔銀甲，閃爍出耀眼的光芒，她高高地站在那裡，兩眼凝視着遠方，臉上的神情，是那樣的莊嚴。真個不啻是花木蘭再世，穆桂英重生。

看着這，一剎那間，我竟然彷彿置身於中世紀的古戰場上。一股慷慨悲歌的火辣辣的情感，湧遍了我的全身。

啊，雄關！

這固若金湯的雄關！

這「一夫當關，萬夫莫開」的雄關！

在我們那古老的中華民族的偉大歷史上，在那些干戈擾攘征戰頻仍的歲月裡，這雄關，巍然屹立於華夏的大地之上，山海之間，咽喉要地，一次又一次地抵禦着異族的入侵，捍衛着神聖的祖國疆土。這高聳雲天的堅固的城牆上的一塊塊磚石，哪一處沒灑上我們英雄祖先的殷紅熱血？這雄關外面的亂石縱橫野草叢生的一片片土地，哪一處沒埋葬過入侵者的纍纍白骨？

啊！雄關，它就是我們偉大民族的英雄歷史的見證人，它本身就是一個熱血沸騰頂天立地的英雄好漢！

如今，這雄關雖已成為歷史陳迹，但是它卻仍以它那雄偉莊嚴的風貌，可歌可泣的歷史，來鼓舞着人們堅強意志，激勵着人們的愛國情感。

我相信：假若一旦我們的神聖的國土再一次遭受到異族入侵的話，那位手執大刀的青年小伙子，還有我們的現代花木蘭，以及所有登臨這雄關的公民，全都會毫不猶豫地拿起武器，奔赴殺敵救國的戰場！

由此，我又悟出了一個道理：雄關，這早已變成了歷史陳迹的雄關，雖然已經失去了它往日的軍事作用，但是這雄關的偉大體魄，忠貞的靈魂，卻永遠刻在人們的心中。

哦，更確切一點說，這雄關，不在地殼之上，山海之間，而是在人們的心中。

是的，在人們的心中。這才是真正的雄關，比甚麼金城湯池還要堅固的雄關！

不是嗎？山海關縱然是堅固險要，可也有被攻破的記載；而吳三桂的開門揖盜引清入關，更是不攻自破，多爾袞的鐵騎，不就是從這洞開的大門下邊蜂擁而來席捲中原的嗎？

慟哭六軍皆縞素
衝冠一怒為紅顏

吳梅村的《圓圓曲》，道出了所有愛國人士對民族敗類的憤慨和痛恨。儘管歷史學家對吳三桂叛國的動機究竟是不是為了「紅顏」這一史實，還有爭議，但是雄關被出賣而不攻自破卻是事實，也是教訓。

這遭到過玷污的雄關，至今還蒙受着恥辱的灰塵，並在無聲地向人們訴説着這一段痛苦的歷史，也彷彿在向着人們告誡：

誰道雄關似鐵？

任是這似鐵的雄關，也有那被攻破的時候。

說甚麼「一夫當關，萬夫莫開」？

在我們那遼闊的疆土之上的許許多多重關要塞，從來就沒有哪一座關塞真正起到過這樣的作用。它們或者被強敵攻陷，或者為內奸出賣。而尤其是後者，堡壘易從內部攻破，歷史上是不乏這種沉痛記載的。

吳三桂的醜劇，只不過是其中的一件而已。

由此看來，古往今來的大量史實證明：那所謂「固若金湯」的雄關，是從來就不存在的；而真正堅固的雄關，只存在於人們的心中。

——這，就是信念！

對社會主義，對革命事業，對我們偉大的祖國的堅貞不渝的信念，就是最堅固最強大的雄關，是任憑甚麼現代化的武器都不能攻破的雄關！

千百萬噸級的熱核武器攻不破它，重型轟炸機和洲際導彈攻不破它，資本主義腐朽思想攻不破它，燈紅酒綠金錢美女也攻不破它。它，永遠巍然屹立於我們偉大遼闊的國土之上，億萬英雄兒女的丹心之中。

這才是真正的雄關！

「固若金湯」的雄關！

啊，雄關！

無比堅固的雄關！

一九八二年三月寫於上海

屠岸

屠岸（1923—　），江蘇常州人。作家、翻譯家。著有詩集《萱蔭閣詩抄》、《屠岸十四行詩》，散文集《詩愛者的自白》等。

走廊和鏡子

走廊

你說，你愛走廊。

你說，在走廊上，不遭雨淋，欣賞着最幽靜的雨中山水。

你說，在走廊上，不受日曬，領略到最燦爛的陽春煙景。

你說，只有走廊能把自然納入美的規範。

我說，我讚賞走廊。我說，從內室來到走廊，我感到舒暢和寬餘。

我認可走廊是裡和外的媒介。

我欣慰走廊是狹窄和寬廣的橋樑。

然而——

我抬頭，藻井和彩繪取代了廣闊的天空。

我平視，簾子和柱子分割了巍峨的群山。

我俯瞰，欄杆把紅色塗上了深谷的碧草。

我說，自然的本色是不羈的。

我說，我讚賞走廊，卻要告別走廊。即使冒着暴雨的衝擊，烈日的烤炙，我也要告別走廊。

我告別走廊，走向最廣大的、沒有阻擋、沒有涯際的自然。

鏡子

你宣稱：你最準確地反映存在；你摒棄一切虛假和偽飾，指出真實。

是這樣嗎？

我尋找朝東的方向。你指給我朝西的方向。

我尋找左邊的道路。你指給我右邊的道路。

我飛升，越飛越向高處。你告訴我，那是俯衝，越衝越向低處。

我嚮往天空。你說，天在地的裡面。

我撲向大地。你說，地在天的高處。

我追求遠。你告訴我，世界上只有深。我追求廣袤。你告訴我，廣袤只存在於方寸之中。

我熱戀自由。你說，來吧！最大的自由在這個框子裡。

哦，你是最準確地反映存在，摒棄一切虛假和偽飾，指出真實的嗎？

也許——也許你是這樣的。

一九八五年四月

敖德斯爾

敖德斯爾（1924—　），蒙古族，內蒙古昭烏達盟巴林右旗人。著有短篇小説《布穀鳥的歌聲》、《牧民的兒子》，散文集《銀色的白塔》等。

牧馬人之歌

遼闊的草原換上了綠色的春衫，湖水泛着漣漪，水禽在歌唱。馬群蓋滿了嫩草鋪地的牧場，柔風送來野韭的芬芳。

白雲鄂博公社年輕的牧馬人衛托布騎着一匹栗色馬，曳着一根三節樺木套馬桿，趕着飲過了的馬匹，慢悠悠地向過夜的牧場走去。他那淺藍色的綢腰帶隨風飄揚，輕輕地拂打着栗色馬的肥臀。敏穎強幹的衛托布一邊觀察即將下駒的孕馬，一邊換騎到自己春天守夜時騎慣了的棗紅老馬的背上。

太陽從草原的另一方沉下去，但是它那無比強烈的光芒依然照耀着蒼穹，把白雲染成金黃，更增添一層畫意。晚霞漸漸斂容，雲彩越來越紅，剎那間，草原的天空像是失了火一樣，顏色自紅而棗紅，而絳紫，而檀棕，而深藍，最後，忽然變得一片漆黑。於是，馬群看不清楚了，隱隱約約，朦朦朧朧，好像整個大地都在移動。寂靜之中，馬駒的嘶聲、騸馬的響鼻聲以及各種各樣的咀嚼聲混雜一起。

呵，不知何時天上佈滿了星斗，馬群也隨着閃閃爍爍的星光時隱時現。

年輕的牧馬人來到馬群跟前，他像一個前線的偵察兵似的定睛注視，又像一個檢查心音的醫生似的側耳細聽，看守馬群這十年來，他曾度過多少個同嚴寒的風雪鬥爭的漫長的冬夜，也曾度過多少個同可惡的蚊蠅搏鬥的炎熱的夏晚呵！每年秋天，論馬膘總數他的馬群第一，每年春天，比增殖也總推他的馬群出眾，因此，不論哪次的模範大會都少不了他。無論凜冽的寒夜馬群由於風雪而走失，還是漆黑的雨夜馬群由於雷電而驚散，衛托布只要騎上自己的棗紅馬，放鬆轡繩，這匹經驗豐富的老馬嘶嘶嗅嗅，嗅嗅嘶嘶，總能把失散的馬匹找回來。

當曙光從東南面給寬廣的草原驅散黑夜的時候，年輕的牧馬人拄着套桿跨上了馬，他藉着朦朧的啓明星的微光，查看散放着的馬群。對於五百多匹馬中有多少兒馬，甚麼樣的兒馬，有幾匹騍馬，哪一匹騍馬帶領哪些小馬，衛托布瞭如指掌，只要在馬群裡隨便轉上一圈，即使短了一匹馬駒，也逃不過他的眼睛。

牧馬人欣喜地繞着夜間剛剛生下的幼駒轉圈，前後左右地鑒別它們是公是母。他雖然沒有用筆寫下來，但是只要看過一遍，便能永遠記住哪一匹馬駒是哪一匹騍馬所生。這還不算，即使指着已經長大長肥的任何一匹騍馬或騸馬，他也能道出它是哪年哪季在甚麼地方出世的。

天邊騰起燦爛的金光，那光芒射向無邊的蒼穹。剛才還是一片黑黝黝的草地，如今抹上了綠松石的色澤。春天的花兒含苞欲放，原野上的白霧冉冉浮遊，同升自氈包天窗的裊裊青煙連成一串，宛如根根銀鏈牽住着團團雲霧。

查看完畢，牧馬人把馬群趕到白天的牧場上。他出其不意地倏然馳向一匹正在吃草的三歲馬，三歲馬還沒有來得及躲避，三股擰成的套索已經把它嗖地套住。受驚的三歲馬又跳又蹦，拚命掙扎，可是熟練的牧馬人卻不慌不忙地把身軀往後稍仰，用力纏緊套索，使勁拽過套桿，迫使那匹倔強的三歲馬不得不回轉頭來。牧馬人趁勢把套索往前抖了一抖，勒住嗤鼻盛怒的三歲馬的耳根，沒等鬆一口氣，立即連擰了幾轉，然後，跳下整夜與自己為伴的老實的棗紅馬，騰出一隻手來鬆開它的肚帶，解下它的鞍子，拍拍它的背脊，把它放了，給剛抓住的三歲馬套上籠頭和絆子，壓上鞍子，重又鬆開絆子，拄着套桿騎上去。這當口，年輕的牧馬人心中有多舒暢哪，簡直像微波蕩漾的湖水一樣。他飽吸着早晨清新芳香的空氣，策馬回家。

突然，天外飛來一片烏雲，瞬間遮住半爿天空，像在遼闊草原的邊際拉起了一重帷幔。於是，春雨隨着颯颯的涼風來臨。

春雨呵，宛如萬串珠子、千絲銀線一樣嘩嘩降下，給恬靜的草原、碧綠的牧場罩上一層輕紗。雨珠落在湖水裡像珍珠落在玉盤裡似的向四面迸濺，雨珠落在乾土上，地皮陷下了一個個小坑兒，猶同歡笑着的草原姑娘臉上的笑靨。

年輕的牧馬人像是故意要讓春雨洗一洗自己被馬蹄踢起的塵土蒙掩的軀體，既不穿氈袠，也不披雨氅，舒體而騎，冒雨而行。那降自天穹的甘霖洗刷着牧馬人的臉，洗刷着鞍下的馬，也洗刷着草原上的花。

草原上的春雨多麼美好！雨好牧草也好，牧草好馬的膘情也好，馬的膘情好牧馬人從心底裡覺得美好。牧民們都說：「春雨是油不是水呵！」

雨越下越大，顆顆雨珠滴滴答答地打在牧馬人的藍衫上，這聲音對他來說，就像超額完成接駒任務的慶賀的鼓點。

雨過天晴，舉目四望，但見朵朵白雲好像牡丹怒放，托出早晨燦爛的太陽。經春雨洗刷一新的廣闊草原、潔白的氈包、威武的駿馬，以至年輕的牧馬人渾身上下，都被旭日鍍上了一層金。

看哪！在銀碗般圓頂的蒙古包外吃着草的群群綿羊，恰似藍空中白雲的倒影映在了青色的湖水裡一樣。草原是多麼的廣袤，多麼的絢爛呵！草尖隨風翻浪，雨露隨浪滾轉，是香海在洶湧，是浪花在歡笑。

草原上的牧馬人多麼勇敢，多麼健壯！風雪雨露中，臉龐變得像青銅，身體變得像精鋼。他把草原花朵般欣欣向榮的全部青春，獻給了無窮無盡的浩瀚海洋似的社會主義建設事業。

（陳乃雄　譯）

袁鷹

袁鷹（1924— ），江蘇淮安人。作家。著有詩集《江湖集》、《花環》，散文集《風帆》、《悲歡》、《秋水》等。

筏子

黃河滾滾。即使這兒只是上游，還沒有具有一瀉千里的規模，但它那萬馬奔騰、濁浪排空的氣概，完全足以使人膽驚心悸。

大水車在河邊緩緩地轉動着，從滔滔激流裡吞下一木罐一木罐的黃水，傾注進木槽，流到渠道裡去。這是蘭州特有的大水車，也只有這種比二層樓房還高的大水車，才能同面前滾滾大河相稱。

像突然感受到一股強磁力似的，岸上人的眼光被河心一個甚麼東西吸引住了。那是甚麼，正在洶湧的激流裡鼓浪前進？從岸上遠遠望去，那麼小，那麼輕，浮在水面上，好像只要一個小小的浪頭，就能把它整個兒吞噬了。

啊，請你再定睛瞧一瞧吧，那上面還有人哩。不只一個，還有一個……一，二，三，四，五，六，一共六個人！這六個人，就如在湍急的黃河上貼着水面漂浮。

這就是黃河上的羊皮筏子！

羊皮筏子，過去是聽説過的。但是在親眼看到它之前，想像裡的形象，總好像是風平浪靜時的小艇，決沒有想到是乘風破浪的輕騎。

十隻到十二隻羊的體積吧，總共能有多大呢？上面卻有五位乘客和一位艄公，而且在五位乘客身邊，還堆着兩隻裝得滿滿的蔴袋。

岸上看的人不免提心吊膽，皮筏上的乘客卻從容地在談笑，向岸上指點甚麼，那神情，就如同坐在大城市的公共汽車裡瀏覽窗外的新建築。而那位艄公，就比較沉着，他目不轉睛地撐着篙，小心地注視着水勢，大膽地破浪前行。

據坐過羊皮筏子的人說，第一次嘗試，重要的就是小心和大膽。坐在吹滿了氣的羊皮上，緊貼着腳就是深不見底的黃水，如果沒有足夠的勇氣，是連眼睛也不敢睜一睜的。但是，如果只憑衝勁，天不怕地不怕，就隨便往羊皮筏上一蹲，那也會出大亂子。蘭州的同志說，多坐坐羊皮筏子，可以鍛煉意志、毅力和細心。可惜隨着交通運輸事業的發展，這種鍛煉的機會已經不十分多了。眼前這隻筏子，大約是雁灘公社的，你看它馬不停蹄，順流直下，像一支箭似的直射向雁灘。

然而，羊皮筏上的艄公，應該是更值得景仰和讚頌的。他站在那小小的筏子上，身後是幾個乘客的安全，面前是險惡的黃河風浪。手裡呢，只有那麼一根不粗不細的篙子。就憑他的勇敢和智慧，鎮靜和機智，就憑他的經驗和判斷，使得這小小的筏子戰勝了驚濤駭浪，化險為夷，在滾滾黃河上如履平地，成為黃河的主人。

你看，雁灘近了，近了，筏子在激流上奔跑得更加輕快，更加安詳。

一九六一年九月，蘭州

王鼎鈞

王鼎鈞（1925— ），山東臨沂人。曾長期在台灣從事新聞工作。1975年後在美國編寫美國兒童閱讀的中文教材。著有散文集《開放的人生》、《我們現代人》等。

活到老真好

這幾年和中國大陸上的老同學通信，知道他們早已退休，有人在退休時安排了第二職業，現在也交了出去。這給我一個感覺，我們那一代的確是過去了。

這就是老。人握拳而來，撒手而去，先是一樣一樣搜集，後是一件一件疏散，或者如某些人所說，只剩下老妻老狗老酒。我發現大陸上的一些親友對「老」完全不能適應，以致心中沮喪空虛，難以聊生。「革命哲學」是假設人在三四十歲的時候戰死了，或是累死了，不料還有一段晚景頗費安排。

我倒是寫了許多信勸他們。我說老年是我們的黃金時代。人家說黃金時代是二十歲，你想，二十歲我們懂甚麼？懂得茅台和汾酒有甚麼分別嗎？懂得京胡和二胡有甚麼分別嗎？懂得川菜和湖南菜有甚麼分別嗎？我說到了老年，人生對我們已沒有秘密，能通人言獸語。當年女孩子說：「我不愛你」，你想了一整年也想不出原因來，現在她剛要張口你已完全了解。我說上帝把幼小的我們給了父母，把青壯的我們給了國家社會，到了老年，他才把我們還給我們自己。

我說年老比年輕好，一如收穫比墾荒好，或和平比戰爭好。年輕時我們和命運對抗，到老來和解了。成年以前的我們是「危機四伏」，門外一步都是不可知，正所謂「如暗夜行走」。到了壯而行，手裡有地圖，心中有煎熬，天天「冰炭滿懷抱」，靈肉衝突，義利衝突，群己衝突，哪有安寧。謝天謝地，總算老了，跳出三界，不列五行。還用得着自己拿鞭子抽自己的背嗎？還用得着自己拿刀割自己的耳朵嗎？再也用不着一夜急白了鬍子、三天急瞎了眼睛，再也用不着「為伊消得人憔悴」。不喜不懼，無雨無晴。這段話，我的同學少年也聽不進，他們說我是酸葡萄。

老年最忌悔恨，悔恨傷身傷神。我有一篇短文勸人「不要悔」，流傳頗廣。悔恨的聲音還是常聽見，有人說他當年經手公款成億成萬，從未貪污，以致老來受窮。有人說當年官場爭逐，他講義氣讓一步，讓他的好朋友升上去，結果「官大一級壓死人」，一生受這朋友欺負，悔不當年把這廝一腳踹下去。有的老人後悔他以前做過的好事，往往變成很壞的人。中國民間有個詞兒，謂之「老壞」，值得警惕。

美國做學問的人在這方面也有見解。據他們說，許多美國老人眼見老人的福利日減，年輕人對老人的態度也越來越差，社會的道德水準在下降，於是認為社會辜負了他，甚至認為社會欺騙了他。這等人覺得他以前對社會貢獻太多，太不值得，竟想在有限的餘年做些壞事來「平衡」一下，以致老人的犯罪率一再提高。這消息掃盡老人的面子，那天我暗暗立下「最後一個志願」，但願能做個「不太壞」的老頭兒。

能活到老，真好。想想那些我喜歡的作家，曹植活了四十歲，李商隱活了四十五歲，李賀不過二十七歲，徐志摩三十五歲，曹雪芹據說四十八歲。倘若舉行民意測驗，可以發覺人人嫌他們死得早，連曾國藩這樣的人也不過只活六十歲。我們的文章比曹雪芹壞，壽命比他長，有時間多看幾遍《紅樓夢》，多些體會，有機會多看到有關的考證和發現，長些見識，這就是人生的福分。

值得看的景象越來越多，人所共喻。今天的電影拍得比當年精彩，今天的花也開得比當年燦爛，今天的年輕人比我們那一代青年漂亮，有照片為證。大概和營養、教育、風尚都有關係，說不定還加上遺傳，這是寫研究論文的題目。諸如此類，觀之不足。

六十曰老。七十曰耆。八十曰耋。九十曰耄。活到耄耋之年，最怕有長年臥床的疾病，自己苦，家人也苦，連醫生護士也跟着受罪。這是老年的大問題。有幾個中年人談論「你願意怎麼個死法」，一位女士說，她希望在七十歲那年被爭風吃醋的男人從背後開槍打死。女人到了七十歲還能使男人嫉妒得要死，這是何等抱負！被人從背後開槍打死，死前無恐懼，死時無痛苦（痛苦十分短暫），又是何等設計！所以這個答案得了第一——可望不可即。

活到老，真好，可是也別太老，別真的成了滿臉皺紋、一把鬍子的初生嬰兒。老了要能「捨」，能像佛家那樣，歡歡喜喜地捨，該捨就捨，包括生命。在以後的老年福利法裡，應該有一條「安樂死」。

蕭白

蕭白（1925— ），浙江諸暨人。台灣作家。著有散文集《響在心中的水聲》、《浮雕》等。

響在心中的水聲

這個夜晚，你做些甚麼或想些甚麼？

這個夜晚，上去千百年，下來也千百年，甚至更長更久的夜晚；這個夜晚，眼前是燈火，眼前是星光；這個夜晚，門前有風走過，留下一絲絲清涼，秋季要來了，夏季正在逝去。這個夜晚，這個夜晚，我的耳朵裡一直響着水聲，一片嘩嘩的水聲。

你是否也有類似的經驗？在似醒非醒中眼前忽然出現一些意外的景象：一隻風箏，一個陀螺，一枚生鏽的銅幣，一棵果實纍纍的銀杏樹，或是一張笑臉，一張哭臉，有時也可能是一陣鳥叫……它常常令我困惑，不過有時候也是一種快慰，像這片水聲，似是無端必也有端，它的起端在過去的時日，一度接觸，一度熟悉，一度，因為這個夜晚，一聲聲從沉澱的心中爬出來，從認為早已遺忘的記憶裡爬出來，過去並未完全過去，至少並未徹底湮滅。

在水聲裡，眼前出現一條溪流，一條小小的溪流，淌出荒谷，淌過叢林、斷崖和飄着炊煙的村落，淌向遙遠的平原。我從上面認識的蜿蜒與流失，流失的春天、夏天、秋天、冬天。大概不可能記得生命的第一口吮飲了吧？我們都經過第一口吮飲，這第一口是一切的開端，從此步上人生，從此開始去迎接未來。這第一口多半是一小匙黃連湯或母親的乳漿。無論是黃連湯或是母親的乳漿，都是第一口，也都脫不了溪流的關係，我確是如此。居住在那條溪邊的每一個人也是如此，因此可以說第一口飲進的便是水聲。似乎不必去追問何以要用黃連苦湯作開口？就是母親的乳漿也甚少甘味，你從這上面體味到甚麼嗎？我明白如此進行的一次傳遞儀式，傳遞着人類的「源遠流長」，傳遞着人類生活中必不可免的遭遇。

我自然有充分理由去想這條溪流，和追溯它的性情。水聲唱過去，唱過那個匍匐兩岸的山村。記不記得擠擠挨挨的青色大宅院，巍然的門台上鑲着獸頭。一隻角的獸頭，他們說是麒麟，誰又見到過麒麟？眼睛裡的許多事物都是不曾見過的，一點一滴來自上一代的流傳。既然如此說，也便如此相信，因而過了數百年，腦子裡仍有一隻麒麟，甚至增添了「麒麟送子」另一種抽象。抽象由於單調而擴張，道士的符咒，乩童的顫抖，玩戲法的漢子又來了，在宅院門外，耍着刀劍，或刀劈活人，畢竟發生了一次血淋淋的慘劇，仍然不能刺醒習慣的沉迷，於是第二年又回到了原樣。大門上當然有一對銅門環，門環銜在獅口裡，每一次叩擊響起清脆的叮噹，從這聲音裡繫着煊赫家世與時間的失落。然而沒有人會去理會，至多欣賞一番滿壁塗着的古老，也只是偶然欣賞。古老與不古老並不深究，他們看古老如看現在，甚至十分嗜好於這份古老。你可曾留意過屋瓦下面的演出嗎？幾乎每一片屋瓦下面都在上演生生死死。我記得小時候用殺死的蚱蜢或蜻蜓去誘逗成群的螞蟻，後來換了人，一個個人，我後面的人。每聽到先一響後三響的鑼聲，後面必然跟隨哭泣的行列。我也聽熟了飛鳳坡上的山風，日夜捲起沸騰的松濤，在那些年月裡的年歲，還不懂得去拾松子，就算拾一次松子，也是為了給爐子生火。極單純的願望，倒是喜歡看醉臥在青石階上的漢子。在那些黃昏，風又走在他的身上，搧着鼾聲。屬於穿涼亭的涼涼石階，夏日的午後逃避炎熱的所在，通常也在此時在此地出現木蓮豆腐的擔子，在這島上叫做愛玉冰。放了許多青梅、紅絲和薄荷水。那情形也出現在祠堂門口，和祠堂門口的井水一樣清涼。那口水井卻是一個故事，說是挖到相當程度時，聞到了下面人家的雞啼犬吠呼兒喚女之聲。人們相信「三十三天天上天」，既然天上有天自然地下也有地，無非為了形容它的深度，因為有如此深，井水才得如此清涼，或者說它的清涼由於它有如此深度，那樣地驕傲着關於一口井的成就。我們也有許多時間在向井中找尋下面的世界。其實它只是一口普通的水井，天冷時會冒熱氣的水井。這口水井一度被木蓋封鎖，在戰爭接近的年頭，戰爭的另一方，曾卑鄙地在井中下過足以置人於死地的毒藥。戰爭，也在那時認識了戰爭的面貌。摟抱廟宇中的高大石柱，摟抱着斑駁紛紛與接受一份透心的森寒，以及普遍浮現的古銅色的臉膛，以及，以及，我似乎越想越遠了。

不過我必須說，這些並非與水聲全然無關。一條溪流有有形部分，也有看不見的無形部分，無形部分也是最深刻部分。幾乎川流在每一個生活在這溪邊的人們的身上，它像是一些脈絡，盤踞於這片土地的每一個角落。特別在這個夜晚，在我走出來許多年許多年後的夜晚，似乎一下子排開了層層遮攔，以致溪流的形象與水聲的活躍變得十分裸露，我聞到它的呼吸，聽到它的吶喊。我看到一堆堆三月升騰的雲樹，我看到煙雨漫過的荒郊，我看到布穀鳥翅膀底的半裸身子，與陽光照射的天空對峙，汗水從背脊滾向泥土，犁鋤響起叮噹，我看到深夜的石灰窯山谷，冒出熊熊煙火，捏鐵錘的粗壯胳膊，鮮明的線條刻畫出另一種粗獷的紋身，你說它原始，它本來原始，原始最是流行，原始流動過忽上忽下的村道，原始留在粗糙的石板橋上，和更多的原始生根於腦袋。本來原始，我們本來是茹毛飲血的原始的後代。鬍子爺爺在這時銜着長煙袋走來，雙襟頭布鞋跨過由水聲裂開的兩岸。嘴裡吐一口口悠閒。如果坐下來，坐下談談，談着某家某戶，談一窩豬八胎，談新媳婦眼睛「蘿蔔花」，談雷殛的大樟樹，蟬聲，竈台上冷卻的荷葉粥、長板凳、艾香，老祖母的蒲草扇，那麼多的手姿，蒲草扇打出節奏，拍落亂投而來的螢火，從腳下踏死的影子，去預卜一年收成。總是聽說：「銀河直，稻結實。」我常常懷疑銀河，銀河裡有水無水？無水的銀河何以叫河？但是從此讓我知道銀河，知道鵲橋，知道牛女兩宿，知道說「七簇扁擔短拄稻桶星，唸得七遍會聰明」。我希望聰明，也如是相信，於是深閉一口氣，一口氣唸上七遍。老祖母說「白娘娘與許仙」，說「梁山伯與祝英台」，也許太幼小，不需要那麼多淒哀，寧願由自己去編織新奇。在溪邊挖口小井，種小魚、小蝦，種頭上飛過的雲彩與天空的顏色，滿山去找毛栗樹，一條長長藤蔓上垂掛一隻隻如鈴的酸梨。那年，第一次攀上獅子岩，去摸觸岩石獅子的雙目，岩石獅子的雙目迷信着人們的幸福，那年小堂姐要出閣了。帶我去的也是小堂姐。反正離不開傳說，傳說流行在夏夜的曬穀場上或冬季的爐邊。願不願聽聽棋盤橋釀成的悲劇？或許理應說溪流是導演，大雷雨之後突發的山洪是導演，而這一悲劇中的第一主角是我的夥伴。山洪來時他和棋盤橋一起坍落水中，我目睹他的升沉，一聲聲掙扎出呼救聲，岸上投下竹竿，繩索，和雜亂的腳步，山洪如憤怒的奔瀉，難怪被說成「出龍神」了。呼救聲漸去漸遠，終於不見人影。嘆息無補於事，事實上那位傷心的母親幾天後離開了山村，她說不願也不敢再見到這條溪流。溪流似乎是罪魁禍首，但對它既無法懲罰又無法饒恕，走也許是理所當然。她走得很遠，遠去上海，然而第二年夏季卻傳來了死在曹娥江上的消息，據說是自己從船頭躍入水中的。這條溪流正好注入曹娥江，那麼他們母子會合了。至於那位活着的父親，從此放下耕作，每天守着橋頭，不用問以後了，以後傳遍河水鬼的恐怖，在落日之後，我們被禁止走近溪邊。雖然無人見過河水鬼，偏有紅肚兜、藍頭髮、綠眼睛一說。不過時間會使一切平息，不久棋盤橋修復後，溪水中又有戲水的孩子。青石埠頭上，洗衣婦的搗衣聲，更是一年繼一年，一個清晨又續一個清晨。

生命既脆弱又頑強，一開始便是如此告白了，是以有許多時間處於絞扭，通常可以看到這兩者的連鎖。從這觀點很容易在人們身上發現幾乎屬於對立的特點。一時強悍，一時馴順，卻又能捏塑成某種程度的和洽。甚至對愛恨也是一般情調，擠壓到非生即死的短距離，這也正像那條出谷的溪流。對於溪流，依靠多於喜愛，它關連着生存，所以相信溪流就是溪流，不會去在意川流中譜出的水聲，甚至無暇去一顧水聲，我也只是偶然得着印象。那年躲避寒熱，人們相信病由魔起，必須躲避。我被移到春福叔叔空下來的小樓。小樓半架溪上，一夜、兩夜、三夜。窗外是老了的秋山，深靜中水聲在樓下嘩然，我第一次深刻地認識溪流。水聲則宛如喚醒，喚醒着遠來遠去，喚醒着掙扎與歡笑。當熱去冷過，窗洞中月落星移，水聲也如掛入天空，和掛在對岸一排腐朽的旗杆上。而風總是搖撼後面的祠堂的檐角，角鈴響出叮叮。你想到過舊時祠堂在那個空間裡樹立的尊嚴嗎？每一位族長都有一副嚴肅的面貌，他們往大廳的太師椅上一坐，下面跪着的便是待罪子孫。小時候我就看過一次這種場面，一對遠房的叔嫂，好像是說通姦吧，被鄰居送進祠堂，他們的手腳捆綁，腦袋低垂胸前，那位叔叔偷偷地眇着坐在上面的鬍子臉，看這些臉上的嘴如何動法，是「沉水」還是「逐出」？幸好那年那時溪中的水潭淺了，聽到錦山爺爺說「請家規」。家規刻在一對發光的檀木板子上，板子對着男子的光屁股揮動，揮出一陣劈啪，板子上立刻沾上了受罰者的鮮血，而且永遠無法抹掉，然後看着他跛着腿走出村口。那位女的從輕發落，掌頰之後由她回去。然而第二天發現她懸樑自盡了。從祠堂大門，正月裡牽出龍燈，正月十六在九里阪和黃姓展開械鬥。兩姓結怨因一塊祖上的墳地，械鬥進行了百年，械鬥有大有小，小時動動棍木，大時搬出真刀真槍。我不明白祠堂與溪流如此貼近，像是兩條血管，插入同一個身上。自然溪流之水也視為血液了，其珍視的程度甚至勝過血液，為一注水不惜流血，於是一場命案又一場命案，都由爭水而起。為一注水，父親在夏日的灘頭守着長夜，用水車、吊桶汲水去潤濕龜裂的土地，聽到水聲的嘩嘩流動，在臉上出現笑的滿足。沒有太多的奢望呀！歸結起來幾個字：一頭牛、一張犁、一倉穀、一房麵糰有福相的媳婦。可是又不免聽到苦旱祈神的法螺。獅岩山上席棚裡供着比我養在小井裡還小的魚蝦，卻硬說是東海龍王，從兩百里外迎來，法螺嗚嗚，嗚嗚之聲淒淒，這時才知人間的無奈。湊巧來一場雨，又多一分虔誠。古老有時是一種愚騃，然而也是一種憑藉。流行着一句話：「靠天吃飯。」秋收後一場野台戲，溪邊的野地上搭起戲台，收割後的田地佈滿淩亂的腳印。半夜之後，打瞌睡的戲子，打瞌睡的觀眾，打瞌睡的小販，溪流的水聲靜了，靜在走來的冬季裡。

不錯，這個夜晚我想的就是這些，由水聲引出來的，耳朵裡還是水聲，水聲響着嘩嘩，嘩嘩地響遠去，你想不想？

殘雪斷想

岑　桑
岑桑（1926—　），廣東順德人。作家。著有《岑桑散文選》等。

殘雪不甘淪落，東一堆，西一堆，在那坑坑窪窪的地方，還積得老深，散發出令人戰慄的寒氣。

所以，你還不相信隆冬已盡，春天已經來臨了嗎？

那時候，朔風凜冽，周天寒徹，我們這個世界埋在堅冰底下，氣息奄奄。人間是喑啞的，歡樂和樹林一起凋零了。希望蜷伏在凍土的深處冬眠；生活的光彩都已褪盡，歌聲都已隱沒，只有嘆息，只有風聲和寒鴉的啼叫。人們心都碎了，神經都麻木了。綠色的信念隨着枯枝敗葉慢慢地枯萎，如果說世界還有鮮麗的色彩留存，指的也許就是雪原之上的斑斑血迹了。

那簡直是一個漫長的冰川時期呵！

長夜裡，人們習慣於在苦寒和無望中生活，以致到了冰消春暖的時光，對於時序的遷流，竟還有人木然不敢置信。

莫非正是因為這樣，你才不相信春光就在眼前？

殘雪不甘逝去，這裡一攤，那裡一攤；在那背着陽光的角落，還積得很厚，發出咄咄逼人的餘威。

所以，你還不承認隆冬已盡，春天已經來臨了嗎？

那時候，千里冰封，萬里雪飄，我們這個世界委實凝結得太久太久了。人們屈處於冰雪的淫威之下，痛苦地期待着、期待着。對於春天的渴望，使他們焦灼得快要撕裂自己的胸膛。

呵，甚麼時候，才有彩蝶蹁躚，才見群鶯飛舞？甚麼時候呵，才讓繁花競放，樹木蔥蘢，蜂房釀滿蜜汁，人心注滿情誼？……

美麗的期待，在人們心懷裡跳蕩不安；因為生活荒涼已久，誰也難以繼續忍受了。人們祈求一夜之間冰化雪消，花繁葉茂；而堅冰畢竟太厚，最初的春色畢竟還不夠濃艷。現實並無點化而成的奇迹，得以滿足人們可以理解的迫切心願，以致到了飛燕銜泥的時光，竟還有人感覺不到如今已是換了人間。

莫非正是由於這樣，你才不承認春光就在眼前？

殘雪以它白皚皚的回光，刺痛我們的眼睛；然而它正在崩潰，再也堆不起幾個雪羅漢了。

殘雪以它冷冰冰的神態，傲然盤踞在依舊可容立足的東邊一角、西邊一隅；然而它正在沒落，再也不能無休無止地扼殺大地的生機了。

殘雪呵，你是醜惡勢力絕不甘心退隱的明證；也是它擺脱不掉敗亡命運的象徵。你是屬於冬天的，有着冷酸而淩厲的秉性；然而你以自身殘缺的形象，反證了春的勝利，我們因之得以透過你的寒光，探尋到切切實實的春意。

隆冬潰退了，殘雪是為它殿後的。

時間無情，卻也深情，它讓該死的死，該生的生；讓該詛咒的歸於毀滅，該讚美的鬱鬱蔥蔥。

春天從天外輕盈地飛了回來，化作柔風和雲雀。

春天從地裡悄悄地冒了出來，化作卉葉和芽苗。

春天從山間喧鬧地奔了過來，化作溪流、河川和波光瀲灩的湖泊。

春天化作一千一萬種生命的形式；還化作歌聲，還化作微笑，還化作溫暖和美麗的色彩……

久違了，春天，你這生機萌發的美妙時節！今天我們貼起揮春，掛起燈籠，架起高矗的彩樓，點起不眠的燈火；孩子們還燒起他們的爆竹和煙花，姑娘們還戴起她們的蝴蝶結，穿起她們的花衣裳，高高興興，衷心把你歡迎。

呵呵，春天，唱不盡的大好時光！比起我們對你如此激動的情懷，這一切加起來又算得上甚麼？

我想最好還是用我們剛剛蘇醒過來的希望，來把你歡迎吧！

我想最好還是用我們剛剛升騰而起的志氣，來把你歡迎吧！

我們要用自己的志氣，把希望點燃，煽得它通明透亮，煽得它烈焰飛揚，把那希望的火炬高高舉起，插上泰山之頂，樹在昆侖之巔。

殘雪呵殘雪，當希望之火越燒越旺，我們將懷着寬慰的心情，看見你呵，你這隆冬的餘孽終於徹徹底底溶入泥濘，墜於溝壑，化作攤攤污水。

就在那樣的時刻，我們那綠色的夢幻，將會在現實中明確無誤地呈現出來，一天濃似一天，一層濃似一層……

一九八〇年二月

憶明珠

憶明珠（1927—　），山東萊陽人。作家。著有散文集《墨色花小集》、《荷上珠小集》、《落日樓頭獨語》等。

石破天驚的詩句

石破天驚的兩句詩，是李白的：

日月終銷毀，
天地同枯槁。

——《擬古》其八

哪裡有萬古不朽的紅太陽！連李白，連早我們一千數百餘年的李白，都確認這一點。雖然直至今天太陽還高高地懸在天空，安然無恙，並未銷毀，還很紅呢！而且據說在天體中，它還很年輕！然而不要迴避，它不會一成不變，它終究要銷毀的。

人不能不死嗎？

不可能！

日月星辰，都要死的。

我們腳下的大地，古人叫它做大塊的。《莊子》曰：「大塊載我以形，勞我以生，佚我以老，息我以死。」人，無不死在大地上，而以大地為最後的歸宿。而大地，並非永不沉沒的方舟，它也有不可避免的末日。

有生就有死！

大悲哀！

生無止息，死無止息，大悲哀亦無止息！

說是「換了人間」，我們是新社會了，還有甚麼大悲哀呢？

那是另一回事。社會的變革，可以把土葬改為火葬，可以把「祭文」改為「悼詞」，但能無葬、能無悼嗎？有葬有悼就有大悲哀。因為到了新社會，人，仍然總是要死的。

有死，有死生之際，就有大悲哀。

文學中表現一點點這種大悲哀，怕甚麼呢？李白就敢於說：

日月終銷毀，

天地同枯槁。

尖銳！一箭中的！甚麼英雄事業，壯麗江山，生花妙筆，絕代紅顏！全被他一箭穿個粉碎！

一切的一切，有甚麼了不起的啊！無不終銷毀而同枯槁！看不到這一點，想不到這一點，那是自欺欺人。看到了，想到了，說是不生大悲哀，若非偽君子，必是偽聖人，——偽之集大成者也！

然而，大悲哀並不意味着大悲觀。

我們生活着的這個星球上從無生命到有生命，不知經過億萬斯年；從有生命到有人類生命，又不知經過億萬斯年；從有人類生命至有人類生命中之一的我的生命，至有我這樣的一個人，我怎能不自視為生命史上的一支無比輝煌燦爛的生之凱歌！試想，從給我以生命的原始人遠祖算起，為了種族的生存、發展，世世代代，經歷了多少艱險！多少危難！多少多少回的饑饉凍餒！多少多少回的病魔追尋！多少多少回的刑戮相加，多少多少回的水火交侵！多少多少回的置之死地而復生！我怎可不惜之，敬之，珍之，愛之，而隨便虛抛浪擲我難得享有的一生！又怎可不惜之，敬之，珍之，愛之，而隨便虛抛浪擲我難得享有的一死！我的生命，我的理智，我的良心，決不會容忍的。生而不免一死，死而不能復生，這法則本身，既給生死之際以大悲哀，又充分顯示了生與死的崇高和偉大，一個人要敢於擁抱生，更敢於正視死！

李白的令人敬佩之處，在於他不自欺欺人，不偽善偽聖。他敢於正視並敢於説出無論人生和宇宙都有悲劇的結尾在那兒恭候着，卻不自陷於虛無和悲觀，反而創造出他那風流瀟洒、光彩流麗獨具一格的生活方式，遊戲天子，嘲弄權貴，不為利韁，不為名累。好山水，「五嶽尋仙不辭遠，一生好入名山遊」。好飲酒，「但教主人能醉客，不知何處是他鄉」。好賦詩，「興酣落筆搖五嶽，詩成笑傲凌滄洲」。他好像活得比誰都快活！比誰都天真爛漫！對！看破紅塵，看到了人生和宇宙終端的那個黑洞，但，並不跌進去，而是回過頭來，重新走進紅塵，有滋有味地有板有眼地好好過活。活着的時候，嘴邊銜着一絲會心的微笑；死去的時候，眼角湧一顆晶亮的淚珠。這樣的人，不論在古代，在當代，我不信他不熱愛公眾，不熱愛人類和未來的！

前些時曾寫過一首小詩，好像與這篇短文所説的有點相通的東西，且抄在這裡，隨人怎樣理解吧——

風景入目最佳處，
不在此岸，
不在彼岸。

向前走，
走過橋去，
再回頭，
回到橋中間。

紫藤蘿瀑布

宗　璞

宗璞（1928—　），北京人。女作家、翻譯家。著有小說集《紅豆》，散文集《丁香結》等。

我不由得停住了腳步。

從未見過開得這樣盛的藤蘿，只見一片輝煌的淡紫色，像一條瀑布，從空中垂下，不見其發端，也不見其終極，只是深深淺淺的紫，彷彿在流動，在歡笑，在不停地生長。紫色的大條幅上，泛着點點銀光，就像迸濺的水花。仔細看時，才知那是每一朵紫花中的最淺淡的部分，在和陽光互相挑逗。

這裡春紅已謝，沒有賞花的人群，也沒有蜂圍蝶陣。有的就是這一樹閃光的、盛開的藤蘿。花朵兒一串挨着一串，一朵接着一朵，彼此推着擠着，好不活潑熱鬧！

「我在開花！」它們在笑。

「我在開花！」它們嚷嚷。

每一穗花都是上面的盛開、下面的待放。顏色便上淺下深，好像那紫色沉澱下來了，沉澱在最嫩最小的花苞裡。每一朵盛開的花像是一個張滿了的小小的帆，帆下帶着尖底的艙。船艙鼓鼓的，又像一個忍俊不禁的笑容，就要綻開似的。那裡裝的是甚麼仙露瓊漿？我湊上去，想摘一朵。

但是我沒有摘。我沒有摘花的習慣。我只是佇立凝望，覺得這一條紫藤蘿瀑布不只在我眼前，也在我心上緩緩流過。流着流着，它帶走了這些時一直壓在我心上的關於生死的疑惑，關於疾病的痛楚。我浸在這繁密的花朵的光輝中，別的一切暫時都不存在，有的只是精神的寧靜和生的喜悅。

這裡除了光彩，還有淡淡的芳香，香氣似乎也是淺紫色的，夢幻一般輕輕地籠罩着我。忽然記起十多年前家門外也曾有過一大株紫藤蘿，它依傍一株枯槐爬得很高，但花朵從來都稀落，東一穗西一串伶仃地掛在樹梢，好像在察顏觀色，試探甚麼。後來索性連那稀零的花串也沒有了。園中別的紫藤花架也都拆掉，改種了果樹。那時的說法是，花和生活腐化有甚麼必然關係。我曾遺憾地想：這裡再看不見藤蘿花了。

過了這麼多年，藤蘿又開花了，而且開得這樣盛，這樣密，紫色的瀑布遮住了粗壯的盤虬臥龍般的枝幹，不斷地流着，流着，流向人的心底。

花和人都會遇到各種各樣的不幸，但是生命的長河是無止境的。我撫摸了一下那小小的紫色的花艙，那裡滿裝生命的酒釀，它張滿了帆，在這閃光的花的河流上航行。它是萬花中的一朵，也正是由每一個一朵，組成了萬花燦爛的流動的瀑布。

在這淺紫色的光輝和淺紫色的芳香中，我不覺加快了腳步。

一九八二年五月六日

李國文

李國文（1930—　），上海人。作家。著有長篇小說《花園街五號》、《冬天裡的春天》，短篇小說《月食》等。

淡之美

淡，是一種至美的境界。

一位年輕的女孩子，在你眼前走過，雖是驚鴻一瞥，但她那淡淡的妝，更接近於本色和自然，好像春天早晨一股清新的風，就會給人留下一種純淨的感覺。

如果濃妝艷抹的話，除了這個女孩表面上的光麗之外，就不大會產生更多的有韻味的遐想來了。其實，濃妝加上艷抹，這四個字本身，已經多少帶有一絲貶意。

淡比之濃，或許由於接近天然，似春雨，潤地無聲，容易被人接受。

蘇東坡寫西湖，曾經有一句「淡妝濃抹總相宜」，但他這首詩所讚美的，「水光瀲灩晴方好，山色空蒙雨亦奇」，也是大自然的西湖。雖然蘇東坡時代的西湖，並不是現在這種樣子的。但真正欣賞西湖的遊客，對那些大紅大綠的，人工雕琢的，車水馬龍的濃麗景色，未必多麼感到興趣的。

識得西湖的人，都知道只有在那早春時節，在那細雨，碧水，微風，柳枝，槳聲，船影，淡霧，山嵐之中的西湖，像一幅淡淡的水墨畫，展現在你眼前的西湖，才是最美的西湖。

水墨畫，就是深得淡之美的一種藝術。

在中國畫中，濃得化不開的工筆重彩，毫無疑義，是美。但在一張玉版宣上，寥寥數筆，便經營出一個意境，當然也是美。前者，統統呈現在你眼前，一覽無餘。後者，是一種省略的藝術，墨色有時淡得接近於無。可表面的無，並不等於觀眾眼中的無，作者心中的無，那大片大片的白，其實是給你留下的想像空間。「空山不見人，但聞人語響。」沒畫出來的，要比畫出來的，更耐思索。

西方的油畫，多濃重，每一種色彩，都惟恐不突出地表現自己，而中國的水墨畫，則以淡見長，能省一筆，決不贅語，所謂「惜墨如金」者也。

一般說，濃到好處，不易；不過，淡而韻味猶存，似乎更難。

咖啡是濃的，從色澤到給中樞神經的興奮作用，以強烈為主調。有一種土耳其款式的咖啡，煮在杯裡，釅黑如漆，飲在口中，苦香無比，杯小如豆，只一口，能使飲者徹夜不眠，不覺東方之既白。茶則是淡的了，尤其新摘的龍井，就更淡了。一杯在手，嫩蕊舒展，上下浮沉，水色微碧，近乎透明，那種感官的怡悅，心胸的熨帖，腋下似有風生的愜意，也非筆墨所能形容。所以，咖啡和茶，是無法加以比較的。

但是，若我而言，寧可傾向於淡。強勁持久的興奮，總是會產生負面效應。

人生，其實也是這個道理。濃是一種生存的方式。淡，也是一種生存方式。兩者，因人而異，不能簡單地以是或非來判斷的。我呢，覺得淡一點，於身心似乎更有裨益。

因此，持濃烈人生哲學者，自然是積極主義了；但執恬淡生活觀者，也不能說是消極主義。奮鬥者可敬，進取者可欽，所向披靡者可佩，熱烈擁抱生活者可親；但是，從容而不急趨，自如而不窘迫，審慎而不猖躁，恬淡而不凡庸，也未始不是又一種的積極。

一個人活在這個世界上，不管你是舉足輕重的大人物，還是微不足道的小人物，只要有人存在於你的周圍，你就會成坐標中的一個點，而這個點必然有着縱向和橫向的聯繫。於是，這就構成了家庭、鄰里、單位、社會中的各式各樣繁複的感情關係。

夫妻也好，兒女也好，親戚、朋友也好，鄰居、同事也好，你把你在這個坐標系上的點，看得濃一點，你的感情負擔自然也就重；看得淡一點，你也許可以洒脱些，輕鬆些。

譬如交朋友，好得像穿一條褲子，自然是夠濃的了。「君子之交淡如水」，肯定是百分之百地淡了。不過，密如膠漆的朋友，反目成仇，又何其多呢？倒不如像水一樣地淡然相處，無昵無隙，彼此更恰洽些。

近莫近乎夫婦，親莫親於子女，其道理，也應該這樣。太濃烈了，便有求全之毀，不虞之隙。

尤其落到自己頭上，一旦要一張甚麼自畫像時，倒是寧可淡一點的好。

物質的慾望，固然是人的本能，佔有和謀取，追求和獲得，大概是與生俱來的。清教徒當然也無必要，但慾望膨脹到無限大，或爭名於朝，爭利於市，或慾壑難填，無有窮期；或不甘寂寞，生怕冷落，或欺世盜名，招搖過市。得則大欣喜，大快活，不得則大懊喪，大失落。神經像淬火一般地經受極熱與極冷的考驗，難免要瀕臨崩潰邊緣，疲於奔命的勞累爭鬥，保不準最後落一個身心俱弛的結果，活得也實在是不輕鬆啊！其實，看得淡一點，可為而為之，不可為而不強為之的話，那麼，得和失，成和敗，就能夠淡然處之，而免掉許多不必要的煩惱。

淡之美，某種程度近乎古人所説的禪，而那些禪偈中所展示的智慧，實際上是在追求這種淡之美的境界。禪，説到底，其實，就是一個淡字。

人生在世，求淡之美，得禪趣，不亦樂乎？

離別

林 非

林非（1931— ），江蘇海門人。作家，學者。著有專著《魯迅前期思想發展史略》、《現代六十家散文札記》，散文集《離別》、《中外文化名人印象記》等。

一個高昂和挺拔的背影，一個被撫摸着長得這麼碩大的背影，終於消失在匆匆奔走的人群中間，消失在候機大廳的盡頭。真可惜自己的眼睛無法跟着他拐彎，要不然的話，就能夠瞧着他登上飛機了；更遺憾的是自己這雙眼睛，無法看見地球的那一邊，要不然的話，就能夠瞧着他在芝加哥走下飛機了。

當我正憂鬱地陷入沉思時，肖鳳輕輕拉着我手腕，我們的眼睛默默對視着，我怕她會哭起來，她卻在淒惋的神情中，勉強地露出了笑容，像是自言自語地搖着頭說：「為甚麼不再回頭瞧我們一眼？」

不算太大的候機廳，跨過去幾十步路，就邁到了那一端，其實他已經有多少次回過頭來。除非不遠行，永遠廝守在我們身邊，否則總會有今天的別離，我們度過了多麼閉塞和單調的青年時代，當兒子在吮吸着肖鳳的乳汁時，我們甚至連做夢都不敢想像，這逗人喜愛的嬰兒，能有遠渡重洋去負笈留學的機會。

肖鳳說過多少回，我們早已失掉這樣走向世界的機會，應該讓兒子去外面闖蕩一番，認識整個的人類，是如何打發自己日子的。大概是因為志向高遠的緣故，才出乎我的意料，止住了應該會流出的眼淚。

我們身旁有個也在送行的母親，瞧着她兒子匆匆離去的背影，嗚嗚地哭了起來。我的心變得沉甸甸的，猜測着自己的兒子，此時已經坐在飛機上了嗎？我突然回想起幾十年前，自己比兒子還要年輕得多，最心疼我的母親，希望我趕快離開令人憂傷的家鄉，去上海的中學唸書，於是在一個陽光明媚的早晨，當我跟她告別上路時，她眼睛裡也閃爍着像肖鳳這樣痛楚的光芒，強打着精神囑咐我：「用功唸書，別想念家裡。」我當時絲毫也沒有覺察，她這顆疼愛我的心，已經沉甸甸地墜落下去，只有在今天我才懂得了，因為我這顆沉甸甸的心，剛在往下墜落啊！可是我已經無法向她傾訴了，只有默默地祝願她，在泉壤底下靜靜地安息。

肖鳳怎麼會變得如此堅強，竟還勸那位哭泣的母親說：「兒子去留學，多好的事兒，幹嗎要哭呢？」

我覺得自己的眼眶裡，正在湧着淚水，絕對不敢開口說話，怕這輕輕的震顫，淚水會掉下來，我默默地拉着肖鳳，悄悄地走開了。

回家的路上，望着一棵棵碧綠的大樹，在車窗外面慌張地往後退去，像是很忙亂地跟我們揮手告別。我們輕輕地說話，回想兒子剛學會走路的那一陣，左手緊緊地拉住我，右手緊緊地拉住肖鳳，也在綠茵茵的草地上邁步，也望着高聳的大樹，望着天空裡飄浮的白雲，那一雙烏黑的眼睛，閃爍着神往而又奇異的光芒，還老在咯咯地笑，我們一起瞧着他又大又亮的眼睛，想問他為甚麼笑？他當然還不會回答這樣深奧的問題。

一個混混沌沌的兒童，怎麼在霎時間就變成聰明和瀟洒的大學生了？怪不得我的頭髮全都花白了。

兒子有一回去天津講課，詢問我柏拉圖和西塞羅的掌故，雖然都讀過一點兒，卻還是回答得不好。而且他的許多興趣和愛好，也已經跟我們迥然不同了，譬如說他就否定了我們在十多年前，教他如何欣賞音樂的見解，認為這不是為了陶醉在迷人的旋律中，而是要宣泄人世間的煩惱和痛苦。肖鳳曾背着兒子，悄悄地跟我說：「大人這麼愛他，他有甚麼痛苦？」

「每一代人總會有自己的痛苦。」我迷惘地搖着頭，頓時覺得兒子已經長大，已經走出了父母悉心給他營造的小天地。

在深夜裡，三個人海闊天空地閒談，是全家最歡樂的時辰。肖鳳提起了兒子的婚姻大事，這已經在她心裡翻滾了許久。

想不到平時總樂呵呵的兒子，竟帶着點兒傷感，帶着點兒嘲諷的口氣說：「你們兩位教授的工資，加起來都不及一個賣菜的小販掙得多，能有漂亮的女孩兒，看得上生在這種家庭裡的兒子？」

肖鳳忿忿地說：「人總得看本身的價值！」

「媽，收起你高雅的理想主義吧，它已經過時了。」兒子輕輕拍着肖鳳的肩膀，阻止她再往下說，裝得很深沉的樣子笑了。

好勝的肖鳳，卻不願跟兒子辯論，隔了一陣才悄悄跟我說：「克林頓夠了不起了吧，可是在他母親的眼裡，永遠是個小孩兒。」

就是在那天夜裡，兒子說要去考「托福」和「GRE」。很快考完了，還考得真好，而且得到了芝加哥一所大學的獎學金。這時候我才清醒地意識到，兒子快要離開我們了。不是嗎？他正坐在那一架遠航的飛機上。

回家的路上，我們回憶着兒子的多少往事，剛開了個頭，就到達了家中，推開門，覺得陰凄凄的，冷颼颼的，儘管外面正是晴朗和灼熱的盛夏天氣，往日的歡樂都到哪兒去了？哦，在那一架剛離開地面的飛機上。我頓時又想起母親送自己遠行前的話兒：「大丈夫志在四方！」是啊，總是這樣一代代地活下去，總得讓年長的一代，去咀嚼人世間這苦澀的滋味。

肖鳳走進兒子的小屋裡，輕輕撫摸着他寫字的桌子，撫摸着他今天早晨還睡過的被褥，眼淚終於掉了下來。從今以後她會天天關心着芝加哥這陌生的城市，思念着兒子正在那兒幹甚麼？她會永遠懸着一顆心，祝福着那像謎一樣遙遠的地方。

一九九三年十月

邵燕祥

邵燕祥（1933— ），浙江蕭山人。作家。著有詩集《在遠方》、《遲開的花》，雜文集《蜜和刺》、《熱話冷説集》、《憂樂百篇》等。

虹

過路雲，過路雨，來去總是匆匆。天空是旋轉舞台，這邊雨還沒有過盡，那頭捉迷藏的陽光已經抖出一束又一束金輝。

於是，我們踩着院裡的積水，喊：「出虹啦！出虹啦！」①

大人們立刻提醒，別拿手指點，拿手指點要爛眼邊兒。

這是小時候的記憶。

天上的虹，以其鮮明、絢爛、莊嚴和神秘，飛架在童心裡：它的兩頭落在哪兒呢？

五月的草原。

大青山下，我們的車和敲打車身的風雨都是草原上的過客。

忽然，憑空出現了那麼恢宏的彩虹。它只容得無聲的驚嘆。一切言語都為之失色。

① 這裡虹讀作槓（gàng），查字典只有紅（hóng），降（jiàng）二音，可能是後者的音轉，是北京舊日特有的讀法吧。

這是一座比一切牌樓、彩門都瑰偉的、渾然天成的凱旋門。草尖上的水珠都反射着它的沉着的歡欣。此時應有鼓樂從縹緲的天際傳來。

我們正在呼瑪河口等待上船，幾乎被一陣猛烈的雨掃興，雨停，在沒有一座橋的黑龍江上，橫過一段虹橋。一段虹橋，輝映於黃昏的斜照。這闊大的江天，帶雨的雲還無處躲，時時漏下蝸牛大的雨滴。

前人詩詞裡有「斷虹殘雨」四個字。

那是在郵亭驛路，也許是平沙渡頭，那是千百年前的斷虹，千百年前的殘雨。

黑龍江上的虹，是怎樣的虹啊，它也許還從來沒被人驚異地、親切地歌詠過。

歌詠過的，只是：黑龍江的波浪……

我看到太平洋上的虹了。

十二月的珍珠港。落在亞利桑納號甲板上的驟雨，層層疊疊衝打着亞利桑納號左舷的浪……不是亞利桑納號，而是在它沉沒處建起的紀念館。

層層疊疊的雲掩不住歷史的激情。遙遠的雷聲。閃電過了。

在想不到會出虹的地方，閃出虹來。

時間在上午，那虹出在西邊。

小時候，總想探究那虹的兩頭起落在哪兒。幾十年後，知道那是從海到海，從天到天，永遠走不到的地方，永遠可望而不可即。

我一見虹彩高懸天上，
　這顆心便歡跳不止；
從前小時候就是這樣；
如今長大了還是這樣；
以後我老了也要這樣，
　否則，不如死！
兒童乃是成人的父親；
我可以指望；我一世光陰
自始至終貫穿着天然的孝敬。

以童心為誓，只有華滋華斯這首詩[1]，寫到虹，而不是對虹的褻瀆。

虹是我童心中的詩，童心中的畫。我多年不敢寫到它，雖然它已是寫濫了的題材，我怕褻瀆了它。

我們珍藏在心中的美好的事物，美好的印象，多麼容易遭到一遍又一遍的褻瀆啊。

一九九〇年八月二日

① 用楊德豫譯文，見《湖畔詩魂——華滋華斯詩選》，人民文學出版社 1990 年版。

凝思

王　蒙

王蒙（1934—　），河北南皮人。作家。著有長篇小說《青春萬歲》、《活動變人形》，散文集《橘黃色的夢》等。

我喜歡凝視，我以為凝視也許能帶來長久的溫習。也許是永遠的記憶。

一朵蓮花，純潔得動人，一池水，溫柔無語。荷葉平靜豁達，飽經世事卻仍然孩子般坦誠，全無遮蔽。水面上的游蟲，很有章法地屈動着肢體，我行我素地有趣。

古老的青蛙，以漠然的平靜思考着。

石橋石坊，青白方整，玲瓏如戲。迴廊九曲，如杜脫膝，猶有沒有你我時的字迹。好柔媚的字啊，如舞女的身體。

不要走，不要改變地位，就這樣看一眼，再看一眼，看一個小時，再看一個小時。我不要別的角度，我不要別的景致，我不要重疊和淡化，只要這一個景，這一幅畫永遠保留在我的心裡。

我只希望，分手之後，告別之後，我仍然能想起你，想起便如見的清晰。

已經起身了，還要回頭，還要回眸，還要再一次地看你，記你，得到你。

……而這一切都失算了。回憶沒有清晰，冥想沒有清晰，內觀照沒有清晰。凝視是不會被忘卻的。凝視是不會被記住的。既沒有永久的凝視，也沒有永久的清晰。

已經記不起形狀的蓮花，別來無恙嗎？

順着簡陋的、搖搖晃晃的木梯下去，是湖。被樹木圍繞的，說小也不小的湖。

隔着客廳的玻璃門，欣賞湖水的平靜。

走到水邊，卻有一點暈眩。些微的漣漪裡似乎孕藏着點氣勢，孕藏着不安，也許是孕藏着甚麼兇險。

一條木船，綁在木樁上。木船上堆滿了落葉。木船好像從來沒有離過木樁。

沒有扶手的梯子上也堆滿了落葉，甚至在夏天。有很多樹，很多風和雨，卻沒有很多閒暇。對於一條木船，這湖毋寧說是太空曠了。

這也就夠了，當閒談起來，當得到了甚麼消息或者一直沒有得到甚麼消息的時候，便說，或者說也沒有說，那裡有一面湖，梯上的落葉許久沒有掃過。

一座豪華的，由跨國公司經營的旅館。旋轉的玻璃門上映射着一個個疲倦地微笑着的面孔。長長的彬彬有禮的服務台。綠色的闊葉。酒吧的滴水池。電梯門前壓得很低的紳士與淑女的談話聲。

電梯到了自己的樓層，微笑地告訴陌生人，陌生地看着自己的同伴。走進屬於自己的小鴿籠。

舒適，低小，溫暖，床與座椅，壁毯與地毯，窗簾與燈罩，以及寫字台上的服務卡的封面，都是那樣細膩地柔軟。

這細膩和柔軟令一個飽經銼礪的靈魂覺得疏離。這是我嗎？是我來到了這樣一個房間？

順手打開床頭的閉路音響，有六套隨時可以選擇旋轉的開關。這是「爵士」？這是古典？這是搖滾？這是霹靂？這是迪斯可？這是硬甲蟲？

都一樣，都一樣。一樣的狂熱，一樣的疲倦，一樣的文質彬彬，一樣的遙遠。一樣的傻乎乎的打擊樂，傻乎乎的青年男女在那裡吼叫，在那裡哭，在那裡發泄永無止息永無安慰的對於愛情的焦渴。

閉路音響，如一個張開嘴巴的、冒火的喉嚨。它隨着我的按鈕而來到我的面前，向我訴説，向我乞討，向我尋求安慰和同情。

我怎麼辦呢？

我打開寫着「迷你酒吧」的小冰箱，斟滿一杯金黃醉人的鮮橙汁。我的口腔和食管感到了一股細細的清的涼喉嚨仍然在冒火。

我按下鍵鈕，把你驅走。安靜了。嗅得見淡淡的雅香。但我分明知道，我雖然驅走了你，你仍然在哭，在唱，在乞討，只是你不得進我的房間。你不得一時的安寧。

我不准你進我的房間。你乖乖地站在門外，不敢敲門。你真可憐。

我又按了鍵鈕，果然，你唱得更加淒迷嘶啞癡誠，我哭了，我不能，一點也不能幫助你。

如果我能夠安慰你，如果我能夠拯救你——只怕是，我只能和你一起毀棄。

那天早晨我匆匆地走了，會見，愉快地交談，即席演説，祝酒，題字，閃光燈一閃一閃。夜深了，夜很深了我才回到這溫適的小鴿子籠。

你還在唱着。

你已經唱了一天和多半夜，我出門的時候忘記了消除你，就這樣將你的動情的聲音遺留到鴿籠裡。沒有人聽，甚至連打掃衛生和取小費的女服務員也沒有理睬你。而你一刻不停、一絲不苟、一點熱烈不減地唱着叫着。寂寞着與破碎着。

天天如此，也許還要唱四百年。

下了小飛機就進了綠顏色的汽車，汽車停在一座兩層建築門前。我被引進了一個寬大的，鋪着猩紅地毯的房間。長着紅撲撲的臉蛋，穿着筆挺的灰呢褲的女服務員端來了暖水瓶和一包香煙，她的一大串鑰匙叮叮咚咚地響。

你吃七塊、五塊、三塊一天的標準。

我點點頭，她去了，我聽到了一聲雞啼。

甚麼？又一聲雞啼。不但有雄雞的喔喔而且有雌雞的咕咕噠，而且有遠的與近的狗叫，叫在搖蕩着的白楊樹葉窗影裡。

已經許久沒有聽到雞鳴狗吠了。就那麼疏遠地高級了麼？

走出去六十步，便是塵土飛揚的市街。我蹲下來，觀看正在出賣的多灰的葵花籽、煙草、杏仁、葡萄乾、被綁縛的活雞活鴨、用木板蓋着的碗裝酸奶油、龔雪與楊在葆的照片、拆散零根賣的鳳凰香煙。

我買了兩角錢瓜籽，吃下去；像當地人那樣，不啐吐皮，葵花籽空殼附着在唇邊。

經過了漫長的冬季，似乎很難看出冰塊是怎樣融化的。一直是堅硬如石的冰面，車輪和人足都在上面軋。待你注意到，已是一泓春水。

突然出現了春水，出現了搖曳的水光陽光，映照在橋礅上，映照在欄杆上，映照在同樣搖曳的新發的柳條上。

映照在臉上心上。感動得翻攪得不知怎樣才好，如水的空闊、無定、欲暖還冷、混濁復又清明。還沒有荷梗，還沒有水草，還沒有蝌蚪浮萍。是剛剛的流動，昨天還堅硬冰冷，然而已經流動了。是希冀和期待，是祝福。

第一次見到你，就是這樣的，在春水之上，在古老的遊坊下面，你含笑走來。走進我的期待裡。

我提醒你，我們那麼早就見面了，你說是的，我卻老覺得你也許沒有記得那樣仔細。

常常說起這冰雪融化的時刻，後來為它規定了日子。後來，又覺得，又想又認為也許相會得早得多。那次火炬晚會，那次紀念冼星海，那次城區和郊外，那次雨後捉蜻蜓和夏夜尋找螢火蟲的時刻，已經在一起。

玩水（蝸）牛的時候，唱的童謠也是一樣的。一定是一起唱過。經歷了許多歲月，互相尋找直至今日。

這間小土屋與其說是砌成打成的，不如說是捏成的。

就是老媽媽用那衰弱而辛勞的手歪歪斜斜地捏成的。

門縫可以容進三個拳頭。春天，燕子在室內做了巢，就從這門縫飛出飛進，帶大了小燕子。

冬天可要了命，風雪放肆地湧進來，用破氈子、棉絮、舊衣服堵了又堵仍然堵不住，冷得刺骨。

而且無論如何煙不從煙囱裡走。先燎了一個小時，燎得小屋變成了殺人的毒氣室。又在六級風中登上了矮矮的房頂，往煙囱裡澆了三鐵桶水，說是可以壓掉凝結在煙囱裡的冰氣柱，能夠使煙道暢通。

後來有了一點火，有了許多煙許多冷。

就這樣烤了火，相依偎着睡下，牙齒打着戰，在戰亂中感到了幸運。幸福。

多雨的夏季，冷得發抖。汽車在大雨中拋了錨，雖然是外國的公路外國的名牌被我們視為至高的無上權威，然而，說是車又壞了，無法修理。

司機的臉上沒有表情。健壯的導遊小姐流了淚。

鬼使神差地走進一家汽車旅店的餐廳，餐廳裡佈滿了動物標本。正牆上是黑色的多毛的牛頭，兩隻巨大的角威嚴如惡魔。側牆上是一隻鷹一兩隻山雉幾隻斑鳩，全都在展翅飛翔，全都永遠地用一個姿勢飛在無名小餐廳裡。

而且有壁爐，跳動的火焰訴説着展翅不飛的痛苦。

於是便説笑起來，喝杜松子酒和兑白蘭地的南非咖啡。情緒愈是惡劣，笑話便成聯珠妙語。

走上這個山包，便看到了大海和對岸的城市。

看到巨大的鋼鐵的橋，橋上的螞蟻一樣多的汽車。看見船舶。看見對岸城市的瀟洒的各色摩天樓屋頂。看見飛機在城市上空飛，飛得比大樓低，你真擔心那太長的機翼。

而更多的時候看到的只有霧。不知道是憑記憶憑經驗憑想像還是憑超敏鋭的眼球，對着霧説：橋、樓、車、真美、城市。

見到來到的這樣的城市愈多，在城市跑來跑去活動得愈多便愈容易淡忘。這一團霧卻永遠忘不了了。

有一首歌《啊，我的霧》，是來自一個與我們很相像又很不同的國家的，唱的是游擊隊出征。

我走進一座輝煌的建築，像殿宇，像旅館，像塔，像紀念碑。

地上鋪着水晶石。牆上掛着壁毯。所有的陳設都是藝術都是古玩。室內的綠化，喬木和灌木和花草比室外還要豐富自然。一切設備得心應手。你可以把自己彈射到任何一個空間，你可以指令任何的風光服務出現。服務是這樣尊敬和體貼，使你一經接觸便覺得一生一世再不能失去。

沒有衝撞，沒有差失，沒有任何含糊和疑惑，一切要多好就有多好，要多順心就有多順心。
然而空蕩蕩的。空蕩蕩得怕人。
寧可回家去擠公共汽車。下雨的時候車窗也不關閉。淋濕了所有的鼻子。

一九八七年一月

石　英

石英（1934—　），山東黃縣人。作家。著有長篇小說《吉鴻昌》，散文集《秋水波》、《迴聲集》、《感悟歲月》等。

袁崇煥無韻歌

一

袁崇煥：

三百多年前的歷史曾經呼喚的一個名字；抑或是這個名字在呼喚歷史。

呼喚那片被鐵蹄踐踏得破碎了的歷史，呼喚那被硝煙模糊得面目全非的歷史，呼喚那備受屈辱而又不甘屈辱的歷史，呼喚那被扭曲而仍在拚命掙扎的歷史。

他站了出來：

從閩西北邵武縣衙驚堂木聲中站起來，從父老北望的憂患目光中站起來。

當封疆大吏盡皆股慄拱手請降的時刻，當遼東名將迭遭敗績敵焰正熾的時刻，你站出來幹甚麼？難道你不知道自己只是一個官微職卑的六品縣令？

你毫不理睬一切睥睨，也似乎對世俗的喊喳充耳不聞，攜請纓印信，大步登上寧遠城樓，一砲將不可一世的努爾哈赤打下馬來，威懾皇太極竟至倉惶失措！

兵還是那些兵，餉還是那些餉，身後仍是那個朽如槁木的明王朝，面對的仍是那夥殺紅了眼的後金驃騎惡煞，為甚麼，為甚麼你一來，形勢就頓時改觀？為甚麼你不但不怵，還試圖將擬就草稿的歷史重新改寫？

古人云：文以氣為主；作為一支軍隊，一個真正的人，又何嘗不是以氣為主？

人！！！

二

對於古人，也不是一種聲音。

有的明公評論家站出來發表高論：袁崇煥儘管大智大勇，可惜用得不當，殊不知明皇朝暮靄沉沉，清王師杲日東昇，袁崇煥不識時務，以衛護腐朽生產力代表而抗拒先進生產力的，豈不是逆潮流而動？

甚麼？甚麼？

哦，明白了，他是在為古人深表惋惜：如是明智之人，倒戈隨清，豈不博個封侯之位？

荒唐！如袁公地下有知，當挺身破穴，指斥這類明公引路人。

明王朝固然腐敗透頂，清軍難道就是仁義之師？瘋狂掠奪，恣意踐踏，難道就是先進生產力的代表？

袁崇煥那顆心是一個發光體，他所率的那支孤軍奮戰的軍隊是一道新的長城，在這顆心和這道長城後面，是食不裹腹衣衫襤褸的平民百姓，是荒旱經年奄奄一息的田禾。

當不少同僚都俯首哀懇，露出奴性本相時，他以大炮發言：此路不通！

不能要求他不打着忠於皇帝的旗號，假如不打，恐怕他最親信的部下也會把他誅殺。歷史的悲劇也正在於此。

痛哉！

三

善者未必善報。

袁崇煥以其豐功偉績之身反遭碎屍之禍。

固然是由於崇禎聽信了清方散佈的所謂通敵謀反的謠言，可是，真正的禍根究竟在哪裡？

虛弱與兇殘是孿生姊妹，崇禎是這兩種心理的雜交胚；猜疑與陰讒一見鍾情，崇禎與多爾袞既是死敵又是戀人。

統治者只是利用忠臣良將，而永遠不會信任他們，他們真正信任的只能是佞臣閹黨，扭曲的心理最需要畸形人的諂笑來滋潤。

袁崇煥與其說是死於最殘酷的兇器，不如說是死於人與人之間可能有的由極端妒恨導致的虐害狂。

他碎屍了，卻恰恰又最後完成了自己的形象；他作為用來呼吸的一息終斷了，但他胸中秉有的那股人間正氣卻沖天而起。這樣，便使他能與文天祥這樣的志士仁人在高天烈雲間握手。

凡能以浩然正氣感召人心，啟人前行者，當然也應是先進生產力的代表。

歷史上這樣的人也許很多，但從另一種意義上說，又太少了！

一九八九年二月十三日

王充閭

王充閭（1935— ），遼寧盤山人。作家。著有散文集《柳蔭絮語》、《清風白水》、《面對歷史的蒼茫》等。

土囊吟

幼年就從史書上知道，在東北的苦寒之地有個五國城。可是，只因為它太偏遠、閉塞了，直到半個世紀之後才有機會踏上黑龍江省依蘭縣的這塊土地。這裡地形很特殊，牡丹江、松花江、倭肯河從西北東三面把它圍攏起來，南面卻沒有甚麼遮攔，遠遠望去，像個敞着口的土囊布袋。說是城，也只是把一些土堆起幾米高來圍個大圈圈，再開出個門洞而已。遼代，松花江下游兩岸的女真人的五個部族分別築城據地，此間為會盟所在，故又稱五國頭城。開始有葛、盧、胡三姓居民以捕獵為生，直到明朝末年這裡還是荒山漫野，遍地荆榛，人煙稀少。但這並不影響它的聲名遠播。原因在於北宋的徽、欽二帝曾被長期囚禁於此。那天傍晚，江天薄霧輕籠，半鈎新月初上，我站在頹殘破敗的城頭，念及八百年前的舊事，心想，真是世事無常，偌大的一個稱雄一百六七十年的威威赫赫的北宋王朝，竟被這個破破爛爛的大土囊「收拾乾坤一袋裝」了。一時百感中來，遂吟成七絕一首：

造化無情卻有心，一囊吞盡宋王孫。
荒邊萬里孤城月，曾照繁華汴水春。

公元一一二六年金軍進圍汴京，徽宗趙佶退位，傳位於太子趙桓，是為欽宗。嗣後金人滅宋，通過北宋文武大臣中的敗類，將開封城內的金銀、絹帛、書籍、圖畫、古器等物搜刮一空。一一二七年四月，金人擄走二帝和皇室、宗室男女及伎藝工匠、皇宮侍女、娼妓、演員等三千餘人，並將北宋王朝所用禮器、法物、教坊樂器和八寶、九鼎、渾天儀、銅人、天下府州縣圖全部擄載而去。說來也十分可笑，本來明明白白是兩個皇帝做了俘虜，可是，朝臣奏章、史籍記載卻偏要說成「二帝北狩」。其實，即便用「巡狩」字樣來表述，也不是他們麾旄出狩，而是作為會說話的兩腳動物乖乖地被金人狩獵了。當然，這些都是現在的話，在古時，人們已經見慣不怪，因為春秋三傳上就煌煌大書着「為尊者諱恥」嘛。

趙佶一生中最後九年的窮愁羈旅就這樣開始了。第一站是燕山府，時在早春，有《燕山亭．北行見杏花》詞作。他以杏花的凋零比喻國破家亡，自己被擄北去，橫遭摧殘的命運；婉轉而絕望地傾訴出內心無限的哀愁。「易得凋零，更多少無情風雨。愁苦，問院落淒涼，幾番春暮」。「天遙地遠，萬水千山，知他故宮何處？怎不思量，除夢裡有時曾去。無據，和夢也新來不做」。情緒低沉，音調哀傷，體現了「亡國之音哀以思」的特點。李後主詞：「夢裡不知身是客，一晌貪歡。」至趙佶則曰：連夢也不做了，其情豈不更慘！

爾後，他們又被遷徙到中京大名城（今內蒙古寧城）和通塞州。一一二八年秋，被押解到金國的都城上京會寧府。金人隆重地舉行了獻俘儀式，命令二帝及其皇后「均帕頭、民服，外襲羊裘」，其餘諸王、駙馬、王妃、公主、宗室婦女等千餘人，皆袒露上身，披羊裘，到金帝祖廟外行「牽羊禮」。然後，又把這兩個當日的堂堂國主拉赴乾元殿，身着素服，以降虜身份跪拜勝國天子金太宗。這也是很難堪的。年末，他們被流配韓州（今遼寧昌圖八面城）。此前已將當地居民全部遷出。二帝及宋宗室九百餘人，分地十五頃，在金人武力的嚴密監視下，被迫過着自耕自食的生活。他們原以為可以終老於此，沒有料到一年半之後，又被發配到更加遼遠的窮邊絕塞五國城。

在五國城，流傳着徽欽二帝「坐井觀天」的遺聞，並經人考證坐實就在慈雲寺西北百餘米處。我前後察看一番，倒以為很可能是住在北方今天還偶爾可見的「地窨子」裡。八百年前，在寒風似劍的松花江畔，囚在井裡恐怕是無法過冬的。相反，那種半在地上半在地下的「地窨子」，倒是冬暖夏涼。從流傳下來的趙佶的一首詩：「徹夜西風撼破扉，蕭條孤館一燈微。家山回首三千里，目斷天南無雁飛。」也可以驗證這種推測，因為井只能有蓋不能有門。他還有一首七絕，也是感懷抒憤的：「杳杳神州路八千，宗祐隔絕幾經年。衰殘病渴那能久，茹苦窮荒敢怨天！」

在中國的封建王朝歷史上，不包括白旗高舉、肉袒出降的帝王在內，單是類似趙佶父子這樣淪為俘虜的，也指不勝屈。不過，像前秦苻堅、南燕末主慕容超、大夏王朝的廢主赫連昌、後主赫連定等，被俘後很快就都成了勝利者的刀下之鬼，所謂「一死無大難矣」；真正長期地慘遭活罪，「終朝以眼淚洗面」者，只有李後主和趙家父子了。歷史確有驚人的相似之處。像宋太祖本來沒有理由卻要製造理由滅掉南唐一樣，金太宗也是硬找藉口攻佔汴京，滅了北宋。而且，南唐後主李煜和北宋徽宗趙佶一樣，都是「好一個翰林學士」，卻沒有做皇帝的才能，不免令人哀嘆：「做個詞人真絕代，可憐薄命作君王。」巧還巧在，他們敗降之後又分別遇到了宋太宗和金太宗兩個同樣狠毒的對手。當宋太宗用牽機藥毒死李後主時，他絕不會想到，一百五十七年後，他的五世嫡孫趙佶竟瘐斃在金太宗設置的窮邊絕塞的囚籠之中。

説來歷史也真會捉弄人。它先讓那類才情畢具的風流種子不得其宜地登上帝王的寶座，使他們閱盡人間春色，也出盡奇乖大醜，然後手掌一翻，啪地一下，把他們從生活的頂峰打翻到苦難的深淵，飽受着心靈的磨折，充分體驗人世間的大悲大苦大劫大難。

但這樣説，絕不意味着趙佶之流的敗亡自身沒有責任。從上引的詩句中可以看出，連他自己也承認，實在是怨不得天的。孔老夫子説過：「天作孽猶可違，自作孽不可活。」趙佶的可悲下場，他的大起大落，由三十三天墮入十八層地獄，受盡了屈辱，吃透了苦頭，完全是咎由自取。記得小時候讀過一本《帝鑒圖說》，據說是明清皇帝幼年時的史鑒啟蒙課本。其中選載了五十多個帝王的善政與惡行。在三十六件惡行裡，宋徽宗佔了三件。我印象最深的，一是任用壞人，聽由蔡京等六賊害民亂政；二是窮奢極慾，搜刮民脂民膏，弄花石綱，建豪華園林，花天酒地，荒淫無度。他和幾個奸貪殘暴、無惡不作的賊臣，沆瀣一氣，從全國各地徵集花石竹木，在宮苑中興建一所奢華侈麗的延福宮。又用六年時間在平地修起一座萬歲山（亦名艮嶽），周十餘里，最高一峰達九十步。山的上下，佈滿了亭台樓閣，還開掘了湖沼，架設了橋樑。他們確定了一條營造的標準：「欲度前規而侈後觀。」就是說，不但要使其富麗堂皇達到空前，還要求它能夠絕後。讓這樣一個驕奢淫佚的無道昏君，在荒寒苦旅中親身體驗一番飢寒、屈辱的非人境遇，也算得是天公地道了。

其實，苦難本是一筆寶貴的財富，是鍛造人性的熔爐。缺乏悲劇體驗的人，其意識處於一種混沌、蒙昧狀態，換句話說，他們與客觀世界處於一種素樸的原始的統一狀態，既不可能了解世界，也不可能真正認識自己。一則佛教故事說，一天徽宗皇帝出遊來到金山寺，見長江中舟船如織，因問住持黃柏大師：有多少隻船？大師答說，只有兩隻，一是尋名的，一是逐利的。人生無他物，名利兩隻船。顯然其中寓有諷喻的深意。但在當時的趙佶來說，他是無法理解的。據載，李煜在囚縶中，曾對當年錯殺了某人感到追悔。且不知趙佶經過苦難的磨折之後，有沒有過深刻的反思。流傳下來的欽宗趙桓的《西江月》詞：「歷代恢文偃武，四方晏粲無虞。權奸招致北匈奴，邊境年年侵侮。一旦金湯失守，萬邦不救鑾輿。我今父子在穹廬，壯士忠臣何處？」詩的水準不高，但是，如果真的出自趙桓之手，倒可以看出歷經劫難後的覺醒。

一一三五年四月，趙佶卒於五國城，年五十四歲。二十六年後，趙桓也在這裡結束了他屈辱的一生。生前，他們都曾夢想能生還故國。《綱鑒易知錄》載，在燕山時，徽宗曾私下囑托曹勳，要他偷逃回去轉告康王趙構：便可即位，救出父母。康王夫人邢氏也脫下金環，使內侍付曹勳曰：「幸為我白大王，願如此環，得早相見也。」勳歸後，因建議募死士入海，至金東境，奉上皇由海道歸。執政難之，出勳於外，凡九年不得遷秩。從這段內情非常微妙的記載中，不難看出趙構與秦檜一干人的真實心態。明人陳鑾有詩云：「日短中原雁影分，空將環子寄曹勳。黃龍塞上悲笳月，只隔臨安一片雲。」與這樣委婉的批評相對照，文徵明在《滿江紅》詞中，則一針見血地對趙構等的卑劣用心進行了尖銳、直白的揭露：「豈不念封疆蹙，豈不念徽欽辱，但徽欽既返，此身何屬？千載休談南渡錯，當時自怕中原復。」鄭板橋也寫道：「丞相紛紛詔敕多，紹興天子只酣歌。金人欲送徽欽返，其奈中原不要何！」

不過，詩中的「金人欲送」的說法也不盡然。不要說活人他們不想放回，就是死者的靈柩，金人也無意遣返。徽宗見生還無望，臨終時曾遺命歸葬內地，但金廷並未同意。六年後，宋金達成和議，才答應把趙佶夫婦的梓宮送回去。至於趙桓的陵寢，則由於南宋根本無人關心，究竟埋在哪裡，已經無人知曉了。五國城的東門和南門外，有些荒丘，傳說乃趙氏宗室的墓葬。另外，本世紀三十、七十年代，在城內掘得許多用鐵櫃盛裝的北宋通寶。考古學家認為，或是宋宗室攜帶的，或為金人擄獲品，就是說，並非商業流通物。在依蘭一帶，還流行有所謂「徽宗語」者，其語法類似切音叶韻。傳說係當時徽宗與從者所用之隱語。

關於徽欽二帝羈身北國的情況，宋史、金史上均只寥寥數語，《松漠紀聞》、《北狩行記》等幾部個人著述，由於掌握資料有限，也都是語焉不詳。誠如魯迅先生所言，過去的歷史向來都是勝利者的歷史，失敗者如果不遭到痛罵，也要湮沒無聞。就我所見的史料鈎沉，要推日人園田一龜的《徽宗被俘流配記》考證較為詳盡。本來，趙佶的詩文書畫都稱上乘，宋人吳曾《能改齋漫錄》中評說，「徽宗天才甚高，詩文而外，尤工長短句」。在書法藝術上，趙佶以其深湛的學養、悟性和獨特的審美意識，跳出唐人森嚴的法度，選擇和創造了能表現其藝術個性的「瘦金書」體。趙佶的畫，同樣站在了北宋繪畫藝術的山峰上。他從宮中所存的幾萬件繪畫作品中精選出一千五百件，反覆展玩賞鑒，又從中選出上百件，日日臨習，直到每一件足以達到亂真的程度才肯罷休。從他當皇帝的第二年起，日日寫生作畫，長年不輟，終於成為一個繪畫大家。舉凡人物、山水、花鳥、蟲魚，以及其他雜畫、風俗畫，各色俱備，技藝卓絕。九年羈旅中，他也不曾輟筆。據説僅創作詩詞就超過千首，但流傳下來的極少，書畫則已全部散失。這裡有兩個原因：一是金朝統治者對流人的箝制；二是作者懼禍自動銷毀。在他謝世前，曾遭到一子一婿以謀反罪誣告，後來事實雖然得到澄清，但釜底游魚早已嚇得魂飛魄散，片紙隻字再也不敢留存了。就藝術方面看，李煜比趙佶的命運要好一些。

告別了五國城，我又沿着松花江東下，一路尋訪了九百年前女真族生息繁興、攻城略地的叢殘史迹，最後來到金代開國時的都城——阿城的上京，考察了金太祖完顏阿骨打的龍興故地。這座曾經煊赫百餘年的王朝都會，歷盡兵燹劫火，風雨剝蝕，於今已片瓦無存，只剩下一片片殘垣土阜在斜陽下訴説着興亡。不過有一點是值得記述的：根據《大金國志》和《金史》等史料記載，當時上自朝廷的殿寢宮闕，車輦服飾，下至民風土俗，一切都是十分古樸簡陋的，充溢着一種野性的勃勃生機和頑強的進取精神。但到後來，這些就逐漸地在他的子孫身上銷蝕了。他們到了燕京，特別是遷都汴梁之後，海陵王完顏亮之輩簡直比宋徽宗還要「宋徽宗」了。因步《土囊吟》詩原韻，續成七絕二首：

艮嶽瓊宮已作塵，上京陵闕付何人？
東風不醒興亡夢，廢邸年年草自春。

哀惘秦人待後人，松江悲咽《土囊吟》。
荒淫不鑒前王恥，轉眼蒙元又滅金！

詩中闡發了唐人杜牧《阿房宮賦》中「滅六國者，六國也，非秦也；族秦者，秦也，非天下也」和「秦人不暇自哀而後人哀之；後人哀之而不鑒之，亦使後人而復哀後人也」的深義。

陳早春

陳早春（1935— ），湖南隆回人。作家。著有文學評論《綆短集》及《馮雪峰》、《馮雪峰評傳》（與人合著）等。

家鄉的小橋

我的家鄉洞下，名不見經傳，就是現在夠精確、詳細的地圖，也見不到它的蹤影。古時當屬南蠻之地。漢初設昭陵縣，屬長沙國，但昭陵縣故址離我家有兩百多里；晉武帝時邵陵郡屬的都梁縣故址，倒恰好是在我家鄉現在的縣城邊，但離我家也有一百三十多里。三國時，先屬蜀，後屬吳。也許它無足輕重，屬誰都無所謂，不值得爭奪。古時很難確考它的所屬，也許是塊誰也不要的蠻荒之地。說它屬昭陵、都梁，很可能是自作多情。直到近代，它的歸屬才算明確，清代屬寶慶府，民國末年從邵陽縣中劃出立為隆回縣，迄今未變。

家鄉無鄉邦文獻可矜，也無名人可借重。清末偉大的思想家、文學家魏源，雖然出生在我們鄰近的魏家塅，不過他家離我家還有二十里地，他的光芒照不到我們那裡。

我家所在的村莊是一山間谷地。我記事時不過十來個院落。村裡最大的知識分子是個初中教員。過去沒出過秀才，更不用說出舉人、進士之類的大人物了。鄉親們唯獨能代代矜誇的是武力。據說某朝某代在谷地的高山上立寨，村中一個大力士想去過一下寨王癮。他扛一個千多斤重的石臼，拾級上山二十多里。他很自信，沒去找關係，鑽門子，結果功虧一簣。他扛到寨門口，經不起主持者的故意拖延時間，說聲「頂不住了」就將石臼扔下。他不僅沒能當上寨王，為村子爭來榮耀，且留下了一個笑柄：「洞下人做皇帝，頂不住了」的歇後語廣為流傳。

雖然如此，但「誰不說俺家鄉好」，我也不能免俗。我也許夠得上是個見了「大世面」的人，中國乃至世界的風景名勝，遊覽過一些，它們各有各的長處，但是不如家鄉的親切。真是「金窩銀窩不如自己的狗窩」。

我的家鄉雖然沒有名山勝川，但山水的秀色和情韻，是夠你領略的了。我的鄉賢魏源一寫起詩來，就是「十詩九山水」。我想，這少不了家鄉山水對他的熏陶和哺育。他在《山居雜詠》組詩中，還歌詠過故鄉的山山水水，可見家鄉也具有入詩的資格。

家鄉哺育的這位詩人，由於在家鄉耳濡目染，深諳山水三昧。他說：「泉能使山靜，石能使山雄，雲能使山活，樹能使山蔥。」在我的家鄉，泉有湧泉、滴泉、鳴泉、溫泉；石有巉岩絕壁；雲有五彩；樹有千色。隱逸者喜其幽靜，奮取者喜其雄偉，幻想者喜其變幻，誠篤者喜其莊重。

這些都是千古詩人吟詠不絕的題材。我不是詩人，不容置喙。為了遮短掩拙，就聊聊我家鄉的橋吧。也許我有嗜痂之癖，總認為家鄉的橋，夠得上是一景。

「小橋流水人家」，只這麼一句話，就能滌淨塵世的一切煩擾，心頭的萬般積垢。要是身臨其境，去看看我家鄉的小橋，真不知是何等韻味！

我們村的谷地，不足一平方公里，但有四條小溪縱橫其間。它們似乎都有點戀家，九轉十八彎地迂迴着，不願直流而下。因此這一彈丸地上架有十一座橋。其中石拱橋四座，石板橋五座，木橋一座，木板橋一座。短橋不計其數。站在中央的石拱橋上一招手，十一座橋上的人都可見到；一呼喊，十一座橋上的人都可以聽到。它們不僅是村裡各戶人家的通道，也是聯絡大家的紐帶。

石拱橋很有些年頭了，從橋面凹陷的痕迹可以看出。做得也很精緻，堆砌處雖經多年風雨的侵蝕，仍不見縫隙，上有長長的條石作為護欄，半月形隆起的橋身，好像常駐的彩虹。

石板橋都是一整塊石片，身臨其上無不驚嘆：世上怎能有這麼大的石塊？是哪一位能工巧匠雕琢而成？是如何從石山中運來，又如何架得上去？最大的一座石板橋可以兩人橫挑擔子迎面而過。

木橋和木板橋要簡陋多了，但小孩們最喜歡。一是走起來顫悠悠的，像合着拍子跳舞；一是可以在上面試試自己的勇氣，因為稍一趔趄就會掉下去。男孩子們可以在此逞能冒險，女孩子一般不敢，但又要好奇去看看，去試試，以襯托男孩子們的武勇。

在山坳裡，還有不計其數的獨木橋，竹片鑲成的橋。在臨村，還有橋上架涼亭的，供過往行人歇息、暑天乘涼。這些都不能望眼所及，略而不敘。

橋架在水上，水流在橋下。這裡流淌的水，都由各路泉水匯集而成。夏天清涼，冬天溫熱。其上，總是泛着一種難以名狀的光，古籍中曾以「叭叭」、「涎涎」之類的詞彙來形容，但我覺得還不夠貼切。它四季常綠，綠得晶瑩，綠得柔嫩潤滑，透着青春肌膚的魅力。這是經過千萬重沙石過濾的水，沒有任何雜質和塵屑，清澈透明，魚蝦蟲草畢現。地上的一切，都在這裡留下影子。日月星空，屋宇樓舍，車馬行人，山巒樹木，哪怕是在樹枝間啁啾，在空中飛掠而過的小鳥，都會映上它的屏幕。溪水總是如此多情，村裡的一切，它都要銘刻在心。

小溪雖沒有大江的滂沱之勢，但它曲盡起伏跌宕之能事。落差揚瀑，潭裡回流，擊石濺珠，拍岸撕絮，漏斗漩渦，應有盡有。有的溪段如飛禽在泄泄其羽，有的又如奔馬在振鬣奮蹄；時或飛絮輕颺，時或懸壺倒注，千姿百態。大江如進軍鼙鼓，小溪如妙手文章。它比大江更能體現大自然的神韻。

只有站在家鄉的橋上，才能將家鄉的全景盡收眼底；也只有站在家鄉的橋上，才能領略家鄉有形的倩影和無形的眷戀。如果還要聽有聲的家鄉：流水的汩汩，石瀨的淙淙，細流匯於空谷的鏗鏘，浸泉漫過草灘的柔曼，石縫間滴泉的清脆，潭底回流的噎咽……也只有站在家鄉的小橋上，才能聽得真切，分出層次。

家鄉的小橋，是家鄉的鏡頭，山水詩的詩眼。我愛家鄉的小橋。

劉成章

劉成章（1937— ），陝西延安人。作家。著有散文集《轉九曲》、《高跟鞋，響過綏德街頭》等。

安塞腰鼓

一群茂騰騰的後生。

他們的身後是一片高粱地。他們樸實得就像那片高粱。

咝溜溜的南風吹動了高粱葉子，也吹動了他們的衣衫。

他們的神情沉穩而安靜。緊貼在他們身體一側的腰鼓，呆呆地，似乎從來不曾響過。

但是：

看！——

一捶起來就發狠了，忘情了，沒命了！百十個斜揹響聲的後生，如百十塊被強震不斷擊起的石頭，狂舞在你的面前。驟雨一樣，是急促的鼓點；旋風一樣，是飛揚的流蘇；亂蛙一樣，是蹦跳的腳步；火花一樣，是閃射的瞳仁；鬥虎一樣，是強健的風姿，黃土高原上，爆出一場多麼壯闊、多麼豪放、多麼火烈的舞蹈哇——安塞腰鼓！

這腰鼓，使冰冷的空氣立即變得燥熱了，使恬靜的陽光立即變得飛濺了，使睏倦的世界立即變得亢奮了。

使人想起：落日照大旗，馬鳴風蕭蕭！

使人想起：千里的雷聲萬里的閃！

使人想起：晦暗了又明晰、明晰了又晦暗、爾後最終永遠明晰了的大徹大悟！

容不得束縛，容不得羈絆，容不得閉塞。是掙脱了、衝破了、撞開了的那麼一股勁！

好一個安塞腰鼓！

百十個腰鼓發出的沉重響聲，碰撞在四野長着酸棗樹的山崖上，山崖驀然變成牛皮鼓面了，只聽見隆隆，隆隆，隆隆。

百十個腰鼓發出的沉重響聲，碰撞在遺落了一切冗雜的觀眾的心上。觀眾的心也驀然變成牛皮鼓面了，也是隆隆，隆隆，隆隆。

隆隆隆隆的豪壯的抒情，隆隆隆隆的嚴峻的思索，隆隆隆隆的犁尖翻起的雜着草根的土浪，隆隆隆隆的陣痛的發生和排解……

好一個安塞腰鼓！

後生們的胳膊，腿，全身，有力地搏擊着，疾速地搏擊着，大起大落地搏擊着。它震撼着你，燒灼着你，威逼着你。它使你從來沒有如此鮮明地感受到生命的存在、活躍和強盛。它使你驚異於那農民衣着包裹着的軀體，那消化着紅豆角角老南瓜的軀體，居然可以釋放出那麼奇偉磅礴的能量！

黃土高原啊，你生養了這些元氣淋灕的後生；也只有你，才能承受如此驚心動魄的搏擊！

多水的江南是易碎的玻璃，在那兒，打不得這樣的腰鼓。

除了黃土高原，哪裡再有這麼厚這麼厚的土層啊！

好一個黃土高原！好一個安塞腰鼓！

每一個舞姿都充滿了力量。每一個舞姿都呼呼作響。每一個舞姿都是光和影的匆匆變幻。每一個舞姿都使人顫慄在濃烈的藝術享受中，使人嘆為觀止。

好一個痛快了山河、蓬勃了想像力的安塞腰鼓！

愈捶愈烈！形體成了沉重而又紛飛的思緒！

愈捶愈烈！思緒中不存任何隱秘！

愈捶愈烈！痛苦和歡樂，生活和夢幻，擺脱和追求，都在這舞姿和鼓點中，交織！旋轉！凝聚！奔突！輻射！翻飛！升華！人，成了茫茫一片；聲，成了茫茫一片……

當它戛然而止的時候，世界出奇地寂靜，以致使人感到對她十分陌生。

簡直像來到另一個星球。

耳畔是一聲渺遠的雞啼。

一九八六年十月

王宗仁

王宗仁（1939—　），陝西扶風人。作家。著有散文集《雪山採春》、《日出昆侖》、《睡獅怒醒》等。

藏羚羊跪拜

這是聽來的一個西藏故事。發生故事的年代距今有好些年了。可是，我每次乘車穿過藏北無人區時總會不由自主地要想起這個故事的主人公——那隻將母愛濃縮於深深一跪的藏羚羊。

那時候，槍殺、亂逮野生動物是不受法律懲罰的。就是在今天，可可西里的槍聲仍然帶着罪惡的餘音低回在自然保護區巡視衛士們的腳印難以到達的角落。當年舉目可見的藏羚羊、野馬、野驢、雪雞、黃羊等，眼下已經成為鳳毛麟角了。

當時，經常跑藏北的人總能看見一個肩披長髮、留着濃密大鬍子、腳蹬長筒藏靴的老獵人在青藏公路附近活動。那支磨蹭得油光閃亮的杈子槍斜掛在他身上，身後的兩頭藏犛牛馱着沉甸甸的各種獵物。他無名無姓，雲遊四方，朝別藏北雪，夜宿江河源，餓時大火煮黃羊肉，渴時一碗冰雪水。獵獲的那些皮張自然會賣來一筆錢，他除了自己消費一部分外，更多地用來救濟路遇的朝聖者。那些磕長頭去拉薩朝覲的藏家人心甘情願地走一條佈滿艱難和險情的漫漫長路。每次老獵人在救濟他們時總是含淚祝願：上蒼保佑，平安無事。

殺生和慈善在老獵人身上共存。促使他放下手中的杈子槍是在發生了這樣一件事以後——應該說那天是他很有福氣的日子。大清早。他從帳篷裡出來，伸伸懶腰，正準備要喝一銅碗酥油茶時，突然瞅見兩步之遙對面的草坡上站立着一隻肥肥壯壯的藏羚羊。他眼睛一亮，送上門來的美事！沉睡了一夜的他渾身立即湧上來一股清爽的勁頭，絲毫沒有猶豫，就轉身回到帳篷拿來了杈子槍。他舉槍瞄了起來，奇怪的是，那隻肥壯的藏羚羊並沒有逃走，只是用企求的眼神望着他，然後衝着他前行兩步，兩條前腿撲通一聲跪了下來。與此同時只見兩行長淚就從它眼裡流了出來。老獵人的心頭一軟，扣扳機的手不由得鬆了一下。藏區流行着一句老幼皆知的俗語：「天上飛的鳥，地上跑的鼠，都是通人性的。」此時藏羚羊給他下跪自然是求他饒命了。他是個獵手，不被藏羚羊的憐憫打動是情理之中的事。他雙眼一閉，扳機在手指下一動，槍聲響起，那隻藏羚羊便栽倒在地。它倒地後仍是跪臥的姿勢，眼裡的兩行淚迹也清晰地留着。

那天，老獵人沒有像往日那樣當即將獵獲的藏羚羊開宰、扒皮。他的眼前老是浮現着給他跪拜的那隻藏羚羊。他有些蹊蹺，藏羚羊為甚麼要下跪？這是他幾十年狩獵生涯中惟一見到的一次情景。夜裡躺在地鋪上他也久久難以入眠，雙手一直顫抖着……

次日，老獵人懷着忐忑不安的心情對那隻藏羚羊開膛扒皮，他的手仍在顫抖。腹腔在刀刃下打開了，他吃驚得叫出了聲，手中的屠刀咣噹一聲掉在地上……原來在藏羚羊的子宮裡，靜靜臥着一隻小藏羚羊，它已經成型，自然是死了。這時候，老獵人才明白為甚麼藏羚羊的身體肥肥壯壯，也才明白它為甚麼要彎下笨重的身子為自己下跪：它是在求獵人留下自己孩子的一條命呀！

天下所有慈母的跪拜，包括動物在內，都是神聖的。

老獵人的開膛破腹半途而停。

當天，他沒有出獵，在山坡上挖了個坑，將那隻藏羚羊連同它那沒有出世的孩子掩埋了。同時埋掉的還有他的杈子槍……

從此，這個老獵人在藏北草原上消失。沒人知道他的下落。

二〇〇〇年七月

許達然

許達然（1940—　），台灣台南人，祖籍福建。著有散文集《含淚的微笑》、《水邊》、《遠方》等。

失去的森林

你大概還記得我那隻猴子阿山。你第一次來的時候，我帶你上樓看它，它張大着嘴與眼睛兇狠瞪着你的友善。我說你常來，它就會很和氣了。

可是我不常回台南，你不常來。

那時我在台中做事。其實也沒有甚麼事可做，就讀自己喜歡讀的書。那時薪水用來吃飯買書後已沒有剩錢回家，回家對我竟然是一種奢侈。即使有錢回家，也難得看到為了養活家跑南跑北的父親與為了點學問啃東啃西的五個弟妹。即使看到，也難得談談。即使談談，談東談西也談不出東西來。回家時總還可以看得到的是母親，因為家事是她的工作，還有阿山，因為跑不了的它總是被關在樓上。但我因太久沒回家，它看到我時，張大着嘴與眼睛陌生地瞪着我的親切，摸摸頭，好像想些甚麼，似曾相識，卻想不起我這個不常回家的人。即使它還認得我，我也只能和它一起看天，而不能和它聊天。猴子就是猴子，和人之間少了些「組織化的噪音」——語言。這些噪音竟然是很長的文明。它不稀罕文明，但卻被關在文明裡，被迫看不是猴子的人人人人人人。看人和人爭擠，人早認為猴子輸了，不願再和它打架。而且人看久了也沒有甚麼可看的，所以我回家，對它只多了一個沒有甚麼可看的人。在家三四天，我和它又混熟時，就又離家了。我說我走了，它張大着眼睛淡漠看着我這個自言自語的文明。

我離家後，大家都不得不忙些甚麼。只有母親願意告訴我阿山的生活，但母親不識字。

其實猴子的生活也沒有甚麼可以特別敘述的。活着不一定平安，平安不一定快樂。而要讓猴子在人的世界裡快樂不一定是它所願意的文明。我沒問過阿山快樂不快樂，是因為它聽不懂這噪音，也是因為我一向不問那個問題。記得從前有人問卡夫卡是不是和某某人一樣寂寞，卡夫卡笑了笑說他本人就和卡夫卡一樣寂寞。阿山就和阿山一樣寂寞，它的世界在森林，但我不知道它的森林在哪裡。而我又不能給它森林，我不但沒有一棵樹，我連種樹的地方都沒有。

我就知道它在一個不屬於它的地方，一條不應屬於它的鐵鏈內活着。是我們給它鐵鏈，它帶上後才知道那就是文明。是我們強迫它活着，它活着才知道忍受文明是怎麼一回事。我們既自私又殘酷，卻標榜慈悲，不但關人也關動物。

後來接連有兩個冷冷的禮拜，它都靜坐一個角落，不理睬任何人。連我母親拿飯給它吃時，它也沒像以前那樣興奮蹦跳，而只是靜靜地坐在那裡吃着。母親以為天氣轉冷它不大想動，但猴子突然的斯文反使她感到奇怪了。有一次要給它洗澡抱起它時，才發覺鐵鏈的一段已在它的頸內。獸醫把阿山頸內那段鐵鏈拿出來的時候，血，從它頸內噴出，從鐵鏈滴下……

我彷彿又看到它無可奈何的成長。長大不長大對它都是一樣的，只是老而已。但我們仍強迫它長大。頸上的鐵鏈會生鏽卻不會長大。它要擺脱那條鐵鏈，但它越掙扎鐵鏈就越磨擦它的頸，頸越磨擦血就越流，血流得越多鐵鏈就越生鏽。頸越破越大，生鏽鐵鏈的一段就滲進頸內了。日子久了，肉包住了鐵。它痛，所以叫。它叫，可是常沒有人聽到。偶爾有人來看猴子，但看它並不就是關心它。他們偶爾聽到它叫，聽不懂，就罵：「吃得飽飽的，還叫甚麼？」後來，它也就不叫了。可是不叫並不表示不痛。它痛，卻只好坐在那裡忍受。人忍受是為了些甚麼，它忍受是為了些甚麼？它忍受，所以它活着。它活着，所以它忍受。

如果鐵是寂寞，它拔不出來，竟任血肉包住它。用血肉包住一塊又硬又鏽的寂寞只是越包越痛苦而已。也許那塊鐵是抗議，但拿不出來的抗議卻使它越掙扎越軟弱。也許那塊鐵是希望，那只能使它發膿發炎發呆的希望。

鐵是鐵，不是寂寞，不是抗議，不是希望，所以拿出來後，它依舊無力和寂寞坐着和抗議坐着和希望坐着。生命對它已不再是在原地跳跳跑跑走走的荒謬，而是坐坐坐的無聊。荒謬的不一定無聊，但對於它無聊不過是靜的荒謬而已。往上看，是那個怎樣變都變不出甚麼花樣的天。就算晚上冒出很多星，夜雖不是它們的鐵鏈，它們也不敢亂跑。老是在那裡的它看着老是在那裡的天，也就無興趣叫它了。就是向它鼓掌，天無目也看不見。往下看，是那條吃血後只會生鏽的鐵鏈。可是它已不願再跟圈住它生命的文明玩了。從前它常和鐵鏈玩，因為它一伸手就摸到它，如果不和鐵鏈玩，它和甚麼玩？和鐵鏈玩是和自己玩，和自己玩是欺負自己。後來它連欺負自己的力氣都沒有了。往前看或往後看對它都是一樣的，它看到自己除了黑以外沒有甚麼意義的影子。但那黑不是顏料，它不能用來畫圖。而就連它這點影子夜也常要奪去。夜逼不了它睡，而它醒並不是它要醒。時間過去，時間又來。時間是它的寂寞，寂寞是它的鐵鏈，這長時與鐵鏈坐着與無聊坐着的文靜決不是從前阿山的畫像。

可是母親一個朋友很喜歡阿山的文靜，一再希望我們把它送給她。可是母親捨不得這養了七年已成了我們家一部分的阿山，一直都沒答應。

可是後來母親想起我們這六個孩子，女的出嫁了，男的在外當兵在外做事在外讀書。從前肯跟阿山在一起玩的都走了，留下也長大了的它看守自己跑不了的影子。家裡除了我父母親外，它看不到一些從前熟悉的面孔。它不知道我們在哪裡？我們知道它在哪裡，但並不在家。母親每次看到它就會想起從前我們這六個孩子和它玩的情趣而更加掛念着不在家的我們。母親想起我們也憂心着阿山。想起阿山一向很喜歡小孩，想起把它送給那位有好幾個還未長大離家的小孩的朋友，也許它可以得到更細心的照顧而會開心點，就把它送給朋友了。

不久，阿山就死了。

可是你一定還記得活着的阿山。你最後一次來的時候，我帶你上樓看它，它張大着的眼睛映着八月台南的陰天和你我的離愁。我說我這次遠行，再回家時它一定又不認得我了，我說要是我們常來看它，雖然它還是不會快樂，但就不會那麼寂寞了。

金子的呼喚

武俊瑤

武俊瑤（1940—　），湖南衡南人。作家。著有散文集《逆旅》、《海韻》等。

父親去世已經十九個年頭了，但每當我想起他，就總覺得他仍然活着：仍然默默地活在我家鄉那個遙遠的小村裡，仍然在雨天披着蓑衣、扛着鋤頭默默地去看水，仍然在驕陽下光着上身默默地做着田裡功夫，仍然在斜陽裡坐在家裡的門坎上默默地抽着旱煙，做着一個很長很長的夢。父親的夢很簡單，很樸實，那就是唯願他的孩子們成人、成才，一個個成為有出息的人。

然而，父親對我們的愛，從他那嚴厲而又呆板的臉上是無法看出的，必須從他的沉默從他的勤勞中去品味。從他的沉默與勤勞中，我每每品味到父愛竟是那麼渾厚那麼綿長那麼無窮無盡。

又是夜闌人靜的秋夜，窗外的樹葉在風中沙沙作響，秋風透過窗欞鑽了進來，掀動我面前的稿紙，掀得我的心也跟着那稿紙微微地顫慄。於是，我恍惚看到父親單瘦單瘦的身影閃進門裡來，就站在我的面前，仍然那麼默默地望着我。

父親在世的最後一年，他的肺氣腫已到晚期。我那時在離家三百多里的永州工作，一次接到弟弟的電報，我連夜趕回家裡，見到父親時，他已經瘦得只剩一把骨頭，靜靜地躺在床上，就像屋裡那盞明明滅滅閃着昏黃燈光的煤油燈。我取出帶回的糕點餵他吃一點，他卻緩緩地搖着頭，不停地咳嗽，聲音低微而嘶啞地對我說：「你回單位去，明天一早就回去，不能耽誤工作，我這點咳嗽不要緊的！」他說話聲音十分微小，只好艱難地用手比劃着。我淚如泉湧。這就是常年累月起早摸黑面朝黃土背朝天，含辛茹苦，嚴厲而慈祥，把四個子女培養成人，夢想晚年享享清福而未過上一天好日子的父親麼！

那時候，農村裡上了年紀的人有咳嗽的毛病不足為奇。我在外工作，與妻子帶着三個孩子。妻精打細算，居然也從兩人微薄的工資中節省一部分錢寄給父親。我們一直叮囑他治治病補補身子，他卻把我們寄回家的錢，一角一分全部積攢起來蓋房子了。蓋幢大房子——這是多少中國農民一輩子的夙願，父親就這樣用自己的生命作抵押，終於如願以償。可是在臨死前，他的言行怎能不使我感到無窮的悲痛、無窮的悔恨呢！

一九七四年五月的一天，我接到父親病危的電報，立刻趕回。到家時，父親已經奄奄一息，見到我回來，就掙扎着要起來。他那時已經知道自己不行了，暗淡而滯呆的眼睛裡彷彿滲出幾顆淚珠，捉住我的手說：「我不想死！」

我聽了這話，眼淚奪眶而出。我是長子，是父母四個孩子中最令父親喜愛的一個，他從來都是把一切希望都寄托在我身上。在那個時刻，他還滿懷希望地告訴我說他不想死，可是死神已在他的床邊敞開了大網。

我們預備第二天一早就送父親到六十多里外的衡陽去治病，不料父親就在當晚去世了。

那以後的十幾年，我一直深深自責怎麼沒有在到家的當晚就送父親到衡陽住院，如今再想起父親的時候，又暗自慶幸沒有立即送父親到醫院，因為從家裡到衡陽有六十多里路，也許等不到進衡陽父親就在路上倒下了。父親一生在人生之路上苦苦跋涉，他不應該死在艱辛的路途中，而應該靜靜地躺在家裡安詳地離去。他不能再勞累了，這個勞作了一生、吃了一輩子苦的人，是應該靜靜地安息的。

我坐在父親的床邊，看着他的身體一點一點地冷卻下去，他本就瘦小的身體萎縮得令人心碎。我眼前一片朦朧，心想就是這樣一個單薄的父親，曾經把我揹在背上扛在肩上，把錢一分一厘積攢起來供我上學，在我成年以後拉着我的手告訴我不想死，我卻只能眼睜睜地看着他離去。

我幼年時，嚴厲的父親何曾違拗過我的願望？

大概是我五歲，正值抗戰勝利，離村子二十里路遠的車江鎮演戲慶祝。在那個時候，我們家鄉的人還是第一次看現代戲，這自然是件非常轟動的大事了。人們奔走相告，扶老攜幼，相約而去，我就要求父親帶我去看戲。那是秋天，天正下雨，有病的父親說不要去了。我哭着鬧着堅持要去。父親拗不過，就對我說：「要去你自己走路去，我可不揹你。」我欣然答應，可是走出村子沒多遠，我就走不動了。我仰臉望着父親，父親很嚴肅，我只好按「自己走路」的君子協定又走了一程，終於再也走不動了。我不敢看父親，父親卻一聲不響地在我面前蹲下來，把他略顯單瘦的背脊給我，這樣父親就一直將我揹到了鎮上。那天，看戲的人特多，我們去得太晚，黑壓壓的一大片人，我們根本無法擠到前面去。父親踮着腳尖把我舉起來，讓我騎在他的肩上，兩腿緊緊夾着他的脖子，這樣我就可以很清楚地看台上的戲。那時究竟看了甚麼戲，現在已經沒有一點印象，只記得很有趣，我看到精彩處忘形地揚起小手歡呼起來，身子在父親肩上一晃一晃的，記得父親的脖子上是濕淋淋的，連我的褲子都被潤濕了。我懂事以後才想到父親那天根本就沒看到戲，他一直踮着腳尖站在那裡，像一棵樹支撐着我。直到下午看完了戲，他再一聲不響地把我揹回家來。父親去世了，我這顆童心就像缺了血脈，我這棵樹苗就像斷了根本。

父親是個古板人，平時一舉一動都彷彿有着一定的尺寸，尤其在孩子面前，不苟言笑，講話一本正經。記憶中，我很少看到他的笑容，一張久經日曬雨淋的臉，佈滿了辛苦人生寫下的沉默、頑強和洞察力。父親不是概念中那種愚昧、逆來順受的農民，他一生沉默地堅守着自己最簡單的信念，勤勞正直，對未來充滿信心。在父親身邊的所有歲月，給我留下的令我終身難忘的事便是早起。我從不知道父親是甚麼時候起床的，總是在夢裡被父親從窗外叫醒。在寒冷的冬天早晨，我還縮在被窩裡，父親已經在喊了：「起床了，外面落金子！」他每天很晚才回家，就要母親守着我讀書寫字。在那又矮又窄又潮濕的破屋裡，在那米粒般火光的桐油燈下我讀書寫字，母親坐在旁邊一邊監督一邊給我們做針線活，嘴裡嘮嘮叨叨地唸着，手裡密密麻麻地縫補着。父親深夜勞作回來，一定要檢查完我的作業才去休息。父親說，發家靠勤勞，只要肯做，石頭都能變成金子，勤勞的人腳下站着的地方就是落金子的地方。少言寡語的父親用他那莊稼人最樸實的感受說出土地一般的哲理。

有一年，我大概七八歲，母親有病，父親要我去買點藥回來。路過一個山村，村子人丁不旺狗卻成群，狗像一頭頭猛虎似的使人望而生畏。我那時衣着襤褸，被狗當作叫化子了，那狗衝着我狂吠不止，張牙舞爪地向我逼進，嚇得我拔腿就跑。誰知人越跑狗越追，我用手把藥舉到頭上，躲進了牛欄裡，後來被這個村子的人發現才把狗叫開。回到家裡，我哭了，父親只是撫摸着我的頭，沉默一陣後對我說：「愛叫的狗不咬人的，不要怕。」他耐心地教我辨認惡狗，說最怕的是不叫的狗，一聲不響地夾着尾巴低着頭從旁邊朝你溜來，你還沒有看清，它已咬你一口跑遠了。「從前面來的狗不可怕，」父親說，「要提防從後面來的狗。」

我永遠都記得父親那種語氣，他那樣耐心地教導年幼的兒子自衛本領時那專注的神色。父親是窮人，他沒有多少物質的東西，他所能給予我的，只有真摯的愛和教給我謀生的本領，這使得我在以後的人生中，對他人、對世界始終充滿着摯愛，在生存競爭中始終充滿自信。

父親只讀過幾天私塾，卻有一手很不錯的書法，甚至曾一度名聞鄉里。他對我最大的希望就是讀書，把書讀進去，把書讀出來。終於讀出來了，我考上了衡陽師範學校。要上學了，父親送了一程又一程，沒有一句叮囑的話，只是一程一程地送，但我看得出來他很高興，是一種滿足後的沉默。

一九五九年冬天，是我讀師範的最後一年，日子愈苦了。我從衡陽回到家，母親問我在學校吃不吃得飽，我說學校的菜一點油也沒有。其實家裡也已經好幾個月沒有食油了。而吃不飽飯，在那年頭是司空見慣的。父親一聲不響地聽我們說話，後來他默默地走出去了，一夜沒有回來。他那時在生產隊的油坊榨油，那是一種很原始的手工作坊，平日要依靠七八個身強力壯的大漢推動沉重的榨油車才能將油籽榨出油來。可是那一夜父親一個人在油坊裡，把已經榨乾的油枯重新碼到油車裡，獨自一人推動那沉重的油榨，整整榨了一夜才榨出幾兩油來，早晨交到母親手裡，叫母親炒點有油的菜讓我帶到學校去吃。

我一直不敢想像父親一個人在油坊榨油的情景。父親是那麼單薄、那麼瘦弱，他是用了怎樣的力量從油枯裡榨出油來的呢？我吃到有油的菜，覺得那不是從油枯裡榨出來的油，而是從父親營養不良的單瘦身軀裡擠出來的血。父親卻始終一聲不吭，憂慮地沉默着或滿足地沉默着。

然而終於有一次我看到了父親感情的外露。一九六零年春末，我即將從師範學校畢業，正滿心歡喜對前途充滿憧憬時，一件事卻使我憂慮起來——我需要四毛錢去照一張畢業照。那時候四毛錢對我來說是太奢侈了，我從哪裡去弄這一筆巨款呢！但是畢業照是不能不照的，我於是想到了借錢。我在衡陽街頭走來走去，碰到村子裡兩個大人，猶豫再三，我還是開口向其中一個借四毛錢。我那時還是一個十幾歲的少年，正是自尊心最強最敏感的年齡，高高的一條漢子，卻要低頭向人借四毛錢去照畢業照。我剛開口，另一人趕緊勸阻正欲掏口袋的人說：「你借錢給他？他到哪一輩子才能還得起！」

我永遠無法忘記那輕蔑的目光，我沒有借到錢，別人輕蔑的目光卻像毒蛇一樣纏住我的喉嚨。在絕望中，我只好回到家裡。父親問我這時節跑回來是不是有甚麼事。「沒有錢了是麼？」父親這樣一問，我的眼淚就唰地掉下來了，對父親說：「我向別人借四毛錢，人家說我這輩子還不起，不給借。」父親聽得這話，立刻停下手中的活計，臉色一陣紅一陣白，接着他蹲下去，狠狠地吸着旱煙，忽然我看到他的眼角上掛着一滴淚珠。

我那時終究還是一個孩子，父親的眼淚只是使我感到傷心，如今回想起來，它就成了我的財富。呵，父親的淚珠，尤其是這只有一滴的淚珠，對於我，更是無價的珍珠，它告訴我的豈止僅僅是人的尊嚴這一點？不，它的內涵是無盡的。父親一輩子辛勤勞作，堅信着地裡有黃金，一輩子自尊自強自愛，可是他的幾近成年的兒子卻被人蔑視，我現在才明白那件事對父親自尊心的傷害和人生信念的打擊是多麼的沉重。

今年清明，我從長沙開會返廠路過衡陽，順便去祭奠父親。在父親那芳草萋萋的墳前，我忽然想，父親本應還活着的，如果活着也還只有八十多歲，還應該坐在陽光下抽着旱煙，早晨在我的房門口喊着「快起床，外面落金子」。父親臨終前說不想死，說他自己和他的兒女都還沒有過上好日子，他還要多勞動多看看後面的好日子，要吃幾頓飽飯，甚至還要吃到糖。如今十九年過去了，我們大家都好了，這樣的日子是父親生前做夢都想像不出的。可是苦命的父親呢？他已在黃土堆裡永遠地沉默了。他教給我們勤勞正直的品格，我們沒有辜負他，可是如今他卻甚麼也看不到了。他吆喝我們「外面落金子」，催我們早起床幹活唸書，使我幾十年如一日養成了早起讀書的好習慣，可如今父親卻永遠沉睡了，默默地沉睡在青山綠野之中……

春雨瀟瀟，打濕了青山，打濕了綠樹，打濕了野花，打濕了父親的墳墓，也打濕了我的衣襟。然而，我卻一動不動地默然而立。

綿綿春雨，把我的心也打得濕漉漉的了。

張曉風

張曉風（1941— ），祖籍江蘇銅山人。台灣作家。著有散文集《地毯的那一端》、《給你，瑩瑩》、《愁鄉石》等。

愁鄉石

到「鵝庫瑪」度假去的那一天，海水藍得很特別。

每次看到海，總有一種癱瘓的感覺，尤其是看到這種碧入波心的、急速漲潮的海。這種向正前方望去直對着上海的海。

「只有四百五十海里。」他們說。

我不知道四百五十海里有多遠，也許比銀河還迢遙吧？每次想到上海，總覺得像歷史上的鎬京或是洛邑那麼幽渺，那樣讓人牽起一種又淒涼又悲愴的心境。我們面海而立，在浪花與浪花之間追想多柳的長安與多荷的金陵，我的鄉愁遂變得又劇烈又模糊。

可惜那一片江山，每年春來時，全交付給了千林啼鴃。

明孝陵的松濤在海浪中來回穿梭，那種聲音、那種色澤，恍惚間竟有那麼相像。記憶裡那一片亂映的蒼綠已經好虛幻好縹緲了，但不知為甚麼，老忍不住要用一種固執的熱情去思念它。

有兩三個人影徘徊在柔軟的沙灘上，揀着五彩的貝殼。那些炫人的小東西像繁花一樣地開在白沙灘上，給發現的人一種難言的驚喜。而我站在那裡，無法讓悲激的心懷去適應一地的色彩。

驀然間，沁涼的浪打在我的腳上，我沒有料到那一下沖撞竟有那麼裂人心魄。想着海水所來的方向，想着上海某一個不知名的灘頭，我便有一種嚎哭的衝動。而哪裡是我們可以慟哭的秦庭？哪裡是申包胥可以流七日淚水的地方？此處是異國，異國寂涼的海灘。

他們叫這一片海為中國海，世上再沒有另一個海有這樣美麗沉鬱的名字了。小時候曾經多麼神往於愛琴海，多麼迷醉於想像中那抹燦爛的晚霞，而現在，在這個無奈的多風的下午，我只剩下一個愛情，愛我自己國家的名字，愛這個藍得近乎哀愁的中國海。

而一個中國人站在中國海的沙灘上遙望中國，這是一個怎樣鹹澀的下午！

遂想起那些在金門的日子，想起在馬山看對岸的角嶼，在湖井頭看對岸的何厝。望着那一帶山巒，望着那曾使東方人驕傲了幾千年的故土，心靈便脆薄得不堪一聲海濤。那時候忍不住想到自己為甚麼不是一隻候鳥，猶記得在每個江南草長的春天回到舊日的樑前，又恨自己不是魚，可以繞着故國的沙灘岩岸而流淚。

海水在遠處澎湃，海水在近處澎湃，海水徒然地沖刷着這個古老民族的羞恥。

我木然地坐在許多石塊之間，那些灰色的，輪流着被海水和陽光煎熬的小圓石。

那些島上的人很幸福地過着他們的日子，他們在歷史上從來不曾輝煌過，所以他們不必痛心，他們沒有驕傲過，所以無須悲哀。他們那樣坦然地說着日本話，給小孩子起日本名字，在國民學校旗杆上豎着別人的太陽旗，他們那樣怡然地頂着東西、唱着歌，走在美國人為他們鋪的柏油路上。

他們有他們的快樂。那種快樂是我們永遠不會有也不屑有的。我們所有的只是超載的鄉愁，只是世家子弟的那份煢獨。

海浪沖逼而來，在陽光下亮着殘忍的光芒。海雨天風，在在不放過旅人的悲思。我們向哪裡去躲避？我們向哪裡去遺忘？

小圓石在不絕的浪濤中顛簸着，灰白的色調讓人想起流浪的霜鬢。我揀了幾個，包在手絹裡，我的臂膀遂有着十分沉重的感覺。

忽然間，就那樣不可避免地憶起了雨花台，憶起那閃亮了我整個童年的璀璨景象。那時候，那些彩色的小石曾怎樣地令我迷惑。有陽光的假日，滿山的揀石者挑剔地品評着每一塊小石子。那段日子為甚麼那麼短呢？那時候我們為甚麼不能預見自己的命運？在去國離鄉的歲月裡，我們的箱篋裡沒有一撮故國的泥土。更不能想像一塊雨花台石子的奢侈了。

灰色的小圓石一共是七塊。它們停留在海灘上想必已經很久了，每一次海浪的沖撞便使它們更渾圓一些。雕琢它們的是中國海的浪頭，是來自上海的潮汐，日日夜夜，它們聽着遙遠的消息。把七塊小石轉動着，它們便發出琅然的聲音，那聲音裡有着一種神秘的回響，呢喃着這個世紀最大的悲劇。

「你揀的就是這個？」

遊伴們從遠遠近近的沙灘上走了回來，展示着他們彩色繽紛的貝殼。

而我甚麼也沒有，除了那七顆黯淡的灰色石子。

「可是，我愛它們。」我獨自走開去，把那七顆小石壓在胸口上，直壓到我疼痛得淌出眼淚來。在流浪的歲月裡我們一無所有，而今，我卻有了它們。我們的命運多少有些類似，我們都生活在島上，都曾日夜凝望着一個方向。

「愁鄉石！」我說，我知道這必是它的名字，它決不會再有其他的名字。

我慢慢地走回去，鵝庫瑪的海水在我背後藍得叫人崩潰，我一步一步艱難地擺脱它。而手絹裡的愁鄉石響着，響久違的鄉音。

無端的，無端的，又想起姜白石，想起他的那首八歸。

最可惜那一片江山，每年春來時，全交付給了千林啼鴂。

愁鄉石響着，響一片久違的鄉音。

後記：鵝庫瑪係沖繩島極北端之海灘，多有異石悲風。西人設基督教華語電台於斯，以其面對上海及廣大的內陸地域。余今秋曾往一遊，去國十八年，雖望鄉亦情怯矣。是日徘徊低吟，黯然久之。

一九六八年

周同賓

周同賓（1941— ），河南社旗人。作家。著有散文集《鄉間小路》等。

天籟

近些天，心情頗不好，加之居處臨鬧市，每日車馬喧喧，人聲嚷嚷，心中更加煩躁；想坐下寫點東西，可拿起筆，文思枯澀，連一個恰當的詞兒都想不起來了。

興許農村好一些？田園生活總是恬淡、幽靜的。於是，收拾行裝，我還鄉了。

我坐窗前，面對着蓊綠的瓜棚豆架。可是，雞啼，狗咬，蟬鳴，牛叫，滿耳裡響。東鄰的慶二爺來找母親借簸箕回去簸玉米仁兒，西鄰的福奶奶來找母親拉家常，一遍又一遍罵她的兒媳婦不孝順，南村上大表舅來找我打聽，城裡頭北門裡的趙瞎子是不是還賣跌打膏藥……

我又煩躁了。

母親說：「你壽生大伯在南山看林子，他那裡，也許清靜些？」

沿着夾在草莽中的蚰蜒小徑，我向南山迤邐走去。山並不高，石倒很奇，我敢擔保，它們中的任何一塊只要搬到城裡的公園裡，都是使人欣賞不夠的藝術品。樹並不挺拔，卻茂密，大半是近年來栽的松、櫟、山榆、五角楓；樹下長滿灌林和野草，有豆兒大的紅果和扣兒大的黃花。

向陽坡上，綠樹叢中，兩間茅屋。截斷的木頭構成的院牆上，爬滿野牽牛。木頭的頂端，長了肉紅色的木耳。

我輕輕推開柴扉，見大伯正迎門坐在屋裡揀選剛採來的樹種，每一棵都拿手裡端詳半天，而後決定留下或捨棄。門框上，靠一柄使得鋥亮的開山钁。

端起清淡的野菊花茶，我問老人，為甚麼入了老境，不和兒孫在一起享受天倫之樂，卻一個人來到這林子裡，不嫌孤寂嗎？

他自解放後一直當村幹部，為鄉鄰父老做過好事，也做過錯事；整過人，也挨過整。三十年風雲變幻，人事升沉，白了少年頭。一九七九年後，看鄉親們都走上了正道，遂萌退志，主動要求來看林子。他說：「幹了半輩子，有功，也有過；功過相抵，不剩甚麼了。死前，為大伙兒務弄好一山林木，算是對子孫的一份貢獻吧！」語氣雖有點淒然，但可以聽出內中確實包含着一顆火熱的心。

我一個人走進林中。我發現，此地無蠅，也無蚊，卻有那麼多蝴蝶，蜜蜂，無論走到哪裡，它們都在身邊飛、耳畔叫。空氣裡，有松香味，有草木的青氣，聞起來，心裡麻酥酥的。巉岩上，一掛飛泉，下面，滴成一個不大的潭，潭邊，流出一股水，扯成一條小溪。潭水，黛青色的；溪水，豆綠色的。魚兒都露着黑色的脊梁，唼喋着小嘴，從潭裡出來，游進小溪，玩夠了，又順小溪游回潭裡。我跳水裡，濯足，洗臉，水涼而潤，頓覺心清神爽。又上岸，在濃蔭裡盤桓，流連，撫摸每一棵樹，摩挲每一塊石。最後，索性面對小溪，靠一棵老松，在一塊青石上坐下。我閉上眼，但聞泠泠的水聲，細細的風聲，和間或一兩聲山雀兒的輕悠悠的啼囀。還有一些聲音，瑣瑣的，纖纖的，是蝴蝶飛過的翅翼聲？是小甲蟲在樹枝上爬行時的足音？是枯葉落花掉地時的顫動？這些聲響，融合在一起，時斷時續，似有若無。哦，這是天籟，恐怕自遠古的洪荒時代，自人類的童年，都是這樣吧？這些聲音，像一個細眼兒的篩子，篩掉了塵囂嘈雜，剩下的只有幽靜。我自己似乎一下子脱卻塵緣，倏忽被淨化了，竟忘掉了人世的紛爭，個人的煩惱，似乎也忘掉了自己的存在，忘掉了時間和空間，好像我自己物化為一棵樹，一塊石，和這山林成了一體……

我呆呆地坐在山石上。不知道甚麼時候太陽西沉了，晚霞消失了，暮靄降臨了，多長時間都在恍惚迷離中過去。大伯來喊我回屋吃晚飯，我猛一驚覺，從樹木的枝丫間看見，一鏡圓月正懸在山頂的碧空，不多的星星眨着機靈的小眼睛，正調皮地看我呢。我發覺，月光下，這裡的一切都更美。那樹木，岩石，流水，還有大伯那簡陋的茅舍，都閃着幽幽的光，酷似我在畫上，在夢中看過的廣寒宮裡的景物，我自己也似乎飄飄欲仙了呢。

大伯引我在林中走着。聽不到我們的腳步聲，耳邊仍然是澌澌的水聲，簌簌的風聲，還有此起彼伏的吱吱的蟲聲。這些聲音揉在一起，更滲染了山林的寂靜，秋夜的清幽。我知道，這並不是大自然專為我演奏的輕音樂，不論我在與否，它總要響，就像山泉總要從山的心臟流出一樣。這是天籟。

我們走上一個高坎兒。朦朧的月光裡，我依稀看到大伯鬢邊的花髮，兩頰的褶皺，佝僂的背。他，是老了。我又想起他的關於死的話。是的，説不定哪一天，他會突然倒在山石上，樹林裡，丢下那把開山钁。我又想，何止他呢？我雖然正當盛年，面前還有很長的路，可同樣會走到頭，説不定哪一天也要倒在寫字枱前。但是，即使我們化為青煙，化為朽壤，被後人徹底遺忘，而這青山永不老，綠水將長流，依然世世代代給人們提供薪柴和棟樑，依然朝朝暮暮要鳴奏流韻天成的音樂，不管有沒人聽。我進而想到，這青山，這流水，是不會忘記壽生大伯的，即使斗轉星移，千百年後，它們也會借自己的風聲、水聲，告訴進山的後人，曾有一個誠心的老頭兒把自己的一腔心血都點點滴在山間林中。這麼説，大伯不也永生了嗎？

夜裡，在低矮的茅屋裡，我睡得十分舒貼，連夢境也是綠茵茵的，中宵醒來，我又聽到了那微妙的天籟，像一隻親切的手，輕輕拂着我的面頰，像一陣溫馨的風，緩緩吹過我的心頭。我還聽到了大伯那均勻的呼吸聲，不疾不徐地，似乎和大自然的聲響有機地交織在一起了，那麼和諧，那麼融洽，抬頭看窗外，山影是暗綠色的，一眼望不透。流水像一道銀線，閃着柔和的光。驀地，我悟出了個道理：人生固然短暫，事業正是無窮，只要把自己的一切交付於人民的事業，又何必嗟嘆生命的短暫呢？又何必計較個人的名利得失，別人的褒貶毀譽呢？我似乎一下子徹悟了。我盼望快點天亮，我有一肚子文章要寫呢。

馮驥才

馮驥才（1942—　），浙江慈溪人。作家。著有長篇小說《義和拳》、《三寸金蓮》，散文集《珍珠鳥》等。

珍珠鳥

真好！朋友送我一對珍珠鳥。放在一個簡易的竹條編成的籠子裡，籠內還有一捲乾草，那是小鳥舒適又溫暖的巢。

有人說，這是一種怕人的鳥。

我把它掛在窗前，那兒還有一盆異常茂盛的法國吊蘭。我便用吊蘭長長的、串生着小綠葉的垂蔓蒙蓋在鳥籠上，它們就像躲進深幽的叢林一樣安全；從中傳出笛兒般又細又亮的叫聲，也就格外輕鬆自在了。

陽光從窗外射入，透過這裡，吊蘭那些無數指甲狀的小葉，一半成了黑影，一半被照透，如同碧玉；斑斑駁駁，生意蔥蘢。小鳥的影子就在這中間隱約閃動，看不完整，有時連籠子也看不出，卻見它們可愛的鮮紅小嘴兒從綠葉中伸出來。

我很少扒開葉蔓瞧它們，它們便漸漸敢伸出小腦袋瞅瞅我。我們就這樣一點點熟悉了。

三個月後，那一團愈發繁茂的綠蔓裡邊，發出一種尖細又嬌嫩的鳴叫，我猜到，是它們有了雛兒。我呢？決不掀開葉片往裡看，連添食加水時也不睜大眼去驚動它們。過不多久，忽然有一個小腦袋從葉間探出來。更小喲，雛兒！正是這個小傢伙！

它小，就能輕易地由疏格的籠子鑽出身。瞧，多麼像它的母親：紅嘴紅腳，灰藍色的毛，只是後背還沒有生出珍珠似的圓圓的白點；它好肥，整個身子好像一個蓬鬆的球兒。

起先，這小傢伙只在籠子四周活動，隨後就在屋裡飛來飛去，一會兒落在櫃頂上，一會兒神氣十足地站在書架上，啄着書背上那些大文豪的名字；一會兒把燈繩撞得來回搖動，跟着跳到畫框上去了。只要大鳥在籠裡生氣兒地叫一聲，它立即飛回籠裡去。

我不管它。這樣久了，打開窗子，它最多只在窗框上站一會兒，決不飛出去。

漸漸它膽子大了，就落在我書桌上。

它先是離我較遠，見我不去傷害它，便一點點挨近，然後蹦到我的杯子上，俯下頭來喝茶，再偏過臉瞧瞧我的反應。我只是微微一笑，依舊寫東西，它就放開膽子跑到稿紙上，繞着我的筆尖蹦來蹦去；跳動的小紅爪子在紙上發出嚓嚓響。

我不動聲色地寫，默默享受着這個小傢伙親近的情意。這樣，它完全放心了。索性用那塗了蠟似的、角質的小紅嘴，「嗒嗒」啄着我顫動的筆尖。我用手撫一撫它細膩的絨毛，它也不怕，反而友好地啄兩下我的手指。

白天，它這樣淘氣地陪伴我；天色入暮，它就在父母的再三呼喚聲中，飛向籠子，扭動滾圓的身子，擠開那些綠葉鑽進去。

有一天，我伏案寫作時，它居然落到我肩上。我手中的筆不覺停了，生怕驚跑它。呆一會兒，扭頭看，這小傢伙竟扒在我的肩頭睡着了，銀灰色的眼瞼蓋住眸子，小紅腳剛好給胸脯上長長的絨毛蓋住。我輕輕抬一抬肩，它沒醒，睡得好熟！還咂咂嘴，難道在做夢？

我筆尖一動，流瀉下一時的感受：

信賴，往往創造出美好的境界。

一九八四年一月於天津

楊聞宇

楊聞宇（1943— ），陝西西安人。作家。著有散文集《灞橋煙柳》，長篇報告文學《丙子「雙十二」》（與人合著）等。

六駿蹤迹

折戟沉沙鐵未銷
自將磨洗認前朝
——杜牧

秦皇漢武，唐宗宋祖，天國之君常常是厲害的。在帝王的序列裡，他們是最亮的星辰。公元六世紀末，延宕千餘歲的封建制度在中國孕育成熟。天賜盛世，降其英才，是李世民這位具有「龍鳳之姿」的人物將空前繁榮的「黃金時代」推向了富麗堂皇的最高潮。

懷着敬慕的心情，我們來到了渾厚坦蕩的渭北高原。朝北眺望，青巒環護之中，有一峰孤聳回絕，昂然崛起，泔水流其前，涇水繞其後，山脈水系命意不俗，這便是李世民狩獵時為自己擇定的墓地：昭陵。「因山為陵」，方圓三十萬畝，形成東方最大的王者陵寢。一千三百多年的風風雨雨掠了過去，彷佛海潮退跌了似的，眼下是斜陽帶雁，夕霞如焚，碑殘石裂，繁華消歇，只剩下默仰晴空的九嵕山峰巒了。登峰縱目，眼前一亮，我忽然驚異南畔還殘留着零零落落的陪葬的功臣墳墓（傳說一百六七十座）。臣墓矮伏而王陵巍然，尊卑有位，錯落分佈，彷佛臣僚們仍然羅拜在唐王膝下。

草創天下，戎馬倥偬，李世民與將佐臣僚們出生入死，戮力共進；下世以後，依然是榮辱與共，不昧初衷。「義深舟楫」的珍重情誼能在一代君臣之間一以貫之，這在漫長、黑暗、以背叛濫殺為常規的封建史上是難能可貴的一頁。望着眼前依然保持着儀衛之制的一片墓陵，我正為「庶敦追遠之義，以申罔極之懷」的君臣之交暗自嘆息，陪遊的友人忽然說道：「唐王寢宮旁以前鐫立過六匹戰馬的青石浮雕，這就是馳名中外的『昭陵六駿』。」

和平歲月裡，馬在坦蕩田野上是勤奮的化身，躍進戰爭的煙塵，它則純然是勇士的形象。「唐家創業掃群雄，馬上得之為太宗」，「昭陵六駿」彷彿是隋朝末年黃河流域一連串決定性戰役的真實投影，是四方豪俊叱咤嘯進中形成的另一幅風雲畫圖。

唐軍初取關中，薛仁杲父子迅速進據隴右，覬覦長安。初戰，唐軍失利。六一八年冬，雙方重新結陣。李世民避其銳氣。兩月不出，直待其糧草殆盡而狂躁如狼時，才以少許兵卒誘之於淺水原，親率勁旅從後突襲，薛軍崩潰，四散如流。李世民不容這些隴外驍悍之徒作絲毫喘息，不聽舅父竇軌的阻攔，催動四蹄蘸雪的「白蹄烏」，銜尾進擊，窮追三百餘里。石刻白蹄烏怒目騰空，鬃鬣迎風，空曠的黃土高原上彷彿閃爍着四蹄交遞所拉開的一道道雪練，蹴擊大地，響動着雨點似的鼓聲。李世民題贈的讚語是：「倚天長劍，追風駿足，聳轡平隴，回鞍定蜀。」

趁着西線有戰爭，晉南的劉武周迫脅關中。李世民揮戈東進，趨龍門，渡黃河，在鼠雀谷與劉軍連打八場硬仗，膾炙人口的秦瓊、敬德大戰美良川的故事，就產生在這裡。李世民二日不食，三日不解甲，跨着黃裡沁白的「特勒驃」，殺得劉軍失魂落魄，向北逃竄。

李世民清楚，河南、河北的王世充、竇建德才是最狠最辣的兩大敵手。六二一年，與王世充會戰北邙山。彼此剛剛列陣對峙，一道紫色的閃電掣動數十精騎直透敵營，王世充愣怔過來，才發覺一匹純紫色的馬背上伏的正是李世民。滿營驚駭，戈矛四合，慌忙圍追堵截。李世民神威抖擻，揮刃酣戰，坐騎突然中箭，哀嘶撓搖，危急萬狀；大將軍丘行恭飛騎衝陣，把自己的坐騎讓給李世民，他一手挽住紫馬，一手揮刃和李世民一起巨躍大呼，砍開一條血路，突陣而出。這紫馬就是「颯露紫」。李世民讚它是「紫燕超躍，骨騰神駿，氣讋三川，威淩八陣」。六駿雕刻裡唯附一人，傚丘行恭拔箭狀，顫抖的紫馬以頭相偎，濕眸沉沉。箭鏃拔出，馬也就「噗」地跌倒在塵埃之中。

鏖兵八個月，王世充不支，竇建德忙率十萬大軍奔赴救援。李世民臨機轉戈，圍洛打援，派驍將搶佔虎牢關，生擒了竇建德。王世充無望，只好投降。一戰而克二敵，勝則勝矣，不幸又倒下「青騅」、「什伐赤」兩匹坐騎。「青騅」是前體一箭後體四箭，「什伐赤」是臀插五箭，馬往前突，迎飛的利鏃斜扎體後，顯示着馬馳的神速與爭鬥的慘烈。

末後對竇建德之故將劉黑闥的戰事，使李世民十分棘手。這次戰爭中喪失了黃皮黑嘴、身佈連環旋毛的「拳毛騧」，一馬身帶九箭，其筋力的堅韌不言自明。「月精按轡，天馬行空，弧矢載戢，氛埃廓清」。李世民盛讚駿馬以它的生命集攏住飛蝗式的箭鏃，天地間自然就清平了，安寧了。

馬的力氣在所有動物中屬於上乘。一進入血火併作的廝殺氛圍，一聽到諸般兵器鏗鏘搏擊的金屬聲響，它立即化成了慷慨以赴的英物，熔龍虎雄姿、壯夫意氣於一軀，不桀驁，不兇悍，不聲張，所有動作同時凝成了勇敢與豪邁、獷野與輕捷，以敏銳、準確的縱躍起伏執行着主人萌動在心裡的每一閃念，每一企圖。此時此景，讓人想到暴風雨裡翻飛於汪洋巨浪間的翩然海燕，想到縱舒於萬仞陡崖間的自由闊大的瀑布……古代戰爭裡倘是沒有最富於創造性的、最擅長默契的駿馬，一切孔武慓悍的魂魄和膂力將無所憑依，無從施展，那該是多麼笨拙、多麼枯燥無聊的一種戰爭。

李世民是當之無愧的一代天驕。馬背上唯有馱起了他，也才是鮮花着錦，相映生色，無尚的俊逸。六駿馬彼此遞進着將李世民送上了帝王交椅，它們也很自然地化作了古樸雄渾的浮雕，以各自的神態被供奉於昭陵，與主人共享尊榮，同受兒孫輩的香火。

好馬逢英主，這才真正是良驥遇伯樂。歷史上有過那麼多重大的朝代更迭，其間夾雜着多少霜濃馬滑、策馬破陣、馬革裹屍的生動場面呢？唯有李世民，自戰爭中提煉出了六匹神駿，鐫於昭陵，擬傳千古。明主襟懷如鏡，眼角含情，由此可見一斑。

浮雕多矣，這不是尋常的浮雕！「森然風雲姿，颯爽毛骨開」，即使負傷帶箭，仍然是通體洋溢着從萬里陣雲裡提攝出來的向着盛唐邁進的煌煌氣象。戰爭先行，藝術後進，善於將氣衝斗牛的征戰之風化作繼往開來的精神意象，這只有當時的大畫家閻立本足以勝任。那樣個時代，必然有那樣的駿馬，也勢必出現那樣的藝術家，也才足以與慎終追遠、不棄本基的王者風範和諧統一。

文武重臣六駿騎，魂兮魄兮長相依——作為王朝創業史上別開生面的一筆，李世民這個美麗的心願能保持多久呢？下世前，這個聰明過人的帝王便似乎察覺出了甚麼：貞觀十年下詔建造石宮時，特別指明日後的殉葬品不須金珠寶玉，僅以陶人木棺為之，此等明器「不為世用」，可使「奸盜息心」。可他無論如何也料想不到，石雕六駿在漫長的歲月裡會漸漸陞級為藝術品，而且是足以壓倒金珠寶玉的稀世罕有的藝術珍品。既為珍品，奸盜必窺。一九一四年，「颯露紫」、「拳毛騧」被洋人竊去（今存費城賓夕法尼亞大學博物館）；又隔四年，其餘四碑也被破成數塊，竊運至西安附近，好在被老百姓攔截住了（現存陝西博物館）。如今的昭陵，你只能看到宋代的一尊「昭陵六駿碑」，碑體略矮於人，素畫青底，以線刻刀法縮小了六駿的形象。「擒充戮竇西復東，飛鏃濺血鬃毛紅」，手撫涼涼的碑刻，益發讓人生慨。

也許是不甘心吧，下了昭陵，我又去尋訪茂陵南坡下的一眼「馬刨泉」。二十多年前，那兒泉水汩汩，清流依依，傳說那是黃巢與唐軍角逐時，喉嚨渴得冒火，可附近卻無井無水，胯下的戰馬忽然直立咆哮，前蹄扣下時就地亂刨，所刨處遂湧出一眼清泉。重尋故泉，甚麼也沒有了，一位整菜畦的老農對我說：「墊了，早就墊了。」關中土語，「墊」就是埋得不露痕迹的意思。旁邊的公路上是來去生風的小轎車，老農哂笑我：「你這人也怪，現在啥年月了，連馬也不多啦，你還尋甚麼『馬刨泉』哩。」

是噢是噢！馬的時代是過去了，「足輕電影，神發天機」，它是無可挽留地過去了。毛主席當年草創天下，整天還騎馬哩——自馬上得了天下，得天下之人也騎着馬似的很快就過去了。無論多麼轟轟烈烈的時代，無論甚麼品種的天賜神駿，聯轡齊步，不能不迅速地走過去。在歷史的屏幕上，巨人們是一個接一個地走過去，而馬，是成群結隊地奔過去，是排山倒海地壓過去。今歲恰是「馬」年，到了下一個馬年，塵世間還能看到幾匹真馬、活馬呢？！

西歐一位史學家說得好：考察中國封建社會的歷史，不進潼關算沒入門，不到昭陵不算登堂入室。現在的昭陵呢？「眾山忽破碎，突兀一峰青」，就連那石雕們也是「秋風石動昭陵馬」了——六駿那翻動的二十四蹶似乎組成了不以任何人意志為轉移的歷史車輪，生生馱走了一個個輝煌的、壯麗的時代。

在這塊岑寂冷落的土地上，眼前是麥浪一層層地起伏着，後浪推前浪，漸漸地遠了，遠了，低下去了……

雷　達

雷達（1943—　），甘肅天水人。文學評論家、散文家。著有文學評論集《民族靈魂的重鑄》、散文集《雷達散文》等。

還鄉

一九九〇年三月末的一天，我在西安，本該向東趕回北京的，卻鬼使神差地冒出一個念頭：往西，回闊別二十多年的故鄉看看。這念頭來得突兀，又執拗得不可抗拒，連一分鐘也等不得了，我像急於找回甚麼東西似的，當晚跳上西去的火車。

過路車擁擠。雲貴川甚至遠如兩湖一帶的勞工，在蔡家坡、寶雞等站一股一股往上湧，他們要到西部去發財。等我意識到，該趕快上趟廁所時，一切都來不及了：我被如潮的人流擠壓並固置到一個角落，膝下、頭頂、後背全是四肢的網絡；人味兒、煙味兒、汗酸味兒塞滿車廂，好像劃一根火柴，就可以引爆。我只好收腹吸氣，竭力把自己想像成一片山楂片，或是一條瘦魚，獨自在燈影裡發怔。

此時，不爭氣的尿憋得我額頭發麻，只有靠大力提氣穩住。環顧車廂，除非我能貼着人頭飛翔，否則斷難接近廁所，而且即使接近了，廁所門口猶如蜂窩，站滿了人，我懷疑那是一扇永遠也敲不開的門。

我暗想：多年來，我出差不是臥鋪，就是飛機，來去瀟灑得很；目的地又都是省會一級的大城市，有接有送，何曾受過這等洋罪。幸虧我是男人，萬不得已有個塑料袋也能應付，要是年輕的女性呢，我不敢想下去了。人生總難免遇到某種最尷尬，最狼狽，最無可奈何的境況，這是否就是一種？比它更複雜，更深隱的還有多少種？而我又體驗過多少呢？

看着身邊一張張疲憊的、汗津津的面孔，看着因過多的忍耐變得神情有些呆滯的男女，我忽然有種跌落到真實生存中的感覺。我平時對人生的了解，太片面，太虛浮了，生活的圈子愈縮愈小，感性的體驗愈來愈單調，雖然也大發感慨，也大談社會，實際多是書本知識和原先經驗的重複。我們雖然明白，如今是個既有高樓大廈、地鐵飛機、衛星導彈、卡拉OK，又有陋室茅舍、荒山鳥道、人滿為患、四脖子汗流的時代，但你必須親身流流汗，才能真知。席勒說過「人生反被人生遮掩住了」，可謂警語。「城市化」割裂了我們的感覺，我們不再與生命之源保持和諧了。也許我的擠車回鄉，含有尋覓更真實的人生的潛在動因吧。

還好，我沒被憋死，下半夜車到天水時，我有種欣欣然的解放感，甚至有點感恩戴德，似乎只要准許我下車，甚麼行李呀，輜重呀，金銀財寶呀，全可以拋掉。人呵，有時有無盡的奢望，有時一點給予即備覺幸福；到了外物負載得過於沉重時，生命往往會跑出來示以顏色。誰能說，享用山珍海味的快感就一定超過了淋漓盡致地撒一泡尿，睡席夢思床的舒服就一定勝過在熱炕上打鼾呢？

我的故鄉藏在莽蕩群山的夾縫裡，渭河拐彎的地方。從縣城去那裡，一般轉乘火車；若能弄到汽車，有一土路可達，約六十里許。

我在縣城先找到我的親房侄子天寶，小名狗娃子，我隱約覺得他似乎就是我要找尋的人中的一個。論輩分他是侄子，其實年齡比我大，是縣裡一個部門的頭頭。他的長相與某些偉人頗相像，長方大臉，厚實魁梧的身坯，炯炯有神的大眼睛，濃密的大背式傳統髮型，倘用器宇軒昂四字，足以當之。記得小時候，他是甚麼烈性牲口也敢降服的，拳頭掃平全村的頑童，我們對他既親近又害怕。土改那陣，他頂多十二三歲吧，每到天黑總提一柄明晃晃的大刀，到河邊護村隊跟大人一起守夜，烤洋芋吃。那時的霧好像也特別大，霧幔從鳳凰山拉下來，把渭河灘、磨房、高粱地嚴嚴蓋住，他在霧中飄忽前行，他的刀一明一滅，我尾隨他去過幾回。正月十五鬧社火，皮影戲開場前，他頭紮白羊肚毛巾，在人圈裡舞紅纓槍，風車似的旋動，英武非凡。在孩子群裡，他就是主見和勇敢的象徵。他很早就是縣裡四個兜兒的幹部。我讀大學時放假回鄉，總去看他。他一面彈着煙灰，一面講「又紅又專」的道理，我頻頻點頭。現在他說起話來還是果斷得很，大巴掌一揮，氣勢很大，依稀可辨少年時代的風采。

我們一見面他就說，二十多年了，你回老家看看吧，就坐我的吉普，我陪你去，當天來回。我除了感謝，還暗中艷羨地方幹部的權威。其實，一到縣城親友們就爭相告訴我，天寶有羅馬尼亞吉普。乖乖，不簡單哪！

羅馬尼亞吉普開過來了，並非想像的那麼神氣。車門總也關不嚴，司機老羅總用腳踢它；沙發座裡像藏有硬物，直扎屁股，猛一顛，叫你渾身出涼汗；里程表已壞，是個黑洞洞，像老人沒牙的嘴。更有趣的，走着走着，老羅就停車，跑到前面，掀起前蓋，用手又拉又揪又拍某個部件，我就莫名其妙地想起一句唐詩「輕攏慢捻抹復挑」來。可天寶依然有不易察覺的自負。

車爬到鳳凰山頂時，落起小雨，游絲一般，路面僅被打濕，泛着白光。天寶忽然緊急揮手，老羅遵命刹車。只見天寶挪身下車，穩健謹慎地以偉人般的步伐邊走邊審視每一寸路面，老羅則像堂吉訶德的隨從桑丘，亦步亦趨，像低頭找甚麼東西。

我大惑不解：這點小雨算甚麼呢？幹嗎要停車？出於好奇，我也跟上來，也弓腰審視每一寸地面，但看不出有啥奧妙。結果，天寶用莊重的口吻說：「這樣的路，這樣的天氣，非出事不可！」老羅不知是受了啟發，還是慣於從命，立刻點頭道：「不行哎，這路怕走不成了。」我感到太怪了，想分辯，但一看他倆臉色的嚴重，竟張不開口；我想笑，臉上的肌肉卻僵住了。

怎麼勸說天寶也沒有用，越說，他越固執，搖擺大手，用固執來掩飾恐懼。他把前景描繪得可怕無比，好像開下去必死無疑。我這才注意到，他那原先炯炯的眸子閃動着怯懦的光，倔巴得像個老農，我甚至生出一絲憐憫了。聽說，這些年他輾轉過好多單位，有時愉快有時很不愉快。有一年他來北京，說是來「看病」，其實無病可看，每天訪遊名勝，細問才知道他正在鬧情緒。還聽說，他曾在某處經歷過一次車禍，別人都栽到崖下，他一個前滾翻就出來了，僅擦破頭皮。莫非人生的暴風雨，人事關係的煩惱，抑或昔日的噩夢，把他嚇出了毛病？

救駕的人終於來了，一輛卡車昂首嘶鳴，飛馳而來，在天寶身邊停了幾秒。裡面的人說句甚麼，就大大咧咧開了下去。原來，車內是位副縣長，要給老家送點煤和糧食。我頗有深意地瞟了一眼天寶，他倒無需轉思想彎子，只吩咐老羅開車繼續前行。

細雨中的路面不起塵埃，清風徐來，草木輕搖，天寶來了興致，扭頭說，這天氣坐車最舒服了，我報以頷首微笑。其實，他也許永遠不會想到，此刻我心中湧起的是一種莫名的失望情緒。我當然知道，世間原本沒有永恆不變的東西，可人又是一種沒有永恆的念想就活不下去的動物，於是才在心靈深處貯藏許多美的回憶的吧。你經歷過的生命的輝煌，你品味過的詩意的瞬間，你熱戀或傾慕過的女子，甚至一種吃食，一個物件，在世俗生活的潮流中都會變色變味。美，最怕第二次光顧。那麼，是否最好不要輕易「啟封」？不要重新碰「她」？這豈不又有違人類追求美的天性了嗎？

哦，故鄉在雨後的霧嵐中出現了，她靜靜地斜倚在河谷裡，似在等待我的到來。渭河如弓弦劃出一道弧線，好似我臂彎上鼓突的血管。

可是，我的渡船呢？我的因獨輪車滾過而呻吟着的草橋呢？我的藍蒙蒙的佈滿松柏的墳院呢？我的波光閃閃的水渠呢？我的高低錯落的永遠哼唱着的磨房呢？還有我的鱗次櫛比的烏黑瓦屋頂上軟軟的、悠閒的炊煙呢？怎麼全都不見了。是我的眼睛迷蒙了嗎？我只看見一座曾在電影裡見過的鋼鐵吊橋懸浮於渭河之上，又看見昔日低矮的瓦屋群裡，像突起的蘑菇似的，佇立着不少兩層小樓，讓人想起京滬線上的江南農村。不過，待我抬頭看見四嘴山上蹲伏的家廟時，才實實在在覺得到家了。家廟油漆一新，灼灼照人，是這裡最雄偉的建築。兩年前，老家來信募捐，說要翻修家廟，還說我名列鄉賢第二，曾讓我哭笑不得。現在「鄉賢第二」終於回來了。

汽車下到谷底，沿着渭河跑起來，路邊是剛放學的娃娃，趕集的村民。奇怪，他們管自走路，對汽車和車中的「鄉賢」並無興趣，不復多年前對汽車的好奇。記得有一年我從城裡來，一個跪在場院用槤枷打麥的小腳老婆婆問我：「都說汽車汽車的，到底是驢拉哩還是人掀（推）哩？」我說：「驢也不拉人也不掀，它自己跑哩。」老婆婆驚詫道：「噢，這麼說它是個活的？那它吃啥哩？」我說：「吃汽油哩。」老婆婆於是拉長聲嘖嘆了許久。唉，我的故鄉曾經是多麼貧窮和蒙昧啊。而現在，還有誰稀罕汽車呢？

我低頭下望，看見河裡前擁後簇的浪花在急急趕路，它們像不斷伸出的手爪，似要揪扯住我，仰面訴說沉埋河底的往事和無盡的悲歡。我有些悚然了。還是一個突遇的場面，把我拉回到現實中來：車進村口時，我瞥見賣涼粉的小攤，那個左手平托一塊粉、右手用刀快切的老婦，不正是五娘嗎？我差點大喊起來。不料，天寶卻淡淡地說：「甚麼五娘？她要活着，還不快一百歲了？那是她女兒淑賢。」我驚異地回望叫淑賢的女人，那面相，皺紋，裝束，真是酷似五娘，且含有一種難以言喻的神秘和蒼涼。這一瞬間，我感到了時間的古老，又體味着歲月的無情。

天寶和他的車到別處去了，我獨自沿着泥濘的、熟悉而又陌生的村路走下去。路上不時遇到一些我好像認識，又不認識的男女。甘人老實，不敢貿然向生人，特別是幹部模樣的生人打招呼，或者他們也在回憶，於是雙方皆鵠立着，相顧無言。我此時忽然覺得，人一到這裡，連走路的速度都放慢了，昨日的擁擠、浮囂、嘈雜全都遠遁，周遭的寧靜能聽到自己的心跳聲。隱隱有渭河的濤聲傳來，偶然有唧喳的春雀兒掠過，讓人想到，城裡人按鐘錶的節奏旋動，這裡可是依自然的節奏生活，你本身就是自然的一分子，你與蜿蜒的路，高闊的天，含煙的樹融為一體了。

我終於跨進了門楣上寫着「耕讀第」三個大字的家門，字迹的斑駁顯示着它的古老。隴東南一帶，即使赤貧的農家也不忘在門上漆這三個字，表示對農耕、讀書、孝悌的敬重。這個門我不知進出過多少回了，此時跨入，頓感生疏；異母兄嫂、侄兒女輩驀然相見，大有「相對如夢寐」之感。然而，正像很多文章裡寫過的，歡樂的氣氛很快把我包裹。親房本家一些上年紀的人，也朗聲呼喝着我的小名，跺着泥鞋來了。我被推搡到炕上，盤膝而坐，連忙一遍又一遍地拋撒香煙，把糖果點心塞到掛鼻涕柱的碎娃們手裡。不知怎麼一來，我開始改用略顯生硬、畢竟地道的鄉音說話。改為鄉音既使我靦腆，又使我暗暗得意。這才體味出，嘗見上海人的一見面即用上海話嘰里呱啦交談，那麼得意洋洋的原委。過去我以為那是很可憎的。我望着炕沿下一些叫不上名字的碎娃，我的後裔，看他們用黑乎乎的眼珠盯視陌生客的傻憨態，恍惚覺得，他們中間的一個就是我。時間猛然間倒流回去，真不知今夕何夕，身在何處。

此時，我嗅到了一股熟悉的氣味，一股濕秫秸燒進竈火，漿水面溢出鍋，或者洋芋豆腐粉條大雜燴的濃厚氣味，它直衝鼻腔，有大年初一早晨的感覺。我知道廚房裡正在舉火做飯。哦，我有些明白了，我從幾千里外跑來，跑到這疏隔幾十年的地方，原來就為了尋覓這股混含着秫秸、洋芋、漿水面的味道而來，為了成為這塊土地上的一員而來。多少回了人到這裡，心兒安詳，睡覺踏實，一夜醒來，推開沉重的木窗，嘗見大雪壓彎枝椏。這裡自有溫暖寬厚的胸懷。困難時期我在省城餓得受不了，偷偷跑回，嫂子也餓得面色發綠，卻不顧幾個侄兒女的哭鬧，抖空麵袋，給我烙了幾個大饃。我像大富翁一樣，懷揣這幾個高粱麵饃，滿足地回到城裡。「文革」時母親受衝擊，命如懸絲，多虧回到這裡躲藏，才保住了一條命。這裡有種無可言說的安全感，依托感。我相信，一切飽嘗孤獨，挫折，虛假之苦的靈魂，一切曾被生活欺騙過的人，都會產生一種回歸鄉土的衝動的。

然而，歸來的踏實感卻轉瞬即逝。我發現，與親友們的談話進行得艱難，好像幾十年的滄桑用幾句話就說完了，總是我問得多，他們答得簡短，或者簡直就是「嗯」，「啊」，「對着呢」，「好得很」之類。常出現冷場，大家都憨笑着。飯菜端上來了，「隴南春」斟滿了酒杯，似乎一個小高潮又掀起了。大家盡量熱情地向我這「北京稀客」敬酒，「滿上」，「再滿上」，「幹了」的吆喝聲打破了沉悶。但是，我又發現，每當舉杯喝酒時，我是主角，我存在，一旦酒杯落下，酒酣耳熱的親友就無形中把我撇在一邊，津津有味地談論誰家的媳婦打公公，誰誰到蘭州辦貨去了，誰誰誰一怒之下到青海去了。大概估計我也聽不懂，連看都不看我。這時我非但不是主角，連配角也不是，甚至不存在了。我荒誕地想，我跑了幾千里，莫非專為喝幾杯酒而來，好像我的任務就是喝酒。啊，難道獨在異鄉的「稀客」，才是我的真面目嗎？

侄女改蘭早先來過北京，我們就談得多些。她也是我隱約覺得要找尋的人中的一個。這三十歲剛出頭的小媳婦，耳墜、戒指、項鏈都戴全了，黃金把她黑葡萄似的俊臉映襯得格外動人。別看她打扮上追逐時髦，其實性極憨厚。她最怕城裡伶牙俐齒的女售貨員，得了恐懼症，每次買衣服由於心怯總買錯尺碼，只好送人了事。春節火車上明令禁帶煙火，她全然不知，大模大樣地扛着禮花爆竹上車，結果給抓了典型，鬧得一車人捧腹大笑。有一次她趕集時錢包被偷，不知回來如何交待，就怯生生地對丈夫世倉試探說：「嗨，今天集上丟錢包的人多得很哪」，世倉翻着眼說：「咱的錢包沒丟就對了，說啥哩」，她於是不得不拖着哭腔說：「哎，咱的錢包也丟了」，一時傳為笑談。俗話說，傻人有傻福，「瓜（傻）娃子頭上有青天」，儘管她傻乎乎的，命運竟強似眾姐妹。她學過織毛衣的技術，前幾年政策活了，她大膽買來幾台機器，就發起來了，產品銷行西北五省。她生性良善，出手大方，樂於資助兄妹，就並不遭人嫉妒。我望着眼前這健壯的少婦，無論如何難以與當年賣到北山當童養媳，又逃回來，被她母親用柴禾抽得滿院滾的黑瘦丫頭聯繫起來。

不過，她清澈的黑眼睛裡似有空落、愁悶的意緒。她徵求我的意見，說到市針織廠當個女工怎麼樣？我說，那你可就沒那麼多錢好掙嘍。她說，我不管錢不錢，現在整天圈在家裡，急挖挖的，人快成織毛衣的機器了，有啥意思。她說，她攢了錢，要去看大海，要到南方轉轉。她的血管裡有我們家族的遺傳，跟我一樣，也是個不安分、喜冒險的傢伙。她的想法，未嘗不同時反映着一種屬於未來的東西吧。

我還要去找尋此行欲找尋的最後一個人，這個人屬於過去，已沉埋地下幾十年了，他就是我的父親。提起他，我就想起了墳院。昔日的墳院，松柏森森，墳冢纍纍，是個神秘、幽靜、肅穆的所在。不管我走到哪裡，如何一日日地老去，那一團風景常懸在心中，似斷不斷的生命根系的圖畫。現在哪裡還有昔日的蹤迹？我三歲那年，戴過孝，跪過、哭過、祭奠過的地方又在哪裡？只見開曠的場地上矗立着一排排青磚小樓，據說這一片集中了近年來致富的人家。我們憑借幾棵老樹，才大略確定了父親墳塋的方位。那多半只是一種推測。二哥燒起了冥紙，大家皆屏息竦立着，默默無語，各想心事。我想，這是否正是地下與地上，亡靈與生靈默契交談的時刻？關於這個「人」的故事太長了，難以盡述，只想說，作為一個舊中國的鄉土知識分子，他曾經幻想過也努力過改造鄉土社會，現在他的墳頭雖然平了，但平地上終究興起了新的建築，新的生活，想來他不會怨他的後代兒孫吧，說不定他還會感到真正的欣慰呢。

晚霧悄悄地昇起來了，我們也該回縣城了。吉普開到河邊時，我很想看到灰頸鶴。那是一種長着細細的腿，長長的頸的極可愛的大水鳥，幼時常見它們從冬至春成群地在河灘散步，孩子們即使挨近它們，它們也從容自若，並不驚飛。怎麼現在連一隻也沒有了？天寶倒隨口說出了一句讓我吃驚的話。他說：以前的好多東西現在都沒有了，現在又有了許多以前沒有的東西。是啊，萬物皆流，無物常住，我這次的還鄉，究竟是失望，還是充實，說不清楚，只是隱隱想到，人是一種喜歡飄浮的動物，在人的靈魂中必有一種隨時要飛的物質，壓力來時，人可以堅實地踏在大地上，壓力一去，又會飄飄然，結果招致更大的壓力，如此循環，以至生命的終結，而我的還鄉，終究起到了一點施壓和清醒的作用。一切都被時間捲去了，再也難以找回當年的感覺，但又並非一切都被捲去，當我們承認世界和人生的有限性時，我們才會備感某些情感的珍貴啊！

一九九一年四月寫於安外東河沿

小屋

李佩芝

李佩芝（1945—1996），河北人。女作家。著有散文集《失落的仙邸》、《別是滋味》等。

我有一間小屋。

高高的，在樓的三層。

十二平方米。屋頂是六塊粗糙的水泥板，像倒扣的水槽。窗在南，門在北，直線對着，挺通風。

我喜歡把窗上的玻璃擦得亮亮的。早上，這扇玻璃映來絢麗的朝霞；傍晚，那扇玻璃映出落日的餘輝。我也愛站在窗前，望望藍藍的天，望望熱鬧的地，悄悄兒笑。有時，也躲在窗簾後面唱幾句，讓心中的快樂飛出小屋。

不愛串門，卻也在小屋門口，和豪爽、純樸、好心腸的大娘大嬸們扯閒天兒。她們偶爾來，總驚嘆：「好多的書喲！」

哦，我不是個好主婦。房子裡亂得很。到處丢着書：床頭上、桌子上，當然還有書架上……別的東西，也放得沒規矩，別人大概很看不上眼，我卻自個兒愜意呢。

牆上沒貼畫，我不大愛。我掛了一張大大的中國地圖，兒子愛踩在小櫈上，用小手指在上面劃來劃去，問東問西；我也愛站在地圖前，看南看北，心裡做着天雲海霧的夢……

於是，愛人把我叫作「愛瞎想的小姑娘」，我回敬他「拿實權的大掌櫃」，真的，小屋的王國裡，只有一個小小的臣民，是還懵懂的兒子。

也許，這小屋真算不得是個家，只能説是個小窩吧！對於這小小的、十二平方米的享有權，我如醉如癡！這是我的世界，我的樂園，我的港灣……

我是滿足的。生活不富足，也時時有煩憂。可當孩子睡下，我和丈夫各捧着書本，湊到燈下時，那相對一笑，足以消除一切的苦惱。在這小小的屋裡，我的心，總是靜靜的，甜甜的，一種和諧與詩意，是我和愛人的創作呢。

記得蜜月裡，我們擠在婆婆騰出的一個套間裡，原本對家沒有甚麼概念的我，心中很覺得苦澀了。雖然，婆婆絕沒有抱怨過，我卻自覺得不安生，覺得慚愧。為了結婚，把一家人都擠到別處去了，連竈房裡也睡進了人，為此，心中很不是滋味。

好在兩年之後，丈夫在單位上，跑來跑去，説了許多的好話，敘了許多的難處，終於精誠所至，金石為開，要到了這三樓上的十二平方米的小屋。因為難，我非常滿意；因為不易，我十分珍愛它。十二平方米，我也太高興啦，記得，一聽到消息，我立即飛跑回去，對終日牽掛我的母親大聲地嚷：「我有房子啦！」

的確，在小屋裡，我感到了異樣的幸福、歡樂、自由，雖然是簡易房，沒有竈房、沒有陽台、沒有水管、沒有衛生間，又不隔音，緊臨着煤場與紡織廠，常常飄來煤屑與棉絮，但這些，我全不在乎！

我在母親那兒，住慣了綠蔭遮掩的小院，靜靜的一間小書房，豐富了我的青春，我深深地眷戀過；在學校裡，我住慣了窗明几淨的宿舍，雖説是上下的架子床，門外卻是廣闊的天地——圖書館、資料室、大教室……

這兒是擁擠的。屋裡屋外。窄窄的走廊，擺滿了各家的雜什；各樣的人，低頭不見抬頭見的，天性羞澀的我，常常尷尬地學着和鄰人説笑，很是難為情，但這些，我高興！

「四人幫」肆虐那些年，社會上風風雨雨，我那顆不諳時務的心，常常疲倦得疼痛。回到自己的小屋裡，我就可以忘卻一切，忘卻因家庭出身不好而受的委屈，忘卻因工作受挫而常存的辛酸，忘卻沒有事業的空虛……小屋，是我的世界，我擁抱這世界！可愛的孩子，樂觀的丈夫，迷人的唐詩宋詞，撩人心緒的《安娜．卡列尼娜》與《約翰·克里斯朵夫》……

我的世界是狹小的，也是廣袤的；是貧困的，也是充實的；是蒼白的，也是絢麗的……我從外面回來，抖落掉肩上的塵土，拭去心上的寒霜，走進小屋，撲面是小家裡脈脈的溫情，親人拳拳的心，我，便感到了慰藉了。

真的，我的小屋，有種神秘的魅力呢！不全是珍如家寶的書籍，不全是相扶相攜的情愛，是事業藏在我們心靈深處，是信仰支撐着我們的靈魂……

那時，儘管白天胡亂地混過去了，我還擁有小屋的黃昏、夜晚和凌晨。不灰心，不沮喪，不自卑，不退卻……自愛，自尊，自勉，自立……

也有人感嘆過小屋的狹小。我很不以為然。何況，換房子，談何容易？而說真的，在小屋裡，我慢慢認識了自己，也認識了小屋的靈魂，屋雖小，卻小得純淨，小得可愛，小得安生……

哦，有時翻開劉禹錫的《陋室銘》，頗能心領神會，高誦一遍：「山不在高，有仙則名；水不在深，有龍則靈。斯是陋室，惟吾德馨……」讀到「孔子云『何陋之有？』」時，我和丈夫便相視大笑，逗樂了孩子，全家笑成一團。

啊，我總愛這麼想：如不是有這間可愛的小屋，在那狂虐的社會風暴裡，我的心，一定也會被抽打得畸形了呢。

如今，我那向陽的小窗台上，擺了幾盆綠透了的小生命。花不名貴，菊花，仙人掌，蘭草。耐旱又耐澇的，適於我這粗心的主婦。於是，兩扇玻璃窗，常常是映着生命的綠了。

還是那張大地圖。還是那樣的散亂。一般人，現在都佈置得相當講究了，可我的小屋，依然如故。一對老式的木椅，是結婚時，母親覺得凄惶，送我的，現在已給孩子架床用了。剩下的，便是在狂風暴雨之後，丈夫用他那剩下的精力與熱忱，自己做的。小小的書桌，粗笨的書架，可笑的書箱子。

小屋的白天，照例是靜寂的，一把鐵鎖守了門。清晨，黃昏，夜晚，卻比昔日熱鬧多了。有兒子背外文單詞的稚氣又認真的聲音，有廣播員純正又動聽的時事播音，有我快樂的哼歌聲，有丈夫詼諧的逗趣……

當然，電視機沒買，錄音機也沒買，我們都沒有時間。燈亮了的時候，三個人便向燈下擠去了，兒子是常勝的，上學了，我們都得給他讓步。於是，不是我，便是丈夫，要去靠床頭了。哦，靠在床頭上看書的人，心中那個羨慕與妒忌喲……

我常常微笑着環視小屋，心中有說不出的醉意！記得一個老同學，是個汽車司機，有一次歡天喜地地來告訴我，他搞到了一套三間的房子。不久，他又愁眉不展地對我說：「好空漠呀，那麼大的地方，從這間走到那間，再從那間轉到這間，沒事幹，乏味得很呢！你是不是借我本字帖，我練字好了……」我笑起來，看來，我還是富有的呀！房子再大，再美，人心要充實才行啊！

我這小屋裡，就是個喧鬧的世界，我把我過去的老熟人都請來了呢，有「人到中年」的陸文婷，有「受戒」的小和尚，有「飄」來的極有魅力的女人，有癡心愛「木木」的蓋拉新……

有人說，我們這些人，是時代浪費了的一代人，我不承認。沉淪之事，怪不得別人，是自己的心不夠堅毅。不是麼？我小小的陋室，也為我展開了一個廣闊無垠、絢爛多姿的世界啊！

啊，我摯愛的小屋！

外面有蒼蒼的林木，藍藍的天空，青青的芳草，燦燦的陽光；小屋裡，有萬千的氣象，澎湃的熱忱，奮爭的勇氣，永恆的青春……

啊，我摯愛的小屋！

牆，灰白色。房頂，六塊倒扣的水泥槽。地面，粗糙得可以。這一切，我愛。油米柴鹽，盆盆罐罐。我愛。

擁擠。狹小。繁忙。我都愛。

我的小屋是有靈魂的。它給我以啟示、力量和信心。在生活的波濤上，小屋，猶如我前進的小舟，春風浩蕩，我要昇起風帆，向蔚藍色的大海駛去呢……

余秋雨

余秋雨（1946—　），浙江餘姚人。作家，學者。著有《戲劇理論史稿》、《戲劇審美心理學》，散文集《文化苦旅》等。

道士塔

一

莫高窟大門外，有一條河，過河有一溜空地，高高低低建着幾座僧人圓寂塔。塔呈圓形，狀近葫蘆，外敷白色。從幾座坍弛的來看，塔心豎一木樁，四周以黃泥塑成，基座壘以青磚。歷來住持莫高窟的僧侶都不富裕，從這裡也可找見證明。夕陽西下，朔風凜冽，這個破落的塔群更顯得悲涼。

有一座塔，由於修建年代較近，保存得較為完整。塔身有碑文，移步讀去，猛然一驚，它的主人，竟然就是那個王圓籙！

歷史已有記載，他是敦煌石窟的罪人。

我見過他的照片，穿着土布棉衣，目光呆滯，畏畏縮縮，是那個時代到處可以遇見的一個中國平民。他原是湖北麻城的農民，逃荒到甘肅，做了道士。幾經轉折，不幸由他當了莫高窟的家，把持着中國古代最燦爛的文化。他從外國冒險家手裡接過極少的錢財，讓他們把難以計數的敦煌文物一箱箱運走。今天，敦煌研究院的專家們只得一次次屈辱地從外國博物館買取敦煌文獻的微縮膠捲，嘆息一聲，走到放大機前。

完全可以把憤怒的洪水向他傾瀉。但是，他太卑微，太渺小，太愚昧，最大的傾瀉也只是對牛彈琴，換得一個漠然的表情。讓他這具無知的軀體全然肩起這筆文化重債，連我們也會覺得無聊。

這是一個巨大的民族悲劇。王道士只是這齣悲劇中錯步上前的小丑。一位年輕詩人寫道，那天傍晚，當冒險家斯坦因裝滿箱子的一隊牛車正要啟程，他回頭看了一眼西天凄艷的晚霞。那裡，一個古老民族的傷口在滴血。

二

真不知道一個堂堂佛教聖地，怎麼會讓一個道士來看管。中國的文官都到哪裡去了，他們滔滔的奏摺怎麼從不提一句敦煌的事由？

其時已是二十世紀初年，歐美的藝術家正在醞釀着新世紀的突破。羅丹正在他的工作室裡雕塑，雷諾阿、德加、塞尚已處於創作晚期，馬奈早就展出過他的《草地上的午餐》。他們中有人已向東方藝術投來歆羨的目光，而敦煌藝術，正在王道士手上。

王道士每天起得很早，喜歡到洞窟裡轉轉，就像一個老農，看看他的宅院。他對洞窟裡的壁畫有點不滿，暗乎乎的，看着有點眼花。亮堂一點多好呢，他找了兩個幫手，拎來一桶石灰。草扎的刷子裝上一個長把，在石灰桶裡蘸一蘸，開始他的粉刷。第一遍石灰刷得太薄，五顏六色還隱隱顯現，農民做事就講個認真，他再細細刷上第二遍。這兒空氣乾燥，一會兒石灰已經乾透。甚麼也沒有了，唐代的笑容，宋代的衣冠，洞中成了一片淨白。道士擦了一把汗憨厚地一笑，順便打聽了一下石灰的市價。他算來算去，覺得暫時沒有必要把更多的洞窟刷白，就刷這幾個吧，他達觀地放下了刷把。

當幾面洞壁全都刷白，中座的塑雕就顯得過分惹眼。在一個乾乾淨淨的農舍裡，她們婀娜的體態過於招搖，她們柔美的淺笑有點尷尬。道士想起了自己的身份，一個道士，何不在這裡搞上幾個天師、靈官菩薩？他吩咐幫手去借幾個鐵錘，讓原先幾座塑雕委屈一下。事情幹得不賴，才幾下，婀娜的體態變成碎片，柔美的淺笑變成了泥巴。聽説鄰村有幾個泥匠，請了來，拌點泥，開始堆塑他的天師和靈官。泥匠説從沒幹過這種活計，道士安慰道，不妨，有那點意思就成。於是，像頑童堆造雪人，這裡是鼻子，這裡是手腳，總算也能穩穩坐住。行了，再拿石灰，把它們刷白。畫一雙眼，還有鬍子，像模像樣。道士吐了一口氣，謝過幾個泥匠，再作下一步籌劃。

今天我走進這幾個洞窟，對着慘白的牆壁、慘白的怪像，腦中也是一片慘白。我幾乎不會言動，眼前直晃動着那些刷把和鐵錘。「住手！」我在心底痛苦地呼喊，只見王道士轉過臉來，滿眼困惑不解。是啊，他在整理他的宅院，閒人何必喧嘩？我甚至想向他跪下，低聲求他：「請等一等，等一等……」但是等甚麼呢？我腦中依然一片慘白。

三

一九〇〇年五月二十六日清晨，王道士依然早起，辛辛苦苦地清除着一個洞窟中的積沙。沒想到牆壁一震，裂開一條縫，裡邊似乎還有一個隱藏的洞穴。王道士有點奇怪，急忙把洞穴打開，嗬，滿滿實實一洞的古物！

王道士完全不能明白，這天早晨，他打開了一扇轟動世界的門戶。一門永久性的學問，將靠着這個洞穴建立。無數才華橫溢的學者，將為這個洞穴耗盡終生。中國的榮耀和恥辱，將由這個洞穴吞吐。

現在，他正銜着旱煙管，趴在洞窟裡隨手撿翻。他當然看不懂這些東西，只覺得事情有點蹊蹺。為何正好我在這兒時牆壁裂縫了呢？或許是神對我的酬勞。趁下次到縣城，撿了幾個經卷給縣長看看，順便説説這樁奇事。

縣長是個文官，稍稍掂出了事情的份量。不久甘肅學台葉熾昌也知道了，他是金石學家，懂得洞窟的價值，建議藩台把這些文物運到省城保管。但是東西很多，運費不低，官僚們又猶豫了。只有王道士一次次隨手取一點出來的文物，在官場上送來送去。

中國是窮。但只要看看這些官僚豪華的生活排場，就知道絕不會窮到籌不出這筆運費。中國官員也不是都沒有學問，他們也已在窗明几淨的書房裡翻動出土經卷，推測着書寫朝代了。但他們沒有那副赤腸，下個決心，把祖國的遺產好好保護一下。他們文雅地摸着鬍鬚，吩咐手下：「甚麼時候，叫那個道士再送幾件來！」已得的幾件，包裝一下，算是送給哪位京官的生日禮品。

就在這時，歐美的學者、漢學家、考古家、冒險家，卻不遠萬里、風餐露宿，朝敦煌趕來。他們願意變賣掉自己的全部財產，充作偷運一兩件文物回去的路費。他們願意吃苦，願意冒着葬身沙漠的危險，甚至作好了被打、被殺的準備，朝這個剛剛打開的洞窟趕來。他們在沙漠裡燃起了股股炊煙，而中國官員的客廳裡，也正茶香縷縷。

沒有任何關卡，沒有任何手續，外國人直接走到了那個洞窟跟前。洞窟砌了一道磚、上了一把鎖，鑰匙掛在王道士的褲腰帶上。外國人未免有點遺憾，他們萬里衝刺的最後一站，沒有遇到森嚴的文物保護官邸，沒有碰見冷漠的博物館館長，甚至沒有遇到看守和門衛，一切的一切，竟是這個骯髒的土道士。他們只得幽默地聳聳肩。

略略交談幾句，就知道了道士的品位。原先設想好的種種方案純屬多餘，道士要的只是一筆最輕鬆的小買賣。就像用兩枚針換一隻雞，一顆紐扣換一籃青菜。要詳細地復述這筆交換賬，也許我的筆會不太沉穩，我只能簡略地說：一九〇五年十月，俄國人勃奧魯切夫用一點點隨身帶着的俄國商品，換取了一大批文書經卷；一九〇七年五月，匈牙利人斯坦因用一疊子銀元換取了二十四大箱經卷、五箱織絹和繪畫；一九〇八年七月，法國人伯希和又用少量銀元換去了十大車、六千多卷寫本和畫卷；一九一一年十月，日本人吉川小一郎和橘瑞超用難以想像的低價換取了三百多卷寫本和兩尊唐塑；一九一四年，斯坦因第二次又來，仍用一點銀元換去五大箱、六百多卷經卷……

道士也有過猶豫，怕這樣會得罪了神。解除這種猶豫十分簡單，那個斯坦因就哄他說，自己十分崇拜唐僧，這次是倒溯着唐僧的腳印，從印度到中國取經來了。好，既然是洋唐僧，那就取走吧，王道士爽快地打開了門。這裡不用任何外交辭令，只需要幾句現編的童話。

一箱子，又一箱子。一大車，又一大車。都裝好了，紮緊了，吁——，車隊出發了。沒有走向省城，因為老爺早就說過，沒有運費。好吧，那就運到倫敦，運到巴黎，運到彼得堡，運到東京。

王道士頻頻點頭，深深鞠躬，還送出一程。他恭敬地稱斯坦因為「司大人諱代諾」，稱伯希和為「貝大人諱希和」。他的口袋裡有了一些沉甸甸的銀元，這是平常化緣時很難得到的。他依依惜別，感謝司大人、貝大人的「佈施」。車隊已經駛遠，他還站在路口。沙漠上，兩道深深的車轍。

斯坦因他們回到國內，受到了熱烈的歡迎。他們的學術報告和探險報告，時時激起如雷的掌聲。他們在敘述中常常提到古怪的王道士，讓外國聽眾感到，從這麼一個蠢人手中搶救出這筆遺產，是多麼重要。他們不斷暗示，是他們的長途跋涉，使敦煌文獻從黑暗走向光明。

他們都是富有實幹精神的學者，在學術上，我可以佩服他們。但是，他們的論述中遺忘了一些極基本的前提。出來辯駁為時已晚，我心頭只是浮現出一個當代中國青年的幾行詩句，那是他寫給火燒圓明園的額爾金勳爵的：

我好恨
恨我沒早生一個世紀
使我能與你對視着站立在
　陰森幽暗的古堡
　晨光微露的曠野
要麼我拾起你扔下的白手套
要麼你接住我甩過去的劍

要麼你我各乘一匹戰馬
遠遠離開遮天的帥旗
離開如雲的戰陣
決勝負於城下

對於這批學者，這些詩句或許太硬。但我確實想用這種方式，攔住他們的車隊。對視着，站立在沙漠裡。他們會說，你們無力研究；那麼好，先找一個地方，坐下來，比比學問高低。甚麼都成，就是不能這麼悄悄地運走祖先給我們的遺贈。

我不禁又嘆息了，要是車隊果真被我攔下來了，然後怎麼辦呢？我只得送繳當時的京城，運費姑且不計。但當時，洞窟文獻不是確也有一批送京的嗎？其情景是，沒裝木箱，只用蓆子亂捆，沿途官員伸手進去就取走一把，在哪兒歇腳又得留下幾捆，結果，到京城時已零零落落，不成樣子。

偌大的中國，竟存不下幾卷經文！比之於被官員大量糟踐的情景，我有時甚至狠狠心說一句：寧肯存放在倫敦博物館裡！這句話終究說得不太舒心。被我攔住的車隊，究竟應該駛向哪裡？這裡也難，那裡也難，我只能讓它停駐在沙漠裡，然後大哭一場。

我好恨！

四

不止是我在恨。敦煌研究院的專家們，比我恨得還狠。他們不願意抒發感情，只是鐵板着臉，一鑽幾十年，研究敦煌文獻。文獻的膠捲可以從外國買來，越是屈辱越是加緊鑽研。

我去時，一次敦煌學國際學術討論會正在莫高窟舉行。幾天會罷，一位日本學者用沉重的聲調作了一個說明：「我想糾正一個過去的說法。這幾年的成果已經表明，敦煌在中國，敦煌學也在中國！」

中國的專家沒有太大的激動，他們默默地離開了會場，走過王道士的圓寂塔前。

人生的最後智慧

回安曼的第一件事，是去瞻仰前國王侯賽因的陵墓。

本來，現代政治人物不是我這次尋訪的對象，但到約旦之後，越來越覺得需要破破例了。

幾乎所有的人都用最虔誠的語言在懷念他。我們隊伍裡有一位小姐，在一家禮品商店買了一枚他的像章別在胸前，只想作一個小小的紀念，沒想到被一位保護我們的警察看見，這位高個子的年輕人感動得不知怎麼才好，立即從帽子上取下警徽送給小姐，一是感謝中國小姐尊重他們的偉人，二是要用自己的警徽來保衛國王的像章，他知道，國王的像章將要做跨國旅行。

他們說，當國王病危從美國飛回祖國時，醫院門口有幾萬普通群眾在迎接，天正下雨，沒有一個人打傘。

他出殯那天，很多國家的領袖紛紛趕來，美國的現任總統和幾任退休總統都來了，病重的葉利欽也勉力趕來，天又下雨，沒有一個外國元首用傘。

出殯之後，整整四十天舉國哀悼，電視台取消一切節目，全部誦讀《可蘭經》，為他祈禱。

人們尊敬他是有道理的。約旦區區小國，在複雜多變的中東地面，只能在夾縫中求生存。誰的臉色都要看，誰的嗓音都要聽，要硬沒有資本，要軟何以立身，真是千難萬難。

大國有大國的難處，但與那種舉手之勞可以被扼住喉管、一夜之間可以被人吞併的小國比，畢竟沒有太多的旦夕之憂。侯賽因國王明白這一點，多年來運用柔性的政治手腕，不固執、不偏窄、不極端、不抱團、不膠粘，反應靈敏，處世圓熟，把四周的關係調理得十分勻當。可以説他「長袖善舞」，但他甩動的長袖後面還是有主體、有心靈的，人們漸漸看清，他多彩多姿的動作真誠地指向和平的進程和人民的安康，因此已成為這個地區的一種理性平衡器。

這種角色可以做小也可以做大，他憑着自己的教育背景和交際能力，使這種角色一次次走到國際舞台中央。結果，世界各國對這一地區深深皺眉，他與約旦，反而成了一條渡橋。這使他由弱小而變得重要，因重要而獲得援助，因重要而變得安全。

我曾兩次登上安曼市中心的古城堡四下鳥瞰，也曾北行到傑拉西(Jerash)去瞻仰聲勢奪人的羅馬廣場，知道這個國家在立國之前，一直是外部勢力潮來潮去的通道。山谷間小小的君主，必須練就一身技巧才能勉強地保境安民。我對本地歷史知之甚少，但從山勢遺迹已可找到這種技巧的印痕，而侯賽因國王，則是方士智慧的集大成者。如果要評選二十世紀以來小國家的大政治家，他一定可以名列前茅。

很早以前我們還不知道約旦在哪裡，卻已經在國際新聞廣播中聽熟了「約旦國王侯賽因」。這個專用名詞幾乎成為一個現代國際關係的術語，含義遠超某一個國家某一個人。這，正是我非要去拜謁陵墓不可的原因。

陵墓在王宮，王宮不是古迹而是真實的元首辦公地，因而要通過層層禁衛。終於到了一堵院牆前，進門見一所白屋，不大，又樸素，覺得不應該是侯賽因陵墓，也許是一個門樓或警衛處？一問，是侯賽因祖父老國王的陵寢。屋內一具白石棺，覆蓋着繡有《可蘭經》字句的布幔，屋角木架上有兩本《可蘭經》，其他甚麼也沒有了。躡手躡腳地走出，詢問侯賽因自己的陵墓在哪裡，我是作好了以最虔誠的步履攀援百級台階、以最恭敬的目光面對肅穆儀仗的準備的，但不敢相信的事情發生了——

就在他祖父陵寢的門外空地上，有一方僅僅兩平方米的沙土，圍了一小圈白石，上支一個布篷，也沒有任何人看管，領路人說，這就是侯賽因國王的陵寢。

我和陳魯豫都呆住了，長時間地盯着領路人的眼睛，等待他說剛才是開玩笑。當確知不是玩笑後，又問是不是臨時的，回答又是否定，我們只得輕步向前。

沙土僅是沙土，一根草也沒有，面積只是一人躺下的尺寸。代替警衛的，是幾根細木條上拉着的一條細繩。最驚人的是沒有墓碑和墓誌銘，整個陵墓不着一字，如同不着一色，不設一階，不築一亭，不守一兵。

我想這件事不能用「艱苦樸素」來解釋。侯賽因國王生前並不拒絕豪華，卻讓生命的終點歸於素淨和清真。我一直認為，如何處理自己的墓葬，體現一代雄主的最後智慧。侯賽因國王沒有放棄這種智慧，用一種清晰而幽默、無虞又無聲的方式，對自己的信仰作了一個總結。

這次陪我們去的，有一位在約旦大學攻讀伊斯蘭教的中國學生馬學海先生，他說，我們立正，向他祈禱吧。我們就站在那方沙土跟前，兩手在胸口向上端着，聽小馬用阿拉伯文誦讀了《可蘭經》的開端篇。我在心裡默誦：國王，沒想到你以這樣一種方式在休息，請接受一個萬里而來的中國人的敬意。

一九九九年十一月八日，
回安曼，仍宿 Arwad 旅館

周濤

周濤（1946—　），山西潞城人。作家。著有詩集《山岳山岳，叢林叢林》、《神山》、《野馬群》，散文集《稀世之鳥》等。

巩乃斯的馬

沒話找話就招人討厭，話說得沒意思就讓人覺得無聊，還不如聽吵架提神。吵架罵仗是需要激情的。

我發現，寫文章的時候就像一匹套在軛具和轅木中的馬，想到那片水草茂盛的地方去，卻不能擺脱道路，更擺脱不了車夫的駕馭，所以走來走去，永遠在這條枯燥的路面上。

我嚮往草地，但每次走到的，卻總是馬廄。

我一直對不愛馬的人懷有一點偏見，認為那是由於生氣不足和對美的感覺遲鈍所造成的，而且這種缺陷很難彌補。有時候讀傳記，看到有些了不起的人物以牛或駱駝自喻，就有點替他們惋惜，他們一定是沒見過真正的馬。

在我眼裡，牛總是有點落後的象徵的意思，一副安貧知命的樣子，這大概是由於過分提倡「老黃牛」精神引起的生理反感。駱駝卻是沙漠的怪胎，為了適應嚴酷的環境，把自己改造得那麼醜陋畸形。至於毛驢，頂多是個黑色幽默派的小醜，難當大用。它們的特性和模樣，都清清楚楚地寫着人類對動物的征服，生命對強者的屈服，所以我不喜歡。它們不是作為人類朋友的形象出現的，而是俘虜，是僕役。有時候，看到小孩子鞭打牛，高大的駱駝在婦人面前下跪，發情的毛驢被縛在車套裡齜牙大鳴，我心裡便產生一種悲哀和憐憫。

那臥在鹽車之下哀哀嘶鳴的駿馬和詩人臧克家筆下的「老馬」，不也是可悲的嗎？但是不同。那可悲裡含有一種不公，這一層含義在別的畜牲中是沒有的。在南方，我也見到過矮小的馬，樣子有些滑稽，但那不是它的過錯。既然橘樹有自己的土壤，馬當然有它的故鄉了。自古好馬生塞北。在伊犁，在鞏乃斯大草原，馬作為茫茫天地之間的一種尤物，便呈現了它的全部魅力。

那是一九七〇年，我在一個農場接受「再教育」，第一次觸摸到了冷酷、醜惡、冰涼的生活實體。不正常的政治氣候像潮悶險惡的黑雲一樣壓在頭頂上，使人壓抑到不能忍受的地步。強度的體力勞動並不能打擊我對生活的熱愛，精神上的壓抑卻有可能摧毀我的信念。

終於有一天夜晚，我和一個外號叫「藍毛」的長着古希臘人臉型的上士一起爬起來，偷偷摸進馬棚，解下兩匹喉嚨裡滾動着咴咴低鳴的駿馬，在冬夜曠野的雪地上奔馳開了。

天低雲暗，雪地一片模糊，但是馬不會跑進鞏乃斯河裡去。雪原右側是鞏乃斯河，形成了沿河的一道陡直的不規則的土壁。光背的馬兒馱着我們在土壁頂上的雪原輕快地小跑，噴着鼻息，四蹄發出嚓嚓的有節奏的聲音，最後大顛着狂奔起來。隨着馬的奔馳、起伏、跳躍和喘息，我們的心情變得開朗、舒展。壓抑消失，豪興頓起，在空曠的雪野上打着唿哨亂喊，在顛簸的馬背上感受自由的親切和駕馭自己命運的能力，是何等的痛快舒暢啊！我們高興得大笑，笑得從馬背上栽下來，躺在深雪裡還是止不住地狂笑，直到笑得眼睛裡流出了淚水……

那兩匹可愛的光背馬，這時已在近處緩緩停住，低垂着脖頸，一副歉疚的想說「對不起」的神態。它們溫柔的眼睛裡彷彿充滿了憐憫和抱怨，還有一點詫異，弄不懂我們這兩個人究竟是怎麼了。我拍拍馬的脖頸，撫摸一會兒它的鼻樑和嘴唇，它會意了，抖抖鬃毛像抖掉疑慮，跟着我們慢慢走回去。一路上，我們談着馬，聞着身後熱烘烘的馬汗味和四圍裡新鮮刺鼻的氣息，覺得好像不是走在冬夜的雪原上。

馬能給人以勇氣，給人以幻想，這也不是笨拙的動物所能有的。在鞏乃斯後來的那些日子裡，觀察馬漸漸成了我的一種藝術享受。

我喜歡看一群馬，那是一個馬的家族在夏牧場上游移，散亂而有秩序，首領就是那裡面一眼就望得出的種公馬。它是馬群的靈魂，作為這群馬的首領當之無愧，因為它的確是無與倫比的強壯和美麗。勻稱高大，毛色閃閃發光，最明顯的特徵是頸上披散着垂地的長鬃，有的濃黑，流瀉着力與威嚴；有的金紅，燃燒着火焰般的光彩。它管理着保護着這群牝馬和頑皮的長腿短身子馬駒兒，眼光裡保持着父愛的尊嚴。

在馬的這種社會結構中，首領的地位是由強者在競爭中確立的。任何一匹馬都可以爭奪，通過追逐、撕咬、拚鬥，使最強的馬成為公認的首領。為了保證這群馬的品種不至於退化，就不能搞「指定」，不能看誰和種公馬的關係好，也不能憑血緣關係接班。

生存競爭的規律使一切生物把生存下去作為第一意識，而人卻有時候會忘記，造成許多誤會。

唉，天似穹廬，籠蓋四野。在鞏乃斯草原度過的那些日子裡，我與世界隔絕，生活單調；人與人互相警惕，惟恐失一言而遭滅頂之禍，心靈寂寞。只有一個樂趣，看馬。好在鞏乃斯草原馬多，不像書可以被焚，畫可以被禁，知識可以被踐踏，馬總不至於被驅逐出境吧？這樣，我就從馬的世界裡找到了奔馳的詩韻。油畫般的遼闊草原、夕陽落照中兀立於荒原的群雕、大規模轉場時鋪散在山坡上的好文章、熊熊篝火邊的通宵馬經、氈房裡悠長喑啞的長歌在烈馬蒼涼的嘶鳴中展開、醉酒的青年哈薩克在群犬的追逐中縱馬狂奔，東倒西歪地俯身鞭打猛犬，這一切，使我驀然感受到生活不朽的壯美和那時潛藏在我們心裡的共同憂鬱……

哦，鞏乃斯的馬，給了我一個多麼完整的世界！凡是那時被取消的，你都重新又給予了我！弄得我直到今天聽到馬蹶踏過大地的有力聲響時，還會在屋子裡坐臥不寧，總想出去看看，是一匹甚麼樣兒的馬走過去了。而且我還聽不得馬嘶，一聽到那銅號般高亢、鷹蹶般蒼涼的聲音，我就熱血陡湧、熱淚盈眶，大有戰士出征走上古戰場，

「風蕭蕭兮易水寒」的悲壯之慨。

有一次我碰上罕乃斯草原夏日迅疾猛烈的暴雨，那雨來勢之快，可以使悠然在晴空盤旋的孤鷹來不及躲避而被擊落，雨腳之猛，竟能把牧草覆蓋的原野一瞬間打得煙塵滾滾。就在那場暴雨的豪打下，我見到了最壯闊的馬群奔跑的場面。彷彿分散在所有山谷裡的馬都被趕到這兒來了，好傢伙，被暴雨的長鞭抽打着，被低沉的怒雷恐嚇着，被刺進大地倏忽消逝的閃電激奮着，馬，這不肯安分的牲靈從無數谷口、山坡湧出來，山洪奔瀉似地在這原野上彙聚了，小群彙成大群，大群在運動中擴展，成為一片喧叫、紛亂、快速移動的集團衝鋒！爭先恐後，前呼後應，披頭散髮，淋漓盡致！有的瘋狂地向前奔馳，像一隊尖兵，要去踏住那閃電；有的來回奔跑，儼然像臨危不懼、收拾殘局的大將；小馬跟着母馬認真而緊張地跑，不再頑皮、撒歡，一下子變得老練了許多；牧人在不可收拾的潮水中被攜裹，大喊大叫，卻毫無聲響，喊聲像一塊小石片跌進奔騰喧囂的大河。

雄渾的馬蹏聲在大地奏出鼓點，悲愴蒼勁的嘶鳴、叫喊在擁擠的空間碰撞、飛濺，劃出一條條不規則的曲線，扭住、纏住漫天雨網，和雷聲雨聲交織成驚心動魄的大舞台。而這一切，得在飛速移動中展現，幾分鐘後，馬群消失，暴雨停歇，你再看不見了。

我久久地站在那裡，發愣、發癡、發呆。我見到了，見過了，這世間罕見的奇景，這無可替代的偉大的馬群，這古戰場的再現，這交響樂伴奏下的復活的雕塑群和油畫長卷！我把這幾分鐘間見到的記在腦子裡，相信，它所給予我的將使我終身受用不盡……

馬就是這樣，它奔放有力卻不讓人畏懼，毫無兇暴之相；它優美柔順卻不任人隨意欺凌，並不懦弱，我說它是進取精神的象徵，是崇高感情的化身，是力與美的巧妙結合恐怕也並不過分。屠格涅夫有一次在他的莊園裡說托爾斯泰「大概您在甚麼時候當過馬」，因為托爾斯泰不僅愛馬、寫馬，並且堅信「這匹馬能思考並且是有感情的」。它們常和歷史上的那些偉大的人物、民族的英雄一起被鑄成銅像屹立在最醒目的地方。

過去我認為，只有《靜靜的頓河》才是馬的史詩；離開鞏乃斯之後，我不這麼看了。鞏乃斯的馬，這些古人稱之為騏驥、稱之為汗血馬的英氣勃勃的後裔們，日出而撒歡，日入而哀鳴。它們好像永遠是這樣散漫而又有所期待，這樣原始而又有感知，這樣不假雕飾而又優美，這樣我行我素而又不會被世界所淘汰。成吉思汗的鐵騎作為一個兵種已經消失，六根棍馬車作為一種代步工具已被淘汰，但是馬卻不會被甚麼新玩藝兒取代，它有它的價值。牛從挽用變為食用，仍然是實用物；毛驢和駱駝將會成為動物園裡的展覽品，因為它們只會越來越稀少；而馬，當車輛只是在實用意義上取代了它，解放了它時，它從實用物進化為一種藝術品的時候恰恰開始了。

值得自豪的是我們中國有好馬。從秦始皇的兵馬俑、銅車馬到唐太宗的六駿，從馬踏飛燕的奇妙構想到大宛汗血馬的美妙傳説，從關雲長的赤兔馬到朱德總司令的長征坐騎……縱覽馬的歷史，還會發現它和我們民族的歷史緊密相聯着。這也難怪，駿馬與武士與英雄本有着難以割捨的親緣關係呢，彼此作用的相互發揮、彼此氣質的相互補益，曾創造出多少叱咤風雲的壯美形象？縱使有一天馬終於脱離了征戰這一輝煌事業，人們也隨時會從軍人的身上發現馬的神韻和遺風的。我們有多少關於馬的故事呵，我們是十分愛馬的民族呢。至今，如同我們的一切美好傳統都像黃河之水似地遺傳下來那樣，我們的歷代名馬的筋骨、血脈、氣韻、精神也都遺傳下來了。那種「龍馬精神」，就在鞏乃斯的馬身上——

此馬非凡馬，
房星是本星；
向前敲瘦骨，
猶自帶銅聲。

我想，即便我一直固執地對不愛馬的人懷一點偏見，恐怕也是可以得到諒解的吧。

一九八四年五月二十日於烏魯木齊

梁衡

梁衡（1946—　），山西霍縣人。作家。著有章回體知識小說《數理化通俗演義》，散文集《夏感與秋思》、《只求新去處》等。

覓渡，覓渡，渡何處？

常州城裡那座不大的瞿秋白的紀念館我已經去過三次。從第一次看到那個黑舊的房舍，我就想寫篇文章。但是六個年頭過去了，還是沒有寫出。瞿秋白實在是一個謎，他太博大深邃，讓你看不清摸不透，無從寫起但又放不下筆。去年我第三次訪秋白故居時正值他犧牲六十周年，地方上和北京都在籌備關於他的討論會。他就義時才三十六歲，可人們已經紀念了他六十年，而且還會永遠紀念下去。是因為他當過黨的領袖？是因為他的文學成就？是因為他的才氣？是，但不全是。他短短的一生就像一幅永遠讀不完的名畫。

我第一次到紀念館是一九九○年。紀念館本是一間瞿家的舊祠堂，祠堂前原有一條河，叫覓渡河。一聽這名字我就心中一驚，覓渡，覓渡，渡何處？瞿秋白是以職業革命家自許的，但從這個渡口出發並沒有讓他走出一條路。「八七會議」他受命於白色恐怖之中，以一副柔弱的書生之肩，挑起了統帥全黨的重擔，發出武裝鬥爭的吼聲。但是他隨即被王明，被自己的人一巴掌打倒，永不重用。後來在長征時又藉口他有病，不帶他北上。而比他年紀大身體弱的徐特立、謝覺哉等都安然到達陝北，活到了建國。他其實不是被國民黨殺的，是被左傾路線所殺。是自己的人按住了他的脖子，好讓敵人的屠刀來砍。而他先是仔細地獨白，然後就去從容就義。

如果秋白是一個如李逵式的人物，大喊一聲：「你朝爺爺砍吧，二十年後又是一條好漢。」也許人們早已把他忘掉。他是一個書生啊，一個典型的中國知識分子，你看他的照片，一副多麼秀氣但又有幾分蒼白的面容。他一開始就不是舞槍弄刀的人。他在黃埔軍校講課，在上海大學講課，他的才華熠熠閃光，聽課的人擠滿禮堂，爬上窗台，甚至連學校的教師也擠進來聽。後來成為大作家的丁玲，這時也在台下瞪着一雙稚氣的大眼睛。瞿秋白的文才曾是怎樣折服了一代人。後來成為文化史專家、新中國文化部副部長的鄭振鐸，當時準備結婚，想求秋白刻一對印，秋白開的潤格是五十元。鄭付不起轉而求茅盾。婚禮那天，秋白手提一手絹小包，說來送金五十，鄭不勝惶恐，打開一看卻是兩方石印。可想他當時的治印水平。秋白被排擠離開黨的領導崗位後，轉而為文，短短幾年他的著譯竟有五百萬字。魯迅與他之間的敬重和友誼，就像馬克思與恩格斯一樣的完美。秋白夫婦到上海住魯迅家中，魯迅和許廣平睡地板，而將床鋪讓給他們。秋白被捕後魯迅立即組織營救，他就義後魯迅又親自為他編文集，裝幀和用料在當時都是第一流的。秋白與魯迅、茅盾、鄭振鐸這些現代文化史上的高峰，也是齊肩至頂的啊，他應該知道自己身軀內所含的文化價值，應該到書齋裡去實現這個價值。但是他沒有，他目睹人民沉浮於水火，目睹黨瀕於滅頂，他振臂一呼，躍向黑暗。只要能為社會的前進照亮一步之路，他就毅然舉全身而自燃。他的俄文水平在當時的中國是數一數二了，他曾發宏願，要將俄國文學名著介紹到中國來，他犧牲後魯迅感嘆說，本來《死魂靈》由秋白來譯是最合適的。這使我想起另一件事。和秋白同時代的有一個人叫梁實秋，在抗日高潮中仍大寫悠閒文字，被左翼作家批評為「抗戰無關論」。他自我辯解說：人在情急時固然可以操起菜刀殺人，但殺人畢竟不是菜刀的使命。他還是一直弄他的純文學，後來確實也成就很高，一人獨立譯完了《莎士比亞全集》。現在，當我們很大度地承認梁實秋的貢獻時，更不該忘記秋白這樣的，情急用菜刀去救國救民，甚至連自己的珠玉之身也撲上去的人。如果他不這樣做，留把菜刀做後用，留得青山來養柴，在文壇上他也會成為一個、甚至十個梁實秋。但是他沒有。

如果秋白的骨頭像他的身體一樣的柔弱，他一被捕就招供認罪，那麼歷史也早就忘了他。革命史上有多少英雄就有多少叛徒。像曾是共產黨總書記的向忠發、政治局委員的顧順章，都有一個工人階級的好出身，但是一被逮捕，就立即招供。至於陳公博、周佛海、張國燾等高幹，還可以舉出不少。而秋白偏偏以柔弱之軀演出了一場泰山崩於前而不動的英雄戲。他剛被捕時敵人並不明他的身份，他自稱是一名醫生，在獄中讀書寫字，連監獄長也求他開方看病。其實，他實實在在是一個書生、畫家、醫生，除了名字是假的，這些身份對他來說一個都不假。這時上海的魯迅等正在設法營救他。但是一個聽過他講課的叛徒終於認出了他。特務乘其不備突然大喊一聲：「瞿秋白！」他卻木然無應。敵人無法只好把叛徒拉出當面對質。這時他卻淡淡一笑說：「既然你們已認出了我，我就是瞿秋白。過去我寫的那份供詞就權當小說去讀吧。」蔣介石聽說抓到了瞿秋白，急電宋希濂去處理此事，宋在黃埔時聽過他的課，執學生禮，想以師生之情勸其降，並派軍醫為之治病。他死意已決，說：「減輕一點痛苦是可以的，要治好病就大可不必了。」當一個人從道理上明白了生死大義之後，他就獲得了最大的堅強和最大的從容。這是靠肉體的耐力和感情的傾注所無法達到的，理性的力量就像軌道的延伸一樣堅定。一個真正的知識分子向來是以理行事，所謂士可殺而不可辱。文天祥被捕，跳水、撞牆，唯求一死。魯迅受到恐嚇，出門都不帶鑰匙，以示不歸之志。毛澤東讚揚朱自清寧餓死也不吃美國的救濟粉。秋白正是這樣一個典型的已達到自由階段的知識分子。蔣介石威脅利誘實在不能使之屈服，遂下令槍決。刑前，秋白唱《國際歌》，唱紅軍歌曲，泰然自行至刑場，高呼「中國共產黨萬歲」，盤腿席地而坐，令敵開槍。從被捕到就義，這裡沒有一點死的畏懼。

如果秋白就這樣高呼口號為革命獻身，人們也許還不會這樣長久地懷念他研究他。他偏偏在臨死前又搶着寫了一篇《多餘的話》，這在一般人看來真是多餘。我們看他短短的一生鬥爭何等堅決，他在國共合作中對國民黨右派的批駁、在黨內對陳獨秀右傾路線的批判何等犀利，他主持「八七會議」，決定武裝鬥爭，永遠功彪史冊，他在監獄中從容鬥敵，最後英勇就義，泣天地慟鬼神。這是一個多麼完整的句號。但是他不肯，他覺得自己實在渺小，實在愧對黨的領袖這個稱號，於是用解剖刀，將自己的靈魂仔仔細細地剖析了一遍。別人看到的他是一個光明的結論，他在這裡卻非要說一說這光明之前的暗淡，或者光明後面的陰影。這又是一種驚人的平靜。就像敵人要給他治病時，他說：不必了。他將生命看得很淡。現在，為了做人，他又將虛名看得很淡。他認為自己是從紳士家庭，從舊文人走向革命的，他在新與舊的鬥爭中受着煎熬，在文學愛好與政治責任的抉擇中受着煎熬。他說以後舊文人將再不會有了，他要將這個典型，這個痛苦的改造過程如實地錄下，獻給後人。他說過：「光明和火焰從地心裡鑽出來的時候，難免要經過好幾次的嘗試，試探自己的道路，鍛煉自己的力量。」他不但解剖了自己的靈魂，在這《多餘的話》裡還囑咐死後請解剖他的屍體，因為他是一個得了多年肺病的人。這又是他的偉大，他的無私。我們可以對比一下世上有多少人都在塗脂抹粉，挖空心思地打扮自己的歷史，極力隱惡揚善。特別是一些地位越高的人越愛這樣做，別人也幫他這樣做，所謂為尊者諱。而他卻不肯。作為領袖，人們希望他內外都是徹底的鮮紅，而他卻固執地說：不，我是一個多重色彩的人。在一般人是把人生投入革命，在他是把革命投入人生，革命是他人生實驗的一部分。當我們只看他的事業，看他從容赴死時，他是一座平原上的高山，令人崇敬；當我們再看他對自己的解剖時，他更是一座下臨深谷的高峰，風鳴林吼，奇絕險峻，給人更多的思考。他是一個內心既縱橫交錯，又坦蕩如一張白紙的人。

我在這間舊祠堂裡，一年年地來去，一次次地徘徊，我想像着當年門前的小河，河上來往覓渡的小舟。秋白就是從這裡出發，到上海辦學，去會魯迅；到廣州參與國共合作，去會孫中山；到蘇俄去當記者，去參加共產國際會議；到九江去主持「八七會議」，發起武裝鬥爭；到江西蘇區去，主持教育工作。他生命短促，行色匆匆。他出門登舟之時一定想到「野渡無人舟自橫」，想到「輕解羅裙，獨上蘭舟」。那是一種多麼悠閒的生活，多麼美的詩句，是一個多麼寧靜的港灣。他在《多餘的話》裡一再表達他對文學的熱愛。他多麼想靠上那個碼頭。但他沒有，直到臨死的前一刻他還在探究生命的歸宿。他一生都在覓渡，可是到最後也沒有傍到一個好的碼頭，這實在是一個悲劇。但正是這悲劇的遺憾，人們才這樣以其生命的一倍、兩倍、十倍的歲月去紀念他。如果他一開始就不鬧甚麼革命，只要隨便拔下身上的一根汗毛，悉心培植，他也會成為著名的作家、翻譯家、金石家、書法家或者名醫。梁實秋、徐志摩現在不是尚享後人之饗嗎?如果他革命之後,又撥轉船頭,退而治學呢,仍然可以成為一個文壇泰斗。與他同時代的陳望道,本來是和陳獨秀一起籌建共產黨的,後來退而研究修辭,著《修辭學發凡》,成了中國修辭第一人,人們也記住了他。可是秋白沒有這樣做。就像一個美女偏不肯去演戲,像一個高個兒男子偏不肯去打球。他另有所求,但又求而無獲,甚至被人誤會。一個人無才也就罷了,或者有一分才幹成了一件事也罷了。最可惜的是他有十分才只幹成了一件事,甚而一件也沒有幹成,這才叫後人惋惜。你看岳飛的詩詞寫得多好,他是有文才的,但世人只記住了他的武功。辛棄疾是有武才的,他年輕時率一萬義軍反金投宋,但南宋政府不用他,他只能「醉裡挑燈看劍,夢回吹角連營」,後人也只知他的詩才。瞿秋白以文人為政,又因政事之敗而反觀人生。如果他只是慷慨就義再不說甚麼,也許他早已沒入歷史的年輪。但是他又說了一些看似多餘的話,他覺得探索比到達更可貴。當年項羽兵敗,雖前有渡船,卻拒不渡河。項羽如果為劉邦所殺,或者他失敗後再渡烏江,都不如臨江自刎這樣留給歷史永遠的回味。項羽面對生的希望卻舉起了一把自刎的劍,秋白在將要英名流芳時卻舉起了一把解剖刀,他們都將行將定格的生命的價值又推上了一層。哲人者,寧肯捨其事而成其心。

秋白不朽。

一九九六年六月二十五日

梁錫華

梁錫華（1947— ），廣東順德人，兒時在香港、澳門讀書，後到外國留學，曾在香港中文大學任教。著有長篇小說《獨立蒼茫》、《頭上一片雲》，散文集《揮袖話愛情》等。

漫語慢蝸牛

敝寓周圍的林木草地間，蝸牛不時出沒。以外殼做標準，一般長約兩三寸。所以，讀者可以想像，當某夜我發現一頭五寸大牛時，忽然間心跳到甚麼程度。對着這龐然巨物，不禁念到牛族的命運。它們慢爬漫爬，方向儘管糊塗，但魂牽夢縈的明確目標倒有一個，就是覓食。然而，它們沉甸甸地揹負求存的重擔在分寸間博一點默默的挪移，卻往往遭人在有心或無意的殘暴下一腳踹癟。生之慘傷，亦無過於此了。本來從覓食到尋死，不限蝸牛，其他動物也差不多，包括人類，但面前這頭大蝸牛無疑是祖父母輩的了，若說年輕力壯的動物謀生已覺艱難，耆寡的又怎樣呢……我把那老牛撿起帶回家去。

養寵物我完全外行，因為一生似乎都是自顧不暇的。這次因緣際會，人牛共處，第一個難題就是吃。我的麵包乳酪似乎不合牛性，而在燈下看它延頸伸角，很有求哺之意，使我惶急到連手指都冒汗了。那時，忽然想及農人最痛恨蝸牛，於是靈機一動，翻倒垃圾桶撿出幾片白菜的敗葉權充救濟糧。哈！果然所料不差，菜葉原來正合那位老人家的胃口。不過看它瘋噬狂嚙的吃態，自己倒有點驚怕，因為它用膳時實在兇相畢呈，而且牙齒間軋軋作響。我想，要是擴音百倍或千倍，跟鯨魚吃人時的吞肉嚼骨聲應該相同——多恐怖啊！又假如我是小人國的一員，瞧見這巨無霸的老醜上下左右見菜即咬，怕不嚇得暈倒地上？

膳之後，問題當然是宿了。蝸牛若跟我共榻，雖然大家都不至犯異性戀或同性戀，但總有說不出的那個。何況偶一不慎，不是它冷黏黏的尊體把我全人化作雞皮，就是我一翻身把它壓扁。不過這問題並不惱我。一個投閒置散經年的空金屬罐，正好作它銅牆鐵壁的安樂窩。事實上我大錯特錯了。它雖然上了年紀，但看來很講究攝生，因為飯後要散步觀夜色以助消化。住碉堡式的住宅嗎？莊子說得好：「神雖王，不喜也。」

兩天後，我已懂得老牛的習性了。它在黃昏後便為口腹勉力慢「跑」，飽餐了便稍舒筋骨，接着找個陰暗的角落休息。白天是死人一樣不吃不動的，最愛貼在略濕的磚頭旁邊，有點青苔的更妙。每天照例拉屎一回，屎好像沒有，屁沒聽過。最愜意的食物是青菜。西瓜、香蕉、蘋果也受歡迎，果肉最好，萬一為勢所迫，皮也可以勉強將就。澱粉質的東西不合腸胃，豬雞等肉更不敢領教。這位素食主義者，生活節奏既然緩慢，又善養它浩然之氣，看光景活一百歲也不稀奇。

一周過去，人牛關係，正如外交官的口頭禪，空前良好。我顧念它的寂寞，於是找了兩隻小傢伙給它作伴，算是為它收養了一對孩子。其中較大的，有點不良少年傾向，飯前飯後照例在露台中它們的家園內外閒蕩。它的食量最大，這也是意料中事了。一次它失蹤了一整天才回家，是私約了女朋友還是男朋友幹其不可告人之事呢，還是參與黑社會活動呢？這事至今沒查明，不過，此後它也規矩下來了。在外頭謀生，總不容易吧。小的那一隻食少睡多，大概屬娃娃級，且不哭不鬧，乖得可人。老牛對於二少者，不打罵、不教導、不呵護、不理睬，表現得既無親情，也無代溝。我看這家庭未符理想，於是着意為老的找伴侶，半月後，成功了，是雨後的一夜無意得之的。新牛四寸多，以人齡換算，約四五十歲吧，配個六十歲漢子，也不致太委屈。可是，一轉念，心下立刻沒把握了。我怎知道它們的性別呢？要是我想錯了，其它的可能有三個：第一，老中二牛俱屬雄性。這會生意見或鬧不道德之戀。第二，同是女身。那更糟了，因為吵起來，一定更兇。第三，老的雌，中的雄。那會弄成老妻少夫的局面，不合中華國情。唉，一提到終身伴侶，沒有的，失神；已有的，失色。這世界，莫說終身大事，就算非終身大事的露水姻緣，也難搓捏得美滿，除非是所謂天作之合，或那種超露水，名為人作之合的閃電式撞擊。我面對困擾，智謀盡喪，最後只好用愚人之法，讓這四口之家混一個時期再作打算。

但牛家形勢之大好，實在出乎意料。他們不吵架、不打鬥、不搶吃、不偷盜、不嫉忌，而且脾氣好得像棉花軟糖。他們偶爾在「食桌」邊緣碰上了，大家就用觸角打個招呼，然後各吃其吃，或各遊其遊。他們固然不非禮、不強姦，但好像也不屑戀愛。彼此君子淑女到這個直追梁山伯祝英台的境界，雖然很有《聖經》所示在地若天的新耶路撒冷風味，但在人間，或牛間，總有點遺憾。不過，稍後我失笑了！原來，我現在知道了，蝸牛是雌雄同體的，功能自生自滅，意能自滿自足，情能自收自放，一切正如它們的貴體，自伸自縮，所謂用捨自如，行藏在我者是。哲學到如斯神妙入化，我們，一大堆自命萬物之靈的愚男蠢女，能不愧死？

蘇東坡才高氣邁，下筆無所不透，他寫過《蝸牛》詩，但其言差矣，且聽：「腥涎不滿殼，聊足以自濡，升高不知回，竟作黏壁枯。」蝸牛固然自濡，但也相濡，絕不像自私的人類那麼鄙陋。至於「升高」，那是少之又少的。牛性謙卑自牧，幹時冒進、拚命求升的事，它們才不幹！它們最不奉承那炙殼可熱的太陽。當這位高高在上、萬人瞻仰、光輝烈烈的阿波羅以滿身金光的威勢出現，它們就趕緊躲起來了。怎能「黏壁枯」？蝸牛的美德，上面已順筆提及，然而尚不止此。你看它們行進的步伐：慢，不錯，但誰及它們穩重？它們兩對觸角作先鋒探路，遇物必縮。你說它們畏這畏那麼？非也。它們其實是步步為營，卻又鍥而不捨。縮，是的，但絕非一縮永縮，而是縮後必伸。殼內堅定的信念只有一個：再探頭舒頸時，外邊世界又是一番新意了，至少所呼吸的空氣已經不是半分鐘前那一股舊流。它們在前進的道上，即使遇阻遇挫，還是一分分、一寸寸地力爬。此路不通則彼，彼路不通則此，哪裡像我們人類中的一類，失敗了就罵，就哭，就賭氣，就怨天，就尤人，就尋死！人不如牛，我們難道還有甚麼可辯的？卡洛爾（Lewis Carroll）寫《阿麗思漫遊記》，稱蝸牛為「可愛的」。他的胸襟和見識，在這一點上就超過了蘇東坡。莎士比亞對蝸牛也禮敬有加。他在《空愛一場》（Love's Labour's Lost）一劇中，稱賞愛情的感覺，是以蝸角的柔細靈敏作陪襯的。蘇東坡在這方面亦未見友善，他說「蝸角虛名，蠅頭微利，算來着甚乾忙」（《滿庭芳》）。把愛情樣美麗的蝸角牽上「虛名」，不免損害蝸牛的實名，但要怪東坡居士不如罵莊周，後者大概是開損毀蝸牛形象之先河的。他在《則陽》一文內，有所謂蝸角左右各有一國而「時相與爭地而戰，伏屍數萬」。這種浪漫的想法，和蝸牛本性相去遠矣。

養蝸牛已差不多有三個月了。我給它們的，只是一些菜葉果皮，但它們惠我的啟迪，卻是意味深長的。世人只要略效蝸牛，甚麼明槍暗箭，大小打鬥，就可以消弭了，但拈酸呷醋，愛恨情仇一類惡事恐怕是不免的，除非造物主可憐我們，全部來一個大變性，讓我們人人雌雄同體，自得其樂且同享遐齡。最後，我要發一則訃聞：我最小的一頭嬰牛，前數天失足從九層樓跌到水泥地上，殼破牛死。想到這小乖乖的意外夭折，不免淒然，謹借用上引卡洛爾「可愛的」三個字作吊辭，以表示那難掛在林木草地，卻永掛在眉間心上的一縷縈念。

一九八二年

張承志

張承志（1948—　），北京人，回族。作家。著有小說集《老橋》、《北方的河》，散文集《綠風土》等。

清潔的精神

這不是一個很多人都可能體驗的世界。

而且很難舉例、論證和順序敘述。纏繞着自己的思想如同野草，記錄也許就只有採用野草的形式——讓它蔓延，讓它盡情，讓它孤單地榮衰。高崖之下，野草般的思想那麼飽滿又那麼閉塞。這是一個瞬間，趁着流矢正在稀疏，下一次火光沖天的喧囂還沒有開始；趁着大地尚能容得下殘餘的正氣；趁着一副末世相中的人們正苦於賣身無術而力量薄弱；應當珍惜這個瞬間。

一

關於漢字裡的「潔」，人們早已司空見慣、不加思索、不以為然，甚至清潔可恥、骯髒光榮的準則正在風靡時髦。潔，今天，好像只有在公共場所，比如在垃圾站或廁所等地方，才能看得見這個字了。

那時在河南登封，在一個名叫王城崗的丘陵上，聽着豫劇的調子，每天都眼望着古老的箕山發掘。箕山太古老了，九州的故事都在那座山上起源。夏商周，遙遠的、幾乎這是信史僅是傳說的茫茫古代，那時宛如迎在眼前又無影無蹤，煩惱着我們每個考古隊員。一天天地，我們挖着只能稱做龍山文化或二里頭早期文化的土，心裡卻盼它屬於大禹治水的夏朝。感謝那些辛苦的日子，它們在我的腦中埋下了這個思路，直到今天。

是的，沒有今天，我不可能感受甚麼是古代。由於今天泛濫的不義、庸俗和無恥，我終於遲遲地靠近了一個結論：所謂古代，就是潔與恥尚沒有淪滅的時代。箕山之陰，潁水之陽，在厚厚的黃土之下壓埋着的，未必是王朝國家的遺址，而是潔與恥的過去。

那是神話般的、唯潔為首的年代。潔，幾乎是處在極致，超越界限，不近人情。後來，經過如同司馬遷、莊子、淮南子等大師的文學記錄以後，不知為甚麼人們又只賞玩文學的字句而不信任文學的真實——斷定它是過分的傳說不予置信，而漸漸忘記了它是一個重要的、古中國關於人怎樣活着的觀點。

今天沒有人再這樣談論問題，這樣寫好像就是落後和保守的記號。但是，四千年的文明史都從那個潔字開篇，我不覺得有任何偏激。

一切都開始在這座低平的、素色的箕山上。一個青年，一個樵夫，一頭牛和一道溪水，引來了哺育了我們的這個文明。如今重讀《逍遙篇》或者《史記》，古人和逝事都遠不可及，都不可思議，都簡直無法置信了。

遙遠的箕山，漸漸化成了一幢巨影，遮斷了我的視野。山勢非常平緩，從山腳拾路慢慢上坡，一陣工夫就可以抵達箕頂。山的頂部寬敞坦平，煙樹素淡，悄寂無聲。在那荒涼的箕頂上人覺得淒涼。在冬天的晴空盡頭，在那裡可以一直眺望到中嶽嵩山齒形的遠影。遺址都在下面的河邊，那低伏的王城崗上。我在那個遺址上挖過很久，但是田野發掘並不能找到清潔的古代。

《史記》註引皇甫謐《高士傳》，記載了堯舜禪讓時期的一個叫許由的古人。許由因帝堯要以王位相讓，便潛入箕山隱姓埋名。然而堯執意讓位，追許由不捨。於是，當堯再次尋見許由，求他當九州長時，許由不僅堅辭不從，而且以此為奇恥大辱。他奔至河畔，清洗聽髒了的雙耳。

時有巢父牽犢欲飲之，見由洗耳，問其故。對曰：堯欲召我為九州長，惡聞其聲，是故洗耳。巢父曰：子若處高岸深谷，人道不通，誰能見子？子故浮游，欲聞求其名譽，污吾犢口。牽犢上流飲之。

所謂強中有強，那時是人相競潔。牽牛的老人聽了許由的訴說，不僅沒有誇獎反而忿忿不滿：你若不是介入那種世界，哪裡至於弄髒了耳朵？現在你洗耳不過是另一種釣名沽譽。下游飲牛，上游洗耳，既然你知道自己雙耳已污，為甚麼又來弄髒我的牛口？

《史記．伯夷傳》中記道：

堯讓天下於許由，許由不受，恥之逃隱……太史公曰：余登箕山其上蓋有許由冢云。

這座山從那時就同稱許由山。但是在我登上箕頂那次，沒有找到許由的墓。山頂是一個巨大平緩的凹地，低低伸展開去，宛如一個長滿荒草的簸箕。這山頂雖寬闊，但沒有甚麼峰尖崖陷，登上山頂一覽無餘。我和河南博物館的幾個小伙子細細找遍了每一叢蒿草，沒有任何遺迹殘痕。

當雙腳踢纏着高高的茅草時，不覺間我們對古史的這一筆記錄認起真來。司馬遷的下筆可靠，已經在考古者的鐵鏟下證實了多次。他真地看見許由墓了嗎？我不住地想。

箕頂已經開始湧上暮色，視野裡一陣陣襲來淒涼。天色轉暗後我們突然感慨，禁不住地猜測許由的形象，好像在蒿草一下下絆着腳、太陽一分分消隱下沉的時候，那些簡賅的史料又被特別細緻地咀嚼了一遍。山的四面都無聲。暮色中的箕山，以及山麓連結的朦朧四野中，浮動着一種渾濁的哀切。

那時我不知道，就在那一天裡我不僅相信了這個古史傳說而且企圖找尋它。我抱着考古隊員式的希望，有一瞬甚至盼望出現奇迹，由我發現許由墓。但箕頂上不見牛，不見農夫，不見布衣之士剛愎的清高；不僅登封洛陽，不僅豫北晉南的原野，連伸延無限的中原大地，都沉陷在晚暮的沉默中，一動不動，緘口不言。

那一天以後不久，田野工作收尾，我沒有能抽空再上一回箕山。然後，人和心思都遠遠地飛到了別處，離開河南彈指就是十五年。應該説我沒有從浮躁中蜕離，我被意氣裹挾而去，漸漸淡忘了中原和大禹治水的夏王朝。許由墓，對於我來説，確確實實已經湮沒無存了。

二

長久以來滋生了一個印象。我一直覺得，在中國的古典中，許由洗耳的例子是極限。品味這個故事，不能不覺得它載道於絕對的描寫。它在一個最高的例子上規定潔與污的概念，它把人類可能有過的原始公社禪讓時代歸納為山野之民最高潔、王侯上流最卑污的結論。它的原則本身太高傲，這使它與後世的人們之間產生了隔閡。

今天回顧已經為時太晚，它的確已經淪為了箕山的傳説。今天無論怎樣莊重文章也難脱調侃。今天的中國人，可能已經沒有體會它的心境和教養了。

就這樣時間在流逝着。應該説這些年來，時間在世界上的進程驚心動魄。在它的沖淘下我明白了：文明中有一些最純的因素，唯它能凝聚起渙散失望的人群，使衰敗的民族熬過險關，求得再生。所以，儘管我已經迷戀着我的鮮烈的信仰和純樸的集體；儘管我的心意情思早已遠離中原三千里外並且不願還家，但我依然強烈地想起了箕山，還有古史傳說的時代。

箕山許由的本質，後來分衍成很多傳統。潔的意識被義、信、恥、殉等林立的文化所簇擁，形成了中國文化的精神森林，使中國人長久地自尊而有力。

後來，偉大的《史記．刺客列傳》著成，中國的烈士傳統得到了文章的提煉，並長久地在中國人的心中矗立起來，直至昨天。

《史記．刺客列傳》是中國古代散文之最。它所收錄的精神是不可思議、無法言傳、美得魅人的。

三

英雄首先出在山東。司馬遷在這篇奇文中以魯人曹沫為開始。

應當說，曹沫是一個用一把刀子戰勝了大國霸權的外交家。在他的羸弱的魯國被強大的齊國欺凌的時候，外交席上，曹沫一把揪住了齊桓公，用尖刀逼他退還侵略魯國的土地。齊桓公剛剛服了輸，曹沫馬上扔刀下壇，回到席上，繼續前話，若無其事。意味深長的是，司馬遷注明了這些壯士來去的周期。

其後百六十有七年，而吳有專諸之事。

專諸的意味，首先在於他是第一個被記諸史籍的刺客。在這裡司馬遷的感覺起了決定的作用。司馬遷沒有因為刺客的卑微而為統治者去取捨。他的一筆，不僅使異端的死者名垂後世，更使自己的著作得到了殺青壓卷。

刺，本來僅僅是政治的非常手段，本來只是殘酷的戰爭形式的一種而已。但是在漫長的歷史中，它更多地屬於正義的弱者；在血腥的人類史中，它常常是弱者在絕境中被迫選擇的、唯一可能致勝的決死拼鬥。

由於形式的神秘和危險，由於人在行動中爆發出的個性和勇敢，這種行為經常呈着一種異樣的美。事發之日，一把刀子被秘密地烹煮於魚腹之中。專諸喬裝獻魚，進入宴席，掌握着千鈞一髮，使怨主王僚喪命。魚腸劍，這僅有一件的奇異兵器，從此成了一個家喻戶曉的故事，並且在古代的東方樹立了一種極端的英雄主義和浪漫主義。

從專諸到他的繼承者之間，周期是七十年。

這一次的主角豫讓把他前輩的開創發展得驚心動魄。豫讓只因為尊重了自己人的慘死，決心選擇刺殺手段。他不僅演出一場以個人對抗強權的威武活劇，而且提出了一個非常響亮的思想：「士為知己者死，女為悅己者容。」

第一次攻擊失敗以後，他用漆瘡爛身體，吞炭弄啞聲音，殘身苦形，使妻子不識，然後尋找接近怨主趙襄子的時機。

就這樣行刺之日到了，豫讓的悲願仍以失敗終結。但是被捕的豫讓驕傲而有理。他認為：「明主不掩人之美，忠臣有死名之義。」在甲兵捆綁的階下，他堂堂正正地要求名譽，請求趙襄子借衣服讓他砍一刀，為他成全。

這是中國古代史上形式和儀式的偉大勝利。連處於反面角色的敵人也表現得高尚。趙襄子脱下了貴族的華服，豫讓如同表演勝利者的舞蹈。他拔劍三躍而擊之，然後伏劍自殺。

也許這一點最令人費解——他們居然如此追求名譽。

必須説，在名譽的範疇裡出現了最大的異化。今日名利之徒的追逐，古代刺客的死名，兩者之間的天壤之別的現實，該讓人説些甚麼呢？

周期一時變得短促，四十餘年後，一個叫深井里的地方，出現了勇士聶政。

和豫讓一樣，聶政也是僅僅因為自尊心受到了意外的尊重，就決意為知己者赴死。但聶政其人遠比豫讓深沉得多。是聶政把「孝」和「情」引入了殘酷的行動。當他在社會的底層，受到嚴仲子的禮遇和委托時，他以母親的晚年為行動與否的條件。終於，母親以天年逝世了，聶政開始踐約。

聶政來到了嚴仲子處。只是在此時，他才知道了目標是韓國之相俠累。聶政的思想非常徹底。從一開始，他就決定不僅要實現行刺，而且要使事件包括表面都變成自己的，從而保護知己者嚴仲子。因此他拒絕助手，單身上道。

聶政抵達韓國，接近了目標，仗劍衝上石階，包括韓國之相俠累在內一連擊殺數十人——但是事情還沒有完。在殺場上，聶政「皮面決眼，自屠出腸」，使自己變成了一具無法辨認的屍首。

這裡藏着深沉的秘密。本來，兩人謀事，一人犧牲，嚴仲子已經沒有危險，像豫讓一樣，聶政應該有殉義成名的特權。聶政沒有必要毀形。

謎底是由聶政的姐姐揭穿的。在那個時代裡，不僅人知己，而且姐知弟。聶姊聽說韓國出事，猜出是弟弟所為。她倉皇趕到韓，伏在弟弟的遺體上哭喊：這是深井里的聶政！原來聶政一家僅有這一個出了嫁的姐姐，聶政毀容棄名是擔憂她受到牽連。聶姊哭道：我怎能因為懼死，而滅了賢弟之名！最後自盡於聶政身旁。

四

這樣的敘述，會被人非議為用現代語敘述古文。對於這一篇價值千金的古典來說，一切今天的敘述都將絕對地因人而異。對於正義的態度，對於世界的看法，人會因品質和血性的不同，導致筆下的分歧。更重要的是，人的精神不能這麼簡單地爛光丟淨。管別人呢，我要用我的篇章反覆地為烈士傳統招魂，為美的精神製造哪怕是微弱的回聲。

二百餘年之後，美名震撼世界的英雄荊軻誕生了。

荊軻刺秦王的故事婦孺皆知，但是今天大家都應該重讀荊軻。《史記．刺客列傳》中的荊軻一節，是古代中國勇敢行為和清潔精神的集大成。那一處處永不磨滅的描寫，一代代地感動了、哺育了各個時代的中國人。

獨自靜靜讀着荊軻的記事，人會忍不住地想：我難道還能如此忍受嗎？如此庸庸碌碌的我還能算一個人嗎？在關口到來的時候我敢讓自己也流哪怕一滴血嗎？

易水枯竭，時代變了。

荊軻也曾因不合時尚潮流而苦惱。與文人不能説書，與武士不能論劍。他也曾被逼得性情怪僻，賭博嗜酒，遠遠地走到社會底層去尋找解脱，結交朋黨。他和流落市井的藝人高漸離終日唱和，相樂相泣。他們相交的深沉，以後被驚心動魄地證實了。

荊軻遭逢的是一個大時代。

他被長者田光引薦給了燕國的太子丹。田光按照三人不能守密、兩人謀事一人當殉的鐵的原則，引薦荊軻之後立即自盡。就這樣荊軻進入了太子丹邸。

荊軻在行動之前，被燕太子每日車騎美女，恣其所欲。燕太子丹亡國已迫在眉睫，苦苦請荊軻行動。當秦軍逼近易水時，荊軻制定了刺殺秦王的周密計劃。

至今細細分析這個危險的計劃，仍不能不為它的邏輯性和可行性所嘆服。關鍵是「近身」。荊軻為了獲得靠近秦王的時機，首先要求以避難燕國的亡命秦將樊於期的首級，然後要求以燕國肥美領土的地圖為誘餌，然後以約誓朋黨為保證。他全面備戰，甚至準備了最好的攻擊武器：藥淬的徐夫人匕首。

就這樣，燕國的人馬來到了易水，行動準備進行。

出發那天出現了一個衝突。由於荊軻隊伍動身遲延，燕太子丹產生了懷疑。當他婉言催促時，荊軻震怒了。

這段《刺客列傳》上的記載，多少年來沒有得到讀者的覺察。荊軻和燕國太子在易水上的這次爭執，具有着很深的意味。這個記載說明：那天的易水送行，不僅是不歡而散甚至是結仇而別。燕太子只是逼人赴死，只是督戰易水；至於荊軻，他此時已經不是為了政治，不是為了垂死的貴族而拚命；他此時是為了自己，為了諾言，為了表達人格而戰鬥。此時的他，是為了同時向秦王和燕太子宣佈抗議而戰鬥。

那一天的故事膾炙人口。沒有一個中國人不知道那支慷慨的歌。但是我想荊軻的心情是黯淡的。隊伍尚未出發，已有兩人捨命，都是為了他的此行，而且都是為了一句話。田光只因為太子丹囑咐了一句「願先生勿泄」，便自殺以守密。樊於期也只因荊軻說了一句「願得將軍之首」，便立即獻出頭顱。在非常時期，人們都表現出了驚人的素質，逼迫着荊軻的水平。

風蕭蕭兮易水寒，壯士一去兮不復還。荊軻和他的黨人高漸離在易水之畔的悲壯唱和，其實藏着無人知曉的深沉含義。所謂易水之別，只在兩人之間。這是一對同志的告別和約束，是他們私人之間的一個誓言。直到日後高漸離登場了結他的使命時，人們才體味到這誓言的沉重。

就這樣，長久地震撼中國的荊軻刺秦王事件，就作為弱者的正義和烈性的象徵，作為一種失敗者的最終抵抗形式，被歷史確立並且肯定了。

圖窮而匕首現，荊軻犧牲了。繼荊軻之後，高漸離帶着今天已經不見了的樂器筑，獨自地接近了秦王。他被秦王認出是荊軻黨人，被挖去眼睛，階下演奏以供取樂。但是高漸離筑中灌鉛，樂器充兵器，艱難地實施了第二次攻擊。

不知道高漸離舉着筑撲向秦王時，他究竟有過怎樣的表情。那時人們議論勇者時，似乎有着特殊的見地和方法論。田光向太子丹推薦荊軻時曾闡述說，血勇之人，怒而面赤；脈勇之人，怒而面青；骨勇之人，怒而面白。那時人們把這個問題分析得入骨三分，一直深入到生理上。田光對荊軻的評價是：神勇之人，怒而色不變。

我無法判斷高漸離臉上的顏色。

回憶着他們的行迹，我激動，我更悵然若失，我無法表述自己戰慄般的感受。

高漸離奏雅樂而行刺的行為，更與燕國太子的事業無關。他的行為，已經完全是一種不屈情感的激揚，是一種民眾對權勢的不可遏止的蔑視，是一種已經再也尋不回來的、淒絕的美。

五

我們對荊軻故事的最晚近的一次回顧是在狼牙山，八路軍的五名勇士如荊軻一去不返，使古代的精神驕傲地得到了繼承。有一段時期有不少青年把狼牙山當成聖地。記得那時狼牙山的主峰棋盤砣上，每天都飄揚着好多面紅旗，從山腳下的東流水村到陡峭的閻王鼻子的險路上，每天都絡繹不絕地攀登着風塵僕僕的中學生。

我自己登過兩次狼牙山，兩次都是在冬天。那時人們喜歡模仿英雄。伙伴們在頂峰研究地形和當年五勇士的位置，在凜冽的山風呼嘯中，讓心中充滿豪邁的激情。

不用說，無論是刺客故事還是許由故事，都並不使人讀了快樂。讀後的體會很難言傳。暗暗偏愛它們的人會有一些模糊的結論。近年來我常常讀它們。沒有結論，我只是喜愛讀時的感覺。那是一種清冽、乾淨的感覺。他們栩栩如生。獨自面對着我們，我永遠地承認自己的低下。但是經常地這樣與他們在一起，漸漸我覺得被他們的精神所熏染，心一天天渴望清潔。

是的，是清潔。他們的勇敢，來源於古代的潔的精神。

記不清是甚麼時候讀到的了，有一個故事：舞台上曾出過一個美女，她認為，在暴政之下演出是不潔的，於是退隱多年不演。時間流逝，她衰老了，但正義仍未歸來。天下不乏美女。在她堅持清潔的精神的年月裡，另一個舞女登台並取代了她。沒有人批評那個人粉飾升平和不潔，也沒有人憶起仗義的她。更重要的是，世間公論那個登台者美。晚年，她哀嘆道，我視潔為命，因潔而勇，以潔為美。世論與我不同，天理也與我不同嗎？

我想，我們無權讓清潔地死去的靈魂湮滅。

但她象徵的只是無名者，未做背水一戰的人，是一個許由式的清潔而無力的人，而聶政、荊軻是完全不同的類型。他們是無力者的安慰，是清潔的暴力，是不義的世界和倫理的討伐者。

若是那個舞女決心向暴君行刺，又會怎樣呢？

因此沒有甚麼恐怖主義，只有無助的人絕望的戰鬥。魯迅一定深深地體會過無助。魯迅，就是被腐朽的勢力，尤其是被他即便死也「一個都不想饒恕」的人們逼得一步步完成自我、並瀕臨無助的絕境的思想家和藝術家。他創造的怪誕的刺客形象「眉間尺」變成了白骨骷髏，在滾滾的沸水中追咬着仇敵的頭——不知算不算恐怖主義。尤其是，在《史記》已經留下了那樣不可超越的奇筆之後，魯迅居然仍不放棄，仍寫出了眉間尺。魯迅做的這件事值得注意。從魯迅做的這件事中，也許能看見魯迅思想的犀利、激烈的深處。

許由故事中的底層思想也在發展。幾個渾身發散着異端光彩的刺客，都是大時代中地位卑賤的人。他們身上的異彩為王公貴族所不備。國家危存之際非壯士們無人挺身而出。他們視國恥為不可容忍，把這種恥看成自己私人的、必須以命相抵的奇辱大恥——中國文明中的「恥」的觀念就這樣強化了，它對一個民族的支撐意義，也許以後會日益清晰。

不用說，在那個大時代中，除了恥的觀念外，豪邁的義與信等傳統也一並奠基。一諾千金，以命承諾，捨身取義，義不容辭——這些中國文明中的有力的格言，都是經過了志士的鮮血澆灌以後，才如同淬火之後的鐵，如同沉水之後的石一樣，鑄入了中國的精神。

我們的精神，起源於上古時代的「潔」字。

登上中嶽嵩山的太室，有一種可以望盡中國的感覺。視野裡，整個北方一派迷茫。冬樹、野草和毗連的村落還都是那麼純樸。我獨自久久地望着，心裡鼓漾着充實的心情。昔日因壯舉而得名的處處地點都安在，大地依然如故。包括時間，好像幾千年的時間並沒有棄我們而去。時間好像一直在靜靜地守護着這片土地，以及我崇拜的烈士們。我彷彿看見了匆匆離去的許由，彷彿看見了聶政的故鄉深井里，彷彿看見了在寒冷冬日的易水河畔，在肅殺的風中唱和相約的荆軻與高漸離，彷彿看見了山峰挺拔的狼牙山上與敵決戰的五壯士。

中國給予我教育的時候，從來都是突兀的。幾次突然燃起的熊熊烈火，極大地糾正了我的悲觀。是的，我們誰也沒有權利對中國妄自菲薄。應當堅信：在大陸上孕育了中國的同時，最高尚的潔意識便同時生根。那是四十個世紀以前播下的高貴種子，它百十年一發，只是顯形問世，就一定以駭俗的美久久引起震撼。它並非我們常見的風情事物。我們應該等待這種高潔美的勃發。

羞女山

葉夢

葉夢（1950— ），湖南益陽人。女作家。著有散文集《小溪的夢》、《湘西尋夢》等。

我固執地不相信那些關於羞女山的傳說，那沉睡的臥美人——凝固了幾十萬年的山石，怎麼只會是一個弱女子的形象呢？

羞女山是資水邊一座陡峭如削、狀如裸女的峰巒。

我去羞女山，並不指望真能看到那據説是神形兼備的羞女的芳姿。我唯恐像在巫峽看神女峰，滿懷着勃勃興致去看，末了卻大大地失望。

我盼望去羞女山，多半是為了那誘惑了我許多年的羞水。羞女山永遠有神奇的泉水，永遠有佳麗的女子。喝羞水的女子美，自古以來人們都這麼説。

然而，僅僅由於一支關於桃花江的歌，便從此抹煞了羞女山。全中國乃至東南亞各地，誰不知道「桃花江美人窩」呢？

其實，這「窩」並不在桃花水源出之地，而在百里之外的羞女山。

為了卻這多年的夙願，我和一幫朋友相約去了一趟羞女山。

當我們飽餐了這遠近聞名的「羞山面」，痛飲了果真妙不可言的羞水，還登上了羞女山的最高峰，我只覺得那山確是一座秀麗、峭美的山，雖有幾分女人體態的特徵，那多半還是藉助人們馳騁的想像。

當時我們只是帶着一種凡夫俗子的滿足離開羞女山，踏上了歸程。

不過，走的時候，我的心裡老像牽掛着一點甚麼，仔細一想又找不着。

汽車離開羞山鎮，渡過資水，開上去縣城的公路。我忍不住側首向對岸的羞女山作最後一瞥。

驀地，我驚呆了。對岸的羞女山，甚麼時候變做了一尊充盈於天地之間的少女浮雕？車上頓時起了一陣驚呼。同車的本地老鄉告訴我們：只有從我們現在這個處所，方能看出羞女的真面目。

我擦了擦眼睛，那斜斜地靠着山岡，仰面青天躺着的，不就是羞女麼？她那線條分明的下頷高高翹起，瀑布般的長髮軟軟地飄垂，健美的雙臂舒展地張開，勻稱的長腿，兩臂微微彎曲着，雙腳浸入清清的江流。還有，她那軟細的腰，稍稍隆起的小腹和高高凸出的乳峰。在暖融融的斜照的夕陽下，羞女「身體」的一切線條都是那樣地柔和，那樣地逼真，那樣地凸現，那樣地層次分明：活脱脱一個富有生氣的少女，赤裸裸地酣睡在那夕陽斜照的山岡。我似乎感覺到了她身體的溫馨，看得見她呼吸的起伏。我祈求汽車開慢一點再慢一點。我使勁盯着不敢眨眼。我擔心我眨眼那工夫，那「羞女」便會呼地坐了起來。

我被羞女全美的「體態」震懾了，心靈沉浸在一種莫名的顫栗之中。我感嘆造化的偉力……

「媽媽，羞女在撒尿哩！」那是一個小女孩清亮亮的嗓音。我的心在顫抖。我害怕這小女孩的直率，一看，果真有白練般的一線山泉從「羞女」兩腿間的山凹裡飛流而下，悄然注入江中。我的臉陡然發燙了。我着急地想：只有從山那邊扯來一卷白雲，快快地給羞女裁一條紗裙。我恨不得車上所有的男同胞統統別過臉去……

這時，我的腦子裡突然擠滿了無數個的「羞」字。

一位鬚髮皆白的老爹坦然地說：「這叫『美女曬羞』呢！是我們咯鄉裡的一方景致。」倒是這位老爹那純淨無邪的眼神，鬆緩了我一顆緊張的心。

於是，我又大睜着雙眼，從羞女「身」上尋找我們攀援的足迹。

哦！我們原來是攀着羞女的腰際上山的，沿着她那高聳的酥胸，登上她翹起的下頷，貼着她的溫軟的耳際，然後順着她飄垂的長髮下山的。

我的心底突然冒出一縷縷溫熱的情絲——我們曾經投身她那溫軟的懷抱，感受到了她那母親一般的柔情。

我們一踏上羞女山那險峻而綿軟的山徑，腳下便發出一種來自山肚裡的空濛而帶共鳴音的回聲。彷彿我們每走一步，那羞女便以她母親般的心音招呼着我們。

我們一行人走在山徑上，那鏗鏗之聲此起彼伏。當時，我禁不住叮囑那幾位穿皮鞋的朋友：「你們千萬要輕點兒喲！小心驚醒了羞女！」

那羞女山的土層綿軟而富有彈力，但因土層太薄，始終長不成大樹，只有茸茸的綠草，疏疏的劍竹林，矮矮的灌木叢。這樣，整個山倒現出一種柔秀的美來。

我的不知倦的眼依然圓睜着。我仰望着羞女枕在高岡上的「頭」——那是羞女山的最高峰。峰頂可是一個覽勝的好去處，只是風太大，在耳邊嗚嗚地叫着。令人奇怪的是：陡得連空人也難攀上的峰頂居然葬着一拱新墳。據說是一位殉情的男子。這人也真有意思，婚姻失意幹嗎要去死？要死，哪兒不能呢？偏偏選擇了這羞女山。許是想貼着羞女的耳際，絮絮地訴説他生前的怨情，讓他那顆受傷的心永遠安息在羞女那母親般的懷抱，並讓那嗚嗚叫的風載着他的聲音飄到很遠很遠的地方……

他把生命連同不曾了卻的情債全都交與了這位羞女。難道他果真相信這山原本是一座有人的靈性的神山麼？

傳説中的羞女原是一個美麗的村姑，貪色的財主得見，頓生邪念。做為弱女子的村姑，眼前只有一條路，逃！奔至江邊，無路。財主趕上來扯落了她的衣裳，她縱身往江中一跳，「轟」地化成了石山。財主也變成了一塊蛤蟆石，被江水遠遠地沖到了下游。

我不相信這後人杜撰的傳説。大凡傳説中的女子，對於強暴，只有消極抵抗的份，除了投江、上吊、變成石頭，大概再沒有其他法子了。可眼前的羞女明明不是這樣的弱女子呢！她那樣安閒自若，那樣姿態恣肆地躺着。哪像一個投江自盡的村姑？她那擁抱蒼天，縱覽宇宙的氣魄與超凡脱俗的氣質表明：她完完全全是一個狂放不羈、樂知天命的強者。

她是誰呢？

她的存在已經很久遠了，也許在有人類之前，在有人世間的善惡是非之前早就有了。

她莫不是女媧麼？

對了，只有女媧才配是她！

也許，她在煉石補天之後，又不殫辛勤地捏着小泥人兒。她累了，便倚着山岡睡了，多麼愜意喲！頭枕青山，腳踩綠水，伸臂張腿，任長髮從那高高的雲端飄垂下來。她睡得很香，做了千萬年甜香的夢。

也許，會有人抱怨她仰天八叉地躺在那，未免不成體統，未免不像一個閨閣，未免太不知羞。但她為甚麼要怕羞呢？那是一個洪荒太古的年代，天剛剛補好。人，還沒有呢！是她創造出了人類，她是一位博大寬宏的母親。她裸着身子睡了，怎麼會想到要害羞呢？她又怎麼會想到：在她捏出的小泥人繁衍的人群裡，會有那麼一班道學家，居然忌諱她裸着身子，居然還嫌她的姿態不合乎《女兒經》的規範。那些人不僅忌諱這個實實在在存在着的酷似人形的山，還忌諱着倉頡所造的那個「羞」字。他們認為：裸着的人體是神秘的，更何況這光天化日之下毫無遮飾的羞女！於是，他們利用漢字同音異義，耍了一個小小的花招，改「羞山」為「修山」。在編撰地方誌時，對此山真正的形態來歷諱莫如深，僅用了「峻峰如削，卓列江濱」八個字。

難怪羞女山多少年來「養在深閨人未識」，原來全是這幫道學家搗的鬼喲！

我曾經十分珍愛希臘斷臂的維納斯，可相形之下，那些竟是人工的雕琢，即算栩栩如生吧，也不過師造化而已。而羞女山呢，她不僅有惟妙惟肖的形體，還具備着豪放、坦蕩的氣質和神韻。她得天獨厚的魅力在於：她是大自然的傑作，她是大地的女兒。她就是造化本身，這正是古往今來一切藝術家苦心追求的，然而卻是可望而不可即的！她露宿蒼天之下，飲露餐風，同世紀爭壽，與宇宙共存，她才是真正的藝術，永恆的藝術！

從那汩汩的山泉——羞女醇甘的乳汁裡，從那山徑之上聽到的羞女的突突的心音裡，我早已感到了她生命的存在，要不，羞水怎會那樣甘醇，羞山女子怎會那樣姣美，羞山地區怎會有「民淳俗美」的古風流傳至今呢？

啊，羞女山，你不只是女神偶像的山，你是一種溫暖，一種信念，一種感化的力量！

汽車終於無情地拉遠了我們與羞女之間的距離。望着那漸漸遠去了的、在暖紅霞暉裡依然十分真切的羞女，我的心底裡突然輕輕地冒出一句：

「你醒來吧，羞女！」

我與地壇

史鐵生

史鐵生（1951—　），河北涿縣人。作家。著有小說《我那遙遠的清平灣》，散文集《自言自語》等。

一

我在好幾篇小說中都提到過一座廢棄的古園，實際就是地壇。許多年前旅遊業還沒有開展，園子荒蕪冷落得如同一片野地，很少被人記起。

地壇離我家很近。或者說我家離地壇很近。總之，只好認為這是緣份。地壇在我出生前四百多年就坐落在那兒了，而自從我的祖母年輕時帶着我父親來到北京，就一直住在離它不遠的地方——五十多年間搬過幾次家，可搬來搬去總是在它周圍，而且是越搬離它越近了。我常覺得這中間有着宿命的味道：彷彿這古園就是為了等我，而歷盡滄桑在那兒等待了四百多年。

它等待我出生，然後又等待我活到最狂妄的年齡上忽地殘廢了雙腿。四百多年裡，它一面剝蝕了古殿檐頭浮誇的琉璃，淡褪了門壁上炫耀的朱紅，坍圮了一段段高牆又散落了玉砌雕欄，祭壇四周的老柏樹愈見蒼幽，到處的野草荒藤也都茂盛得自在坦蕩。這時候想必我是該來了。十五年前的一個下午，我搖着輪椅進入園中，它為一個失魂落魄的人把一切都準備好了。那時，太陽循着亙古不變的路途正越來越大，也越紅。在滿園瀰漫的沉靜光芒中，一個人更容易看到時間，並看見自己的身影。

自從那個下午我無意中進了這園子，就再沒長久地離開過它。我一下子就理解了它的意圖。正如我在一篇小說中所說的：「在人口密聚的城市裡，有這樣一個寧靜的去處，像是上帝的苦心安排。」

兩條腿殘廢後的最初幾年，我找不到工作，找不到去路，忽然間幾乎甚麼都找不到了，我就搖了輪椅總是到它那兒去，僅為着那兒是可以逃避一個世界的另一個世界。我在那篇小說中寫道：「沒處可去我便一天到晚耗在這園子裡。跟上班下班一樣，別人去上班我就搖了輪椅到這兒來。」「園子無人看管，上下班時間有些抄近路的人們從園中穿過，園子裡活躍一陣，過後便沉寂下來。」「園牆在金晃晃的空氣中斜切下一溜蔭涼，我把輪椅開進去，把椅背放倒，坐着或是躺着，看書或者想事，撅一杈樹枝左右拍打，驅趕那些和我一樣不明白為甚麼要來這世上的小昆蟲。」「蜂兒如一朵小霧穩穩地停在半空；螞蟻搖頭晃腦捋着觸鬚，猛然間想透了甚麼，轉身疾行而去；瓢蟲爬得不耐煩了，累了祈禱一回便支開翅膀，忽悠一下升空了；樹幹上留着一隻蟬蛻，寂寞如一間空屋；露水在草葉上滾動，聚集，壓彎了草葉轟然墜地摔開萬道金光。」「滿園子都是草木競相生長弄出的響動，窸窸窣窣窸窸窣窣片刻不息。」這都是真實的記錄，園子荒蕪但並不衰敗。

除去幾座殿堂我無法進去，除去那座祭壇我不能上去而只能從各個角度張望它，地壇的每一棵樹下我都去過，差不多它的每一米草地上都有過我的車輪印。無論是甚麼季節，甚麼天氣，甚麼時間，我都在這園子裡呆過。有時候呆一會兒就回家，有時候就呆到滿地上都亮起月光。記不清都是在它的哪些角落裡了，我一連幾小時專心致志地想關於死的事，也以同樣的耐心和方式想過我為甚麼要出生。這樣想了好幾年，最後事情終於弄明白了：一個人，出生了，這就不再是一個可以辯論的問題，而只是上帝交給他的一個事實；上帝在交給我們這件事實的時候，已經順便保證了它的結果，所以死是一件不必急於求成的事，死是一個必然會降臨的節日。這樣想過之後我安心多了，眼前的一切不再那麼可怕。比如你起早熬夜準備考試的時候，忽然想起有一個長長的假期在前面等待你，你會不會覺得輕鬆一點？並且慶幸並且感激這樣的安排？

剩下的就是怎樣活的問題了。這卻不是在某一個瞬間就能完全想透的，不是能夠一次性解決的事，怕是活多久就要想它多久了，就像是伴你終生的魔鬼或戀人。所以，十五年了，我還是總得到那古園裡去，去它的老樹下或荒草邊或頹牆旁，去默坐，去呆想，去推開耳邊的嘈雜理一理紛亂的思緒，去窺看自己的心魂。十五年中，這古園的形體被不能理解它的人肆意雕琢，幸好有些東西是任誰也不能改變它的。譬如祭壇石門中的落日，寂靜的光輝平鋪的一刻，地上的每一個坎坷都被映照得燦爛；譬如在園中最為落寞的時間，一群雨燕便出來高歌，把天地都叫喊得蒼涼；譬如冬天雪地上孩子的腳印，總讓人猜想他們是誰，曾在哪兒做過些甚麼，然後又都到哪兒去了；譬如那些蒼黑的古柏，你憂鬱的時候它們鎮靜地站在那兒，你欣喜的時候它們依然鎮靜地站在那兒，它們沒日沒夜地站在那兒從你沒有出生一直站到這個世界上又沒了你的時候；譬如暴雨驟臨園中，激起一陣陣灼烈而清純的草木和泥土的氣味，讓人想起無數個夏天的事件；譬如秋風忽至，再有一場早霜，落葉或飄搖歌舞或坦然安臥，滿園中播散着熨帖而微苦的味道。味道是最說不清楚的，味道不能寫只能聞，要你身臨其境去聞才能明了。味道甚至是難於記憶的，只有你又聞到它你才能記起它的全部情感和意蘊。所以我常常要到那園子裡去。

二

現在我才想到，當年我總是獨自跑到地壇去，曾經給母親出了一個怎樣的難題。

她不是那種光會疼愛兒子而不懂得理解兒子的母親。她知道我心裡的苦悶，知道不該阻止我出去走走，知道我要是老呆在家裡結果會更糟，但她又擔心我一個人在那荒僻的園子裡整天都想些甚麼。我那時脾氣壞到極點，經常是發了瘋一樣地離開家，從那園子裡回來又中了魔似的甚麼話都不說。母親知道有些事不宜問，便猶猶豫豫地想問而終於不敢問，因為她自己心裡也沒有答案。她料想我不會願意她跟我一同去，所以她從未這樣要求過，她知道得給我一點獨處的時間，得有這樣一段過程。她只是不知道這過程得要多久，和這過程的盡頭究竟是甚麼。每次我要動身時，她便無言地幫我準備，幫助我上了輪椅車，看着我搖車拐出小院；這以後她會怎樣，當年我不曾想過。

有一回我搖車出了小院，想起一件甚麼事又返身回來，看見母親仍站在原地，還是送我走時的姿勢，望着我拐出小院去的那處牆角，對我的回來竟一時沒有反應。待她再次送我出門的時候，她說：「出去活動活動，去地壇看看書，我說這挺好。」許多年以後我才漸漸聽出，母親這話實際上是自我安慰，是暗自的禱告，是給我的提示，是懇求與囑咐。只是在她猝然去世之後，我才有餘暇設想，當我不在家裡的那些漫長的時間，她是怎樣心神不定坐臥難寧，兼着痛苦與驚恐與一個母親最低限度的祈求。現在我可以斷定，以她的聰慧和堅忍，在那些空落的白天後的黑夜，在那不眠的黑夜後的白天，她思來想去最後準是對自己說：「反正我不能不讓他出去，未來的日子是他自己的，如果他真的要在那園子裡出了甚麼事，這苦難也只好我來承擔。」在那段日子裡——那是好幾年長的一段日子，我想我一定使母親作過了最壞的準備了，但她從來沒有對我說過：「你為我想想。」事實上我也真的沒為她想過。那時她的兒子還太年輕，還來不及為母親想，他被命運擊昏了頭，一心以為自己是世上最不幸的一個，不知道兒子的不幸在母親那兒總是要加倍的。她有一個長到二十歲上忽然截癱了的兒子，這是她唯一的兒子；她情願截癱的是自己而不是兒子，可這事無法代替；她想，只要兒子能活下去哪怕自己去死呢也行，可她又確信一個人不能僅僅是活着，兒子得有一條路走向自己的幸福；而這條路呢，沒有誰能保證她的兒子終於能找到。——這樣一個母親，注定是活得最苦的母親。

有一次與一個作家朋友聊天，我問他學寫作的最初動機是甚麼？他想了一會說：「為我母親。為了讓她驕傲。」我心裡一驚，良久無言。回想自己最初寫小說的動機，雖不似這位朋友的那般單純，但如他一樣的願望我也有，且一經細想，發現這願望也在全部動機中佔了很大比重。這位朋友說：「我的動機太低俗了吧？」我光是搖頭，心想低俗並不見得低俗，只怕是這願望過於天真了。他又說：「我那時真就是想出名，出了名讓別人羨慕我母親。」我想，他比我坦率。我想，他又比我幸福，因為他的母親還活着。而且我想，他的母親也比我的母親運氣好，他的母親沒有一個雙腿殘廢的兒子，否則事情就不這麼簡單。

在我的頭一篇小說發表的時候，在我的小說第一次獲獎的那些日子裡，我真是多麼希望我的母親還活着。我便又不能在家裡呆了，又整天整天獨自跑到地壇去，心裡是沒頭沒尾的沉鬱和哀怨，走遍整個園子卻怎麼也想不通：母親為甚麼就不能再多活兩年？為甚麼在她兒子就快要碰撞開一條路的時候，她卻忽然熬不住了？莫非她來此世上只是為了替兒子擔憂，卻不該分享我的一點點快樂？她匆匆離我去時才只有四十九呀！有那麼一會兒，我甚至對世界對上帝充滿了仇恨和厭惡。後來我在一篇題為《合歡樹》的文章中寫道：「我坐在小公園安靜的樹林裡，閉上眼睛，想，上帝為甚麼早早地召母親回去呢？很久很久，迷迷糊糊的我聽見了回答：『她心裡太苦了，上帝看她受不住了，就召她回去。』我似乎得了一點安慰，睜開眼睛，看見風正從樹林裡穿過。」小公園，指的也是地壇。

只是到了這時候，紛紜的往事才在我眼前幻現得清晰，母親的苦難與偉大才在我心中滲透得深徹。上帝的考慮，也許是對的。

搖着輪椅在園中慢慢走，又是霧罩的清晨，又是驕陽高懸的白晝，我只想着一件事：母親已經不在了。在老柏樹旁停下，在草地上在頹牆邊停下，又是處處蟲鳴的午後，又是鳥兒歸巢的傍晚，我心裡只默唸着一句話：可是母親已經不在了。把椅背放倒，躺下，似睡非睡挨到日沒，坐起來，心神恍惚，呆呆地直坐到古祭壇上落滿黑暗然後再漸漸浮起月光，心裡才有點明白，母親不能再來這園中找我了。

曾有過好多回，我在這園子裡呆得太久了，母親就來找我。她來找我又不想讓我發覺，只要見我還好好地在這園子裡，她就悄悄轉身回去，我看見過幾次她的背影。我也看見過幾回她四處張望的情景，她視力不好，端着眼鏡像在尋找海上的一條船，她沒看見我時我已經看見她了，待我看見她也看見我了我就不去看她，過一會兒我再抬頭看她就又看見她緩緩離去的背影。我單是無法知道有多少回她沒有找到我。有一回我坐在矮樹叢中，樹叢很密，我看見她沒有找到我；她一個人在園子裡走，走過我的身旁，走過我經常呆的一些地方，步履茫然又急迫。我不知道她已經找了多久還要找多久，我不知道為甚麼我決意不喊她——但這絕不是小時候的捉迷藏，這也許是出於長大了的男孩子的倔強或羞澀？但這倔只留給我痛悔，絲毫也沒有驕傲。我真想告誡所有長大了的男孩子，千萬不要跟母親來這套倔強，羞澀就更不必，我已經懂了可我已經來不及了。

兒子想使母親驕傲，這心情畢竟是太真實了，以致使「想出名」這一聲名狼藉的念頭也多少改變了一點形象。這是個複雜的問題，且不去管它了罷。隨着小說獲獎的激動逐日暗淡，我開始相信，至少有一點我是想錯了：我用紙筆在報刊上碰撞開的一條路，並不就是母親盼望我找到的那條路。年年月月我都到這園子裡來，年年月月我都要想，母親盼望我找到的那條路到底是甚麼。母親生前沒給我留下過甚麼雋永的哲言，或要我恪守的教誨，只是在她去世之後，她艱難的命運，堅忍的意志和毫不張揚的愛，隨光陰流轉，在我的印象中愈加鮮明深刻。

有一年，十月的風又翻動起安詳的落葉，我在園中讀書，聽見兩個散步的老人說：「沒想到這園子有這麼大。」我放下書，想，這麼大一座園子，要在其中找到她的兒子，母親走過了多少焦灼的路。多年來我頭一次意識到，這園中不單是處處都有過我的車轍，有過我的車轍的地方也都有過母親的腳印。

三

如果以一天中的時間來對應四季，當然春天是早晨，夏天是中午，秋天是黃昏，冬天是夜晚。如果以樂器來對應四季，我想春天應該是小號，夏天是定音鼓，秋天是大提琴，冬天是圓號和長笛。要是以這園子裡的聲響來對應四季呢？那麼，春天是祭壇上空漂浮着的鴿子的哨音，夏天是冗長的蟬歌和楊樹葉子嘩啦啦地對蟬歌的取笑，秋天是古殿檐頭的風鈴響，冬天是啄木鳥隨意而空曠的啄木聲。以園中的景物對應四季，春天是一徑時而蒼白時而黑潤的小路，時而明朗時而陰晦的天上搖蕩着串串楊花；夏天是一條條耀眼而灼人的石凳，或陰涼而爬滿了青苔的石階，階下有果皮，階上有半張被坐皺的報紙；秋天是一座青銅的大鐘，在園子的西北角上曾丟棄着一座很大的銅鐘，銅鐘與這園子一般年紀，渾身掛滿綠鏽，文字已不清晰；冬天，是林中空地上幾隻羽毛蓬鬆的老麻雀。以心緒對應四季呢？春天是臥病的季節，否則人們不易發覺春天的殘忍與渴望；夏天，情人們應該在這個季節裡失戀，不然就似乎對不起愛情；秋天是從外面買一棵盆花回家的時候，把花擱在闊別了的家中，並且打開窗戶把陽光也放進屋裡，慢慢回憶慢慢整理一些發過霉的東西；冬天伴着火爐和書，一遍遍堅定不死的決心，寫一些並不發出的信。還可以用藝術形式對應四季，這樣春天就是一幅畫，夏天是一部長篇小說，秋天是一首短歌或詩，冬天是一群雕塑。以夢呢？以夢對應四季呢？春天是樹尖上的呼喊，夏天是呼喊中的細雨，秋天是細雨中的土地，冬天是乾淨的土地上的一隻孤零的煙斗。

因為這園子，我常感恩於自己的命運。

我甚至現在就能清楚地看見，一旦有一天我不得不長久地離開它，我會怎樣想念它，我會怎樣想念它並且夢見它，我會怎樣因為不敢想念它而夢也夢不到它。

四

現在讓我想想，十五年中堅持到這園子來的人都是誰呢？好像只剩了我和一對老人。

十五年前，這對老人還只能算是中年夫婦，我則貨真價實還是個青年。他們總是在薄暮時分來園中散步，我不大弄得清他們是從哪邊的園門進來，一般來說他們是逆時針繞這園子走。男人個子很高，肩寬腿長，走起路來目不斜視，胯以上直至脖頸挺直不動；他的妻子攀了他一條胳膊走，也不能使他的上身稍有鬆懈。女人個子卻矮，也不算漂亮，我無端地相信她必出身於家道中衰的名門富族。她攀在丈夫胳膊上像個嬌弱的孩子，她向四周觀望似總含着恐懼，她輕聲與丈夫談話，見有人走近就立刻怯怯地收住話頭。我有時因為他們而想起冉阿讓與柯賽特，但這想法並不鞏固，他們一望即知是老夫老妻。兩個人的穿着都算得上考究，但由於時代的演進，他們的服飾又可以稱為古樸了。他們和我一樣，到這園子裡來幾乎是風雨無阻，不過他們比我守時。我甚麼時間都可能來，他們則一定是在暮色初臨的時候。颳風時他們穿了米色風衣，下雨時他們打了黑色的雨傘，夏天他們的襯衫是白色的褲子是黑色的或米色的，冬天他們的呢子大衣又都是黑色的，想必他們只喜歡這三種顏色。他們逆時針繞這園子一周，然後離去。他們走過我身旁時只有男人的腳步響，女人像是貼在高大的丈夫身上跟着漂移。我相信他們一定對我有印象，但是我們沒有說過話，我們互相都沒有想要接近的表示。十五年中，他們或許注意到一個小伙子進入了中年，我則看着一對令人羨慕的中年情侶不覺中成了兩個老人。

曾有過一個熱愛唱歌的小伙子，他也是每天都到這園中來，來唱歌，唱了好多年，後來不見了。他的年紀與我相仿，他多半是早晨來，唱半小時或整整唱一個上午，估計在另外的時間裡他還得上班。我們經常在祭壇東側的小路上相遇，我知道他是到東南角的高牆下去唱歌，他一定猜想我去東北角的樹林裡做甚麼。我找到我的地方，抽幾口煙，便聽見他謹慎地整理歌喉了。他反反覆覆唱那麼幾首歌。「文化革命」沒過去的時候，他唱「藍藍的天上白雲飄，白雲下面馬兒跑……」我老也記不住這歌的名字。文革後，他唱《貨郎與小姐》中那首最為流傳的詠嘆調。「賣布——賣布嘞，賣布——賣布嘞！」我記得這開頭的一句他唱得很有聲勢，在早晨清澈的空氣中，貨郎跑遍園中的每一個角落去恭維小姐。「我交了好運氣，我交了好運氣，我為幸福唱歌曲……」然後他就一遍一遍地唱，不讓貨郎的激情稍減。依我聽來，他的技術不算精到，在關鍵的地方常出差錯，但他的嗓子是相當不壞的，而且唱一個上午也聽不出一點疲憊。太陽也不疲憊，把大樹的影子縮小成一團，把疏忽大意的蚯蚓曬乾在小路上。將近中午，我們又在祭壇東側相遇，他看一看我，我看一看他，他往北去，我往南去。日子久了，我感到我們都有結識的願望，但似乎都不知如何開口，於是互相注視一下終又都移開目光擦身而過；這樣的次數一多，便更不知如何開口了。終於有一天——一個絲毫沒有特點的日子，我們互相點了一下頭。他說：「你好。」我說：「你好。」他說：「回去啦？」我說：「是，你呢？」他說：「我也該回去了。」我們都放慢腳步（其實我是放慢車速），想再多說幾句，但仍然是不知從何說起，這樣我們就都走過了對方，又都扭轉身子面向對方。他說：「那就再見吧。」我說：「好，再見。」便互相笑笑各走各的路了。但是我們沒有再見，那以後，園中再沒了他的歌聲，我才想到，那天他或許是有意與我道別的，也許他考上了哪家專業的文工團或歌舞團了吧？真希望他如他歌裡所唱的那樣，交了好運氣。

還有一些人，我還能想起一些常到這園子裡來的人。有一個老頭，算得一個真正的飲者；他在腰間掛一個扁瓷瓶，瓶裡當然裝滿了酒，常來這園中消磨午後的時光。他在園中四處遊逛，如果你不注意你會以為園中有好幾個這樣的老頭，等你看過了他卓爾不群的飲酒情狀，你就會相信這是個獨一無二的老頭。他的衣着過分隨便，走路的姿態也不慎重，走上五六十米路便選定一處地方，一隻腳踏在石凳上或土埂上或樹墩上，解下腰間的酒瓶，解酒瓶的當兒眯起眼睛把一百八十度視角內的景物細細看一遭，然後以迅雷不及掩耳之勢倒一大口酒入肚，把酒瓶搖一搖再掛向腰間，平心靜氣地想一會兒甚麼，便走下一個五六十米去。還有一個捕鳥的漢子，那歲月園中人少，鳥卻多，他在西北角的樹叢中拉一張網，鳥撞在上面，羽毛戧在網眼裡便不能自拔。他單等一種過去很多而現在非常罕見的鳥，其它的鳥撞在網上他就把它們摘下來放掉，他說已經有好多年沒等到那種罕見的鳥了，他說他再等一年看看到底還有沒有那種鳥，結果他又等了好多年。早晨和傍晚，在這園子裡可以看見一個中年女工程師，早晨她從北向南穿過這園子去上班，傍晚她從南向北穿過這園子回家。事實上我並不了解她的職業或者學歷，但我以為她必是學理工的知識分子，別樣的人很難有她那般的素樸並優雅。當她在園子穿行的時刻，四周的樹林也彷佛更加幽靜，清淡的日光中竟似有悠遠的琴聲，比如說是那曲《獻給艾麗絲》才好。我沒有見過她的丈夫，沒有見過那個幸運的男人是甚麼樣子，我想像過卻想像不出，後來忽然懂了想像不出才好，那個男人最好不要出現。她走出北門回家去，我竟有點擔心，擔心她會落入廚房，不過，也許她在廚房裡勞作的情景更有另外的美吧，當然不能再是《獻給艾麗絲》，是個甚麼曲子呢？還有一個人，是我的朋友，他是個最有天賦的長跑家，但他被埋沒了。他因為在文革中出言不慎而坐了幾年牢，出來後好不容易找了個拉板車的工作，樣樣待遇都不能與別人平等，苦悶極了便練習長跑。那時他總來這園子裡跑，我用手錶為他計時，他每跑一圈向我招一下手，我就記下一個時間。每次他要環繞這園子跑二十圈，大約兩萬米。他盼望以他的長跑成績來獲得政治上真正的解放，他以為記者的鏡頭和文字可以幫他做到這一點。第一年他在春節環城賽上跑了第十五名，他看見前十名的照片都掛在了長安街的新聞櫥窗裡，於是有了信心。第二年他跑了第四名，可是新聞櫥窗裡只掛了前三名的照片，他沒灰心。第三年他跑了第七名，櫥窗裡掛前六名的照片，他有點怨自己。第四年他跑了第三名，櫥窗裡卻只掛了第一名的照片。第五年他跑了第一名——他幾乎絕望了，櫥窗裡只有一幅環城賽群眾場面的照片。那些年我們倆常一起在這園子裡呆到天黑，開懷痛罵，罵完沉默着回家，分手時再互相叮囑：先別去死，再試着活一活看。現在他已經不跑了，年歲太大了，跑不了那麼快了。最後一次參加環城賽，他以三十八歲之齡又得了第一名並破了紀錄，有一位專業隊的教練對他說：「我要是十年前發現你就好了。」他苦笑一下甚麼也沒說，只在傍晚又來這園中找到我，把這事平靜地向我敘說一遍。不見他已有好幾年了，現在他和妻子和兒子住在很遠的地方。

這些人現在都不到園子裡來了，園子裡差不多完全換了一批新人。十五年前的舊人，現在就剩我和那對老夫老妻了。有那麼一段時間，這老夫老妻中的一個也忽然不來，薄暮時分唯男人獨自來散步，步態也明顯遲緩了許多，我懸心了很久，怕是那女人出了甚麼事。幸好過了一個冬天那女人又來了，兩個人仍是逆時針繞着園子走，一長一短兩個身影恰似鐘錶的兩支指針；女人的頭髮白了許多，但依舊攀着丈夫的胳膊走得像個孩子。「攀」這個字用得不恰當了，或許可以用「攙」吧，不知有沒有兼具這兩個意思的字。

五

我也沒有忘記一個孩子——一個漂亮而不幸的小姑娘。十五年前的那個下午，我第一次到這園子裡來就看見了她，那時她大約三歲，蹲在齋宮西邊的小路上撿樹上掉落的「小燈籠」。那兒有幾棵大欒樹，春天開一簇簇細小而稠密的黃花，花落了便結出無數如同三片葉子合抱的小燈籠，小燈籠先是綠色，繼而轉白，再變黃，成熟了掉落得滿地都是。小燈籠精巧得令人愛惜，成年人也不免撿了一個還要撿一個。小姑娘咿咿呀呀地跟自己說着話，一邊撿小燈籠；她的嗓音很好，不是她那個年齡所常有的那般尖細，而是很圓潤甚或是厚重，也許是因為那個下午園子裡太安靜了。我奇怪這麼小的孩子怎麼一個人跑來這園子裡？我問她住在哪兒？她隨指一下，就喊她的哥哥，沿牆根一帶的茂草之中便站起一個七八歲的男孩，朝我望望，看我不像壞人便對他的妹妹說：「我在這兒呢，」又伏下身去，他在捉甚麼蟲子。他捉到螳螂，螞蚱，知了和蜻蜓，來取悅他的妹妹。有那麼兩三年，我經常在那幾棵大欒樹下見到他們，兄妹倆總是在一起玩，玩得和睦融洽，都漸漸長大了些。之後有很多年沒見到他們。我想他們都在學校裡吧，小姑娘也到了上學的年齡，必是告別了孩提時光，沒有很多機會來這兒玩了。這事很正常，沒理由太擱在心上，若不是有一年我又在園中見到他們，肯定就會慢慢把他們忘記。

那是個禮拜日的上午。那是個晴朗而令人心碎的上午，時隔多年，我竟發現那個漂亮的小姑娘原來是個弱智的孩子。我搖着車到那幾棵大欒樹下去，恰又是遍地落滿了小燈籠的季節；當時我正為一篇小說的結尾所苦，既不知為甚麼要給它那樣一個結尾，又不知何以忽然不想讓它有那樣一個結尾，於是從家裡跑出來，想依靠着園中的鎮靜，看看是否應該把那篇小說放棄。我剛剛把車停下，就見前面不遠處有幾個人在戲耍一個少女，作出怪樣子來嚇她，又喊又笑地追逐她攔截她，少女在幾棵大樹間驚惶地東跑西躲，卻不鬆手揪捲在懷裡的裙裾，兩條腿袒露着也似毫無察覺。我看出少女的智力是有些缺陷，卻還沒看出她是誰。我正要驅車上前為少女解圍，就見遠處飛快地騎車來了個小伙子，於是那幾個戲耍少女的傢伙望風而逃。小伙子把自行車支在少女近旁，怒目望着那幾個四散逃竄的傢伙，一聲不吭喘着粗氣，臉色如暴雨前的天空一樣一會兒比一會兒蒼白。這時我認出了他們，小伙子和少女就是當年那對小兄妹。我幾乎是在心裡驚叫了一聲，或者是哀號。世上的事常常使上帝的居心變得可疑。小伙子向他的妹妹走去。少女鬆開了手，裙裾隨之垂落了下來，很多很多她撿的小燈籠便灑落了一地，鋪散在她腳下。她仍然算得漂亮，但雙眸遲滯沒有光彩。她呆呆地望那群跑散的傢伙，望着極目之處的空寂，憑她的智力絕不可能把這個世界想明白吧？大樹下，破碎的陽光星星點點，風把遍地的小燈籠吹得滾動，彷彿喑啞地響着無數小鈴鐺。哥哥把妹妹扶上自行車後座，帶着她無言地回家去了。

無言是對的。要是上帝把漂亮和弱智這兩樣東西都給了這個小姑娘，就只有無言和回家去是對的。

誰又能把這世界想個明白呢？世上的很多事是不堪說的。你可以抱怨上帝何以要降諸多苦難給這人間，你也可以為消滅種種苦難而奮鬥，並為此享有崇高與驕傲，但只要你再多想一步你就會墜入深深的迷茫了：假如世界上沒有了苦難，世界還能夠存在麼？要是沒有愚鈍，機智還有甚麼光榮呢？要是沒了醜陋，漂亮又怎麼維係自己的幸運？要是沒有了惡劣和卑下，善良與高尚又將如何界定自己又如何成為美德呢？要是沒有了殘疾，健全會否因其司空見慣而變得膩煩和乏味呢？我常夢想着在人間徹底消滅殘疾，但可以相信，那時將由患病者代替殘疾人去承擔同樣的苦難。如果能夠把疾病也全數消滅，那麼這份苦難又將由（比如說）相貌醜陋的人去承擔了。就算我們連醜陋，連愚昧和卑鄙和一切我們所不喜歡的事物和行為，也都可以統統消滅掉，所有的人都一樣健康、漂亮、聰慧、高尚，結果會怎樣呢？怕是人間的劇目就全要收場了，一個失去差別的世界將是一條死水，是一塊沒有感覺沒有肥力的沙漠。

看來差別永遠是要有的。看來就只好接受苦難——人類的全部劇目需要它，存在的本身需要它。看來上帝又一次對了。

於是就有一個最令人絕望的結論等在這裡：由誰去充任那些苦難的角色？又有誰去體現這世間的幸福、驕傲和快樂？只好聽憑偶然，是沒有道理好講的。

就命運而言，休論公道。

那麼，一切不幸命運的救贖之路在哪裡呢？

設若智慧或悟性可以引領我們去找到救贖之路，難道所有的人都能夠獲得這樣的智慧和悟性嗎？

我常以為是醜女造就了美人。我常以為是愚氓舉出了智者。我常以為是懦夫襯照了英雄。我常以為是眾生度化了佛祖。

六

設若有一位園神，他一定早已注意到了，這麼多年我在這園裡坐着，有時候是輕鬆快樂的，有時候是沉鬱苦悶的，有時候優哉遊哉，有時候恓惶落寞，有時候平靜而且自信，有時候又軟弱，又迷茫。其實總共只有三個問題交替着來騷擾我，來陪伴我。第一個是要不要去死？第二個是為甚麼活？第三個，我幹嘛要寫作？

現在讓我看看，它們迄今都是怎樣編織在一起的吧。

你說，你看穿了死是一件無需乎着急去做的事，是一件無論怎樣耽擱也不會錯過的事，便決定活下去試試？是的，至少這是很關鍵的因素。為甚麼要活下去試試呢？好像僅僅是因為不甘心，機會難得，不試白不試，腿反正是完了，一切彷彿都要完了，但死神很守信用，試一試不會額外再有甚麼損失。說不定倒有額外的好處呢是不是？我說過，這一來我輕鬆多了，自由多了。為甚麼要寫作呢？作家是兩個被人看重的字，這誰都知道。為了讓那個躲在園子深處坐輪椅的人，有朝一日在別人眼裡也稍微有點光彩，在眾人眼裡也能有個位置，哪怕那時再去死呢也就多少說得過去了。開始的時候就是這樣想，這不用保密，這些現在不用保密了。

我帶着本子和筆，到園中找一個最不為人打擾的角落，偷偷地寫。那個愛唱歌的小伙子在不遠的地方一直唱。要是有人走過來，我就把本子合上把筆叼在嘴裡。我怕寫不成反落得尷尬。我很要面子。可是你寫成了，而且發表了。人家說我寫的還不壞，他們甚至說：真沒想到你寫得這麼好。我心說你們沒想到的事還多着呢。我確實有整整一宿高興得沒合眼。我很想讓那個唱歌的小伙子知道，因為他的歌也畢竟是唱得不錯。我告訴我的長跑家朋友的時候，那個中年女工程師正優雅地在園中穿行；長跑家很激動，他說好吧，我玩命跑，你玩命寫。這一來你中了魔了，整天都在想哪一件事可以寫，哪一個人可以讓你寫成小說。是中了魔了，我走到哪兒想到哪兒，在人山人海裡只尋找小說，要是有一小說試劑就好了，見人就滴兩滴看他是不是一篇小說，要是有一種小說顯影液就好了，把它潑滿全世界看看都是哪兒有小說，中了魔了，那時我完全是為了寫作活着。結果你又發表了幾篇，並且出了一點小名，可這時你越來越感到恐慌。我忽然覺得自己活得像個人質，剛剛有點像個人了卻又過了頭，像個人質，被一個甚麼陰謀抓了來當人質，不定哪天被處決，不定哪天就完蛋。你擔心要不了多久你就會文思枯竭，那樣你就又完了。憑甚麼我總能寫出小說來呢？憑甚麼那些適合作小說的生活素材就總能送到一個截癱者跟前來呢？人家滿世界跑都有枯竭的危險，而我坐在這園子裡憑甚麼可以一篇接一篇地寫呢？你又想到死了。我想見好就收吧。當一名人質實在是太累了太緊張了，太朝不保夕了。我為寫作而活下來，要是寫作到底不是我應該幹的事，我想我再活下去是不是太冒傻氣了？你這麼想着你卻還在絞盡腦汁地想寫。我好歹又擰出點水來，從一條快要曬乾的毛巾上。恐慌日甚一日，隨時可能完蛋的感覺比完蛋本身可怕多了，所謂不怕賊偷就怕賊惦記，我想人不如死了好，不如不出生的好，不如壓根兒沒有這個世界的好。可你並沒有去死。我又想到那是一件不必着急的事。可是不必着急的事並不證明是一件必要拖延的事呀？你總是決定活下來，這說明甚麼？是的，我還是想活。人為甚麼活着？因為人想活着，說到底是這麼回事，人真正的名字叫作：慾望。可我不怕死，有時候我真的不怕死。有時候，——說對了。不怕死和想去死是兩回事，有時候不怕死的人是有的，一生下來就不怕死的人是沒有的。我有時候倒是怕活。不是怕活不等於不想活呀？可我為甚麼還想活呢？因為你還想得到點甚麼，你覺得你還是可以得到點甚麼的，比如說愛情，比如說，價值感之類，人真正的名字叫慾望。這不對嗎？我不該得到點甚麼嗎？沒說不該。可我為甚麼活得恐慌，就像個人質？後來你明白了，你明白你錯了，活着不是為了寫作，而寫作是為了活着。你明白了這一點是在一個挺滑稽的時刻。那天你又說你不如死了好，你的一個朋友勸你：你不能死，你還得寫呢，還有好多好作品等着你去寫呢。這時候你忽然明白了，你說：只是因為我活着，我才不得不寫作。或者說只是因為你還想活下去，你才不得不寫作。是的，這樣說過之後我竟然不那麼恐慌了。就像你看穿了死之後所得的那份輕鬆？一個人質報復一場陰謀的最有效的辦法是把自己殺死。我看出我得先把我殺死在市場上，那樣我就不用參加搶購題材的風潮了。你還寫嗎？還寫。你真的不得不寫嗎？人都忍不住要為生存找一個牢靠的理由。你不擔心你會枯竭了？我不知道，不過我想，活着的問題在死前是完不了的。

這下好了，您不再恐慌了不再是個人質了，您自由了。算了吧你，我怎麼可能自由呢？別忘了人真正的名字是：慾望。所以你得知道，消滅恐慌的最有效的辦法就是消滅慾望。可是我還知道，消滅人性的最有效的辦法也是消滅慾望。那麼，是消滅慾望同時也消滅恐慌呢，還是保留慾望同時也保留人生？

我在這園子裡坐着，我聽見園神告訴我：每一個有激情的演員都難免是一個人質。每一個懂得欣賞的觀眾都巧妙地粉碎了一場陰謀。每一個乏味的演員都是因為他老以為這戲劇與自己無關。每一個倒霉的觀眾都是因為他總是坐得離舞台太近了。

我在這園子裡坐着，園神成年累月地對我說：孩子，這不是別的，這是你的罪孽和福祉。

七

要是有些事我沒說，地壇，你別以為是我忘了，我甚麼也沒忘，但是有些事只適合收藏。不能說，也不能想，卻又不能忘。它們不能變成語言，它們無法變成語言，一旦變成語言就不再是它們了。它們是一片朦朧的溫馨與寂寥，是一片成熟的希望與絕望，它們的領地只有兩處：心與墳墓。比如說郵票，有些是用於寄信的，有些僅僅是為了收藏。

如今我搖着車在這園子裡慢慢走，常常有一種感覺，覺得我一個人跑出來已經玩得太久了。有一天我整理我的舊像冊，看見一張十幾年前我在這園子裡照的照片——那個年輕人坐在輪椅上，背後是一棵老柏樹，再遠處就是那座古祭壇。我便到園子裡去找那棵樹。我按着照片上的背景找很快就找到了它，按着照片上它枝幹的形狀找，肯定那就是它。但是它已經死了，而且在它身上纏繞着一條碗口粗的藤蘿。有一天我在這園子裡碰見一個老太太，她說：「喲，你還在這兒哪？」她問我：「你母親還好嗎？」「您是誰？」「你不記得我，我可記得你。有一回你母親來這兒找你，她問我您看沒看見一個搖輪椅的孩子？……」我忽然覺得，我一個人跑到這世界上來玩真是玩得太久了。有一天夜晚，我獨自坐在祭壇邊的路燈下看書，忽然從那漆黑的祭壇裡傳出一陣陣嗩吶聲；四周都是參天古樹，方形祭壇佔地幾百平米空曠坦蕩獨對蒼天，我看不見那個吹嗩吶的人，唯嗩吶聲在星光寥寥的夜空裡低吟高唱，時而悲愴時而歡快，時而纏綿時而蒼涼，或許這幾個詞都不足以形容它，我清清醒醒地聽出它響在過去，響在現在，響在未來，回旋飄轉亙古不散。

必有一天，我會聽見喊我回去。

那時您可以想像一個孩子，他玩累了可他還沒玩夠呢，心裡好些新奇的念頭甚至等不及到明天。也可以想像是一個老人，無可置疑地走向他的安息地，走得任勞任怨。還可以想像一對熱戀中的情人，互相一次次說「我一刻也不想離開你」，又互相一次次說「時間已經不早了」，時間不早了可我一刻也不想離開你，一刻也不想離開你可時間畢竟是不早了。

我說不好我想不想回去。我說不好是想還是不想，還是無所謂。我說不好我是像那個孩子，還是像那個老人，還是像一個熱戀中的情人。很可能是這樣：我同時是他們三個。我來的時候是個孩子，他有那麼多孩子氣的念頭所以才哭着喊着鬧着要來，他一來一見到這個世界便立刻成了不要命的情人，而對一個情人來說，不管多麼漫長的時光也是稍縱即逝，那時他便明白，每一步每一步，其實一步步都是走在回去的路上。當牽牛花初開的時節，葬禮的號角就已吹響。

但是太陽，他每時每刻都是夕陽也都是旭日。當他熄滅着走下山去收盡蒼涼殘照之際，正是他在另一面燃燒着爬上山巔佈散烈烈朝輝之時。那一天，我也將沉靜着走下山去，扶着我的拐杖。有一天，在某一處山窪裡，勢必會跑上來一個歡蹦的孩子，抱着他的玩具。

當然，那不是我。

但是，那不是我嗎？

宇宙以其不息的慾望將一個歌舞煉為永恆。這慾望有怎樣一個人間的姓名，大可忽略不計。

一九八九年五月十一日

一九九〇年一月七日改

醜石

賈平凹

賈平凹（1952—　），陝西丹鳳人。作家。著有長篇小說《浮躁》、《廢都》，散文集《愛的蹤迹》、《守頑地》等。

我常常遺憾我家門前的那塊醜石呢：它黑黝黝地臥在那裡，牛似的模樣；誰也不知道是甚麼時候留在這裡的，誰也不去理會它。只是麥收時節，門前攤了麥子，奶奶總是要說：這塊醜石，多礙地面喲，多時把它搬走吧。

於是，伯父家蓋房，想以它壘山牆，但苦於它極不規則，沒稜角兒，也沒平面兒；用鏨破開吧，又懶得花那麼大氣力，因為河灘並不甚遠，隨便去掮一塊回來，哪一塊也比它強。房蓋起來，壓鋪台階，伯父也沒有看上它。有一年，來了一個石匠，為我家洗一台石磨，奶奶又說：用這塊醜石吧，省得從遠處搬運。石匠看了看，搖着頭，嫌它石質太細，也不採用。

它不像漢白玉那樣的細膩，可以鑿下刻字雕花，也不像大青石那樣的光滑，可以供來浣紗捶布；它靜靜地臥在那裡，院邊的槐蔭沒有庇覆它，花兒也不再在它身邊生長。荒草便繁衍出來，枝蔓上下，慢慢地，竟鏽上了綠苔、黑斑。我們這些做孩子的，也討厭起它來，曾合夥要搬走它，但力氣又不足；雖時時咒罵它，嫌棄它，也無可奈何，只好任它留在那裡去了。

稍稍能安慰我們的，是在那石上有一個不大不小的坑凹兒，雨天就盛滿了水。常常雨過三天了，地上已經乾燥，那石凹裡水兒還有，雞兒便去那裡喝飲。每每到了十五的夜晚，我們盼那滿月出來，就爬到其上，翹望天邊；

奶奶總是要罵的，害怕我們摔下來。果然那一次就摔了下來，磕破了我的膝蓋呢。

人都罵它是醜石，它真是醜得不能再醜的醜石了。

終有一日，村子裡來了一個天文學家。他在我家門前路過，突然發現了這塊石頭，眼光立即就拉直了。他再沒有走去，就住了下來；以後又來了好些人，說這是一塊隕石，從天上落下來已經有二三百年了，是一件了不起的東西。不久便來了車，小心翼翼地將它運走了。

這使我們都很驚奇！這又怪又醜的石頭，原來是天上的呢！它補過天，在天上發過熱，閃過光，我們的先祖或許仰望過它，它給了他們光明，嚮往，憧憬；而它落下來了，在污土裡，荒草裡，一躺就是幾百年了？！

奶奶說：「真看不出！它那麼不一般，卻怎麼連牆也壘不成，台階也壘不成呢？」

「它是太醜了。」天文學家說。

「真的，是太醜了。」

「可這正是它的美！」天文學家說，「它是以醜為美的。」

「以醜為美？」

「是的，醜到極處，便是美到極處。正因為它不是一般的頑石，當然不能去做牆，做台階，不能去雕刻，捶布。它不是做這些小玩意兒的，所以常常就遭到一般世俗的譏諷。」

奶奶臉紅了，我也臉紅了。

我感到自己的可恥，也感到了醜石的偉大；我甚至怨恨它這麼多年竟會默默地忍受着這一切？而我又立即深深地感到它那種不屈於誤解、寂寞的生存的偉大。

一九八一年

弈人

在中國，十有六七的人識得棋理，隨便於何時何地，偷得一閒，就人列對方，漢楚分界，相士守城保帥，車馬衝鋒陷陣，小小棋盤之上，人皆成為符號，一場廝殺就開始了。

一般人下棋，下下也就罷了，而十有三四者為棋迷。一日不下癮發，二日不下手癢，三日不下肉酒無味，四五日不下則坐臥不寧。所以以單位組織的比賽項目最多，以個人名義邀請的更多。還有最多更多的是以棋會友，夜半三更輾轉不眠，提了棋袋去敲某某門的。於是被訪者披衣而起，挑燈夜戰。若那家婦人賢惠，便可憐得徹夜被當當棋子驚動，被騰騰香煙毒霧燻蒸；若是潑悍角色，弈者就到廚房去，或蹴或趴，一邊落子一邊點煙，有將鬍子燒焦了的，有將煙拿反，火紅的煙頭塞入口裡的。相傳五十年代初，有一對弈者，因言論反動，雙雙劃為右派遣返原籍，自此淪落天涯。二十四年後甲平反回城，得悉乙也平反回城，甲便提了棋袋去乙家拜見，相見就對弈一個通宵。

對弈者也還罷了，最不可理解的是觀弈的，在城市，如北京、上海，何等的大世界，或如偏遠窄小的西寧、拉薩，夜一降臨，街上行人稀少，那路燈桿下必有一攤一攤圍觀下棋的。他們是些有家不歸之人，親善妻子兒女不如親善棋盤棋子，借公家的不掏電費的路燈，借夜晚不扣工資的時間，大擺擂台。圍觀的一律伸長脖子（所以中國長脖子的人多！），雙目圓睜，嘶聲叫嚷着自己的見解。弈者每走一步妙着，銳聲叫好，若一步走壞，懊喪連天，都企圖垂簾聽政。但往往弈者仰頭看看，看見的都是長脖頸上的大喉結，沒有不上下活動的，大小紅嘴白牙，皆在開合，唾沫就亂雨飛濺，於是笑笑，堅不聽從。不聽則罵：臭棋！罵臭棋，弈者不應，大將風範，應者則是別的觀弈人，雙方就各持己見，否定，否定之否定，最後變臉失色，口出穢言，大打出手。西安有一中年人，夜裡孩子有病，婦人讓去醫院開藥，路過棋攤，心裡說：不看不看，腳卻將至，不禁看了一眼，恰棋正走到難處，他就開始指點，但指點不被採納反被觀弈者所譏，雙雙打了起來，口鼻出血。結果，醫院是去了，看病的不是兒子而是他。

在鄉下，農人每每在田裡勞作累了，赤腳出來，就於埂頭對弈。那赫赫紅日當頂，頭上各覆荷葉，殺一盤，甲贏乙輸，乙輸了乙不服，甲贏了欲再贏，這棋就殺得一盤末了又復一盤。家中婦人兒女見爹不歸，以為還在辛勞，提飯罐前去三聲四聲喊不動，婦人說：「吃！」男人說：「能吃個屌！有馬在守着怎麼吃？」孩子們最怕爹下棋，贏了會摟在懷裡用胡楂扎臉，輸了則臉面黑封，動輒擂拳頭。以致流傳一個笑話，說是一孩子在家做作業，解釋「孔子曰……而已」，遂去問爹：「而已是甚麼？」爹下棋正輸了，一揮手說：「你娘的腳！」孩子就在作業本上寫了：「孔子曰……你娘的腳！」

不論城市鄉村，常見有一職業性之人，腰帶上吊一棋袋，白髮長鬚，一臉刁鑽古怪，在某處顯眼地方，擺一殘局。擺殘局者，必是高手。來應戰者，走一步兩步若路數不對，設主便道：「小子，你走吧，別下不了台！」敗走的，自然要在人家的一面白布上留下紅指印，設主就抖着滿是紅指印的白布四處張揚，以顯其威。若來者一步兩步對着路數，設主則一手牽了對方到一旁，說：「師傅教我幾手吧！」兩人進酒鋪坐喝，從此結為摯友。

能與這些設主成摯友的，大致有二種人，一類是小車司機。中國的小車坐的都是官員，官員又不開車，常常開會或會友，一出車門，將車留下，將司機也留下，或許這會開得沒完沒了，或許會友就在友人家用膳，酒醉半天不醒，這司機就一直在車上等着，也便就有了時間潛心讀棋書，看棋局了。一類是退休的幹部。在台上時日子萬般紅火，退休後冷落無比，就從此不飼奸賊貓咪，寵養走狗，喜歡棋道，這棋藝就出奇地長進。

中國號稱禮儀之邦，人們做甚麼事都謙謙相讓，你說他好，他偏說「不行」，但偏有兩處撕去虛偽，露了真相。一是喝酒，皆口言善飲，李太白的「唯有飲者留其名」沒有不記得的，分明醉如爛泥，口裡還說：「我沒有醉……沒醉……」倒在酒桌下了還是：「沒……醉……醉！」另外就是下棋，從來沒有聽過誰說自己棋藝不高，言論某某高手，必是：「他那臭棋簍子唄！」所以老者對少者輸了，會說：「我怎麼去贏小子？」男的輸了女的，是「男不跟女鬥嘛」！找上門的贏了，主人要說：「你是客人嘸！」年齡相仿，地位等同的，那又是：「好漢不贏頭三盤呀！」

象棋屬於國粹，但象棋遠沒圍棋早，圍棋漸漸成為高層次的人的雅事，象棋卻貴賤咸宜，老幼咸宜，這似乎是個謎。圍棋是不分名稱的，棋子就是棋子，一子就是一人，人可左右佔位，圍住就行，象棋有帥有車，有相有卒，等級分明，各有限制。而中國的象棋代代不衰，恐怕是中國人太愛政治的緣故兒吧？他們喜歡自己做將做帥，調車調馬，貴人者，以再一次施展自己的治國平天下的策略，平民者則作一種精神上的享受，以致詞典上有了「眼觀全局，胸有韜略」之句。於是也就常有：「××他能當官，讓我去當，比他有強不差！」中國現在人皆浮躁，劣根全在於此。古時有清談之士，現在也到處有不幹實事、誇誇其談之人，是否是那些古今存在的觀弈人呢？所以善弈者有了經驗：越是觀者多，越不能聽觀者指點；一人是一套路數，或許一人是雕龍大略，三人則主見不一，互相抵消為雕蟲小技了。

雖然人們在棋盤上變相過政治之癮，但中國人畢竟是中國人，他們對實力不如自己的，其勢兇猛，不可一世，故常有「我讓出你兩個馬吧」！「我用半邊兵力殺你吧」！若對方不要施捨，則在勝時偏不一下子致死，故意玩弄，行貓對鼠的伎倆，又或以吃掉對方所有棋子為快，結果棋盤上僅剩下一個帥子，成孤家寡人。而一旦遇着強手，那便「心理壓力太大」，縮手縮腳，舉棋不定，方寸大亂，失了水準。真懷疑中國足球隊的教練和隊員都是會走象棋的。

這樣，弈壇上就經常出現怪異現象：大凡大小領導，在本單位棋藝均高。他們也往往產生錯覺，以為真個「拳打少林，腳踢武當」了。當然便有一些初生牛犢以棋對話，警告頂頭上司，他們的戰法既不用車，也不架砲，專事小卒。小卒雖在本地受重重限制，但硬是衝過河界，勇敢前進，竟直搗對方城池擒了主帥老兒。

×州便有一單位，春天裡開展棋賽，是一英武青年與幾位領導下盲棋。一間廳子，青年坐其中，領導分四方，青年皓齒明眸，同時以進卒向四位對手攻擊，四位領導皆十分艱難，面色由黑變紅變白，搔首抓耳。青年卻一會兒去上廁所，一會兒去倒水沏茶，自己端一杯，又給四位領導各端一杯。冷丁對方叫出一字，他就脱口接應走出一步。結果全勝。這青年這一年當選了單位的人大代表。

草於一九八七年四月九日

馬麗華

馬麗華（1953— ），山東濟南人。女作家。著有散文集《走過西藏》、《追你到高原》等。

渴望苦難

登上別號「小唐古拉」的桃兒九山，視線盡頭就是東西走向的唐古拉大山脈了。那裡雪封霧障、莽莽蒼蒼，在這海拔五千米以上的青藏公路上，面迎恆久的大自然，處於意識的直覺狀態，可以盡興體驗強烈的力度沉雄，體驗巨大的空間感受。

千里唐古拉，綿綿而遙遙，佇立億萬斯年，佔據着如此廣闊的空間，又凝聚和延續了更加漫長的時間。節奏徐緩，韻律悠長，在厚重沉着的固態中，分明又感到了它綿綿而遙遙的流動美。

我就要翻越它，去到曾遭嚴重雪災的多瑪區，追記那裡的人們半年來的遭際和抗爭。此刻，唐古拉頂部及山北的雪，是一九八五年十月間那場百年不遇特大雪災的遺作。

深心裡，我早已的的確確成為藏北人了。多年來，弄不清楚藏北高原以怎樣的魅力，打動了我，誘惑了我，感召着我，使我長久地投以高舉遠慕的嚮往和摯愛。從視野中尋找，從詩思裡尋找，從自己的《在八月》、《九月雪》、《走向羌塘》、《百年雪災》的詩行裡尋找……只是在此時此地，我才恍然悟出了這謎底：那打動我、誘惑我、感召我的魅力是苦難。

——肯定是！

置身於唐古拉山頂，感覺氣溫驟降。雪風並不暴虐，它只是慢條斯理地吹送，耐心地把陳年積雪輕灑在柏油路面。雪融了，雪凍了，路就封了，車就堵了。在我們這個下午，山頂就堵了幾百台車。

唐古拉，藏語。有譯作「平平的高地」的，有譯作「高原之山」的，總之有水漲船高的意思。在藏北，唐古拉的相對高度未見其高，雖然海拔五千六百多米。我們的車在山頂擱淺，就見這高地幾乎一馬平川，上山下山不陡不急。向忙着疏通道路的道班工人打聽，能不能從路側繞過去，那個戴狐皮帽的黑臉膛的年輕人取笑我們：「你要是想把車在這兒擺一年的話，就試試吧。」

其實早知道山谷已被雪填滿了。平平的雪壤之下其深不可測。部隊一個運輸連的大車拋錨在山這邊。幾位大兵司機百無聊賴地閒逛，朝我們的豐田幸災樂禍地打口哨——同是天涯淪落人了，唐古拉山頂經常堵車，慣跑青藏線的人們習以為常。一堵幾天，也會死人，因為缺氧和酷寒。

藏北是充滿了苦難的高地。寸草不生的荒灘戈壁居多。即使草原，牧草也矮小瘦弱得可憐。一冬一春是風季，狂風攪得黃塵鋪天蓋地，小草裸露着根部，甚至被席捲而去。季候風把牧人的日子給風乾了；要是雨水不好，又將是滿目焦土，夏天是黃金季節，貴在美好，更貴在短暫。草場青綠不過一個月，就漸漸黃枯。其間還時有雹災光臨；游牧的人們抗災能力極低。冬季一旦有雪便成災情。舊時代的西藏，逢到雪災就人死畜亡。我在此採訪中聽藏族老人講述得多了。翻閱西藏地方歷史檔案的災異誌，有關雪災的記載也多。那記載是觸目驚心的，常有「無一幸免」、「蕩然無存」字樣。半年前的一場大雪，不是一陣一陣下的，是一層一層鋪的。三天三夜後，雪深達一米。聽說唐古拉一線及藏北地區大約二十五萬平方公里的廣大地域蒙難。不見人間煙火，更像地球南北極。聽說牧人的牛馬大畜四處逃生，群羊啃吃帳篷，十幾種名貴的野生動物，除石羊之外，非死即逃。只是烏鴉和狼高興得發昏，它們叼啄牲畜的眼睛，爭食羊子的屍體……

山那邊的重災多瑪區，正處於哺育了中華民族的偉大母親長江的源頭。彼時，富庶美麗的長江中下游地區的人們，如何知道那大江怎樣從劫難中出發！古往今來，潔白無瑕的冰雪如同美麗的屍衣。纏裹着藏北高原，幾乎在每一個冬季！

藏北高原之美是大美，是壯美；藏北高原的苦難也是大且壯的苦難。

我讀過一本譯著中的一番話：科學成就了一些偉大的改變，但卻沒能改變人生的基本事實。人類未能征服自然，只不過服從了自然，避免了一些可避免的困難。但沒能除絕禍害。地震，颶風，以及類似的大騷動都提醒人們，宇宙還沒有盡入自己的掌握……事實上，人類的苦難何止於天災，還有人禍；何止於人禍，還有個人難以言狀的不幸。尤其是個人不幸，即使在未來高度發達了的理想社會裡，也是忠實地伴隨着人生。啊！

由此，自古而今的仁人志士都常懷憂國憂民之心。中國知識分子從屈原以來盡皆「哀民生之多艱」；中國之外的伯特蘭・羅素也說過，三種單純然而極其強烈的激情支配着他們的一生。他說，那是對愛情的渴望，對知識的尋求，對人類苦難痛徹肺腑的憐憫。他說，愛情和知識把他向上導往天堂，但憐憫又總是把他帶回人間。痛苦的呼喊在他們中反響、回蕩。因為無助於人類，他說他感到痛苦。

而這種痛苦無疑地充實了每個肯於思想、富於感情的人生。這或許也算一種生活於世的動力。

這或許正是對於苦難所具特殊魅力的注解。

在這一九八六年四月末的一天，在唐古拉山的千里雪風中，我感悟了藏北草原之於我的意義，理解了長久以來使我魂牽夢繞的、使我靈魂不得安寧的那種極端的心境和情緒的主旋律就是——渴望苦難。

渴望苦難，就是渴望暴風雪來得更猛烈一些，渴望風雪之路上的九死一生，渴望不幸聯袂而至，病痛蜂擁而來，渴望歷盡磨難的天涯孤旅，渴望艱苦卓絕的愛情經歷，飢寒交迫，生離死別……渴望在貧寒的荒野揮汗如雨，以期收穫五彩斑斕的精神之果，不然就一敗塗地，一落千丈，被誤解，被冷落，被中傷。最後，是渴望轟轟烈烈或是默默無聞的獻身。

我在這一天想到這些，而這一天正是我的日子：在今天我滿三十三周歲。

這個年齡，早過了「為賦新詞強說愁」的年齡了。我的筆下，也早就拒絕了「哀傷」、「痛苦」之類的字眼。我們傾心注目於人類的大苦難。我們有了使命感。幸福未曾使我心醉神迷過，苦難卻常使我警醒。要是有一百次機會讓我選擇，我必將第一百零一次地選擇苦難。

剛從家鄉度假歸來不久。假期中曾有那麼一段是在異乎尋常的安逸中度過的。這一段是精神與時間的空白，差點把我窒息。從此我永不嚮往安逸。見識過無數普通人的生活，勞碌而平靜的生活。感同身受，認為那樣怎能宣洩時常不召自來的激昂跌宕情感！不想重複別人的生活，渴望天馬行空式的與眾不同，在常人軌道之外另闢蹊徑。

在陝南農村，一位已屆老年的農家婦，拉着我的手哭訴說：我想飛，早想飛，想飛呵，可是一輩子也沒飛出這個家院……新春佳節，老人借酒澆愁，未飲先醉。

望着那張皺紋密佈的臉，思考着作為女人的苦難。又慶幸自己飛得很遠，總算遠走高飛。高原十載，每年屬於我們的這一天的所有經歷我都記得：那一年乘一台貨車從川藏公路進藏，到第七天從藏東一鼓作氣趕到拉薩，趕上吃那頓「長壽麵」；又一年是在藏南，自中印邊境騎馬翻過雪山，再趕回澤當鎮的。今年則是在藏北，唐古拉風雪羈旅。

一位學者曾斷言，安寧與自由，誰也無力兼獲二者。我和友人們義無反顧地選擇了後者，寧肯受苦受難。我的友人，與我一起翻越唐古拉的這位同伴，從他那裡我得知苦難不獨為女人所有。他曾經不信服命運，結果他卻非常幸運。只不過他對個人苦難緘默不語，不去喋喋不休地傾訴像女人如我者罷了。我們超乎常人地渴望和追求自由，幻想扶搖長空來一番「逍遙遊」，以展示垂天之翼，不幸又太清醒地意識到畢竟還需棲落於大地，並明確知道對於人類苦難僅有傷感情調很不夠，僅有傷感情調遠不能認識和理解我們的西藏。於是，作為社會人我們只好力所能及地盡着自己那份義務和責任，只在精神世界裡，惠存着作為自然人們的飛翔之夢。

然而我的傷感情調夠多的。我明白時至今日，自己的人格尚未真正完善，因為少年和青年時代在某個既定模式中困窘太久，對於人生的自我意識發蒙甚晚。以至於時至中年的今日，我的人格尚未完善到有信心駕馭自己的命運，對待一切變故也不能堅定不移。對於苦難，我也沒能準確把握它的實質，也許竟至於未能認定何為真正的苦難。就如雪災，我感受到了那種悲凄，盛讚了抗災鬥爭的悲壯，我卻不能深入這一切的內部。倒不如前不久見到的一位藏族青年人（他一定是牧人之子！）所寫的一首有關雪災的詩。他寫的是「窪地的雪可以淹沒一匹馬」的大雪天，「最後的結局就是這樣，大雪那件死神的白披風裡，牧人總是鳥一樣地飛出。並且總唱着自信的歌。」這樣樂觀輕鬆地寫雪災，我寫不來。我也寫不出那樣的詩句：「（牧人）發亮的眼睛是生命之井，永遠不會被堅冰封凍。」此刻，寒氣逼人的唐古拉山頂，火紅的橘黃的深藍的經幡們在瑪尼堆上招搖。這是環境世界的超人力量和神秘的原始宗教遺風的結合，可以理解為高寒地帶人們頑強生存的命運之群舞，實與日月星光同存於世的一種生命意興，具有相當的美學魅力。不是親眼所見，這情景我永遠構思不出。我甚至不如這位同伴。他曾說過寂寞是美，孤獨是美，悲愴是美——由於這句話，我說他是草原哲人——時至今日我終究也未尋求到屬於自己的精神美學。

缺乏苦難，人生將剝落全部光彩，幸福更無從談起。

我們的豐田終於沒能到達山那邊，我在這冰天雪地裡的感悟，卻使靈魂逾越了更為高峻的峰嶺，去俯瞰更為廣闊的非環境世界。心靈在渴望和呼喚苦難，我將有迎接和承受一切的思想準備。而當尋求到了苦難的真實內涵，尋求到了非我莫屬的精神美學，將會怎樣呢？也許終於能夠高踞於人類的全部苦難之上，去真正領受高原的慷慨饋贈，真正享有朗月繁星的高華，杲杲朝日的豐神，山川草野的壯麗。到那時，帳篷也似皇宮，那領受者將如千年帝王。

侏儒記

杜文和

杜文和（1954— ），江蘇揚州人。作家。著有《一指恨》、《牧野津古渡》等。

某居室，有一侏儒，二三尺高矮，平素寡言，淡交往，少與人談笑。即便是與人道個三言兩語，也必是在遙遠處站定，削弱彼此的高矮反差。這侏儒易怒，別人笑他不得。

然而他也有知交，約六七人，一式的侏儒。

六七人昂首闊步於鬧市，引眾人相顧驚愕，他們自己則渾然不覺，端容正色。偶爾也去郊外原野漫遊，唯此時，四顧無人，方顯出少有的活躍，奔跑大樂，彷彿唯有這空寂世界才是他們的。待到返回居里，遂又恢復先前的緘默。

這侏儒精盆栽藝事。一庭院陶盆、瓷盆、土盆，全樹以怪木：榆樁、病梅、偃柏、蟠松、倒杉……

「梅以曲為美，直則無姿，以欹為美，正則無景，以疏為美，密則無態。」古人據此而夭梅、病梅。這侏儒常執剪掌刀，揣度盆中樹木，時不時施以手術，「刪其密，夭其稚枝」，或假以棕絲，束縛蟠紮。

鄰人或曰：「人似老孩子，老孩子調教小老樹。」

這侏儒並不置辯，依舊日日侍弄他的樹。

窮數十年功力，盆景藝事大成。

一矬松，軀高二尺，摩其幹堅韌滑澤，叩之鏘然，披枝橫迤怒走，短針戟指，底根皆骨出。

一虯柏，扭幹作數結，枝一往幾折，盤旋成蔭蓋，皮若黑蟒老鱗。

一偃檜，枝幹委地旁引數尺。

滿庭院盆栽，老、瘦、怪、古，盈縮一隅卻蓄百仞之勢。

忽一日，有老叟過此，側身院中，注視良久，遂自語：「縮龍成寸，蟄伏中暗蘊升空破天氣概，豪氣干雲；彎弓委屈，一身勁勢猶在，雖侏儒而心胸廣。」

這侏儒當即有淚泫然，雙手捧送一盆古柏給那老叟。

女孩子的花

唐敏

唐敏（1955—　），福建人。女作家。著有散文、報告文學多篇。

相傳水仙花是由一對夫妻變化而來的。丈夫名叫金盞，妻子名叫百葉。因此水仙花的花朵有兩種，單瓣的叫金盞，重瓣的叫百葉。

百葉的花瓣有四重，兩重白色的大花瓣中夾着兩重黃色的短花瓣。看過去既單純又複雜，像閩南善於沉默的女子，半低着頭，眼睛向下看的。悲也默默，喜也默默。

金盞由六片白色的花瓣組成一個盤子，上面放一隻黃花瓣團成的酒盞。這花看去一目了然，確有男子乾脆簡單的熱情。特別是酒盞形的花蕊，使人想到死後還不忘飲酒的男人的豪情。

要是他們在變成花朵之前還沒有結成夫妻，百葉的花一定是純白的，金盞也不會有潔白的托盤。世間再也沒有像水仙花這樣體現夫妻互相滲透的花朵了吧？常常想像金盞喝醉了酒來親昵他的妻子百葉，把酒氣染在百葉身上，使她的花朵裡有了黃色的短花瓣。百葉生氣的時候，金盞端着酒杯，想喝而不敢，低聲下氣過來討好百葉。這樣的時候，水仙花散發出極其甜蜜的香味，是人間夫妻和諧的芬芳，瀰漫在迎接新年的家庭裡。

剛剛結婚，有沒有孩子無所謂。只要有一個人出差，另一個就想方設法跟了去。爐子滅掉、大門一鎖，無論到多麼沒意思的地方也是有趣的。到了有朋友的地方就盡興地熱鬧幾天，留下愉快的記憶。沒有負擔的生活，在大地上溜來逛去，被稱作「游擊隊之歌」。每到一地，就去看風景，鑽小巷走大街，襲擊眼睛看得到的風味小吃。

可是，突然地、非常地想要得到唯一的「獨生子女」。

冬天來臨的時候，開始養育水仙花了。

從那一刻起，把水仙花看作是自己孩子的象徵了。

像抽籤那樣，在一堆價格最高的花球裡選了一個。

如果開金盞的花，我將有一個兒子；

如果開百葉的花，我會有一個女兒。

用小刀剖開花球，精心雕刻葉莖。一共有六個花苞。看着包在葉膜裡像胖乎乎嬰兒般的花蕾，心裡好緊張。到底是兒子還是女兒呢？

我希望能開出金盞的花。

從內心深處盼望的是男孩子。

絕不是輕視女孩子，而是無法形容地疼愛女孩子。

愛到根本不忍心讓她來到這個世界。

因為我不能保證她一生幸福，不能使她在短暫的人生中得到最美的愛情。尤其擔心她的身段容貌不美麗而受到輕視，假如她奇醜無比卻偏偏又聰明又善良，那就注定了她的一生將多麼痛苦。

而男孩就不一樣。男人是泥土造的，苦難使他們堅強。

上帝用泥土創造了男人，卻用男人的肋骨造出了女人。肋骨上有新鮮的血和肉，只要輕輕一碰就會痛徹心腸。因此，女子連最微小的傷害也是不能忍受的。

從這個意義來說，女子是一種極其敏銳和精巧的昆蟲。她們的觸角、眼睛、柔軟無骨的軀體，還有那艷麗的翅膀，僅僅是為了感受愛、接受愛和吸引愛而生成的。她們最早預感到災難，又最早在災難的打擊下夭亡。

一天和朋友在咖啡座小飲。這位比我多了近十年閱歷的朋友說：

「男人在愛他喜歡的女人的過程中感到幸福。他感到美滿是因為對方接受他為她做的每件事。女人則完全相反，她只要接受愛就是幸福。如果女人去愛去追求她喜歡的男子，那是頂痛苦的事，而且被她愛的男人也就沒有幸福的感覺了。這是非常奇妙的感覺。」

在茫茫的暮色中，從座位旁的窗口望下去，街上的行人如水，許多各種各樣身世的男人和女人在匆匆走動。

「一般來說，男子的愛比女子長久。只要是他寄託過一段情感的女人，在許多年之後向他求助，他總是會盡心地幫助她的。男人並不太計較那女的從前對自己怎樣。」

那一霎間，我更加堅定了要生兒子的決心。男孩不僅僅天生比女孩能適應社會、忍受困苦，而且是女人幸福的源泉。我希望我的兒子至少能以善心厚待他生命中的女人，給她們短暫人生中永久的幸福感覺。

「做男人最大的缺點就是，沒有辦法珍惜他不喜歡的女人對他的愛慕。這種反感發自真心，一點不虛偽，他們忍不住要流露出對那女子的輕視。輕浮的少年就更加過分，在大庭廣眾下傷害那樣的姑娘。這是男人邪惡的一面。」

我想到我的女兒，如果她有幸免遭當眾的羞辱，遇到一位完全懂得尊重她感情的男人，卻把尊重當成了對她的愛，那樣的悲哀不是更深嗎？在男人，追求失敗了並沒有破壞追求時的美感；在女人則成了一生一世的恥辱。

怎麼樣想，還是不希望有女孩。

用來占卜的水仙花卻遲遲不開放。

這棵水仙長得從未有過地結實，從來沒曬過太陽也綠蔥蔥的，虎虎有生氣。

後來，花蕾衝破包裹的葉膜，像孔雀的尾巴一樣張開來，六隻綠孔雀停在一塊。

每一個花骨朵都脹得滿滿的，但是卻一直不肯開放。

到底是金盞還是百葉呢？

弗洛伊德的學說已經夠讓人害怕了，嬰兒在吃奶的時期起就有了愛慾。而一生的行為都受着情慾的支配。

偶然聽佛學院學生上課，講到佛教的「緣生」說。關於十二因緣，就是從受胎到死的生命的因果律，主宰一切有形和無形的生命與精神變化的力量是情慾。不僅是活着的人對自身對事物的感受受着情慾的支配，就連還沒有獲得生命形體的靈魂，也受着同樣的支配。

生女兒的，是因為有一個女的靈魂愛上了做父親的男子，投入他的懷抱，化做了他的女兒；生兒子的，是因為有一個男的靈魂愛上了做母親的女子，投入她的懷抱，化做她的兒子。

如果我到死也沒有聽到這種說法，腦子裡就不會烙下這麼駭人的火印。如今卻怎麼也忘不了了。

回家，我問我的郎君，「要男孩還是女孩？」

「女孩！」他毫不猶豫地回答。

「男孩！」我氣極了！

「為甚麼？」他奇怪了。

我卻無從回答。

就這樣，在夢中看見我的水仙花開放了。

無比茂盛，是女孩子的花，滿滿地開了一盆。

我失望得無法形容。

開在最高處的兩朵並在一起的花說：

「媽媽不愛我們，那就去死吧！」

她們倆向下一倒，浸入一盆滾燙的開水中。

等我急急忙忙把她們撈起來，並表示願意帶她們走的時候，她們已經燙得像煮熟的白菜葉子一樣了。

過了幾天，果然是女孩子的花開放了。

在短短的幾天內，她們拚命地怒放開所有的花朵。也有一枝花莖抽得最高的，在這簇花朵中，有兩朵最大的花並肩開放着。和夢中不同的，她們不是抬着頭的，而是全部低着頭，像受了風吹，花向一個方向傾斜。抽得最長的那根花莖突然立不直了，軟軟地東倒西歪。用繩子捆，用鉛筆頂，都支不住。一不小心，這花莖就啪地倒下來。

不知多麼抱歉，多麼傷心。終日看着這盆盛開的花。

它發出一陣陣濃郁的芬芳，香氣直鑽心底。她們無視我的關切，完全是為了她們自己在努力地表現她們的美麗。

每朵花都白得浮懸在空中，雲朵一樣停着。其中黃燦燦的花瓣，是雲中的陽光。她們短暫的花期分秒流逝。

她們的心中鄙視我。

我的郎君每天忙着公務，從花開到花謝，他都沒有關心過一次，更沒有談到過她們。他不知道我的鬼心眼。

於是這盆女孩子的花就更加顯出有多麼的不幸了。

她們的花開盛了，漸漸要凋謝了，但依然美麗。

有一天停電，我點了一支蠟燭放在桌上。

當我從樓下上來時，發現蠟燭滅了，屋內漆黑。

我划亮火柴。

是水仙花倒在蠟燭上，把火壓滅了。是那支抽得最高的花莖倒在蠟燭上。和夢中的花一樣，她們自盡了。

蠟燭把兩朵水仙花燒掉了，每朵燒掉一半。剩下的一半還是那樣水靈靈地開放着，在半朵花的地方有一條黑得發亮的墨線。

我嚇得好久回不過神來。

這就是女孩子的花，刀一樣的花。

在世上可以做許多錯事，但絕不能做傷害女孩子的事。只剩了養水仙的盆。

我既不想男孩也不想女孩，更不做可怕的占卜了。

但是我命中的女兒卻永遠不會來臨了。

一九八六年婦女節寫於廈門

輞川尚靜

朱　鴻

朱鴻（1960—　），陝西長安人。作家。著有散文集《愛之路》、《西樓紅葉》等。

輞川是一個長長的峽谷，王維曾經在這裡居住。如果一個二十世紀的人，為塵世所煩而效仿王維的行為，到輞川生活，那一定荒唐，儘管輞川尚靜。

輞川確實很靜，一條河流，兩岸青山，僅僅是這種結構就區別了鄉村的小巷和城市的大街。那裡的人煙總很稠密，但這裡卻稀疏得忽兒就融化在風雲之中。我是坐着三輪車到輞川的，同行的農民陸續地到了站，轉身即消失在樹林中。點點房屋，築在岩石之側，並不容易發現。

我到這裡沒有甚麼明確的目的，只是為了感覺一下輞川的氣息。倘若這就是目的，我以為這目的瀟洒而苦澀，這就是味道。司機將我拉入輞川的深處，收了使他滿意的錢，興奮地駕駛着他的三輪車走了。輞川一下子歸於沉寂，孤獨的我，望着在河床裡滾動的白水，竟覺得恐懼，這恐懼沒有對象，只是這裡的空，這裡的無聲無息。

王維栽種的銀杏，挺立在雨後的河岸，樹皮滿是裂紋的粗壯的主幹，被水淋成了黑色，從它的葉子上流下的水，繼續洗濯着樹皮。它實在是老了，呈現着一種掙扎的狀態。它已經在輞川生長了千年之久。風雲掠過它高高的枝頭，小而圓的葉子將水唰唰地搖落，我看到，那葉子翻動得忽白忽綠，晶瑩如迸濺的水花。這樣葱蘢的葉子，生長在幾乎腐朽的枝頭，這些奇崛的枝頭很多都像燒焦的乾柴，觸之就會掉灰，然而我由此知道了生命的頑強。年邁而偉岸的銀杏，壓得我十分渺小，仰望才可看到它的全貌。山峰羅列在它的周圍，儘管那些都是秦嶺的餘波，但在峽谷，我仍感到它們的偉大，它們需要仰望。唯有溪水在我一側，它源遠流長。

王維在輞川的別墅，在開始是宋之問的，這個歌功頌德的詩人，因媚附權貴而得寵朝廷，但最終的下場卻是被唐朝賜死。王維遷往輞川的時候，宋之問已經作鬼，那麼他是如何購得這裡的別墅呢？我能猜測的只是，輞川的美一定迷惑了王維，不然，他怎麼單單選擇了宋之問的別墅？終南山中，可以供他居住的地方應該很多。時間將他的別墅早就摧毀了，幸運的是，支撐某個柱子的扁圓的石墩，竟然穿過層層的歲月而保留下來，而且完整地放在銀杏旁邊，那些濕漉漉水汪汪的苔蘚，繡住了它的每條皺紋和每個斑痕。

秋天的雨順利極了，彷彿雲微微扭動一下它就有了。輞川的雨是明淨的，線似的，一根一根拉到峪谷，卻空得它無聲無息。山坡上的紅葉，渲染在碧翠的草叢，顆顆青石，則架在雜樹的根部，危險得隨時都會滾落，然而，濛濛的雨送給它們一層薄薄的夢，夢懸在輞川的山坡上。王維一定見過這樣的夢，甚至入過這樣的夢，不然，他的詩畫怎麼那樣惟妙惟肖，有聲有色！王維之後三百年，蘇軾書摩詰藍田煙雨圖而讚嘆：味摩詰之詩，詩中有畫；觀摩詰之畫，畫中有詩。摩詰就是王維，是王維的字。

王維購得輞川，那是他過得富貴的證明。貧窮的詩人，是不可能擁有一個輞川別墅的。其情況是：他在二十歲左右就及第進士，從此步入他的仕途，他擔任過大樂丞，並以監察御使的身份出使塞上。王維四十歲的時候做了左補闕。恰恰是這個年歲，他開始迷戀山水，來往於朝廷與輞川之間。他既做官吏，又當隱士，往返於人類鬥爭與自然情調的兩極。朝廷的險惡，傷害着他的心，輞川的美妙，卻給他的心以慰藉，他就是這麼生活的。王維這樣的生存狀態，是他最智慧最實際的選擇，也是他無可奈何的選擇。除此之外，他的任何作法都可能是下策。人總是希望自己生活得比較幸福一些，以王維的氣質，他不能完全陷入官場的名利之爭，同時以王維的經歷，他也不能徹底寄情輞川的田園之樂，他必須兩者兼顧，這樣他就得到了入世的好處而扔掉了入世的壞處，同時避免了出世的苦處而感到了出世的樂處。在入世與出世之間，存在着一個廣闊的地帶，他奔走其間。人似乎只能這樣生存，不然，完全媚俗與完全脱俗，都可能導致深刻的痛苦。我不贊成一個學者對王維的抱怨，這位學者認為，他缺少陶潛那種勇氣，他沒有徹底地決裂於官場。這是一種刻薄的認識！

雨中的輞川並不知道人的思想，它只是自然而然地呈現着它的狀態。秀峰沉默，亂石相依，雨悄悄地縫合着萬物。秋風過處，衰柳飄蕩，黃葉旋飛。曲折的路徑，流水激濺，淺草明滅。松、柏、楊、槐之類，高高低低互相摻雜，組成了綠的森林，覆蓋着輞川的溝溝坎坎。偶爾一樹柿子，落了肥葉，唯紅果佔據枝頭。白水流過幽深的峽谷，遇石而繞，觸茅而漫，柔韌地走過河床。

公元七五六年，安史之亂，已經五十五歲的王維被叛軍逮捕，軟禁於洛陽的一個寺廟。他服藥致病，裝啞而活，但他終於敵不過安祿山的驕橫，無奈地接受了偽職。唐朝征服了叛軍之後，皇帝對那些接受偽職的人統統定罪，然而，王維在軟禁之中，曾向探望他的朋友裴迪誦詩，此詩受到皇帝的嘉許，對他的處理僅作降職。這是王維的幸運了。其詩是這樣的：

萬户傷心生野煙，
百官何日再朝天。
秋槐葉落空宮裡，
凝碧池頭奏管弦。

儘管如此，安史之亂畢竟摧殘了這個老人，他逐漸變得消沉了，或者，他變得更加淡泊，更加寂寞。他常常拄着拐杖，站在門外，眺望輞川的落日炊煙。暮色之中，稀疏的鐘聲，歸去的漁夫，飄走的花絮，柔弱的菱蔓，都使他感到惆悵，他看着看着，就轉身回到他的屋子。他已經深深地陷入空門。王維的母親就信仰佛教，這影響了他的心靈，但到了晚年，他才徹底地皈依佛教。他食素而不茹葷，認真地打禪。他坐在枯寂的輞川，閉着眼睛，尋找着解脱煩惱的路徑，企圖超越生死之界。香煙裊裊，燭光閃閃，王維的心淒涼而寧靜。

獨坐悲雙鬢，
空堂欲二更。
雨中山果落，
燈下草蟲鳴。
白髮終難變，
黃金不可成。
欲知除老病，
唯有學無生。

人生真的像王維覺悟的這樣麼？我不知道，唯有達到王維的境界才能理解王維，但我沒有。我只感覺，自然如我面前的輞川，社會如我身後的市井，都有美的一面，它們都能給我以享受。然而，我的輞川之行，卻明顯地含有煩於我那圈子的成分，是的，我很煩，某些時候我簡直不堪負荷。從我棲身的圈子走出，到輞川換換空氣，我確實感到一種輕鬆。

雨中的銀杏是那樣獨具丰采，它的圓潤的樹葉像打了髮蠟似的明滑，輞川強勁的風反覆地翻動着它們，但銀杏的樹身則牢固地埋在土中，風怎麼吹它都不動。這是輞川最古老最高貴的植物，水汩汩地流過它黑色的樹皮。王維種植的銀杏，成了他在這裡生活的主要標誌，然而，它終究要倒下的，留下的，將只有輞川。

輞川很靜，長長的峽谷已經完全沉浸在秋日的煙雨之中，所有的樹木和石頭，都化作迷濛的一團，一隻鳥也沒有，一隻兔也沒有，甚至除我，一個人也沒有，唯有風聲雨聲和河流的浪聲。這樣的一種空，一種自然給我產生的空，是恐懼的。一瞬之間，我真是驚懼起來，我害怕從山中鑽出一個野獸或怪物。這樣想着的時候，我似乎已經有了對付它們的準備，於是忽然吊起的心慢慢放了下來。這時候，我感覺身後有腳步的挪移，颯颯的，彷彿是誰用樹枝在地上划動，我猛地回頭一看，卻是一個穿着蓑衣的農民，他站在雨中，輕輕地問我：

「你要三輪車麼？」

劉亮程

劉亮程（1962—　），新疆人。作家。著有詩集《曬曬黃沙粱的太陽》，散文集《一個人的村莊》、《風中的院門》、《庫車行》。

一個人的村莊

一

我時常懷想起這樣一個場景：我從屋裡出來，穿過雜草擁圍的沙石小路，走向院門……我好像去給一個人開門，我不知道來找我的人是誰。敲門聲傳到屋裡，有種很遠的感覺。我一下就聽出是我的院門發出的聲音——這不同於村裡任何一扇門的聲音——手在不規則的門板上的敲擊聲夾雜着門框鬆動的哐啷聲。我時常在似睡非睡間，看見自己走在屋門和院門之間的那段路上。透過木板門的縫隙，隱約看見一個晃動的人影。有時敲門人等急了，會扯嗓子喊一聲。我答應着，加快步子。有時來人在外面跳個蹦子，我便看見一個認識或不認識的人頭猛然竄過牆頭又落下去，我緊走幾步。但在多少次的回想中，我從沒有走到院門口，而是一直在屋門和院門間的那段路上。

我不理解自己為甚麼牢牢地記住了這個場景，每當想起它，都會有種依依不捨、說不出滋味的感覺。後來，有事無事，我都喜歡讓這個情節浮現在腦海裡，我知道這種回味對我來說已經是一種享受。

……我從屋門出來，走向院門……兩道門之間的這段距離，是我一直不願走完、在心中一直沒讓它走完的一段路程。

多少年之後我才想明白：這是一段家裡的路。它不同於我以後走在世界任何一個地方。我趿拉着鞋，披着衣服，或許剛從午睡中醒來，迷迷糊糊，聽到敲門聲，屋門和院門間有一段距離，我得走一陣子才能過去。在很長一段年月中，我擁有這樣的兩道門。我從一道門出來，走向另一道門——用一根歪木棍牢牢頂住的院門。我要去打開它，看看是誰，為甚麼事來找我。我走得輕鬆自在，不像在趕路，只是在家園裡的一次散步。一出院門，就是外面了。馬路一直在院門外的荒野上橫躺着，多少年後，我就是從這道門出去，踏上滿是蹚土的馬路，變成一個四處奔波的路人。

二

那是我離開父親獨立生活的第四個年頭。我在一個城郊鄉農機站當管理員。一切都沒有理出頭緒，我正處在一生中最散亂的時期。整天猶猶豫豫，不知道自己該幹甚麼，能幹成甚麼。詩也寫得沒多大起色，雖然出了一本小詩集。但我遠沒有找到自己。我想，還是先結婚吧。婚是遲早要結的，況且是人生中數得過來的幾件大事之一。辦完一件少一件。

現在我依然認為這個選擇是多麼正確。當時若有一件更大更重要的事把結婚這件事耽擱了，那我的這輩子可就遜色多了。我可能正生活在別的地方，幹着截然不同的事，和另一個女人生兒育女，過着難以想像的日子。那將是多大的錯誤。

我這一生幹得最成功的一件事，是娶了我現在的妻子。她是這一帶最好最美的女子，幸虧我早下手，早早娶到了她。不然，像我這樣的人哪配有這種福分。尤其當我老了之後，坐在依然溫柔美麗的妻子身旁，回想幾十年來那些平常溫馨的日日夜夜，它是我滄桑一生的惟一安慰。我沒有扔掉生活，沒有扔掉愛。

那正是為了結婚，為了以後的這一切，我開始了一生第一件大工程，蓋房子。

三

我找到了城郊村的阿不拉江，他是我的朋友，他給我送了一隻羊，他非常夠朋友地指給我村莊最後面的一塊地方。

那是一個淤滿細沙的溝，有一小股水從溝底流到村後的田野裡。我坐在溝沿上猶疑了半天，最後還是決定動手吧。

我從鄰村叫來一輛推土機，用了整整一天時間把溝填平。那時我管着這一帶拖拉機的油料供應，駕駛員們都願意幫我的忙。

砌房基的時候，過來一個放羊的老漢。他告訴我，這條溝是個老河床，不能在上面蓋房子。我問為啥，他說河水遲早還要來，你不能把水道堵了。我問他河水多久沒走這個道了。他說已經幾十年了。我說，那它再不會走這個道了，水早從別處走了，它把這個道忘了。

放羊老漢沒再跟我說下去，他的一群羊已走得很遠了，望過去羊群在朝一個方向流動，緩緩地，像有意放慢着流逝的速度，卻已經到了遠處。

這個跟着羊群走了幾十年的老漢，對水也一定有他超乎常人的見解。可惜他追羊群去了。

我還是沒敢輕視老漢的話，及時地挖了一個小渠，把溝底的那股水引過去。我看着水很不情願地從新改的渠道往前流，流了半個小時，才繞過我的宅基地，回到房後的老渠道裡。水一進老渠道，一下子流得暢快了。

我讓水走了一段彎路，水會不會因此遲到呢。

水流在世上，也許根本沒有目的。尤其這個小渠溝裡的水，我隨便挖兩鍬就能把它引到別處去。遇到房子這樣的大東西，水只能繞着走。我不知道時間是怎樣流過村莊的。它肯定不會像水一樣、路一樣繞過一幢幢房子一個個人。時間是漫過去的。我一直想問問那個放羊人，他看到時間了嗎。在時間的河床上我能不能蓋一間房子。

但在這條舊河床上我蓋起了一院新房子。我在這個院子裡成了家，有了一個女兒，我們一起過了多年的幸福安逸生活。

四

第一次聽到敲門聲，是在房子蓋好後第二年的夏天，我剛安上院門不久。

我的房子後面有一個大坑，是奠房時挖的，有一人多深，坑底長着枯黃的雜草。我常到坑裡方便，有幾次被過路人看見，讓我很不安。我想，要是坑裡的草長高長密些，我蹲進去就不會擔心了。在一個下午，我挖了一截渠，把小渠溝的水引到坑裡。這個大坑好像沒有底似的，水淌進去冒個泡就不見了。我也沒耐心等，第二天也沒去管它。到了第三天中午，我正收拾菜地，院門響了。我愣了一下。敲門的聲音更急。我慌忙扔下活走過去，移開頂門棍，見一個扛鍬的人氣沖沖地站在門口。

「是你把水放到坑裡的？」

我點了點頭。

我的十幾畝地全靠這點水澆灌，你卻把它放到坑裡泡石頭，你不想讓我活命了是不是。

他越說越激動，那架勢像要跟我打架。我害怕他肩上的鐵鍬，趕緊笑着把他讓進院子，摘了兩根黃瓜遞給他，解釋說：我以為水是閒流着呢。水在房子邊上流了幾年都沒見人管過。

哪有閒流的水啊。他的語氣緩和多了。

老早以前那水才叫閒流呢，那時你住的這個房子下面就是一條河，一年四季水白白地流，連頭都不回。後來，來了許多人在河邊開荒種地，建起了一個又一個村子。可是地沒種多少年，河水沒了。水不知流到哪去了，這一帶的土地都晾乾了。

他邊說邊尋找我的院子，好像我把那一河水藏起來了。

那你覺得，那河水還會不會再來。我想起那個放羊老漢的話，隨便問了一句。

他一撇嘴，你說笑話呢。

我一直沒有順着這條小渠走到頭，去看看這個人種的地。不知道他收的糧夠不夠一家人吃。春天的某個早晨我抬起頭，發現屋後的那片田野又綠了。秋天的某個下午它變黃了。我只是看兩眼而已。我很少出門。從那以後來找我的人逐漸多起來，敲門聲往往是和緩輕柔的。我再不像第一次聽到自己的門被人敲響時那樣慌忙。我在一陣陣的敲門聲中平靜下來。有時院門一天沒人敲我會覺得清寂。

我似乎在這裡等待甚麼。蓋好房子住下來等，娶妻生女一塊兒等，卻又不知等待的到底是甚麼。

門響了，我走過去，打開門，是一個鄰居來借東西。

門又響了。……是個問路的人，他打問一個我不知道的地方。我搖搖頭。過了一會兒，鄰居家的門響了。

其實那段歲月裡我等來了一生中最重要的東西。只是我自己渾然不知。

我的女兒一天天長大，變得懂事而可愛；妻子完全適應了跟我在一起生活，她接受了我的閒散、懶惰和寡言。我開始了我的那些村莊詩的寫作。我最重要的詩篇都是在這個院子裡完成的。

有一首題為《一個夜晚》的小詩，記錄了發生在這個院子裡一個夜晚的平凡事件。許多年後，我重讀這首詩的時候，我被感動了，這個平凡的小事件在我的心中變得那麼重大而永恆。讀着這首詩，曾經的那段生活又完整地回來了。

五

那是一個冬天的早晨，我打開屋門，看見院內積雪盈尺，院門大敞着。一夜的大風雪已經停歇，雪從敞開的大門湧進來，在牆根積了厚厚一堆。一行動物的腳印清晰地留在院子裡。看得出，它是在雪停之後進來的，像個閒散的觀光者，在院子裡轉了一圈，還在牆角處撕吃了幾口草，禮節性地留下幾枚銅錢大的黑色糞蛋兒，權當草錢。我追蹤到院門外，看見這行蹄印斜穿過馬路那邊的田野，一直消失在地盡頭。這是多麼遙遠的一位來客，它或許在風雪中走了一夜，想找個地方休息。它巡視了我的大院子，好像不太滿意，或許覺得不安全，怕打擾我的生活。它不知道我是個好人，只要留下來，它的下半生便會像我一樣悠閒安逸，不再東奔西跑了。我會像對我的雞、牛和狗一樣對待它的。

可是它走了，永遠不會再走進這個院子。我像失去了一件自己未曾留意的東西，悵然地站了好一陣。

另外一個夜晚，我忘了關大門。早晨起來，院子裡少了根木頭。這根木頭是我從一個趕車人手裡買來的，當時也沒啥用處，覺着喜歡就買下了。我想好木頭遲早總會派上用處。

我走出院門看了看，大清早的，路上沒幾個人。地上的腳印也看不太清。我爬上屋頂，把整個村子觀察了一遍，發現村南邊有一戶人正在蓋房子，牆已經砌好了，幾個人站在牆頭上吆喝着上大樑。

我從房頂下來，背着手慢悠悠地走過去，沒到跟前便一眼認出我的那根木頭，它平展展地橫在房頂上，因為太長，還被鋸掉了一個小頭。我看了一眼站在牆頭上的幾個人，全是本村的，認識。他們見我來了都停住活，呆呆地立在牆上。我也不理他們，兩眼直直地盯住我的木頭，一聲不吭。

過了幾分鐘，房主人——一個叫胡木的乾瘦老頭勾着腰走到我跟前。

大兄弟，你看，缺根大樑，一時急用買不上，大清早見你院子裡扔着一根，就拿來用了，本打算等你睡醒了去給你送錢，這不……

說着遞上幾張錢來。我沒接，也沒吭聲。一扭頭原背着手慢悠悠地回來了。

快中午時，我正在屋子裡想事情，院門響了，敲得很輕，聽上去遠遠地。我披了件衣服，不慌不忙地走過去，移開頂門的木棒。胡木家的兩個兒子扛着根大木頭直端端進了院子。把木頭放到牆根，爾後走到我跟前，齊齊地鞠了一躬，啥都沒說就走了。

我過去看了看，這根木頭比我的那根還粗些，木質也不錯。我用草把它蓋住，以防雨淋日曬。後來有幾個人看上了這根木頭，想買去做大樑，都被我拒絕了。我想留下自己用，卻一直沒派上用場，這根木頭就這樣在牆根躺了許多年，最後朽掉了。

我離開那個院子時，還特意過去踢了它一腳。我想最好能用它換幾個錢。我不相信一根好木頭就這樣完蛋了。我躬下身把木頭翻了個個，結果發現下面朽得更厲害，恐怕當柴禾都燒不出煙火了。

這時，我又想起了被那戶人家扛去做大樑的那根木頭，它現在怎麼樣了呢。

一根木頭咋整都是幾十年的光景，幾十年一過，可能誰都好不到哪去。

我當時竟沒想通這個道理。我有點可惜自己，不願像那根木頭一樣朽在這個院子裡。我離開了家。再後來，我就到了一個烏煙瘴氣的城市裡。我常常坐在閣樓裡懷想那個院子，想從屋門到院門間的那段路。想那個紅紅綠綠的小菜園。那棵我看着它長大的沙棗樹……我時常咳嗽，一到陰天就腿疼。這時我便後悔自己不該離開那個院子滿世界亂跑，把腿早早地跑壞。我本來可以自然安逸地在那個院子裡老去。錯在我自視太高，總覺得自己是塊材料，結果給用成這個樣子。

現在我哪都去不了，惟一的事情就是修理自己，像修理一架壞掉的機器，這兒修好了，那兒又不行了。生活把一個人用壞便扔到一邊不管了，剩下的都是你自己的事了。

我也像城市人一樣，在樓房門外加了一道防盜門，兩門間僅一拳的距離，有人找我，往往不敲外邊的鐵製防盜門，而是把手伸進來，直接敲裡面的木門。我一開門就看見樓梯，一邁步就到外面了。

生活已徹底攻破了我的第一道門，一切東西都逼到了跟前。現在，我只有躲在惟一的一道門後面。

一九九七年七月二十四日